茅盾文学奖
获奖作品全集

英雄时代

柳建伟

著

人民文学出版社

图书在版编目(CIP)数据

英雄时代/柳建伟著.—北京:人民文学出版社,2018(2025.4重印)
(茅盾文学奖获奖作品全集)
ISBN 978-7-02-013961-3

Ⅰ.①英… Ⅱ.①柳… Ⅲ.①长篇小说—中国—当代 Ⅳ.①I247.5

中国版本图书馆 CIP 数据核字(2018)第 046737 号

选题策划　刘　稚
责任编辑　黄彦博
装帧设计　刘　远
责任印制　王重艺

出版发行　人民文学出版社
社　　址　北京市朝内大街 166 号
邮政编码　100705

印　　刷　三河市宏盛印务有限公司
经　　销　全国新华书店等

字　　数　503 千字
开　　本　890 毫米×1290 毫米　1/32
印　　张　21　插页 2
印　　数　39001—42000
版　　次　2001 年 3 月北京第 1 版
印　　次　2025 年 4 月第 11 次印刷

书　　号　978-7-02-013961-3
定　　价　48.00 元

如有印装质量问题,请与本社图书销售中心调换。电话:010-65233595

# 出 版 说 明

一九八一年三月十四日,病中的中国作家协会主席茅盾致信作协书记处:"亲爱的同志们,为了繁荣长篇小说的创作,我将我的稿费二十五万元捐献给作协,作为设立一个长篇小说文艺奖金的基金,以奖励每年最优秀的长篇小说。我自知病将不起,我衷心地祝愿我国社会主义文学事业繁荣昌盛!"

茅盾文学奖遂成为中国当代文学的最高奖项,自一九八二年起,基本为四年一届。获奖作品反映了一九七七年以后长篇小说创作发展的轨迹和取得的成就,是卷帙浩繁的当代长篇小说文库中的翘楚之作,在读者中产生了广泛的、持续的影响。

人民文学出版社曾于一九九八年起出版"茅盾文学奖获奖书系",先后收入本社出版的获奖作品。二〇〇四年,在读者、作者、作者亲属和有关出版社的建议、推动与大力支持下,我们编辑出版了"茅盾文学奖获奖作品全集",并一直努力保持全集的完整性,使其成为读者心目中"茅奖"获奖作品的权威版本。现在,我们又推出不同装帧的"茅盾文学奖获奖作品全集",以满足广大读者和图书爱好者阅读、收藏的需求。

获茅盾文学奖殊荣的长篇小说层出不穷,"茅盾文学奖获奖作品全集"的规模也将不断扩大。感谢获奖作者、作者亲属和有关出版社,让我们共同努力,为当代长篇小说创作和出版做出自己的贡献,为广大读者提供更多的优秀作品。

人民文学出版社编辑部

谨以此书献给我亲爱的母亲

我们命该遇到这样的时代。

——威廉·莎士比亚:《辛白林》

——题记

# 第 一 章

  泛红的枫叶已经把西山地区染出了一世界的香艳。
  陆承伟从小游泳池里爬上来，裹了一件真空棉睡袍，坐在一张沙滩椅上，睁开自信而有神采的眼睛，把棱角分明的、简直可以看成罗丹《思想者》原型来看的脸，整个沐浴在漫过东方的朝霞里。眼前是一片片掩映在青红树叶间的高档别墅区，一幢幢稍有变异的哥特式或者巴洛克式小楼，使得这一片透出了些许香榭丽舍或者枫丹白露地区那种优雅恬适的情调。再远处，隐隐可以看见建筑大师贝聿铭的杰作香山饭店那熔中西文化于一炉、体现天人合一观念的优美轮廓。再往远处，应该是堪称世界园林之冠的大气而铺张的颐和园，可惜淡淡的灰雾烟尘阻碍了他本可抵达昆明湖的目光。更远处那已溶入天际的默不作语之处，便是陆承伟计划里最终以主角的身份登上的舞台——北京城了。
  "我们命该遇到这样的时代"。莎士比亚《辛白林》中这句著名的台词，陆承伟每次品味，都能品出别样的滋味。在这样一个初秋的早晨，坐在几乎以天价竞争来的别墅游泳池边的沙滩椅上，远眺京城的时候，陆承伟又一次想起了这句著名台词。这一回，他从这句台词里感受到的是一种纯粹的弄潮儿般的激情，是一种舍我其谁的豪气，是一种数风流人物还看今朝的绝对自信。十几年前，陆承伟在哈佛工商学院读 MBA 的时候，就对还不能算作大人物的乔治·索罗斯[①]十分钦佩，那时候，多数美国人还认为

---

[①] 乔治·索罗斯，匈牙利犹太人，知名金融家。

索罗斯是个投机客。几年前,索罗斯已经坐大,把美国已经征服了。华尔街传出消息说:美国总统雕像山的对面那座山,将献给世界上最伟大的投资经理人,这座山的表面已经刻好了股市天王华伦·巴菲特①和乔治·索罗斯的雕像。这个消息让陆承伟感到欣慰,因为这件事证明自己的眼光不差。几个月前,泰国股市崩盘了,接着,菲律宾和马来西亚的股市也开始一路狂泻,一场金融风暴开始席卷东南亚。唇亡齿寒,中国人也不得不研究这场风暴的始作俑者之一索罗斯了。因为经济的地球村时代不可避免地到来了。

促使陆承伟做出正式登台决定的重要原因,是国内的大环境改变了。刚刚闭幕的十五大,已经正式为私营经济正了名。在中国,尽管把私有财产的神圣不可侵犯写进宪法的日子还遥不可及,但也用不着把私有财产藏着掖着了。资本大到一定程度,暗箱就盛不下了。何况,在陆承伟看来,国有企业大面积陷入困境、东部和中西部的经济差距越拉越大,中央政府对此又不能坐视不管,已经出台了很多倾斜政策,其中蕴藏着无限的商机,这正是向这个世界证明自己能力的时候。这种表演是需要观众的,而且越多越好。"胜利总是属于金币的"。陆承伟认为巴尔扎克借羊腿子②说的这句话是至理名言,这句话的真理性正被中国发生的无数事例论证着。

以五百五十万的天价在西山买来的这幢豪宅,是陆承伟准备送给父亲八十五岁生日的寿礼。以五百五十万巨资买来的生日礼物,能不能改变自己在家族里的边缘身份?老革命家陆震天看到这座占地两亩半的夏宫,会不会说一句:"很好,这才叫'百花齐放'?"陆承伟心里确实没底。继续隐身于大潮深处,默不作

---

① 华伦·巴菲特,美国人,知名股票投资人,金融家。
② 羊腿子,巴尔扎克小说《公务员》中的人物,放高利贷者。

语，显然不是上策了。中国是一个特别讲究先后顺序的国度，当年刘邦、项羽击掌为誓，约的就是先破咸阳为君，后到咸阳为臣。刘邦率军攻到咸阳城下，迟迟不攻城，只是因为实力不济，内心并不想当臣。私营经济可做不可说的阶段，已经有不少人迫不及待地登台亮相了。有人把买几架破飞机炒得路人皆知，有人为了不朽，已经买下了一颗小行星的冠名权。到了可以做也可以说的时代，再谦虚地做无名英雄，也太古典主义、太中国化了，根本无法告慰摩根①、卡内基②、洛克菲勒③这些陆承伟心目中一直景仰的商业时代的大英雄。江山代有才人出，各领风骚数百年。中国的商业时代来临了，该唱主角，用不着客气。父亲作为经济专家，应该能够接受他的这种登台的方式。可给以背叛有产阶级作为革命道路开端的职业政治家的父亲送这样一份生日礼物，是不是就显得生猛了一些呢？陆承伟需要做进一步的判断。两天前，他给姐姐陆小艺打了个电话，以轻描淡写的口吻说自己想在西山买一套房子，请姐姐和姐夫史天雄周六抽空来看一眼，帮他参谋参谋。

陆承伟换上皮尔·卡丹浅灰西服，漫不经心地嚼着果酱面包，想象着史天雄看到这样的高级别墅后会作出什么样的反应。他认为史天雄的态度会对父亲产生决定性的影响。史天雄六岁时成了孤儿，后来以养子再后来以女婿的身份和陆家的人一起生活。童年和少年时代，陆承伟从史天雄那里得到过足够的兄长般的保护。陆承伟把这段时间两个人的关系早已定性为蜜月期了。"文革"初期，陆震天被打倒了，史天雄、陆小艺和陆承伟跟随母亲苏园到远在西南的陆承业家避难时，两个少年的关系还算得上情同手足。

---

① 摩根，美国人，钢铁、铁路大王。
② 卡内基，美国人，金融大王。
③ 洛克菲勒，美国人，石油大王，其名字一度成为美国的象征。

后来,因为父亲陆震天的一个选择,两个人走上了截然不同的人生道路。陆震天当将军时的部下,得知老首长落了难,提出带一个孩子到部队,陆震天说:"那就把天雄带去吧。"看着接史天雄的军用吉普车渐渐远去,陆承伟噙着泪水问母亲:"难道我不是陆震天的亲生儿子?"苏园甩手赏给陆承伟一个耳光,抱着儿子哭了一番,吝啬地解释一句:"这才是你爸做出的事情。"后来,陆承伟当了知青,当了工农兵大学生。等他从美国留学归来,史天雄已经娶了陆小艺,而且因为参战负伤,成了战斗英雄和当年全国的十大新闻人物,在陆家第二代中的中心地位已经固若金汤了。

在美国学到的务实精神,帮助了陆承伟能以平常心看待自己在这个家庭里的边缘地位。同时,他也坚信这种格局不会一成不变。让史天雄前来看房子,还有这样一层用意:请你从我这个小舅子身上,再一次感受一下这十几年中国到底发生了多么深刻的变化吧。

在等待史天雄的时候,陆承伟根本没去想给已经下野十年的父亲过一次生日还有什么难以逾越的障碍,也万万没有想到昨天晚上陆家主要成员开的一个家庭会,已让他以豪宅做引导在家庭的大舞台上以崭新的形象亮相的所有努力付之东流了。

已经抱过重孙的职业革命家陆震天,八十五岁的生日怎么个过法,在十五大闭幕后,变成了一个相当严肃的课题,摆在陆家主要成员面前。生日,这个标志着一个生命赤条条来到这个世界上的时间概念,随着人年龄的增长、社会地位的变迁,外延和内涵也在不停地发生着变化。八十五岁、参加革命整整七十年,这个生日,似乎不能够敷衍潦草应付。何况陆震天的双腿已经无法支撑他那伟岸胖大的躯干,五年前已经靠轮椅代步了。作为刘、邓手下的儒将,后来成为中国改革开放总设计师邓小平的忠实追随者和得力助手,陆震天的部下,可以说成千上万,遍布全国。借这样一个喜庆的日子,能和尽可能多的爱将见上一面,不是人生的一大幸事么?站在纯粹自然人的立场上考虑这个问题,陆震天自然想热闹热闹。即便医生说他可以活到九十开外的话不是讨吉利而是十分科学的论断,五年后的头脑还会像现在这样清楚吗?因为行动不便,八十岁以后,他从未离开过京城,五年没有广泛地和毛茸茸、水灵灵、喜忧参半的现实生活发生接触,对一个一生笃信实践第一的革命家来说,实在太残酷了。没有九二年八十八岁高龄的邓小平的南巡,能有中国改革开放的第二个春天吗?他真的想见一见那些遍布在祖国四面八方、已经能够独当一面的部下,听他们报报喜,也报报忧,特别在这个改革开放事业进入攻坚阶段、方方面面都遇到了前所未有的困难的时候。革命者的本性、打江山那代人的自豪,使他坚信自己还能为正在进行的伟大事业出点力。站在社会人的立场上考虑这个问题,陆震天又觉得这个时候过生日似有不妥。这样,他就想到了开个主要成员参加的家庭会,民主加集中最后做出决定的办法。

史天雄、陆小艺和他们的儿子史勇一直和陆震天、苏园同住,算是家庭主要成员。陆震天与前妻所生的儿子陆承志,身居副部长的高位,也一直是这个家的主要成员。因这次家庭会讨论的只是家事,陆震天说也想听听大儿媳妇楚云的意见。陆震天没让喊陆承伟回来,苏园也不敢擅作主张通知陆承伟。这个家的核心是陆震天,他的意志是不能违背的,他的健康早已成了苏园、陆小艺母女心中的头等大事。三年前,陆小艺辞职办了个园艺影视制作公司,目的也是能腾出更多的时间照顾好父亲的身体。

陆小艺是主张给父亲大张旗鼓过一次生日的。第八十五个生日,参加革命七十年,凑成这样两个整数的机会已经不多了。父亲离职已有十年,出自父亲门下、现在仍在副省级以上职位上的十几个人,三五年内都将退下来,再找个与他们联络感情的机会,已经不容易了。再说,如今人情越来越薄,来不来给一个下野多年的老首长祝寿,可以看做这些部下还记不记得首长培养提携之恩的一次有效的测试。陆小艺把父亲的轮椅由餐厅推到客厅,轻轻地给父亲捶着背,抢先把自己的态度旗帜鲜明地亮了出来:"爸爸,你今年是八十五,不是五十八,应该像模像样过一个生日。十年前你就退到二线三线了,一年半载才喊你参加一次撑面子的活动,名字早放到老同志一档了,还顾忌什么?你也别怕来的人太多。说句不恭敬的话,在别人眼里,陆震天的名字早过气了……"听见陆震天发出一个不以为然的声响,忙笑着补充道:"我说的是风尚。前两天,我听到这样一种说法:政治局一级的领导,一个星期没在《新闻联播》中露面,下面的人都不敢贸然接触了……"

陆震天轻轻转转脸,威严地吐出两个字:"是吗?"

苏园忙接道:"这还要看人呢!"扭动着依然能辨出曲线的身体,把一个软靠垫塞到陆震天背后,睐着依然闪亮有神的眼睛笑着,"咱陆家永远不会门可罗雀。湖南的王云鹏,浙江的张子青,海南的邹子奇,西藏的刘永新,西平的燕平凉……嗨,多了,都打来电话问你过不过生日的事。司局级也有好几个,有的我连名字都记不清了,这些人都没直接受过你的……你的指导,难得呀!再说,今年春天你又得了重孙,四世同堂了,也该庆贺庆贺。杨老今年八十四岁,上月还做生庆贺过了鬼门关呢!人家连封建迷信都不避讳,我们怕什么?小艺给你张罗出文集,叫你压了,这个生日再不过,孩子们就有意见了。"长儿媳妇楚云紧接道:"爸,小青和小白连假都请好了,只等你发话买机票呢。小青说小毛已经可以爬了,已经叽叽咕咕想说话哩。"

陆震天终于朗声笑了出来,"那就让小青把小毛毛带回来。半边天的意见一致,算一票。承志,天雄,你们一个副部长,一个副司长,发表点高见吧。"

陆承志温和地笑笑道:"不是我过生日,也不是天雄过生日。爸爸,是你过生日,过过也无妨吧。不过,怎么个过法,恐怕……"楚云打断道:"过就是过,不过就是不过,什么恐怕不恐怕的,副部长当得太久了,连个干脆态度都没有了。就要下课的人了,怕什么!不过,咱们还是听听天雄的意见吧,他是咱们家今后的台柱子。"

陆震天沉吟片刻道:"要是好做决定,也用不着开这个家庭会了。承志算是中立,略偏主过派。天雄,你呢?你最近像是有什么心事,是不是工作压力太大?你挑的担子会越来越重,要学会调整心态。"

史天雄站起来伸个懒腰道:"我没什么心事,工作上也没什么压力。组织计划司的副司长有三个,都只是司长的助手……"陆震天笑着打断道:"想挑更重的担子,对吧?不要急,当助手也能表现自己的才华。我这一生,独当一面的时间不长,算是个大幕僚吧,可也算没虚度此生,整体的事业更重要。"史天雄赶忙解释说:"我只是表明我的工作太轻松了……"陆小艺掩嘴哧哧笑道:"还不是嫌官小了?史天雄能有这种进取心,是咱们家的福音呢。"楚云也附和道:"比你大哥强,当了十年副部级,国务院就他一个。天雄,我们都支持你。"

史天雄清清嗓子说:"别跑题了。爸爸,你八十五岁生日,当然该过。可是,在我的记忆里,你的生日都是家里人给你过的,这一次要是扩大规模,似乎有点不妥。小艺说如今的人情薄如纸,我不同意。如果不限规模,以爸爸你的声望,恐怕有上千人来为你祝寿。只是通知在家里工作过的人,至少也能来一百个。这两年经济形势不好,你又没请外人来给你过生日,人家来拜寿,又不好两手空空,这就让人作难了。再说,你虽然早退下来了,进入老同志的行列了,可在老百姓眼里,你仍然是党和国家的高级领导人。"

陆震天默默点点头,"还是天雄仔细。三年自然灾害,毛主席把红烧肉都戒了。如今下岗工人有几百万,是不宜做这种事。生日还是在家里过吧。外地的孩子要回来,我也不反对,路费由我来报销。眼见是见一面少一面了。小艺,你给承伟说一声,生日那天让他也回来打个照面,留一张全家福。在美国读了几年书,家庭观念全读没了,这样不好。"陆小艺笑着解释说:"爸,承伟没忘记你的生日,这些天正给你选生日礼物呢。他在美国受的高等教育,当然有点美国人的做派了。"苏园接道:"老头子,你呀,就是有点偏心眼儿,总是看承伟不顺眼。这三个孩子,就他吃的苦最多,性情自然变了,不大合群。他不爱和我们说心里话,能怪他吗?'文革'那些年……"陆震天挥挥手打断道:"别扯远了!'文革'中受过苦的孩子,多啦。回国十五六年,他在家里住过几天?政治上不求上进,正在朝清末的八旗子弟变呢。"陆小艺摇头道:"爸,小弟已经开始做正经事了。上个月,他在西平注册了一个公司,像是准备搞三产。"史天雄也道:"承伟前些年还做过房地产生意,听人说做得还不错。不打听别人做什么,也不想让别人知道自己在做什么,这是美式风格。这些年,我们对他关心也不够。实话说,我除了知道他有私房、有名车、身穿一身名牌之外,对他别的生活就不清楚了。看样子,他不缺钱花。"陆小艺道:"小弟还很讨女孩子喜欢呢。上个月我在小弟那里,竟然碰上了乔妮。能让乔妮动心的男人,不多。"

陆震天冷笑一声,"这还不算八旗子弟?打着我的旗号炒点批件,炒点地皮,自然能买得起房子买得起车,自然能穿得起名牌。我还不知道他竟染上了包养交际花的恶习,再吃几口鸦片,不是八旗子弟是什么?天雄、小艺,以后你们要盯着他,别让他捅出大娄子。"陆小艺笑道:"遵命!爸爸,你把乔妮看成交际花,是不是有点那个了。她可是亿万电视观众心中的偶像啊。"苏园放下手中的报纸,问道:"乔妮是承伟的女朋友?小艺,你看清楚了没有?"陆小艺道:"全国不就一个乔妮嘛。你的宝贝儿子独占了中国的大花魁了。"苏园笑成一脸满月,喷嘴道:"这要算是本事。这乔妮嘴角翘翘的,模样挺讨人爱,可惜家境太贫寒了,一块人见人爱的小家碧玉。"陆小艺开玩笑道:"妈,没想到你对乔妮评价还挺高。赶明儿我让小弟把她娶到家里,让你看个够。"苏园正色道:"不行。这个乔妮刚刚离了婚。陆家可不能娶个二婚的女人当儿媳。承伟和她玩玩,我不反对。小艺,你要盯着承伟,要是承伟真存了和乔妮过日子的心思,一定要阻止他。那样就是胡闹了。"

确实,陆承伟在这个家庭里的地位太无足轻重了。接下去发生在史天雄和陆小艺卧室的一幕,再次证明了这一点。

陆小艺给陆震天量了血压,凉好吃降压药的开水,回到卧室,看见史天雄正皱着眉头坐在沙发上抽烟,想也没想,脱口指责道:"什么时候又把这破玩艺儿捡起来了!"声音之大,把两个人都惊愕住了。史天雄下意识地做个掐灭半截烟的动作,却又把烟放到嘴里,深深地嘬了一口。陆小艺又怔了片刻,淡淡一笑,轻轻叹了一声,弯腰收拾着床铺道:"想抽就抽吧,最好只在卧室里抽。当姑娘时,我也没反对你抽烟。只是别让妈知道了,让你难看,她的鼻子尖得很。保健医生说,爸只是血压有点高,保养好了,能活一百岁。妈不让在家里抽烟,也是为了大局。咱家的大局,自然是爸爸的身体。小多他爸上次清醒时,已经嘱咐不要再治他的病了,这不,上个月又大修了一次,花了几十万。虽说这钱用不着自己掏,可总是让郑伯伯受罪吧?可还是得大修。为什么?有这个人跟没这个人不一样。郑伯伯还算不上邓伯伯的真正嫡系,他是百团大战后才调到一二九师的。如今邓伯伯是大旗,这个道理……"史天雄早把烟掐灭了,耐着性子听了一会儿,腾地从沙发上站起来道:"别给我灌输这些护官经了。这政权是共产党的政权。"说着,冲进卫生间刷牙洗澡。

陆小艺耐着性子等着,看见高大魁梧、英气逼人的丈夫从卫生间出来,用干毛巾替史天雄擦着头发,又道:"我怎么不知道这天下是共产党的天下?毛主席还有这样的教导:山头主义是有害的,可是山头还是要讲的。大哥是个口紧的人,也给我漏了一点风,九届人大前,能把你扶正。其实,从大嫂对我们态度的变化上,也能判断出来,她把你说成咱家新一代的中心,很由衷。只要爸爸这杆大旗不倒,五十岁之前,你就是电子信息部部长了,将来你的地位,说不定还能超过咱爸呢。大嫂是个聪明人……"史天雄粗暴地抓过毛巾朝床上一甩,"够了!别整天做这种春秋大梦了。当部长?我从来都没想过。九届人大会做出什么决定?肯定是政府机构改革。说不定明年我就成了下岗干部了。"陆小艺扑哧笑将出来,"没想到你还有这种幽默感!十五大大哥没候补上,该下岗了。你,亲爸亲妈是烈士,养父、岳父是当过政治局委员的陆震天,本人四十三周岁不到,相貌堂堂,出将入相只会为国家增光添彩。有大学本科学历,戍过边,为保卫国家领土完整打过仗、负过伤,立过一等功,当过年度十大新闻人物,四十一岁当副司长,啧啧,不说不知道,这一串闪光的历史,共和国的同龄人有几个人拥有?让你这样的人下岗,这政权才叫出了毛病呢。"

史天雄愣愣地看着自己的妻子,喃喃道:"真有你的。"

陆小艺三下五除二脱了衣服,赤条条地扭着腰身走进了卫生间。史天雄把脸扭向窗帘,轻轻地叹了一声。

陆小艺回来一上床,史天雄顺手把床头灯关了。陆小艺在黑暗中叫道:"你关灯干什么?你,你做爱的时候不是喜欢开着灯吗?"史天雄道:"今天太累了。"陆小艺裸着身子把灯打开,忍出一串含酸的笑,说道:"恐怕是在赶什么时髦吧!"史天雄问:"我不明白你在说什么。"陆小艺道:"赶老婆基本不用的时髦呗。"史天雄叹道:"你胡扯什么。最近我像是遇上了什么危机,总是集中不起精神。脑子里像是涌出了无数个问题,可我一个也抓不住……"陆小艺道:"我也算半个医生了,你这种状态,很像纵欲过度……你以为你能解释清楚吗?"声音变得幽幽起来,"你别用这种眼光看我,我……我当然说的是气话。我知道一般女人也难入你这双眼……可是,你也不能十七八天碰都不碰我呀……你好好想一想,想想……上个月二十一号,你尽过三分半钟义务。我做了几次全身美容按摩,你也……"史天雄早坐了起来,伸手把陆小艺揽在怀里,自言自语道:"真有这么长时间吗?要是这样,真是我的错了……我像是遇上什么危机了……"陆小艺熟练地把男人缠住,呢喃道:"你先认错,认错……"

一波三折一折腾,两人竟收获了热恋时小别后的那种美妙。陆小艺抚摸着丈夫的胸膛,软瘫了的声音响着:"你什么危机也没有,你壮得像头狮子,小狮子……真想再来一回……"史天雄满足地吐口长气,"你以为我还是二十岁?明天还有事呢。星期六也闲不住。想想这几年,竟不知道我在忙些什么。可怕,可怕呀。"

这个时候,陆小艺才想起陆承伟让他们周六去西山看房子的事,翻个身用手支着腮道:"承伟明天请我们去看他的新房子,我已经答应了。"史天雄道:"房子有什么好看的。你告诉他,改个时间。明天上午有个外事活动。"陆小艺道:"承伟自己不带手机,找他一般要通过一个姓齐的。这个小弟,做事一直神神秘秘,当姐的也摸不清他的底细。爸提醒得很及时。这两年是关键时期,小弟真要惹出什么弥天大祸,可就不好办了。这几年,高干配偶和子女惹出的大乱子可不少。"史天雄想当然地说:"性格即人。承伟顶多会做点雅皮士之类的事情，出不了大事。单身贵族，买那么多房子干什么，有点怪。明天的外事活动，纯粹是个应酬。我去点个卯，然后去关心关心这个小弟。"陆小艺道："那就让他等吧。"一个哈欠喷薄出来。

这种无意的轻视，把陆承伟晾在了西山别墅。

红木镂花大座钟当当当响了九下，陆承伟有点烦躁了。在他的计划里，乔妮要客串半天女主人。已经九点了，齐怀仲还没有把乔妮接来，如果这时候史天雄和陆小艺出现，效果就差多了。想给助手齐怀仲打个电话，才发现别墅区的电话还没接通。花五百多万，买这种档次的软件服务，让陆承伟感到哭笑不得，眼见对登台亮相的戏失去了控制，他只好仰躺在沙发上闭目养神。

九点半钟，助手齐怀仲小心推开了半掩的房门。齐怀仲五十出头，不但有绍兴师爷的模样和精明，而且还有高级幕僚才能具备的精细，看见陆承伟真的睡着了，忙蹑手蹑足取了一张毛毯披在陆承伟身上。陆承伟睁眼看见只有齐怀仲一个人，知道事情有了变故，盯着齐怀仲看，也不说话。

齐怀仲知道陆承伟是生气了，说道："乔妮已在去机场的路上，她，她说没法直接跟你联系……"陆承伟站起来踱了几步，还是没说话。齐怀仲马上换个话题道："我给小艺打了电话，她在等天雄。天雄上午有个外事活动。我问了老爷子生日的事，小艺说家里昨天晚上开了个会，决定按往常惯例……"陆承伟忍不住了，侧过身自言自语道："是吗？开会了？"脸色多少有点难看。

齐怀仲为陆承伟沏了一杯茶，撩起窗帘看看外面的白色奔驰600，说道："这件事怕是做得生猛了点，家里人对你也不了解，送这份礼会不会吓着老爷子？当然，买房本身并不错，现在转手也要赚几十万。在西平做一两件大事，再做什么就自然了。这也是你一贯的风格。"陆承伟冷笑着呷口茶水道："乔妮呀乔妮，不就是开口要宝马我没接茬嘛!"齐怀仲赶忙接道:"也不怪她。广州有个大活动……"

陆承伟冷冷地说:"出场费有二十万?为二十万就来这一手……"齐怀仲又道:"恐怕不是单纯为钱……听说是上边也去人,最近乔妮进入了上面的视野……据我看,乔妮怕是身不由己,她一再让我向你表示歉意。这女主持人也是吃青春饭的,想找个大靠山……"陆承伟大笑起来,"肯尼迪的遗孀尊贵不?第二个丈夫是希腊船王!多大的政客才靠得住?连敛财防老的规矩都不懂,这乔妮也快过气了。到底只是个小地方的人,一得意就忘形。进入视野就乐成这样,将来怕是要哭干眼泪的。女人家,怎么敢押政治这一门!"齐怀仲接道:"乔妮也不傻,只怕是脚踩几只船哩。这三个多月,在她身上至少花五十万了吧。承伟,陆总,她押了政治这一门,以后就……"

政治在当今中国男女心中的地位,陆承伟一清二楚。乔妮跟着显贵去南方风光,他能理解,可猛然面对这个事实,心里也不可能舒展。在家族的舞台上,还无法演一个主角,怎么能和显贵争一个乔妮呢?再说呢,为乔妮这样的女人站在一股政治势力的对立面,实在不值当。陆承伟沉默了好一会儿,有些伤感地说:"中国的女人,优秀的实在太少了。我就是不明白,搭我这条船就上不了月球?看来,在乔妮眼里,我只是个有点小钱的人。女人都这样。"

齐怀仲眼珠子转了几转,说:"承伟,这么说,打击面太宽了吧。下面你要打大战役,乔妮攀了高枝,倒是省了很多心。不过,咱们承伟实业确实需要一个只认你这条船的姑娘。可惜这种姑娘可遇不可求哇。"陆承伟盯着齐怀仲看了一会儿,"谢谢你拐弯抹角的批评。我知道,前年对双凤太粗暴了一点。"说着,仰坐在沙发上,下意识地用手一下又一下拍着自己的脑门儿。

八年前的那个秋天,命运之神让还是北京舞蹈学院四年级学生的江南姑娘顾双凤认识了风度翩翩的陆承伟。在漫长的六年里,顾双凤一直心存和陆承伟一起走进婚姻的幻想,根本不知道初恋惨败的陆承伟心灵的创伤有多深,他已经把和年轻漂亮女性的交往看成是保持一个男人生命活力的一门必修课程了。这种错位的关系,一直持续到前年秋天。顾双凤想用一个孩子来使自己好梦成真,很顺利地使自己怀孕了。这件事在陆承伟看来自然是没安好心,骂顾双凤是个小阴谋家。齐怀仲深知顾双凤在陆承伟那里的地位,只不过是那个庞大女友乐队的首席小提琴手,用怀孕来改变和陆承伟的关系,就好比让浸淫交响乐多年的陆承伟天天只听小提琴独奏,也劝顾双凤把孩子处理掉。谁知顾双凤十分刚烈,做了人工流产后,就从陆承伟的视野中彻底消失了。这时候想起顾双凤,陆承伟心里弥漫着辨不出形状的怀念和几缕似烟如霭的淡淡愧疚。嘴上说想和他生一个或者一打孩子的女人多多,可也只有这个顾双凤不顾他定下的交往原则,自觉走向了做母亲的单行道。问题是这个曾经给他带来无限欢愉的女人,把一切都独自承受了,没给他丝毫用物质补偿的机会,这让自初恋后立下今生今世决不欠一个女人情债的陆承伟经常遭遇些许像是违背了什么誓言的痛苦。陆承伟干搓了一会儿脸,语气怅然地说道:"小凤走两年了。她确实是个好姑娘。也不知道她现在过得怎么样。想想也是我对不起她。黄鹤一去不复还,泥牛入海无消息呀。"齐怀仲面露惊喜神色,说道:"世界说大也很大,说小也很小。最近双凤遇到了不小的麻烦。她们歌舞团早已经无米下锅了,双凤又不愿意给那些莫名其妙的歌星当陪衬……"

陆承伟道:"她一直想进入影视圈,我应该帮她实现这个梦。"像是意识到了什么,猛地站起来,"老齐,你好像对小凤的情况很熟悉嘛。你什么时候跟她联系上的?"齐怀仲咬咬牙说道:"你成了双凤和男人交往不可逾越的高墙。我也是昨天才知道双凤的情况的……"陆承伟追问道:"她结婚了没有?"齐怀仲道:"承伟,这回你决心要到前台演出了,绯闻太多总不是个好事。说句心里话,乔妮今天去了南方,我挺高兴的,这种身份的人,沾不得了。我想,你现在最需要双凤这样的姑娘留在身边,什么事情她都能……"陆承伟打断道:"你别再啰嗦了,她现在在哪里?"

齐怀仲撩开落地窗窗帘,伸手一指,"她昨天到的北京,让我帮她找口饭吃,昨晚她就住在我家。没接到乔妮,我就自做主张,回家把她接来了。"陆承伟怔怔地看着外面的奔驰车,鼻子哼了一下,声音却没掩饰激动,"我说你怎么今天说了乔妮一堆'好'话呢,原来目的是推出双凤呀。是不是还说了我经常提起她,要你接她过来?"齐怀仲挠挠头,笑道:"什么都瞒不过你。你要是……"陆承伟笑骂道:"给我留个当好人的巧宗儿吧。小凤来得是时候,这么漂亮的房子,没个临时女主人,史天雄会怎么看我?"齐怀仲没想到陆承伟这么痛快就答应留下顾双凤,愣了一会儿,口吃地说:"这,这房子,不,不当礼物了?"

陆承伟大步朝门口走去,"我现在连参加家庭会的资格都没有,另作打算吧。你愣着干吗,接双凤去。我一定要让她风光个够。"

两人走出别墅,高挑、丰满、双眸含怨、通身泄出万种风情的顾双凤已经跨出车门,一分慌乱三分迟疑五分羞涩地站着,和这片住宅这西山这红叶构成柯罗笔下略带惆怅回忆韵致的风景画,等待陆承伟进入。山风轻拽着那一袭白裙的下摆,并把那勾在白玉般额头上的刘海儿吹出几丝凌乱。陆承伟也不说话,微笑着望着顾双凤秋潭一样泛着黛青的眸子,很自然地抬起左手搭在那溜溜的右肩上,右手在空中一划便成了灵巧的梳子,轻巧地进入那乌黑的刘海儿里。顾双凤小白桦一样的身子颤抖起来,抖着抖着,便伏在陆承伟宽厚的肩头,化成风过桦林的声声呜咽。

　　姑娘这时并没意识到,这一回头,一生的命运便彻底改变了。历史、现实和未来像一条细细的丝线,把她在初秋西山如画的空间里放飞了。

　　史天雄随意睃了睃这幢北欧风格的豪宅,心里莫名地感到一阵发紧,站在底楼门口,朝装饰布置典雅、豪华的大客厅瞥了一眼,抬起脚朝游泳池走去。陆承伟当然不知道史天雄此时的心境,见史天雄如此敷衍,略感不快,忍不住说道:"天雄,北京还有比这更值一看的私人住宅吗?我真该做一个阿尔卑斯山上的那种指示牌①,给你提个醒儿。"史天雄放慢步子,侧身道:"尝鼎一脔,便知肉味,你真要我吃个肚子圆吗?我挑出十个不足处,管用吗?房子早姓了陆。你的财运之好,大大出乎我的意料。要命的是,这些年,我听你哭穷次数太多了。是城府?还是谋略?你早不是当年可以无话不对我说的小弟了。你请我和小艺来看房子,是醉翁之意不在酒。"陆承伟吸口长气,跟了过去。

　　陆小艺看见陆承伟又置一处豪宅和美女,眉头就锁上了,想起自己下海初期的辛苦,也跟着埋怨道:"跟你姐也不说实话。三年前,我办园艺影视公司,四处找钱,你连句话也没有……"瞥了一眼跟过来的顾双凤,不说了。

　　陆承伟感到了一些满足,毕竟姐夫和姐姐都在谈钱,笑了笑说道:"小凤,泡几杯茶端过来。姐,三年前我要帮助你,你的园艺公司就没有今天了。能得到天雄这么高的评价,是一种成就啊。不是十五大肯定了私营经济的作用,我还得继续哭穷。在中国,做什么不需要谋略?说我对你们也玩城府,就言重了。咱们这个家,什么都不缺,只是缺大笔应急应变的人民币。天雄官越做越大,姐这

------

① 指示牌一般写有:留步,请仔细欣赏。

大管家越做越好,我只能想着挣越来越多的钱。我像你们一样热爱这个家呀。"

陆小艺见没了外人,关切地小声问道:"小弟,前些日子乔妮不是和你在一起吗?又换了?这个也有点眼熟。"陆承伟道:"这是个老朋友,聚聚散散处了七八年了,她们歌舞团散架了,我总不能坐视不顾吧。乔妮嘛,是大众情人,偶尔聚一聚,是玩个身份。她去南方参加一个重要活动,要不然……"说到这里,他突然停下了,讪讪地笑笑。陆小艺哪里知道陆承伟为什么欲言又止,拿出姐姐的身份,语重心长起来,"小弟,你可别忘了坐吃山空这句老话。你买这么多豪华的住宅,养这么多交际花,实在太……"

史天雄冷嘲一般地哼一声,拉一把沙滩椅坐下,看看这片充满异域情调的豪宅,忍不住接道:"太荒淫无度?小艺,你错看了你小弟了。陆承伟不是暴发户,羡慕的不是妻妾成群。他玩美国式的情感游戏,也用不着广置行宫,有点喜新不厌旧的度量就够了。"陆小艺接道:"小弟,你在西直门的房子也不小了。这座房没两三百万买不来,你何必撑这个面子。"史天雄看了陆承伟一眼,再把目光落在西山口处,"陆承伟觉得撑这个面子很值。这幢别墅,占地不少于一千五百平米,只用看看这游泳池的质量,肯定不是豆腐渣工程。再看这位置,坐西北朝东南,摆把龙椅可俯视京城和华北平原。有一种说法这几年在富人堆里广为流传,说北京的地气是从前面这个山口进来的……"陆小艺吃惊地说:"你也信这种胡说八道?"史天雄道:"我不信,可挡不住有人信。富人们一斗气,开发商肯定赚个盆满钵溢了。保守地估计,咱们这个小弟买下这幢房,至少得用五百万。"

此语一出,把姐弟俩都震住了。陆小艺这两年也赚了一些钱,可还是无法想象拿五百万买房的事,连连摇头道:"不值不值。小弟,是不是花了五百万?"陆承伟道:"佩服,佩服。五百五十万,基本建设再搞一搞,六百万打不住。天雄,这些年很少深谈,想不到你还算得上我肚里的蛔虫呀。说下去,说下去。"陆小艺严肃地说:"拿六百万在这买个房子,太浪费了。"史天雄看着陆承伟说:"承伟,据我对你的了解,你还舍不得花六百万自己享受。要是我猜得不错,这是你为爸爸八十五岁大寿准备的一份贺礼,请我们过来,是帮你拿主意呢还是给我们洗洗脑,目前我还无从判断。"

陆承伟听得呆住了。这时,顾双凤把沏好的茶端上来了,笑吟吟地说:"让你们久等了。隔夜开水泡云山白毫败味,我另烧的开水。史大哥,小艺姐,尝尝吧。"陆小艺仔细打量了顾双凤,端起青瓷茶杯抿一小口,道:"你是哪里人,对茶还挺有研究的。"顾双凤嫣然一笑,"我是浙江金华人。我母亲出身茶人世家。沏云山白毫还不能用沸水,把茶叶烫死就败味了……"陆承伟摆着手打断道:"先别谈茶道了。你先去把中午的菜准备好,等老齐带了野味回来,你好好露一手。天雄,继续说下去。买这个房子,与爸爸的生日关系不大。"顾双凤静悄悄地走了。

史天雄不客气地说:"一句实话没有,你还让我说什么?"

陆承伟声音先怯了,"都是实话,都是实话。"

史天雄伸手指指专供轮椅通过的几条便道说:"那你就是准备当个孝子了。装修时能考虑到爸爸通行方便,难得,真难得。"陆承伟由衷地说道:"到底还是我的天雄哥,什么都瞒不过你。我呢,这些年不该只把你看成一个早被异化了的官员,像承志大哥那种官员。老爷子,老太太都是胖人,夏天住在城里太难过,有这么个避暑场所,姐也用不着整天担心他们得空调病了。"陆小艺脸上终于有了笑容,说道:"心是好心,只是花钱太多了。爸当年不该跟着邓伯伯一起退下来。他要是再干三年,西山这边也会给他分一处避暑的房子。昨天爸还说你在美国待久了,没有丝毫家庭观念了。中国人到底还是中国人。"史天雄这才认认真真看看小楼,再看看陆承伟的装束,不经意地轻叹一声说道:"承伟,我不得不承认,我低估了你的丰富性。以前,我看你留这种鸭屁股发型,留鬓角,穿暗条西服,只是把你看成一个猫王普莱斯利①的模仿者……"

陆承伟又一次露出了诧异,紧接道:"我也错看了你,想不到你对猫王还挺熟。本人最喜欢的唱片,便是伟大的普莱斯利的《伤心旅馆》。从文化心态上,中国人实际只比美国人滞后二三十年。七九年我刚到美国时,一听《伤心旅馆》,便迷上了,感觉他是在替我唱。你是什么时候知道普莱斯利的?"史天雄又露出了一贯在陆承伟面前高高在上的神情,语气也变得有些居高临下了,"我可能比你更早知道世上有个能让整整一代美国人疯狂的猫王。七十年代中后期,中国已经有了威廉·曼彻斯特②《光荣与梦想》的中译本了,普通读者那时看不到,军事学院的图书馆里,最迟七八年初就有这部书了。你对普莱斯利的解释还有点意思。你这个越王句践的追随者可能更有意思。只是你想用六百万引导你登台亮相的想法过于超前了。"

陆小艺没有比较中国与美国的心情,已经在考虑如何利用这幢别墅让父亲长寿更长寿,一听史天雄表露出了反对意见,忙说:"什么叫超前?爸爸很需要这样一套房子。"史天雄呷了一口茶水,"你们别忘了爸爸还是个经济学家,腿不方便,脑子还很清醒。冷不丁发现家里出了一个资本家,还是个大资本家,资本家还是个中性的称谓,谁知道爸爸知道承伟已拥有这么大的资本后,会怎么称呼他这个儿子?承伟如果没有上亿元的流动资金,也没能力在父亲的生日上做出这样潇洒的锦绣文章。如果爸爸这位共产党的经济学家找不出儿子这亿万家私的合法性,他敢接受这件贵重的生日礼物吗?小艺,爸爸的心脏是不是真的一点问题都没有,敢不敢

---

① 普莱斯利,美国人,五六十年代著名摇滚歌手。
② 威廉·曼彻斯特,美国人,著名历史学家。

冒这个风险?"

陆小艺也听出了这番话中有挑衅的味道,只是不明白史天雄为什么这么尖锐地提出了这些问题,即便对陆承伟可能拥有的亿万家私有疑虑,兄弟之间的提醒难道不能选个和风细雨的方式?一刹那间,面前的两个亲人都显得陌生起来。陆承伟站了起来,沉着脸在游泳池边上的草地上踱了几步,背对着姐夫和姐姐大笑起来,笑得浑身直颤,接着无奈地说道:"天雄,你骨子里到底只是个共产党的官员!你听什么猫王,看什么曼彻斯特,纯属猎奇。你对我的经营尚一无所知,就这么武断地怀疑我拥有资产的合法性,真让人长见识。有罪推定何时了哇!"

火药味登时浓烈起来。

史天雄并不退让,针锋相对道:"你这个哈佛工商学院的MBA高材生给我解释一下:用不足二十年时间,由不名一文的穷留学生合法地变成一个亿万富翁,概率有多大?"陆承伟转过身,阴沉着脸冷笑道:"你到底只是个政治动物。哪怕概率只有亿万分之一,也有被人抓住的可能,而我,正是那个抓住了它的人。我到美国时,比尔·盖茨连十万美元的年薪都挣不到,今天,每一天他的财富能净增四千万美金。和他相比,我积累财富的速度是不是太慢了?我的大司长!我可以负责地对你这个姐夫说:本人拥有的每一枚铜子儿,都是环保型的,永远都不会散发出阻碍你在向上的台阶上勇往直前的毒雾。"

史天雄一时语塞了。他也站了起来,伸手拍拍陆承伟的肩膀,"你别激动,你别紧张。确实,我是一个共产党的官员,自认为还很纯粹,看见这六百万,确实……作为你的姐夫,又看过那么多自称清白最终却……我是怕有一天检察官会不请自到。"又重重地拍了陆承伟一下。陆承伟眼睛里弥漫了温和的光亮,笑道:"请你十二分地放心,今生今世,你我两兄弟,决不会有隔着共产党监狱的铁窗说话的机会。因为,第一,我是共产党人的儿子,我深爱这个政权,我深爱这个国家;第二,我在公民纳税意识最好的国家形成了我做人的基本理念;第三,我的亲人们如今还都是真正的布尔什维克。天雄,如果像我这样的人,掌握中国私营经济中百分之四十的资本,你就高枕无忧了。"

陆小艺一看两人的语气都有缓和,忙说:"换个轻松的话题吧。这个房子暂时别让爸爸知道。安心吃野味吧。"

# 第 二 章

"我们命该遇到这样的时代"。

莎士比亚这句著名台词的意义,在陆川县委第一书记田青廉、县长秦思民心里,正在逐步变成一声沉重的叹息。这样的时代已经变成纷沓而至的各类突发性事件和他们紧紧拥抱了。重复了多次拆东墙补西墙过程中的损耗,已使挡风的屏障越变越矮,矮到了伸腰一探脖子,就可以感受到东西风对吹的冰凉肃杀之气。发展电力基础工业,缺少的资金,他们决定吃财政饭的一万多人勒紧裤带奉献一两个月薪水;两千多教师无米下锅不得已上访告状后,他们又决定用增加农业税的方式弥补上一轮的决策失误;当看到外地无端增加农民负担的事件被中央电视台《焦点访谈》节目曝光后,他们就只能庆幸中央电视台没在陆川设立记者站了。社会的大转型,成功的要诀在于整个过程中保持稳定。于是,摸着石头过河摸到深水区后,他们作为一地父母官的成就感便被无情地剥夺了。几年来,他们已经记不得演过多少种角色了,留下深刻印象的角色,恐怕只有探险队队员和救火队队长两种。

大环境的骤变,使他们这对搭档,成为陆川近五十年历史上,最团结、最能相互支持的一对。在植物园里,谁只想做那护花的绿叶?在官场的台阶上,有谁把向下滑行当做人生的成就?三年前,田青廉是作为清江市市级领导的替补来到陆川的,他自然想以冲刺的速度,用政绩换回荣升的通行证。秦思民在陆川已经呆了近三十年,和他一起来陆川老区插队的十名北京知青,二十年前已经随着一次社会潮汐,流回生他们养他们的京都了。秦思民真的想老死陆川吗?不是的。从他娶了个北京籍清江媳妇,从他过了二十几年牛郎织女般夫妻生活上看,陆川决不是他选定的人生终点站。北京的父母早已年迈,田青廉调来时,他在县长的位置上已经坐了近两年,血缘的深层呼唤,向上的台阶的诱惑,决定了他在官场的羊肠小道上注定要采取的攻击姿态。同时,他们两个都是能领悟到S省现任第一书记蒲东林司令员的"班长论"妙处的聪明人。五年前,蒲东林在省长的位置上已经干了两年,中央一纸任命,派来一个张书记接替了离职休养的王书记。在张书记上任不久的一次党代会上,蒲东林手扶麦克风,讲了这样一番话:"S省的干部队伍,好比一支作战部队,我是司令员,张书记是政委。中央明确指出,一切以经济建设为中心。搞经济就是打仗,打仗的时候听谁的?当然要听司令员的。你们都是跟我打了多年仗的老部下,一定要尊重我们新来的张政委,一定要把他的思想政治工作当成动力,好好跟着我打胜仗。"一年后,可能是为了不浪费人才,一纸调令,张书记去邻省当书记去了,一纸任命,蒲东林变成了省委第一书记,一次选举,又选出个王省长。王省长上任不久,蒲东林在省委常委会上又讲了一番话:"我们常委一班人,就是领导全省八千万人民奔小康、奔现代化的火车头。领导班子,领导班子,我们就好比一个班,我是班长,王省长是副班长。中央领导集体有核心,我们这个省委班子也有核心,这个核心就是班长。现在的中心工作是抓经济,抓经济就好比打仗,要一切行动听指挥。听谁的指挥?当然是听班长的指挥,只能有一个声音,命令一乱,肯定吃败仗。道理就这么简单。"田青廉到陆川走马上任后,陆川的经济形势已经全面恶化,他和秦思民已经没有心思和精力来展开几个战役,弄清谁是陆川的司令员和班长了。

十五大召开前夕,田青廉和秦思民又一起经历了因基金会问题引发的政治危机。城关镇人民政府的扶贫基金会五年前被新上任的党委书记丁显华变成了一个小银行。高息进高息出的操作,吸引了大量储户。三个月前,丁显华还是陆川政坛炙手可热的新星,经济上的大能人。两个月前,丁显华突然间被清江市公安局抓走了,犯的事当然是十分常见的贪污受贿和腐化堕落。这种像普通感冒病毒一样的犯罪,哪个县每年都要出个十起八起,已经没有引发全局政治危机的能量了。谁知这件事先引出一场基金会挤兑风波。等发生了一个储户跳楼自杀的恶性事故后,田青廉和秦思民才全面了解了基金会触目惊心的现实。基金会的储蓄额已高达一亿四千五百万,其中三千二百万已高息贷给了陆川三百二十六位私营业主,一亿一千两百万则贷给了陆川二十八家国有企业。个人贷款有百分之八十经过丁显华之手,到丁显华案发时,从基金会贷款百万元以上的私营业主,已有八个破产后逃亡,六个进了监狱。为了使事态不致再度恶化,田青廉和秦思民下令让国有企业在一个月内还清全部贷款。此令一出,他们才发现报表上亏损面不足百分之十五的陆川国有企业,实际上已有百分之九十五还不起基金会的高息贷款了。因为基金会已出了命案,两个父母官只好硬着头皮严令企业还钱。这一逼,又把工人逼上街了。

　　度日如年的田青廉和秦思民在电视讲话中,向全县基金储户做出一年还本的承诺后,只能全力以赴解决陆川的国企问题。十五大闭幕的当天,两个人进行了一场直截了当的交谈。秦思民说:"上面有了政策,不行就先卖几个。还有七八千万的大窟窿,财政补不起呀。"田青廉骂道:"都存着落井下石之心,怎么卖?蒋家沱的蒋明安提出买丝织厂,可他四十岁以上的工人一个都不要,怎么卖?"秦思民哀叹道:"可是,再拖下去,瘦死的骆驼怕还值不了一只羊的价。在陆川这样的老区穷县,股份制也搞不起来。我看,还是只有卖这一条路可走。"田青廉表情痛苦地吸着中华牌软包装香烟,说:"企业都私有了,你我在陆川算什么?你甘心做一届看守内阁?工人阶级名义上总还是领导阶级吧?把他们当足球踢给蒋明安这些人,先不说他们的政治待遇问题,留下的老弱病残大包袱,政府能背得动吗?你看是不是到上面走动走动,找人牵线寻个大企业把咱们稍大一点的企业兼并了?陆川还是有些过硬关系的。"

秦思民十六岁由北京到陆川,一待就是三十年,陆川的关系这种中国特色的无形资产,他算得上如数家珍了。陆川出武将,五五年到六五年,有四十二位陆川子弟戴上了将军衔。这十多年,陆川还有十五位将军在领导千军万马。可这一笔无形资产,在和平时期根本没用途。十年前,秦思民刚当副县长,就动过利用这笔无形资产的念头。他亲自去找军阶最高的大区司令员董树槐,请董司令支持一下家乡建设。也赶得巧,正赶上董树槐即将离职休养,秦思民才算带了三十辆部队报废的解放牌卡车回了陆川。这批车只在陆川境内跑了一年,都进废品站了。这四五十年,文官最显赫的家族,只有陆家湾的陆家。陆震声、陆震天两兄弟,红军时期就是S省名震一时的人物,他们俩的脑袋上了国民党的悬赏榜,都值上万枚袁大头。四七年,陆震声被叛徒出卖遭杀害时,已经是中共S省委书记了。秦思民和史天雄、陆小艺同过七年学,对陆家第二代的情况也一清二楚。史天雄是个圣徒型的人物,便是手中有权,会帮陆川这个忙吗?这种人心里即便有故乡,这个故乡的名字也只能叫中国。邓小平十四岁离开广安,到死都没踏上故土一步。陆震天十八岁离开陆川,六十多年,不是也没回过家吗?陆震天的长子陆承志,留过苏,又身居副部长高位,可他主管的是国家的电子信息产业,就是说情让天宇这种大企业兼并了陆川的开关厂,也改变不了大局。陆震声的遗孤陆承业,倒是一位企业家,十年前还是全国十大企业家,可如今他领导下的红太阳集团,天天都在走下坡路,也是无法指望的。秦思民知道田青廉初来乍到,就把陆川在上层的无形资产详细分析了一番,最后得出了这样一个斩钉截铁的结论:"陆家都没人能帮我们,别说其他人了。"

"老秦,你遗漏掉一个陆家的重要人物。"田青廉用十分肯定的口气说道:"能解救你我于水火之中的人物,你怎么能遗忘呢?"秦思民扑哧笑将起来,"你是说陆小艺吧。春天我还在北京见过她。如今,她一半精力在经营她的影视公司,一半精力在照顾陆老的身体,恐怕再没精力帮咱们陆川救火了。"田青廉道:"你怎么把陆承伟给忘了。这可是陆家出的一个了不得的人物,大资本家。"秦思民大笑起来,"老田,你也太抬举他了吧。陆承伟我怎么不熟悉?插队时他去了云南,不到半年就跑回陆川了。仗着陆家在陆川树大根深,七四年被推荐上了大学。后来又到美国镀了金。回国后我还见过两回,身边倒是不缺漂亮年轻的女人。听天雄说,他炒过房产什么的。陆承伟在陆家根本没什么发言权,靠父亲的荫庇成就的一个百万富翁,能帮得了我们什么忙!"田青廉没掩饰自己的情绪,冷笑一声,"彻头彻尾的经验主义。你只记住一个人穿开裆裤时的事情,除了流过河鼻涕、尿床、偷东家核桃西家梨,当然什么也没有了。怪不得你在县长的位置上一窝就是……"停顿一下,换种口吻说:"老秦,如今可是信息时代呀,信息不灵,干什么都要吃大亏的。陆老是下来十年了,可他只要活着,这棵大树的树系只会越来越发达。刚才听了你对陆家的分析,没考虑到土地里生长的根系。据我了解,从陆府出去的人,在副省级以上位置的,有十二个人。咱们省主管经济的江副省长曾当过陆老的生活秘书,西平市长燕平凉在陆家工作了六年。就这两个人,解决咱们目前的困难,不过举手之劳。当然,人走茶凉也需要考虑进去。可陆老是什么人?是邓大人嫡系中的嫡系,是为邓小平理论做过直接贡献的老人。十五大提出的政治纲领是什么?是高举邓小平理论的伟大旗帜。这十二个副省级,只有吃错药了,才会让陆老喝隔夜凉茶。"见自己说得过分深沉了，又找回一个话题说："陆承伟在美国读了 MBA，回中国挣钱，又有这样的家庭背景，不跟秋风扫落叶一样吗？报纸上吹的牟其中之流，根本算不上中国的富人。真正的大鱼，肉眼看得见吗？江三公子说，据保守估计，陆承伟的个人资产应该超过五个亿。"

秦思民惊叫道："这么多？不可能吧。"田青廉道："信不信由你。江三公子是什么人？号称 S 省富人三甲，见了陆承伟，还要亲自为他开车门呢。摊上这样的事，咱们俩只能一起用力把它扛了。上个月，陆承伟已经在西平注册了一个公司，据江小三说，注册资金就有九位数。"秦思民感叹道："老田，你才算进了信息时代呀。"田青廉道："我们已经错过了接近陆承伟的一个时机。月初，陆承伟已经回来过一趟，名义上是祭祖，实际上是回来考察投资环境的。"秦思民觉着不可思议，忙问道："你怎么知道的？"田青廉道："他已经在陆川设了个办事处，办公地点就在陆川宾馆 106 号房。"掏出一张名片递给秦思民，"这是陆承伟的一个堂弟。"

名片的主人叫陆承祖，头衔是：承伟集团公司驻陆川办事处主任。秦思民把名片还给田青廉，"你说该怎么办？陆承伟肯帮我们吗？再说，贸然去找他们，合适吗？"田青廉道："侯门深似海，是该找个好由头。咱们虽是七品芝麻官，做热脸亲人家凉屁股的事，也有伤尊严和官仪。重阳节，是陆老八十五岁大寿。通过你的老同学史驸马和陆公主这层关系，送上一份别致的贺礼，恐怕不致被拒绝。瞅个机会诉诉苦，剩下的只能听天由命了。"

两个故乡父母官救急的计划，又一次给陆承伟提供了在家庭这个大舞台上登台亮相的机会。陆承伟从陆承祖那里得知田青廉和秦思民将带着一张由五个未婚姑娘赶织的真丝挂毯，来北京为父亲祝寿的情报后，暗自乐了。官员们到更大官员家里走动，无非只有两种目的，一是跑官，一是请救兵。到陆家这种家庭跑官，七品和从七品显然不够级别。秦思民如果会赶跑官的潮流,早能利用和陆家的关系离开陆川小县了。田青廉小秦思民四岁,能在秦思民呼声很高的时候,抢站在陆川最高的一级台阶上,显然是个人物,但越是官场的好手越精通规矩,在和陆家的人都没建立私交的情况下,决不会为私事走进陆家的大门。他们来祝寿的目的,只能是请救火队。而陆川最危险的地域,眼下只能是国企这一行了。陆川正是陆承伟谋划很久的一个大战役的起点,能在大战前见见未来的合作者,真的太美妙了。陆川的病根是缺钱,陆震天已经治不了这种病了。

这一天下午,陆承伟算准了时间,回到了父母的家。田青廉正在哭丧着脸哭穷,一点也没有县里百姓在电视上看到的父母官的风仪和派头,"陆老,你开出的药方,眼下治不了陆川的病。中西部老区,底子太薄了。租赁和股份制,成功的前提是大部分陆川人手里有活钱。个别底子好的厂子,还能勉强试试搞股份制。市场前景不好,加上经济形势不景气,积极性也不高。所有权转让,前景也不妙。全县有实力的私营企业,本来就不多,他们盯上的只是几家基础比较好的企业,一个小包袱也不想替政府背。陆老,真的很作难呀。革命成功半个世纪了,当家做主的工人给国家贡献很大,当包袱扔,说不过去。小而全搞了几十年,积重难返呀。陆老,这一步要是走不好,我们肯定就成了千古罪人。"陆承伟暗自发笑:基金会的事怎么不提?什么都变成买方市场了,人家当然要挑挑拣拣。日子都过不下去了,要一个空头主人的名分有什么用!这个姓田的倒很乖巧,知道老爷子最关心政权的稳固,把自己猛朝忧国忧民方面塑造。陆震天沉思了一会儿,沉重地说:"谢谢你们给我们报了喜又报了忧。我知道,如今县一级的领导最难当,难为你们了。中国的改革,已经到了攻坚阶段,攻坚战取胜的要诀,就是每个指挥员和战斗员都要顶住,一个都不能退缩,一退缩就会前功尽弃。所以，你们还要继续顶住，不但要顶住，而且还要杀出一条血路，攻上去。你们有什么好的建议，可以提一提。"

秦思民接道："陆老，我们水平有限，想不出绝招。我们想，把县一级的国有企业都卖光，也不是个办法。说句不该说的话，全国县域经济都私有了，经济格局就形成了农村包围城市的局面。中国的城市化程度不高，光靠城市的大中型骨干企业，能保持所有制形式不变吗？我们有个不成熟的想法，说出来你看有没有道理。如果能寻找几家国有大企对口企业，把陆川的骨干企业兼并了，大企业也壮大了实力，小企业也摆脱了困境，也能避免经济上农村包围城市。我们还有个小请求，想让老首长义务当当红娘，把陆川的几个俊姑娘嫁个好人家。"陆承伟心里冷笑一声，又是一个史天雄！看看老爷子怎么解决这个难题吧。

史天雄这时候说话了："思民，你这个办法好是好，可惜行不通。你这种体内循环流动的想法不错，也只能是想法不错。大中型企业的具体困难，你们可能不大了解……"陆震天打断道："也有个沟通不够的问题。天雄，你这些年一直和大中型企业打交道，看看有没有对口的企业，给陆川介绍几家。小秦的思路清晰，有大局观。可以先做些试验嘛。"史天雄为难地摇摇头，苦笑一下道："爸，这种办法我们早就想试了，试不下去呀。我们电子信息部，两年前就造了个天宇与红太阳合并的方案。行不通。红太阳已经连续亏损三年，天宇集团去年的利税就有三十四亿。今年提出让天宇兼并红太阳，还是没做成。强行合并，风险由谁来担？前两年的翻牌公司，搞垮了多少家企业？"

史天雄这番话一出，立即冷了场。陆承伟一看火候刚刚好，咳了一声，踌躇满志地从门口走到客厅中央，用轻松的口吻说："两位家乡父母官不到万不得已，也不会开这种口。天雄，你这个大司长不能把话说死了。邓大人的话你们忘了？思想再解放一点，胆子再大一点,步子再迈快一点嘛。有的问题,最好不要争论。你们陆川的闺女,可不是不愁嫁的皇家女,再这么挑挑拣拣,恐怕只能老死陆川了。这件事,我倒是可以帮你们想点办法。陆川的国企,也是缺两个东西,一个是机制,一个是资金。当然,这也是国企普遍缺少的东西。陆川的国企毕竟是只小船,说不定我真能为它出点力。"

田青廉一看陆承伟现了身,大喜过望,忙站起来,堆出一脸媚笑道:"陆总肯帮忙,陆川的国企就有救了。你是高人,伸手就抓住要害了……"陆承伟做个手势打断道:"你不用奉承我。我答应帮你们想点办法,不过是想帮我爸分点忧,帮我大哥和我姐夫解点难。陆家在陆川也算有点影响,你们这些父母官不到万不得已,也不会开这种口,陆家帮不了你们一点忙,传出去就不大好听了。天雄,你说是不是?"史天雄知道这是小舅子故意出的难题,怎么回答都不是,只好盯了陆承伟一眼,咬着牙沉默着。

陆震天听见小儿子敢碰这种难题,自然不信任,狐疑地看着陆承伟,问道:"承伟,你知道这是多大的工程?陆川的情况你了解吗?一个男人,可不能有信口雌黄的坏毛病,要一诺千金。"

陆承伟恭顺地站在陆震天面前,像个给老师背诵课文的小学生,大声说道:"爸,这些年我不是在商界行走嘛,学没学到一点真本领,正好可用这事检验一下。这些年,我一直在寻找这样一个机会。全局的事,我不敢多说,您和天雄是专家。陆川国企的事,我还有点发言权。前一段我回去给爷爷上坟,顺便看了看几个企业。陆川的国企问题,抓住主要矛盾,解决起来并不难。地毯厂、袜厂、丝织厂、制药厂、水泥厂是骨干,把这几个大厂的问题彻底解决了,陆川的国企危机也就平稳度过了。现在解决,正是时候,国家已决定在经济上向中西部倾斜,把政策利用好,把时机抓住,也就差不多了。两位父母官,我还知道许多更详细的情况,咱们找个时间再谈。"陆震天将信将疑地看着陆承伟,问道:"你真有办法?"陆承伟笑道:"爸,陆川不就是想嫁出几个闺女嘛,我要是没把红娘当好,咱们家把她们都娶回来,不就成了。重承诺,我懂。"

陆震天看小儿子这样郑重其事,叮嘱道:"这件事就交给你了,也算我对你的一次考试。考砸了,可别怪我惩罚过严。"陆承伟道:"我不会拿家族的声誉在故乡当儿戏。"转过身道:"两位父母官,明天我们约个时间详谈,今天就让老寿星歇歇吧。"

田青廉和秦思民知趣地告退了。史天雄和陆小艺跟出去送客。

苏园推了轮椅朝卧室走,嘴里埋怨道:"这种事也来添麻烦。会客不能超过半小时,鸡蛋大的字,竟看不见。"陆承伟帮着推轮椅,"妈,皇帝还有三家穷亲戚呢。事关陆家的荣誉,该出手时当出手……"陆震天威严地打断道:"纸上谈兵没有用!"

苏园从卧室出来,就埋怨儿子不该揽这种事,说:"你爸本来就对你有成见,县份上的事,难缠着呢。"陆承伟翻看着报纸道:"妈,我从不做赌徒做的事。这件事,我决不会给爸爸脸上抹黑的。"

史天雄刚好回到客厅,问道:"承伟,你打算怎么做?陆川国企有上万名工人,这件事可不像炒地皮那样容易。"陆承伟耸耸肩道:"你不接招,我再不接,爸爸的面子怎么办?怎么做,我还没想好……"陆小艺关切地说:"小弟,你没把握,就不该把话说满。爸爸革命七十年,生活、战斗过的地方多了,这些破事都要管,累死全家。不管这件事,还怕他们散布流言不成?"陆承伟冷笑道:"这事有什么难办的?陆川的基金会已经闹出人命了,那些小国企欠基金会七八千万,按下葫芦浮起瓢,已经要崩盘了。我随便动几个手术,就是陆川的大恩人。那个搞基金会的镇党委书记,在陆川和清江有八套住房,养了六个情妇,受贿三百多万,可三个月前,还是常务副县长的人选,最热门人选。他们不说家丑,爸爸和你们自然也想不到。那个秦县长是你们的同学,我不便评论。那个爱民如子的田书记怎么样?抽的是软包装中华,四十多一包。看他的指头,就知道他一年要抽掉多少吨民脂民膏了。你们以为他们真的是为国企的前途呕心沥血?多半是为乌纱吧。保乌纱干什么?卖官敛财。"停下来看看史天雄,"嫌我用夸张的笔法把你们的官场描得太黑了?还是疑惑我从哪里了解到这么真实的底层生活情况?我说过,我也忧国忧民,只不过咱们的忧法不一样罢了。我这么说没细节,好,说个细节给你们听。六叔家的承祖,你们还记得吧?当过咱们陆家湾的副支书,后来辞职经了商,欠了别人六万元债。这次我回去,他只给我提了一个要求:给乡书记说说让他官复原职,这样才能还清债务。仔细一问,才知道我们的村官,已经要明码标价出售了。三年一届村支书,一万元;副支书,八千;村支委三千。计划生育专干,干一年要两千。为什么要花两千元买个计划生育专干?因为当了这个官,手里每年就可以掌握十来个生二胎的指标。政策是头胎是女儿,这女儿六至九岁时,可以再生一胎。哪一家都想在女儿刚六岁就再生个儿子。这就是计划生育专干们搞腐败的民间基础。像不像天方夜谭?承祖没当副支书,我把他收编了。报纸和电视看不见这些。咱们的老百姓可真能忍耐呀!所以,我敢接这个破事。一万个工人,今年春节每人从我手里领一百元过节费,他们就能记我三年!你们别为我担心,我不是个慈善家,我要在赚钱的同时……算了算了,再说就是商业机密了。"

母女俩对有人养六个情妇的事情略作议论,也就把陆川遗忘了。史天雄在家看完《新闻联播》,匆匆去一个小酒馆见秦思民。

秦思民见陆承伟答应得太爽快,心里就直打鼓。回到宾馆,陆承伟的请柬已经在房间恭候了。详谈的地点是凤凰海鲜大酒楼呈祥厅。田青廉也觉得陆承伟有些过分热情,建议秦思民从侧面摸摸陆承伟的底牌。

史天雄一落座,开门见山道:"你的用意我清楚,可惜我帮不了你。我也是近些日子才知道承伟已经成了亿万富翁。他这么主动提出帮你们渡过难关,出乎我的意料。他究竟想在陆川干什么,我想不出来。我来见你,只想给你提个醒:承伟是个商人,赚钱恐怕是他的惟一目的,而你们的企业都属于国有资产。"秦思民把酒斟上,伸手指指自己的脑袋说:"这个东西不是酒壶。早几年,不贪财,不经常上错床,这太平官能做一辈子。如今呢,危机四伏,离监狱越来越近,一个闪失就进去了。原先想,哪里的黄土不埋人,一过四十,才知道一方水土养一方人。下午路过老皇城根儿,听老票友唱一嗓子京韵大鼓,这鼻尖就一股一股地酸。我知道该回来了。可眼下这个关口过不去,我还能回来吗?三十年了,斗转星移,沧海桑田,不知今生何处了。来,喝一杯。"史天雄默默喝了酒,问道:"你们那里的一个基金会是不是闹出了命案?"秦思民呆呆地望着史天雄,没有回答。史天雄又问:"一个副县长人选,有八处住房,养六个情妇,是不是真的?"秦思民一脸无奈,摇头叹息道:"都是些家丑,说不出口哇。陆老听了肯定生气。你的消息很灵通,也很准确。"

史天雄自饮一杯,痛苦地闭了一会儿眼睛,自言自语道:"可怕。你抬举我了,在京城呆久了,呆久了。承伟是我家里的人,我对他基本上是一无所知。这些都是听他说的。如果他不是早就打上了陆川的主意,那他就是个天才。他把你们研究得很透了,而你们却像我一样,对他一知半解。他还不至于坑你们,可他到底想干什么呢?"秦思民也无法回答这个问题。接下去,两个老同学只能借酒叙旧了。分手的时候,史天雄又问:"思民,在陆川,是不是花一万块钱就能买个村支书当三年?你要说实话。陆承伟说,想当一年村计划生育专干,也要投资两千元。是不是不好回答?"

秦思民难堪地笑笑,支吾道:"这,这也没什么不好说的。你说的这种情况,我还没遇见过。陆川出的贪污受贿案,还没这种例子。社会以权力为中心,没办法。眼下也只能割看得见的毒瘤。"史天雄很不满意这种回答,心里道:"癌症可是看不见的毒瘤,它是绝症。"

外面起了秋风,凉意沁人,两人的步子沉重起来。

第二天中午,田青廉和秦思民怀着希冀,忐忑不安地去了凤凰海鲜大酒楼。酒席一开,陆承伟就定了调子:设这桌上了龙虾、三文鱼和茅台的便宴,目的只是答谢两位父母官不远几千里来为父亲祝寿。五个花容月貌的年轻小姐,静静伫立每个人身后,像画中人一样无声无息,只在换碟子点香烟时才弄出几个小心翼翼的响。齐怀仲和顾双凤也只是一味地劝酒,一口的套词。满屋子响的都是亲热的话语,可两位县官感觉到与陆承伟的距离正在拉远,不禁感到燥热气短起来。酒在三杯中,田青廉还能分出精力比较一下顾双凤这枚熟透的桃子和身旁这些青杏的区别,见陆承伟主题这般明确,再也不敢分心,集中精力想着如何把谈话引向正题。田青廉说:"一个星期前,我们决定把公墓区……"陆承伟马上接道:"感谢你们在划公墓区时,还能想到陆家在祖坟安息的先祖。承伟再敬你们一杯。"

吃了一个小时,秦思民说话了:"承伟,咱们是不是接着昨天的话题谈谈?"陆承伟一拍脑门儿道:"你们不提,我都把这档子事给忘了。你们在父亲隐退十年后,还能记得他的生日,我们一家人都很感动。这种真情,如今比咱们的大熊猫还稀有哇。中国人常以父亲的出生地为籍贯,我应该算是货真价实的陆川人。陆川的国企问题,如今很好解决了,如今的政策允许卖给私人。如果你们信得过我的实力,选个十来家卖给我就行。你们彻底解决基金会遗留问题,只差七八千万嘛,很好办。喝酒,喝酒。"

秦思民和田青廉都愣住了,他们都没想到是陆承伟自己要买这些企业。

　　陆承伟要的就是这个效果,瞪着眼问:"是不想卖给我呀?还是觉得我买不起?中介的业务,我们早不做了。"自嘲地笑笑,"别说你们有这种疑问。有疑问是正常的。譬如怀疑我手里这些资本的来历,譬如怀疑我可能会趁人之危逼你们贱卖国有企业。我的亲姐夫也在怀疑我呀。你们不想卖给我,也没关系。我这个人,边缘了多年,没事就研究中央文件,我相信政策。你们如果只想大型国有企业兼并这一个结果,我恐怕就帮不上什么忙了。"田青廉忙道:"我们没别的意思,对老弟,斗胆称你一声老弟吧,你看上去也就三十出头,对老弟你的实力,我们也不怀疑。你要收购十家陆川的企业,我们听起来,像是在做梦。所以,我们一时……"陆承伟接道:"这就好办了。我收购哪些企业,我的办事处主任会告诉你们。你们要信我,可以着手对这些企业进行资产评估了。搞完评估,我们就可以进行实质性谈判了。人员包袱,我决不甩给你们。工人和农民如今活得都很难。我只准备裁员百分之十。"

　　田青廉和秦思民又被震住了。

　　陆承伟接着说:"收购后,我想搞成股份制,陆川政府可算百分之十干股。这只是我的初步设想。人挪活,钱挪也活,应该让陆川的企业都动起来。你们看呢?我再说一遍:这件事千万不能勉强。"

　　听到这里,秦思民还是把它看做天上掉下个林妹妹之类的梦想。这些企业让他呕心沥血多年,也让他头疼了多年。陆承伟出了钱,背着几十年积攒下来的沉重包袱,又无条件地送给陆川政府百分之十的干股,天下哪有这等美事?有一刹那,秦思民在想:是不是陆家在用这种方式寻找一个下台的台阶?不管,伤面子,管又管不了,只好这样大包大揽,逼你不好意思把破东西卖给他。可又一想:"一旦陆承伟是真的想买呢?错过这个机会也太可惜了。陆承伟买这些企业干什么？当玩具玩儿吗？"这个念头又冒了出来。《资本论》曾这样揭示资本家的本性：当利润能达到百分之三百时，这种人连杀头都不怕了。正不知该怎么回答，只听田青廉先表态了："陆总，我们回陆川就进行资产评估。陆川能出你这种高人，是九十万人民的幸事啊。"

陆承伟眼睛盯着餐巾看，慢慢地说："我想补充两点。第一，我是陆震天的儿子，红色政权的传人。我要是对陆川搞落井下石、玩空手道赚故乡人的钱，老革命家肯定会大义灭亲，陆川的父老乡亲会挖我家的祖坟。第二，我的承伟实业，与我爸、我大哥、我姐夫，没有丝毫关系。我们合作期间，我不想惊动他们。"看看手表举起酒杯，"两点半，我约见了一个日本客人，失陪了。来，为我们开始合作，干一杯。"

陆承伟如此轻描淡写，为这次合作留下一个巨大的悬念。面对陆承伟抛出的诱饵，两位陆川的父母官已经开始感到左右为难了。太急于出售，怕陆承伟借机压价；表现得不够积极，又怕陆承伟借故退出。非正式地一交手，陆承伟完全占据了主动。他认为，既然中国选定走市场经济的道路，就必须遵循市场经济的基本游戏规则，金钱必将成为中国社会的主角。至于他收购陆川的企业后，准备怎么运作，就先让别人猜测吧。

组织计划司副司长一天的工作，就这样开始了。

八点至八点二十，史天雄审看电子处的一份报告，报告的内容是全国VCD生产厂家第二年生产计划已突破两千万台，建议部里开个吹风会，给VCD热降降温。八点二十至八点半，史天雄带着这份报告到了司长办公室，简要向司长表明了对开这样一个会的意见。八点半至九点半，史天雄去计划处，参加一个短会，会议的内容是如何回复十二个小电视机厂在长虹电视机准备再次降价消息传出后,发来的救命呼号。九点半到十点,接了三个电话,为一个要离婚的副处长开了准离证明。十点到十一点,参加陈部长主持的一个如何领会十五大精神,再为企业放权的小型动员会,其中有四十分钟是宣读十五大文件。十一点到十一点二十分,史天雄又接了三个不关痛痒的电话,其中一个还是拨错了号码打来的。十一点二十,左腿旧伤处疼痛难忍,史天雄拿出热水袋,灌上开水,边给伤腿加温,边给刘玉林医生打电话,电话那边没人接。十一点三十,走廊里开始嘈杂起来,服务公司把盒饭送来了。

半天时间就这么过去了。吃着盒饭,史天雄回忆了上午所干的几件事,脸色凝重起来。部里为给VCD热降温,已开了两次会,可产量却在以几何级数逐年攀升。长虹已经搞了两次大幅降价,每次都引起小厂强烈反对,部里对价格竞争已失去了仲裁权。副处长离婚不离婚,完全是他个人的私事。十五大文件,已经在各种会上宣读过四次。刚刚过去的三个半小时,特殊意义在哪里?

陆承伟这三个半小时在干什么?他不敢细想。

十二点钟左右,史天雄再一次被这个念头攫住了:不能再这么继续下去了,要到红太阳去,到红太阳去。

红太阳电子集团公司,是电子信息部部属大型企业,地处S省省会西平市东郊。七十年代末,它叫红太阳电子管厂,厂长就是陆震天的亲侄子陆承业。整个八十年代,红太阳在陆承业的领导下,靠家电产品在全国的家电行业独领风骚,八八年抢购风正刮时,陆承业厂长签名的提货单,不但可以当做货币流通,而且曾使不少人一夜间暴富起来。进入九十年代,中国的家电出现了群雄割据的局面,长虹、海尔、天宇、春兰和康佳奇迹般地崛起后,红太阳就走上了下坡路。曾经当选首届全国十大企业家的陆承业在决策时,不过出现两次闪失,七八年过去,红太阳这个在八十年代末被称做航母的大型企业,竟不可扼制地走到了资不抵债的悬崖上。陆承业的第一个闪失,是过于相信红太阳牌子的影响力,心疼每年支付给电视台的一千二百万广告费。等他发现这个失误,想重新分割一块电视台黄金时段广告这枚蛋糕时,红太阳已显得实力不济了。陆承业的第二个失误,只是低估了中国人的购买力,在三年前准备上 VCD 时,投了否决票。

史天雄脱下军装在部里工作了八年,亲眼目睹了红太阳集团公司由盛变衰的整个过程。拿破仑在落难的时候,曾发出这样的感叹:从光荣到可笑只有一步之遥。陆承业这十年的经历,充分印证了这一点。那么,从可笑到光荣是不是也只有一步之遥呢?不是的。但史天雄认为,只要努力不懈,肯定能进入逆向而升的甬道。二哥陆承业在四五年里还没能止住红太阳下滑的势头,史天雄认为一个重要原因是陆承业太孤独了,孤独太久,一要感受高处不胜寒的凉意,一要用刚愎自用掩饰内心对孤独的恐惧。史天雄认为自己是可以帮助陆承业重回光荣的最佳人选。亲眼看到陆承伟在家里第一次亮相后,史天雄知道不能再等了。如果红太阳这样的国有大型企业都步履维艰,而只有陆承伟们的事业日新月异,再过十年八载,市场经济前面的社会主义将如何谈起?!直觉告诉他,该行动了。

下午两点钟,史天雄把一份情绪激动、字斟句酌的请调报告直接递到陈部长手里。陈部长埋头把不足八百字的请调报告足足看了二十分钟,微微抬了抬头,目光从眼镜框的上边越过,落在史天雄脸上十几秒钟后,问道:"你这个想法,找承志同志谈过没有?"史天雄道:"部长,我已经过深思熟虑,你是第一个知道我这个想法的人,因为你是部党组书记。我相信你一定会支持我走出这一步。"陈部长把身子朝靠背上仰去,搁在桌上的手指弹出几个声响,又问道:"你是否征求过陆承业同志的意见?"史天雄迎着陈部长如春水般淡远的目光,答道:"他应该不会反对。"陈部长停顿好一会儿说道:"哦,承志同志还在青海。天雄同志,这个报告我收下了,你的想法是不错的。回去吧,部党组会认真考虑你的要求。"

两点四十分,史天雄回到自己的办公室。

三点整,一个身穿陆军上校军服的中年汉子走进了史天雄的办公室。史天雄迎上去,当胸打了汉子一拳道:"你小子,三年都没打照面了。加了一颗豆,不错。世光,出差还是休假?说说咱们团的事。坐,坐下说。"

杨世光没有坐,说道:"老团长,老大哥,我是来请你收留我的。这身军装早晚得脱。我没别的任何要求,只想到你手下工作。北京太大了,我看只有到你手下才踏实。"史天雄马上想到了围城这个著名的比喻,顿时感到一种怪怪的荒谬,自顾自地笑了几声,"你想来这里工作?这个部有正副部长六名,正副司长十八名,正副处长七十二名,正式编制人员七百六十二名,现在这幢大楼上班的人员有近九百名。你来这种单位凑什么热闹?"杨世光毫无心理准备,听得一头雾水,木了半晌,慢慢站起来道:"老团长,你说我这种带了半辈子兵的粗人,好不容易转业进了北京,能到这种大机关工作,我还不满意吗?老团长,我知道北京像我这种县团级干部,没十万八万,也有三万五万,所以我根本不想要什么职务,这太难了。我也知道,如今转业干部想谋个好位置,不出三五万血,也办不到。我也准备了一些……不多。你知道小娟一直不肯随军,两地分居太费钱了。老团长,小娟她们家,七姑八姨带拐弯的亲戚都算上,都是清一色的工人阶级……"

史天雄怔怔地听了好一会儿,这才回过神儿,忙走过去,把杨世光扶坐下,"对不起,对不起。世光,你真想到这里上班,我肯定会竭尽全力促成此事。刚才,我还处在一种惯性思维状态,讲的全是我的感受。不过,我要给你提个醒儿,到了这里,你恐怕得做好第三次起跑的准备。这么臃肿的机构,不动大手术,怎么得了!你进这幢大楼,我可以帮你。不过……实话对你说吧,我已经下定决心离开这里,彻底换个活法了。"杨世光听得目瞪口呆,结结巴巴地说:"你,你,换什么活法?要高升了?"

"高升?"史天雄笑出声来,"你怎么尽想着往上上呢。在真人面前我不说假话,最近我突然发现,这八年像是白过了一样。八年前我刚来时,企业亏损面积只有百分之十五点三,今年三季度亏损面积高达百分之三十五点八了。想想真觉着可怕呀。我刚刚交了个请调报告,准备调到西平的红太阳集团,做点……"杨世光从沙发上弹了起来,"你说什么?你想去红太阳?西平人都知道,两万多人的红太阳集团已经无米下锅了。你这时候去干什么?"

史天雄神色凝重地说:"红太阳的情况,我比你清楚。我这个人你知道,喜欢有点压力。在部里这八年,抽空读了经济学研究生,也算过了一段韬光养晦的日子,想出去闯一闯了。从感情上讲,这也算帮帮我二哥。"杨世光还是直摇头,"你二哥陆承业当年是全国十大企业家,他都没什么招儿,你能行?可别把自己也搭上了。你想到海边湿湿鞋,也该选天宇集团呀。"

伤腿又开始疼起来,史天雄决定早退一次,收拾好随身携带的公文包,说道:"你不要动摇军心了。腿伤每年都要折磨我一个多月。走,陪我去让刘玉林瞧瞧。"杨世光问道:"哪个刘玉林?名字挺熟的。"史天雄道:"你的救命恩人呀。十八年前,他给你接过肠子。那些生死战友,在北京的只剩我们仨了。不想去看看他?"杨世光愣住了,嘴里喃喃道:"恩人呢,真是恩人呢。"目光变得幽远迷醉起来。

十八年前的一个冬日,侦察连长史天雄和代理排长杨世光带领两个班十八个战士,带着兴奋和期待的心情,穿行在细雨空蒙的亚热带丛林里。他们已经完成了侦察敌正面六个山头火力部署的任务,行进在返回团指挥所的途中。步话机意外被摔坏,让史天雄提心吊胆三个半小时了。抬头看看天色,再辨清对面两座山头的轮廓,他知道自己可以在明天凌晨再次以战斗员的身份,参加期待已久的反击作战了。这两座山头敌人根本没有设防,再往北是一条西北东南向的宽阔的谷地,谷地北边,是敌人一线纵深约有两三公里的阵地。潜入敌纵深三天,没伤一兵一卒,弄清了敌人三道防线的兵力部署,史天雄感到很满意。正准备下达快速从两个山头之间的谷地穿过的命令,史天雄突然间产生一个疑问:"这两座山为什么没有设防?如果这两座山头各设一个加强连防守……如果把敌人的第一攻击梯队放进山口……"他不敢再想下去,再看那两个如少女乳房一样挺拔的大山时,他意识到这线条优美的谷地很可能是敌人处心积虑设下的温柔陷阱。史天雄紧张地命令道:"原地隐蔽待命。杨排长,派人四处仔细察看一下,看有没有行人通过的痕迹。"

十几分钟后,四个侦察兵回来报告说可能有人上了山,具体数字无法判断。史天雄颤着声音道:"分四个小组,隐蔽向山上搜索,我的位置在右边山腰那棵松树附近。"二十分钟后,三个小组派人回来报告,有七八个村姑在两个山头相对的一面砍树。杨世光判断道:"这些村姑可能是在打柴。"史天雄用望远镜朝山腰间搜寻良久,冷冷道:"你以为这里是你家乡的桐柏山呀,打柴需要爬那么高吗?她们恐怕不是一般的村姑,这两座山肯定有问题。"杨世光倒吸一口凉气,说道:"我去抓一个问问。"史天雄骂道:"糊涂!"抬腕看看手表,命令道:"两人一组,把所有的村姑都给我盯住,不要惊动她们,尽量靠近点,看看她们究竟在做什么。"

二十分钟后,史天雄得到报告:山坡北面也发现了八个村姑,她们砍树很有规则,每个地方砍三棵,每棵树都是五年树龄,三棵树组成一个等边三角形,像是几年前特别栽的树。史天雄脑子飞快地转着:"二十个侦察兵对付十五个村姑应该没问题,但是,怎么才能保证在一个时间行动呢?这么茂密的丛林,有一个逃脱……如果她们根本不是村姑,而是女战士呢?发生枪战怎么办?这些三棵一组的树有什么意义?"史天雄决定再等下去。

接下去的四十多分钟,是史天雄和杨世光记忆里最漫长的四十多分钟。终于十五个异国姑娘无声无息从他们的视野里消失了。这是一群训练有素的女军人!杨世光出了几身虚汗,瘫坐在史天雄身边的石头上,连声问:"连长,怎么办?连长,怎么办?这树肯定有问题。步话机坏了,这可怎么办?"史天雄当机立断,喊道:"一班长,你带三个战士,穿过敌人一道防线,回团部报告。"看看天色已晚,急得浑身冒汗,吼道:"其余的人分成三个小组,争取在天黑前弄清敌人的意图。"

傍黑的时候,雨停了,战士们从两座山头的北面和相向一面,已经发现了二十三个射击孔。再仔细观察,他们发现那些假村姑砍倒的树与山坡上其它的树不一样,像是什么时候人工种植的。再仔细一观察,史天雄惊呆了:这两座山的北面和相向一面,竟有两条人工植成的树带。这显然是多年前敌人就处心积虑修建的永久性防御体系。从已经发现的射击孔来看,这是一个可以容得下两个营兵力的立体防御工程。这些五年树龄的松树,肯定是修完永久性防御工事后,用土覆盖地下坑道后栽上的。如果攻击部队通过这条狭窄山谷南进,敌人完全可以利用这个防御体系,成功阻击我后续跟进部队。史天雄马上下令寻找这几条地下坑道的入口。晚上八点多,他们在几处被砍倒的树下,都挖到了水泥板。

这时候,史天雄和杨世光走到了人生最重要的一个关口,一念之差,便可立判生死。带领十四个战士趁夜暗穿过敌人第一道防线返回团里,应该不成问题。可是,一旦被敌人发现,被阻在山北面的谷地,明天一开战,山南边的谷地很有可能要变成他们这个主攻团的死亡陷阱。史天雄这时候做出了事后想起来都引为豪壮的决定:"杨排长,你带两个战士,设法回去报告这里的情况。看情况敌人还不知道我们的进攻时间,你看,这些隐蔽的永久性工事,还没有打开足够的通风口。我带领剩下的人继续寻找入口,阻击敌人进入工事。"杨世光做出了事后回想起来同样感到豪壮的回答:"二班长,你带铁蛋和大头摸回去。连长,这有两座山,需要两个指挥员。"二班长留下了一生最后一个建议:"排长,大头机灵,让他一个人回去吧。"

子夜时分,侦察分队从通风口钻进去,找到了敌防御工事十二个出入口。史天雄判断战斗打响后,敌人十有八九会从南面进入工事,吩咐四个战士负责在危机时分用敌人藏在工事内的炸弹封住北面所有入口,剩下十一个人分成两个小组,准备阻击敌人。

十二个小时后,史天雄和杨世光相隔二十分钟,被抬上刘玉林医生面前的简易手术台。

# 第 三 章

　　十八年前那场短暂的局部战争，留在外科医生刘玉林记忆里的，只剩下一些特别独特的细节和画面了。一个拿了二十一年手术刀的医生，任何恐怖的血腥场面，都不会成为他的特殊记忆了。那个清冷的黎明，战争还没打响，几个战士就把一个血人抬进了师前线医院。一个干部模样的人，用既像央求又像命令的口吻说："你要把他救过来，你必须把他救过来，我们团长要知道他要说些什么。我们团的侦察分队，昨天中午突然失踪了。二十个侦察兵突然失踪了，我们必须知道出了什么事。你看什么看，马上就要总攻了。你要让他说话，听懂了吗？"刘玉林摸摸战士的脉搏，说道："他已经死了。"干部突然掏出了手枪，逼着刘玉林道："胡说！他眼睛睁这么大，还有亮光，你怎么说他死了。我要听他说话！耽误了大事，老子毙了你。"刘玉林也不说话，伸手朝战士的眼拂去，看那眼睛依然睁着，取了听诊器听听战士的心脏，生气地说："你枪毙我十次，他也活不过来了。这叫死不瞑目！"刚刚还凶神恶煞的大汉，突然间变成一个泪人儿，抓住战士的血衣摇着，"大头，大头，你们史连长呢，你们杨排长呢？你们为什么不再和团部联系？你是不是要带什么信儿？大头，战斗马上就打响了……"刘玉林冷冷地打断道："你应该去参加战斗了。你看他的膝盖，至少在重伤后爬了一公里，这已经是奇迹了。"

　　正说着，轰隆隆的炮声响了。这时候，刘玉林看到了真正的奇迹，他看见血人的嘴动了动，呢喃出一个声响。刘玉林连忙给战士打了一支强心针。军官凑近战士的耳朵打雷一般吼着:"大头,我是曹科长,你他奶奶的说话呀!侦察分队哪里去了?你们连长呢?嗯!是不是发现了新情况?你他奶奶的,总不会都当了俘虏了吧?"忍不住又摇大头的胳膊。刘玉林又听到了大头微弱的脉搏,把曹科长推到一边,说道:"他失血过多,救不过来了。想让他说几句话,只有一个办法……"曹科长央求道:"医生,他是侦察兵,从敌人防区回来,他一句话可能会减少……"刘玉林猛地从身边一个战士腰间拔出一把匕首,割开大头胸前的血军衣,再一用力,割出大头的几根肋骨,伸手用力一抓,掰断大头的两根肋骨,血手伸进大头的胸腔,把耳朵贴近大头的嘴唇,心里按正常心律数着数,用力捏着大头的心脏。不一会儿,他听到了大头微弱的断断续续的声音:"……奶头山……一号……有永久……连长……排长……阻击敌人……村姑……假……步,步话……机……机……机……"

曹科长看见大头闭上了眼睛,抓住刘玉林的衣服,"他,他他,他说了什么……"刘玉林感到脑子一片空白,呆呆地看着自己的血手,再看看面前开了膛的大头,突然间干呕了起来。他不知道断断续续听到的一个战士的遗言到底有什么意义,完全被一个念头攫住了:我不该让这样一个坚强的战士死前受这样的痛苦,我怎么会想起青霉素、链霉素引起心脏骤停呢?他的心脏为什么又跳了?难道是听到了炮声?这样死去太痛苦了,太痛苦了。他大叫一声:"太痛苦了!我不该这样做,他太痛苦了!"曹科长抬手扇了刘玉林一耳光,揪住刘玉林的衣领骂道:"奶奶的,像个老娘们儿!我问你,他说了什么话!"刘玉林用衣袖擦擦嘴角的血,木然道:"奶头山,一号,有永久,连长,排长,阻击敌人,村姑,假,步,步话,机,机,机。没有了。"曹科长重复两遍,两眼突然放出喜悦的光芒,伸手打了刘玉林一拳,"医生,战后我们一团为你请功,用这法子让我的一个死不瞑目的战士说话了,让死人说话了,绝。奶奶的史天雄,我想你也不可能全军覆没。医生同志,大头说出的情报很重要。我的侦察分队在一号地区奶头山,发现敌人修有永久性工事。小分队的步话机坏了,就派大头……可能还有别的人回来报信。史天雄和杨世光留在奶头山一带准备阻击敌人。"说着,朝大头血淋淋的遗体鞠个躬,"大头,小机灵鬼儿,打完狗日的,我再来看你。你们史连长没选择回来,肯定是情况非常严重。他们……他们肯定是打算光荣了……十几个人马上要腹背受敌,肯定光荣了……炮击一停,咱们就过去了。我给你们请功。我不陪你了。咱们走。"擦一把鼻涕眼泪,带着几个战士冲出帐篷。

刘玉林吩咐两个护士把大头的尸体用福尔马林药水泡上,马上要求带一个小分队,跟随主攻一团向一号地区挺进。他不愿意看到因为延误,让大头的战友全体阵亡的事情发生。他要向大头的战友讲述刚刚发生在大头身上的生命奇观。

中午十二点左右,刘玉林的小分队跟随攻击部队,推进到奶头山北面谷地。刚把帐篷架好,打出红十字旗,刘玉林就听到了曹科长洪钟一样的声音,"医生,好样的,这几个都是我侦察分队的人。这次他们立了大功,至少让大部队少阵亡一个加强营。"刘玉林挨个看了六个单架上的人,没有说话。曹科长急哭了,"都光荣了?还有四个脑袋炸烂的……你一定要救活他们。大夫,医生,你再好好看看,至少要救活一个呀……要是都……"刘玉林朝史天雄一指,吩咐护士道:"给他输血。那五个都牺牲了。"说着,跟着单架进了帐篷。曹科长忙跑几步,拉住刘玉林问:"医生,他就是史连长……脸像黄表纸……到底有没有救?"刘玉林道:"他就是断了腿,身上的血是别人的。失血过多,晕过去了。十分钟他就会醒过来。"

曹科长走出帐篷,一屁股瘫坐在地上,喃喃道:"谢天谢地!狗日的,这两三百敌人进了工事,可够我们喝一壶的。"看见两个战士和七八个民工都立在几具尸体旁发呆,站起来吼道:"愣什么愣?请他们下来,再去找找,看看还有没有我们的人,特别是侦察连的人。"说罢,又进了帐篷。听见史天雄发出了呻吟,曹科长掏出一盒红塔山,抽出一支递给刘玉林道:"医生,来一支,慰问品,比大前门够劲儿多了。"刘玉林板着脸道:"谢了。我要给他取弹片,接骨头,让开让开。"

刘玉林刚把史天雄的左小腿切开,两个战士把浑身是血的杨世光抬了进来。刘玉林查看一下杨世光的伤情,吩咐护士道:"输血,清洗,备皮。"转身拿起针线,开始缝史天雄刚刚被切开的小腿。曹科长看得莫名其妙,看看赤条条躺在两个女护士面前的杨世光,又看看在史天雄腿上飞针走线的刘玉林,小心提醒道:"医生,刚打开,弹片还没取呢……"刘玉林斜一眼另一边的杨世光,说道:"总有个轻重缓急,我只长了两只手。你把他抱下去。"递给曹科长一把止血钳,"把他嘴掰开,让他咬住,横着。麻醉药力一过,别让他咬烂了舌头。"

两个护士把杨世光抬上用木板搭的手术台。刘玉林小心翼翼为杨世光接好断掉的肠子,像绣花工人一样,仔细缝合那炸开的肚子。曹科长看史天雄上身乱动,用手去压,突然发现止血钳不在史天雄嘴里了,忙中无计,竟把手伸进史天雄嘴里,登时疼得龇牙咧嘴,好不容易把史天雄制住,就听到远程炮弹破空的哨声,喊道:"医生,"几枚炮弹在远处爆炸了,飞起的土块溅落在帐篷上,"医生,敌人开始炮击了。先找个地方隐蔽一下。"刘玉林认真缝着,说道:"炮弹又没长眼睛。马上就好了。"话音刚落,帐篷外又传来高低不同的一片哨声,有一个声音像是一把利剑,直向帐篷刺来,刘玉林向前一扑,把杨世光扑在身下,两个人把支架压塌了。一声巨响过后,帐篷倒塌了。几个人从帐篷里挣扎出来,看看都还活着,曹科长开起了玩笑,"医生,你那嘴也有股子邪气。炮弹这玩艺儿,说不得。"看见刘玉林额头冒汗，面目开始狰狞，惊道："你是不是挂彩了？"一个女护士看见刘玉林右腿的裤角少了一大片，两只红蚯蚓样的东西朝脚腕动去，叫道："刘医生，你的腿……"

刘玉林从腿上拔出一大块弹片，让护士给右腿做了局部麻醉，简单包扎一下，继续给史天雄做手术。

十八年后，两个伤员和一个军医，在北京刘玉林的私家小医院里再一次相见了。

两个原伤员走到原军医大开着的门口，看见刘玉林卷着裤腿在自己小腿上画线画圈。史天雄凑近一看，笑问道："老刘，你在腿上绣花呀？"刘玉林认真画完一个圆圈，抬头道："大司长驾到，有失远迎了。我这腿里，留了一些战利品，给我换个三等乙级残废证。春天，我打开取出了一块，手一软，少割半公分，没发现骨头和肌腱中间还卡了一块，又多当了半年瘸子。你是无事不登三宝殿，是不是老毛病又犯了？"史天雄一愣，笑道："我只是来看看生死之交的老战友。"

刘玉林站起来，伸出手指点点史天雄，"未必吧。哪一级政府官员，不做日理两万机的秀？看老战友，还是生死之交的老战友，哄谁呀！"眯眼看看杨世光，"这上校先生好面熟，也是生死之交？"杨世光十八年后见到救命恩人，激动得大气都不敢出，见刘玉林还记得自己，忙把上衣掀起来，指着自己的肚子说："刘医生，这里还留着你的针线活呢。不是救我，你也不会……"

刘玉林举手道："得，得。生死之交，别玩这种里格楞，我只信个缘字。这些年，你肚子呀什么的，做什么运动，没什么不方便吧？结婚了没有？"杨世光疑惑地看看刘玉林，迟疑道："儿子九岁了，肚子没问题呀。"刘玉林自得地笑笑，"那就算我的十佳针线活之一了。战地救护，一般都是保命。一看你那个家伙，就知道你还没开过苞。心里就想:可别把活儿做粗糙了,日后影响他的房事质量,天天晚上挨他的骂。"说得三个人都大笑起来。

说笑一会儿,史天雄说到了自己的伤腿。刘玉林指指墙角堆放的三个大纸箱,"不打自招了吧?腿不疼,也想不起我这个老战友。这是我给你配好的十二服药,一服熬四斤药汤,吃三天,饭前饭后各一次,不要间断。"

史天雄打开一个大纸箱,看见一服药的纸包竟像大号西瓜,迟迟疑疑拿出一包,掂了又掂,说道:"看样子有两斤吧?你这是医人还是医牛?搞错没有?"刘玉林白了史天雄一眼,"到底是副司长了,看你娇贵。怕死就别吃。你这病根生在开了刀又匆忙缝合这个过程,湿气和瘀血附了骨了。人过四十阳气衰,秋天一到,阴气就盛,体内阳气抵不住,它就开始作怪了。不早根治,有你受的罪。湿气入侵了十几年,已成气候,小打小闹治,镇不住它,只能招惹它的疯狂报复。"杨世光小声感叹道:"听上去很有点深意。"刘玉林鼻子哼了一声,"不只是听上去有深意!乱世行重典,沉疴下重药,听说过吧?道理好像人人都明白,用于行动就难了。不是我进了大境界,也不会开这种药方。吃吧,毒不死你,肯定能把病治好。"史天雄早信了,说道:"这一服药要多少钱?"刘玉林把脸一沉,"别提钱不钱的,提了我不高兴。"

晚上,刘玉林做东请史天雄和杨世光到东来顺吃涮羊肉。三个一起度过鬼门关的男人十八年后又一次聚一起,自有说不完的话,还没觉得尽兴,已吃喝到了子夜时分,四十二盘小尾寒羊肉,两斤半枸杞二锅头,让东来顺见多识广的招待也吃惊不小。

史天雄开车回到景山后街家里,才感到酒劲上来了,搬纸箱子时,步子多少有点蹒跚。陆小艺穿着棉睡袍下了楼,沉着脸问:"什么东西?"史天雄搬进来最后一箱,打个酒嗝道:"中药。"陆小艺又问:"谁的药?"史天雄边上楼梯边答:"我的药。"陆小艺追过去,言语有些带气了,"你知道现在几点了?"史天雄径直走进卧室,硬硬地答道:"不知道。"

陆小艺跟进去,把门关上,提高嗓音道:"你喝了这么多酒,酒后驾车,还挺有理的。为什么连个电话都不打?四点半你就不在单位了。"

史天雄抹把脸,脱了衣服倒头就睡。陆小艺一把扯掉被子,"先别睡,有要紧的事需要谈谈。"史天雄盘腿坐在床上,两手一摊,"一个战友来了,陪我去看病,然后去东来顺吃涮羊肉。没参与任何娱乐活动。你还想问什么?"陆小艺冷笑道:"副司长都不想干了,我当妻子的,不该问吗?"史天雄有些惊讶,咂咂嘴没说话。

陆小艺双手抱着肩,在史天雄面前来回踱几步,"红太阳早不是十年前的红太阳了。你看承业二哥老成什么样子了!你别以为你会玩魔术,这是在玩火!"温和而自得地看着丈夫笑笑,继续说:"现在,中国有多少事能保密?下午两三点钟,你把请调报告交给陈部长。四点十分,大哥就从青海给我打了电话,问我知不知道这回事……"史天雄摇摇头,叹口气道:"这个陈部长,真是……"陆小艺抿嘴一笑,耸耸肩道:"很正常嘛。你是陆震天的女婿,陆承志副部长的妹夫,陈东阳当然应该这样处理。换一个没有任何背景的副司长试试,明天就能得到去红太阳任职的调令……"

史天雄感到浑身有点发冷,想把被子扯过来躺下,目光朝从床那头溜到地毯上的被子探探,没有动手去拉,集中精力抗拒着已经透过皮肤朝着骨头逼近的寒冷,但还是打了一个冷颤。这一瞬间,任何重要的事情都显得毫无意义了,他只在等待一缕能抵御寒冷的温暖……

陆小艺的苦口婆心正在逐步深入,"……你做事从来很稳健,这次是怎么了?再过三五年,你就是这个家的中心了。中国的什么能世袭?没有。一切都得处心积虑谋划。你四十一岁当副司长,如今又是党的高层后备干部人选,这些东西容易得到吗?不容易呀……"

史天雄的思绪不知怎么就游弋到了他与陆小艺的夫妻关系最为微妙脆弱的那个时段里。一些早认为遗忘了的细节,像一层沾着毒素、跳动着邪恶小精灵的一层层水泡,顷刻间就把整个脑海弥漫了。从军队转业到地方工作,说得出口的必然理由很多,但史天雄心里清楚,让他最终放弃将军梦想的原因,很可能只是想结束对妻子不忠猜测带来的痛彻入骨的折磨。十年前,史天雄从集团军作战处调到新成立的舟桥团任团长,一年半没回北京探亲。再见到妻子,他忽然间发现自己在夫妻生活方面,和陆小艺相比,已经有了初中生和研究生之间的差距了。开始的一段时间,他感到十分满足,甚至成了小别胜新婚的忠实拥戴者。假期结束时,他突然间意识到他很可能把复杂的问题想简单了。如果床笫上的技术都可无师自通,世上就不可能出现《素女经》这一类书籍。回部队的前夜,陆小艺没有像从前一样,创造出事后可以回味几个月的缠绵,这一细节加重了他的疑惑。两个月后,史天雄第一次以突然袭击的方式,突然出现在陆小艺面前。那一夜,陆小艺根本没有进入角色。冷战开始了。陆小艺对丈夫提出的疑问没做正面回答,只是说:"请相信我是爱你的。我当然很需要你能经常陪陪我。"海湾战争刚刚结束,史天雄下了脱军装的决心。那时,他已经意识到,中国军队在社会中真的不再有举足轻重的中心地位了,一颗将星的重量已经无法让他感到可以别无所求。八年过去了,生命的重量有多少可以引以为豪壮的增加?这很可怕。更可怕的是,自己对婚姻的妥协,并没有换来妻子的珍视。如果小艺心里对自己还有一缕爱情,她怎么能意识不到此时丈夫需要的只是掉在地板上的棉被?!史天雄有点愤怒了。

陆小艺仍在按自己的思路说着:"……中国的情况,你比我看得更深更透。红太阳这种大企业,已经病入膏肓了。现在你应该想如何让二哥体面地跳出火坑。你是四十几岁的人了,哪大哪小你看不出来?以你的身份和咱们家的背景,谁能相信你到红太阳的诚意?你就不怕别人说你这是以退为进,抢在机构改革前伸手要官?……"

史天雄一句也听不进去了,愤怒已经转化为悲哀了。这一瞬间,他脑子里突然闪出了这样一个念头:我真的没法离开这个家吗?即便如此,他还是期待着陆小艺能发现他此时的寒冷,弯腰把被子拾起来,披在他的身上。他感到鼻子发痒,接着,打了一个响亮的喷嚏。

陆小艺仍在头头是道地分析着,"……陈东阳还算懂规矩,没有公事公办。等大哥回来,你把申请收回吧。收回了,这件事就过去了……"

史天雄带着绝望的情绪跳下床,拾起被子,重新躺下,然后关掉自己一边的床头灯,说道:"不早了,睡吧。"陆小艺愣愣地看着史天雄,问道:"你还没有表态呢!"史天雄翻了妻子一眼,假睡着说:"谢谢你的提醒。我知道该怎么做。我已经四十多了。"

远在西南的红太阳电子集团公司总裁兼党委书记陆承业,也在第一时间得到了史天雄要求到红太阳任职的消息。陆小艺在电话里警告说:"天雄这是在玩火。二哥,你必须阻止他。陆家只有一盘棋,一步走错,可能全盘皆输。天雄不能去,你也不能在红太阳久呆了。"

身处险境的陆承业盼一个得力助手已经盼了多年,盼得望眼欲穿、头发花白了。史天雄这个时候冒险要到红太阳来,陆承业感到温暖。至少,这个世界上还有一个关心他前途荣辱的兄弟。理智上,他又必须做一个反对派。红太阳早不是十年前红遍全国的知名大企业了。三年前它已经靠贷款给职工发工资了。以史天雄的能力,他能给红太阳带来奇迹吗?陆承业不敢想。如果红太阳无法翻身,接收史天雄,等于把他的后半生给毁了。

一个星期后,史天雄在北京见到了已经下决心阻止他去红太阳的二哥陆承业。史天雄认为陆承业肯定会支持他。部里对他请求的回应是:这件事需要征求陆承业的意见。陆承业一见史天雄,开口就说:"我反对你来红太阳。"史天雄反问道:"为什么?"陆承业答道:"你我都是烈士的后代,都有责任为国家承担该承担的义务。我很赞赏你到基层做实际工作的想法,但不赞成你到我的红太阳。因为这里不需要你。"

"不需要?"史天雄激动起来,"红太阳的情况,我很熟。二哥,我知道你需要人,特别需要像我这样的人。这可是个三万多职工的大企业!我们不能眼睁睁看着它垮掉!"陆承业的脸色变了,"天雄,你是不是觉得二哥老了,不中用了?我陆承业能用不到十年的时间把一个不到两千人的三线厂搞得路人皆知,你凭什么断定我迈不过眼下这个坎儿?"史天雄解释着:"二哥,你别误会。我从来没有怀疑过你的能力。问题是红太阳目前正处在一个关口上,你一个……"陆承业生气了,板起兄长的面孔训斥道:"天雄!你是不是太自信了?你能当好官员,未必能做一个称职的企业家。这时候到企业来,对你没好处。你能做一个优秀的司长,对党对国家都是贡献。不要这山望着那山高。"史天雄激愤地站起来说:"你不但自信,而且到了刚愎自用的可怕程度。二哥,红太阳走到今天,与你这种性格有很大关系。你别忘了,红太阳有国家几十亿资产。十年前,你是十大杰出企业家,再过十年,你或许就会变成民族的罪人了!"

话说到这种程度,就伤到自尊了。陆承业沉默了好一会儿,冷冷地回答:"那就让我一个人当这个大罪人吧。红太阳的事,阁下以后少掺和,免得引火烧身。"

史天雄万万没有想到陆承业会是这种态度,心登时灰了。陆承业知道自己也说了过头话,缓和了语气继续说:"天雄,二哥知道你是为我好。是的,红太阳再按这种速度亏损三年,几十年累计上缴的利税就等于零了。三年时间不短,我会让它翻身的。这几十年,我没少帮你出主意。听我一声劝:好好走你的仕途吧。再聪明的人,一生恐怕只能做成一件事。你的使命就是当一个好官员。"史天雄回应道:"二哥,我不是一个容易改变主意的人。按照组织程序,部党组的任命,你也无权拒绝。如果党组决定了,我希望你能……"陆承业气笑了,"请不要怀疑我的党性。如果部党组任命我做你的助手,我也毫无怨言。不过,以我的经验,只要我这个总裁兼党委书记反对,你想顺利到红太阳任职,只怕有一定的难度。"

史天雄当然知道官场的基本游戏规则,已经对这件事绝望了。星期六,史天雄骑上多年来难得一用的自行车,跑了半个北京城。看了现代化程度很高的小区,看了中关村,也看了掩藏在高楼背后的贫民区。路过一个再就业人员培训班报名处,史天雄看见人头攒动,就下了车。马上,几个手拿宣传材料的姑娘围了上来,把花花绿绿的宣传材料猛往他怀里塞,七嘴八舌鼓动起来。这个说:"师傅,看你人高马大,报个保安班吧。"那个说:"师傅,一看你就是当过车间主任什么的,当保安侍候人你肯定干不来,不如学厨师吧。生意做遍,不如卖饭。"史天雄摇着头,冲出了姑娘们的包围。只听后面一个姑娘冷嘲说:"架子还不小!这种政府支持的培训,已经是最后一顿晚餐了。过了这个店,等着喝西北风吧你!"骑在车上,心情沉重地卖了一阵闲眼,倏地就看见了北海公园那在阳光下刺人眼睛的白塔。忽然想起已有十多年没进过公园了,史天雄就买了门票走了进去。他没想到会在这里又遇到了杨世光。

杨世光选择转业到北京,就是冲着史天雄来的。老家河南已经没有直系亲属了,回故乡前途渺茫。与妻儿团聚当然也算一个不错的归宿,但如果妻子早已红杏出墙,自己一个多余的人漂在北京,那滋味想象起来,只会让人不寒而栗。杨世光决定接受妻子的美意,利用在法律上还存在的婚姻关系,转业落户到北京,就是想到了京城还有史天雄这个共过生死的战友。有了这样一个战友,后半生的生活就不再会黯淡无光了。那天在史天雄办公室听说史天雄想到企业去,杨世光并不十分在意。因为在当今的中国,已经很难找到一个对现实十分满意、一句牢骚都没有的幸福的人。处在史天雄的职位上还不知足,杨世光只能认为是一种饱汉不知饿汉饥式的牢骚或是一种史天雄式的幽默了。因此,这些天杨世光都在安心等待着电子信息部的决定,把大量的时间花在陪儿子小杨光逛公园上了。

听史天雄说去红太阳的计划严重受挫,杨世光感到一丝欣慰,可又忍不住开玩笑说:"你去红太阳是舍己救人,竟也遇到红灯一串,原来你也成了不合时宜的老古董了。西平人说起红太阳,总要加上一句:成也陆承业,败也陆承业。前不久,西平还传说陆承业要调走了。"史天雄接道:"怎么会有这种传闻?"杨世光道:"因为陆承业有背景。有这个背景,陆承业想异地做官,还不容易? 那天听你说想去红太阳,我就预感到这个计划要流产。中国说到底是个学而优则仕的国家。你是个前途无量的少壮派官员,除非上面让你下去镀金,否则你只能顺着梯子向上爬。"史天雄用陌生的目光认真打量着杨世光,"想不到你也变得这么复杂了。真不可思议。"杨世光看史天雄说得认真,也敞开了心扉,"你是我的老连长,什么我都不想瞒你。部队和地方的差别越来越小了,谁也不相信它是什么世外桃源。舟桥团团长,我干了四整年,两毛三[①]的肩牌并没

---

① 对上校军衔的戏称。

因为我的成绩变成两毛四①。今年夏天,训练时死了一个战士,马上有人找我谈脱军装了。我必须走,一为这个事故负责,二为有背景的参谋长腾位置。大环境彻底变了。十几年前,咱们在奶头山那点破事,经报纸、电台一吹,全国震动。我这个农村出来的小排长,光求爱信就收了七百三十八封,都是清一色的城市姑娘。这样的时代,一去不复返了。你问我为什么天天带着儿子玩?我也用不着瞒你了。儿子要不了多久就不姓杨了。他的候补爸爸可能还不止一个。三年前,一个小老板关照着小娟。去年,小老板躲债去了。接班的是个街道办事处一般干部,管一条三里长的菜市街,一年的灰色收入,能顶我这个上校团长二十年的军饷!小杨光改了姓,可以转到贵族学校,将来可以出国留学,美国、加拿大、澳大利亚,随便选……我这个长篇故事很不好听,不说了,不说了。回河南老家,顶多给我安排一个副局长或者边远乡的乡长。当不当官,我倒不在意,问题是听行情我必须当一个小贪官,否则,要不了两年,就把你晾一边了。是不是实情,我也没法证实。这不,咬咬牙,最后沾沾小娟的光,变成了天子脚下的臣民。作为交换条件,我今后只有探视儿子的权利,探视次数逐年递减,小杨光十二岁以后十八岁以前,一年我只能看一次……你能留在北京真好。我所求已经不多,只要能在你手下干,我满足了。你要真下去了,我还不知道该怎么办。"

看着杨世光红红的眼圈,听着杨世光悲苦无奈的叙述,史天雄感到很压抑,一肚子话一句也说不出,伸手拍拍老战友的肩头,站起来找到正在玩跳跳床的小杨光,说道:"杨光,肚子饿了没有。想吃什么,伯伯去给你买。明天,伯伯和你爸,陪你去颐和园划船。"小杨光欢呼着,拿着钱要去买烤红薯。

史天雄回到家,家里人已吃过晚饭,陆震天已经坐在电视前,

---

① 对大校军衔的戏称。

准备看新闻联播,苏园正坐在沙发上翻看晚报。陆小艺开口就是一顿数落:"手机也不带,电话也不打,一跑就是一整天。晚饭,一家人等你二十分钟。"史天雄坐在陆震天身旁,解释说:"双休日,我从不带配发的手机。饭前那会儿,遇到一个战友,说话说忘了。"苏园盯着报纸,不失时机、绵里藏针地接道:"官做大了,谨慎一些也对。哟,又一个女歌星搞了假唱。小艺的影视公司也能挣点钱,我兼的几个名誉职务,如今也开始发劳务费了,可以自费再给你配个手机。真恶劣,还是搞赈灾义演。承伟像个断了线的风筝,天雄啊,家里的大事小事可都指望你呢。当场揭发好,不就是会唱几首破歌嘛,出场费开口就是几万,还搞假唱。天雄,你爸的饮食,可是咱们家的……"陆震天再也听不下去,扭头哼了一声,"你不会好好说句话?看报你就看报,说家务你就说家务。"苏园笑着把报纸放下,"好好好,我认错了。我就是看不惯把什么歌星、影星捧上天。"陆震天板着脸说道:"你管那么多干什么。六十几的人了,还有多少精力顾人家、问人家?你把你那些名誉职务都辞了。"老夫少妻了几十年,苏园对付陆震天可谓游刃有余,站起来给陆震天续了茶水,认真地说:"老头子,我万事都由你,你这个指示我不能照办。我参加这些社会活动,都在章程,合法、合理、合情。这几年,你出去不方便,聘我做点事的机构多些,证明他们心里是真有你陆震天。比我大十几岁、二十岁的老大姐们,也都兼着职呢。我完全变成个家庭妇女,别人会怎么看?人家准会猜这一茬新领导对你陆震天有看法了。哪轻哪重,你比我明白。中国的事,不等到盖棺定论不敢松懈。新闻联播评价一个人一生功过,播三十秒、五十秒、两分钟、三分钟,差别大了。"

陆震天说:"扯得太远了!"语气松了下来,又把眼睛盯住女儿,"你也不像话。天雄没打电话回来,肯定有不可抗拒的原因。他一进门,你就埋怨。你是他妻子,也没听你问问他晚饭吃了没有。"史天雄忙接道："吃了吃了。遇到一个老战友,在北海公园门口吃了十几串烤羊肉和一个半斤重的烤红薯。"苏园猛地站了起来,严肃地说,"天雄,你也太不注意了! 你别忘了你是司长! 有身份的人,哪个会在那种场合吃东西!"她在史天雄面前来回踱着,"看你这身衣服,灰头土脸的,和电视里那些下岗工人有什么区别! 小艺,明天陪天雄去燕莎或者赛特买两套高级西服。高级中山装也要备两套。看着电视穿衣服,国家领导人穿什么,你就穿什么。钱不凑手,算我的。现在不注意这些,将来只会丢丑。如今这些记者,心理太不健康,尽抓拍挠痒痒、掏耳朵、抠鼻子的镜头,专露中国人的丑! 还有皮鞋……"陆震天实在听不下去了,打断道:"小题大做! 吃个烤红薯,没什么了不起! ……"苏园争辩道:"老头子,这话我不爱听。建国都快五十年了,领导人的农民习气该改一改了。"史天雄不想火上浇油,站起来恭恭敬敬地说:"妈的批评很对,以后我注意就是了。爸,你看电视,我上楼换衣服。"

陆小艺跟到卧室,把门掩上说:"到目前为止,你那个红顶商人美梦,爸和妈都还不知道。要是你的梦已经彻底醒了,就算什么事都没发生过。"史天雄脱着外套,无奈地咧出一个苦笑,"你的工作细到家了,我这梦早做不成了。我是在党的人,没法学陶渊明那种潇洒,把大印一挂,飘然到南山采菊。我只是颗上在机器上的螺丝钉,在哪里起作用,自己做不了主!"

陆小艺从衣柜里拿出史天雄的棉袍,笑道:"你也用不着把自己说得一钱不值。过分谦虚也是骄傲。你在电子信息部的作用,一颗螺丝钉可比不了。大哥下午来了电话,部党组周一研究你的申请。我作为你的妻子,很想知道你现在的态度。"史天雄想不到这件事还会峰回路转,愣了一会儿,说道:"党组会讨论,不过是例行公事,你用不着紧张。承业二哥态度很明确,反对我去红太阳任职。我的态度,无足轻重。"陆小艺拿起电话听筒,"大哥又说了,你的这份申请,部党组十分重视。天雄,你们部属企业,不是红太阳一家,事情上了党组会议,大哥也左右不了。我的态度很明确,只要你留在部里,万事都随你。你给大哥打个电话,明确说明你已经改变了主意。打吧。"

史天雄迟疑了好一会儿,说道:"没有必要。我这时收回申请,不合适。还是让组织否决吧。"

陆小艺恨恨地放下电话,长叹一声道:"我知道你不会死心的。你这种做法是危险的,显得很自私。我劝你再仔细想一想。"说罢,拉开门下楼去了。

任何一种组织,如果信仰失去了高于一切的约束力,它就有变成庸才栖身之地的危险。因此,探索真理的人,在任何时候都是孤单的。确实,经过近五十年的积淀,中国社会绝大多数人才都汇聚到了官员队伍里了。这种现实表明中国一直在浪费大量的人才,同时严重的内耗又损害了官员队伍的机体。政府机构改革,也就势在必行了。虽然帕金森定律①目前还无药可以与之抗衡,但任何一个政府都不会放弃对它的抗争。部党组在得到明年必须要进行政府机构改革的上层消息后,对史天雄这份逆向流动的申请给予了特别的重视。阴差阳错,史天雄这份申请就具备了第一个吃螃蟹、吃西红柿的勇敢了,部党组没理由不予以强有力支持。把史天雄放到什么位置上,党组核心成员讨论了两个小时,最终同意了陈部长的意见,决定任命史天雄到西平的天宇集团公司任正局级特派员,编制留在部里。

周一下午,史天雄怀着忐忑不安的心情走进了陈东阳部长的办公室。陈东阳和常务副部长陆承志向史天雄宣布了部党组上午

---

① 英国历史学家诺斯古德·帕金森发现的一条官僚机构自我繁殖和自我持续膨胀的规律,系行政系统中存在的可怕顽症,目前尚无药可医。

做出的决定。史天雄一听，就愣住了。天宇集团这几年在王传志的领导下，成绩显赫，九六年上缴利税已超过二十亿元，在电子行业里已经进入航空母舰级的超大企业了。史天雄说道："我的本意是去红太阳，那里更需要我。王传志在天宇做出了很大成绩，我去了恐怕帮不了什么忙。"陈东阳神色凝重地说："天雄同志，你不要忘了，红太阳集团也曾经是中国电子业的一面大旗。政权赖以存在的根本是什么？是资本的支持。资本说到底，是由一个个人掌握使用的。国有资产近几年出现的问题，可以说相当严重。天宇集团的状况，可能并不像我们期望的那么好。老陆，你把那些材料给他看看。"

陆承志从一个档案袋里掏出一叠东西，摆放在史天雄面前，"这是近一年，反映天宇和王传志可能存在问题的材料。你可以带回去看看，然后还给我。当然，这里面大部分的匿名材料，并不完全属实，但总能反映一些天宇集团存在的问题。记住，这里面的内容，不能扩散。"史天雄一目十行地看着那些匿名信和联名信。陈东阳接着说："八十年代风云一时的企业家，如今都去了哪里？第一届全国优秀企业家，升迁的升迁，离退休的离退休，栽跟头的栽跟头，除了承业同志在苦苦支撑，还在一线的，还有谁？这几年，五十八九岁现象，日益严重，简直到了触目惊心的程度。号称'红塔之父'的褚时健，也晚节不保了。必须承认，王传志是个很能干的人，为国家做出了重大贡献。部党组希望他能收个豹尾。"史天雄抬起头，接道："如果我没记错，王传志今年还不满五十周岁。这种安排，会不会产生什么副作用？"陈东阳道："应该不会。如何保证国有资产高效安全运转，国务院正在研究一揽子解决方案。向国有大型企业派特派员，可能要形成一种制度，有几个部委已经开始做试点工作。这次派你去天宇，也是想摸索出一些经验，供国务院制定这项法规时参考。正因为这几年天宇的发展势头强劲，我们才决定把你派过去。项明远这个党委书记,党性和人品都不容怀疑,可惜能力差一些,又对权力太敏感了。这些材料,恐怕多半是他授意的。这也是部党组谨慎处理这些材料的原因。我个人是反对动不动就告状上访的。我更反对揪住别人历史小辫子不放。人无完人,王传志也不是完人。党组希望你到天宇后,能和王传志处好关系。如果你和他能够相互配合,我们就没理由担心天宇的未来了。天雄同志,你的担子很重啊。"

名义上,史天雄由副司长变成了正司局级特派员,升了官,陆小艺也不好过分发作。但是,深知中国官场规矩的陆小艺知道,丈夫已经偏离了电子信息部的权力中心,滑向了不可知的、难以控制的边缘了,她自然没法高兴。陆震天得到这个消息,竟十分高兴,当即表态道:"这是好事。天雄什么都不缺,缺的只是基层工作经验。他的信仰坚定,对党和国家忠诚,如今又多了一份勇敢,走的都是正路。"

陆震天一表态,苏园也不好再说什么反对意见了。但她还是觉得有必要敲打敲打这个养子兼女婿。陆震天提议的庆贺晚宴结束后,苏园苦口婆心起来,"官员外放,不升就叫谪,几千年都是这样。好在特派员前面还有个正司局级,这个家宴也算有个说法了。天雄啊,你六岁到这个家,我和你爸从来都把你当亲生儿子来看待。你爸对你还有点偏心眼。'文革'初期,你爸自身难保,在兰州当副司令的老部下提出带走一个孩子,我们首先送去的就是你。你亲爸亲妈的问题那时还没结论,不把你保护起来,怎么办?你要当了狗崽子,下了乡,能有今天吗?你们部队要去打仗了,我和你爸商量的第一件事,就是赶忙让小艺到部队跟你结婚。那弹片亏得只伤了你的腿,否则……"陆震天厌烦地瞪了妻子一眼,"有完没完?说这些做什么!"苏园笑弯了柳叶眉,"天雄不是要去西平吗?你不是也经常要求孩子们不能忘记历史吗?你说承伟不成器,不走正路,这个家今后只能指望天雄了。他要是忘了本,飞走了,我们怎么办?"

史天雄强笑着,"妈,你放心,这些我都记着呢。咱们这个家,不缺官,也不缺钱。你就放心让我去闯一闯吧。再说,我的户口还留在北京,编制还留在部里,实际上等于出个长差。"陆震天接道:"早晚他会回来的。"

早晚会回来?早是多长时间?晚又是多长时间?陆小艺想不出来。第二天一大早,她就开始给陆承伟拨电话。她需要有人帮助她。

最近一些日子,陆承伟蛰居西山别墅,重点思考了亚洲金融危机会对中国今后几年的经济产生什么影响这一重大问题。饿了,能吃上顾双凤亲手做的江南小吃;累了能享受到顾双凤这个深陷爱河的女人提供的极富创造力的服务,日子过得甚是逍遥。史天雄刮起的家庭风波,他连一个波纹都没感觉到。确实,这个时候,陆承伟在陆家还只是一个局外人。

局外人和局内人的差别,不过是门里门外、幕里幕外而已。房子没送成,陆川的大工程还没正式启动,陆承伟想到了应该用其它办法赢得父亲的心。中国特色之一,就是政治话语在经济生活中依然起着举足轻重的作用。回想自己这十几年走过的路,他深知陆震天三个字蕴藏的巨大能量。这能量多半时候像一辆重型坦克,能把通向目标道路上的一切障碍消除。还有个别时候,这种能量还能够直接转化为金钱。陆承伟断定,在今后的十年里,围绕政策做文章,仍有无限的商机。那么,一定要把父亲这张威力无穷的牌打好。

机会说来就来了。几天前,晚报上登出了一则消息,说有一批具有文物价值的邮票将在国际会展中心拍卖,其中有一枚毛主席一九四二年寄给冀鲁豫某将领信上贴的邮票最为珍贵。这则消息唤醒了陆承伟尘封已久的记忆。"文革"前,陆家最为珍贵的东西,就是毛主席亲笔写给陆震天的一封信的信封,上面贴着一张印刷粗糙、图案简陋、在陕甘宁边区和其它根据地可以流通的邮票。这封信的原件早就进了档案馆,陆承伟只记得这封信是对陆震天写给毛主席一封信的回复,毛主席在信中回答了陆震天在一九四二年日军"五一"大扫荡后提出的若干问题。陆承伟记得父亲说过,毛主席这封信的主题和著名的《星星之火,可以燎原》相近,一个是回答林彪提出的"红旗到底还能打多久"这个问题,一个是回答他提出的"用不用坚守华北根据地"的问题。"文革"期间,这个信封被抄家的红卫兵拿走了,从此再无音讯。

抱着碰运气的态度,拍卖的这天上午,陆承伟和顾双凤带着空白支票,出现在会展中心的拍卖大厅。陆承伟一看放在玻璃灯箱里那个放大的信封,心跳登时加速了。这次拍卖会的主角,果真是自己家里那件珍贵的文物。促销小姐解说着:"这张邮票最珍贵的地方,不仅仅是它是毛泽东用过的,更重要的是毛主席写信封时,在邮票上留下了半个冀字。据考证,毛主席到延安后,基本上没有用过邮票,这封信为什么要贴上邮票,至今还是一个谜。"陆承伟想起来了,这封信还与刚刚故去的邓小平有关。毛主席写完回信,交给去杨家岭看他的邓小平看过,并要邓小平带给陆震天。邓小平说他要在延安等着开七大,暂时走不了,毛主席兴之所至说:"那就寄给他吧。"说着,在窑洞里找了一个贴了邮票的信封,写了地址。说是地址,实际上就是陆震天指挥部队的名称。后来,这封信还是通过机要通信,交到陆震天手里的。半年后,陆震天见到了邓小平,知道了事情原委后,也是兴之所至,专门跑到分区邮电所补盖了邮戳,然后当做宝贝珍藏起来了。

陆小艺赶到陆承伟的西山别墅,陆承伟刚刚用八十八万天价,买回了本来就属于自己家里的宝物,正开着卡迪拉克,哼着《抗日军政大学校歌》,走在回西山的路上。顾双凤还沉浸在刚才拍卖场惊心动魄的竞价场面里,小心抚摸着装在楠木匣子里的信封,说道:"我真怕有人喊出一百万。"陆承伟接道:"那我就会让你喊两百万。我的底牌是不惜代价,得到它。这个收藏人这回可发财了。"顾双凤疑惑起来,说道:"报上为什么不提你爸爸的名字?毛主席写的陆震天几个字并不怎么草嘛。"陆承伟伸手刮一下顾双凤的鼻子,笑道:"傻丫头,公布了名字,它不就成我家的私有财产了,收藏人还怎么发财?"顾双凤噢噢了两声,突然叫起来:"亏了,亏了!不该花这笔钱。既然你已经认出来了,问他们要,他们敢不给你?这钱花冤枉了。"陆承伟说:"一点都不冤枉。他们没把它当废纸扔掉,应该得到这笔钱。可惜没人喊出三百万。不过,八十八万也不错,八十八万能弥补老爸一大缺憾,值。"

看到家里失而复得的宝物,陆小艺的心情还是没有好起来,皱着眉头把家里这一段发生的一切都讲了出来。

这回轮到陆承伟震惊了。他没有想到史天雄会突然间决定退出政界。在他长远而庞大的计划里,他和史天雄应该是一架飞机的双翼,一边政治,一边经济,缺一而不可。飞机折去一翼,还叫飞机吗?为什么要派他到天宇集团当特派员?陆承伟懵了。

陆承伟决定收购、包装陆川的国有企业,正是看到西平市有天宇这样一个电子工业巨人。在他庞大的计划里,天宇正是他未来的合作伙伴。在S省,也只有天宇有一次拿出几个亿收购他包装后的上市公司的胃口和消化力。四十年前,中国能放出亩产十三万斤水稻的巨大卫星,四十年后必然能产生三两年内使中国的企业跻身世界五百强的规划。在陆承伟看来,天宇所肩负的政治使命,必然使它很快走入大扩张的道路。偌大一个中国,偌大一个在经济上取得举世瞩目成就的大国,至今没有一家企业忝列世界五百强,已经关乎到面子问题了。巨额利润的商机,只能在这些地方生长出来。八十年代的兴建特区热,造就了多少亿万富翁?下一步会不会出现一个建造世界级经济航空母舰热呢?陆承伟相信这个热很快就会出现。正是基于这种判断,他才敢在陆震天面前打包票说能把陆川的国有小企业救出苦海。把陆川的小企业收购了,包装了,上市了,目的并不是经营,而是要把这个做好的壳,以一个好价钱卖给下家。天宇集团正是陆承伟大构想中最理想的一个下家。选择天宇做下家,不仅因为它有购买力,而且因为它在某种程度上更像是王传志经营的一个独立王国。为了保证这个计划万无一失,陆承伟研究王传志已经有些日子了。对付王传志这种家长式的人物,陆承伟已经很有经验,可谓战果辉煌。客观地说,陆承伟巨额财富的积累,主要依靠还在中国大地上生命力依然旺盛的人治的幽灵。天宇突然间要出第二个太阳史天雄,刹那间就把陆承伟照晕了。

陆小艺看着发痴发呆的弟弟,急急地说:"小弟,你说话呀!"陆承伟按自己的思路,自言自语着:"把圣徒级的史天雄派到天宇集团当特派员,是不是表明上面对王传志不信任,怕他变成第二个褚时健?"陆小艺气得跳起来,提高嗓音呵斥道:"小弟!你先管管咱们家的事吧!王传志是不是个贪官,关我屁事!你是很有钱,可在中国,没有政治支撑的钱,只能是废纸。承业二哥从前风光不?他管理的钱没你的多?现在呢?没有咱们家做背景,他只能老死在西平!这是中国,你懂吗?"

陆承伟喃喃道:"我不是正在想嘛!"

# 第 四 章

　　陆承伟坐在沙发上,抽完一支德国雪茄,一句话也没说。齐怀仲和顾双凤知道这种家务事不好插嘴,都躲了。

　　陆承伟下意识地又摸了一根大雪茄,叼在嘴上。陆小艺恼怒地冲过去,抓起雪茄,朝地毯上一摔,像是不解气,又用脚踩了碾了,恨铁不成钢地说:"天字号的大傻瓜都出在咱们家,还不够,又出你这么一个冷血动物!大哥在副部长位置上一窝就是八年,这回连个中央候补委员都没捞着,指望不住了。爸的身体一天不如一天,等他死了,我看你依靠谁!你看看周围,没有政治背景的家,哪一家有个好?爸爸挣的老本,他去世后还能吃几天?史天雄这个王八蛋……"陆承伟站起来,扶陆小艺坐下,笑着劝道:"姐,消消气,消消气。我的血没你想象的那么冷。人走茶凉,自古皆然,悲凉之雾,遍被京城,从大康坠入困顿的大小悲剧,我也听过见过不少,算是能看见人生本相的那群人了。姐,我从来没有像今天这样,感觉到你是那么的无私和高大。我为自己有这么一个目光远大的姐而骄傲。我很赞成你的分析。没有你的远虑,不定哪一天,我就会遭人暗算了……"陆小艺平静下来了,扬扬手道:"得得得,别耍贫嘴了,一点正经都没有。你不知道我心里有多烦。"

　　陆承伟叹道:"那就说点正经的吧。姐,我比你更不愿意天雄到天宇当什么狗屁特派员。这个冤家要是去了天宇,又在那里站稳了脚跟,对我来说,等于一场灾难。"陆小艺狐疑地望着陆承伟,"灾难?你能不能说清楚点?我一点也看不出来天雄到天宇会给你带来什么麻烦。"陆承伟摇摇头:"目前这还属于我的一级商业机密,说不得。时间会证明,我并没有夸大这种危险。我现在可以负责地告诉你:我认为天雄在天宇根本呆不长。"

"你说什么?"陆小艺站起来,"呆不长?为什么?千万别对我说这只是直觉。"

陆承伟又把烟点起来,抖着二郎腿说道:"姐,我可是美国的MBA,重视直觉,可从来不依靠它。我只相信分析、推理、判断。没有某某某,就没有某个著名品牌。这种提法你见到过吧?电子业,特别是家电业,谁都知道,没有王传志,就没有天宇。"说到这里,他停下来端起了茶杯。陆小艺的眉头又皱上了,"老毛病!说什么总爱卖关子。"陆承伟放下茶杯,"好好好。王传志是个什么人?本质上他是一个政治动物。如今他在家电业当了诸侯,可以说是歪打正着。这个人致命的弱点,是他根本没弄懂政治而一直对政治非常热衷。当然,帝王术他只知皮毛,并不妨碍他能当一个土皇帝或者一个部落的酋长。他到现在还不明白,他在政治上早被打入另册了。打入另册的原因,当然是因为他在'文革'初期当了一个多月的造反派司令,而'文革'已经被全盘否定了。这是他永远无法洗去的政治污点。王传志的可爱之处,在于他一直都在用心洗这个胎记,并天真地认为早晚能把它洗干净了。恐怕他现在已经认为早就洗干净了。天宇为国家上缴的利税早就超过百亿了,这么巨大的功劳还掩盖不了一个小小的污点?他就是这样想的。这个时候,突然间出个钦差大臣史天雄,他又怎么想?他能心甘情愿让天雄摘桃子吗?不会的,肯定不会。他不是一个软弱的人,更不是一个束手就擒的窝囊废。"陆小艺听得直点头,说道:"想办法让王传志跳起来……"陆承伟慢慢摇摇头,"他同时还是一个有个性、有城府的人。他要反对,早反对了。部党组的决定对王传志没法保密,他还有一个上市公司总裁的身份,这个身份背后是实力。他不反对，说明他根本没把天雄当做对手。如果我的分析有六分是准确的，天雄在天宇只能呆半年左右。这件事实际上对陆家是个好事。明年，你就等着天雄当司长吧。"

陆小艺将信将疑看着弟弟，没有说话。真要变成这样的结局，那是再好也不过的。可是，事情会朝这个方向演变吗？

天宇集团的厂区已经变成西平市东郊一座城中之城。它在近十年里，已经逐渐变成了西平的一处现代化景观，同时又改变了人们对这个城市的一种看法。这个城市几年前还流行这样一种说法，城南住富人，城北住坏人，城西住官人，城东住穷人。富人指那些先富起来的一批人，坏人指那些在火车北站附近从事各种掠夺性经营的人和大批盲流，官人指那些在省委、市委、省府、市府上班的人，穷人指的是大量的工人。天宇在东郊的崛起，至少让六万多个家庭，在东郊鹤立鸡群了。在东郊的菜市场上，从那些拎着菜篮子的主妇的脸上，很容易捕捉到天宇人的优越感。在其他的东郊人照着每人每月一百五十元的标准安排一日三餐时，天宇人自己的银行信用卡上，每月会准时地增加千元以上。这种数字上的差别，不但会体现在人的表情上，而且也渗透到了衣着甚至于择偶标准等诸多领域。眼力稍微把细一点，就能看出在天宇城中之城出入的小媳妇们，和其它厂区出入的小媳妇们一比，平均分至少要高出十分以上。天宇人普遍都有吃水不忘挖井人的美德，常常说的一句话就是："多亏了天宇有个王总。"

这些日子，天宇人突然间发现能见到王总的机会多了起来。清晨和晚饭后，只要想和王传志这个传奇性的人物打个照面，只用到运动场边小树林晨练和散步就行了。中等身材，微微发福，长着相书上标准官相，眼睛里透着温和和执着的红脸中年汉子，每天要在这里出现两次。一般人都不敢上前与他打招呼，因为他们很容易发现王传志一直是在想问题。在这种时候,贸然上前招呼敬爱的王总,打乱了他的思路,可就罪该万死了。

天宇的核心人物和王传志的心腹都知道,王传志是在思想怎么面对即将来西平上任的特派员史天雄。党委书记项明远得到史天雄要来天宇的消息,有些兴奋。开始,他判断王传志会马上进行抵制。后来,王传志的沉默让他心里打起鼓来。他没有理由断定新来的史天雄肯定是自己的同盟军,尽管他已认定部党组此举目的是分王传志的权。等了几天,史天雄就要来上任了,王传志在公开场合仍是一口官话,这让项明远有点失望。

史天雄上任的前一天,王传志在董事会上说道:"这次董事会的议题,本来是讨论拓展海外市场预案的。咱们国内市场的情况,变化不大,占有率还是彩电百分之十八点六,冰箱百分之八点一,影碟机百分之九,空调百分之六。按说,国内市场还有潜力可挖。为什么我一直不同意再挖国内市场的潜力呢?今天给你们露个底吧,要不你们会认为我的眼光钝了。站在全局来看,我们的各类产品市场占有率再提高一个百分点,要导致兄弟厂上万工人下岗,或许还会让几个厂破产。上面的指示是不要再自相残杀,要一致对外。这也就是朱副总理视察长虹时讲的:优胜劣不汰。这个提法现在还没公开,我在这里说说,你们在这里听听,到此为止。晋级世界五百强,建世界级的经济航母,很快就要启动了。达到这个目标,为中国人长长精神,只能寄希望于拓展海外市场。在这个大形势下,上级为了加强天宇的领导力量,加快天宇的晋级步伐,给咱们派来了一个特派员。"瘦瘦的人事部长张中保接一句:"董事长,这特派员是个什么东西?"

王传志瞪了张中保一眼,"呔!你说的是什么话!特派员是人,不是东西。"有几个人听了这话,禁不住笑出声来。王传志威严地看看发笑的人,继续说:"开这样一个会确实很必要。你们好像对派特派员有抵触情绪,这很不好。史天雄特派员是部里的少壮派,平反昭雪的烈士遗孤,战斗英雄,在部组织计划司干了六七年,是内行。史特派员的职责是参与、领导、指导天宇集团股份有限公司的全面工作,保证国有资产快速、高效、安全地运营。他来了以后,你们,当然也包括我,都要服从他的领导。"张中保又放了一炮,"这是什么意思?这不是明显信不过我们吗?我们是股份公司,有董事会,有监事会,什么时候把国有资产往悬崖上推过?派个太上皇,还是个要上朝的太上皇,还要我们这些人做什么?"

项明远这时候说话了,"小张,话不能这么说。董事会也好,监事会也罢,都是一级组织。红太阳当年在家电行业一枝独秀,现在不是要垮了吗?在座的大部分都是党员,组织原则还是要讲的。王总是组织上任命的,我是组织上任命的,你们都是组织上任命的。"

王传志听得不痛快,低着上皮眼,几个指头神经质地轻敲着桌面,忽然间笑了,"项书记敲打得很及时。同志们,请注意我没称董事们,因为我们都是由组织授权来管理经营国有资产的在组织的人。天宇集团,是在三千多万国有资产的基础上发展起来的,你们和我,对天宇集团是有贡献的。外面一些传媒一些小道消息说什么没有王传志就没有今天的天宇,言过其实了。应该说,没有改革开放的机遇,就没有今天繁荣昌盛的天宇。我们虽身为董事长、副董事长、董事,但不是天宇资产的主人。对上级主管部门的决定,我们要无条件执行,组织原则高于一切。史特派员是组织任命的正司局级领导干部,他来了,是你们的领导,也是我和项书记的领导。拓展海外市场的事,今天就不议了,等史特派员来了之后,由他定夺。我要宣布一条纪律:谁都不能在群众中制造紧张空气,不能散布什么改组天宇等谣言。离了我王传志,天宇照常转。这几年,我的身体一直不好,早不想干这个苦差事了。史特派员来得真及时。周主任,给我订一张后天去北京的机票。我想去三〇一医院查一查,这身体也该大修了。"转过身对项明远说:"项书记,特派员还是个新事物,这欢迎仪式,是不是要隆重一点?是不是搞个中层领导参加的欢迎会,你再搞个欢迎词?"

项明远摸不清王传志的真实意图,只好说:"这是搞试点工作,有必要搞隆重一点,有利于宣传和扩大影响。"王传志一拍巴掌,"好,有你党委书记这句话,就好办了。我来安排一下。下午,除流水线上职工,全体人员参加大扫除,包括调休人员。参不参加这次大扫除,要与这个月的奖金挂上钩。要让大家认识到,对特派员的态度问题,是个政治问题,表明自己是否支持改革。周主任,通知四大销售分公司,让他们通知到所属八十八家销售分公司,各派一名经理或者副经理赶回来参加欢迎特派员仪式。费用从特支费中报销,回不回来,要与各分公司销售奖励挂上钩。通知后勤,明天晚上准备三十桌酒菜。平日里,大家天南海北奔忙,难得见上一面,借史特派员上任,聚一聚,乐一乐。"项明远有点担心起来,说道:"王总,这么做太兴师动众了。外面的,就别回来了。"王传志道:"项书记,这可不是个小事。史特派员的身份是总领天宇事务的钦差大臣,古时候,你我还要率部下郊迎四十里跪迎呢。花这点钱,让大家知道什么叫权威,值。李副总,明天下午,你和周主任带两辆卡迪拉克去机场迎接史特派员。小周,下午你和公安局白局长联系一下,请他们派点警力,疏通一下从青牛立交桥到厂大门口的道路。下午四点后,这条路总是爱堵车。"

办公室主任周瑞发不屑地哼一声,"有点小题大做。正部级领导,按规定才能享受这种待遇。他一个……"王传志火了,一拍桌子道:"周瑞发,你想干什么!这个办公室主任你不想干了,说一声,我马上批准。要是还想干,先把这件事办了。我只要明天史特派员畅通无阻进入天宇,其它的,你自己想办法解决。你说明天迎接中央领导,也没人管你。就这么办吧。散会。"

史天雄到西平上任,也算是故地重游。这里,曾留下他一生一段最辉煌的日子。杨世光也同机飞到了西平。电子信息部已经原则上同意接收他,他回部队办有关手续。同时,他也想到天宇看一看,如果有可能,他愿意以特派员助手的身份来天宇工作。堂堂一个特派员,总不能孤家寡人闯天宇吧?史天雄觉得这个主意不错,认下了杨世光这个随行人员。

两人刚走下舷梯,两个穿天宇工作服的姑娘,就把两捧鲜花递过来了。能把接人的车开到停机坪,天宇在西平的影响力可见一斑。史天雄和天宇的李副总、周主任握手寒暄后,上了第一辆卡迪拉克。李副总坐在副司机位置上带路,两辆卡迪拉克相跟着驶出了机场。

杨世光看李副总十分年轻英俊,说道:"李副总真是年轻有为,今年不到三十吧?"李副总侧过身子笑笑,"三十有五了。史特派员,十几年前,我在西大读书时,见过你一面,不知你还记不记得?"史天雄愣了一下,讪讪地一笑,"对不起,我确实忘了。"李副总自嘲地笑出声了,"我不该这么问。那次你们英模报告团到我们西大做报告,我就坐在台下的第一排。我怎么能要求你记住我呢?那次报告,对我的影响太大了。你和那个叫金月兰的技术员,讲得最精彩。那时,我们这些大学生真把你们当神来敬啊。你代表着战神,金月兰代表着美神。你们并肩坐在主席台上,完美而和谐,简直像一对无可挑剔的艺术品。我们当时还为你们能不能成为恋人争论了很久……扯远了。真没想到今天我能有幸成为你的部下。"

正说着,周瑞发带的卡迪拉克超了过去,上了高速公路。

杨世光打趣道:"唉,特派员同志,当时你就没动过什么念头?"

李副总扭头接道:"那个不爱钱的金月兰,对特派员恐怕动过念头。特派员做报告时,这个金月兰一直托着腮,一往情深地看着你。弄得我们的很多女同学醋意大发,竟还有人怀疑她捐二十万遗产的真实性。那个时代,人们可真单纯。"史天雄眯着眼微笑着,说道:"我那时已经快做爸爸了,还能动什么念头?"

真的没动任何念头吗?史天雄陷入了遥远的往事。面对二十一岁清纯美丽的金月兰,任何一个男人都不可能无动于衷。当时,他也感受到了金月兰对他的好感。长达三个月的巡回报告,两个相互欣赏的男女,肯定会擦出一些火花的。自己为什么在开始的一两个月内,没有直接告诉金月兰自己已婚的真实身份?是不是希望这种误导产生那种氤氲的气氛?是不是那个时候就已经对小艺生出了失望?他想起了和金月兰在一起的很多细节,惊醒一般把身子坐直了。直到今天,他也无法否认自己对金月兰匆匆嫁人是负有责任的。

杨世光撞撞他的肩膀,"喂,是不是说到痒处了?后来你们也太生分了。"史天雄道:"不生分又能怎么样?男女之间,恐怕还真该讲个缘分。我转业那年,她已经当上了国棉二厂的工会主席。不知现在怎么样了。"李副总答道:"国棉二厂四年前就破产了。真是三十年河东三十年河西呀。前两天,我在报纸上看到了金月兰这个名字,说她在开一家什么百货超市。"史天雄问:"金月兰也下海了?"李副总说:"这个开超市的金月兰,不知是不是当年那个金月兰。整天穷忙,看报纸都是一目几十行。特派员要是有兴趣,我马上派人查一查。"史天雄笑道:"不用不用。见得着,是缘;见不着,也是缘。如果真是那个金月兰,她这二十年就太有看头了。"

这个时候,史天雄不可能想到自己今后的日子会和这个金月兰发生什么深刻的联系。说话间,车下了高速路,上了青牛立交桥,开始进入市区。史天雄猛然听到刺耳的警笛声,弯腰朝前一看,闪着红光绿光的警灯已经长在前面那辆车的车顶了。杨世光碰碰史天雄,指指在窗外掠过的一个个警察,吐吐舌头,做个鬼脸。

史天雄脸色阴沉了,问道:"小李,平时上边来人也这么搞吗?"杨世光接道:"天宇和公安局的关系还真不错。"李副总扭过头笑道:"天宇这几年给西平做的贡献不小,方方面面都要给天宇一个面子。王总和项书记都很重视特派员上任这件事,破例做了些安排。下午还安排了一系列活动,晚上还要聚餐。全国各地八十多个销售子公司的领导都回来了,都想见见特派员……这段路下午总堵车,所以就让公安分局做了这种安排。如果特派员觉着不合适,以后改过就是了。"史天雄意识到这种超规格的待遇后面,已经布好了种种陷阱,这个特派员做起来,不会轻松。王传志到底是王传志,一出手就非同凡响。召回八十多个下属,名义上是为史天雄抬轿,实际上呢?王传志在天宇一言九鼎的力量,已经让史天雄实实在在感觉到了。他猛然间意识到,部党组这个决定是一个错误。

接着,史天雄就感受到了天宇集团非理性的力量。

两辆卡迪拉克开到天宇集团大门口,任凭司机把喇叭按成轮船的汽笛,镀铬的自动伸缩大门仍然纹丝不动。不一会儿,大门外停满了十几辆出租车,上面下来了几十个天宇集团管销售的各路诸侯。周瑞发从第一辆卡迪拉克上下来,抹腰朝大门里吼道:"快把门打开!你们找死呀?"

门没有开。突然间,大门两侧的围墙上长出来几条醒目的横幅。杨世光伸脖子一看,惊得直吐舌头。横幅的内容全部是针对特派员史天雄的。一条写着:"天宇宁死不做翻牌公司!"一条写着:"不要监军,不要钦差,不要怀疑天宇人的忠诚。"另一条写着:"工人阶级永远是领导阶级,工人阶级永远不会等于零。"

李副总黑着脸掏出手机,用力打出一串号码,"是王总吗?我是李国奇。我和史特派员已经到了大门口。王总,出事了。有人打出几条反动标语,关了大门不让我们进。王总,你快点出来吧。再迟,电视台和报社的记者就赶来了。"关了手机,扭过头道:"特派员,实在对不起。几万人的大企业,一点考虑不周,就会出问题。昨天,王总专门召开了董事会,研究怎么接待你……你看这事……王总让我代表他和项书记先向你道歉。史特派员……"

史天雄打断道:"李副总,你还是叫我史副司长吧。这里没有什么特派员。我来西平,不是来上任的。我和杨先生,这次是专门来听天宇拓展海外市场汇报的,同时还要到红太阳集团了解第三季度扭亏为盈的情况。这是部党组今天上午刚刚做出的决定。暂时没有什么特派员了。"李国奇听得一头雾水,愣愣地看着史天雄。

王传志在办公室愤怒地把电话摔了,看着项明远和几个核心领导说:"奶奶的,是谁把电话线也弄坏了。敢写反动标语,敢不让特派员进门,反了,反了!张部长,你去礼堂,把所有的人都带到大门口,向史特派员请罪。老项,我们先去。"走到楼梯口,又喊道:"让保卫部派人马上到现场,立案侦查。这是一起严重的政治案件。"

史天雄下了车,点了一支香烟,面对在风中摇曳的几幅横幅,站住了。杨世光小声道:"为什么变卦了?"史天雄叹口气道:"将在外,君命有所不受。走这步棋,本来是居安思危、防患于未然。不变卦就是火上浇油。"正说着,墙头上的标语突然间消失了。接着,大门哗啦啦地打开了。

杨世光看见那个近些年常在电视上出镜的身影带着黑压压的一群人,小跑着朝这边来了,感叹一声,"这真是一场组织严密的战斗。怪不得天宇能有今天。"

王传志冲出大门,紧握着史天雄的手,连声道歉,"老史,真是对不住你呀。这些天,我们盼星星盼月亮,盼你,谁知……你让我怎么给你解释?无地自容,无地自容啊。这不,中层以上的领导都在,我们在那边准备欢迎仪式,这边就冒出个政治事件。老史,以后我们是一家人了,这些家丑……嗨,老弟,真的对不住你呀。"史天雄撑出诚恳的笑,"王总言重了,言重了。这可能是个误会。"王传志拉着史天雄的手,大喊一声,"保卫部的刘部长来了吗?"一个魁梧的方脸汉子答应一声:"有——"王传志一字一顿道:"刘部长,这是咱们天宇十年来出现的最严重的案件。我给你三天时间,一定要把这个案子破了。不管牵扯到什么级别的干部,要一查到底。所有参与闹事的人,一律除名。门卫呢?门卫是不是属你管?"刘部长把一个脸色煞白的青年推过来,"上午是他值班。你给王总和特派员说说,都有哪些混蛋参与了。你也算一个。"白脸青年流着眼泪说:"部长,这不关我的事呀。昨晚我吃坏了肚子,我去上一趟厕所,出来就成这样了。我真的什么都不知道呀——"王传志问:"刘部长,门卫都是招聘的吧?"刘部长道:"是的。"王传志挥挥手说:"把他开除了。"

到了会客室,史天雄抢先说话了:"王总,八小时前,我的身份确实是特派员,但现在不是了。"王传志惊讶道:"你开什么玩笑!"史天雄道:"计划赶不上变化。设立特派员,是国企的重大改革,国务院原则要求统一行动。部党组经过慎重考虑,决定等国务院总体方案出台。"王传志将信将疑看着史天雄,"信息时代了,怎么会出这种笑话……"史天雄道:"你可以打电话问问陈部长,看看我是不是假传圣旨了。这次,我的主要任务是听红太阳扭亏方案,顺便来天宇看看拓展海外市场的准备情况。因为变化突然,陈部长让我亲自来解释一下。看到这种情况,说明部党组取消这个决定非常及时。"

王传志没听出什么破绽,信了八九分,笑道:"我怎么信不过你呢!突然设了特派员,把我打个措手不及。本来,我准备住院大修了……你看这事弄的。中层以上领导和各分公司领导都到齐了……真是……出了一个小插曲,你可别往心里去呀。天宇对上级的决定,从来没含糊过。老弟回去可要多说主流哇。下午,你还是接见接见天宇的各路诸侯,晚上再和他们一起吃顿饭。眼见为实,耳听为虚。老弟千万别拒绝。"

史天雄只好答应了。瞅个去卫生间的空闲,用手机向陈东阳简要报告了这边的情况,要求陈东阳暂时认可他的机断处理后,史天雄才彻底放松了。

吃了天宇豪华的诸侯宴,简单听了王传志的汇报后,史天雄和杨世光去红太阳附近的三泰宾馆住下了。王传志已经明白史天雄不是个好对付的人,也不挽留史天雄,回家和亲信们商量对策。

史天雄和杨世光到三泰宾馆住下后,史天雄突然间感到心里空空荡荡的。杨世光也意识到事情这么处理不太合适,担忧道:"天雄,这仗打得有问题。你不上任,你自己被动。你在天宇呆下去,王传志能把你怎么样?"史天雄叹息一声,"是不能把我怎么样。我走这一步,初衷不是要正局级名分。天宇这么下去,早晚要出大事。与人斗,其乐无,穷!这是一句添个逗号的毛主席语录。我要是以特派员身份来天宇,有两个前途。第一,当个牌位,做个正局级寓公。第二,王传志表面上把权力都交给我,然后设法让天宇全面滑坡,他有这个胆量。第二种前途可能性更大。天宇每年能给国家上缴二十亿利税,能为社会提供近十万个就业岗位。我抱着特派员身份不放,我就可能成为百身难赎的大罪人。家国同构,家企同构,一天不改变,中国就无法谈什么伟大复兴。"杨世光不解地问:"你对天宇的问题分析得这么透,你又决定搞实业,这次你为什么要选择退缩?"史天雄道:"我更愿意成为王传志的实际助手。"

两人正说着,陆承志打来了电话,埋怨史天雄不能忍耐,告诉史天雄一个消息:下午党组开了会,组织计划司副司长已经有人当了。这意味着史天雄已没有退路,如果到天宇任实职不能实现,他就被挂起来了。好在陈东阳态度很明确,表示支持史天雄到天宇任实职。

第二天一大早,杨世光陪着史天雄出现在西平市一个保持着几十年前原貌的老街区。在老街旧巷转了半天,杨世光感到有点寡淡了,史天雄的前途未卜,自己这些天的努力很可能就白费了,想想这些,皱着眉头说道:"天怪冷的,肚子也咕咕叫了,沿街都是贩夫走卒上班族,没大看头。找个地儿,填饱肚子干正经事吧。我有一个直觉,这次你不能在西平久留。"

史天雄像是在和杨世光赌气,说:"我倒真想在西平呆上一星期,看看到底会发生什么事。这种场景,是没有灯红酒绿、纸迷金醉的夜生活好看。可它耐看。因为这才是最本质、最基础的中国人的生活。中国的未来,是从这里生长出来。你信不信?"杨世光笑道:"我不跟你抬杠。我真服了你了,这种时候,你还能产生诗兴,不简单。"

两人说笑着,拐进一条两旁还长着几棵香樟和银杏的稍稍宽敞的老街。看了指示牌,他们知道这条街名就叫银杏街了。街很长,不是太直,几条细窄的巷子与它相连,这使它比刚才穿过的几条街巷又多了几分人气。远远地,他们看见了一个街巷交叉口的银杏树下伫立着一个女人。女人身边放着两个黑乎乎冒着白烟的东西。又走几步,看见树下有一张小桌,四五把小凳,一个案板挨着青砖的墙放着,上面摆着面条、时令青菜和七八个装着各种调料的瓶子。女人显然已到中年,身体单薄,神情忧郁但却显得健康,有一种亲切的家常美。一个写着"下岗一元面"的小木牌子,孤零零地靠在银杏树干上,朴拙稚嫩的几个黑字,羞答答地看着路人。此时,这个小木牌在史天雄眼里,却像一个时代的徽标一样醒目,引得他不忍离去。女人下意识地搓着围裙,露出三分之一的一口米粒白牙微笑了,却没招徕生意,难为情似的说:"这毛笔字是我儿子写的,写得太丑了。"杨世光问道:"为什么要起这个名字?"女人实实在在答道:"我下岗了,我们那个谁在锁厂上班,眼见也要下岗了。下岗人卖面,也想让下岗人吃得起。就起了这个名字。"

史天雄拉个小凳子坐下,"每人来两碗。"

女人应一声,忙碌起来。

趁着煮面的工夫,杨世光把这个卖面女人的底细都盘查了出来。女人叫毛小妹,是国棉六厂的挡车工,十六岁进厂,干了整整二十年,遇上减员压锭,下岗了。这时间,史天雄一直盯着小木牌看,思忖着什么,像个得道的高僧。

杨世光吃完第二碗面,连声说:"好吃,好吃,再来一碗,天雄,你也来一碗吧。"毛小妹站着没动,笑着说:"先生,两碗足够了。我知道你们都是好心人。"杨世光说:"我们真的还能吃。"史天雄这才开始说话,"这位杨先生一次吃过八块压缩饼干,胃已经撑大了,你给他煮吧。你这一元面,一碗能赚多少钱?噢,我不该问。"杨世光凑趣道:"你确实不该问,商业机密和女士的年龄都不该问。可惜我刚才问了毛小姐的年龄,现在你又问了她的商业机密。"毛小妹掩嘴笑着,"两位先生真有意思。我卖个小面,有郎个秘密可言哟。一碗毛利有两毛,交交杂七杂八十来种费,净利有一毛八,一天卖七八十碗,能赚个十三四块钱,加上政府每月发的一百五十元生活补贴,有五六百元,加上我们为民,哦,就是我爱人每月二三百元工资,日子马马虎虎还能过。"

史天雄看见一个小男孩在朝几家的门缝里塞报纸,接着就听见男孩脆若铃铛的叫卖:"卖报,卖报——晚报、都市报——"杨世光皱了一下眉头,说道:"西平竟有这么小的报童,不知燕平凉市长看见该作何表示……"突然停了下来。小男孩胸前的红领巾微微飘着,直朝面摊走来,十来岁的身子前抱一厚叠报纸,后背一个硕大的红色书包,样子让人生怜,黑玛瑙一样的大眼睛扑闪着,又让人生爱。

小男孩把报纸和书包朝小桌上一放,喊道:"妈,快给我煮面,我都快饿死了。"毛小妹弯腰捞着面,答应着:"马上给你下面。还有多少份?"小男孩道:"今天还不错,晚报剩八份,都市报剩六份,已经够本了。"毛小妹端着面转过身,笑得脸如满月,夸奖道:"小军,你真能干。"把碗放在杨世光面前,"先生,你的面好了。"

杨世光这才回过神,有点口吃地说:"这,这孩子,是是你儿子?这么小,你……"小军顽皮地用手挡住自己的鼻子和嘴巴,"我这张脸,上半部分像我妈,下半部分像我爸,你看这眼这眉毛,像不像我妈?"逗得三个大人都笑起来。杨世光摇着头道:"卖报纸会影响学习的……"小军看着杨世光,说:"错!应该说有可能影响学习。叔叔,人是有差别的……"毛小妹轻轻打了儿子一巴掌,"就你能!不能这样跟大人说话。是他自己要卖。我和他爸都起得早,他也只好早起。他说功课压力不大,我们就依了他。他说的也是实情,上学期考了个级段第三,这学期又当了中队长。"

史天雄摸着小军的头,夸奖道:"不错,不错。穷人的孩子早当家。小家伙,我买两张报纸。"杨世光接道:"我也买两张。"小军取了一张晚报和一张都市报,"你们两个是一起的,买两张足够了。不要浪费。妈,你快给我煮面。"毛小妹转身忙碌起来。

杨世光打开报纸,一眼就看到了金月兰的消息,忍不住念出了声:"六大商场发难'都得利',好刺激的题目。不知道这个金月兰总经理,是不是那个金月兰。"史天雄接过报纸看看,"好像是系列报道。应该是她。"

毛小妹接道:"就是国棉六厂那个金月兰。十多年前,她可是红透半边天的名人,捐过二十万遗产重建孤儿院。"杨世光忙问:"她这些年的情况你清楚吗?"毛小妹捞着面说道:"听说过一些。六厂破产后,有不少人到了我们厂。这是一个苦命人。六厂破产后,组织上安排她到印染厂做了工会副主席。这也算没忘记她是个做贡献的人。她男人可不这么想,在外面混了个搞服装店的女人。五年前,她和男人离了婚,自己带着女儿过。两年前,她女儿考高中,差四分不够重点线,想上重点,差一分要交一万元,她就不当副主席,和人合伙开了个'都得利'超市。傻子,烫着嘴了吧!十八年前的二十万,能顶现在一两百万用。人不信命运,可真不行。金月兰开的'都得利',用的都是下岗人员,价格低,服务好,生意很红火。想着她能好些了,谁知又把那些大商场惹上了。这一关不知她能不能过得去。"

史天雄马上生出了见金月兰的冲动,站起来说:"金月兰的'都得利'开在哪里?"毛小妹道:"西平有两个'都得利',一个是总店,一个是分店。总店在人民中路七十八号,坐一路、十六路、六十一路公共汽车都能到。"

杨世光掏出十元钱,"老板娘,把饭钱和报纸钱收了。想不到她经了这么多波折。是该去看看她。钱不用找了。"毛小妹从鞋盒做的钱盒里用夹子夹了两张两元钱递给杨世光,"不行不行。你们已经照顾我的生意了。往常,这时候恐怕还没开张呢。"杨世光只好把钱收下。

史天雄穿好外套,又盯着小木牌看了一会儿,说道:"小妹,你的手工面做得很有特色。下岗一元面,这个点子也很好。世界上有很多成功的企业,都是靠一个好点子发展起来的。你也可以用这个点子,开个下岗一元店什么的,卖小面,卖馒头,卖蔬菜,收益肯定不错。下岗两个字阶段性太强,其实可以叫毛小妹一元店。"

毛小妹听得出了神。这时,一对青年男女骑着自行车过来了。男青年留着披肩长发,穿着怪异,令人联想到街头艺术家这个词。少女穿着一身白,像个白狐一样,粗看,是个十五六岁的小姑娘,天真无邪,细看,又像个熟透了的少妇,眼角眉梢尽是风情。三五个钥匙经一根红绸带一穿,随意荡在胸前,叫人怎也无法辨出她的真实年龄。史天雄神色突变,有些失态地看着这个渐渐走近的白衣少女。男青年大咧咧地喊一声:"老板娘,来两碗小面——"

杨世光也感觉到了少女身上流淌的难以言状的魅力,一看史天雄的样子,先醒了过来,拽着史天雄的衣袖,转身走了。毛小妹也觉得奇怪,本想感谢史天雄几句,一看那男青年眼里已露出敌意,把话咽了下去。

没等杨世光问询,史天雄自言自语地说:"不可能,不可能,袁慧今年也四十好几了。实在是太像,这也不太可能。"杨世光打趣道:"天雄,想不到你还有宝二爷多情的一面,也会说这个妹妹我在哪里见过。稀奇,真是稀奇。"史天雄冷笑一声,"有什么稀奇的。谁都年轻过。这个女孩很像袁慧,实在太像了,白衣服,脖子上挂钥匙,都像,让人不可思议。"杨世光问:"是不是初恋的女孩?肯定是。否则,记不了这么清楚。"史天雄没肯定,也没否定。

中年男人的内心,已经像一片平静的湖泊,一块小石头,已很难引发波及整个湖面的涟漪。上了出租车,史天雄已经把这个小插曲浓缩成一个主题乐句放到了记忆的黑匣子里,此时,他的内心正在播放着十八年前珍藏的曲子了,在这段重现的时光里,女主角是将要见面的金月兰。

早上七点钟,金月兰一天忙碌的生活开始了。

下海两年多了,看上去一切都在朝好处变。"都得利"在西平的商业零售界做出了名声,在宴园小区有了一套自己的私房,女儿的学习成绩开始在重点中学名列前茅。可这一切,仅仅给金月兰带来一些安慰,并没给她带来多少幸福和欢愉。相反,她感觉到一个个困惑接踵而至,生活的味道渐渐发生了质的变化。六大商场竟联起手向小小的"都得利"发难,这让金月兰始料不及。这些日子,金月兰一直在问自己:"难道我金月兰已经站在国家的对立面了?"如果自己下海经商,仅仅是为了挣钱,仅仅是为了解个人生活的燃眉之急，那么今天的金月兰和那个十八年前眉头没皱就捐了二十万遗产的金月兰到底还有什么关系？如果现在的金月兰和过去的金月兰没有什么质的区别，开商店只是承担自己的一份社会责任，那"都得利"商业零售公司为什么就成了国营大商场的敌人？

金月兰无法想清楚这些。她只是感觉到不能放弃以最低价在市场立足的经营方针，不能妥协。当初走这一步，目的并不是开一家可以用来养家糊口的鸡毛小店。不说什么远大的理想，也不讲什么百万富婆、亿万富姐的野心，金月兰只认准了一条：让广大群众欢迎的"都得利"发展壮大并没有错。

翻完当天的《西平都市报》，金月兰的心愈发变得沉重了。春节前后，大商场肯定要挑起降价大战，用这种最直接也最残酷的方法，逼那些实力单薄的对手退出角斗场，或者把它们杀死。"都得利"怎么应战？应战或许还谈不上，"都得利"明年春天还能维持吗？靠李姐为首的、全部由退休下岗人员组成的娘子军迎战，行吗？当然不行。让金月兰感到悲凉的是："都得利"招聘广告登了一个多星期，男性应聘者只来过三个人。如果短时间内找不到一个男性总经理，"都得利"的日子恐怕就更难了。

金月兰仰靠在椅子上发了一会儿呆，再坐直了伸手去拿办公桌上的一叠报表，猛然间发现玻璃板里映出的凌乱头发里竟像是藏了一些白霜，不禁吃了一惊。慌忙从抽屉里拿出一个镜子，对着翻找好一会儿，没发现一根白发。刚出了一口长气，她无奈地发现眼角的两三条纤细的鱼尾纹像是变深变长了。她索性站起来，仔细审视了刚刚度过四十岁生日的自己。身材依然显得苗条而富有曲线，眼睛依然明亮而有深度，双颊还带着自然而均匀的潮红，双唇不涂口红而依旧鲜艳和饱满，一头青丝没用任何护发产品依然能发出湿润的光泽。她对自己说：还用不着为眼角这几条浅浅的鱼尾纹而惊慌失措。她对着小镜子微笑了。笑容刚刚绽放，又僵住了。女为悦己者容。金月兰又一次想起了该死的男人!

在金月兰四十岁的生命里,男人留给她的美好的记忆实在少得可怜。回想起来,只有区区四个男人在她的生活中产生了实实在在的影响。前两个男人,一个是她父亲,一个是她的祖父。一九四九年冬天,两路解放大军从东面和北面对西平形成了合围态势,无数个西平的有产家庭面临是走是留的两难选择。在一个寒冷的冬夜里,在西平商界赫赫有名的资本家金西林和小儿子金钟鸣之间发生了一场激烈的冲突。金西林万万没有想到自己寄予厚望的小儿子,早在两年前就是一名中共地下党员了。父亲的要求很简单:只要小儿子跟他去台湾,他不会追究儿子在政治上年幼无知所犯的错误。小儿子的要求也很简单:只要父亲留在西平,不转移任何资产,他保证全家在新的政权下能保留一定的合法地位。父子俩都没让步,谈话以父亲打儿子一记耳光和儿子一份与父亲和家庭断绝一切关系的声明结束了。一个星期后,父亲带着一家主要成员登上了西平飞往昆明的飞机,从那里转飞台北;儿子当天就把父亲惟一带不走的资产——一个偌大的院子,变成了知识界促成西平和平解放的大本营。五年后,金钟鸣和一位西南军区的女战士结了婚。两年后,这个在延安孤儿院长大的女战士,生下金月兰四十天,死于产后风。以后的九年,金月兰和整天郁郁寡欢的父亲相依为命。"文革"开始后,郁闷成疾的父亲撒手尘寰,金月兰像她母亲一样进了孤儿院。八年后,初中毕业的金月兰到国棉六厂当了一名挡车工。在金月兰的记忆里,父亲的形象和焦裕禄十分相似,留着一边倒的发型,没日没夜地披着衣服坐在一张破藤椅上为党工作着,剩下的时间,就是燃起一根纸烟,望着窗外西平那总也不会晴朗的天空沉思。父亲那个时候在想什么,金月兰不知道。金月兰只记得父亲对她说得最多的一句话:"我们的一切,包括我们的生命,都是党给的。你永远都要相信党,依靠党。"父亲的临终遗言,也是这样一句话。

二十一岁那年冬天,厂长带着民政局的干部找到了她。民政局的干部对她说:"金月兰同志,你的祖父金西林上个月七号在台中市病故了。老人去世前,留了一份遗嘱。在这份遗嘱里,他特别注明为你留下税后二十万人民币的遗产。"金月兰当即表示不要资本家的臭钱,她父亲与反动旧家庭决裂的声明在国民党的《西平日报》上发表过,她与这个去世的资本家爷爷没有任何关系,党培养教育了她多年,她有工资,有工作,不要这笔遗产。厂长说:"月兰同志,接受这笔遗产,是一项政治任务。政府刚发表了《告台湾同胞书》,叶剑英提出了和平统一祖国的九项主张。你接受这笔遗产,也算为祖国统一大业做了贡献。"金月兰一听这是组织决定,这才在有关接受遗产的文件上签了字。西平市孤儿院发生火灾第三天,金月兰就把这二十万元捐了出去。时隔一二十年,金月兰还是想不明白祖父为什么要为她留下这二十万遗产。是血缘的呼唤?是为了显示做祖父的公平?是对幺儿英年早逝的痛悼和追怀?抑或是耄耋老人用来表达比血还要浓的乡愁?不管是为什么,祖父这一个念头,彻底改变了她的人生道路。

另一个男人,就是她的前夫刁明生。这些年来,她很少想起这个只给她带来无限伤痛的男人。这个世界上与她发生亲密接触的惟一的男人,以阴谋闯进她的生活,以背叛和谎言远离她的生活,这样劣迹斑斑的前夫,哪一个女人愿意时常回忆和他一起生活的任何一个瞬间?如果不是女儿晶晶的存在,金月兰肯定能够把这十三年婚姻生活从记忆里彻底抹去。

最后一个男人,就是史天雄。有很多年,金月兰已经遗忘了这个男人的存在。这个让她无话可说、一言难尽的男人,曾经被她诅咒过几千遍。她知道,史天雄是无辜的,但她还是忍不住地想诅咒他,特别是她遭遇婚姻危机的那些年。今天历经磨难终于可以平静地看待历史的金月兰,理智地认为,选择刁明生做丈夫的决定,与史天雄毫无关系,至少没有直接关系。可在当时,金月兰必须把这笔账记在史天雄头上。一个就要做父亲的魁梧英俊的男人,而且还是个刚刚为国家立了大功的战斗英雄,为什么要向一个从来没有谈过恋爱的姑娘隐瞒这个重要身份长达两个月零八天?难道你不清楚那个时代英雄的身份可以让无数个浪漫而纯真的少女想入非非、整夜难眠?一个有妇之夫,陪一个大姑娘过马路,为什么要用手轻轻碰姑娘的肩膀和腰肢,嘴里还不停地说"当心,当心"?你可以辩解这是男人的风度和教养的体现,可你想没想过姑娘生长的环境和受的什么教育?在孤儿院的几年,少量的男孩只是成群女孩嘲笑的对象。偌大的国棉六厂,男女比例是一比六十!同桌吃饭时,你为什么总给我一个人夹菜?仅仅是因为我的胳膊不够长吗?这完全是彻头彻尾的引诱,至少也是献危险的殷勤!终于,这个姑娘爱上了你,你却在某一天轻描淡写地对这姑娘说:"做完巡回报告,我就要当爸爸了。我希望是个儿子。"是你这个混蛋一脚把初恋中的姑娘踢进了冰窟窿!是你让这个姑娘失去了恋爱时必要和必需的聪明和理智,让她根本没想刁明生向她献无数的殷勤,目的只是想把她变成一把向上爬的梯子!她在婚前就允许刁明生亲她抱她,就是因为她在你的部队营区,看见你和你腆着大肚子的妻子,亲密无间地躺在黄叶满地的银杏树下,头挨头依在粗大的树干上晒那冷冬的夕阳。那一次,她去部队的目的,是想让你亲她一口,然后就和刁明生确立正式的恋爱关系。那些年里,金月兰很难用平常心看待她和史天雄那段短暂的情感经历。

金月兰正在疑惑自己为什么又一次想起了史天雄,一个肥胖的中年女人神秘地闪进屋子,把门掩上了。金月兰下意识地理着头发道:"冷不丁的,把我吓一跳。什么事?"女人压低嗓音说道:"月兰,外面来两个找你的男人,一个比一个高,一个比一个帅,一个比一个结实。他们一人拿一份报纸,说要见你……"金月兰扑哧一声笑了起来,"李姐,又不是介绍对象,说他们高矮胖瘦干什么?他们是不是来应聘的?"李姐说:"你一天不成家,我就得操这份心。看着不像是来应聘的。他们说认识你,有十好几年没见你了。一口普通话,丁点椒盐味都没有,不像是西平人。"金月兰狐疑地思想一会儿,"十来年没见的熟人?想不起来是谁了。要是来应聘的有多好。李姐,麻烦你请他们进来。"

刚一见面,寒暄的话还没说完,上班时间到了,出纳和会计也进了这间宽大的办公室。金月兰只好把史天雄和杨世光送到店门口,提出晚上请他们在老妈红火锅城吃饭。

杨世光注意到金月兰初见史天雄时一闪而过的少女般的羞涩和慌乱,认为自己去吃这顿火锅不合适,下午突然变卦,打电话说叫舟桥团的战友拖住了。史天雄骂了杨世光心理阴暗,独自去了老妈红火锅城。

因为时间间隔的悠长,吃火锅的时间只够双方填履历表式的答问,深度不过比英国人见面问天气略嫌亲近。这显然不是曾经相互惺惺相惜男女重逢剧目的核心。吃完火锅,金月兰把上演全本重逢剧目的舞台选在锦江的沿江公园里。锦江自古被西平人尊称为母亲河。这条母亲河在西平市近百年的工业化进程中已经变了质,成了一条人见人厌的排污河。燕平凉市长上任后,因为西平的原始积累已颇具规模,咬牙勒裤带在一片反对声和疑问目光下拿出近百亿人民币,投入治理母亲河的工程。三年下来,市府招商引资的广告中,已经可以写上"这里有堪与法国赛纳河、德国莱茵河媲美的居住环境"了。只用看看它现在银河下凡的晚景,和那些在初冬的寒冷里紧紧依偎在小石凳上不肯回家的情侣,就明白什么叫功在千秋了。

金月兰倚在江边的护栏上,望着星光点点的江水说:"天雄,我注意到你一直没有问我后不后悔捐二十万遗产这个问题。这有什么好问的？谁要问你，史天雄，你后不后悔参加了十几年前那场局部战争，摸着战场上留下的伤疤，看着今天两国高层领导互访的新闻，有何感想，不是很可笑吗？你当了很久的官，很大的官，可你没有改变。我真高兴能在这个时候见到一个不会问我后不后悔这种问题的老朋友。我不后悔，即便我今天一贫如洗，我也不后悔。回忆起我们一起做报告的情形，我还是认为它单纯美丽。你不会笑我吧？"史天雄露出白牙笑了，赞叹地说："说句心里话，我很佩服你。一个理想主义时代终结了，可并非所有的理想主义者都改变了初衷。世界永远都需要理想主义者。你刚才谈的一个细节对我触动很大。你们'都得利'有党支部，这并不特别，特别的是你们还定期发展党员，入党宣誓仪式还要升党旗，高唱《国际歌》。"金月兰转过脸说道："你可别夸我。升党旗、唱《国际歌》，还是从你嘴里听说的。你不知道当时你给我讲这些时我的心情，真像受了基督教说的洗礼。可惜我入党时根本没举行这个仪式。我是'都得利'的党支部书记，有权了，当然要搞这个仪式。"史天雄听呆住了，老半天才叹息一声，"可惜这种仪式很多地方都不搞了，包括我们部里。形式有时候很重要，可惜我们总是做把孩子和洗澡水一起泼掉的傻事。走你现在这条路的人会越来越多，我不知道有多少人会坚持搞这种入党宣誓仪式。像你这样的私营业主实在太少了……"金月兰一听私营两个字，马上打断道："在你眼里，我是不是已经变成资本家了？你说太少是什么意思？你已经知道了，我走这一步很无奈。'都得利'公司所有员工，都是下岗人员，至于存不存在剥削，我不敢肯定……反正你认为我是资本家就算是资本家吧。谁让我爷爷是资本家呢，谁让他老人家临终前在台湾还能想起留在大陆的儿子呢。我爸十八岁就加入了地下党，倒是没人再提了。西平报纸的记者，也总是拿我的今天和我爷爷作比较，好像我父亲根本就没有存在过。好了,不再表白了。反正我当董事长兼总经理的'都得利'公司如今已经站到国营商场的对立面了,我再表示对党对政府的忠诚,谁会相信。"打机关枪一样扫射一通后,金月兰独自往前走了。

史天雄微笑着看了一会儿金月兰的背影,疾走几步追上去,说道:"我相信。怪不得毛主席会说:世界上怕就怕认真二字,共产党就最讲认真。你还是这样认真呀。资本家实际上是个中性词,这几十年词性才变了。像你这样对私营这个词保持敏感的人也太少了。月兰,如果有那么一天,我不当官了,到'都得利'给你打工,你欢迎不欢迎?"金月兰停住步子,扭头看着史天雄,咻咻地笑了起来,"你这个玩笑可开大了。堂堂一个少壮派副司长落到要到'都得利'打工的地步,中国成了什么样子了?难以想象。"史天雄严肃地说:"这可不是玩笑。中国离这一步不远了。全国吃财政饭的人有三千多万,政府官员占八百万,这种状况不改变,那才不得了。告诉你吧,我来西平不是出差,而是来天宇集团公司报到,当特派员。你不信?给,你看看,这是调令。为什么没去报到?去了,王传志给我一个下马威,工人们打出横幅不让我进门。滞留西平,是没有找到解决这个问题的办法。留在天宇集团,肯定要触及王传志等人的利益,进而会影响到天宇集团的经营。就这样不了了之,组织决定的严肃性无从谈起,还会助长天宇集团主要领导的山头主义思想,对天宇的国有资产不负责任。当然,也关乎本人的面子和前途。很难取舍。"金月兰对着路灯看看调令,气愤地说:"这个王传志也太霸道了。听人讲他这个人有点老奸巨猾,怎么会明目张胆和上级对抗呢?"史天雄道:"我也想不清里面的原因。红太阳集团败了,如日中天的天宇集团恐怕也存在危机。这可都是国有经济的支柱企业呀。如果其它经济力量都成了气候,国家拿什么去均衡、调节之间的关系?十五大后,私营经济会进入一个黄金发展时期,不久的将来,私营经济肯定会成为国民经济的重要支柱。这就是我为什么要说像你这样的私营业主太少的原因。国家、民族、个人,都到了关键时期,有些事情不去做,恐怕就来不及了。我有个小舅子叫陆承伟,暗中搞了十几年私营,如今已经是亿万富翁了。你父亲当过地下党,我父母亲都当过地下党,你我恐怕都不希望杜勒斯的预言在中国变成现实吧?"金月兰笑道:"国家有难,匹夫有责。你比我更理想主义。我经商是叫逼的,你却是在想维持什么、对抗什么,站得比我高,看得比我远。不过呢,咱们是中国,你把官做大了,办起事来不是更容易?就说这条锦江吧,污水沟当了几十年,燕市长一上任,只用三年时间,它就变成西平的一大景观了。"

一艘小游艇从江面上掠过,在水面上留下像彗星划过天际一样的、流光四溢的光带,两岸的人气顿时旺了许多。史天雄目送游艇远去,说道:"像我这样的司局级干部,京城有几千,可以说多得如过江之鲫。燕平凉市长主持的这种工程,必须等跳过龙门后才能梦它一梦呀。京城的世界很精彩,身在京城的世界也很无奈。是继续留在京城苦熬等待,是强行作为沙子掺到天宇集团,先不去管它。今天我算是正式在你'都得利'挂号了。本人在国家电子信息部与企业打过六七年交道,平素也爱学习,涉猎过商业零售,差不多也算个内行了。从军二十二年,管理方面也不外行。有朝一日来你的'都得利'打工,你可要当个人才收留了。"

金月兰笑了起来,"说得跟真的似的。一个大司长能看上'都得利',对我们是多大的鼓舞?只要你真想弃官从商,又不嫌弃'都得利'这个小庙,我愿意让贤,率领我的娘子军,还是下岗娘子军,跟着你不用操心吃个饱饭。"

"饱饭?"史天雄重复一句,嘿嘿笑道,"说不定你一让贤,把一个亿万富翁的宝座让给我了。整整一天,我都在研究你这个'都得利'的内外部环境,我得出的结论是:它具备了商界航空母舰的主要生长点。感觉上,随着中国市场经济的完善和成熟,它应该成为国际一流的零售公司。你还愿不愿意让贤呢?"

金月兰说:"只要你没操穷庙富方丈的歹心,千万富姐的梦,不是很容易实现吗?让贤,坚决让贤。"

这次愉快的会面,没有涉及情感史这个敏感的领域。史天雄要来"都得利"打工的玩笑,金月兰一觉醒来,真的把它当成个玩笑看了。一个高高在上的副司长,一个有政治背景的成熟的男人,怎么可能看上小小的"都得利"?金月兰知道,史天雄这条远航的大船,离自己的距离已经十分遥远了,作为一个爱过他的女人,所能做的,只有默默地注视他并祝福他,其他任何念头,都是不合时宜的幻象,一个步入中年的女人,偶尔想一想,都可笑无比。

# 第 五 章

　　王传志一脸疲态,把一叠诊断书和一张脑部 CT 片子,双手递到陈东阳部长面前,用沉重而悲凉的声音说道:"陈部长,这是三〇一医院的复查结果。血脂高、窦性心律不齐、心肌肥厚、十二指肠溃疡、陈旧性支气管炎、转氨酶偏高、脑部供血不足、偏头疼……从头到脚,全线告急。"又从小黑皮包中掏出几张手写的稿子,"部长,我这种身体,已经没法领导天宇了,这是我昨晚在三〇一医院写的辞呈。"

　　陈东阳戴上老花镜,仔细看了每一张诊断书,把 CT 片子和辞呈推到一边,拉开抽屉从里面拿出十几个药瓶,说道:"你这几种病,我基本上都得过。戒酒、戒烟,基本上都能控制住。这几种药,可以有效地降低血脂,这几种可以控制血压,这正天丸可以有效治疗偏头疼。你的辞呈我不看了,你收起来。只要我在任上,是不会同意你辞职的。传志同志,对你在天宇的工作,部党组和我本人,都很满意。派史天雄同志去天宇任特派员,事先没有充分征求你的意见,沟通不够,这是部里工作上的疏忽。下一步怎么搞,听国务院统一安排。不知我这么说,能不能消除你的顾虑,把辞呈收起来。"王传志只是把诊断书收了起来,"部长,谢谢组织上的信任。我很想本着鞠躬尽瘁、死而后已的精神,站好最后一班岗。可我做不到。天宇的部分员工对史特派员采取过激行动,我负主要责任。写这个辞呈,也算我对这件事的一个态度。天宇发生了抗上的恶性事件,我这个法人代表,难辞其咎。另一个理由可能更充分。从这个事件,也可以看出,我在天宇已经失去了权威。接到特派员上任的通知,我主持开了董事会,该做的都做了,可最终……部长,你还是让我有个善终吧。"

陈东阳镇定努力地选择着词汇,"传志同志,你太谦虚了。我听说你一声令下,二十四个小时之内,天宇八十多个分公司的经理们都赶回了总部,一个都没少。我正是感受到你在天宇的巨大号召力,才不敢接你的辞呈。只要想着自己是共产党人,只要想着自己是共产党的官员,只要牢记手中的权力是由人民赋予的,你肯定会有善终。你千万不要误会在天宇搞特派员试点,是信不过你们。天宇是国家的天宇,桃子、桃树、整个桃园都是国家的。传志同志,你说是吧?"王传志是什么段位的人物?哪里会听不出来陈东阳语言里的斥责?他正是认定陈东阳是个谨慎的人,才走出这步险棋。他把辞呈也收起来,"部长的批评,我一定牢记。这个担子我还继续担着。不过能不能担得动,担上还能走多远,就不好说了。天宇出这种恶性事件,也不是偶然。部里如果不用全力支持我们,我不敢保证明年后年天宇还能有像今年这种表现……"陈东阳严肃地打断说:"传志同志,你能不能说具体点?"

王传志说道:"天宇的高级管理人才奇缺,培养一个不容易。如今,民营大企业,挖我们这些国企成熟人才的办法层出不穷,我们防不胜防。天宇作为一个股份制上市公司,我这个董事长却无法任命处级以上的助手,更无法在利益上兑现任何对下属的承诺。联想和四通正在进行的产权革命,对天宇那些中层年轻人,影响很大。半年前,我精心培养的两个助手,都到了民营企业。我也不瞒你了,当时我都投了赞成票。为什么?我无法为他们提供更广阔的飞翔空间。四个月前,我们以党组的名义,提出提拔张中宝和马林出任副总……年轻人,不像我,只能在天宇这棵树上吊死,他们相信'此处不留爷自有留爷处'。股权这种实际利益,目前没法给他们,要是副局级待遇……部长,不是我诉苦,除了李国奇,我手下的几员虎将,随时都会跳槽哇!部长,你千万别认为我这是在逼你表态。我是个老党员了,知道凡事要讲原则。如果党组派一个谁去天宇当副总,张中宝和马林马上就会辞职。到那个时候,我恐怕也只能辞职了。"陈东阳沉默了一会儿道:"上午还要参加中心组学习,我不留你吃饭了。股权问题,我陈东阳无权表态。至于张中宝和马林的问题,部里会尽快解决。传志同志,部里会一如既往支持天宇,这点请你放心。"

王传志起身告辞了。他这次成功的反击,实际上已经堵住了史天雄去天宇的道路。

陈东阳端着茶杯走进党委会议室,实在按捺不住,把王传志的精彩表演学说了一遍,直摇头叹气。

罗副部长一听,就火了,"这是要挟!我听说王传志这次来北京看病,到机场接他的车就有十八辆。听说他坐谁的车,就是给谁面子。这谱摆得可真大。再过两年,王传志敢坐上专机满天飞。我看,应该把史天雄这样的同志马上派到天宇去,要防患于未然。这次特派员事件,后台就是这个王传志。"陆承志接道:"红太阳走下坡路,也是这样开始的。不过,天宇如今实行的是股份制,有董事会、监事会。现在任命天雄去当副总,王传志肯定会用这两个会做文章。我看,这件事恐怕只能从长计议。明年,等项明远退下来后,再派天雄过去,时机更好些。天雄全面,懂一些生产和营销,在党委书记的位置上,也能更好地帮助制约王传志。毕竟,天宇是一个每年能上缴二十亿元利税的大企业。"陈东阳点着头道:"我同意老陆的意见。把天雄派去做王传志的助手,未必能解决天宇存在的问题。如果王传志真的不干了,我们无法保证天宇不会出现滑坡。大企业'家天下'形成的原因很复杂,处理不好,副作用很大,这几年,这方面的教训也不少。反映王传志的问题,还都没有过线。我看,他们提拔两个副总的报告,我们应该复议一下,至少应该提拔使用一个。"陆承志附和道:"这样最好。至少可以让天宇再稳定一个时期。"

罗副部长气哼哼地说:"我保留意见。这么惯下去,王传志下回敢坐航天飞机来北京了。"陈东阳笑道:"还不至于吧。只是委屈了天雄同志,特派员没法上任,新副司长已经到位了。老陆,等他回北京,你先找他谈谈,让他别背什么思想包袱。明年搞机构改革,再把他调上来。"

到此为止,史天雄已经变成一位待岗干部了。

这天下午,王传志带着近十种保健药品得胜还朝。到首都机场为他送行的高级轿车仍多达十二辆。王传志一下车,顿时成了十几个人的中心。王传志笑着抱拳作揖道:"多谢各位朋友捧场,多谢各位朋友关怀,多谢各位朋友声援。大家请回吧。"众人执意要把王传志送到安检通道前,以此表达唇亡齿寒那种战友之情。王传志又作揖道:"企业界,赢利才是硬道理。这个小插曲已经过去了。王传志对诸位的承诺,三年内还具有法律的效用。"

王传志在众人簇拥下,走进候机厅。

这一幕,被从候机厅走出的陆承伟和齐怀仲看得清清楚楚。他们来送日本三友集团中国课课长乔本龙太郎回日本。在陆承伟庞大的收购、包装上市、出售计划里,乔本龙太郎和王传志都将扮演重要的角色。陆承伟疑惑地望着王传志的背影,自言自语道:"难道天雄已经走麦城了?也太快了。老齐,尽快了解一下,天宇这两天出了什么事。"

陆小艺得知部党组做出了这种决定,怔怔地看着陆承志,半天才说一句话:"大哥,你和天雄都让人耍了。"陆承志问:"小艺,你怎么能这么说话呢?"昨晚北京降温,陆震天早上出现感冒症状,到三〇一医院观察治疗去了。陆小艺没了顾忌,在客厅大声说:"大哥,你真是党龄太长了。事情明摆着,你们部里有人在整天雄。他刚上飞机,你们党组就开会提了一个副司长,这不是断了天雄的后路吗?你们不知道王传志是块什么料?"陆承志严肃地瞪了陆小艺一眼,"小艺,你太过分了!你不能随便怀疑别人的品质!部党组一致认为,天雄是个难得的人才。陈部长已经表了态,天雄保留正司局级待遇,明年机构改革时,再把他用起来。或者接替项明远,任天宇集团党委书记,或者调成司长。"陆小艺冷笑道:"这种空头支票,你也相信?我看也只有你相信吧。"陆承志道:"小艺,我理解你的心情。既然你这么说了,我只好告诉你,这是部党组定下来的使用天雄的方案。陈部长让我在家里等天雄,就是为了让他不要背什么包袱。"陆小艺踱着步子,悲哀地说:"党组?明年要搞机构改革,各部委要合并精简。那时候,你们这个部还能不能存在,说得清吗?即便这个部还存在,你和陈大部长要是休息了,你们如何兑现对天雄的承诺?大哥,在家里,你就别板着面孔说官话了。说句不中听的话,你现在已经在站最后一班岗了。现在已经把天雄晾起来了,明年能有个好?再晾个三两年,他还有什么前途?大哥,你还是早点帮他想想办法吧。"

陆承志抬头看看同父异母的妹妹,咂咂嘴,看看表,没再说什么。

半小时后,史天雄到家了。一听陆承志说部里已经向王传志作了妥协,二话没说,大步冲出客厅。

陆承志惊站起来喊道:"天雄,你要干什么?"

史天雄吼一声:"你们这么迁就王传志,不行!"

陆承志追了出去。

罗副部长也在陈东阳的办公室谈论王传志,"党组的决定,我无条件服从。老陈,有句话,我实在忍不住,还是想说出来。离了王传志这个王屠夫,天宇只能吃带毛猪?"

陈东阳道:"在王传志没出现原则性问题之前,我们必须承认他是个有很多毛病的人才,而且是个大人才。你我都是这个部的老人,对天宇的历史都不陌生。十五年前,它还是山沟里一个只有三千来万固定资产的小电子管厂。客观地说,没有这个王传志,真的没有天宇的今天。"罗副部长叹口气道:"老陈,你就不怕天宇将来变成第二个红太阳?陆承业当年也很狂傲,也没做抗上的事呀!"陈东阳为难地说:"老罗,我清楚。目前,我们面临着亚洲金融危机和加入WTO的双重压力。有关部门,已经排出了中国企业进军世界五百强的日程表,还选定了种子选手,天宇就是种子之一。在这种节骨眼上,政治账也要算啊。咱们部里就这一个内定的种子选手,不能让它出问题。所以,王传志必须要用,而且还要用好。你可以说十八辆车是王传志在摆谱,可要是他没这个实力和影响力,能摆出这个谱?天宇的问题,只能从长计议。"

罗副部长一听这事还有这种背景,沉默了。

这时,史天雄冲了进来,进门就说:"为什么要对王传志做这么大的让步?这是个原则问题。王传志不是独立王国的国王,他是在组织的党员。请你们相信我的判断:天宇集团相当危险。我愿意不计任何得失,去当王传志的助手。"

罗副部长劝解道:"天雄同志!这件事部党组已经做出决定了。"

史天雄冲动起来,双手撑着办公桌桌面,提高声音道:"这是一个草率而软弱的决定!它只能助长天宇主要领导人的错误。这么做的结果,会把天宇变成第二个红太阳。中国的大企业垮掉的还少吗?离了王传志,天宇真的会垮吗?他一写辞呈,你们就让步了,你们是怕负责!……"

陈东阳一拍桌子站了起来,"史天雄同志!你说这种话是什么意思?你的依据是什么?天宇集团,在王传志的领导下,已经累计向国家上缴了一百三十八亿四千万利润！这是个事实吧？王传志是一个对国家做出突出贡献的杰出企业家,不是一个贪污受贿的腐败分子。这才是我们谈论天宇问题的重要前提。撤了王传志,让你去天宇工作,你能保证每年向国家上缴二十亿利税吗？天雄同志,即便你敢作出这种保证,我们也不能做这种尝试,因为天宇集团今年的形势依然很好。"说到这里,把语气缓和下来,"你原则性强,有忧患意识,想做具体的工作,这很好。我们都知道,因为前一段考虑不周,让你暂时失去了工作岗位,你有些想法,是可以理解的。作为部党组书记,我可以负责地告诉你,我们也是把你当成一个人才培养使用的。"

史天雄悲叹一声,"我知道,只要我忍耐,我会得到某种补偿。我也知道,我只用喝一杯茶喝十年,一张报纸看十年,最终也会有个合适的位置。可是,这么生活着有什么意义？我只是想做点有用的工作……"

罗副部长把眼瞪圆了,"天雄！你越说越离谱了。谁剥夺了你工作的权利？你到底想干什么？"

史天雄突然笑了起来,"我想干什么？我这种小卒子又能干成什么？红太阳集团价值几个亿的生产线,已经闲置两年了,我三次提出天宇与红太阳合并的方案,有人过问吗？王传志一说个不字,我们所有的努力都白费了。继续在这里混日子,还不如辞职算了。"

陈东阳没想到史天雄会说出这番话,把茶杯朝桌子上一顿,"史天雄！离了王传志,地球照样转。离了你史天雄,地球就不转了？中国就要亡党亡国了？我看不会吧？我原来一直认为你沉稳、成熟,看来……"

史天雄涨红着脸,正要开口,陆承志进来了,呵斥道:"天雄！不要再说了。回去,回去休息几天。你现在需要的是冷静。冷静一下对你有好处。"边说边推,把史天雄推出了陈东阳的办公室。

事情暂时平息了下去。

陆承伟得到陆川方面的回音后,带着用八十八万元买回来的信封回了家。

陆震天喜出望外,戴上老花镜,把毛主席半个多世纪前写给他的字,看了又看,摸了又摸,忽然问道:"承伟,你从哪里把这宝贝找回来了?三十多年没见它了。"陆承伟也不回答,把放大复印的报纸上的一则消息递给了陆震天。陆震天看了看,笑了起来,"想不到这个信封能值八十八万。这个神秘女郎又赚你多少钱?"陆承伟道:"她没赚我的钱。这是一个朋友,她买了这个宝贝,目的只是想让它能物归原主。她本来说要送给我,我不肯,最后她只收了原价。这种革命文物,说它价值连城也不为过。毛主席当年写给林彪的信,要是还在,拍卖肯定能拍出个天文数字。八十八万能把咱们家的宝贝买回来,太便宜了。"

陆震天认真地看看小儿子,"看来你真是发财了。你能记得这些历史,我感到很高兴。我也不问你现在到底有多少钱,我只提一个要求:合法经营。上次你答应陆川的事,后来怎么样了?"陆承伟道:"爸,我是代你管这件事的,这两个月,一直在为他们寻找机会。我知道这件事马虎不得。陆川歇着咱们陆家十几代祖先,我还想借这件事,多享受些香火呢。春节前后,我就要到西平去,帮助他们落实这件事。"陆震天打个哈欠道:"承伟,人要有根,有根才能发壮发粗。陆家的根在陆川。这件事只许成功,不许失败。"陆承伟站起来,扬手敬个礼,大声说:"是!"陆震天慈爱地再看小儿子一眼,"我还想说一句话:希望你走正路。去吧,我想睡一会儿。"

陆承伟走进客厅,看见陆小艺正坐在沙发上,专心看电视剧剧本,走过去看一眼,"《你我都风流》,大俗。话又说回来,大俗也就大雅了。姐，我给你推荐个女主角，你看行吗？"陆小艺道："是不是想讨好乔妮呀？要是她，你最好别提。这种人，我们用不起，也不敢用。小弟，我可要警告你，别再打乔妮的主意了，如今她的能量大得惊人，惹出麻烦，你吃不了兜着走，还有可能连累全家。"陆承伟耸耸肩道："你放心，我早和她拜拜了。小凤一直想在影视上试试。我也答应找机会捧捧她。姐，合作一次怎么样？"

陆小艺放下剧本，说道："最好别让你的女朋友蹚这一潭浑水。"陆承伟接道："她总不能永远做我的女朋友吧？姐，我在西平刚刚控股一家酒店，三星级。以后你们到西平拍戏住店免费，你看怎么样？"陆小艺看看弟弟，摇摇头，"娶这个顾双凤哪点不好？还不安分！小凤没演过戏，再说，女主角一般要导演定，以后再说吧。有钱没处投了，干脆投给我们拍电视剧吧，控股一个三星级酒店做什么。酒店业，不好搞。"陆承伟笑道："那要看怎么搞，是谁搞了。我主要看上它有个四千平米的四层楼，办成一家全国一流的高档酒楼，肯定能补上住宿上的亏空。再说，我也不指望用它来赚钱。实话说，我是用它来洗钱的。"陆小艺一听，忙把身子坐直了，"洗钱？小弟，走私这几年可是重点打击对象，你可不要玩火！"

陆承伟笑了起来，"姐，你可别把我看成走私犯和毒贩子了。我用不着冒这种风险进行原始积累。前十几年，我挣钱只靠政策。现在，我的主要收入来自于证券。本来，这些钱也用不着洗，它们已经很干净了。可是，我要跳到前台去表演，这些钱就得再洗一遍。宾馆饭店业，是最好的洗钱机。你尽管放心吧。"

姐弟俩又说了一会儿，话题就到了史天雄身上。陆承伟道："天雄这些天，是不是在部里组建新公司？陈东阳也够意思了，能想出组建空壳公司解决天雄的问题。"陆小艺一听，就生气了，"你别提了。天雄根本不领这个情。这个部，只有五个正司长，这一段又没揪出腐败分子，再不和部里合作，就不明智了。可他这一段更糟糕,变得有点破罐子破摔了,该参加的政治学习,他都敢缺席。一到周六,就带着小勇到京密运河冬泳去了。昨天,他和小勇去昆明湖钓了一天鱼。今天是周一,是他们部法定政治学习日。一大早,他就出去了。刚才,大哥打回来电话,问他是不是病了……想不到这个小挫折竟把他打垮了。"

陆承伟惊讶道:"不可能吧! 这点小事可打不垮他。天雄怎么会破罐子破摔呢? 他肯定又在动什么心思了。他到底想干什么?"

史天雄确实动了别的心思。

动这个心思的由头也很特别,嫩芽是他重读毛泽东《湖南农民运动考察报告》时萌发出来的。史天雄换了一种方法钩沉出了那一段历史。李立三、瞿秋白们正在莫斯科学习俄国城市暴动成功经验的时候,毛泽东却对发生在湖南的一场农民运动投去了重视的目光。后来的历史已经证明,毛泽东是正确的,农村包围城市的道路成为中国革命胜利的惟一正确选择。那么,毛泽东当年的实践,对自己消除目前的困惑,有没有什么指导作用呢? 史天雄做出了肯定回答。作为一个清醒的共产党人,史天雄知道自己在国企这个领域,已经无用武之地了,但越来越浓的忧患意识,又使他无法真正用一杯茶和一张报纸,坐在宽敞明亮的办公室里,一天天地消磨时光。他从来都认为自己是一个负有重要使命的人。那么,在今天,这种使命将以何种形式得以体现呢? 毋庸讳言,私有经济已经逐渐成为国有经济的重要竞争对手了。可是,这些年,有谁特别关心过那些私营业主们的信仰问题? 又有谁统计过从事私营经济的人们,有多少是得逐利风气之先的人,有多少是比较之后的理性选择,又有多少是逼上梁山?

照着这个思路,史天雄很快就想到了远在西平的金月兰和她的"都得利"商业零售店。接着,他又想起了在锦江边上和金月兰一本正经开的那个打工玩笑。再接着,他就很想见到金月兰了。

他隐约感觉到,把"都得利"做成中国的沃尔玛①,或许要比拯救红太阳更加重要。

陆小艺和陆承伟在客厅谈论他的时候,史天雄正陪着金月兰走在初雪后显得分外萧索和伤感的圆明园遗址上。金月兰来北京联系货源,其实也是想找机会和史天雄见上一面。

金月兰走到几个突兀的方形石柱前,找了一块大石头坐下了,"歇歇吧。你的感觉很准确,看圆明园遗址,确实在下雪初晴后最有味道。看着这些挂着零星积雪的石柱,这心里怪不是滋味儿。"史天雄朝西北方向一指,"最好的时辰还没有到,等夕阳只剩半竿高的时候,站在那边的一片芦苇边,朝西北方向一座小拱桥看去,你才真正能明白这片昔日的辉煌今日的废墟,到底意味着什么。夕阳只是一个大大的红球,射出的光线已没有任何热度。你会产生这样的幻觉:几百年的历史从此可以复活。不抒情了。月兰,我在商业上的知识准备怎么样?"金月兰笑道:"你讲的那些外国大公司发家史,多半我都没听说过。看来,我也该补补这一课了。"

史天雄严肃起来,"如果我是在应聘'都得利'的总经理,讲这些算是口试,你能给我打多少分?可以及格吗?"金月兰惊讶地站了起来,看着史天雄摇着头扑哧笑了,"一百二十分。谈商业零售,你是博士,我顶多算个初中生。不是离得天南海北,我真想聘你当个顾问。不过,这司局级的顾问,月薪没五六千,只怕聘不来。我这小店,出不起这个价。所以呀,还是你当你的司长,我开我的小店吧。你能陪我看这种天气的圆明园,我已经很感激了。"史天雄仰天长叹一声,"我说的是实话。告诉你实情吧,我现在只是一个名义上的司局级干部,实际上已经下岗了。这些天,我一直在考虑辞职的事,我想换个活法。你的'都得利'是我辞职后最想去的地

---

① 沃尔玛,世界最大的商业零售公司,1999 年在全球拥有四千家商店,一百零几万员工,销售收入居世界五百强第二,纯利润列第八位。此公司 1962 年由美国人创办。

方。说心里话,你的'都得利'保留着很多让我珍视的东西。这些东西,还能让我感动。你知道,如今,让人感动的东西不多了。不瞒你说,换个活法的想法,已经有很久了。在部里做官这些年,我常常感觉到找不到人生目标了。我不大喜欢整个官场的氛围。我一直认为,这二十年中国取得了很大成绩,可也丢失了很多宝贵的东西。具体丢了什么,我也说不清。我常想,如果我带着现在的青年人,再遇到当年那种情况,他们会不会心甘情愿留在奶头山打阻击。当时,我们的侦察任务已经完成了,他们完全有理由拒绝执行额外的任务……"说着说着,突然停顿下来,搓搓手搓搓脸继续说:"你看,我一开口就是这样的假设,有点可怕。我,我总有一种不祥的预感,如果我们不及时地把那些失去的东西寻找回来,中国肯定会出大问题。陆承伟,也就是我小舅子,说我身上有一种很不合时宜的唐·吉诃德性格,也爱干一些和风车开战的傻事,这种看法有点准确。我确实已经下了决心……从你的'都得利'身上,我确实看到了希望……我,我希望你能认真考虑我这个要求。"说罢,像个刚刚交了考卷的中学生,蹲下去,勾着头,静等老师的判决。

金月兰几乎一字不漏地听完了史天雄的长篇倾诉。很久了,她都没有听到过一个男人这样发自肺腑的叙说了。因为感动,她的面颊涨得通红,呼吸也随之加快了。看着缩成一团的史天雄,金月兰冲动地说:"谢谢你对我的信任,谢谢你这么看好'都得利'的前途。'都得利'九十二个员工,都希望能有像你这样一个总经理……只是,只是我不敢相信这会变成现实。因为你史天雄不仅是一个司局级干部,而且还是陆震天的女婿。"

史天雄猛地从地上站起来,激动地说:"只要你愿意接收我,足够了。你还记得我当年对自己的评判吗?我相信我还是这样一个人:生命诚可贵,爱情价更高,若为理想故,二者皆可抛。"金月兰将信将疑地看着史天雄,"我一直很欣赏你身上这种东西……我可以保证在你官复原职或者在你高升之前,给你留着一个薪水微薄的'都得利'商业零售公司总经理的位置……"

"你不相信我的决心?"史天雄从口袋里掏出几张纸,"这是我写好很久的辞呈。明天我就可以交上去。如果你的'都得利'还需要人才,它当然需要人才了,我还可以给你推荐一个销售经理,也就是当年的杨排长。他一再表示,愿意做我的桑丘·沙潘,让我这个唐·吉诃德不至于太孤独。他也是一个被现实抛弃的人,一个多余的人。走,我们现在就去见他。"

金月兰听呆住了。

…………

史天雄辞去公职的事,在陆家引起了轩然大波。

在陆小艺看来,史天雄这么做和叛徒没什么两样。一个父母因历史问题自绝于人民的孤儿,被陆家收养,备受养父养母恩宠,政治风暴袭来时,这个家最先想到的是把他保护起来,然后着力培养他成为一个优秀的人,然后把家里的独生女儿嫁给他,当这个家庭需要他作为一根支柱撑起一片天时,他却逃跑了,他不是叛徒,又能是什么?史天雄今天所拥有的一切,都是承陆家所赐,陆小艺早就这么认为了。在夫妻的卧室里,陆小艺这样警告说:"史天雄,做人要讲点良心,做事要考虑到后果。如果你执意要这么做,一切可能的后果,由你一个人承担。叛徒在中国,什么时候有好下场?离开官场,你将一无所有,请你牢牢记住我这句话吧。"

史天雄从这些话里,感到了透入骨髓的寒冷。难道历史真是个可以任人打扮的小姑娘吗?难道历史真的可以颠倒起来写吗?别的事,妻子可以根据需要进行改造,两个人之间共同拥有的感情历史,也可以随便更改,拥有无数个不同的版本吗?难道陆小艺真的忘记当年是她引诱了史天雄,造成异姓兄妹谈了恋爱这个既成事实吗?史天雄清楚地记得那一年他十六岁,陆小艺十五岁,陆小艺叫他去看新衣服,突然间抱住他亲一口说:"我爱你!天雄,我不再向你叫哥了,咱们又没有血缘关系。"这种大胆的进攻,让十六岁的小男人无法招架,到了夏天,他在陆小艺的引导下,摸了陆小艺还在发育中小小的乳房,秋天要来的时候,如果不是突然响了电话铃声,史天雄和陆小艺已经尝到了禁果的滋味儿。史天雄直到今天,还在惊讶一个十五岁的少女竟会说出这种话:"我是你的人了,你要是背叛了我,再找别的女人,我就去死。"这种恐吓的约束力,对一个小男孩来说,是无法挣脱的。不久,陆小艺当着弟弟陆承伟的面,撕碎了隔壁袁慧送给史天雄的一张照片,史天雄没敢表达任何反对意见。在很多年里,史天雄认为陆小艺尽管专横霸道,但都出于对他的爱。现在,他只能悲哀地认定自己在妻子眼里已经彻底物化成房梁、廊柱这些可以使用的东西了。他没有和妻子争论,只是淡淡地说:"我已经做好了承受一切后果的准备。"

　　岳母苏园的攻击,招招都直奔要害处,史天雄几乎失去了反击的能力。苏园让史天雄开着车,去了铁帽子王胡同,瞻仰了陆家"文革"前的旧居。史天雄五岁半来到这里,作为陆家的养子,在这个铁帽子王管家的旧宅度过了十一年童年和少年的时光。苏园站在门前的石阶上,用她依然圆润悦耳的声音说道:"天雄,快四十年了。我记得你爸接你来家的那天,下着毛毛秋雨,淋得台阶有些湿滑。你在这里站着,抬着头,睁着黑亮的大眼,看着我、小艺和承伟,我的眼泪忍不住了,可是我还是朝你笑着。我心想,这个可怜的小东西,到底招惹了谁,竟罚他在一天里同时失去了亲爹亲娘?你爸在你身后鼓励你自己走进院子,你迈上第三个台阶时,脚下一滑,身子就要栽倒,我不顾一切地扑过去,抱住你从那个台阶滚到路面上。你爸看我和你都没伤着,开心地大笑起来。这时候,我再也忍不住,大哭起来,泪水流过我的脸,滴在你的脖子里……这些事情,我忘不了哇……"

这特定的场景,带着史天雄进入了一段特定的时空里。

时光倒流四十年,五岁多的史天雄在西四自己的家里最后一次看见活着的父亲和母亲。那时已是夜晚,史天雄已经开始打哈欠了。他不明白就要睡觉的时候,好多天没有回家的父亲和母亲,为什么要穿最新最漂亮的衣服,为什么还要在左胸前挂上军功章?他还想问问这些天给他做饭,送他去幼儿园,陪他睡觉的小吴阿姨哪里去了。没等他问,父亲和母亲轮番抱住他亲吻起来。妈妈的眼泪沾满了他的小脸,他感到很不舒服,可又不敢说。后来,父亲把他从母亲怀里拉出来,对母亲说:"雅兰,不能犹豫。非如此不可!非如此不可!!非如此不可!!!"他看见母亲点点头,呆呆地坐在床沿上。父亲从写字台上拿起一张纸,伸出大手放在他的头顶,说道:"雄儿,这份东西留给你长大了保存,现在先念给你听听。雄儿,爸爸和妈妈没法用别的办法洗去叛徒指控,只能用这种方式证明我们在上海的四年多,对革命的忠诚。作为革命者,能活着看到革命成功,我们死而无憾。既然没人来证明爸爸和妈妈的清白,我们只好用生命来证明吧。雄儿,你是党的儿子,失去双亲后,党不会不管你。震天伯伯是爸和妈最为信赖的领导和战友,我们决定把你托付给他。他会把你培养成为一名对党的事业忠诚而有用的人。爸爸史重光,妈妈温雅兰绝笔。"后来,妈妈带他去洗了脸,侍候他上床睡觉了。第二天清晨,他听到了满院子的嘈杂声,爬起来一看,几个人正对着睡在院子里的父亲和母亲相互争吵着。一个戴眼镜的男人说:"这是畏罪自杀,自绝于党和人民。他们在上海期间,跟他们的主子潘汉年一样,都做了叛徒。"这时,他看见陆震天伯伯一脚踢倒一个花盆,吼道:"放屁!抓个潘汉年还不够吗?他们用生命证明清白,你们还不满意?你们要证言吗?我可以写,我陆震天愿意证明他们是清白的。如果他们贪图安逸的生活,他们就不会背叛自己的阶级参加革命!"

史天雄跟着苏园朝里面走,猛然间,他看见突兀在后院墙角的千年古槐,顿时怔了一下。一段隐秘的记忆带着一段青春的时光重现了。槐树巨大的树冠探出高墙,那边便是已有近三百年历史的铁帽子王府了。一八五八年,咸丰皇帝把这座王府赏给了汉人大将军袁正林。这次破例的赏赐,包含着咸丰的良苦用心。袁正林在曾国藩在京为官时,一直是曾国藩的死敌。眼看着曾国藩的湘军日益壮大,太平军节节退守,咸丰皇帝不得不考虑提防曾国藩了。百余年过去,袁家经清朝、民国、中华人民共和国三朝,仍能稳住铁帽子王府,堪称一大奇迹。出于对政治上不倒翁做人上变色龙的本能反感,陆震天从不与这家邻居来往。直到史天雄长到十五岁,隔壁袁家的一切,对他来说只是一则传奇,一团迷雾,一种从陆震天一次次评价中得出的模糊的印象。他知道袁家在清末与袁世凯过从甚密,最后成了中华民国的旺族之一;他知道袁家在袁世凯称帝前迁移到了南方,最后成了倒袁的主要骨干力量;他知道袁家在一九四九年以前就和北平的地下党有了交道,解放后袁家的掌门人袁仁明在政协做了高官。他也知道袁仁明有个孙女叫袁慧,年龄和他们差不多,每天早上可以坐一辆黑色的福特牌小轿车上学。十五岁那年初夏,陆家的新一代终于和袁家的新一代有了接触。这种接触,开始于少年青春期的好奇和躁动。时隔三十来年,史天雄还能记得那个不寻常的早晨。史天雄正蹲在水池边刷牙,白色的泡沫沾在他唇边刚刚开始长出的浅黑的茸毛上,样子有点滑稽。这时,陆小艺把刚刚开始全面发育的身体,靠近史天雄,讲出一段神秘而紧张的耳语:"天雄哥,承伟最近不正常,总比我们起得早。我已经发现他的秘密了,他每天带着爸爸的望远镜,爬上后院的槐树,偷看袁家。天雄哥,承伟是不是耍流氓,偷看袁家女人解手哇?"史天雄正色道:"小艺,你可看清了?"陆小艺道:"不信你去看看,承伟还在树上呢。"史天雄和陆小艺跑到后院,陆承伟正像猫一样从大槐树上溜下来。史天雄厉声喝问:"承伟,你上树干什么?"陆承伟涨红着脸,嗫嚅着:"我,我没干什么?"说着就往前院跑。史天雄一把抓住他,取下望远镜,把陆承伟推到一边,敏捷地爬上古槐,用手拨开稠密的槐叶,用望远镜朝隔壁大院里搜寻。匆匆看了一圈,没发现厕所,在三个鸟笼处略作停留后,史天雄准备收了望远镜下来。忽然间,他被一幅如画般的景象攫住了。一个身穿白色连衣裙的少女,正坐在秋千架上,捧读一本书。少女把书放下,坐在秋千架上荡了起来。一阵风起,把少女的裙摆吹成了一朵白玉兰花,两条玉柱样的修长的腿,在晨曦中泛着奶白的光晕,一朵红艳的像花蕊一样的小精灵,在两腿间随着裙摆的起落时隐时现。史天雄顿时感到像是被一件利器刺穿了,身子一抖,忙抱住一个树枝喘气。他从来没有感到像这样紧张过,从来没有像这样口渴过,周身也从来没有像这样燥热难耐过。这时,他听见一声女人的喊,"袁慧——练琴吧!"史天雄终于忍不住,又举起了望远镜。他看见少女像一只白狐一样掠过一片草地,少女胸前摆动着一串钥匙,云一样飘到了琴房。不一会儿,史天雄听到了钢琴奏出的优美的旋律。几个月后,他才知道这首曲子叫《致爱丽丝》。史天雄从树上下来,下意识地擦擦额头上的虚汗。陆小艺忙问:"天雄哥,你看见什么了?"史天雄盯着自己的脚尖说道:"他们后院养的有鸟。"陆承伟接道:"一共有三只鸟,一只八哥,一只画眉,还有一只我不认识。"史天雄说:"是百灵鸟,不知道能叫几转了。能叫十三转就是极品,叫十四转是神品。"陆小艺嘟囔一句:"几只破鸟,有什么看头。"说罢,扭着腰肢去前院继续洗漱。史天雄把望远镜递给陆承伟,一声不吭走了。陆承伟追两步说:"天雄哥,以后咱俩一起看吧。"史天雄扭头看看陆承伟,点点头。

史天雄想到那个和陆承伟既是同谋又是对手的青春躁动期,彻底回过神来。苏园站下来说:"天雄,这件事我和小艺都不想让你爸知道。这个家需要你。你也知道,这些年,我和小艺为了你的前途操碎了心。我想你不会让妈失望吧?"史天雄艰难地说:"妈,我从来没有想过要离开这个家。我不再做官,不能算叛徒。妈,我是四十多岁的人了,我能看清利害关系。我只想做我愿意做的事。你们就让我做一次主吧。"苏园拉下脸,正色道:"你已经是司长了。我们这些平头百姓的话,难入你的耳。冬天里,你爸身体总不好……这事太大,看来只好惊动他了。"

史天雄还是没做让步,咬着牙沉默着。苏园鼻子哼了一声,拂袖而去。

陆震天和史天雄之间的对话,便不可避免了。亲情和儿女私情,在这样两个重量级男人的对话中,已被推到遥远的背景上,它们的存在,只是为这种过分严肃的对话添加了一抹温馨。陆震天翻开影集,指着一张发黄的照片,说道:"这是你爸参加革命后,第一张着戎装的照片。我看他比你还多了一些阳刚之气。我和你爸,都是以和旧的家庭所在的阶级决裂为起点,踏上革命道路的。你准备辞官从商,是认为是改革这第二次革命需要哇,还是有别的可以告人或者不可告人的目的?"面对一个老革命家如此老辣而锐利的一问,史天雄正襟危坐思想了好一阵,才回答:"爸,永远忠于党,永远忠于祖国和人民,是我终生不会改变的做人原则。请你相信,时间会证实这是一个正确的选择。"陆震天威严地盯着史天雄,慢慢地说:"对你的忠诚可靠,我丝毫不怀疑。十八年前,你作战负伤后,我调看过你们团的作战备忘录。在二十一天的战争中,你有四次,主动选择了死亡的考验。作为你的养父和岳父,我为你感到骄傲过。"史天雄惊讶道:"你的方式实在太别致……"陆震天挥手打断道:"你听我说完。作为一个革命七十年的老党员,我只是不大明白,留在政府部门,你就无法为党为国做贡献了?你要如实回答我!"

史天雄问:"爸爸,保江山,第一要素是稳定,你认为稳定以什么方式实现才叫真正的稳定?"

陆震天冷笑道:"你要考我政治学 ABC 吗? 难道在你们这些年轻人眼里,我已经昏聩到了这种地步了?"

史天雄道:"不管我们批了多少年学而优则仕,中国的官员队伍里,汇集着中国大部分的人才。政治有一票决定权和一票否决权的时候,这种人才格局无可厚非。问题是中国在走向多元。中国不缺乏忠诚而称职的官员,最缺乏的是忠于政权的各种企业家。十五大后,私营经济会进入一个大发展时期。这一领域,需要一大批政治上可靠的人。爸爸,你可能还不大清楚国有大企业人事方面的状况。天宇集团实际上是一言堂。咱们家的承伟,究竟富到什么程度,你我都还不清楚。这可是发生在咱们眼皮底下的变化呀! 如果现在不在经济领域积蓄一股足够大的可靠的政治力量,恐怕……这个问题很重要,也很尖锐,我还没考虑清楚。是的,我也清楚留在部里,在政治上我还可以再走几步,挑更重的担子。但是,看到一个阵地吃紧,一个真正的战略家,是不能无动于衷的。如果优秀的官员,将来都是无奈地走向分流之路,效果会怎么样?"

陆震天微微点点头,"思路清晰,眼光独到,让你当个副司长,有点屈才了。能站在全局高度考虑自己的进退去留,说明你在政治上相当成熟了。这一点我很满意。可是,如果这条路你没有走通,最终你仍只是一个在经济领域没有发言权的一无所有的无产者,你殉道是殉道了,我们的事业不是牺牲了一位可能会相当杰出的政治家吗?"

史天雄坦然道:"不排除这种可能。经过这几个月的种种变故,我感觉到,党内再没有一批杰出的人才主动选择这种可能是殉道者的道路,恐怕就来不及了。另一点,你知道的,光我们电子信息部,司局级干部就有十九个! 二十四史中,找不出第二支这么庞大的官员队伍。温饱思淫逸,闲懒生是非。爸爸,说真话,再在官场行走,我无法不悲观。"他激动地把裤腿挽起来说:"我认认真真回忆过,除了带来这个伤疤的战争,再也想不起来别的可称作独特的贡献了,这对一个参加工作三十年的人来说,实在有点残酷。太残酷了。"

陆震天笑了起来,"有种,像是史重光的儿子。四二年反扫荡,我让你爸闲了三个月,他竟指着我鼻子骂娘。你已经说服我了。你到西平搞商业零售,总不会从摆地摊卖小百货起步吧?商业是时代风尚的窗口,我想知道你上次西平之行发现了什么风景。"史天雄如看了红榜的学生一样,终于如释重负地出顺一口气,笑着说:"看到一朵才露尖尖角的小荷叶。"陆震天饶有兴致地追问:"说说看。"史天雄道:"一个破产厂的工会副主席搞了一个'都得利'股份制商业零售公司。它的董事长十几年前也是十大新闻人物。这个公司定期发展党员,新党员入党宣誓,要面对党旗高唱《国际歌》。这正是我们在私营经济领域最缺乏的精神。"陆震天道:"你史天雄也不会打无准备、无把握之仗。既然你要开辟这个战场,我的要求是四个字:只许成功!失败了,一要挨板子,二要赔偿给组织造成的损失。你已经四十多了,再没有重新选择的余地了。"史天雄动情地说:"谢谢爸爸。"

陆震天道:"一起过年的机会不多了。我想留你在北京过个年,你不会拒绝吧?"史天雄感激地说:"当然可以。爸爸,你能无条件地支持我,太让我感动了。我,我简直没有料到,实在太意外了。"

最感到意外的是苏园。得知陆震天无条件支持史天雄去西平打工,苏园埋怨起来,"老头子,你真糊涂。大的就不说了,我相信天雄也不会胡闹。可天雄这么一走,小艺怎么办?你和我可全指望这个女儿照料啊!我不理解,你为什么一直惯着天雄。"陆震天沉痛地说:"你不理解?我告诉你吧。我一直认为我对重光和雅兰的死,负有直接责任。潘汉年问我要两个帮手,我力荐重光和雅兰去上海。重光不想去,我做了很多工作。一对做了四年假夫妻的革命者,会当叛徒吗?不可能。重光和雅兰曾要求我来证明他们的忠诚。专案组来找过我,我却保持了沉默。我的沉默对他们的打击是致命的。这一点,只有我清楚。当时,以我的地位和邓政委的背景,我出面做个证,重光和雅兰会没事的。可我胆怯了。一打三反,三反五反,高饶事件,让我害怕了。我怕万一他们真有什么事被查出来了,会引火烧身。我怎么能怀疑他们呢?同甘苦容易,共享乐难呢!这是我一生最感到愧疚和失败的事。一想起重光和雅兰的死,我就心疼。他们呢,却托孤给我了……我总想用什么方法弥补我的过失,好让我以后有脸见他们……现在好了,我陆震天的女儿,为重光和雅兰生了孙子,天雄也成才了。这回你明白了吗?是我害死了重光和雅兰……"说着说着,已经老泪纵横了。苏园没再说什么,也不用说了。

陆小艺知道,经过这一系列折腾,她和史天雄的关系已经变得更加脆弱和微妙了。听史天雄说要去一个很小的"都得利"零售公司当总经理,陆小艺连继续问下去的兴趣都没有。陆震天支持的事,陆小艺决不会明确表示反对。这是她在这个家的根本处事原则。剩下的问题,只能考虑用什么办法让史天雄早日回到北京重返正确轨道。盘算好下一步的计划,陆小艺又可以用妻子的角度去看史天雄了。站在这个角度一看,她才知道这一番风波已经伤及他们夫妻关系的基础。她和史天雄竟然无法做爱了。她单独努力了三个晚上,她又和史天雄共同努力了两个晚上,结果都是徒劳无功。陆小艺也不敢发作,去医院问了医生,才知道史天雄可能患了心理性阳痿,医生开的药方是:多沟通,女方多主动一些,不要人为增加男人的心理负担。陆小艺问医生:"会不会是生理性阳痿呢?"医生回答说:"可能性不大。你可以观察一下你丈夫每天早上醒来前,是不是都有晨勃现象出现。如果晨勃次数超过百分之七十,那就能证明你丈夫的身体非常健康。当然,感情的因素更重要。"陆小艺听得垂头丧气。她知道这是一次感情危机。不过,陆小艺又把这次危机看得很简单,无非是没有夫唱妇随的后遗症,很快会过去的。

陆承伟得知史天雄决定辞职搞商业零售,感到有点出乎预料。从家族整体利益考虑,陆承伟认为史天雄走了一着奇臭无比的坏棋。在他看来,中国经济和政治能够平等对话的时代已经开始了。作为对话的双方,联手合作共谋发展,自然该是双方的上上选择。在这两个领域,斯德特①谁大谁发话的规则自古至今都是如此。陆承伟自忖以目前自己的实力,尚无法像荣毅仁、霍英东、李嘉诚、曾宪梓那样,得到政界精英惺惺相惜般的尊敬。卧薪尝胆是一种韧性的战斗,本没有速成之路。然而,操作的重要性也必须给予高度的重视。史天雄如果再在政界稳步行走十年,以他毫无瑕疵的光荣历史和进取求实的操作方略,进入政治局的可能有六成以上。那时候,陆承伟在经济实力上,自信也可望李嘉诚、曾宪梓等人之项背。两兄弟再扣起手,能做多大的事呀!这种想起来就让男人热血沸腾的辉煌,早已打入陆承伟的预算中了。这个时候,史天雄在另一条轨道上脱出,对陆家这只大鸟,就是折去一翼的大灾难。

然而,陆承伟心中却没有生出大悲愤、大失望,甚而至于滋生着幸灾乐祸式的欣喜之情。自童年开始,一直是他追赶对象的史天雄,终于止步不前了,不,干脆是倒退了二十年,对于一个追赶者,确实有韶乐福音的作用。紧接着,陆承伟又开始骂自己小肚鸡

---

① 斯德特,一种扑克牌赌博,入局人数不限,每人先发一张暗牌,以后分四轮续发四张明牌,大小按同花顺、四同张、三同张、两对、一对排列,每次发明牌,牌大者下注,余者必须跟进,否则作出局论,五张牌发满,翻暗牌定最终胜负。美国兴七张头玩法,两暗五明,更富刺激性。

肠了。

既然史天雄已经决定辞职下海,肯定是要挣钱了。那么,让史天雄来承伟实业当总经理,不是更好吗?

陆承伟顿时激动起来。

# 第 六 章

陆承伟决定先请史天雄吃顿饭,放个气球试试风向再做打算。冷不丁提出让史天雄做自己的助手,让史天雄当哥的面子往哪里放?

饭局设在北三环路边的名叫早稻田酒家的日本餐馆。兄弟俩刚从卡迪拉克上下来,一个留着俗称一撮毛小胡子的男领班,鞠了九十度的躬,把他们迎住了,然后,堆着一脸媚笑,两步一点头,三步一哈腰,领着他们进了门。门里伫立着两行身着艳丽和服的迎宾小姐,一见客人进来,齐喊一声"阿里戈多"①,腰都弯成了虾米状。史天雄怔了一下,皱着眉头,穿过一条廊子,进了樱花厅。

史天雄刚一进去,又听一声"阿里戈多",两个跪在榻榻米上的穿和服的姑娘,每人手捧一只绣花棉拖鞋,已经恭候在那里。史天雄弯下腰准备脱鞋,陆承伟说话了,"让她们做吧。"说着,把一只脚抬在姑娘面前。两人在红木小方桌两侧盘腿坐下,又有两个穿和服的漂亮小姐从侧门微笑着款款进来,一边一个,跪在两旁。接着,又闪进一个抱日式月琴的姑娘,坐在墙角一个红木墩上。

史天雄终于按捺不住,不耐烦地挥挥手,"出去,让她们都出去。这叫人怎么吃!"陆承伟笑道:"好好好,你暂时还在人民公仆的岗位上,不太习惯,依你。日本音乐有点意思,听个音。"一扬手,"弹琴的留下,别的人都出去吧。"四个跪着的姑娘"哈依"一声,又鞠了个躬,因为跪着,这鞠躬和中国的国粹磕头已经没什么两

---

① 日语,"你好"的发音。

样了。

"肉麻!"史天雄骂道,"真肉麻。"陆承伟道:"这一段,北京流行吃小日本,图个解气。这个雅间,要提前一天才能预约到。你注意到男领班的衣服没有?那是照五十多年前皇军的军服做的。中国人,记日本人仇的很多,让皇军侍候一下,也算找回个平衡。"史天雄哼了一声,"无聊!"

正说着,一个穿日本军服的侍应生托着一个大木盘进来了,跪在榻榻米上,把一盘生鱼片、一盘生菜鱼子酱、一盘西兰花、一盘荷兰豆和一瓶昭和年间产的陈年清酒,摆放在红木方桌上。淡淡的月琴声随着响了。

陆承伟斟着清酒说:"男女招待,都是假洋鬼子。清酒和菜都很地道。大师傅曾在日本东京吉原街一家老字号日本料理店干过十年。吉原街和开罗的鲜鱼市、米兰的十四街,并称世界三大著名红灯区,吃也很发达。最著名的一道菜叫处女宴,一个十五六岁的少女赤身裸体躺在一个特制的案子上当……"史天雄打断道:"你今天是来给我讲授日本的饮食文化的?"陆承伟端起酒杯,"那倒不是。日本有什么吃文化?我在日本呆过八个月,肠子都饿瘦了。日本文化,除了讲点军刀和菊花,别的都不新鲜。你能从鸡肋一样的官场上激流勇退,可喜可贺。来,干一杯。"

史天雄端起酒杯,"不管你的祝贺是真是假,这酒我喝了。"喝了酒,吃了一口生鱼片,又接道:"是不是想告诉我:你这步棋下迟了?"陆承伟道:"不是。你这种人,做什么都不会晚。和你成为同行,最好和你结成联盟,千万别和你成为对手。听说你准备出任一个不起眼的……"史天雄再次打断道:"承伟,我先声明一下,第一,我不会问你借钱发财;第二,别打主意让我给你打工。至于我为什么选择回报率很低的商业零售,目前我还不想告诉你。"

陆承伟顿时有了落空之感,怔了一会儿,说道:"天雄,我也用不起一个享受过正司局级待遇的打工仔儿。在商场,我好歹算是个过来人,而你还没有过去……"史天雄又接上了,"承伟,总是打断你,太没有礼貌了。可这是小时候养成的习惯,我想你也不会生气的。你无非是想以过来人的身份,教育教育我,该注意注意这,该注意注意那。这番好意,我心领了。经商,恐怕也是条条道路通罗马。你我的立场不一样,我要照你说的去做,结果很可能是南辕北辙。我记得你不信共产主义,也没信过上帝。谈论经商之道,你我缺乏共同的基础。"

听到这里,陆承伟已彻底忘了请史天雄吃饭的初衷。一个共产党的即将下岗的副司长,要去一个陌生的城市搞风险极大的商业零售,手里又没握有沃尔玛这种大公司总裁的委任状,优越感怎么还是这么强啊!陆承伟低头默想一会儿,松一松领带道:"你别忘了我是共产党人的儿子。你别忘了是共产党给我创造了一切发财的条件。你别忘了我是共产党让一部分人先富起来号召的热情响应人。以我多年的经验,资本主义市场经济也好,社会主义市场经济也罢,金钱的发言都一样有说服力和号召力……"史天雄摇着手笑道:"对不起,小弟,我又打断你了。我知道,美国的老摩根说过:当政府和法律无能为力时,让金钱说话吧。我认为你和老摩根太高看金钱了。金钱并不是世界上最有力量的东西。看来咱们真没有共同语言。"

陆承伟被激出了争强好胜之心,举起酒杯说道:"可能同台竞技更刺激一些,结果也更有说服力一些。天雄,我和你虽然没有血缘关系,但都应该算老革命家陆震天这棵树干上长出来的树枝吧?我和你的区别只在于,你的枝头上结苹果,我的枝头上结梨。不管是苹果还是梨,能卖出好价钱,才算是好苹果好梨。咱们少谈点主义,多谈点苹果和梨吧。你选择西平搞商业零售,太好了。你要选择上海,我们还没法比呢。西平是我们两兄弟共同的舞台,谁到底是真正的主角,一两年后,让历史评价吧。来,为了能在西平同台演出,干一杯。"

史天雄疑惑地看着陆承伟,心里想:他去西部的西平做什么?地皮没法炒了,想走私离海岸线也太远了,在股市上兴风作浪,西平离上交所和深交所也太远了。史天雄忍不住问道:"你去西平准备投资什么?"陆承伟大笑起来,"我的天雄哥,这个简单的问题,可不该由你来提。不过我还是愿意回答。西平是个有四百多万人口的大都市,自古以消费业发达著称于世,哪个行当不能造就出亿万富翁?人说吃在西平。每年公款吃掉的两千个亿,西平恐怕要占去几十分之一。做餐饮不如你做商业零售赚钱?当然,我的主营并不是搞餐饮了。尽管我已经控股了一家三星级酒店。做餐饮太麻烦了,点钞票就能把人烦死。我的主营还是搞金融。我喜欢这种高雅而刺激的挣钱方式,只要看准了,一笔生意就是一个亿万富翁。我不是答应救陆川的国有企业于水深火热之中吗?我要去西平坐镇指挥打这个战役。"说罢,低头呷一口茶水,"你干吗这样看着我?确实是我自己要买这些企业。天雄,一两亿的项目,我还用不着找银行贷款。当然,在事情有眉目之前,我不会说是我自己要买这些破烂货。我做这个项目,当然是要赚钱了。我很喜欢钱。如果一切顺利,一年半以后,这个项目将给我带来一个亿的纯利润。"

史天雄感到震惊了。对面的陆承伟,确实不是那个离群索居、偏爱玄想,十三岁时爱上邻居家姑娘的敏感忧郁的少年了。对面的陆承伟,也不是那个敢从云南知青兵团逃走的孟浪青年了。这个孩提时的玩伴、少年时的密友、社会关系中的小舅子,已经成为一种新生力量的代表性人物了!他买那些县办小企业到底要干什么?史天雄猛然间想起陆承伟花八十八万找出的信封和邮票,打个冷颤说:"承伟,你不要打着爸爸的旗号……"陆承伟接道:"搞非法的勾当,对不对？我说过,我是共产党人的儿子,我深爱这个政权和祖国。我挣来的每一个铜子儿,在中国现行的法律法规面前,都纯洁得像初生的婴儿。当然,爸爸的身份和影响力,会为我做成这件事创造出很多便利条件。对我的竞争者来说,有些不公平。这只能怪他们的父亲们,陆震天们提着脑袋打江山时,他们享受着老婆孩子热炕头的天伦之乐。最终,这又是公平的。"

史天雄只能摆出兄长的身份,严肃地说:"承伟,我是你的兄弟,你的姐夫,同时,也自认为是一个有二十六年党龄的真正的共产党员。我也很感幸运,能在西平近距离欣赏你表演金融魔术。你现在手中掌握的巨额资本,是不是像你标榜的那样纯洁,我管不了。在西平,你玩魔术时可要拿出真功夫。我有可能会戳穿你骗人的把戏。"陆承伟笑道:"中共有六千万党员,像你这种圣徒级的,可能已经不多了。我很荣幸,这次操作能由你这样的人监督。这肯定会让我进步的。"

第二天,陆承伟专门回了一趟家,对陆小艺说道:"姐,你不要担心天雄会乐不思京。昨晚,我们深谈一次,我可以大胆预言,最多一年,你的丈夫只能选择打道回府。因为严酷的市场,理想主义者和浪漫主义者难有立足之地。多做做爸爸和大哥的工作,给天雄留条后路吧。"陆小艺说了自己的担忧,最后提出要求说:"小弟,你去西平,帮我了解一下这个'都得利'商业零售公司是个什么东西。"

春节刚过,陈东阳代表部党组向史天雄宣布了一项决定:同意电子信息部原组织计划司副司长、原部属天宇电子集团公司正局级特派员史天雄同志离开电子信息部,参照企业职工下岗人员处理办法,保留公职,每月发给下岗生活补贴三百元。史天雄拿着党组决定看了又看,问道:"下岗？我递交的是辞职申请。"陈东阳板着脸说:"党组成员都不是南郭先生。你也不是屈原和李白,不敢说众人皆醉你独醒吧？组织培养你几十年，一直把你当人才使用，在你身上投入很大，应该拥有收回成本和利息的权力。你想做什么就做什么，对组织公平吗？听陆老说，你去西平经商，也算是一种试验。党组织觉得这试验有价值，决定投一点资。一年三千六百元，收买一个原战斗英雄、十大新闻人物的心，是合算的。不管你同意不同意，这都是党组最后的决定。没什么意见，你可以去办有关手续了。"

显然，组织和家庭都不愿意彻底失去他，为他准备了一条后路。史天雄适度地表达了感激之情，然后开始做去西平的准备。杨世光一天也不想在北京多呆，干脆把档案拿到人才交流中心存上，给二十几年历史彻底画上了一个句号。

临行前，刘玉林做东为他们俩饯行。刘玉林端起酒杯说："世界上早有数不清的下岗总统。你们一个副司长、一个团长下了岗，不算什么事。为你们能在西平立住脚，干一杯！"

得知史天雄和杨世光已经订了北京到西平的车票，金月兰才把两个人加盟"都得利"的方案提交给董事会。"都得利"商业零售公司虽然实行的是股份制，重要的事情，基本上还是金月兰一个人说了算。"都得利"的五个董事，除金月兰之外，都是国棉六厂五十岁左右的老女工，根本不知道股份制是个什么东西。金月兰说改成股份制，她们都赞成。每年除了拿一份工资，还能在年终分一笔红利，她们都认为这是托了金月兰的福。如果不是金月兰找燕平凉市长贷款三十万，"都得利"哪里会有今天？每人八千块的本金，集到一起，顶多能开个杂货铺。参加董事会讨论问题，那是金月兰念旧，给她们脸，每个人都是这么想的。金月兰提出要聘北京来的史天雄做总经理，聘刚从部队转业的杨世光做业务经理，自然是为"都得利"好，为她们这些老姐妹好，别说举一次手，举十次八次她们都不嫌累。

　　李姐做过金月兰的师父，说话可以不顾深浅，当晚去金月兰家表达了适度的担心。李姐进门后，说："房子已经租下来了，就在总店附近的牌坊巷。正房三间，住着母女俩，当妈的比你岁数略大一些，像是有病。我们租的是两间东厢房。房子小些，价钱合适。下午我去看过。"金月兰问道："这母女俩是做什么的？"李姐道："房东不是这母女俩，是一个姓刘的老头……"金月兰笑道："管他房东是谁，明天他们能住下来就行了。明天，我去车站接人，你来我家里给他们做顿面条吃。北方讲究什么送行的饺子接风的面。"李姐答应着："好，还是你想得周到。月兰，我这心里还有点犯嘀咕。那史天雄是陆震天的女婿，自己又当很大的官，他想找钱，路子有千千万，怎么就看上咱们这个小小的'都得利'了？那姓杨的在部队当团长，团长相当于地方的县长，是大官，西林来信说他当了一年多的兵，才见到他们团长一回，他怎么也来了？我知道当年你和姓史的……要是他也……"金月兰笑了起来，"李姐，你别乱猜了。他们来'都得利'都有很多原因，有些人家说了，有些人家不肯说……你不是常说家家都有难念的经嘛。反正他们现在已经上了火车。我们公司又需要这样的人才，这就有了合作基础。他们俩都没带大量资金入股，是为我们这些董事打工的，用着合适，就把他们留下，用着不合适，就让他们走人，主动权在我们手里。如果他们确实很能干，把咱们'都得利'的蛋糕做大了，也进了董事会，咱们的收益肯定更好。李姐，你说我们还担心什么？"李姐扯着嘴角笑笑，"你一说，我就清楚了。哎，这人，也不知是咋回事，穷的时候，这心还宽些，手里一有几个钱，心就变得针鼻儿一样小了。"

　　第二天是星期六，金月兰的女儿金晶晶也在家里。十七岁的女高中生，已经是亭亭玉立的大姑娘了，赶上一个藐视权威的时代，大事小事都会评头论足、指点江山一番。李姐做好手擀面，看金晶晶拿着电视机遥控器一个又一个换频道，笑着说："晶晶，别伤了眼睛。你好像不高兴，班干部落选了？"金晶晶把遥控器朝沙发上一扔，"什么莫名其妙的事都有。放着高高在上的副司长位置不坐，偏偏要跑到这么小的'都得利'做打工仔！不是神经病，就是没安好心。"李姐道："晶晶，这事说怪也有点怪，说不怪，一点也不怪。说怪呢，怪得我也想不通。来'都得利'当总经理，一月只有干工资一千五百元，房租刨一百五，水电刨五十，吃饭要三百，每月只剩一千块了。副司长这么大的官，每月剔剔牙缝，也不止一千块吧。就说我家东林，只是一个小小的巡警，每天有吃不完的请饭，喝不完的谢酒，抽不完的礼烟。隔三差五，帮朋友取个扣下的驾照什么的，还能收个三五百的打的辛苦费。不过呢，这事也不怪。晶晶，阿姨这话也不知该说不该说……我先问你一声：你对你妈再结婚，是个啥态度？"金晶晶道："李阿姨，你怎么问这事？我妈又不是八十岁的老婆婆，前几天有同学见了，还以为她是我姐呢！只要她找到合适的，我肯定支持呗。"

李姐笑出声了，"有你这句话，我就敢说了。你妈说这姓史的是看上店了，我看恐怕是看上人了。当年，你妈要早认识这姓史的一年，你爸就不是刁明生了，可惜你妈认识他的时候，他已经结婚了。这姓史的高高大大，一表人才，你爸可没法比。当年，这个战斗英雄，不知道搅乱多少姑娘的心……"没等李姐说完，金晶晶跑到金月兰的房间里抱出一摞影集。先翻一本旧影集，又翻一本新影集，终于看到了当年十大杰出青年的一张黑白合影，伸出手指，点点史天雄，说道："不错，不错，不是个奶油货。眼睛小了一点，像濮存昕的眼睛，小而有味。可惜太瘦了，像个衣服架子。"李姐忙补充道："那时候，他刚从鬼门关闯过来，身上能有几两肉？现在人到了中年，身体发福了，一身的官相，比你说的那个演员还受看些呢。你妈那个时候可是真动了心。"金晶晶指指照片上的金月兰，说道：

"想不到我妈当年的眼力还不错嘛。我看她已经准备鸳梦重温了。这照片在这本旧影集里沉睡多年,突然飞到新影集里,说明我妈已生了梅开二度的心。要是这样,就有点意思了。"忽然间想起了什么要紧事似的,抬头看着李姐问:"李阿姨,这个史天雄是死了老婆,还是和老婆离了婚?"

李姐懵懵懂懂地看着金晶晶,"史天雄有老婆,有爱人呀。陆震天你知道吧?咱们省有名的老革命,做过很大的官。史天雄就是陆震天的女婿。"金晶晶忽然间换了一张冷脸,把影集抱到里屋,骂骂咧咧走出来,"他母亲的!吃着碗里的,还要看着地里的。遍地都是这么俗的臭男人!原来我妈已经成第三者候补了。肯定是在北京犯了大错,呆不下去了……我这个心太软的妈呀。"李姐忙解释说:"晶晶,可不敢这么想。这些都是阿姨我胡说八道,你千万别往心里去。你妈,还有这个史先生,都不是凡人呢!他们在想什么,我们这些俗人小人怎么能想得出来?……唉,晶晶,你要到哪里去?"金晶晶拎上书包拉开门,扭头说:"我不想见什么陌生人。我妈要问我,你就说同学把我喊走了。"走出去,砰的一声把门锁上了。李姐在客厅呆立一会儿,抬手打了自己的嘴,嘟囔着:"叫你缺个把门的!"转身进了厨房。

牌坊巷地处西平市的腹地,二十年城市大膨胀都没动到它只砖片瓦,如今依然是几十年前的老样子。街面是青石板街面,两旁多是一楼一底的砖瓦房,上面住人,下面做点小生意。因附近两个商业区的兴起,小巷的店铺生意早几年就开始萧条了,整条巷子也就露了破败相。巷子中部西侧,盖着一串五座北方才常见的一进四合院,都是正房三间,左右厢房各两间,楼门内都有一个七八十平米的小院子。如今,只有七八十岁高龄的老西平人才知道这几个小院的底细了。这五个几乎一模一样的院子,是抗日战争期间,北平五少来西平做官时出资修建的。一九三七年秋天,北平沦陷后,袁仁明、宋家瑞、梁金铎和许世鸿四人,都打发自己的小儿子到远在西南的西平避难。三五年过去,袁仁明的双胞胎儿子袁向中和袁向华、宋家瑞的儿子宋文献、梁金铎的儿子梁全文、许世鸿的儿子许德宝都长大成人,因为这五个公子哥儿都来自北平望族,都有挥金如土的资本,都喜欢在西平的风月场出入,渐渐闯出了名头,坊间便有了"北平五少"的称谓了。抗战后期,做父亲的为了磨砺儿子的野性,为了儿子的前途,不约而同为儿子定了亲,又都通过陪都重庆的上层关系,为儿子谋了官职。身份的改变,年岁的渐长,北平五少都把爱逛花街柳巷的爱好变成了包养女戏子和交际花了。大约在一九四二年前后,牌坊巷出现了五座北方风格的小四合院。袁仁明的双胞胎儿子袁向中和袁向华遇到在西平医大读书的双胞胎姐妹胡雪姣、胡雪艳后,马上把先前包养的青衣和花旦礼送出牌坊巷,对两个在校女大学生展开猛烈的爱情攻势。一年后,胡雪姣和胡雪艳成了袁向中和袁向华的妻子。这桩双胞胎娶双胞胎的奇事,曾作为美谈传诵多时。日本人投降后,这两姊妹才知道自己的身份竟是小妾。因为袁向中的未婚妻抗战后期跑到延安参加了八路军,胡雪姣就跟着袁向中回北平做了少奶奶。胡雪艳不愿做妾,住在牌坊巷四合院,等回北平退婚的袁向华来接她。四年过去,袁向华一见共产党的新婚姻法明令禁止纳妾,知道与胡雪艳缘分已尽,郁闷成疾,不治而死。胡雪艳次年在西平又嫁了人。袁向中、胡雪姣夫妇,在"文革"后期,带着刚离了婚的女儿袁慧经香港去了美国。胡雪艳接到姐姐的来信后,骂了几个月老天不公,留下还在云南插队的独生女儿梅兰,孤零零地去世了。

金月兰领着史天雄和杨世光进了院子,房东刘大爷已经坐在厢房门外候着了。金月兰看看两间房内简易的家具,带着歉意说:"委屈你们了。按你们给的标准,确实租不到单元房。"杨世光笑道:"我看这房子挺好的。大爷,你回屋去吧。"刘大爷探头看看正房堂屋紧闭的两扇门，压低着嗓音谦卑地说："这正房是人家的。你们一次就交了三个月租金，我得把话说清楚。这房子是北平五少袁二少当年养小妾用的。我给他们拉洋车，就住在这一间。解放后，袁二少回了北京，胡小姐又嫁了人，我们家在这院子住了三十年。十五年前，这梅家母女要我们搬出去。打了官司，正房归她们，厢房归我。这梅兰下了岗，又有病，脾气不好，你们最好别招惹她。为租这两间房，已经吵过几架了……胡小姐当年待我不薄，梅兰是她的骨肉，照理我应该依着她。可我每月不拿几个钱回去，儿媳妇又不待见……其实，梅兰只是怕吵闹，人倒是个好人。我该回去接孙女了。"

杨世光看见刘大爷出了院子，自嘲道："我们进了一个地形复杂的地区。"史天雄说道："后悔已经来不及了。"杨世光道："谁说后悔了？当营长之前，本人还没住过这么好的房间。只怕司长大人已经睡不惯这种硬板床了。"金月兰笑道："想住别墅很容易，销售收入增长一个亿，本董事长每人奖你们一套花园洋房。"

正说笑着，刘大爷又进了院子，掏出一把钥匙，把锁着的水龙头打开了，脸上带着歉意说："厕所判给她们了。公厕离这里不远，出门向左，出巷子向右一拐就是。你们办了暂住证，上厕所就不要钱了。要不，我带你们去见见承包厕所的白老三，让他把这些天的费给你们免了？"

史天雄道："大爷，你忙去吧。这事我们自己解决。"

金月兰道："暂时住一段，条件确实太差了。如果你们不是太累，是不是到店里看看？晚上正式给你们接个风。"

这时，史天雄还无法知道自己又和袁家发生了某种联系。世界有的时候，真的很小很小。三个人出去不久，一个白衣少女推着一辆女车进了小院。这就是几个月前史天雄和杨世光在毛小妹下岗一元面摊前见到的那个很像袁慧的姑娘。姑娘长着一张清丽脱俗的脸,脸上的凤眼汩汩流动着倔强和忧愁,微微上翘的嘴角把一种凛然高傲的内在气质表现得活灵活现,这一切,都与这座已显落伍、破败、粗糙的小院不相般配。可这个随母姓的叫梅红雨的姑娘,确实属于这个院子。梅红雨走进院门的同时,堂屋门吱的一声开了,四十多岁,略嫌瘦弱,略带病态,依然可称作美丽的梅兰从屋里走了出来。

梅红雨发现厢房有些异样,下意识地皱皱眉头,"妈,刘老头又把房子租出去了?住的什么人?"梅兰打开厨房的门,拿一只铝盆子出来,"两个高高大大的男人,隔着窗玻璃,看不清是老是少。但愿不是农村来的打工仔儿。"

说着话,母女俩相跟着进了堂屋。

一进屋,梅红雨脱了外套,从包里拿出几个包装精致的盒子,"妈,我把医生说的特效进口药买回来了。"梅兰坐在样式很旧的沙发上,取出一瓶药看着,"你真不听话。一粒两块八,咱们这种家,哪里吃得起!如今,稍微能治点病的药,厂里都不给报。"梅红雨兑了半盆温水洗着脸,"别提你们那个红太阳了,在岗职工的工资都不能及时发,哪儿有钱给你这种病退、下岗职工报药费!都什么年头了,你还在指望工厂!如今,凡事只能靠自己!"把洗脸水泼到院子里,"我就你这一个妈,你病了,不能不治吧?"说着,拿出口红和小镜子开始涂嘴唇。

梅兰哀叹一声,把药瓶又举高了,"唉——一瓶二百八,三瓶八百四,只够吃一个月!我这个富贵病,早晚会把你拖累死的。"梅红雨把眉毛粗粗描描,"不至于吧?你没看我还在坚持学法语吗?外资企业里,小日本最抠门儿。我要是能到美国、英国、德国、法国人开的公司,月薪至少在五千块以上,比现在翻番。八百四算什么。吃吧。"梅兰爱怜地看着女儿,"我不心疼你,谁心疼你?天天早上,呜哩哇啦,多辛苦。哎,我们这一代人,算是彻底给毁了。该受教育的时候,赶上个该死的文化大革命,去云南插队,一插就是十年。回城了,又赶上个该死的文凭热,好单位别想进。好不容易熬到孩子大了,又碰上该死的下岗热。我们这一代人,是彻底被抛弃的一代。国家一直在抛弃我们,一次不行,还来第二次,第三次。我们这代人,怎么这么背时呀!"

梅兰爱发牢骚,似乎只有通过这种方式,才能获得一种心理的平衡。这种牢骚对社会已经没有丝毫的破坏力,完全变成慰藉心灵的一种方式了,对于其他人,哪怕是亲人们,这种牢骚也引发不了什么共鸣了。梅红雨已经收拾打扮完毕,肩上斜挂一个坤包,准备出门,伸手捋捋母亲有些凌乱的头发,说道:"留点精力和你的病斗争吧。晚饭我不在家吃了。"梅兰的话匣子马上换个频道,"是去和男朋友约会吧?"梅红雨的口气有些硬了,"是又怎么样?我二十三了,不该谈个男朋友?你二十三岁已经当妈了。"梅兰不高兴了,"那是个什么时代?暗无天日,没任何希望。早早结婚,是为了熬日子。这件事,当妈的不该管?红雨,你记着,女人活的是好婚姻。你外婆和你姨婆,就是个例子。你先把他带回来,我见见,看看他是不是个养家的男人。"

梅红雨走到院子里,推上自行车,扭头说道:"还没到时候,早晚会让你见的。"站下来看看东厢房,叮嘱道:"你记着,我那几件值钱衣服,以后别挂在院子里晒了。"梅兰扶着门框,忧心地说:"别去什么舞厅夜总会,那种地方会让人变性的。别和他在屋子里久呆……你随随便便给了……他会把你看得一钱不值……红雨,我给你说话呢!"

女儿头也没回,出了院子。梅兰叹口气,开始做饭。

史天雄和杨世光回到牌坊巷,已经十点多了。杨世光四处看看,又出去了一趟。过了一会儿,杨世光端着一大两小三个不同颜色的塑料盆进了史天雄的房间,"按照部队的规矩,请首长挑个小盆子。"史天雄疑惑地看看盆子，"脸盆小吴已经买了，你买这小盆子干什么？洗屁股啊？"杨世光扑哧一声笑了，"洗屁股？嫂子来西平探亲时，才用得着。你能保证天天晚上不起夜？"史天雄拿起上面的蓝盆子，用手敲敲，抿嘴一笑，"周到是很周到，可惜没法用。每天早上，两个老爷们儿，端着这种花花绿绿的便盆去公厕，那才真叫风景。入乡随俗，买个马桶吧。"

两人正说着，梅红雨推着车子进了院子。史天雄又看成一只呆雁了。杨世光看梅红雨进了堂屋，感叹道："真是人生何处不相逢。"史天雄道："太像了，怎么会有这种事？"杨世光笑道："要不，我去问问，看这个姑娘和你那个袁慧有什么关系？"史天雄正色道："可别胡来。当年，为袁慧发疯的是陆承伟。"杨世光做个鬼脸，"谁发疯谁没发疯，我也考证不出来。不过，能有这样一个邻居，挺好。"

第三天，史天雄和杨世光走马上任了。"都得利"太小了，连个发表施政演说的地方都没有。春节刚过，市民购买力低下，加上几大商场又搞换季清仓大甩卖，参加他们上任仪式的班组长们，情绪都有点低落。史天雄一看，也不来套话了，在总店营业厅盘脚坐下来，招呼大家说："大家也都随便点，随便点。我今天不谈什么施政纲领，金董事长制定的最低价纲领，就是最好的商业零售纲领。我只想给大家讲两个故事。第一个故事，开始于一九四八年。德国埃森城一个开零售铺子的老妇人病故了。老妇人丈夫家姓阿尔布雷特，她给两个儿子留下的惟一遗产，就是这间铺子。铺子有多大呢？我们这个营业厅的营业面积是七百平方米，这个铺子只有这个营业厅二十三分之一那么大，三十平米多一点。一九八六年，也就是三十八年后，全世界范围内，已经有三千一百家名叫阿尔迪的商店，它们的主人就是阿尔布雷特兄弟。当年，阿尔迪在西德的纯利润，超过了二百八十亿马克。第二个故事，开始于一九六二年。

一个美国人,受阿尔迪经营模式的启发,在家乡小城内,开了一家叫沃尔玛的商店。三十五年过去,全世界已经有近四千家沃尔玛的分店。沃尔玛去年在全球的销售额是一千七百六十亿美元,排名世界五百强第三位,纯利润排名世界第十二位。我估计,沃尔玛在三到五年内,肯定会稳坐世界五百强第一名,纯利润能排名前八。这两个商业零售业的巨人,有什么经营秘诀呢?你们猜猜。"

大家七嘴八舌猜一会儿,争得面红耳赤,没有统一的答案,又都安静下来,看着史天雄。

史天雄道:"阿尔迪的秘诀是:不管遇到什么样的困难,一定要以市场最低价出售自己的物品。沃尔玛的秘诀是:天天平价,销售成本严格控制在百分之二点五以下。现在,大家应该能明白我为什么不当司长,来当'都得利'公司的总经理了。因为'都得利'也在按全市最低价经营着。我是一个曾经带兵打仗的人。有句话叫做:韩信用兵,多多益善。沃尔玛现在有一百多万员工,二十年后,我恐怕能领导'都得利'五十万员工吧?这就是我来当你们的总经理的理由。"

金月兰带头拍起了巴掌。

就这样,史天雄轻描淡写地为"都得利"画出了一张很不错的蓝图。

陆承伟到西平后,并没忘记陆小艺的叮嘱,专门和齐怀仲一起到"都得利"总店逛了一圈,然后给陆小艺打电话报告说:"营业厅面积不足八百平米。顶多三个月,他就该想回去的事了。这种档次的店,要什么没什么。"

之后很长一段时间,陆承伟都在为收购陆川的企业操心,对陆小艺的多次询问,都搪塞敷衍了。让他感到愤怒的是,陆川方面拿来的资产评估报告,竟敢把他当冤大头来耍!价值将近九千万的十个小企业，第一次竟报了一亿五千万，第二次也报了一亿两千万！这不是把他当土豪来打吗？

陆承伟把田青廉书记和秦思民县长约到西平，安排他们在皇冠大酒店住下后，只让齐怀仲出面跟他们周旋。田青廉和秦思民在酒店熬了两天两夜后，才把正主陆承伟等到了。陆承伟开门见山，一点也不客气，把陆川十个企业资产评估报告的复印件朝桌上一放，说道："我首先向两位父母官声明：我不是雷锋，也不是慈善家。这个项目，我完全可以不做，因为风险太大了。如果这些企业真值一亿五千万，哪怕是一亿两千万，它们都能盈利。我让你们组织评估，是基于对你们的信任。值九千万的东西，你们敢卖一亿五！我们还怎么合作？朱总理答记者问，已经准备好滚地雷阵、跳万丈深渊了。这种时候，你们真不该给我玩这一手。机会错过了，再也没了。我做这么大的项目，你们总该让我保个本吧？我说个方案，请你们考虑。评估是九千万，到我们签约时，它们最多值八千万了。这八千万，我出七千万现金，另外一千万，算作你们一方拥有的法人股。我再等一个月，到时候你们不签字，我也可以给我爸有个交代。"说罢，留下两个呆子，转身走了。

秦思民翻看着陆承伟留下的评估报告，"一模一样。看来，真不该跟他耍心眼。让他抓住了证据，我们不听他的也不行了。"田青廉苦笑道："还不是想多搞几个钱，改造几个学校，修几个像样的公共厕所。想不到他连这个报告也能搞到。地区评估所把我们给卖了。想着他这些钱不是走私就是逃税搞来的，不会太在意，没想到他是只一毛不拔的铁公鸡。被动了，是被动了。"秦思民叹道："错过这个机会，只怕夜长梦多。他做这个项目，当然也要挣钱。我已经派人查过他的底细，没发现特别违法乱纪的地方。只是他运气太好，把这些年暴富的机会都抓住了。老田，他压一千万，也不算就地还钱。再说，他又主动给我们留一千万法人股，他赚了钱,我们还能分些红利。斗心眼,我们怎么是他的对手?"田青廉道:"回陆川,开个会,按他说的谈吧。睡在床上尿尿,流哪儿在哪儿吧。"

齐怀仲开着车,有点担忧起来,"承伟,这么无遮无拦,他们会不会不做了?再找个老区贫困县做这个项目,恐怕难度更大。"陆承伟接道:"黄花菜都凉了。这个项目黄不了。把牌摊给他们,省得他们再玩猫儿腻。他们当然可以选择不做,可是经过这次一折腾,这些小企业只会一落千丈,再过一年,连五千万都不值。他们都年轻,头上的乌纱比面子重要,不会在乎我说话的方式。"

右前方,便是西平市的金融街了,S省和西平市的多家银行,都把气派的大楼盖在这里,像是在比赛什么。财力?地位?品位?信誉?也许兼而有之吧。陆承伟喜欢乘车经过这条街时那种感觉,特别是坐在奔驰600上经过这里时的感觉,好像完全拥有了两边的高楼和这高楼底下一座座金库。这时候,陆承伟看见了从一家银行大楼走出和一个年轻女人交头接耳的史天雄。

"慢着!"陆承伟喊道,"停一下。和天雄一起的那个女人是什么人?银行官员?蛮有气质。"齐怀仲低头看看,"不是银行官员。这个女人是天雄现在的老板金月兰。看来,他们是准备上项目了。"

"什么?'都得利'的老板是女的?"陆承伟深感意外,"还是个很有风度的年轻女人!你怎么不早说呢?"齐怀仲扭过头讪讪地笑笑,"你也没交代。天雄的老板是女是男,不是太重要。"陆承伟摇摇头,"走吧,没听后面在催!你齐怀仲的判断力不至于这么低下。想不到天雄辞职还有点粉红色原因!我把问题想简单了,仅仅把它政治化了。你对这个金月兰了解多少?"

齐怀仲认真想了一会儿,回答道:"这个金月兰,当姑娘时,也是名动全国的风云人物,七十年代末就捐了二十万遗产。对了,她好像和天雄同一年当了什么十大新闻人物。你怎么不知道金月兰?"陆承伟朝后仰仰,闭上眼睛,"那时候,白天我在哈佛工商管理学院读书,晚上在一家中国餐馆洗盘子,假期四处旅游,想在什么地方突然间遇到一个叫袁慧的中国女人。我只知道中越间发生了一场局部战争,刚刚成了我姐夫的史天雄参了战,又生还了。他们还是旧相识?还有别的吗?"齐怀仲把自己知道的情况和盘托出了,"我知道的情况,西平的小报都登过。说她办这个'都得利',是为了给女儿交择校费。好像她早离了婚……"

陆承伟沉默了好一会儿,慢慢说道:"我想她也是个单身女人。共产党中的圣徒,也是人呢!我一直给我姐报平安无事,原来天雄已经开始重温旧梦了。"

奔驰600拐向滨江路,速度慢了下来。陆承伟突然又叫起来,"是她?快,追上那个白衣女人!就那个,和长头发男人并排骑车那个。快——你怎么停下来了?"齐怀仲指指前面的车,"红灯。再动就追尾了。你认识?"

梅红雨和男朋友古狼拐向右面一条小街,从陆承伟的视野里彻底消失了。

陆承伟在车里感叹道:"可能是幻觉。袁慧不可能在这里出现。那个穿白衣服的,还是个小姑娘。回家吧。"

这时,史天雄已回到牌坊巷。省工商银行对"都得利"的情况不是很了解,但又对史天雄谈的发展规划兴趣很大,建议"都得利"公司搞一个详尽的策划书给他们看看。金月兰就让史天雄回住处把策划书草拟出来。

这个时候,红太阳电子集团公司总经理兼党委书记陆承业和西平电视台新闻评论部《今晚十分》首席主持人梅丰,在"都得利"总店门口上了陆承业的奥迪车,准备去牌坊巷见史天雄。梅丰留着中央电视台《新闻联播》播音员李瑞英同样的发型,显得英姿勃发，看上去要比三十八岁的实际年龄小七八岁。她和陆承业在一起，容易让人联想到老夫少妻在林荫道上散步时呈现出的温馨。金月兰站在店门口看着奥迪远去时，心里就感觉到了这种温馨。

奥迪车驶进牌坊巷时，坐在理发店椅子上的诗人古狼的披肩长发，已经变成了板寸。古狼出道稍晚，没有赶上城头频换大王旗、各领风骚三五天那种可以凭一个怪诞的流派名字、一两句可以撩人耳目的诗句一夜成名的诗歌的黄金时期。自视甚高而诗名不盛，淤积太多的怀才不遇，就以狷狂的形式表现了。平日冬季的古狼，留有一头齐腰的披肩长发，脚穿过膝的长筒马靴，因为身高不足一米七〇，上下各占三分之一的黑，挤得紧绷在白色牛仔裤中的臀部格外显眼。梅红雨知道古狼的一头长发肯定要惹梅兰的反感，好说歹说，才换成了板寸。板寸和长马靴一搭配，味道仍是怪怪的。古狼弯腰捡起一缕长发，伤感地说："这可是我为爱情牺牲个性的重要见证，你应该好好珍藏。"梅红雨真的把那缕长发接了，小心放进自己坤包里，"遵命。记住，我妈是个病人，说话直些，能忍一定要忍。过了她这一关，什么障碍都没了。"古狼很绅士地朝梅红雨鞠一躬，"遵命！夫人。丈母娘的重要性，每个准女婿都心知肚明。"惹得几个发廊妹笑作一团。梅红雨把礼物递给古狼，"今天你只能向我妈叫阿姨。"

两个人推着车子，说笑着朝巷子深处走。

梅丰抬眼一看院子，惊诧道："这不是我堂姐家吗？"陆承业问道："房东是你的亲属？"梅丰挑着细眉一笑，嗔怪道："老陆，你也太官僚了。堂姐梅兰还是贵公司的病退职工。当年从玻璃厂调到你的麾下，还是你看本人的薄面御批的呢。"陆承业难为情地笑笑，"确实记不得了。"梅丰迈进院子道："贵人多忘事嘛。一两万职工的老总，让你记住手下每一个职工的名字，也太难为你了。"堂屋门紧紧关着。

史天雄正在厢房专心看一叠报表，猛然见到陆承业，脸上挂着他乡遇故知的喜悦，把二位迎了进去。陆承业刚要把梅丰介绍给史天雄，梅丰已大大方方朝史天雄伸出手道："史副司长，史特派员，史总经理。梅丰，梅花的梅，丰收的丰，西平电视台新闻评论部《今晚十分》节目主持人。"史天雄微微一怔，把手伸了出去，"幸会，幸会。"陆承业看看房内简陋的设施，感叹道："天雄，没想到你一步走这么彻底，更没想到你会加盟西平小小的'都得利'。早知你有这么大的决心，我当时就不拦你来红太阳了。"史天雄笑问："二哥，为什么呢？该做的事很多。"陆承业扯把竹椅子坐下，"我低估了你的冒险精神。你到红太阳，起码可以为你提供一套带卫生间的住房。"

梅丰已经把房内的设施研究了一遍，把目光盯在床上叠成豆腐块的被子上，紧接道："那我的节目怎么拍？史总经理，我想给你拍个专题片，不知这个星期你能否挤出半天时间？"史天雄摇着头，摆着手道："不行不行。我有什么拍头儿！"梅丰坐在单人木板床上，微仰着脸，看着史天雄的眼睛问："你认为在当今中国，一个副司长下岗做了私营企业的白领，不是一个可以引起普遍关注的话题？"史天雄说："中国的话题太多了。我一个战友说，世界上已有数不完的下岗总统、总理，一个副司长换个工作，算个什么事！梅小姐，你的美意我心领了，我实在不愿参与制造一个没有多大价值的传媒话题。"梅丰不依不饶地说："没多少价值？西平一个市，下岗工人已经突破三十万人。明天，九届人大就要开始讨论政府机构改革方案。如果这个方案在全会上得到通过，今后两三年，中国又将会出现四五百万下岗干部。一个副司长下岗后，甚至是自动下岗后，不等不靠，只身来西平打工，对全体下岗人员就没有一点激励作用？这样一个专题片没多大价值，我不知道什么东西有价值了。"史天雄诧异地望着梅丰，口气软了些许，"好厉害的一张嘴，绝对是国家级水平。这么说吧,我不想出这个风头,然后像大牌明星一样招摇。"梅丰再逼一步,"一个当年的战斗英雄,年度十大新闻人物,从副司长高位上下岗,又来到西平与全市人民在一个起跑线上再创新的生活,几十万下岗人员知道了这些,会说你是出风头吗?我的节目,收视率在西平达到了百分之三十一。史总,请相信我,这是一件有意义的工作。"

陆承业怕说僵住了,大家都不愉快,忙做和事佬,说道:"梅丰,你别这样咄咄逼人。天雄,你也别把话说死了。小丰,我看这节目也用不着现在做,等天雄在'都得利'干出点成绩后再来做,效果不是更好吗?现在就做,万一他干砸了,还有什么效果?今天就谈点别的吧。"

史天雄紧接道:"二哥说得很对。这几天,我们找贷款很不顺利。连续跑了一个星期,今天才找到突破口。我干砸的可能性确实很大。但是我确实有信心把这件事做好。梅小姐,其实值得你们传媒宣传的东西,大都在底层。去年,我在西平遇到一个卖小面的下岗纺织女工和她每天早上卖报纸的十一岁的儿子。他们身上体现的生命力,才真的让人振奋。你应该拍拍他们,拍他们在想什么,在干什么。我一直认为,中国的希望在于底层的民众之间。拉开一定的时间距离,你就能看出,这二十年,改变中国历史进程的伟大转变,全部是由底层人民发动的。小岗村的土地承包,苏南、温州创造的经济奇迹,都是这样。再一点,这二十年,从官场退出,在别的行业干出骄人业绩的人,也不在少数。我只不过是个追随者。"梅丰道:"你不要撕毁老陆为咱们订的君子协定。你记不记得你在哪条街见的那母子俩?提供这么好的新闻线索,我可以请你吃饭。"史天雄笑道:"我很想吃这顿饭。要是有赏金,我更是求之不得。可惜,我一下子想不起那条街的名字了。"梅丰开玩笑道:"是不是因为我没说吃什么饭?你来个不见鬼子不挂弦呀?"史天雄道:"也许是吧。你别忘了,我现在是个商人。"三个人都笑了起来。

堂屋里,相女婿的戏也正式开演了。

梅兰问了一般情况后,已经打定主意要棒打鸳鸯了,眯着依旧美丽的柳叶眼,仰着下巴,评说着:"叫个啥名不好,偏偏选个狼。"古狼迎着梅兰的眼锋看着,说:"阿姨,原来是小儿郎的郎,发表诗歌时,我嫌这个郎太奶油了,就改成豺狼的狼了。"梅兰皱皱眉头叹一声,"小雨属兔,是吃草的小动物,这狼可是要吃肉哇。这个属相……"

梅红雨忙接道:"妈,十二属相哪有属狼的?古狼属鸡,也是小动物。"梅兰道:"十二属相,我还能记住。算下来,小古你也是要奔三十去的人了。这书上说,男人三十要站起来……小古呀,编辑是拿工资吃饭吧?一个月能领几个钱?还能发几年?会不会下岗?"古狼不想再忍耐了,皮笑肉不笑地说:"四百多块,还能发几年,不好说,可能是兔子的尾巴,长不了。机构改革可能要切掉不少单位,我们这些文联、作协的人,正等着挨刀呢。"

梅兰耷拉着眼皮说:"我也不问你住几室几厅的房子了。四百来块钱,少了点,你身上有烟味,可见你是抽烟的。这点工资嘛,够不够养你一个人……"梅红雨还没有放弃最后努力,打断道:"古狼还有稿费收入……"梅兰笑道:"我倒忘了写书能挣钱。记得报上说贾平凹什么的,一本书能挣几十万。小古,你一年能收入多少稿费?有十万八万吗?"古狼冷冷地回答:"阿姨,如今写诗的比读诗的人都多,因为写诗的人都不读诗了。所以,我有一年多没写诗了,一分钱稿费也没有。"

梅兰拿着架子,掰着指头说:"问题大了。我呢,穷人得了个富贵病,一个月要花一千多。红雨也是个苦命人,没兄弟没姐妹,摊上我这个病妈,推也没处推。你家里人都在农村,恐怕想帮你也没力量。红雨现在每个月是能挣两三千块,比你多好几倍,可这是给日本人干活,能长久吗?再说呢,小日本又不让女工怀孕,谁怀孕开除谁……小古啊,怎么养家这个问题,不知你考虑过没有?"

古狼压着火站了起来,僵笑着说:"阿姨,你提的这个问题很重要,我要回去认真考虑考虑。告辞了。"抬脚就往门外走。梅兰喊一声:"小古,阿姨就不送了。"古狼推着自行车往门外走。梅红雨追出来喊:"古狼,你别走——"古狼狠狠地丢一句:"等我抢完银行再来吧。"扬长而去。

听见喊声,厢房里,三个人都愣在那里。

梅红雨穿着外套,拿着小包说:"你怎么能这样!"梅兰世故地说:"生活是过日子,是油盐酱醋,不是什么一低头的温柔。嫁给这种人,你会苦一辈子。你,你要干什么?"梅红雨说:"我要去向他道歉!他是没钱,可他会写诗。"梅兰拽住红雨的胳膊,流泪道:"听妈一句劝,和这匹什么狼断了吧。挣小日本的钱,不会长久!共产党的厂,说不管不要我们,就不管不要了,别说这些资本家了。"梅红雨固执而坚定地说:"我愿意!你放开我。"母女俩在门口厮扯起来。

梅丰忙跑过去劝道:"你们俩都冷静点!家里有十个八个人?红雨,迟一天两天给他解释,不行吗?"梅红雨擦擦眼泪,恨恨地回了屋。梅丰扶梅兰坐下,"红雨成人了,她认准的事,你能拦得住?"梅兰高声说:"我是她妈,拦不住我也要拦,我不能眼睁睁看她朝火坑跳!"梅红雨也提高了嗓门儿,"你真俗!你现在就认得钱!"梅兰说:"我还后悔把钱认得晚了!理想呀,赞美诗呀,漂亮的口号呀,哪一样能当饭吃?"梅丰说道:"兰姐,人我也看见了,还是不错的。现在没钱,总不能永远没钱吧?又是个诗人,肯定很聪明,如今,只要聪明,挣钱并不难。"梅兰捶着自己的腿道:"诗人?诗人还有别的大毛病!哪个诗人不是见一个爱一个,又见一个丢了这一个?"

梅红雨站起来说："偏见！偏见！我和他处快一年了，他没有任何毛病！"梅兰脸上浮出怪异的笑容，眉梢一挑，"没毛病？没毛病的男人有几个？男人我见多了。这个古狼，连我也要盯着死看，还没毛病？谈成了，我是他丈母娘啊。选男人，人品也很关键！"

梅丰扑哧一下笑了出来，"兰姐，这恐怕就是你的错觉了。你相女婿，不也得看人家嘛。人家看着你，那是表明一种尊重。"梅兰当真了，说道："错觉？我不就是四十出头吗？如果不是这病磨的，还不是光光鲜鲜一个人？我连男人眼里盛的什么花花肠还看不出来吗？"梅红雨又气又恼又觉得好笑，一句没大没小的话蹦将出来："一个大美人儿，嫁个大官大款没问题，还能挑挑拣拣呢！"

三个人都惊呆住了。梅丰狠狠盯了梅红雨一眼，"你怎么能说这种话！"梅兰立刻哭出了声，"人家不是能挣钱嘛！我这病秧子不是要靠人家的血汗钱死皮赖脸活嘛！这个世界还有什么长幼尊卑？谁有钱谁厉害呗！老天爷，你真的不公啊。"梅丰又责怪梅兰道："你这话像个妈说的话吗？"梅红雨一脸愧疚，也接道："妈，我说错了。"

梅兰走到门边，一手扶着门框，一手从口袋里掏出一厚叠花花绿绿的发票，在空中抖着，"我从红太阳病退，厂里只报过三百块钱药费，花这六七千，不都是你这个宝贝女儿赏的？你当然有资格骂我了。"说到这里，越发激动起来，"这他妈的叫什么日月！好端端一个红太阳，硬叫庸才贪官整垮拿垮了。我这个病人依靠谁去？一个月一百五十块钱生活费，嘴都顾不住，活着还有屁意思，不如死了算了。"梅红雨哭喊一声："妈——"扑在梅兰身上，母女俩抱头痛哭。梅丰也开始陪着掉眼泪。

# 第 七 章

　　看见梅丰把堂屋门掩上了,史天雄和陆承业坐在厢房里,一言不发。红太阳是不是叫庸才、贪官整垮拿垮了?陆承业和史天雄都是知情人,最有发言权。像中国的官场一样,中国的大企业的兴衰,与主要领导人的个人能力、个人魅力、道德操守关系甚大。如果这个领导核心没有被架空的话,只用看看这个核心,便知道他管辖的区域是艳阳高照还是浓云密布。不管这些年中国在体制和法律法规上取得了多么大的进步,都没有从根本上改变中国人世代企盼好官的心理定势。近二十年来,红太阳集团的核心只有一个,那就是陆承业。曾几何时,陆承业在红太阳集团两万六千员工心里,在近两万个家庭的口碑里,还是一个传奇式的英雄人物。如今,同样一个人,却在同样的员工眼里,变成一个彻头彻尾的庸才了。拿破仑说:从光荣到可笑,只有一步之遥。诚哉,斯言!那么,红太阳集团是不是有成群的贪官呢?十多年来,红太阳集团出现的贪污案件,在同规模的企业中,是最少的。最大的涉案金额,还不足一百万元人民币,这还是当时一个副总在与德国签订引进生产线时拿的回扣。红太阳集团落到今天的困境,主要原因不是腐败,更不是集体腐败导致的。

　　然而,红太阳集团的员工,为什么会得出这样一个结论?两个人都无法回答。原因可能十分复杂。

　　几乎是当面听到自己病退职工的斥责,陆承业认为自己应该承担责任。过了良久,陆承业用手指敲打着小桌面说道:"都是因为我的错。"史天雄也说："我也有责任。两年前，你们决定引进六条VCD生产线，我在部里投了赞成票。事实证明，这是个让红太阳雪上加霜的错误决策。"陆承业搓着老脸说："主要责任在我。削减广告投入、盲目自信铺摊子、搞兼并、决定三年内不搞股份制，都是我最后拍的板。那时候，我就在做进军世界五百强的梦了。"说到这里，陆承业又来了豪气，"红太阳还没有死定，现在的情况比八十年代初创业的时候，要好很多。如果能再投入三到四个亿，红太阳肯定能再次升起。"

史天雄笑笑，说道："二哥，这条路恐怕走不通。像这个梅兰，药费还能报多少？"陆承业摇摇头，"癌症这一类不治之症，报百分之七十。住院能报百分之三十。像她这种病，只能靠自己了。不瞒你说，近七个亿贷款的利息，已经让我们不堪重负。从去年十月开始，在岗职工工资和下岗人员的生活费，都靠贷款发放了。我知道，在这种情况下，银行也不敢和我们共进退了……资产重组，能一口吃掉红太阳的大企业，全国也没几家呀。我真的有点怕了，害怕看见资不抵债那一天。"

见这个话题太沉重，史天雄道："慢慢想办法吧。有好几年没见陆明了，他还在工会工作吗？"

陆明是陆承业的独生子，已经三十五岁了。陆承业和儿子一家关系不大融洽，史天雄知道一些，可他没想到陆承业和儿子的矛盾会越来越大。陆承业一提起儿子，气就不打一处来，说道："当工会副主席了。一肚子主意，百无一用。政治上不成熟，一点大局观都没有。还说不得。去年春天，他们搬出去住了。搬出去也好，我也图个清静。"

史天雄沉默了好久，突然换了个话题，"陆明三十多了，也该有点主意了。二哥，这种时候，太孤独了不好。二嫂去世二十多年了。遇到合适的，找个伴吧。这个梅丰，一口一个老陆，看上去跟你挺熟的……"陆承业盯着史天雄看了好一会儿,"你还挺敏感。也是个挺不幸的女人,十年前变卖所有家当,送丈夫出去读书,两年后,丈夫和她离了婚。是个好女人。可是,障碍太多,我只能把她当个红颜忘年交来看。已经四年了,看来也只能这样了。"史天雄问道:"障碍?扫清不就行了?"陆承业摇摇头,"不可逾越。她只比陆明大三岁……"史天雄接道:"这不是障碍。《婚姻法》没规定男女年龄差。"陆承业叹道:"你呀,操心太多!红太阳这种样子,我能考虑这事吗?我总不能让人家把后半生交给一个失败的糟老头子吧!这件事,你少操点心。"

梅丰推门进来了,"老陆,真对不起。梅兰脾气就是这样,再说,她也不知道你在这里。晚上我请客,代我这个堂姐给你赔个不是。史总,也请你赏个光。"史天雄知道了梅丰和陆承业的关系,也不推辞,笑道:"我知道吃人家的嘴软,可我又想吃。两难呢!"梅丰也笑了,"不吃白不吃,白吃谁不吃,吃了也白吃。你放心,我不会让你为难。"

三个人一起吃饭去了。

当天晚上,陆承伟在锦绣中华园别墅里洗了澡,享受了半小时顾双凤的按摩,开始给陆小艺打电话。开始说的是顾双凤的事。陆承伟和顾双凤都看了《你我都风流》的剧本,感觉不错。陆承伟决定推荐顾双凤出演女一号夏雪。

陆小艺在那边先埋怨上了,"想演戏也不早点说。二十集的本子,你们能看俩月。女一号已经选了最走红的郁虹,十万元订金都付了,下一部戏再说吧。"陆承伟道:"姐,你把这个机会给双凤吧。我保证你们在经济上不吃亏。那个郁虹嘛,比双凤差远了。反正你们要来西平拍戏,让双凤和郁虹竞争上戏也可以。你们听我的,错不了。郁虹十万元订金算我的,我包剧组在西平的吃住,付双凤的片酬。如果因为启用双凤让这个戏砸了,我赔偿你们全部损失。"

话说到这种程度,陆小艺只好答应了。顾双凤激动得抱住陆承伟的脑袋吻个不停,又跑到地毯上跳起了西班牙舞。

陆承伟继续说着:"姐,天雄那边出了点新情况。不不不。他们的经营方向挺讨巧的,离失败还很遥远。我说的是别的方面。姐,你知不知道西平有个金月兰?你知道了就好。她从来没进过官场,为了钱又下海了。她就是天雄的老板……"陆小艺在那边沉默了。陆承伟着急起来,坐直了身子,示意顾双凤安静下来,认真说道:"姐,你千万不要朝坏处想。开始,我没觉得这是个问题,今天我才知道金月兰早离了婚,是个单身女人。这金月兰也是个有段位的女人,只要看见你能经常来西平探探亲……"陆小艺打断道:"你姐也不是个市井泼妇,知道怎么处理这件事。我想起来了,家里还存有天雄和金月兰当年做报告的录像带,我再瞻仰瞻仰。记得是个挺能招人爱怜的小姑娘。如今恐怕是个挺能招男人疯的小寡妇了。我真的一点都没想到。他们的经营情况,你清楚吗?"陆承伟实话实说道:"不太清楚。下午,我看见他们去了银行,省工商行……我可以帮你查一查。"陆小艺在那边说:"不早了,你也该休息了。我该下去侍候爸爸吃药了。下周,我随剧组去西平。先别给天雄说。告诉双凤,做点准备,何大壮导演不是好糊弄的,他要是反对,事情就不好办了。"

陆承伟放下电话,说道:"小凤,路给你铺好了。是天上的凤凰还是地上的鸡,全靠你自己了。"顾双凤一句感谢的话都没说,扑到陆承伟怀里,抖着修长的双手,捧着陆承伟的脸,发疯一样吻了起来……

第二天早上,史天雄和杨世光蹲在水池旁洗漱时,梅家母女正在做早饭。这时候,还没有任何迹象表明小院里老死不相往来的局面会很快结束。

杨世光洗完脸,说道:"天雄,'都得利'与全市人民共渡难关,这个口号是不是太生猛了点?电视广告,也很重视舆论导向,是不是改温柔点?"史天雄把脸盆放好,点了一支烟,"让电视台审查吧。到了深水区,温柔不得了。东南亚金融危机还没过去,日、韩经济又出现了衰退,我们连个难关也不能提吗?今后三年,日子难熬哇。银行贷款,如今是小心又小心,审查又审查。这样做广告,目的是突出我们的市场定位。"杨世光挠挠头道:"我刚脱军装,政治这根弦绷得紧些。朱总理当着中外记者的面,敢说出地雷阵和万丈深渊,我们还怕什么?"

这时,梅红雨端着一只小铝锅,朝水池走来。史天雄和杨世光都下意识地站直了身子,表情僵硬地看着梅红雨走近,目光不由得都盯在冒着丝丝热气的小铝锅上,庄重得像是在期待一个影响历史瞬间的来临。一个月来,他们早出晚归,但还是能从许多细节上,感受到梅家母女对他们怀有的深深的不信任甚至是敌意。有几次,堂屋的灯都熄多时了,史天雄还能看见梅兰披着外套,拿着手电筒,出来把水管锁上。清晨,属于梅家的领地上,常常连块像样的抹布都没有,不由得让人想起对付日本鬼子扫荡的有效办法——坚壁清野。私下里,杨世光几次讲了自己正在体会林妹妹初入贾府的那种感受:不敢多说一句话,不敢多走一步路。史天雄总是说:"如今我们是商人了,我们必须学会面对各式各样的冷遇,让所有的人都信任我们。目前,我们正在经受考验。"

梅红雨站下了,生涩地笑笑,"最近西平正在流行丙型肝炎和腹泻,我妈熬了一些药茶,喝了可以预防。"杨世光忙上前去,双手把铝锅接住,连声说:"谢谢谢谢谢谢!"伸着鼻子嗅嗅,"鱼腥草、板蓝根、黄连,噢,还有蒲公英。四根茶。梅姑娘,不知我猜对了没有?"这回,梅红雨真的笑了,"你的鼻子可真好使。一种也不多,一种也不少,正是四根茶。"

史天雄忙把自己的房门闪出来,破天荒地主动开起了玩笑,"他的鼻子确实很好使。在侦察连,杨排长的鼻子比警犬还灵。有时候,我就把他当警犬来使用。红雨,进屋坐坐吧。"梅红雨掩嘴笑着,看着杨世光道:"是真的吗?"

杨世光已把两只碗摆放在史天雄房内的小桌上,"千真万确。不过,我们连最厉害的警犬还是我们连长,有一次,我们在敌后侦察,连长突然叫大家卧倒,他说他嗅到了地雷的气息,像狗一样伸着鼻子一嗅,指着一个地方让我们挖,果真挖出一大群母子连环雷。史连长,你是首长,这一碗你先请。"梅红雨格格笑着进了房间,看着简朴整洁的摆设和床上叠成豆腐块的被子,说道:"被子叠得真好。看来小姨没骗我们,你们真的在云南打过仗。"杨世光端起一碗药茶牛饮起来,喝得满屋喉咙响,用小臂一蹭嘴巴,说道:"就他叠这被子,已经是预备役水准了,你看看我叠的,那才是正规军水平。仗是真打过,都是过去的事了。"梅红雨又道:"我小姨还说你们一个是下岗司长,一个是下岗团长,我不相信。"杨世光接道:"你不相信?除了他的司长前面应该加个副字外,你小姨说的都是事实。四个月前,我还是驻西平黄田坝舟桥团的一号首长,如果你不信,可以打110报警。"

史天雄不想再探讨什么身份问题了,"红雨,你别跟他斗嘴了。你们日资企业,情况怎么样?"

梅红雨脸色暗了,叹口气说:"凑合着过呗。上个星期,老板说日本经济不景气,日元贬值了,宣布减我们百分之二十的工资。我们的产品都销在中国,凭什么要减我们的工资?人民币又没贬值,就是贬值了,也该增加工资才对。真是岂有此理!"杨世光附和道:"小日本人太精明了。你们就这么认了?"梅红雨两手一摊,孩子气地吐吐舌头,"不认又能怎么样?不想干你走人,候补多的是。"

史天雄觉得机会难得,本能地想劝劝梅红雨,说道:"红雨,该忍还得忍。日本人的团结精神,整体观念,还是值得我们学习的。遇到困难时,团结最重要。一个国家是这样,一个家庭也是这样。你妈这半辈子,受的苦太多,又有病,难免有点怨气,难免会发点脾气,你要多体谅。"梅红雨认真看看史天雄,说道:"谢谢。我会努力的。不过,有些原则问题,我也不会让步的。"

梅兰在厨房喊起来:"小雨,吃饭了。"

梅红雨拿起空铝锅,压低了嗓音说:"我妈说她在云南插过队,你们在云南打过仗,有缘。这是个很好的开端。以前从来没有过……"杨世光也用耳语般的声音说:"代我们谢谢你妈——冷战结束了,我们很高兴。"

梅红雨高声答应一声,拎着锅吃饭去了。

史天雄很珍视这件小事的意义。是的,这确实是个很好的开端,它表明这座城市已经接受了他。

周一下午,S省江丰年副省长的三儿子江才荣,亲自驾着自己的宝马车,从机场把陆小艺接到西平市西郊的五星级酒店锦江饭店。

江小三亲自送客人来酒店,还是破天荒第一回,一会儿工夫,饭店总经理就来到十六层的大套房里,提出要陆小艺换到十层的总统套房去住。陆小艺嫌麻烦,就把酒店经理打发走了。江丰年给陆震天做秘书的时候,江才荣和妹妹江才媛,都是陆家的常客,见到陆小艺都是以姐相称的。江小三看看房间的陈设,说道:"小艺姐,这里比不上北京,你将就着住吧。"陆小艺笑笑,"姐知道你这几年出息了。我只听说西平郊县的大型娱乐场所都有你的股份,想不到你在西平的影响力也不同凡响啊。"江才荣忙道:"我做的这些都是小儿科,和承伟哥相比,小巫见大巫。见笑了。姐这次来西平,让我接驾,是我的大荣幸。晚上,把承伟哥和小四叫来,我们叙叙旧。"

　　陆小艺皱着眉头,站起来走到窗前,背对着江才荣,幽幽地说:"小三,真难为你还记得我这个姐。也算小时候姐没白疼你。你们这个年龄还能念点旧的人,实在太少了。"江小三听出了话音,忙站起来说:"小艺姐,你来西平肯定有事。不管再难办的事,你尽管说。在S省,我确实还能为你办点事。"陆小艺转过身,说道:"有你这句话,姐就放心了。江叔叔是不是还分管S省的金融?"

　　江小三笑了起来,"想贷款?是不是?五百万以下,用不着惊动老爷子了。"

　　陆小艺坐下来道:"我家也不缺钱,姐也没有当什么亿万富姐的兴趣。小三,姐想阻止银行给一家公司贷款。"

　　江小三听愣住了。他还从来没帮人做过这种事。想了一会儿,他问道:"是谁惹你了?哪一家公司?"陆小艺道:"你姐夫不知喝了什么迷魂汤,要辞职下海。过了春节,他就来给'都得利'公司打工了。姐一直把你当亲弟弟看,也不怕你笑话,'都得利'的老板还是个小寡妇。事关陆家的名誉,必须尽快让你姐夫离开'都得利'。听说他们正准备贷款上项目,我不能不管。想了几天,我只想到这个办法。"江小三一听是家务事,感到头疼了,说道:"天雄哥也真是的,要不是走这一步,这回肯定能到司长的位置上。我要有他在官场上混的资本,早上去了。那个金月兰,我知道,应该和姐夫没那个什么吧?不过这种事,说起来还是有点难听,毕竟她是个有点知名度的单身女人。这个忙,我肯定帮。省上的几家银行,给他们说明利害,会听招呼的。姐,话又说回来,在西平,我这手也遮不了多大的天。'都得利'是燕平凉一手扶持的,他要支持给'都得利'贷款,恐怕没什么人能拦得住。省行当然不一定听他的招呼,可市行呢?再说,燕叔叔治理锦江,政绩卓著,口碑很好,刚刚过了五十一岁,S省的省长早晚是他的。只要燕叔叔在这件事上保持中立,S省和西平市的银行,恐怕不敢不给我爸一个面子。你知道,我爸今年五十八了,很多人已经开始和他保持距离了。所以,问题的关键,在燕叔叔身上。"

提起燕平凉,陆小艺心里又灰了一层。燕平凉在给陆震天当过秘书的十一个人中,是最有个性的一个,在陆小艺看来也是最没人情味的一个。外放做官后,燕平凉回北京开会,也会想到去陆府坐坐,可也只是坐坐,每次都是空手来、空手去。这种情况,在被苏园称为陆家门人的十二个副省级以上在职干部中,绝无仅有。改造锦江的大工程,开始反对意见很多,当时任S省省长的蒲东林甚至当面指责过燕平凉是为自己树碑立传。后来,陆震天出面做了蒲东林的工作,这个耗资几十个亿的环保、人居工程才启动了。事后,陆小艺也没看见燕平凉表示过什么实质性的感谢。让陆小艺纳闷的是,陆震天这几年越发重视这个燕平凉了,多次称赞他是二十一世纪的干部。一听燕平凉是"都得利"的支持者,陆小艺的心更灰了。这七八年,和史天雄交往最多的高级干部,就是这个燕平凉。燕平凉会站在自己一边吗?陆小艺一点把握都没有。

然而,又不能在江小三面前露出怯战心理!陆小艺强打精神说:"燕叔叔的工作,我已经开始做了。事关陆家的名誉,他会知道轻重的。小三,这件事的成败,全在你和江叔叔身上了。"江小三一听,顿时也来了情绪,拍着胸脯说:"小艺姐,只要燕平凉不插手,这件事我肯定能帮你搞定。看样子,你想不露面就把事情摆平。承伟哥那边,我也不会惊动的。明天让小四陪你逛逛,小四这两天也烦着呢,知道你来了西平,不知高兴成什么样子了。"陆小艺问道:"小四烦什么?是不是又离了?"江小三道:"离了,离上瘾了。小艺姐,你好好劝劝她,红颜杀手的绰号不好听。我那前两任妹夫,都是和小四离婚半年进监狱的,每个都有不小的经济问题。这一任妹夫精灵,刚和她离了婚,就移民加拿大了。你移民就移民好了,又给小四留封信,说他早在瑞士存了一笔巨款,谢谢小四为他提供了很多捞钱的方便。小四再这么玩下去,挺危险的。她四处说自己每次都是看出丈夫贪婪,才提出离婚的。明眼人谁不知道这是皇帝的新衣?"陆小艺道:"这个小四,真是胡闹。我劝劝她,好好劝劝她。三十来岁的人,该懂事了。如今做事,不留退路怎么行?用这种法子报复男人,受伤的还是自己。"

明知希望不大,明知燕平凉会告诉史天雄真相,陆小艺第二天还是去市政府大楼见了燕平凉。

一进办公室,陆小艺先甜甜地叫一声:"燕叔叔,见你这个大忙人,可真难呀。"

燕平凉放下手中的铅笔,笑道:"一千万人的大家,家长不好当啊!不过,再忙,也会给陆小艺留十五分钟时间的。你十万火急要见我这个市长,肯定有要紧事。坐,请坐下。有什么事需要我帮忙吗?"陆小艺在大办公桌对面坐下了,"燕叔叔,开门见山吧,因为我一直把你看成自己的亲叔叔。首先声明,这次我来西平,一是来探亲;二是来参加一个电视剧的开机仪式;三,也是最主要一个目的,是来求得你的帮助。你的帮助对我、对我们家很重要。"

燕平凉把身子坐正了,认真地说:"我自认为自己不是个糊涂官。只要力所能及,我很愿意为你提供帮助。"

陆小艺矜持地笑笑,"我要说让你还我的丈夫,实在不好说出口。客观上,是你的美丽的西平,这种美丽当然包括美丽的锦江工程和美丽的西平人,特别是西平美丽的女人,把我丈夫的心智迷惑住了,使他失去了判断力……"燕平凉做个暂停的手势,"慢!天雄来西平,算不上私奔。陆老对这件事投了赞成票。"陆小艺冷笑一声,"你别忘了我爸已经八十六了!如果想存心蒙骗他,很容易。他一直认为天雄是来管理一个现代化的大商业集团。同样,他一直认为自己的女婿面对女色的诱惑,可以坐怀不乱。现在,全北京都知道他的女婿正在西平每月拿一千五百块薪水,为一个漂亮的小寡妇打工。如果我丈夫还在为国戍边,过这种牛郎织女的生活,我心甘情愿。燕叔叔,你说这叫什么事?我一不能去'都得利'要人,二不能找妇联主持公道,你说我该怎么办?"说着说着,眼圈红了。

燕平凉笑起来了,"你这个小艺,有点夸大敌情。你要相信你的丈夫嘛。"陆小艺也笑了,"你还笑话我!对我的丈夫,我倒是比较放心。可是,西平女人的杀伤力,我也有些耳闻。听说广州和深圳成立了一个元配夫人协会,提出的口号就是:打倒毒品打倒西平妹。"燕平凉道:"我不知道能帮助你做点什么?"陆小艺道:"来找你之前,我也没敢指望你能帮我。我知道你就是'都得利'的后台老板。为了陆家的声誉不再继续受损,我希望燕叔叔不要再给'都得利'什么实质性的支持。"

燕平凉看看手表,"时间快到了。小艺,天雄来了西平,我是知道的。你爸还指示我要过问天雄在西平的试验。直到今天,我还没有见过他。天雄没有找过我。不过,你的提醒也很重要。什么该支持他,什么不该支持他,我会把握分寸的。不知我这个答复能不能让你满意?"

陆小艺起身告辞了。该做的都做了,剩下的只能听天由命了。走出市政府大楼,陆小艺无奈地这样想着。

周四下午,陆承伟接到陆小艺的电话,说她已随剧组到了西平,顺利住进了皇冠大酒店,制片人王军和导演何大壮心里没底,想马上见见顾双凤。陆承伟决定晚上在皇冠大酒店宴请剧组主要成员。

陆小艺没提史天雄和金月兰,引起了陆承伟的警觉。他实在不愿意看到史天雄和陆小艺斗成一对乌眼鸡。去皇冠大酒店的路上,他去"都得利"总店见了史天雄。如果史天雄也能出席这个晚宴,矛盾就不至于继续激化了。

　　谁知史天雄根本不领这个情,竟说了这样的话:"等她忙过了再说吧。演艺圈的事,我懒得掺和。再说,我晚上还有重要的事情要办。"陆承伟冷笑起来,"一个总店,一个分店,营业面积不足两千平米,鸡毛店而已,也说自己忙得跟总理一样。做了商人,还是个商业零售商,一口懒得理这个圈,懒得理那个圈,这生意还怎么做?三四十个人的剧组,要在西平生活两个多月,这就不是商机?"史天雄笑道:"我虚心接受你的批评。实话告诉你,我们想贷一千万,工商行已经基本答应了。晚上我们要开董事会,实在走不开,小艺会理解的。'都得利'很快会有第二、第三个分店,你这个哈佛高才生,眼里不应该只看到这一千多平方米吧。"

　　陆承伟愤愤地说:"或许它将来比沃尔玛还要庞大,可它的创始人,只能是一个漂亮而有风度的小寡妇。我想给你提个醒儿。我姐一直在为家族的未来呕心沥血,你来给金月兰当助手,对我姐是有伤害的。她问你为什么放弃那么好的前途,投奔金月兰,你能解释清楚吗?"史天雄正色道:"承伟,你不要胡乱猜疑。我问心无愧。"

　　陆承伟哼了一声,扭头走了。

　　陆小艺陪着制片人王军、导演何大壮、摄像潘仁和男主角扮演者钱林,在雅兰豪华雅间已经等候多时了。王军显然有点不耐烦了,像失控的坦克车一样,左踱踱,右踱踱,前踱踱,后踱踱,终于按捺不住,牢骚道:"小艺,为拍这个戏,我可是花了血本。你临时要换女主角,已经打我个措手不及了。你弟弟养的交际花……原谅我用这个忒俗的字眼,肯定是个叫惯坏的主儿,熬到姑奶奶级别了,恐怕难侍候……"陆小艺不亢不卑道:"老王,中央台播出的后事,我承包了。如果因为这个顾双凤让整台戏砸了,我弟弟包赔。你还有什么不放心的。你坐下安心喝茶吧。"大胡子何大壮呷口茶水,"小艺,你是票友,不知道我们这些人压力有多大。砸一出戏,我三年都翻不过身!不瞒你说,辞掉最走红、最性感、人气最旺的郁虹,换成从来没有上过镜的什么顾双凤,我的心里可真没底。夏雪这个角色,很难演,既考功底,又考生活。不是我特别喜欢这个本子,不是现在好本子太少,我早撤退了,因为砸不起牌子。实话对你说,我来西平,只是期待一个奇迹。"陆小艺端着身子坐着,纹丝不动,赔着笑脸说:"你就等着看奇迹吧。何导,张艺谋是怎么成为世界级大导演的?在我这个外行、一个影视票友看来,是他每拍一部片子都力推新人。这才是他成为常青树的秘诀。郁虹的戏是不错,可演好了,能有你何大壮多少功劳?如今,是有很多有钱人都包养花瓶样的漂亮女孩。也有很多人学港台的巨富,从捧角儿中寻找刺激。可也要看是谁在捧,捧的又是谁,否则就成了经验主义。我弟弟不是土财主,在美国留学多年。这个顾双凤,原来是北京舞蹈学院的高才生,大三的时候就在中央台露过面,还出过MTV个人舞蹈专辑。小出身比那郁虹差吗?我看还是看看人再下结论吧。"

一直在一旁偷眼观察陆小艺的钱林,突然拍着巴掌叫起好来,"说得好!小艺这种水准,怎么会是票友级别?再说呢,男一号是这个戏的中心。郁虹嘛,戏稍深一点,只会做秀,假。我无条件站在小艺一边。不是我说你们,两个老爷们,一点冒险精神也没有。"王军坐下来,扑哧笑了,"小艺,你可要当心。钱林开始给你灌迷魂汤了。小艺小艺,叫得多亲热。"陆小艺道:"我儿子快上大学了,到了除却巫山不是云的年纪,喝这个小弟弟几碗迷魂汤,还会闹出什么桃色故事?"钱林故作惊讶状,借机把陆小艺看个仔细,"自己顶多像个大三学生,儿子都快上大学了?不可思议,不可思议。"何大壮道:"得得得,钱林,你这一套,骗骗小姑娘还成。小艺是什么段位?"陆小艺笑出声来,"大三段位。中国最当红的小生这么夸我,我真有点飘飘然了。"何大壮瞪大眼睛道："小艺,你知道他的外号是什么？一扫光！你已经对他失去戒备了。"陆小艺眯着眼睛看钱林,"棋逢对手才能上演好局,我的外号叫什么？通吃！"

说得几个人都大笑起来。

正笑着,忽然感觉到雅间亮了许多,众人抬头一看,一个身穿朱红晚礼服的艳丽女子,挽着一身白色皮尔·卡丹西服的高大英俊中年男人,微笑着向他们走来。何大壮、王军和摄像潘仁只看了一眼,便知道担心都是多余的,下意识地站了起来。钱林像是遭了重创,张着嘴,眼睛顿时发直了。

陆承伟朝几个陌生人微微一点头,"不好意思,让几位艺术家久等了。顾小姐想考个好成绩,复习功课太投入,没给自己留化妆时间。我代她向各位主考老师求个情,给她一个机会吧。"几个人忙说："不晚,不晚。"陆小艺走到中间,说道："小弟,这位是……"陆承伟做个手势说："不用。我自己考考自己的判断力。"先把手伸给何大壮,"何大导演,在我的心目中,导演不应该是奶油小生。"又把手伸给还在沙发上瘫坐着的钱林,"钱先生虽然没有胡子,这并不妨碍你成为少女少妇心中的偶像。是不是龙体欠安？"钱林忙解释说："晕机晕机,失礼了,失礼了。"陆承伟微笑着扭头看看顾双凤,"可惜你这个戏中的冤家没有晕人。"把手伸给潘仁,"三秒钟内,你换了四个角度观察我们入场,看来你是潘摄像无疑了。"最后把手伸向王军,"你我是同类,看到一个成功的项目,眼睛会像狗头金一样放光。"

陆承伟这一番亮相,令几个狂傲的人彻底折服了。陆承伟朝正对门的位置上坐下,招呼道："入座吧。老齐,按国际惯例,你坐到我对面买单的座位上。补充介绍一下,齐怀仲,原中国人民大学经济系副教授,金融博士,我的副总兼管家。剧组的事,由他全权负责。"齐怀仲站起来,朝大家鞠躬致意,"很愿意为各位艺术大师效劳。"陆承伟又说:"今晚的女主角,不用再介绍了吧?"

引来一片对顾双凤的恭维声。

何大壮笑呵呵地说:"什么叫倾国倾城,今晚在顾小姐这里才算找到答案。喜出望外,真是喜出望外呀。"王军接着说:"可惜还没听见顾小姐的声音。最好是顾小姐今晚一言不发,让大家尝尝失眠的滋味。"顾双凤掩嘴笑道:"有那么严重吗?"何大壮笑了起来,"双凤,你上当了。不过,这个戏还真需要你这种单纯劲儿。"

钱林这时又恢复了正常,说道:"陆总,双凤这么好的自然条件,炒作一定要跟上。最好造个计划,一个阶段一个阶段地炒,炒到电视剧开播,她应该已经成名了。片酬就是一大炒点,不知陆总给双凤准备了多少片酬?"王军紧接道:"你小子是不是想哄抬物价?"钱林笑道:"王总,咱们的合同已经签过了。陆总捧双凤,只有我们这几个人知道。陆总的钱,不就是双凤的钱?片酬关系到双凤的定位。"

陆承伟点点头道:"有道理。平时我很少看电视剧,不太了解行情。二十集付一百万,不知道少不少?首先声明,这笔钱完全归双凤所有。"钱林把头摇成个拨浪鼓,"我看少了点。郁虹差不多也是这个价了。男演员,顶尖的几个,一集都是税后七八万了。如今大老板都爱玩足球,就中国那些不入流的球星,踢一年也有一百多万的收入。陆总出手包装女影星,将来会成为影视史的一件大事,片酬给得少了,会留遗憾的。"陆承伟看看钱林,又看看双凤,"这个道理也通。我做这件事,只想帮小凤了却一桩心愿,说别的就扯远了。这样吧,再加一百万,一集十万,凑个整数。老齐,分两次付给小凤。"顾双凤道:"太多了,我不需要这么多钱。"钱林道:"这也是陆总的心意。十万一集,也算创了新高了。"

陆承伟决定让这些影视圈里的腕级人物牢牢记住这个夜晚。他把分管餐饮的刘副总经理召了进来,问道:"刘副总,传统大菜都开发出来了吧？效益怎么样？"刘副总笔直地站着，回答说："在全国聘的十二个特级厨师都已经到位，听说陆总今天要宴请贵客，我让他们都在酒店等着。试营业情况良好。"陆承伟吩咐道："把菜单报一报，让客人们选吧。"

刘副总经理如数家珍一般道来："已经开发出来的大菜有三个品种。一等是满汉全席，七十二道菜，外加十二道金牌汤，含中西酒水路易十五一瓶，三十年陈年茅台两瓶；二等是中西合璧大餐，六十四道菜，外加江南十景汤，含路易十六一瓶，二十年陈年茅台两瓶；三等是东西南北中大宴，四十八道菜，外加三山五岳汤，含路易十六一瓶，十年陈年茅台两瓶。各位领导，请点吧。"

大家愣了片刻，都说吃这种大宴太奢侈了。

陆小艺说话了："小弟一番诚意，你们就给个面子吧。他是这家酒店的董事长，你们就当成家宴来吃吧。"

陆承伟道："我姐说得对。咱们就吃个中西合璧吧。每道菜都做精点，量不宜太多。上菜吧。"

刘副总拉门出去，八个水灵灵的少女，穿着红缎绣花旗袍款款而入，悄无声息地站在八个人身后。

子夜一点钟，菜终于上齐了。这顿饭整整吃了六个小时。众人感叹一番中国吃文化真是博大精深，才带着些许醉意，回去歇息。

第二天，陆小艺带着自己的旅行包，搬到陆承伟锦绣中华园的别墅去了。把顾双凤顺利送到剧组，陆承伟预感到一段历史就要结束了。陆小艺进门时，陆承伟正坐在客厅里，认真端详一张发黄的黑白照片。

陆小艺趋近瞥一眼，见又是个漂亮的小姑娘，鼻子哼了一声，"我看你这个毛病是改不了啦。看上去不过十七八岁的小女孩，你也下得了手！双凤哪点不好？非要把她送到演艺圈，还要花几百万摆阔气。早晚会坐吃山空的。"陆承伟也不生气,把照片小心放好,"照这张相时,袁慧只有十五岁。快三十年了……姐,那天我在西平看见一个女孩,侧面特别像袁慧。我的婚姻在别处,不在小凤这里。小凤确实不错,可我没法把她看成我的另一半。正因为小凤为我付出太多,我才心甘情愿用这种办法送她一程。她将来要是成为出色的表演艺术家,今天我做的一切就更有价值了。姐,你放磁带干什么?"

陆小艺打开电视机,"你们这些男人,一个臭德行儿!怪不得说你们男人是:妻不如妾,妾不如婢,婢不如妓,妓不如偷,偷得着不如偷不着。史天雄这个王八蛋,跟你没什么两样!放磁带干什么?让你看看史天雄多情种子的丑陋表演。"

画面快速播放着,看得出年轻的史天雄和同样年轻的金月兰在做报告,台下人山人海的听众十分狂热。到了九十年代,类似的场景也常重复出现,只是报告人不再是各种英雄模范人物,而是各种门派的气功大师了。陆承伟忍俊不禁,笑出声来,"姐,你放一下,放一下。想不到史天雄布道,听众还蛮多嘛。怪不得毛老人家说文化大革命七八年可以来一次。原来人们都喜欢狂欢呀。姐,没有了,倒回来看看,倒回来看看。"陆小艺用手按了录像机遥控器,"你看吧,你看看这些画面多么精彩!"

画面上出现杂乱无章的镜头,主人公都是史天雄和金月兰。饭桌上,史天雄不停地为身边的金月兰夹菜。上车时,史天雄主动为金月兰打开车门。两人一起过马路,史天雄总是紧张地左顾右盼,盯着各种车辆,右手一会儿放在金月兰的肩头,一会儿放在金月兰的腰间。虽然没录声音,但抓拍了不少金月兰含情脉脉的镜头。

陆小艺说:"怪不得这东西要珍藏一二十年!你怎么不说话了?我们结婚十九年,什么时候他为我夹过菜?一起过马路,他什么时候保护过我？恐怕巴不得汽车把我撞死呢！"陆承伟忙解劝说："姐，这些镜头也没什么出格的地方。男人都一样，亲者疏，绅士风度都是做给别的女人看的。再说，翻这些老账，意思也不大。"陆小艺骂道："你看金月兰的眼神，正常吗？跟狐狸精一样。我说他们在演鸳梦重温，不是冤假错案。你打电话叫他来一趟，我要和他谈谈。你放心，这个节目我会保留着。"

陆承伟给"都得利"打了电话，接电话的人说史天雄和金月兰出去了。陆承伟只好交代说："我是史天雄的内弟，也就是小舅子。请你转告史天雄，他爱人在我家等他多时了，让他回来后马上给我打个电话。号码是7312513，记住了没有。请你务必转达到。"

这时，史天雄和金月兰正带着几个人在一条繁华的商业街上为"都得利"第二家分店选址。这条名叫皇城根路的商业街，长不足两里地，却聚集了大小商号一百多家，可谓寸土寸金。因为这条街租金昂贵，除东边的雪银大厦和西边的大西洋百货和十多家老字号商店外，能在这里立足两年以上的商家就不多了。久而久之，皇城根路便成了西平商家实力强弱、经营水平高低的试金石，在这里能站稳脚跟的人，也就挤进西平商界名流之列了。史天雄决定把第二家分店开在这里，有三条理由。第一，向西平市市民传递出一个信息："都得利"将来要成为百年老店；第二，表明"都得利"跻身西平商业中心的实力和决心；第三个理由不好公开讲，那就是向雪银为龙头的大商场示威："都得利"是野火烧不尽的原上草，早晚要形成燎原之势。

金月兰指着大街中部的几间大铺面说："这里几乎每个月都有商店倒闭。适合我们经营的门面，有左边那家皮尔·卡丹服装专营店和右前方那家进口家电专卖店。这两个店都是前年春节前开的业，内装修比我们那两个店豪华多了。一年多一点时间，都关门了。人说在皇城根路经商，等于肉搏拼刺刀，招招见血，真不假。

这两家都可以选。服装店口岸稍差,来逛中心广场的人,走到雪银大厦,该买的东西都能买到了,买到了,就不往这边走了。家电专卖店口岸好些,一共有六路公共汽车在附近设站。我更看好家电专卖店。"

史天雄看看家电专卖店所在的大楼,说道:"这个建筑很醒目,又和对面的雪银大厦离得近。雪银的兰平章刮过封杀'都得利'旋风,这么做也算一种回击。公共汽车站多,也算个有利条件。我们'都得利',主要客源不是流动人口,而是在西平居家过日子的普通百姓。看上去,这边的客源像是多一些,可要减去中转换车的本市人和从中心广场逛到这里的外地人呢?小张,小王,给你们一个任务,你俩分别到两个专卖店旁边的店门口去,统计一下一个小时内,真正想购物的人有多少?"

小张和小王答应一声,跑步去了。

金月兰赞叹道:"你的心比我细。肯定你是对的,街那边有很多个居民小区。"

史天雄道:"阿尔迪和狮王的选址有个秘诀,就是尽最大可能方便多数的顾客。他们发现,市民在购物时,多数情况是宁可多花可以承受的钱,也不愿多过一条街去买稍便宜一点的同类货物。我不过是拾别人的牙慧。这个店开得顺不顺,直接影响到省工商银行的决心。如果我们能在这条街上站稳了脚跟,以后我们就不会为资金问题焦头烂额了。商业零售想做大,必须抓两个关键,一是初创时期的经营业绩,一是不管规模大小,营业成本必须是恒定的。前一个关键能保证发展顺利,后一个关键能保证持续顺利发展。"

金月兰听得心服口服,笑道:"工行这一千万贷款到账后,我还想搞点形象工程,譬如把刚租下的总店二层办公区装修一下,譬如买一辆廉价的汽车……听你一说,这事都做不得了。"史天雄道:

"至少暂时不能做。"

两人正围绕一千万贷款描画"都得利"的美好前景，一个突如其来的消息一下子就把他们打懵了。

杨世光骑着二手自行车赶过来说："出事了。工商银行变卦了。董副行长说他们马行长突然过问了这笔贷款，不让工行做风险共担的尝试了。"

史天雄怔了片刻，冲动地抓住杨世光的胳膊，大声问："你说什么？"

杨世光无奈地摇摇头，"我们近一个月的努力，可能要付之东流了。没有担保和不动产抵押，这一千万……"

金月兰惊出了一身冷汗，"怎么说变卦就变卦了？银行还讲不讲点信用？"

杨世光看看史天雄，为难地说："陆承伟打了几次电话，说小艺嫂子在他家等你。昨天晚上，你该去见见嫂子。听董副行长的话音儿，工行似乎也有难言之隐……"说罢，眼巴巴地看史天雄，似乎在说：这个难言之隐你该知道。

史天雄张张嘴，没有骂出来。让事情逆转的人，肯定是陆小艺！会不会还有陆承伟呢？他需要找到证据。想到这里，史天雄说道："月兰，你想办法找点抵押品，争取先贷三五百万，救个急。世光，我们再去工行跟他们谈谈。"说着，大步流星朝金融街方向走去。

杨世光小声对金月兰说："天雄走这一步，只得到了老爷子的支持。小艺来西平，说是参加电视剧开机仪式，实际上恐怕是逼天雄回去的。不利用官方影响，恐怕难过这一关。"骑上自行车追过去。

金月兰倚在街边一棵法国梧桐树上，呆呆地愣了一会儿神，快快地往公共汽车站走。走了几步，她又折回去，喊住小王说："你叫上小张,回总店吧。选址的事,以后再说。"临上公共汽车前,金月兰看了一眼在阳光下蓝光四溢的雪银大厦,鼻尖一酸,眼泪差点掉了出来。

晚上,史天雄耐着性子到锦绣中华园陆承伟的别墅见了陆小艺。陆承伟想让他们夫妻俩单独谈谈,吃完晚饭,和齐怀仲一起去看顾双凤拍戏,走之前,交代说:"楼上楼下都有空房间,天雄,晚上别走了。"

夫妻俩各怀心事,僵在客厅里。

过了好一会儿,陆小艺说话了,"我大老远跑来看你,总该给个笑脸吧?晚上怎么办,我听你安排。住在这里,你肯定感觉不好,那就到你那里去。牛郎织女,一年还要过一夜呢。你说句话,我马上跟你走。"史天雄说:"我和世光合住,条件太差了。"开口后,他发现这话像是一句谎言,又补充道:"租的平房,没卫生间,你……"陆小艺笑着接道:"比连队总好一点吧?刚结婚那会儿,天天早上我得起大早去倒尿盆,不也过来了?我不讲究这些。你去洗个澡,咱们走。我也很想去你住的地方看看。"

史天雄坐着没动。陆小艺有点生气了,"这样吧,我们去宾馆住,掏钱买个主权,买个服务。这个方案你也不同意?天雄,你累也罢,烦也罢,总该维护一下我这个合法妻子的身份吧?你我是有分歧,可也用不着让别人知道。我不想让别的什么女人笑话我。"史天雄道:"这与别人没关系。"陆小艺变脸了,"怎么能一点关系都没有呢?在北京,我就听说你的老板是个漂亮的小寡妇,我也没在意。到西平后,我才知道她就是大名鼎鼎的金月兰。我专程来西平看你,你躲我像躲瘟神,别的女人能不笑话我?"

"你是来看我的?"史天雄猛地站了起来,"小艺,你说实话,你真是昨天才到的西平?"陆小艺看着史天雄说:"千真万确。你是不是要看看机票?"史天雄再也按捺不住了,大声说道:"连句真话你都不敢说呀!你没有见过江小三?银行早不变卦,晚不变卦,为什么你一来看我,他们就变卦了。小艺,你太过分了。你让你的丈夫白白辛苦了一个月。然后,你……小艺,我告诉你,S省的银行,不是江副省长家的私人钱庄。你采取这种方法逼我回去,实在没有意思。人是感情动物,有些东西伤不得。你已经让我们很被动了!"陆小艺也站了起来,"好,就算我是个骗子,是个阴谋家,我的动机总算光明磊落吧?我的惟一目的,只是想让我的丈夫尽快回到正确的轨道上。半年之内,趁着各部委合并,或许还能有你一个位置。过了今年,我不敢想象会是什么结果。我做错了什么?那么,原因肯定在别的地方。你来西平,肯定是对我厌倦了。我也想听你一句实话:在你内心深处,你是不是真的原谅了我十年前对你的所谓背叛?"

史天雄愤愤地说:"你提这些事情做什么?还有很多重要的事在等着我去做。"陆小艺冷笑道:"我知道我是可以忽略不计的。我告诉你:我是个女人,尽管在你的眼里很不优秀,很不称职,可我也有尊严。最近,我才弄明白,你从来没有把我当做一个女人来爱过。我呢?这一辈子也只会爱你一个男人!我还知道,你爱过两个女人,一个是咱们家的邻居袁慧,一个就是金月兰……"史天雄打断道:"你扯得太远了!"陆小艺歇斯底里地叫道:"不远!这是我的命,我认了。可我现在还是你的妻子!你要是还想要这个家,你就该做好回北京的准备。我的忍耐也是有限度的。天雄,我请你认真考虑考虑。"

史天雄想了想,答道:"我从来没有想过离开这个家。我也可以告诉你,短时间内我不会回北京的。我现在必须想办法从别的地方找到贷款。"说罢,他拉开门出去了。

陆小艺在客厅站着,站着,不知什么时候,她已经泪流满面了。

她想不明白,自己到底错在哪里!

史天雄想了一夜,决定去向燕平凉求救。走进市政府大楼,史天雄感到事情变得有些荒诞了。一个主动放弃了权力的人,转眼又来寻求权力的帮助,不是充满了荒诞感吗?然而,这又是目前的惟一选择。史天雄感到无奈。如果燕平凉拒绝伸出援助之手呢?史天雄没敢想下去。

在市长办公室,燕平凉用一个玩笑开始了谈话,"第一个来西平吃螃蟹的人终于露面了。面色青黄,双眼布满血丝,可见还没吃出味道。让螃蟹夹住手了吗?"

史天雄老老实实答道:"你猜对了。"

燕平凉道:"前几天,一个管我叫叔叔的女子,来劝我做你吃螃蟹的反对派。她也是一片好意,怕你水土不服,吃坏了肚子。可我知道,你的肠胃还不错,没做反对派。我记得你曾改过一首著名的诗:生命诚可贵,爱情价更高,若为理想故,二者皆可抛。理想一词,似乎也可以换成信仰。从政几十年,社会经历几次大变化,忽而精神万能,忽而物质至上,但我一直对真正的理想主义者,心存敬意和好感。如果你能保证不被你家后院大火烧得焦头烂额,我很愿意帮助你对付那些吓人的螃蟹夹子。"

史天雄颇感意外,说道:"你都知道了,我也用不着再汇报了。天要下雨,娘要嫁人,后院真要着火,我有什么办法?我总不能整天拿着灭火器守在家里吧?我和'都得利'遇到了很大困难,需要你的帮助。"

燕平凉笑道:"史天雄开口求救,肯定遇到了大难处。作为西平市市长,我确实享有一些特权,譬如,每年我有几千万市长基金可以支配。一个只招收下岗人员的商业零售公司,出现在我的一亩三分责任田里,我当然有农民看见好庄稼时的喜悦和责任感。我不能为了一个可爱的女士向我叫一声叔叔,就眼睁睁看着金钱把它困得皮包骨头。你们和省工商行的合作,暂时只能是这样了。到底是不是江副省长亲自过问了这件事,也用不着追究了。你早该来找我了。单打独斗,有时会耽误事。体制是有很多不尽人意的地方,但它还在运转着。理想主义者太过于追求纯粹,就变成圣西门和傅立叶这种空想主义者了。说个数吧。"

史天雄感激地站了起来,"谢谢你的提醒。韩信用兵,多多益善。请相信我是个十分负责的统帅,我会十分珍惜士兵的生命。"

燕平凉摇摇头,"胖子是一口一口吃出来的。我不是一个赌徒,只是一个分蛋糕的人。我想办法尽快给你们贷一千万,保证你前一段作战计划顺利实施。你们想发动更大的战役,那是今后的事。"

史天雄兴奋得手足无措起来,"太好了,太好了。想不到这么快就柳暗花明了。"

燕平凉道:"抓住时机,朝前走吧。"

史天雄走出市府大院,迎面碰上匆匆赶来的金月兰。

史天雄惊诧地问:"你来干什么?"

金月兰道:"'都得利'留不住总经理的人,但必须留住总经理画的蓝图。我来找燕市长,请他帮帮'都得利'。"

史天雄道:"燕市长已经答应先解决一千万。'都得利'的总经理看不到蓝图变成现实,不会辞职的。走,继续选址吧。"

两个人沿着总府大道,朝皇城根路方向走去。

黑色奔驰600从快车道驶过。陆承伟和齐怀仲送陆小艺去机场。陆承伟远远地看见史天雄和金月兰,忙转过身说:"姐,你看左边。这个广场还漂亮吗?"

陆小艺阴着脸说:"漂亮,可以成为叛徒的乐园。简直到了形影不离的程度了。"陆承伟笑道:"你让他们煮熟的鸭子飞了,他们肯定在跑贷款。"陆小艺苦笑道:"你用不着安慰我。男女间的事,我懂。爱情什么的可以不要，但我的丈夫只能是个前途无量的官员。"陆承伟听得心里一沉。

送走陆小艺，陆承伟心情极坏地回到锦绣中华园。打开房门，看见顾双凤正仰在躺椅上，脸上贴着一层黄瓜片，吃着瓜子在看剧本。顾双凤眯眼看看射进来的阳光，用说台词的腔调说："先生，请把门关上，光线太刺眼了。"

陆承伟大声吼起来："把你的东西收拾收拾，搬到剧组去住。戏演不好，再捧也捧不红。你是女主角，再住我这里，很不合适了！"说着，气鼓鼓上楼去了。

顾双凤问齐怀仲："他这是怎么了？"

齐怀仲叹口气，"搬过去吧。别再说不要片酬的话。把戏演好才是正事，其他的，就看缘分了。"

# 第 八 章

贷款没有到账,"都得利"上上下下心里还是没有底。为鼓舞士气,史天雄决定带"都得利"班组长以上的管理人员去银杏街,集体吃一次毛小妹做的下岗一元面,买一张毛小妹儿子卖的报纸。

大清早,十几个人骑着自行车浩浩荡荡去了银杏街。

毛小妹摆摊的地方空空如也。十几个人戳枪一样站在那里,看着卖菜的、上早班的人匆匆在街上走过。

金月兰知道事情不好收场了,说道:"大家别急,可能我们来得太早了。卖小面的,哪有这么准时?"杨世光附和道:"就是就是,说不定这个毛小妹有急事,今天不摆了。天雄,要不,你和金董事长带大家先回去,我在这里等等她,跟她约个时间,再来吃。"

史天雄点一支烟,盯着原来放木牌的地方,自言自语地说:"我相信这个毛小妹今天会来的。我们再等等。"

这一等就是十分钟。杨世光慌了,踅过去问一个在刚开门的杂货店里打哈欠、伸懒腰的老汉:"大伯,我打听个人。对面拐角卖小面的,最近还在卖吗?"老头抹一把嘴角上的涎水,打量打量杨世光,"过了年就不摆了。那么一个光光鲜鲜的妹子,挣什么钱不容易?早不挣这种辛苦钱了。你要想吃面,朝前走,街口有个太婆摆了个面摊。你要想找人,晚上去大升路地下歌舞厅碰碰运气吧。这一片下了岗的妹子,有点模样的,都去那里找钱。你放心,这年头,漂亮妹子都饿不死。"

杨世光感到脑袋嗡的一声大了。这毛小妹要是真去做了三陪,还能给大家鼓什么劲？正想着编个什么谎,把史天雄骗回去,朝街那头一望,看见一个小人儿,正弯腰朝一家店铺门缝里塞报纸。这么说,毛小妹并没有到地下歌舞厅当三陪！杨世光感到特别兴奋,扬着手大声喊:"天雄,你往右边看,你看那是谁——"

张小军脆生生的童音跟着响了:"卖报,卖报,晚报都市报——卖报卖报,晚报都市报——"

史天雄抑制不住激动,迎着小军跑过去。金月兰和其他人也都跟了过去。十几个人把小军围住了,七嘴八舌都喊着要买报纸。小军叫这种场面搞个晕头转向,怯生生地说:"一个一个来行不？"把报纸紧紧抱在怀里,警惕地看着众人。史天雄发现小军没背书包,心里猛地一沉,蹲下去说:"小军,你别怕,我们不会抢你的报纸。告诉我,你为什么不上学了？书包和红领巾呢？"

小军安定下来了,"谁说我不上学了？书包在我妈那里放着。老师说戴红领巾卖报影响不好,我才没戴。"腾出手,从口袋里掏出红领巾和三条红杠的大队长臂章,"这是什么？谁说我不上学了？"杨世光也蹲下来,"又升官了！去年还是个中队长。你妈呢,怎么不卖面了？"

小军自豪地说:"卖！我妈当老板了,是个小老板。我们家有个下岗一元店,就在前面太平路路口。你们想吃小面,我带你们去。"金月兰拉住小军说:"我们都是来吃面的,来,坐阿姨的自行车上。你妈当了老板,你爸呢？也当老板了？"

小军说:"我爸叫大卡车撞了,锁厂不要他了。我爸在太平路配钥匙,他要亲自抓住那个坏蛋司机。"

众人带着兴奋和期待的心情,骑上车去太平路。

毛小妹下岗一元店就在太平路和解放大道相交的右侧,只有二三十平米大小,卖着下岗面、下岗馒头和下岗净菜。一大清早,生意就不错。毛小妹和两个三四十岁的妇女,都穿戴着白衣白帽,高高兴兴地忙碌着。

　　这时，毛小妹的丈夫，高高大大、一脸憨厚相的张为民，左腋下夹着一根拐杖，推着一个自制的配钥匙工具箱哗哗啦啦从街对面由东向西走去。瘦小的周嫂责怪道："小妹，伤筋动骨一百天，你该让为民多歇些日子。一大早的，哪有人配钥匙？"毛小妹叹一声，"犟！能动弹了，谁也劝不住。"胖大的王嫂说："交警队怎么说？"毛小妹道："能怎么说？肇事逃逸，找不到肇事车，只能是个无头案了。为民一根筋，要等那辆车。他哪里是配钥匙！花了五千多，他贵贱不住院了。我一拦，他就跟我大喊大叫。随他吧，人也没那么娇贵。"周嫂张着嘴想了半天，说道："等那辆车？这不是那个那个守守，守着树等兔子往上撞吗？可真是个一根筋。哎，小妹，像是来大生意了。"

　　小军从自行车后座上跳下来，喊道："妈，王阿姨、周阿姨，煮二十四碗小面——一人两碗——"

　　毛小妹看见越走越近的史天雄和杨世光，终于认了出来，惊喜地喊道："王姐，小周，你们看，这两个就是我说的神仙高人呀！"

　　城市彻底醒过来了。回"都得利"的路上，金月兰想起一个主意，说道："天雄，把这个毛小妹引进来，开上一二十个这种小店，效益肯定不错。"史天雄道："是个好主意。'都得利'多一个经济增长点，又能提供上百个就业岗位……你刚才怎么不问问她？啊，啊嚏——"金月兰道："我也是刚想起来。穿少了吧？西平的春天常流行感冒，都是衣服穿少了。上午去医院看看吧。"史天雄擤擤鼻子，"除了看这条伤腿，我十年没因别的病进医院了。二分店开业时，我想请燕市长来剪个彩，你说怎么样？如果他肯来，围绕这件事还可以做一系列文章。啊，啊嚏——还真出问题了。"金月兰说："骑快点，回去再议吧。"

　　第三天，燕平凉帮助贷的一千万，顺利地划到了"都得利"的账号上,史天雄在西平的事业,有惊无险地渡过了第一关。

　　田青廉和秦思民回到陆川后,开了两次常委会,决定全盘接受陆承伟提出的收购方案。陆承伟马上作出回应,邀请田、秦党政一把手,在正式签订协议前,率领陆川县的工业口领导和被收购的十个企业一把手,到西平皇冠大酒店,与承伟实业和有意向陆川投资的外资企业有关人士搞一次恳谈,加强沟通与了解。陆承伟在电话里又诚恳地解释说:"这么做,主要是给这十个小企业吃个定心丸。借这个机会,让这些未来和我合作的朋友了解了解陆承伟的真实想法。"

　　恳谈会在皇冠大酒店四楼一个中型会议室举行。会场上最引人注目的是两个日本人。三友集团远东部中国课课长乔本龙太郎,五十多岁,矮胖,微微秃顶,脸上常挂着政客们才有的职业笑容,没留胡子,很容易让熟知中国现代史的人联想到土肥原贤二这一类身兼商人、全能间谍、谋略家几种身份的角色。松山株式会社社长松山太郎,留一撮小胡子,目光炯炯,看过老电影《地道战》、《地雷战》、《平原游击队》的人,很容易产生鬼子又回到中国的错觉。因此,会议开始前,陆川那些见识不多的企业领导,目光都不敢和这两个日本人对视。秦思民看见陆承伟带来两个日本人,心里嘀咕:这又是一张牌,不知他什么时候打出来。

　　陆承伟已经胜券在握,带两个日本人来,只是为下一步操作做一些前期铺垫,作了简短的开场白之后,先把两个日本人抬了出来。他说:"各位新朋友、老朋友,这两位日本朋友,早就把目光投向陆川了。如果这次合作顺利,不久的将来,陆川肯定会有外资企业。先请你们听听两位日本朋友对陆川的认识。"乔本多肉的脸闪动着僵硬而短促的笑,木偶一样低下头向对方致意,用不很流利的中国话说:"陆川的,我去过,资源多。日本国的是岛国,资源的太少。可是,我们的三友集团,是世界的五百强的第十六名。我们的三友集团,矿产方面,本土的,根本吃不饱,因此,只有寻找外国的合作伙伴,共同发展。你们陆川,我们的三友,以后可以大大的合作。陆总是我多年的朋友,在海南、在北海,我们都成功的合作了,我信任他。他的像日本人。不,他的高大,我说的是精神,不满足,永远战斗,像我们日本人。认识你们,我的很高兴。"陆承伟满意地朝乔本点点头,又扭头看看松山。松山像武士一样端坐着,面无表情地朝对面几个人点头致意,十分生疏的中国话像炒豆一般,一个词一个词蹦了出来,"你们的,陆川,手工的,历史长。我们的,技术的,好,我们的,钱的,多多。"两只手朝一起一握,眼珠子朝对方一抢,"嗯,一起做,大大的好,你们的,我们的,都大大的好。陆桑,朋友,钱的,大大的多,我的……"伸手拍拍陆承伟的肩膀,"我的,中国话的,小小的,小小的。"大家都轻松地笑将起来。

陆承伟还是从对方几个人的眼睛里,读出了外国的月亮比中国的圆的意思,心里暗骂道:"多早晚中国人的这种心态消失了,多早晚中国就有希望了。你们这些可怜虫!听两个日本穷人学几声鸟叫,看我的眼神也不一样了,可悲呀。"想想这正是要看到的刺拳的威力,旋即释然地笑了笑说:"本来应该安排一个翻译参加,他们对陆川的认识,也能表达得清楚一些。可我想这是在咱们中国谈咱们的家务事,就让他们练练中国话了。我最烦咱们中国从小学到大学,都逼着学生学英语,'文革'前是逼着学俄语了,分明是二等甚至等外民族的懦弱心态,还美其名曰是为了更好地向外国学习先进的科学技术。有十几亿人说的汉语,早晚有一天会成为世界各国的一种官方用语。不扯远了。我是当着坐在轮椅上的老父亲向你们拍过胸脯的。可惜小弟不才,没有挣来几十亿美金,无法给故乡大笔的资助。不说别的,能像李嘉诚投资办汕头大学一样,办个陆川大学,恐怕也得再等十年二十年。这次还在和你们这些父母官为价格问题讨价还价,想想真是汗颜呢。"田青廉一脸谦恭,忙接道:"陆总,你对陆川的一片厚爱之心,解陆川国企于倒悬的赤子之情,陆川八十万人民早已铭记在心了。你身出侯门,飘洋过海周游过世界,眼界的开阔,志向的高远,我们这些小地方的井底之蛙,真真是骑着八百里快马,再追十年八载,也望不见项背呀。我们这些小芝麻官当久了,脖子上的两斤半,只知道上面哼什么歌,跟着吆喝什么调。等完十五大又等人大,真不好意思呀。前一段,是因为我们的犹豫我们的自私,拖了后腿,今后一定要加快速度赶上去,把这项造福陆川千秋万代的工程做好。"

　　陆承伟对陆川第一人的表态很满意,虽然也觉得这番话有点肉麻,但这肉麻是真诚的肉麻,而不是基于虚伪的肉麻,对顺利进行收购是有益处的,也就笑纳了。见时机基本成熟,陆承伟对这些关键人物作了利益上的承诺,"田书记这么说,就见外了。我虽没喝过几年陆川的水,可我没有一天忘记了自己是陆川人。当年,我在云南知青兵团呆不下去,逃回陆川老家,如果不是故乡的父老乡亲庇护,又推荐我上了大学,我哪里会有今天?我收购这十家企业,与陆川方面组建陆川实业集团公司,目的是想用现代金融手段,让这些企业获得新生。办法说复杂也复杂,说简单也简单:让它在最短的时间变成上市公司。八千工人,我准备每人送五百股原始股。在座的各位,我每人送两千股原始股。如果我对中国近几年的大形势判断准确的话,两年内,这些原始股的市值将增长十倍以上。"

　　这番话没有引起多大的反响,毕竟,这种美好的远景还只是墙上画的骏马、镜子里的烧饼。在座的,可都是陆川企业界的精英,他们都知道赚钱的艰辛。虽然他们也都从报端见过很多股市让人暴富的奇迹,但陆承伟说这种奇迹就要降临陆川,他们只能报以会心的一笑了,陆川这些企业还能打出几根钉,他们太清楚了。

陆承伟对这种冷场并不感到意外,马上拿出一颗真正的定心丸。他笑笑说:"你们可能认为我在给你们讲阿拉伯《天方夜谭》式的故事。随你们怎么看吧。光打雷不下雨也不好。为了表达我的承伟实业的合作诚意,在正式签订合同之前,我今天先付给你们五百万元订金。我的驻陆川办事处主任打电话说,因为拖欠教师工资太久,几个乡的教师已经准备罢课了。也不知道是不是真有此事。但愿这五百万订金,能解秦县长一点燃眉之急。齐副总,请把支票交给县长大人。"

陆承伟这一张牌,把陆川的十几个人都打懵了。秦思民下意识地把支票拿在手里正看反看看了好几遍。陆承伟看到了想看的结果,开玩笑道:"秦县长,这张假支票是逗你玩的。撕了算了。"秦思民忙把支票交给一起来的县财政局局长,"刘局长,你赶紧带着支票回陆川,陆总一会儿会后悔的。"满屋的人哄堂大笑起来。

陆承伟站起来道:"时间不早了。中午请大家品尝一下我们酒店新开发出来的满汉全席。吃这玩艺儿费时间。晚上,你们可以自由活动。我们酒店只有吃,没有玩,各位要想彻底放松一下,可以到隔壁玉龙大酒店。那里有一条龙服务。除了小姐的小费和特殊服务费,其他的所有项目,对你们全部免费。"会心的笑,暧昧的笑,开心的笑,响成一团。陆承伟突然改用东北话说:"原来你们都知道哇?"众人撑不住,干脆笑得东倒西歪了。

最后,陆承伟又回到主题上,对田青廉说:"田书记,如今我和陆川是一荣俱荣,一损俱损,相互支持,非常重要。十天内正式签合同,没什么困难吧?"田青廉拍着胸口说:"陆总,我们都听你的。下星期,你选哪天都行。"陆承伟道:"我爸很关心这件事。如果他愿意出席签字仪式,更是锦上添花了。我先给他报告一下。你们把有关文件准备好,等我的电话吧。"

秦思民在吃满汉全席的时候,才知道史天雄已经来西平下海经商了。这一天接连受到强刺激,他想见见史天雄的想法让他坐卧不宁,吃到第四十五道菜,已经下午三点半了。想着还有二十七道菜和六种金牌汤,他有些承受不住了。谎称酒力不胜,秦思民退场了。

史天雄感冒没好,呆在牌坊巷小房间里搞现场招聘方案。燕平凉爽快地答应为"都得利"二分店剪彩,既让史天雄感到意外,又让他生出了得陇望蜀的念想。每一天,西平要发生多少件大事?一个省会市市长为一个私营股份制零售公司的分店剪彩,出现在西平电视台的新闻节目里,长度也不会超过三十秒。这件捧场类的小事,连 S 省的卫视台都不会瞧上眼。可是,如果一个市长当一次这种零售公司的招聘主考官呢?那就是全国独一份了。如果招聘过程中,再出现一些动人的情节和细节,既能把中国就业形势的严峻性体现出来,又能巧妙地表现出领导和下岗人员一起共渡难关的真实情况,这件事上中央台《新闻联播》也不是没有可能。经过贷款风波后,史天雄已经意识到打政治牌的重要性。以他的经历和智商,他完全能把这一类牌打到出神入化的水平。秦思民敲门的时候,史天雄已经把方案构思完成了。

开门见是老同学秦思民,史天雄惊喜道:"你小子,从哪里钻出来的?你怎么能找到这个地方?"秦思民朝一把竹椅上一坐,只听吱的一声响,忙弹了起来,"有点意思。你小子太不够意思了,官袍脱了几个月,也不通报一声。闹得我整天找朱总理签署的任命看,以为你快入阁了。我听你小舅子说了你的情况,去你们总店,知道你龙体欠安,长着一张嘴,还能找不到牌坊巷。牌坊巷,牌坊巷,你这是准备立什么牌坊啊?"史天雄翻出一听茶叶,说:"小小感冒,惊动一个县太爷,真不敢当。立什么牌坊,目前还难以预料。眼下,我只能考虑下周二分店开业的事。"出门泼残茶,看见巷子里停的奥迪,"土皇帝可真不得了,坐骑不离屁股!档次还不低,和贫困县的身份可不太般配。"

秦思民笑道："眼还挺尖的。如今,乡镇书记们的坐骑都是桑塔纳2000了。水涨船高,不坐不行啊。譬如到省里这些大衙门办事,按规定坐车,门卫都把你看扁了。国情如此,你让我怎么办?这次来参加陆承伟组织的恳谈会,属招商引资,带车来西平,是组织决定。"史天雄泡着茶水,问道:"真是陆承伟要买你们那些小企业呀?"秦思民在竹椅子上坐稳了,"这还有假!我想,哪一天陆承伟头脑一发热,真能把陆川买下来。短短十几年时间,他怎么能赚这么多钱。我派人去摸过他的'裤裆',竟连黄泥巴都没有。真是不可思议。老田估计他有五个亿,我看还是低估了。"

史天雄也感到意外,一时又想不明白陆承伟究竟想干什么,冷笑一声,"他是个聪明人,当然明白应该经常换洗内裤。县长大人,从来没有免费的午餐。陆承伟是商人,不是慈善协会会长。他在投资,不是捐赠。既然是投资,他肯定要赚钱!小心看好你们陆川的钱箱子!"秦思民叹息一声,"我这么急着来见你干吗?陆承伟自己也说他不是慈善家。我是个笨人吗?好像不是吧。合同还没签,他今天就给了五百万订金。他要是个空壳子,为什么日本大名鼎鼎的三友集团也要给他捧场?我当然想到了他会经常换内裤。我派人去北海、海口等地,翻过他的旧'裤头',税收方面都没留污点呀!"

正说着,梅红雨推车进了院子,走到史天雄门口,把一盒药递给史天雄,"你感冒有些日子了。这儿有几颗日本产的感冒药,你试试看。"史天雄忙站起来接住,"谢谢你,红雨。刚下班呀?"梅红雨笑笑,"跟一家人一样,还客气什么。下班有一会儿了。"说罢,转身回了堂屋。

秦思民摸着下巴,看着梅红雨的背影,自语着:"这个姑娘好面熟,很像一个人。像谁呢?一时想不起来了。"史天雄给秦思民续了茶水,"我以为只有我这么看呢!像谁,像咱们同届不同班的袁慧。"秦思民拍一下大腿,"对,就是袁慧。哎,当时一度风传你和陆承伟都对你们这位女邻居有……"史天雄嘘了一声,指指堂屋和厢房,"不谈这些了。陆承伟付了订金,事情是不是已经定下了?"

秦思民道:"下星期签字。评估价是九千万,陆承伟付七千万……"史天雄瞪着眼睛打断道:"一刀宰你们两千万?!老秦,你们是不是要收,或者是收了他的回扣?"秦思民跳了起来,"你把我看成什么人了!再说,这件事在陆川一直是公开操作的,收回扣的机会也没有!我回北京的心还没有死,敢搞腐败吗?"史天雄忙赔不是,"对不起,对不起。坐下,坐下。两千万确实不是个小数目,你们怎么就认了呢?"秦思民坐下说:"如今,贪官确实太多,案值确实越来越大,腐败的机会,确实越来越多。坐在我这个位置上,管八十多万人吃喝拉撒,我说我一尘不染,鬼才相信。上次你问我陆川买官的事,我回去暗中摸了摸,确实是空穴来风。怎么会出现这种情况,是个复杂的社会问题,不谈了,也谈不清。和陆承伟合作的事,我可以保证陆川每一个参与者,都干干净净。除了今天中午吃了陆承伟价值十八万八的一桌满汉全席,除了他许诺一人送我们两千股原始股,我们个人中间,再没有什么了。刚才,你还没听我把话说完。陆承伟要成立的是个股份公司,他给陆川一千万法人股。今天,他又答应送给八千工人一人五百股原始股。算下来,陆承伟只压了六百万。这六百万,他压的也很有道理。评估是元月份进行的,现在几月份了?这几个月,县里这些企业人心惶惶,每天流失的资产有多少?所以,私下里,很多人觉得陆川已经占便宜了。今天,陆承伟在饭桌上又说,两年后,陆川这一千万法人股,至少能值三千万。他又说,八千职工每人可买五百股原始股,再加上他送的五百股,这一千股原始股,两年内市值可能涨十五倍以上,八千个家庭可以脱贫。这么算下来,陆川这十个只值九千万的小企业,两年内要为陆川的集体和个人,带来超过三个亿的收益!天雄,我提醒你别忘了:这十个企业,只有两个微有赢利。可是,陆承伟就要把它们变成可以下金蛋的小母鸡了。我急着来见你,是因为我觉得这太像他妈的一个梦了。如果陆承伟真是个疯子,拿七千万打水漂玩玩,这也好解释。他有钱,他喜欢怎么玩钱就怎么玩。包养一群二奶是玩,买几个濒临倒闭的国有小企业,也是玩。然而,要是陆承伟说的将来都变成现实了呢?这太有可能了。如果他只会拿钱打水漂,他绝对不会成为亿万富翁。天雄,我最害怕面对的,就是陆承伟今天为我们描绘的梦境真的都实现了。作为一个北京知青,我在陆川干了近三十年了,大队团支书、大队支书、公社副书记、书记……一直干到县长的位置上。前十年大部分在'文革'期间,不说它了。后二十年,大家可都在拼命搞经济。陆川的这些企业,都是我看着发展起来的,说它们浸透了我秦思民的很多心血,一点也不夸张。波波折折,也不是没有。因贪财贪色最后贪污进局子的事件,也出过七八起。在此之前,我一直认为陆川的工业,这些年还是有很大成绩的,尽管它们在市场经济大潮的冲击下,都不可抑制地走上了下坡路。评估报告,准确地衡量出了它现在具有的价值:九千万。八千人,干二十年,吃吃喝喝用用,还留下九千万家底,也算可以了。七千万现金到账后,我这个共产党的县长,还可以用这些钱干很多事。我的这大半辈子,也算没白过。可是,如果陆承伟在两年内真给陆川带来两三个亿利益呢?我还敢说今生没有白过吗?到底是哪里出了问题?如果没出问题,为什么我干二十年,只能等于陆承伟两年收益的三分之一?我想不明白。天雄,你在北京呆了十来年,你能解释这是为什么吗?"

秦思民用一个问题结束了自己的长篇大论。史天雄确实回答不了这个问题。何况,陆承伟描绘的只是一种未来,拿未来和现实比较,也不合适。再说,史天雄也不相信陆承伟能在法律的框架内,创造出这种神话,劝解几句,拉老同学去小酒馆吃饭了。

星期日,陆承伟专程回北京向陆震天汇报了陆川县国有小企业脱困的进展情况,讲了西部企业在股份制改革上的严重滞后,讲了西部和东部的差距,讲了制约西部经济发展中两大难以克服的困难:观念的陈旧和资金的匮乏,讲了自己也想朝陆川注入点资金。最后,陆承伟说:"沪、深股市现在已有近六百家上市公司,陆川所处的整个清江地区,竟没有一家公司上市,这也说明了这一地区的经济是如何滞后了。中国西部地域广阔、资源丰富,有很好的开发前景。从长远来看,西部实现了现代化,中国才算真正实现了现代化。我们重组这个公司,目的就是把先进的企业制度,带到革命老区清江。如果近一两年能让这家公司成功上市,对这一个地区的影响将是划时代的。"陆震天听了儿子这番分析,频频点头,说道:"想不到你还有点大局观。西部开发的战略,邓政委在世时,已经提出来了。具体实施,还需要寻找时机。你说的这种局部试验,现在也可以搞。西部的企业,基础差、底子薄,想在短时间内缩小与东部企业的差距,需要各种政策的支持。中央和国务院早就注意到了这个问题,这几年也出台了不少向西部和老区倾斜的政策。融资方面怎么搞,你们可以利用这些优惠政策,做一点有益的尝试。只要你做正经事,我是会支持你的。我多年没回陆川了,你能为家乡做这样一件大事,也算帮我了了一桩心事。要不,让小艺代我去西平出席一下这个签字仪式。小艺近一段情绪有点不对,让她多见见天雄,也是好的。"

陆承伟万万没有想到父亲对这件事如此看重。他清楚地知道父亲这种明确的态度,对他今后运作这件事,意味着什么。如果在一年内让陆川实业顺利成为上市公司,这个项目就算做成了。在他的计划里,利用父亲的影响力促使公司早日上市,是重要的一环,他正愁没法把父亲引入棋局,父亲自己已经上棋盘了,真是无比的好。陆承伟按捺住内心的兴奋,开始用沉痛的语调,向父亲讲述一些关于陆川的见闻,譬如什么小学教室倒塌砸死砸伤了学生,譬如有多少农民不堪各种费用的重负扔下责任田和破烂的住房举家到大城市寻找活路,譬如因为县乡财政困难无法保证教师工资及时足额发放导致多少个优秀教师改行另谋生路,譬如静惠山地区一家人只有一条裤子的贫困户如何度日如年,最后又回到主题和目的上,说道:"爸爸,江丰年叔叔主管S省的经济。这个签字仪式请他出席一下,不知道合适不合适。抓大放小,搞几年了,以这种方式为县域国有经济寻找出路的,据我所知,仅此一家。如果能摸索出一些成功经验,还可以推广。"陆震天想了一会儿,说道:"听说小江没当上省长,还闹过一阵子情绪,不知现在情况怎么样?你向他汇报一下,他要觉得有价值,出席一下,也未尝不可。如今在一线的领导,都很忙,一般都不在家里和办公室,电话又说不清楚问题……按小江的能力,省长也是能做的。他已经五十七八了吧?去年,我还想给他写封信,开导开导他。"

陆承伟又抓住了这个机会,说道:"我听江小三说,江叔叔常把在你身边工作的六年,说成是读了一个博士和博士后,博士是政治学博士,博士后是经济学博士后。春节前,我见江叔叔,他还说有人把你称作省部级领导导师,说'文革'前和你复出后,在你身边工作过的人,除了林雪岩叔叔在新疆伊犁地区副书记位置上以身殉职外,其余的十七个,都当了或者当过省、部级领导……"陆震天笑着打断道:"你小子,从哪儿听来的这些东西!他们要是朽木,能雕成材吗?主要还靠他们自己。"陆承伟也笑了,"当然,人不优秀,也不可能到你身边工作。看看在毛主席身边工作过的秘书们,出了多少个大人物?我提起这件事,是说江叔叔是个念旧的人。前一段,燕平凉叔叔在你的指示下,帮助天雄渡过一场金融危机。这件事,江叔叔不知怎么知道了。小三说,那天他爸唬着脸,一言不发,一家人包括罗阿姨，都不敢问。江小四回了家，缠着江叔叔问了半天，江叔叔才说，老首长已经把我忘了，女婿需要资金，他找的是燕平凉！"这一番七分真三分假的话，听得陆震天大笑起来，"是吗？看来这封信还得写。"

周一下午，陆承伟和陆小艺带着陆震天写给江丰年的亲笔信从北京飞到西平。晚上，江丰年副省长推脱一切必要的和不必要的应酬，设家宴请陆小艺和陆承伟姐弟俩。席间，陆承伟适时提出了请江丰年出席签字仪式的要求。江丰年道："这是大好事。老首长儿子做善事，又派千金作特使代他出席签字仪式，就是开常委会，我也应该请假参加。那就后天上午九点吧。十一点，还要和王省长一起会见非洲一个小国家的副总统，什么国家呢？名字我都忘了，人口数我倒是记住了，三百四十万，和我们省一个小地区的人口数相当。在北京落实了援助，上面要我们省派个八十人的医疗队，帮他们治什么怪病。如今，援非的事，很难落实。条件差，收入低。可人家在联合国有一票，不重视不行啊。现在是两大政治压倒一切，国内是稳定，国际是外交。台湾当局的弹性外交，很厉害，不防不行。承伟，你们中午的研（烟）究（酒）活动，我没法参加了。"说得大家都笑将起来。

晚宴结束，已经十点半了。江丰年意外得到老首长陆震天的来信，多贪了几杯十年陈酿五粮液，自感有点不胜酒力，便吩咐江小三和江小四送客，把陆小艺这个特使安排好。江丰年没亲自送客，是想早一点再把陆震天写来的信研读一遍，看看字里行间还存有什么象外之形、弦外之音、言外之意，当着小辈的面，就是读圣旨，也只能读个囫囵吞枣，太细、太郑重，就失身份了。江丰年深知像陆震天这样国宝级的老人有多大能量，尽管他们身体病弱，但把声音准确传递到红墙之内，是轻而易举的。陆震天知道他闹过一段情绪，说明老人还在关注着他，说明老人这棵大树的根系还没有蜕化老朽,这让江丰年又感动又钦佩。他相信只要老人愿意替他说话,常务副省长不会是他政治人生的终点站。在通讯如此发达的今天,一个八十六岁、下肢瘫痪的老人能提起毛笔写给自己满满两页行草,本身就是一个值得重视的大事件。陆震天的女婿和小儿子都来西平求发展,真是太好不过了。

江小三执意要让陆小艺住进锦江饭店的总统套房里去,还说挖地三尺也要把史天雄找出来,送到锦江饭店。陆承伟只好说:"也好。今天跟天雄联系不上了,明天再说。我还想请他参加后天的签字仪式呢。"在家里还算中规中矩,只会表现幺女的娇宠和霸道的江才媛,此时现了本相,冷笑一声说:"小艺姐,今晚我陪你住吧。还用挖地三尺找这个姐夫吗?去金月兰床上,一找一个准儿!都什么……"江小三大声呵斥道:"小四!你胡说什么!"江小四道:"我胡说了吗?要不,我们去金月兰床上看看?"江小三下意识地扬扬手,吼道:"闭嘴!天雄姐夫能是这种人吗?"江小四哧哧笑道:"人是会变的。你们男人……哼,有圣人吗?"

陆承伟借助灯光,认真打量了眼前这个娇小结实、周身散射着性感和肉欲的女人。心里道:"这个小尤物,这朵罂粟花!男人女人遇上你,都是不幸。"

陆小艺说话了,"小四,我喜欢你这种性格。你能陪我真是太好了。姐也想活得轻松点,我真的太累了。"江才媛拉着陆小艺朝自己的宝马车走去,"姐,坐我的车。咱们好好声讨声讨这些臭男人。三哥,你愣着干什么?还不快去给我们打前站!"

江小三无奈地摇摇头,跟了过去。

第二天上午,陆承伟好说歹说,陆小艺才同意去"都得利"总店见见史天雄。到"都得利"总店一问,才知道"都得利"的二分店今天开业,燕平凉还要去剪彩。

上午九点钟,"都得利"商业零售公司第二分店开业典礼的准备工作已经完成。六家电视台的记者从杨世光手里接过资料袋和每人两百元的红包后，三三两两站在开业典礼的横幅下面，静等主角燕平凉的出现。这种活动很多，记者们很愿意参加。主宾的身份，决定了拍摄下来的画面再不讲究，也会在当晚的新闻节目中出现。再说，这种一剪子咔嚓一下就结束的活动，很简短，做完了，还可以去别的地方赶场。等待的时候，记者们惟一感到不快的是，"都得利"公司太小家子气了，资料袋里的牛皮信封看上去有点瘦。因为"都得利"公司的吝啬，没有一个记者对"都得利"公司招聘面试这件事表示兴趣，尽管摆放主考官牌子的桌子很大，又用红布包过，尽管桌前等待面试的人已经排好一个长队，十分惹人注目。他们都是奉命来报道燕平凉市长参加剪彩活动的。

九点二十分，梅丰和搭档王摄像扛着摄像机，风风火火跑了过来。看见史天雄，梅丰埋怨起来："史总经理，你也太不够意思了！嫌我们是个小台呀？不是给老陆打电话，我还不知道这件事。"史天雄抱拳作揖道："梅小姐息怒。小店开业，还没资格走进你的《今晚十分》。"梅丰说："我对你的开业典礼不感兴趣。小王，把机器架在这里。我只想拍你和金董事长当主考官的镜头。唉，红地毯铺到这张桌子前干什么？噢，我明白了，这是个诱饵……我帮帮你吧。把机器挪到地毯上，恭候燕市长。"

说话间，燕平凉的车到了，后面跟了五六辆小车。燕平凉下了车，稍作停留，后面几辆车下来的领导都跟了上来。燕平凉招呼道："小金，天雄，我再给你们介绍几位领导。这是市人大王建林副主任。这是市政协张少奇副主席。这是市政府主管商业的田明照副市长。这是市委邱万全副秘书长。我们刚才在五羊小区现场办公，他们听说我要来给你们剪彩，也想过来看看。"

金月兰和史天雄一一和几个领导握手。有几个原来就和金月兰认识，见面了，免不了问个寒暖长短。杨世光一看情况有变，忙派人去买剪刀和红绸。

燕平凉看看面试主考桌,又看看排队等候面试的应聘人员,问道:"小金,他们都是下岗工人吗?"史天雄抢先接道:"准确地说,是下岗和即将下岗的国家工作人员,他们来应聘六个中层管理人员的职位。"王建林副主任问道:"你的意思是说,他们中间有政府机关的干部?"金月兰接道:"有几个现在还是你们的部下。"燕平凉认真地看看史天雄,说道:"敢吃螃蟹的队伍壮大了。他们为什么要先行一步,来你们'都得利'应聘呢?今年是国家各部委裁员年,市一级机关裁员,是后年的工作。"史天雄道:"如果你做十分钟的主考官……"

燕平凉用手点点史天雄,"你这个史天雄啊,鬼点子还不少。好,我就做一次主考官。王主任,张主席,小邱,你们给我助助阵。小田,你做个后援。"说着,走过去在正中的椅子上坐下了。几家电视台的记者这才从右边拥了过来。燕平凉看大家都就了位,说着:"小金,可以开始了。"

金月兰喊:"江榕。"

一个三十出头、稳重干练的女子走到燕平凉对面站下了。面对这么多领导,江榕微微显得有些紧张,双颊绯红,上牙神经质地咬咬下嘴唇。

燕平凉朝后仰仰,端详了这个算不上十分漂亮,却很端庄秀丽的女子。他一眼就看出江榕身上机关年轻女干部才有的特征:见到高级领导,笔直站立,视点下移,双手下意识地蹭着裤缝,领导超过一分钟没有问话,眼睛里就会有兔子受惊时特有的那种慌张。燕平凉怕江榕过于紧张,笑道:"江榕同志,你看上去有点面熟,是不是在政府机关工作呀?"

江榕的脸更红了,勾了一会儿头,突然间看着燕平凉说:"燕市长,我,我想不到会在这里……遇上你,还有田副市长……刚才,刚才我还想躲过去……可,可我实在不想错过这个机会……我是你和田副市长的部下,现在是市政府机关管理处行政科代科长……我和你们在一幢楼里上班……我……"

燕平凉显然受到了某种震动,神色显得不安起来。他也没想到会在这种场合,以这种方式和一个自己一无所知的部下见面。作为市政府大楼的一号领导,入主大楼已经五年,竟不认识自己的部下,太说不过去了。要么,是政府机关工作人员太多,记不住;要么就是这个江榕初来乍到。燕平凉问道:"你到市政府多久了?"

江榕答道:"十年零九个月了。大学毕业后,我就在市政府上班了。每年,我都能见你两三次,很多时候是在电梯里……我们机关管理处本身就是后勤单位,下面又分六个科,除了车辆管理科之外,我们根本没有单独见你的机会……田副市长来一年,我也只见过三回……燕市长,终于有机会跟你面对面说话了,我很高兴。现在,上面的工作安排很透明,朱总理政府工作报告讲得很清楚,今明后三年,中央、省、市三级政府机关工作人员要裁减百分之五十。早晚要走这一步,晚走不如早走,被动走不如主动走。反正我已经下了决心。选择来'都得利'应聘,原因也简单。'都得利'的金董事长和史总经理都曾经是国家干部,和我有相同的经历和感受,容易合作,容易沟通。机会很难得,我再啰嗦几句吧。十一年前,我还是个二十二岁的年轻大学生,怀着很多幻想,到市政府上班了。亲朋好友都向我表示祝贺,好像我这条小鲤鱼已经跳进龙门去了。十年前,我们处只有两个科,十六个人。现在呢,已经是六个科五十三个人了,这还不包括离退休的九个人。工作面还只有那么宽,只是分工越来越细了。我们行政科现在有六个人,我当代科长后,又提了一个副科长,两个领导四个兵。我们的工作主要是发各种关于后勤方面的通知。有的是书面通知,有的是黑板通知。前年,发放福利、预告家属区停水停电方面的通知,也归我们管;去年,我们的主要工作只剩通知行政方面工作这一项了。譬如平时组织大扫除啦,譬如分配义务献血名额啦,譬如组织向不同灾区捐款捐物啦……春节过后,我主动为科里增加一项工作,每天在一楼大厅的写字板上,报第二天的天气预报。奇怪的是,就这些工作,让我们几个人越来越忙碌了……转眼间,我已经三十三了……我忽然觉得时间过得太快,回想起来,这十年我只做了一件事:起草通知。这才感到这种生活有点可怕……我是来应聘'都得利'分店副经理一职的,我想副经理的工作,我还能做下来,我在市政府十年积累的工作经验肯定能派上用场……燕市长,我扯远了,可以面试了……"

这一时刻,静得出奇。

燕平凉慢慢站起来,向江榕伸出了手,有些动情、有些黯然地说:"江榕同志,你在市政府,是个称职的科长,我相信你到了'都得利',也会是个称职的副经理。作为'都得利'的主考官,我要对你说,你的面试考了一百分。作为西平市市长,我要对你说声谢谢。感谢你近十一年来,为市政府所做的工作。办好手续,请你通知我一声,我,还有田副市长,作为你的娘家人,要亲自送送你。"

江榕撑不住,呜咽起来,"燕市长,我,我,我在市政府,一直,一直很开心……工作也很轻松、单纯……"

燕平凉眨眨眼睛,勉强笑笑,"不能哭鼻子!哭鼻子就真跟出嫁一样了。'都得利'将来成为市里的利税大户,有你的功劳,市政府也有功劳。因为你这个好闺女,也是市政府培养的嘛。"挪了椅子走出来,摆着手说:"小金,这个主考官不好当,我要辞职,再考下去,会把我这个市长考得哭鼻子。目前还不能轻弹男儿泪,需要咬紧牙关朝前走,同心协力,迈过这个坎儿。差不多了,剪彩吧。"

众人簇拥着几位领导,朝二分店门口走去。

剪彩仪式很快结束了。燕平凉上车前,突然问:"天雄,你知不知道中国历代官民之比的准确数？"

史天雄想了一下答道："汉代,一比七千九,唐代,一比三千九百五,清代,一比九百一,民国,一比四百八。"说到这里,停下不说了。燕平凉道："怎么不说了？现在呢？现在这个数,我知道:一比三十四。三十四个百姓,养一个官,养一个吃皇粮的。谢谢你们让我做了一次主考官,受益匪浅呢。晚上,我想用一顿家常便饭,表达一下我这个市长对你们'都得利'的感激之情。你们不会拒绝吧？"

史天雄和金月兰齐声回答："遵命。"

燕平凉道："把我们的江科长,你们的分店经理也请来。六点半,我在家里恭候。"田明照副市长接道："也算我一份,出酒钱,出菜钱,你先挑,剩下的归我。"

几个人笑了起来。

陆小艺和陆承伟在大街对面小停车场的奔驰车上,看着车队远去,看着史天雄和金月兰说笑着过去坐在主考的位置上。

陆承伟叹口气,"姐,燕平凉和这么多官员都来捧场,短时间内,天雄怕是回不去了。我看这件事只能从长计议。天雄的性格你又不是不清楚,他是不会向你低头的。要不,我们现在去见见他？"

"不！"陆小艺斩钉截铁地回答,"我更不能向他低头。什么高尚的、神圣的、国家的、大局的因素,都不说了,只说男人和女人吧。我知道他已经对我厌倦了。可我又有什么错？我没有理由向他低三下四。"

陆承伟无奈地说："这么冷战下去,难以收拾。"

陆小艺笑了起来,"那就用不着收拾了。小四说的有道理,四条腿的看家狗难找,两条腿的奴才,遍地都是。如今,爸爸还健在,他还在走麦城,他都敢这样轻视我,轻视整个陆家,爸爸百年之后呢？如今，哪个家不在处心积虑想后事？贪官污吏为什么像韭菜一样，杀了一批又长出一茬？老百姓为什么只觉得后天花昨天甚至前天的钱才牢靠，才能睡个安稳觉？都是因为对未来没信心。大道理，深刻的道理，我讲不出来。但我相信我的直觉。承伟，陆家将来需要一个不贪财、不好色，对陆家感恩戴德的好官员。这就是我靠直觉得出的结论。"

这番话出自一个女人之口，就更显寒意了。以前，陆承伟总是只把姐姐看成一位政治爱好者，听完这番话，他突然产生一个念头：姐姐应该去搞政治。他不再劝姐姐去见史天雄了，提议说去剧组看看。陆小艺同意了。

金晶晶一个人在家吃方便面的时候，心情还很平静。马上就十八岁了，她完全可以理解母亲创业的艰辛。商人，不出去应酬，怎么能行？何况自己的母亲今晚是去燕市长家赴家宴，市长家的一杯茶水，不是谁想喝都能喝的。正准备找个电视节目看，一个很要好的女同学打来一个电话，称赞了金晶晶有个年轻漂亮的妈妈。金晶晶很高兴，顺口说了燕平凉请金月兰吃晚饭的事。女同学在那边说："你妈身边那个喜得像个新郎官的老帅哥是不是你的新爸？要是还只是候选人，你要提醒你妈抓紧点。"金晶晶的心情顿时变得大坏。正巧，S省卫视台新闻开始播燕平凉做"都得利"主考官的镜头，金晶晶看了几眼，愤怒地把电视关了，镜头里的金月兰确实太像个新娘了。

金晶晶很自然地想起了自己的父亲，她第一次有了主动去见父亲的冲动。马上，她带了几十块钱零钱出去了。

刁明生做梦也没有想到女儿会主动约见他，而且还要和他谈一件重要的事情！四十分钟后，刁明生这个白净、略瘦、微微有些秃顶的聪明的落魄人，带着自己替人做账刚刚挣来的两千块钱，赶到体育馆的北门。看见亭亭玉立的女儿，刁明生激动得有些语无伦次，"晶晶，你又长高了不少。你吃饭了没有？爸爸带你去吃肯德基。要不，去雪银，爸爸给你买衣服。"

金晶晶冷冷地说："我吃过了。我有衣服。我只是想和你谈谈。去那边'卡卡嘟'。"

刁明生讪讪地笑笑，跟着女儿去了"卡卡嘟"玩具吧。

金晶晶要了两杯咖啡，开门见山问道："你是不是还跟白菊花那个婊子在一起？"刁明生干搓着脸，呢喃一样说："她贩白粉，三个月前被抓了⋯⋯"金晶晶骂道："活该！你以后准备怎么办？"刁明生苦笑道："能怎么办？爸爸会财会，会做账，还饿不着吧。"金晶晶冷笑一声，"帮人做假账，偷税漏税，早晚也得进去！看来你是真舍不得那个狐狸精，她住监狱，你也要跟去呀。"刁明生喝一口咖啡，"是我有眼无珠。白菊花这套小房子公安局也知道了，限我十五天内搬走。除了替人做假账，我还能干什么？"

金晶晶这才抬起头，正眼看着父亲，突然问一句："你想没想过和我妈复婚？"

刁明生怔了好一会儿，说道："晚上的新闻，我看了。你妈的事业蒸蒸日上⋯⋯天上地下了，提这个有什么用！那个史天雄，又是你妈当年爱的人⋯⋯如今人家连那么大的官都不当，来西平帮你妈做'都得利'，还说我这个多余的人干什么？"

金晶晶愤怒了，"我问你想不想和我妈复婚，你提史天雄干什么？告诉你，我不想要什么后爹。你连一句浪子回头的话都不肯说吗？"

刁明生摇摇头，"你让我说什么？这是不可能的事。"

"以后我再也不见你了！"

金晶晶转身就走，与心事重重走进来的陆小艺撞个满怀，也没说声对不起，大步冲出玩具吧。

陆小艺看着刁明生的秃顶,皱着眉头在相邻的包厢坐下了,心里道:"老牛吃嫩草,都不是好东西。"看见刁明生也跑出去,大声喊:"来瓶威士忌——"

# 第 九 章

陆小艺闯进"卡卡嘟",纯属偶然。

女人的理性,说到底只能有"第二性"理性的硬度和强度,最终总要受感性的影响,变得模棱两可,甚至最后完全变成一种歇斯底里。整个白天,陆小艺都无法驱走脑子里这样一个念头:"他们是不是真的同居了?"既然已经意识到史天雄已经彻底厌倦了自己,既然已经知道丈夫见到自己的肉体就会变成一个心理阳痿病患者,让这样一个念头纠缠折磨,不是很可笑吗?然而,陆小艺却一直在问自己。似乎是为了寻找某种证据,下午,陆小艺又去了一趟皇城根路。看到史天雄和金月兰说笑着离开面试现场,同乘一辆富康出租车远去,陆小艺也不能让自己相信:这对狗男女一起去开房间了。

在剧组吃了几口饭,看见了电视里的史天雄和金月兰,陆小艺独自一个人出了锦江饭店。沿着一条长长的大街走了不知多长时间,陆小艺突然间既想抽烟又想喝酒了。

她就这样碰上了"卡卡嘟"玩具吧。

动物王国里,有叫土狼的这么一个品种。它没有狮子、老虎的凶猛和力量,但也属于食肉动物。它狐狸一样聪明的大脑和猎犬一样灵敏的鼻子,总能把它带到凶猛动物捕杀弱小动物或者凶猛动物间相互残杀的现场。在归于平静的格斗场上,它总能不费任何气力,找到羚羊的内脏、梅花鹿的小腿,甚至抖落在草丛里的半只小白兔的耳朵。在动物学辞典里,它还有个挺中性的外号叫清道夫。据词条里解释,土狼不一定只吃猛兽们剩下的骨块肉末,如果遇上一只身负重伤的狮子,它也会扑上去咬断狮子的喉咙,把整只狮子吞进肚里。土狼经过的地方,再没血肉横飞的惨烈场面,这便是称它清道夫的理由。

当红小生钱林对待女人的态度,有点像土狼。拍戏的生活,有几多的风光,也有几多的无聊。和不同样式女人消磨多余的时光,成了钱林排解这些无聊的首选方式。演女主角的顾双凤,年轻漂亮、风情性感,钱林早已垂涎了,但他采取的方式只是研究、观赏,因为目前顾双凤身边还有如虎狼一样凶狠的陆承伟,贸然出击危险性太大。对待女人,他有足够的耐心等待时机。跟了陆小艺几公里,看见这个受了内伤的女人进了酒吧,钱林在门口点了一根烟笑了。晚上九点多,丰富多彩的夜生活奏鸣曲才刚刚吹出前几个撩人的音符,动人的乐句和乐章还在后面呢。看着那些刻意朝着性感装饰的少妇少女们涌进酒吧,钱林很平静。他不是一个容易改变目标的人,何况这些年轻的美轮美奂的尤物很可能连接着一个又一个陷阱。如果没有年轻漂亮的追星族主动投怀送抱,钱林根本不会动这些女人的脑筋。抽完一支烟,钱林微微感到有点遗憾。走进酒吧的二十几个不管俊丑的女人,竟没有一个把他认出来。如果能在陆小艺面前,遇到一个让他签名的、清纯可爱的小姑娘,这个夜晚将会更加完美。如果有疯姑娘让他把名字签到露出的一截儿肚皮上呢?该不该拒绝?迈进酒吧时,钱林脑子里还闪动着这样的念头。

钱林走到陆小艺的对面,故作惊讶状,很绅士地一弯腰,说道:"真巧,小艺,你一个人,我也一个人。我可以叫你小艺吗?我可以陪你喝一杯吗?"陆小艺眯眼看看钱林,笑着说:"随便叫吧。当然可以喝一杯。放心,我买单。请坐吧。差不多能赶上北京的哈瓦那了。"显然,她对能在酒吧遇到一个熟人感到高兴。钱林坐下了,朝侍者做个手势,很随便地说:"世界上的好男人都死光了,怎么能让你一个人在这里孤孤单单呢?"

小舞台上的歌女说话了:"各位来宾,各位朋友,晚上好!为了给大家助兴,我先给大家演唱一首《你的爱没有我的爱纯洁》。希望大家能喜欢。"

陆小艺举起了酒杯说:"不是还剩一个吗?小嘴刚从蜜罐捞出来一样。哪儿还有纯洁的爱。干一杯。"钱林喝下一杯,"也剩了你这么一个纯洁的人儿。大哥的分店开业,你不是从北京飞来了?我看了新闻,可惜没看见你和他成双的镜头。那个姓金的女董事长,看上去挺风情的。不过,这种单薄的女人还是没法跟你比。她若算碧玉,你是闺秀,她若是大家闺秀,你就是格格,她要是格格,你就是皇后。要差一个档次。其实这歌名挺好,你的爱就比大哥的爱纯洁。大哥也真是,把你放在北京,也不心疼。"陆小艺坐直了身子,看看钱林,"再给我倒哇,嘴上、手上、眼里的功夫,都不错。段位不低。可惜你说这些话,选错了对象。小钱,你在我眼里,还是个小屁孩。我要是早婚,没准能把你生出来。"说罢,捂住嘴扑哧笑了。

钱林扳着指头,认真地说:"有这个可能。前年,英国出了一个八岁的小母亲,创了一项吉尼斯纪录。这项纪录本来应该属于你。可是你上幼儿园时,中国还没刮性解放之风。"陆小艺又笑了,再次端起酒杯,"想不到,你还有点幽默感。来,为苦中作乐干一杯。"

说着,喝着,一瓶威士忌已经快见底了。

钱林欣赏着处在微醺状态的陆小艺,拿出小火煨肥羊的功夫,不紧不慢地说:"小艺,刚才歌女唱了《亲亲我的宝贝》,听上去怪怪的。这首歌绝对是爷们儿才能唱的,女人,有什么宝贝让男人亲?由这首歌,我想起去年在昆明听到的一个谜语。这个谜语堪称神品。一个谜面,四个谜底,个个对得严丝合缝。你想不想猜一猜?"

陆小艺哧哧地笑笑,"说吧,肯定不是什么好东西。"钱林正襟危坐,慢慢说道:"这个谜绝对很美。谜面是吹箫,你说美不美?一个孤独的女人,用箫吹出一首凄恻哀怨的长调,如诗似画,真是好东西。谜底是四个,打一字,打一双字叠词,打一道最近几年流行的一道菜,再打一首流行歌曲的名字。"陆小艺想了片刻,说道:"你别卖什么关子了,有屁快放。"钱林道:"你这孩子怎么不肯动脑筋呢!这个字很好猜,是个咬字。一个口一个交,不咬住箫,怎么吹呀?叠字是吞吞吐吐。不吞不吐,没法换气,箫也吹不好。这道菜名呢,就是西芹,用的是谐音,又吸又噙,不吸不噙,这箫也吹不响。歌名呢,就是刚唱过的,《亲亲我的宝贝》。你仔细想想,不是很有内容的一个谜吗?"说罢,笑吟吟地盯着陆小艺的眼睛看。

陆小艺撑不住,放肆地笑几声,笑骂道:"你他妈的真是个流氓!也只有你这种烂脑袋,才会编出这么下流的谜来。我又不是屁事不懂的小姑娘,用不着你费这么多的口舌。你的心思,我早明白了。第一次见你,我就知,知道你是个什么仁儿!"钱林兴奋起来,问道:"杏仁儿?花生仁儿?还是核桃仁儿?"陆小艺伸手揉揉太阳穴,"那要等尝过之后才知道。初步考察,你还行,已经修炼到不看女人的脸了。小姐,买单了。"

等小姐把钱找了,钱林装作无知地问:"不看脸,我看什么呢?"陆小艺站起来,用手撑着隔板,说道:"脖子以下,大腿之上。你是个实用主义者。你这种小白脸,多半是浪得虚名,中看不中用!不过,和你谈话,很愉快。这里乱糟糟的,麻烦你送大姐回酒店吧。"钱林也站起来,迟迟疑疑道:"剧组人多嘴杂……大姐你今晚又喝高了,不如就近找家酒店,早点休息吧。"陆小艺冷笑一声,"我到西平还要自己找酒店住吗?让你去看看我住的总统套房。"钱林道:"我这个乡下人正想开开眼界。"说着,揽了陆小艺的腰往外走。陆小艺扭头睨一眼钱林,"你小子可别得陇望蜀!我只是为你提供一个做绅士的机会。"钱林接道："我十分珍惜这个机会,肯定不会得寸进尺。"

两个人出了"卡卡嘟",坐出租车去锦江饭店。

燕平凉兴致很高,边吃边聊,不知不觉,晚饭已吃到十点多钟。因时间太晚,燕平凉又忘了派车送客,杨世光自告奋勇送江榕回家,史天雄送金月兰回宴园小区。

走到五号楼下,两个人站下了。

金月兰很想请史天雄到家里再坐一会儿,可一想到晶晶在家里,心里又直打鼓。一两个月来,金月兰三次准备请史天雄和杨世光到家吃顿饭,都因为女儿不肯合作而放弃了。犹豫了一会儿,金月兰说："天不早了,你快回去休息吧。这些天可把你累坏了。"史天雄道："身体有点累,总算能好好睡一觉了。你也早点休息吧。"转身迈着大步,朝小区外走去。

上了出租车,史天雄什么也不想了,不一会儿,他竟睡着了。没做美梦,也没做噩梦,只有微微的鼾声。

第二天早上八点,陆承伟去了"都得利"总店。他希望史天雄能参加九点半举行的签字仪式。缺了史天雄这个观众,是一大缺憾。杨世光告诉他,史天雄感冒复发在牌坊巷休息。陆承伟算算时间,只好放弃原来的打算,自己开着奔驰,去锦江饭店接陆小艺。

陆小艺穿着睡衣打开了房门,陆承伟看见正在穿皮鞋的钱林,目瞪口呆地站在门口。钱林笑着道："陆总,小艺,上午有我的戏,你们慢慢聊吧。"一侧身子,闪了出去。

陆承伟把门锁上,气得浑身发抖,伸手指着陆小艺,"你,你,你太过分了！亏得天雄没上班,他要来了,看你怎么收场！"陆小艺无所谓地耸耸肩笑笑,"正好可以快刀斩乱麻！我已经受够了！"

陆承伟像头困兽一样,在陆小艺面前来回踱着,"你今年十八?

今年二十？我真想不到你……"陆小艺突然变得歇斯底里起来,仰着脸看着弟弟吼道:"我也没有八十岁！我是个女人,我是个需要爱的女人！我孤独！我绝望！我无聊！什么都没有意义！我是个被抛弃的女人！我是一个可怜虫！我有权利破罐子破摔！"喘着气瘫坐在沙发上,点了一支三五烟,痛苦地吸一口,"他昨晚和哪个女人睡在一起,只有上帝才知道。只准你们男人放火,不许我们女人点灯,什么逻辑？混账逻辑！他来西平两个月了,考虑过我这个妻子的尊严吗？我在他眼里成了什么人？斗大的字不识一个,靠他怜悯赏口饭吃的黄脸婆吗？"

陆承伟沉默了。史天雄的冷漠,确实伤了姐姐的尊严,这是一个事实。姐姐确实不是个八十岁的老太婆。她有权利选择自己认为合适的方式慰藉自己的心灵。陆承伟释然地笑了,"好好好。我不和你讨论男权中心或者女权主义。我也不该指责你的生活方式,我向你道歉。姐,你看看现在几点了？你排解孤独和无聊,也不能忘了你来西平的主要使命吧？你总不能穿着睡衣代表爸爸参加签字仪式吧？"

陆小艺猛地站起来,"今天不是星期二吗？"

陆承伟道:"周三上午八点四十六分,你只有十五分钟时间梳洗打扮了。总不能让江丰年副省长等你吧？"

陆小艺拍拍自己的脑门儿,"对不起,酒精把我变成个白痴了。什么都乱套了,乱套了。姐知道该做什么,不该做什么。"自言自语着,进了卧室。

顾双凤渐渐适应了剧组的生活。日子一久,她也不再计较当初陆承伟攥她到剧组去住时那种恶劣的态度了。女一号当上了,两百万的片酬已经有一半划到自己的存折里去了,遇上这么一个说话算话的男人,还有什么不满足的？回想和陆承伟这曲曲折折的七八年，顾双凤越来越感到满意。想想那些被有钱的男人包养起来的女人，顾双凤感到自己还是享受了真感情、真幸福。因为陆承伟是个单身男人，她的身份是陆承伟的女朋友，即便最终不能和陆承伟双双走进教堂或者同拜天地，她也是陆承伟的婚前女友。何况，陆承伟并没有和她断绝关系，隔三差五，还要把她接到锦绣中华园豪华别墅做一晚货真价实的女主人。

顾双凤产生这些想法，基于一种比较，基于自己和剧组其他女演员的比较，基于陆承伟和其他男人的比较。有比较才能鉴别，还真是这么回事。剧组演女二号的许萍，五年前从中戏毕业时，只有二十二岁，因演一部古装电视连续剧中的少年女一号，红遍全国。后来，这个大红大紫的玉女突然间销声匿迹了，媒体猜测了一阵子，也曾爆出过她被某富豪包养的绯闻，最终也把她遗忘了。时隔四年，许萍又重出江湖了。西平的媒体追问十几天，许萍的回答轻描淡写：病了一场，到澳洲呆了三年，没什么好写的。许萍的身世之谜仍然没有解开。顾双凤很快成了许萍的朋友。很快，她就知道了真相：许萍果真被一个四十来岁的男人包养了三年，每年两百万，附带的条件是许萍在这三年里不准出镜，不准结交异性朋友。许萍单独和顾双凤在一起时，总是说："我的艺术生命被这六百万扼杀了。双凤，你真幸福。"别的男人怎么样呢？就说演男一号的钱林吧，每次拍激情戏，这个当红小生总是出错，一个拥抱的镜头至少要拍三条才能通过，如果是接吻镜头，不重拍五次以上，钱林根本找不准感觉。男人身上这种阴暗和卑琐，让顾双凤很瞧不起。

还有另外一种男人，攻击性极强，一看见漂亮女人，眼睛里就会着火，就会长出会解女人衣扣的小手。陆承伟和陆川签完合同当天晚上，顾双凤就遇到了这样一个男人。乔本这个满脸横肉的老日本男人，不管顾双凤唱歌还是跳舞，只要一看顾双凤登上小舞台，就不停地发出狼一般的嚎叫。如果不是陆承伟大部分时间和她在一起,顾双凤不敢想象这个日本疯老头会做出什么骇人听闻的举动。她从乔本可以冒出几尺长火苗的眼睛里,看到了强奸犯们的本来面目。

三比较两比较,顾双凤明白自己确实是幸运而且是幸福的。当了一回女主角,心愿已了,剩下的,只是想如何完全赢得陆承伟的心了。

一个偶然的事件,彻底击碎了顾双凤的梦想。

许萍喜欢逛高档时装店,次次都要顾双凤陪她。这一天晚上,许萍又在一家时装店看上一件吊带裙。许萍进试衣间的时候,顾双凤脑子里闪过这样一个念头:我要不要买一件白色的?她想到了陆承伟的一种爱好。陆承伟在做爱前,喜欢看她换上性感的白色内衣,站在床上练习舞蹈的基本动作。就在这时,她听到了电视节目女主持人的声音。

"今天上午,深受广大观众喜爱的偶像级主持人乔妮现身西平凤凰山。这是我台记者上午在凤凰山旅游区抢拍的一组镜头……"

顾双凤朝电视看去,禁不住惊叫一声。画面上,乔妮正挽着陆承伟的胳膊爬凤凰山。乔妮时而大笑,时而亲吻陆承伟的脸颊。陆承伟戴着一副硕大的墨镜。

女主持人的声音继续响着:"……乔妮的婚变,一直牵动着亿万观众的心。很长一段时间,乔妮不会笑,这让喜爱她的观众很忧心。现在我们终于又能看到乔妮动人的笑脸了。可以看出,乔妮已经彻底从失败婚姻的阴影里走了出来。看情形,乔妮这次来西平,纯属私人性质。凤凰山作为西平一个景点,在全国并没有很高的知名度。据此可以推断,乔妮的新任男朋友,极有可能是西平人。这位幸运的先生戴着墨镜,显然是一种伪装。他为什么不愿露出庐山真面目,现在还不好猜度。因为我台摄像记者突然滑倒,没能拍到这辆奔驰 600 的车牌号。关于乔妮在西平的最新情况,本台将在二十三点零六分《午夜直通车》节目中播出。下面播送一组影视简讯。《你我都风流》剧组……"

顾双凤发疯一样冲出时装店。

许萍穿着红色吊带裙从试衣间走出来,喊道:"双凤,你去哪里——"

乔妮这次来西平,动机只是一种念旧心理。在昆明主持完两个大型活动后,她给陆承伟拨了个电话。陆承伟在电话里简单讲了自己目前的情况,略带酸楚地说:"俊鸟飞高枝,我以为这一辈子再也听不到你的声音了,想不到你还能记得我,太让人感动了。乔妮,高处不胜寒,你要是感到太冷的时候,记着我这里还给你留着暖心的话。"乔妮冲动地说:"我想见你,马上想见你。我可以给你留四十八小时,两夜零一天。"陆承伟马上说:"四十八分钟,也会让我记一辈子。上次说的礼物,我还没机会送呢。"

乔妮就这样飞到了西平。十几年来,陆承伟每启动一项大工程前,喜欢和一个漂亮的女人爬一座无名的山。乔妮在协议签完不久,重新出现在陆承伟的视野里,陆承伟认为是一个大大的吉兆,一大早就带着乔妮去了凤凰山。作为回报,陆承伟在山上重提了宝马跑车的旧事。乔妮听了这话,不能不吻陆承伟,还动情地说一句:"你是个重情重义的好男人,我不会忘记你的。"

陆承伟和齐怀仲都没有看电视,不知道这件事已经春光乍泄了。顾双凤在出租车上的时候,陆承伟正在和齐怀仲讨论下一步方案。

收购阶段已经顺利完成了,因为陆震天的责任心和江丰年常务副省长的身份,包装上市工作,应该不会遇到太大的困难。找买主的工作可以提前开展了。

陆承伟道:"老齐,王传志是整个战役的关键。现在,他对我们还一无所知。我们对他一定要做到知根知底。工作一定要做到家。最好能搞个方案，一步一步实施。他的个人背景，一定要搞仔细。譬如，他对政治的态度，譬如他对钱的态度，譬如他对女人的态度，譬如他这些年出国考察都消费过什么，譬如他现在有多少个人财产，包括固定财产和证券市值。然后，选择一个最佳时机，放一个气球试探一下，再决定如何跟他接触。"齐怀仲点点头道："除了他在国外的情况，其他的，我基本上都考虑到了。外围情况，差不多都摸清了。王传志通过四个得力助手控制着天宇集团。两个副总，一个叫李国奇，一个叫张中保。李国奇负责生产，张中保负责销售。总裁助理叫马林，主抓技术开发。办公室主任叫周瑞发，主管内务。这四个人中，除李国奇之外，都是王传志一手培养的。前两天，我在一个场合见过周瑞发。这个人，对王传志很忠诚。听他的话音，王传志对上面在政治上不重视他颇有不满。王传志的生日好像快到了，还是五十大寿……"陆承伟眼睛一亮，兴奋地说："这是个机会。再摸细一些。过两天，我们专题讨论一下这件事。"走过去从茶几上拿起小礼品盒，"今晚我不回来了。"

看到陆承伟走到门口，齐怀仲喊道："承伟——"陆承伟转过身问道："还有什么事？"齐怀仲道："承伟，以后最好不要再见她了。乔妮不是你的女人。你知道，这是在中国。没有不透风的墙。也不要再提什么跑车了。你只是她向上走的一个台阶。我知道，你对她的食言和冷淡很在乎……可是，再和她交往，比玩火还严重！"陆承伟走回来，伸手拍拍齐怀仲的肩膀，"老齐，谢谢你。我不是不知道利害。你知道，我不喜欢没有结尾的故事。这是最后一次见她了。她给了一个账号，要我把跑车的钱打过去。我懂，我只能是一个台阶。可这辆车，我一定要送给她，还要送最好的。我要看她开着我买的车，满世界飞奔。你放心，我知道分寸。"说罢，理理领带，把门拉开了。

顾双凤喘着气堵在门口,"陆承伟,这两天你在干什么?"

陆承伟愣了片刻,镇静地回答:"我在工作。"

顾双凤走进来,冷嘲道:"工作?陪乔妮游山玩水,当然是工作!你,你怎么能这样?"

陆承伟吃了一惊,"游山玩水?老齐,我游山玩水了?"

齐怀仲道:"双凤,你恐怕认错人了。陆总……"

顾双凤愤怒地打断道:"不要给我演双簧了!你们这些骗子!市有线一台刚刚播了你和乔妮爬凤凰山的镜头,精彩极了。你要是没洗脸,左边恐怕还沾着她的口红!你戴着大墨镜,别人认不出你,我能认错吗?黑色奔驰600也上镜头了,主持人还为没拍到车牌号惋惜呢!皮尔·卡丹也穿上了,还带着礼品盒子,装的是订婚戒指吧。你去见她吧……想不到你是……"呜呜呜地哭了起来。

陆承伟痛苦地闭了一会儿眼睛,心里骂道:这些无孔不入的臭记者!这件事必须做点补救工作!马上就得做!陆承伟想到这里说道:"双凤,我有急事出去,请你让开。你没有资格这样对我说话。请你仔细回忆一下,陆承伟给你做过的哪一项承诺没有兑现?你是自由的,我也是自由的,明白吗?请你让开。以后我们还是朋友。"顾双凤下意识地伸出手,"你不能走,你不能这样对待我!"陆承伟急了,"我再说一遍,我有急事要办,请你让开。"

顾双凤无力地放下手,眼睁睁看着陆承伟走了。

齐怀仲摇摇头,叹口气,去卫生间拿出一条毛巾递给顾双凤,"双凤,擦擦眼泪,忘掉这件事,好好拍戏吧。"

顾双凤大声道:"不行!我要他说清楚!"说着,朝门外跑去。奔驰车已经驶向大路。顾双凤喊一声:"陆承伟——"撑住一棵树站了一会儿,像一摊泥一样贴着树干溜在地上。

第二天早上,齐怀仲接到陆承伟从重庆机场打来的电话,才知道陆承伟和乔妮连夜赶到了重庆,陆承伟已经把乔妮送上了重庆飞往北京的班机。陆承伟又在电话里吩咐道:"我太累了,今天赶不回去。你找江小三,让他陪你去西平有线电视台,把那个带子拿回来。理由搞神秘一点,让他们今后永远不要再议论这件事。"听完这番话,齐怀仲暗暗叹服,心里道:能屈能伸,什么大事他干不成啊!

接连好几天,顾双凤根本无法集中精力拍戏,惹得大胡子导演何大壮大为光火。最后,何大壮骂道:"一点出息没有!天塌下来了?耽误一天,白白花费四五万,你知道吗?这是一个集体,你懂吗?我还以为你能成大气候呢!给你两天时间调整调整吧。"顾双凤哭着离开了现场。细心的钱林已经嗅到了让他兴奋的血腥气,开始寻找单独接近顾双凤的机会。

齐怀仲听何大壮说了顾双凤在剧组的情况,大包大揽道:"何导演,她家里最近遇到点麻烦事,会好起来的。还是那句话,因为顾双凤给剧组造成的一切损失,由承伟实业包赔。"何大壮道:"我是怕她中途走人,那就太可惜了。第一次拍戏,能演到这种程度,很少见。戏已经拍了一小半了,再坚持两个月,就大功告成了。你劝劝她吧,耽误一天,也要花你们的钱。"

当天晚上,齐怀仲把顾双凤约到皇冠大酒店对门的"黑的夜"酒吧,准备给顾双凤洗洗脑子。不一会儿,钱林也进了"黑的夜"酒吧,选择顾双凤背后的小桌前坐下了。

齐怀仲这样开始了劝说:"双凤,男人对女人、女人对男人的需要,多种多样。需要一致的男女遇上了,多半能平平安安过上一辈子,像你大叔和你大婶就是这样的男人和女人。我们这种人感情史简单得跟零一样。生活呢,也很单纯。见面了,对上眼了,结婚了,生孩子了,老了,死了。我们绍兴的男人,多半像我这样,没能力当呼风唤雨的大领袖、大英雄,却能过上闲适优雅的生活。绍兴师爷有名气,有性格的原因,也有性情的原因。师爷要是个情种,这师爷多半就做不成了。我跟你是老乡,自然不会坑你。承伟当年救过我的命,我自然也常想着报答。承伟不是一般男人,可以说不是凡人,所以不能用一般的标准来看他。"顾双凤冷冷地回一句:"见一个爱一个,算个狗屁男人!"齐怀仲接道:"你说的是正义,是道德。这些一般的法则,对特殊的人不起作用。你想想看,我们这些凡人,谁在心里要求过皇帝在爱情上是个梁山伯?爱情至上的皇帝,一般都没什么大作为。"

顾双凤又顶了一句:"你太抬举你的救命恩人了。你以为他是谁呀?"齐怀仲并不生气,慢条斯理地说:"我只是打个比方。你对承伟的感情,你在他身上寄托的希望,大叔都知道。有些东西,是不能强求的。你们断断续续处了七八年,他没有单独和你正式照过一张相。我猜想,承伟心里可能早有另外的人了。比你认识他,要早得多。"顾双凤错愕地看看齐怀仲,端起酒杯,喝了一大口。齐怀仲继续说:"也不能说,承伟对你没感情。如果他是一个寡情寡义的人,不会在要分手的时候,花这么多钱,花这么多精力把你送到影视圈。两百万,是个小数目吗?不是。他是想让你、你妈、你弟弟这一辈子衣食无忧。双凤,何导演找我谈过了,你在表演上很有潜力,很有前途,他对你的未来,寄予厚望。说不定,将来你也能成为巩俐这样的国际大明星呢。俗话说,维持一个人修条路,得罪一个人打堵墙。你们以这种方式分手,成了好朋友,将来能演化成一则美谈呢。"

顾双凤默默地把半杯酒喝了,又倒了一满杯。

齐怀仲看到了效果,笑笑说:"再看看周围每天都发生些什么故事,我们应该感到自己是幸运的。我的老乡鲁迅先生写了个阿Q。多年来,大家都在批判阿Q的精神胜利法太消极,有点自欺欺人。我说还是没有完全读懂这个阿Q。精神胜利法也有它积极的一面。去年你到北京,要是承伟不念旧情,能接纳你吗?你离开的两年,他常说最对不起的人就是你……"

顾双凤端起酒杯一饮而尽,"齐叔,你别说了。演戏,如今成了我惟一的机会了,我懂。酒真是个好东西呀。我身上没带钱,你能不能借给我五百块钱?"齐怀仲道:"你要钱干什么?今天是大叔请你。"顾双凤道:"我想买两瓶酒。我想回屋一个人呆一会儿。"

齐怀仲迟疑片刻,数了五百元,递给顾双凤。

看见顾双凤拎着两瓶红酒出了酒吧,钱林去吧台买了一瓶高度白兰地,跟了出去。

外面,华灯齐放,圆月高悬。

顾双凤抬头猛然间看见西平的圆月亮,感到特别的新鲜和惊讶。在西平遭遇这样的月亮,还是第一次。金华的月亮肯定比西平的还要明亮。想起故乡,她就看到了母亲焦虑和希冀的脸。春节回金华小住,母亲又问到了婚事,她回答说,这一两年就办。难道自己也要变成寂寞的嫦娥了么?顾双凤思绪纷乱,没有直接回房间,拐到停车场对面紫藤花架下坐了下来,继续对着月亮胡思乱想。过了一会儿,她把酒瓶打开,仰脖子灌了一大口。

不知过了多长时间,顾双凤看见一个人影像鬼魂一样飘了过来,远看像是陆承伟,揉揉眼睛,又变成钱林了。

钱林把白兰地和一袋花生米、一袋萝卜干放在正方形石桌上,挨着顾双凤坐下来。

顾双凤不高兴地说:"你来干什么?"

钱林抬头看看天,伤感地说:"今晚月光好,有些伤感,睡不着。解闷的酒,一定要喝这个,白的。红的没意思。"顾双凤又抱着酒瓶喝一口,"有意思……谁说没意思?我说它有意思它就有意思。"钱林把花生米、萝卜干袋子打开,"喝闷酒,一定要佐点小菜。不值钱的小菜,配烈性的白酒,最能解闷了。喝闷酒喝出的笑话很多。我讲一个给你听。说是有三个男人,都失恋了,一起喝闷酒,喝到半醉半醒的时候,下酒菜只剩下一只鸡爪了。三个人商量说,谁都不准吃了,喝一杯,只能嘬一口鸡爪。这样又分喝了半瓶。一个人不小心,把鸡爪掉到地上了。另一个忙弯腰捡起来,继续喝。快天亮的时候,酒喝完了。三个人商量着把鸡爪分吃了。一人咬了一口,硌掉三颗门牙。最后一个骂一句:鸡的骨头还很硬。三个人都睡着了。不知过了多长时间,三个人都醒了,齐声惊呼:噫!鸡爪变成大铁钉了。"顾双凤咻咻地笑起来,"有点意思。有点意思。我尝尝。"

钱林把白兰地酒瓶递给顾双凤,"你尝尝,感觉肯定不一样。"顾双凤接过酒瓶,"尝尝就尝尝。"一喝就是一大口,呛得大咳起来。钱林轻轻捶着顾双凤的后背,拿一根萝卜条递到顾双凤嘴边,"吃点菜就好了。"顾双凤张嘴把萝卜条吃了,"味道真不错,真不错。"钱林把顾双凤揽进怀里,"来来来,再吃颗花生米。满口余香,感觉很好的。"顾双凤口吃地说:"灯光呢,灯光怎么没打?你是钱林,我,我……导演,导演还没喊开始……我,我知道你,你想干什么……我知道我完了,我完了……"钱林跟着说:"我也完了。我们俩都完了。都怪钱,狗日的钱!"顾双凤重复道:"狗日的钱!有意思,狗日的钱……狗日的钱……"

钱林搀着顾双凤进了大楼。又一场戏的大幕拉开了。

该发生的事情,注定是要发生的。

陆承伟注定还要为女人疯狂一次。他送走顾双凤,告别乔妮,仿佛是为了积蓄到足够的、能把自己烧成灰烬的能量。陆川实业股份有限公司,在陆承伟三千万流动资金的驱动下,开始在整个 S 省企业界崭露头角,关于它的消息频频见于各种媒体。这样一个有着新的公私合营性质的股份制公司,在国有小企业经营困难的背景下,轻而易举地成了明星。按照这种发展势头,年内获得一张上市通行证,是顺理成章的事情。距王传志的五十大寿,还有一段时间,陆承伟决定趁这一段空闲,和乔本、松山这样的外国商人加强一些联系。中国的股市尚处在炒题材、炒消息的初级阶段,做庄家和做壳的中国金融家,都十分注意和登陆中国的外国大企业搞好勾兑工作。从股市中圈钱,屡试不爽的好办法,就是不停地发布该上市公司和世界五百强寻求合作的真真假假的消息。在中国正在寻求早日加入WTO的大背景下,中国的股民们最信任的,就是那些国外的超级大跨国公司的绝对实力。如果说要在中国寻找还有浪漫情调的人,那就去股市中找吧。

接连参加几次美国总领事馆举办的派对,陆承伟感到收获不大。高傲而务实的美国人,还没有把更多的目光投向中国西部。他认为将来只能和三友这样的日本大公司合作,这样才能产生比较高的可信度。收购阶段,乔本和松山都很配合,陆承伟感到很满意。他决定找个机会,到松山株式会社进行一次回访。日本受中国传统文化影响甚大,讲究礼尚往来。给松山带一份什么样的礼物,让陆承伟和齐怀仲大伤脑筋。礼物太贵重,有些唐突,也没必要。礼物太轻,回访就变成纯礼节性的走动,引不起对方重视,不利于将来的合作。两人跑了几天珠宝店,都空手而归。

这天上午,陆承伟和齐怀仲在七宝楼终于看上了一件骨雕艺术品,《三藏东渡》。两万八千元的价位很合适,故事又是讲中日佛教的关系,人物又是中国和日本都很熟悉的唐僧,很容易找到话题来谈。遗憾的是,这件作品上唐僧乘的船的桅杆断裂过。两人快快地出了七宝楼。

走到奔驰车前,陆承伟突然间看到梅红雨骑车从他眼皮底下掠过,木木地看着白狐一样的女人渐渐远去。陆承伟大喊一声:"快!追上那个白裙子!"齐怀仲刚把车钥匙插上,朝前面望望,"哪个白裙子?满大街都是白裙子……"

陆承伟蹿过去,打开车门,把齐怀仲一推,"坐过去!"齐怀仲还没在副司机位置上坐稳,奔驰已经在人们的一片惊呼和漫骂声中,上了大街。连续超过二十多辆车后,陆承伟终于看到了梅红雨,兴奋地说:"真是苍天有眼!"说话间,梅红雨突然向右一拐,进了一条小街。陆承伟踩了刹车,奔驰还是冲过了丁字路口。后面的几辆车刹出一片刺耳的怪叫。几个司机探头骂道:"他妈的,会不会开车——"话音未落,他们就看见价值一两百万的奔驰600颠簸着越过快车道与慢车道之间的草坪隔离带,像个醉汉一样,一头扎进右面的小街。

陆承伟一只手按住喇叭,快速向前追去,吓得行人和自行车左躲右藏。终于,陆承伟又看见梅红雨的背影了,他放慢速度,伸手擦擦额头上的汗珠。齐怀仲这才惊叫出声:"天爷!你不要命了!"陆承伟自言自语道:"肯定是她,我看见钥匙串了……"一辆正在卸货的大卡车几乎把小街塞满了。梅红雨再一次从陆承伟的视野里消失了。

陆承伟的眼睛慢慢变得空洞起来,最后被一层似雾似霭的东西罩住了。他把头朝方向盘上撞了三下,喃喃自语道:"这是天在折磨我。我以为我的血早冰冷了。难道这一回还是幻觉?袁家的双胞胎抗战期间都在西平……难道袁慧真的在西平?以前我怎么没有想到呢?"齐怀仲也不敢多问,说道:"记得上次也在这个区碰见她,估计她在这一带住。你知道她的名字,可以通过有关部门查一下。你还能不能开?"陆承伟道:"手脚发软。你开吧。"

三天后,陆承伟得到了公安局朋友搞来的一份袁姓人在西平的基本情况。西平现有袁姓人八千九百一十二个,其中女性四千三百二十个,二十五到五十岁之间的共一千零八十一个,用陆承伟提供的袁慧少女时代的照片和这一千零八十一个袁姓女人身份证上的照片对照,只有三张照片有些相似。结论是:查无此人。

陆承伟并没死心，吩咐齐怀仲把袁慧当年送给他的小照片翻拍了，放大成二十四寸，装进像框里，挂在客厅的墙壁上。齐怀仲跟随陆承伟十多年，从来没有见过陆承伟对一个女人如此痴迷过，不禁有些纳罕。当天晚上，齐怀仲见喝了茅台酒的陆承伟谈兴很高，说道："原来，女人在你心目中的分量很重啊！人说比大海宽阔的是蓝天，比蓝天宽阔的是人的心灵，真不假。你的这些历史，我现在还是一无所知呀。"陆承伟望着墙上的袁慧，开始了长长的倾诉："天下没有生就的浪子。不管你从性本善还是性本恶出发，都引导不出这个结论。人是社会的人。是社会把人变成了各色各样的人。在这方面，我是马克思的信徒。我变成今天这个样子，原因很多，这个袁慧是个关键因素。十三岁多一点，我就爱上了她。这份爱没有因为时间的淘洗而褪色，反倒更加鲜亮了。这很奇怪。其实，我和她的感情，恐怕……怎么说呢？我只说出一些事实，是不是爱情最好由你来判断。在大槐树上，我一直用望远镜看她、研究她。她的笑很丰富，当时我统计出来有二十四种。这二十四种笑，都能向我展示独一无二的美。她有两个酒窝，左边的深些，右边的浅些，这种差别，或许她自己都不知道。她右边的眉毛，比左边的眉毛短了一些，正是这点不对称，使她的眼睛显得格外生动。她的睫毛很长，而且很整齐，坐在秋千架上，这睫毛就像两道黑帘子一样，一关一合，十分有趣。只要是她暴露在外面的器官，我都观察研究过数十遍。她只喜欢穿白色的衣服，但她的内裤却只是粉红色的。你不要用这种眼神看着我。一个十四岁的少年，想知道他喜欢的女孩子穿什么颜色的内裤，有罪吗？"齐怀仲挠着头笑道："我只是想不明白，你在大槐树上，怎么能看到她的内裤是什么样的颜色。"

陆承伟喝口茶水，"这需要发现和等待时机。有一天早晨，北京刮着阵风。那天，我正在仔细观察她的小腿，突然间，她的裙子被风撩起来了,我看见了,意外地看见了少女隐秘的部位。可是,等我从槐树上下来,我已经不敢肯定她的内裤是粉红色还是米黄色了。为了证实这一点,我在大槐树上整整守候了二十三天!我需要风,需要五级以上的东南风,只有五级以上的东南风,才能把她那白裙子撩到那个部位。这东南风还只能是阵风。如果五级的东南风持续刮着,她坐在秋千架上时,就会事先防范,将大摆裙紧紧地裹在线条分明的大腿和臀部上。她是个早熟的姑娘,又很有教养。直到今天,只要我看看女人穿裙子时的坐相,我就能判断出来她在少女时期接受了什么样的家教,她的母亲曾接受过什么样的教育。袁慧的母亲毕业于西平医科大学,当时是校花。我现在做事的风格,与大槐树上这次经历有很大关系。"齐怀仲听得直咂嘴,"我十四五岁的时候,只会在河里摸鱼。不过,我觉得内裤的颜色不一定只是粉红色的吧?"

陆承伟身子朝后仰仰,睐睐齐怀仲,"如果仅仅只观察到了这些,袁慧不会给我带来这么大的影响。每天早上,她要做三种功课。坐在秋千架上晨读,弹钢琴,做操。做操是第一项,然后是弹琴,最后才是晨读。开始的几个月,我一直认为她一起床就弹钢琴。有一天,我起得早,才发现她先要做十分钟操,穿着白色的紧身运动衣。和她有点熟悉之后,我才知道,她对我在槐树上用望远镜看她是早有察觉的。但她就是不说破。有一天,我终于看到了一辈子都忘不了的场景。她在琴房里,背朝着我,把运动衣脱掉,换上了白裙子。练琴的时候,她喜欢把窗子打开。我现在无法向你描述当时我看到一个成熟少女胴体时,那种平生仅有的感觉。我只知道,这一瞬间,对我的生命具有革命性的意义。到现在我也不明白,她明明知道我能在树上偷看到她换衣服,为什么她还常常在换衣服时,忘记关窗子呢?我、天雄和她成为朋友后,她这种疏忽就更多了。在很多年里,我一直认为她和我玩这种游戏是出于爱,后来我才知道她这么做可能更多因为少女的天性吧。现在,你对粉红色还有疑问吗?"齐怀仲摇摇头,没说话。

陆承伟的表情变得复杂和痛苦起来,"在知青和工农兵大学时期,很多同学都开始谈恋爱了,我却对姑娘一点也提不起兴趣。我一直认为她是爱我的,嫁给造反派司令王大海,是迫于家庭的压力。我觉得我有责任把她从苦难中拯救出来。我一直想问问她,她多次在琴房换衣服,是不是对我产生了爱情。后来,我就去了美国。我幻想着有一天能把她找到。我确实找她找了很久找得很苦。"说到这里,他沉默了。过了良久,他喃喃道:"有一段,我很恨她。真的很恨她。那段时间,我真的绝望了,绝望了……你知道我的初夜在哪里度过的吗?你知道那是个什么样的女人?佛罗里达州一个我已经忘了名字的小镇。一个偷渡到美国的墨西哥妓女!……"

齐怀仲站起来,给陆承伟加了茶水。他实在没想到陆承伟会有这么一段不堪回首的感情史。

陆承伟突然间笑了起来,"你不会以为我在编故事吧?我把我的童贞,搭上二十美金,送给了一个可能叫费尔德丝的混血墨西哥女人。我甚至没有看清她长的什么模样,更不知道她有多大年纪。我只记住了佛罗里达小镇秋天的月光和全世界妓女都会的专业的叫床声……我无法遗忘掉这个耻辱的开端。你说,我这样一颗破碎的心,还能够完整地交给哪个女人?双凤吗?乔妮吗?她们能帮助我完成破心复原的梦想吗?不能。她们无法进入我的历史。你以为我不想过上正常人的生活?不!我做梦都在想。我希望我能再为爱燃烧一次,把这段肮脏的历史烧个干净!我也清楚,我不可能再遇到什么袁慧了。但我期待着遇上一个能让我疯狂的女人。挂上这个照片,我只是想提醒自己:我还有希望!"

就在这个晚上,顾双凤漫无目的地在这个城市里游荡了很久。

路过几家夜总会和酒吧门口,她很想进去彻底地疯狂一次。子夜的时候,她走到了锦绣中华园。看见灯光里那幢漂亮的白色小楼,顾双凤愣住了。

钱林从黑暗里出来了,走到栅栏边上,阴阳怪气地说:"这就是陆承伟的行宫吧?很漂亮,很漂亮,像一朵盛开的罂粟花。"顾双凤厌恶地骂一句:"滚开!离我远点!"钱林笑出一口白牙,"你的情绪很危险。我看见你在夜总会门口徘徊。你不知道单身女人走进夜总会有多危险!那些火眼金睛的妈咪,一眼就能看出你是个想疯狂一下的女人。我害怕你突然失踪,然后从报纸上看到因为逼你为娼,你杀了人或者跳楼自杀的报道。这个城市去年就出过这种案子。所以,我一直跟着你。想不到你又来了这里……"顾双凤又骂一句:"滚开——"

钱林并不生气,"这样吧。你去敲门。如果房子里确实没有别的女孩子,他又把你留下了,我自己会走的。我知道你不会这么做的,这会自讨没趣!陆承伟是什么人?政治上,他属于太子党。你想告他始乱之终弃之?经济上,他已经是大资本家了。你能把他怎么样?这种事,我见得太多了。陆承伟还算他妈的不错,没有像扔破抹布一样抛弃你,反而出两百万捧你,你还不知足?"顾双凤转过身骂起来:"你他妈的算什么东西!趁人之危,落井下石,哪一件是人干的事!离我远一点。"钱林又凑近了一步,"我当然算不上什么好东西。可我是爱你的。当然,我还有许多让你不能容忍的毛病。譬如,虽然多情,却不够专一。其实,我这么生活,也是现实给逼的。艺人,古时候和剃头匠、吹鼓手一起,列在下九流里,算什么?现在呢,看上去热热闹闹,挺受人关注,像个角儿似的,其实呢,只不过是装饰政治开明、经济繁荣的小花小草。成了大家,又能怎么样?就算登堂入室了?就算是,扮演的也不过是弄臣的角色。我就是这么看自己的。"顾双凤笑了,"你还算有点自知之明。"

钱林伸手拍拍顾双凤的肩头，"地位这么低，就别再折磨自己了。"把手搭在顾双凤的肩膀上了。

顾双凤的身子抖一下，没做别的动作，嘴里说："你想干什么？还想再扔块大石头？"钱林笑道："我俩都在井下，同是天涯沦落人，怎么朝你扔石头？双凤，走，找个迪厅蹦蹦，喝两杯，乐一乐，把这一页翻过去。明天还有两场重头戏要拍呢。走吧。"顾双凤长叹一声，"你这个混蛋，活生生把我毁了，毁了……"转过身伸出指头点点钱林的脑门，"你这个魔鬼！堕落吧，堕落吧！走，疯一次去。"

两人依偎着走到一条小街上，一招手，出租车停下了。

"都得利"又接连开了三个分店后，史天雄觉得可以分心考虑点别的事情了。一个总店六个分店，只要稳定发展到年底，"都得利"就具备了自身造血功能。自身有了造血功能，它在银行眼里就变成了合作的对象而不是扶持的对象，滚动发展的资金问题也就不存在了。总之，一切都很顺利。

这样，陆承伟收购的公司就进入了史天雄的视野。从媒体上刊登的文章来看，陆川的小企业经过陆承伟一收购，真变得形势一派大好起来。生产的产品都能找到市场，而且供不应求，工人们精神饱满、斗志昂扬、信心十足。综合各方面的情况，史天雄得出一个初步判断：陆川实业正在成为S省县域企业改制的一个成功典型。秦思民带来的好消息，简直让史天雄目瞪口呆了。秦思民说："陆承伟接手第一个月，公司赢利超过百万元。省上很重视陆川实业，已经准备在各个方面扶持它。说不定年底或者明年初，它真的就成了清江地区第一家上市公司了。江副省长已经去看两次了。你的小舅子绝对是个人物。"

周六一大早，史天雄决定见见陆承伟。他担心这一切都是陆承伟操纵出来的。这事又得到了陆震天的支持，如果将来出了什么丑闻,可怎么收场! 何况,临来西平前,史天雄还从陆震天那里接受一个任务:监督陆承伟。

进门看见墙上袁慧的大照片,史天雄怔住了。

陆承伟道:"这张照片,袁慧也送给你一张。我记得我姐把它撕了。她确实有一种超越时空的美丽。你这个大忙人光临,肯定有贵干。喝茶还是喝咖啡?可惜双凤不在,她煮哥伦比亚生咖啡,是一绝。"史天雄坐下来,"绿茶吧。你的舞蹈演员呢?她看你这么怀旧,没有反应?"陆承伟泡着茶,说道:"正在实现伟大表演艺术家的梦想。你肯定没时间看报,对了,媒体爆炒双凤片酬那些天,你正被钱搞得焦头烂额。一个伟大的女演员,需要一支优秀的男性接力队捧送,我这一棒已经跑完了。从报上看,你们'都得利'的步子迈得很大。薄利需要多销,多销需要规模,规模一大,就会变成众矢之的。日理万机的史总经理光临,恐怕不是来过问我的私生活的吧?"

史天雄道:"下一个受害者,不知道是谁。你的生活方式,我一向瞧不上。今天我来,主要是向你讨教的。你的魔术已经引得满堂喝彩了。我也搞了一段商业了,我想不通你的钱怎么会赚得那么容易。我记得你一刀宰过陆川两千万,可转眼间,你又变成陆川人心中的英雄了。"陆承伟笑了,"这是学生的口吻吗?倒像是个教师爷。天雄,孟子说,通向不朽的道路有三条,一是立功,二是立德,三是立言。我只能走立功的路。将来,别的人怎么评价我,我不知道,但陆川人会怎么说,我能想得到,我真的会是英雄。至于我做什么,目前没必要告诉你。你只用相信我不会违法乱纪就够了。"

史天雄只好说:"千万不能糊弄爸爸。"

陆承伟道:"放心吧。将来让爸爸伤心的,是你。难道你真要和我姐打一场内战吗?"

史天雄站起来说:"我不会是战争的发动者。"

陆承伟严肃地说:"谁发动,结果都一样。你的妻子是个女人。她两次来西平,你都没有陪她……这对你,也没什么好处。你还是用点心考虑考虑你们俩的事吧!"

史天雄说:"谢谢你的提醒。我走了。"走到门口,扭头看看墙上的照片,问道:"这时候挂这张照片,什么意思?"

陆承伟神秘地说:"如果上帝可怜我,肯定会让我再碰见那个和她长得很像的女人。会的,我相信。"

# 第 十 章

　　五十大寿,到底过不过,王传志一直犹豫不决。
　　人一生,不过百年光景,五十周岁生日,只有一个,不过一过,肯定会留下遗憾。一个从北京八大胡同贫民窟走出来的穷孩子,在五十岁时,能为中国留下天宇这样一个气势磅礴的家电城,也算是创了奇迹了。利用这个生日,给前半生做个总结,也不为过。可是,他又不能不考虑过这个生日会带来哪些副作用。在目前的社会风气下,像王传志这种身份的人过生日,能够惊动多少人,能够惊动哪些人,事先难以预料,祝寿的人随便送份贺礼,价值都能够得上检察机关立案侦查的最低标准线了。要是几十个分公司攀比起来,谁知道会闹出多大的动静?一两个月前,很多人都在打听这件事了,不是王传志一直没表态,下面的人恐怕早就动作起来了。前年秋天,王传志因为呼吸道炎症,在西平医科大学附属医院住了十五天,前去探视的人数,超过三千。事后,经周瑞发统计,共收现金二十八万七千八百元,各种礼品和补养品能装满三辆五十铃零担货运车。王传志指示把钱转到天宇工会特困基金里面,礼品和补养品送给了幼儿园。周六下午,王传志在天宇家电城转了一圈,决定不过五十周岁生日了。
　　回到家里,王传志看见副总张中保,助总马林和办公室主任周瑞发都来了,问道:"没有安排开会呀?"王传志的妻子郭淑英道:"你的生日眼看就到了,到底怎么办,你也没个话,他们不是着急嘛。"王传志坐下来道:"有这个必要吗?"郭淑英把茶沏上,接道:

"怎么没必要？五十个生日，有整有零的，一辈子就一回。你看明年建国五十周年，现在都开始准备了，动静多大？"王传志气笑了，"你这个老娘儿们，说话真是笑人。一个人怎么能跟国家比？"说着从一个小紫砂茶壶里掏出泡败的茶叶放嘴里嚼着。

周瑞发找到了话题，眯眼笑着说："王总，你这个爱好毛主席也有。前些天，我看《毛泽东年谱》，看到一件有趣的事。四三年春天，已经有很多人劝毛主席过五十大寿了。可见，咱们党历来不反对过生日……"王传志摆着手打断道："过了，过了！你怎么能拿我跟伟人相比？萤火与红太阳，有可比性吗？胡扯淡！四三年，毛主席在党内已经没对手了，他最后也没过五十大寿。党内有人提出宣传毛泽东主义，毛主席说，我只不过有点思想罢了。任何时候，都不要忘了夹尾巴。"

张中保温和地笑着说："要是尾巴夹得太久太平实，别人又会把你看成一个没有尾巴的怪物。长了尾巴，适当时候露一露，还是必要的。"王传志点点头，"中保这话，有一定的道理。"马林接道："我喜欢直来直去。你要是去年过生日，我肯定当反对派。因为那时我认为你是接替陆承志的当然人选。现在的情况是：下岗部长一走廊，下岗司长半礼堂，下岗处长几广场。王总，给你过生日，目的是向上头显示我们天宇的力量和团结。特派员又要来了，想来天宇淘金的，恐怕已经排成队了。"周瑞发附和道："就是就是。去年十五大，没让你候补，今年部委合并，也没考虑提拔你。我们天宇，这四五年，哪一年上缴的利税不是同行业最高？产权改革方案报上去一年多……"

王传志猛拍一下沙发，青着脸说道："怎么着？逼我做褚时健呀？每人分给你们一百万美金，你们敢要吗？我知道，这些年我对你们严苛了一些，比其他调过来或者挖过来的人才严苛了。你们的收入，包括我的收入，与我们的贡献太不成比例了。你们要是干私营,或者给外国人干,肯定早发了。你们觉得心理不平衡,完全可以理解。从这方面讲,是我王传志对不起你们。"张中保忙道:"王总,可不能这么说。没有你这么多年的培养和提携,哪里会有我们的今天?"马林也说道:"比比我们很多大学同学,我们能遇到你,已经很幸运了。毕竟,我们在你的领导下,为中国建这样一座家电城做出过贡献。作为一个社会的人,再抽象地说,作为一个共产党员,我们已经问心无愧。"周瑞发动情地接道:"王总,从感情上讲,我们,特别是我,是把你当做父亲来看的。和新生的资本家相比,我们确实还是穷人。可我很知足了。我们是为你鸣不平啊。政治待遇不给你,别的方面也应该给你些补偿啊。手掌手背都是肉,为什么我们现在搞一些产权上的改革这么难?"

王传志点一支熊猫烟,深吸一口道:"都怪我太自信了。有些事情没留什么后路。我原以为实力已经可以起决定作用了,现在看,是我错了。不瞒你们说,最近我是有些悲观。我比你年长一些,经验和教训也就多一些。我们没有被列入第一批派驻稽查特派员的大名单,并不是上面对我们完全放心……我提前下课的可能性越来越大了。至于我个人,我已别无所求。只是,我害怕没有时间兑现给你们做出的承诺。……不过,形势还没有严峻到这一步。我会继续做工作,促成上面尽早批准我们的产权改革方案。政治上,我对你们的承诺无法兑现了,应该在别的地方给你们一些补偿。我欠共产党的情,这一辈子都偿还不完。你们呢? 只是感谢共产党为你们提供了上大学的机会。现在的年轻人呢,上学是点灯熬油考上的,学费是家长从泡菜坛子里捞出来的,职位是凭自己实力竞争来的,他不会觉得欠共产党什么情。产权改革不及时跟上,天宇这种国有企业早晚要出现人才危机。上面应该能看到这一点。在这种节骨眼上,我怎么好大张旗鼓过五十岁生日呢? 想把我整下去的人,睡觉时都瞪着眼睛啊! 如果我这些年做事不谨慎,经济上有不清不楚的地方,作风上有不检点的地方,我能在这个位置上坐到今天吗?"可能是觉得这番话太过沉重了,看见妻子从厨房里出来,开玩笑道:"我老婆最不担心我会上错床。"几个人都笑了起来。郭淑英道:"还不是我看得紧?忙得贼死,连保姆我也不敢用。"

说笑一会儿,门铃响了。

郭淑英打开门,看见两个打扮得像空姐模样的漂亮姑娘一个捧一只插满鲜花的花篮,一个怀抱红木盒子,笑吟吟地站在门口,都露着一排三分之一长的米粒白牙,笑得很职业。郭淑英问:"请问你们找谁?"高挑丰满的一个说:"我们是欢乐礼品公司的送货员,受客户委托,来送王传志王总五十大寿的贺礼。"郭淑英带她们进了客厅。

小巧玲珑的姑娘先把一个金光闪闪的天宇牌小电视机从红木盒子里取出来,放到茶几上,又从口袋里拿出一块试金石道:"这是一件二十四K纯金工艺品,重二点五公斤,这是试金石,请验真伪。"高挑玲珑的姑娘把一张精美的红色贺卡递给王传志,"先生,这是贺卡。"

王传志带着几分狐疑,把贺卡打开了。周瑞发探头念道:"中国家电之王。贺王传志兄五十大寿。弟,陆承伟。"马林问:"陆承伟是谁?"张中保道:"陆承志副部长同父异母的弟弟。"马林道:"他是做什么的?出手不凡呢!"张中保疑惑道:"做地产也好,做股票也好,和我们不搭界呀!这是什么意思?"王传志抱起小金彩电仔细看看,没说话。

高个小姐把货单递给王传志,"如果你没疑义,请在这上面签个字。"

几个人都看着王传志。王传志没说话,掏出签字笔,在货单上签下自己的大名。两个送货小姐走了。

郭淑英吃惊地问:"老王,你怎么糊里糊涂就签了?这能做多少戒指、项链?从来没听说过的人,几万块钱的东西,你怎么说收就收了?"周瑞发笑道:"嫂子,你看走眼了。这块黄金,市价就值二十六七万。人家又费这么大劲做成工艺品,值多少?小三十万!"郭淑英捂嘴惊呼道:"天爷!老王,你快把它送回去吧。"

"送回去?"王传志开口了,"就这么送回去?你这个老娘儿们懂什么?有些人是不能得罪的。做这个小玩艺儿,人家费了多少心思,说退就退了?这个陆承伟,可不是什么等闲人物。在北京很多场合,我都听到过他的名字。"马林不以为然地说:"靠陆家的背景,发点财还不容易?新血统论的直接受益者,还是少接触为好。沾上这种人,将来吃亏的,只能是你。"

王传志站了起来,"你这话也有道理。如今家电是买方市场,他肯定不是为了家电。他到底想干什么?想做庄炒我们的天宇股票?六亿三千万股的大盘,他恐怕没这个实力操纵吧?好像他已经来了西平……"周瑞发一拍脑门儿,"我想起来了,上个月,我还见过他一个助手。他是在西平,注册了一家公司。据说他还是皇冠大酒店的老板。听姓齐的讲,他们刚刚收购了陆川县的十来个国有小企业……"

王传志紧接道:"原来陆川实业也是他的呀。江丰年副省长很重视这个新生事物。这么说,这个小玩艺更不能随便处理了。"

几个人又议了半天,决定静观其变,工艺品暂放在王传志家里,如果没法送还给陆承伟,就送到天宇礼品室收藏起来,供喜庆时展览。这类礼品,王传志收到很多,原先多交给妻子摆放在家里,自从陈希同没上缴礼品的事出现在起诉书中之后,天宇建了一个礼品陈列室。

陆承伟给王传志放了这只气象气球后,似乎把这件事彻底忘记了。王传志五十大寿那天,陆承伟也没收到吃长寿面的邀请,他按计划去西郊拜访松山先生。

陆承伟万万没有料到,这次已经降低到一般意义的礼节性拜访,会变成他生命中具有历史意义的瞬间。

上午九点十分,松山株式会社业务主管山本五郎看见松山会长和两位尊贵的中国客人进了会长办公室,带着一脸怒气,走到门内签到处站下了。昨天下班时,山本五郎已经向全体中方雇员交代过,第二天全体人员必须提前十分钟到位。居然有人迟到了十分钟!随着时间一秒一秒过去,山本五郎已经把这个中方雇员的迟到看成是对他权威的一种挑衅了。

九点十五分,梅红雨满头大汗进了大门。

山本五郎背着手站着,厉声喝问:"梅小姐,请告诉我现在几点钟了?"

梅红雨抬头看看墙壁上的石英钟,低下头用流利的日语答道:"九点十五分。对不起,我迟到了。"

山本五郎大声道:"抬起头。需不需要我帮你回忆一下员工守则第四十七条?"

梅红雨猛地抬起头,大声说:"我错了。员工守则第四十七条:回答上司问话,要注视上司的眼睛,以示礼貌和尊敬。"

山本五郎点点头,"你的记忆里一点问题都没有。昨天,我曾经宣布过,今天有重要客人来访,每个职员都要提前十分钟上班。难道你忘了吗?梅小姐,你的行为,使公司的名誉蒙受了耻辱。"

正在这时,松山陪同陆承伟、齐怀仲和乔本从办公室走出来。猛然间看见梅红雨,陆承伟下意识地停下脚步,惊讶地朝着梅红雨打量。

梅红雨眼含泪水,辩解着:"我不是有意的。我的母亲有病,昨晚又发了高烧。家里没有其他人,我需要找一个人去看护她。路上,我的自行车坏了……"

山本五郎面朝着大门,没看见松山会长已经陪同客人们出来,冷笑着讥讽道:"你不觉得编得也太巧合了?中国人的信誉我领教过。我希望你能说出真正的原因。在日本企业工作的中国人,必须首先学会诚实。否则……"

梅红雨看见松山和陆承伟们走近,再也忍不住了,"请你不要怀疑我的品质!你的母亲也会得病的。我不过是迟到了十五分钟,你按规定处罚好了,用不着小题大做!"

山本五郎恼羞成怒,吼道:"你想干什么?这是一个小问题吗?你必须为你今天的行为付出代价!我再说一遍,我不相信你说的理由。你如果连诚实都没法做到……"

陆承伟冲动地用日语打断道:"你有什么理由怀疑这位小姐的诚实?"转过身看着松山道:"松山君,每个人都是父母生养。为找人看护生病的母亲迟到十五分钟,上帝也可以原谅吧?我相信这位小姐是诚实的。你能否保证这位中方雇员不会因为这件事受到任何处罚?请原谅,有的时候,我控制不住自己狭隘的民族情绪。即便我不是个中国人,我可能也会这样做。"

松山大声说:"山本君!梅小姐是我们最优秀的中方雇员,这是我一贯的看法。在松山株式会社,不允许使用任何种族歧视的语言,更不允许伤害他人的人格和尊严。你的工作暂时由川岛君代理。你应该马上向梅小姐道歉。"

山本五郎转身朝梅红雨鞠个躬,"请你原谅。"

梅红雨也朝山本鞠个躬,"没关系。我确实有错误。"

松山吩咐道:"你们可以去工作了。"

山本五郎和梅红雨向松山和陆承伟鞠个躬,一起去了工作区。

松山又解释说:"陆君,过去那段不幸的历史,让很多日本的年轻人多了一种优越感。实际上,这些人很无知,并不知道中国辉煌的过去。日本也只是明治维新这一百多年,才开始现代化的。"陆承伟仍用日语说:"再次感谢你的大力支持。历史已经是历史了,对吗?"松山高兴地说:"我很希望和你成为朋友,像乔本一样和你成为朋友。你的日语说得太好了。"改口说着生硬的中国话,伸出大拇指道:"你的,日语的,这个。"再换个小指头,"我的,中国话的,这个。"陆承伟大笑起来,先把大拇指伸出来,"我的,中国话的、美国话的,这个。"又伸个小指头,"我的,日本话的,这个。我的,在日本,只呆过八个月。"

四个人走到一个花坛边上,一直沉默寡言的乔本突然问道:"陆君,你的肯定认识这个姑娘。这个的姑娘,嗯,天使一样,不会说谎的。你的,喜欢这个姑娘,我的眼睛的,错不了。"陆承伟怔怔地看着乔本,旋即笑了,"你的眼睛有问题,应该戴老花镜了。这个梅姑娘,我确实第一次见到。她确实像天使一样纯洁、美丽。可惜,我连她的芳名都不知道。"松山已经能听懂中国话了,忙用中文说:"梅小姐的,名字的,红雨,红雨,红的,国旗,中国的,日本的……"笑着改用日语道:"我确实需要好好学习中文。梅小姐有个很动听的名字,叫红雨。红太阳的红,中国和日本的国旗,都有这种颜色。雨,就是天上下来的水。这个姑娘,能力很强,性格也很强,不会轻易低头的。陆先生如果真对她有兴趣,我可以提供你和她认识的便利。"陆承伟用日语说:"真有意思。看来我不该帮她。真不该帮她。她是否结婚,家庭背景如何,住在哪里,我都一无所知,我怎么就冲动地帮助她呢?"松山笑道:"有道理。不过,喜欢梅小姐并没过错。她没有结婚,是个生活在贫民区的灰姑娘,具体她住在哪里,我还真不知道。如果陆先生想扮一下安徒生笔下的王子,我马上去问这个灰姑娘到底住在哪里。"

齐怀仲忍不住了,说道:"你们能不能改用英语或者中国话交谈?我很想知道你们在谈什么。"陆承伟道:"他们好像都误会我看上了这个梅姑娘,我告诉他们,我很后悔刚才帮了梅小姐,他们不信。"乔本摇摇头,"眼睛的,是心脏的窗户。你的跳西班牙舞的女朋友,当演员,你的,需要一个新女朋友。我的眼睛,错不了。"

陆承伟为什么要向日本人掩饰自己呢?陆承伟见到这个酷似他初恋对象的姑娘,为什么这样冷静?齐怀仲百思不得其解。吃午饭的时候,陆承伟也没再提起梅红雨。回锦绣中华园的路上,陆承伟终于又提到梅红雨了。陆承伟很平静地道:"世界上真有这么像的两个人,不可思议,简直像用袁慧克隆出来的。"齐怀仲开着车评论道:"两片一模一样的树叶都找不到,别说人了。她们生活在两个完全不同的时代。"陆承伟再也不谈论这个话题了。这个坐在车上沉默寡言的陆承伟,怎么能会是那天敢于舍命开飞车追白裙子的陆承伟?这种反常的举动背后,到底蕴藏着什么样的潜流?齐怀仲终于忍不住了,扭头笑道:"平日里,你喝点小酒,总爱说话,你今天是怎么了?喝高了?"

陆承伟看看外面的街景,突然说:"去酒店。"齐怀仲懵懵懂懂问:"去酒店干吗?"陆承伟道:"我想见见双凤。也不知道最近一段她的情绪怎么样。我有点不放心。"齐怀仲暗自诧异:承伟今天是怎么了?想的、做的,都不正常。

顾双凤拍戏去了。陆承伟提出到自己的办公室看看。

承伟实业有限责任公司的牌子,就挂在皇冠大酒店门口。第十八层是顶楼,陆承伟留了九间房,准备作公司的办公室。装饰几间办公室,只是为了给人看的。其实,陆承伟的工作,完全可以在家里完成。《你我都风流》开机后,钱林和顾双凤等主要演员就住在准备做办公室用的七个标准间里。给王传志放了气球后,布置办公室的事就迫在眉睫了。在家里接待天宇集团的总裁,感觉总是有点怪。谁知王传志接了气球后,一直没给回音,陆承伟对布置自己的办公室也逐渐失去了兴趣。

陆承伟走进用套房改造的总裁办公室,坐在高靠背转椅上,左右转转，满意地点点头，"视野开阔，居高临下，感觉还不错。"齐怀仲道："按照惯例，中国的惯例，领导来视察后，应该有所变化，这样才能显得领导比群众高明。你看还缺点什么？"

陆承伟心情不错，站起来里间外间走几趟，"沃伦·巴菲特、乔治·索罗斯，都没有豪华的办公室，因为做金融不需要这些。这房子、这家什，已经很奢侈、很多余了。可我知道，这是在中国，形式有很多时候比内容更重要。皇帝坐六十四人大轿，七品县令坐四人小轿，一点也马虎不得。缺点什么？缺点文化和历史吧。这个墙角放个博古架，搞几件仿古东西放上去，历史文化都有了。墙上嘛，到美院搞几幅油画静物写生。古董蒙乔本这些假中国通，油画蒙咱们的同胞。"

齐怀仲笑道："到底是领导，一笔点在眼睛上，这龙就活了。这办公区，主要是为王传志们准备的，恐怕还得装备几间。红花需要绿叶衬，下面不设个秘书处，也得设个总裁办。要是双凤没走，招几个漂亮姑娘让她统领着，就齐了。内容和形式，哪一样都不缺。"

两人正说着，顾双凤进来了。顾双凤还穿着演出服，脸上化着浓妆，一看就是从拍戏现场匆匆赶过来的。顾双凤大咧咧地朝高靠背转椅上一坐，看看两个尚挂着惊讶神情的男人，身子朝后仰仰，翘着下巴说："不认识了吗？两位捎鸡毛信找我，有什么事？请讲吧。我的时间不多。"齐怀仲拍着巴掌道："像，像个女金融大亨！双凤，承伟有点不太……"陆承伟紧接道："有点不太相信你有这么高的演技。你这种高高在上的气质，以前……"顾双凤变戏法似的掏出一支摩尔牌女士香烟点上，熟练地吐出一个烟圈，似笑非笑地看着陆承伟，哆哆地问道："先生，怎么不说话了？"

陆承伟迟疑地摇摇头，"这种太逼真的风尘味，以前我也没从你身上闻到过。一个很讨厌烟味的姑娘，一个月没见，能吐出这么专业的烟圈……"顾双凤格格格地大笑起来，笑得浑身直颤，"这可不像一个留过洋的大儒商说的话。艺术,需要彻底的献身精神,曾几何时,你还曾这么教导过我。你忘了吗?你当然忘了。这位齐先生曾经把你和皇上相提并论过,你日理三五万机,驾幸三宫六院外加出巡猎艳,当然记不得对一个卑微的民女做过的训导了。民女可是时刻不曾忘怀沐浴过的圣恩……我梦想着与我的梁兄化蝶而去,谁承想我早已变成了秦香莲……黑脸包公死了千年,我不学学杜十娘,那才叫比窦娥还冤呢。"说着,又吐了一串烟圈。陆承伟被顾双凤说这番话时脸上不停变化着的丰富的表情深深地吸引住了,摸着下巴笑道:"看不出来,天使、魔鬼你都能演……"顾双凤紧接一句:"那是你这个老师太优秀了。"陆承伟无奈地摇摇头,"剧组真是个大学校,你的口才也大有长进嘛。你这么投入,将来肯定能成功的。"

顾双凤干脆把腿跷到老板桌上,咻咻笑道:"投入?你这个词用得可真好!我真的很投入,特别是拍床上戏时更投入。投入,实际上也有诀窍。想着天下男人一般黑,还有什么舍不下的?下午,拍一场戏。导演想用一个镜头表现一个呆头呆脑的工程师跟着发廊妹进了里屋犯错误。几个大腕想两个小时,硬是想不到绝活。我去做了这个动作,他们没有不叫好的。陆先生,你在最最腐化堕落的美国呆了几年,你觉得这个动作是不是非常非常性感?克林顿看到莱温斯基做了什么动作,才发疯了?我猜想就是看到了我现在做的这个动作。莎朗·斯通为什么能成为让全世界男人疯狂的性感明星?无非是她在《本能》里对审问她的男警察做了类似的动作。"说着,两只会跳芭蕾的小腿在桌上富有韵律地上下交替着,超短裙一张一合像个野性十足的小精灵,嘴里说着匪夷所思的话:"你们怎么不敢看呢?听说莎朗·斯通拍那个镜头时,为了让演警察的男演员真正现出好色的本来面目,连内裤都没穿……"

齐怀仲实在听不下去了，像狮子一样大吼一声："够了！双凤！你,你怎么能这样！"
　　顾双凤把腿挪下去，用天真无邪的目光盯着齐怀仲，嘻嘻笑道："到底当过大学教授，还长了一张道学家的脸皮。我说老同志，我这是跟我的老师汇报学习体会。陆先生要把我捧成一个大明星，还告诫我说要努力，不努力再捧也捧不红。我要让陆先生及时了解我的学习成绩……"齐怀仲恼怒地把桌子一拍,"够了，够了！……"陆承伟也大声说："老齐，你让她表演吧。"说着，把一个单人沙发挪到老板桌的正面，掏了一根德国雪茄，点了，也吐一串烟圈，说道："还有什么绝招，拿出来吧。"齐怀仲铁青着脸出了套间。
　　顾双凤又点了一支烟，双肘支着桌面，两手托着香腮，说道："老齐这人，假道学。"伸出指头点点脑门，"他这里不发达，单调得像个孩子。提起杀人犯，他只会想到十恶不赦，提起妓女，他就想起什么生活所迫呀暗无天日呀。他要演戏，顶多能演匪兵甲匪兵乙，枪一响，不是抱头躲藏，就是一头栽倒。你要给他说妓女也有快乐，妓女有时候比嫖客聪明得多，他肯定觉得你在撒弥天大谎。我就给你讲一个妓女怎么靠智慧要账的故事吧。讲这个故事，只是想向老师说明我的生活观念改变了，世界在我眼里改变了模样。嫖客是个搞房地产的大老板，像你一样，靠改革开放的机遇，发了不少国运财，也像你一样热爱女人，热爱不同的女人。这一天晚上，他到五星级宾馆约了一位高级妓女，说好了不过夜给两千块。这个过程省略了吧，反正你很熟悉。妓女想着对方是个大老板，完事后没数钱就走了。谁知第二天一数钱，发现老板少给了一千。妓女要账去了。大老板忙得很，和几个人都在谈生意。妓女挤上前去说：陆总，对不起，说顺嘴了。妓女说：昨天咱们那笔生意，说好了住这个房子你付两千，为什么你要要赖，只付一千呢？老板也认出了妓女,说:我压你一半价是有理由的。第一,你的房子太大,住起来不舒服;第二,你的房子太脏,住起来不卫生;第三,你的房子太破旧,既没水,又没电,住起来很不方便。所以,只能付你一千。你猜妓女怎么说?妓女说:你真是强辞夺理!我要求你按原价付钱,也有三条理由。第一,住着不舒服,不是我的房间太大,而是你的家具太小,空空荡荡,能舒服吗?第二,嫌不卫生,责任也在你,我说老客户刚搬走,房间有点脏,打扫打扫才让你住进来,你不肯,说你在外流浪多日,很久没住过房子了,硬要马上住进去,这能怪我吗?第三,嫌没水没电住起来不方便?我这房子刚用两年,水管电路一点都没老化,你找不到开关,这能怪我吗?……"

陆承伟脸色煞白,把半截雪茄朝地板上一摔,站起来喊道:"够了!确实够了……"神经质地来回踱着步,"我想不到会是这样……我不想在这里和你争吵。你回房间换换衣服,我们找个地方,找个安静的地方谈谈。"齐怀仲走进来接道:"是该好好谈谈。双凤,你的状态很不好,可以说相当相当危险。"

顾双凤完全被一股生发于她心底的奇怪的力量牢牢控制住了,大脑里只剩下一个念头:我就是要让你看看我现在的样子,让你看看我已经堕落得无可救药了。这不就是你希望看到的样子吗?我就一次让你看个够!你他妈的把我当成什么人了?没有女人了,又想起了我,我在你眼里只是一个泄欲的工具吗?你毁了我,你他妈的早用你的天使的模样把我毁了。你这种虚假的关爱再也骗不了我了!你想看我像一只受伤的小鸟一样无依无靠吗?你想让我再一次相信你依然对我怀有真情吗?做梦吧你!谈谈?多么中性,多么好听的字眼!你又想扮演一个拯救者了。去年我就不该到北京去。真不该去呀!我和你早已恩断义绝,再没有任何关系了。受这种神秘力量的控制,她的思想又朝着一个极端滑去,伴着坠落吧、坠落吧这种自我暗示,朝着深渊滑去。

顾双凤坐着没动,掩嘴哧哧笑了好一阵,"谈谈?你是想请我吃晚饭吧?谢谢了。吃完晚饭干吗?带我回锦绣中华园吗?你是不是觉得我应该无条件服从?按说,我是没办法回绝你的。我的所谓的片酬,不是还有一百万放在你的账户上吗?所以,你就认为有资格支配我。我不大清楚包养费支付的行规,不过,我觉得你的分期付款办法还是很先进的。对于这笔钱,我早不存任何奢望了。当然,我也可以答应你,并借这千载难逢的机会,问你要要账。可惜,我今天晚上已经有约会了。十九岁七个月零两天,我把童贞……卖给了你,到今天已经快十年了,你已经出了一百万,不算就地还钱了。何况,你还给我提供了这么好的出名的机会。电视剧一播出,我的身价肯定见涨。肯出两百万包我一年的资本家不是很难找……"

陆承伟没有再听下去,独自走出房间。

齐怀仲痛心疾首地说:"为什么要把一切都毁个干干净净?这十来年,难道就没有一件事值得你珍惜?你这样糟践你自己,真的很痛快吗?双凤,你好好想想吧。"说罢,愤愤地转身离开了房间。

顾双凤木然地坐着,眼泪扑簌簌无声地滚落下来,先是一颗一颗地滚着,接着就连成了线。坐了一会儿,她伸出双手插入头发,神经质地用力揪着,然后,一声尖利的像食肉动物受了重创的惨叫,冲出了她的喉咙。

陆承伟和齐怀仲上了奔驰车。陆承伟颤抖着声音道:"想办法,明天把一百万交给她,给她现金……想不到她会变成这种样子……该结束了……陆承伟不该只能看到这样的结局,太不公平了……"他的眼眶湿润了。

王传志经过深思熟虑后,决定接受陆承伟的美意,并借此机会,全面修复和陆家的关系。回想起来,这些年得罪的人,竟都是陆家的人,真是不可思议。三年前,陆承业提出成立"天宇——红太阳电子集团"的方案,史天雄来天宇征求意见,王传志一口回绝了,红太阳从此每况愈下,步入今天的绝境。去年,史天雄来天宇当特派员,王传志打出一套组合拳,导致陆家惟一的女婿弃官从商。表面上看,王传志和陆承志是上下级关系,从来没有发生过正面冲突,可整个电子信息部中层以上的领导都明白,王传志早瞄上了陆承志副部长的位置。如果这次贸然让陆承伟亲个凉屁股,王传志就把陆家的第二代,彻底得罪了。潜心研究了几天陆家的历史和现状,王传志惊得出了一身冷汗。如果不及时弥补以前的过失,陆家完全有能力扼杀他的全部希冀。撤销合并了二十几个部委,已经到年龄的陆承志不是还在电子信息部常务副部长的位置上坐得很稳当吗?离退休制度历来没要求一刀切,王传志这一次才深刻体会到其中的奥妙。

从哪里修复呢?现在重提"天宇——红太阳合并方案",显然不合时宜,天宇的几个助手肯定不会同意。可以操作的,只能是天宇把红太阳的一部分兼并了。这个方案由天宇提出来,心高气傲的陆承业肯定不会接受,说不定还会觉得这是王传志在羞辱他。陆承志呢?也好办,以后天宇的大事小事不再直接找陈东阳部长,多向陆承志请示汇报,日子久了,这个疙瘩也就消失了。

看到"都得利"各分店开始经销大件家电商品的消息后,王传志专程去"都得利"总店拜访了史天雄。

这时,"都得利"已在总店二楼租了十二间办公用房,总经理史天雄已经有了自己的办公室。

史天雄想不到西平商界风云一时的人物王传志会突然出现在这里,谨慎得连客套话都不愿多讲,埋头给王传志泡茶,想利用这段时间,判断一下王传志此行的目的。王传志看看设施简陋、布置得还算雅致的办公室,诚恳地说:"早就听说你来了西平,早就想来看看你，一是第一、二季度太忙，二是觉得误会太深，小巷拉驴直来直去，有点冒昧，就拖下来了。去年的事，说一千，道一万，责任应该算在我的头上。所以，我对老弟一直心存歉疚。知道你脱了官袍，我就想我该负荆请罪。看你如今的事业做得红红火火，道歉的话，我已经觉得没有必要了。我倒是应该向你表示祝贺，祝贺你从此踏上了正路。"史天雄礼节性地笑着，"王总，请喝茶。正路？我并不觉得以前我走了多大的弯路。过去的事已经过去了。我现在做的事，只是一种尝试，最终成败，难以预料。如今'都得利'刚刚上路，依然步履维艰。传志兄，这方面，你是大行家，请多多指点。"

王传志喝口茶水，"好茶。私有经济已经正名了。老弟从此踏上了通向亿万富豪的直通车，不是正路又是什么？指点？我怕没资格。看你们的经营方针，是要把'都得利'做成中国的沃尔玛，有成功的范例可以学习，还用谁指点？人说，陆川县的地气，陆家占了一大半，官、商都出了顶尖级的人物，很让人艳羡呀。你们家承伟，到西平一出手就是上亿的大项目，气势逼人。放眼S省，只有你们兄弟才有指点江山的资格。老弟，为你的'都得利'出点力，我还有这个能力。听说你们也开始卖大件家电了，这才找到能支持你们一把的机会。天宇牌子的所有家电产品，我保证给你们全国最低价。如果你们资金周转有困难，可以实行买完货再结算的合作办法。"此言一出，史天雄怔住了。这对于零售商来说，无疑是天上掉馅饼的大好事。又是畅销产品，又是最低价供货，又是售后结算，这不等于是给"都得利"送钱吗？他为什么要这么做？王传志笑了起来，"你要是信不过，明天我们可以把合同签下来。我这个总裁手里也只有这么一点特权。你在做试验，我也想做个试验。有朝一日，你们真做成沃尔玛，仅靠你们一家卖天宇的产品，天宇也不会垮了。这个试验不是很有价值吗？"

史天雄抱拳作揖道："求之不得，求之不得。雪里送炭，雪里送炭呀。'都得利'要是真能做大,传志兄可是大恩人。明天我们就签这份合同。你可不要变卦哟。"

两人说笑一会儿,王传志告辞了。

金月兰和杨世光一听王传志向史天雄道了歉,又送"都得利"这么大个人情,都深感意外。三个人议了半天,仍不明白王传志为什么要这么做。为防夜长梦多,第二天三个人一起去了天宇,趁热打铁,把销售合同签了。

王传志回赠陆承伟一张西平高尔夫球俱乐部的会员卡,两人很快建立了热线联系。一张五年期的优惠会员卡,价值不过五万元,和小金彩电很不对等。加上陆承伟只说想交王传志这个朋友,王传志更感不安。高手过招,看不到对方的手法和目的,总是无法安心。这样,王传志又向陆承伟发出了邀请:请陆承伟周五晚上到家里吃顿便饭,不找人陪同,也不让陆承伟带人来。用王传志的话说,就是:"我们兄弟俩喝两盅,说点掏心窝子的话。"陆承伟欣然答应了。因为这是第一次上门,陆承伟给王传志带了一件微雕工艺品。一个十厘米高,六厘米宽,三厘米厚的翡翠鼻烟壶。这个鼻烟壶的独特处,在于它的内壁上用隶书刻了三百首唐诗。

两人分喝了一瓶五粮液,王传志还没有听到陆承伟谈到任何本质的问题,心里暗想:真遇到高人了。又闲谈一会儿,王传志见妻子已把菜做齐了,说:"你去儿子家,告诉他们出去旅游,别走三峡了,今年雨水太多。"郭淑英叮嘱几句,出去了。

王传志又开了一瓶酒,把金彩电和翡翠鼻烟壶放到桌子角上,说道:"老弟,两件可爱的小东西,起码值四五十万。老实说,我也很喜欢。你要能说出我必须收下的理由,咱们哥俩可以喝个一醉方休。否则,只能完璧归赵了。"陆承伟早料到有此一问,笑笑道:"我要说想认你做个大哥,你肯定不相信。其实,我真是这么想的。可是,你我都在毛泽东时代长大成人,只相信这世上只存在有缘有故的爱和有缘有故的恨。如今呢,又流行天下没有免费的午餐这种说法。看来只好找点别的理由。我猜,你心里肯定这样想:陆承伟这个暴发户,搞这些名堂,肯定有不可告人的目的。你要把我当个兄弟看,先说我猜得对不对。"王传志说:"你我都没时间打太极拳。个别词不准确,疑问倒真是有。陆家小少爷从不弄险,王某人也有耳闻。用句戏文说,愚兄何德何能,那堪受此等错爱。"陆承伟大笑道:"王兄快人快语,痛快。那我就直来直去了。我觉得你的后半生会遇到很多不如意。你现在恐怕已经有点忧患意识了。"

王传志身子朝后仰了仰,盯着陆承伟看看,说道:"老弟只怕看走眼了吧。我,一个胡同里走出来的普通工人的儿子,能有今天的成就,官做到相当正局级,该知足了。凭我为中国民族工业做的贡献,后半生恐怕无衣食之忧吧?托政策的福,托股份制的福,愚兄我退下来颐养天年时,凭我合法所得的部分股票,不至于过三月不知肉味的贫穷日子吧。当然,若论钱财,我无法与老弟争锋。但老弟你虽有万贯家产,等震天老百年后,捐个像我这样的司局级,怕是也不会易如反掌吧?所谓鸡走鸡道,狗走狗道,马走日字象走田。各得其所,我有何忧?"陆承伟迎着王传志自得的眼锋看着,摇着头道:"在我看来,王兄早该脱尽这种胡同串子习气了。想不到你这么容易满足,可惜,真是可惜。话说到这一层,本该掏心窝子以心换心了,只怕说出来又伤及王兄脆弱的自尊。"王传志笑道:"人说宰相肚里能行船,传志不才,肚里难道还盛不下几句逆耳忠言吗?但讲无妨。"

陆承伟呷了口茶水润润嗓子道:"中国人爱清谈,只算是切磋一些社会问题吧。王兄的志向一直在仕途,仕途是你的最终目的,其他的只是手段而已。如果我的眼力忒差劲,今天就到此为止了。"王传志道:"说下去,说下去。"

陆承伟嘿嘿笑了笑,"俗话说酒后吐真言,下面的话可能就刺耳了。王兄虽在仕途上处心积虑,在我看来,却是走了弯路。以王兄在经济上的天分,如早走正路,我今天根本不能望你项背。所以,我才觉着可惜。真可惜。"王传志一听这话,先把身子坐直了,说道:"你不妨把窗纸撕掉算了。灯一拨就亮。"陆承伟笑道:"我是没资格拨你这盏灯的。不过,圣人也有迷糊的时候。王兄身在政界边缘厮混了半辈子,却在政治上犯了大势判断上的错误。文化大革命一被彻底否定,你的仕途也就只能是走官商、商官这些边缘小路了。十五大你没候补上,选拔副部长也没考虑到你,不用找别的原因,只用说你当过几天造反派司令,就把你打入另册了。这是胎记一样的污点,靠工作成绩是洗不掉的。绝对可靠,历史绝对清白,这是七十多年摆在仕途上的两把梯子,而清白又在可靠之下,是可靠的基石,不清白,又谈何可靠?把你今天的经济成就加在我二堂兄陆承业身上试试?他早就是中央委员了。因为他不但是著名烈士的儿子,而且个人历史无任何污点。不瞒你说,我对阁下的历史是做过研究的,你只当过半个多月造反派司令,还没搞过武斗,也没组织过批斗老革命的大会。你的不幸仅仅在于文化大革命被彻底否定了。有人把政治恶心成娼妓,有点过,可有相近的地方。失身一回,失身千百回,都叫婊子。我还注意到一个你肯定没留意的事实。你没有获得过五一劳动奖章,也没被选成全国年度新闻人物。这些能遮掩政治污点的政治光环,怎么都没戴在你的头上呢?我认为问题出在你的性格上。你的性格是领袖型的,要不然,就不会有'没有王传志,就没有天宇'这种提法相处流传了。"王传志站起来为陆承伟续了茶水,阴着脸说道:"你的分析有一定的道理。"陆承伟道:"你就当是信口开河吧。去年和今年,你又有两件事做得不妥,一是默许你的员工把特派员史天雄逼走了,一是你对部里干部分流到天宇态度不积极。桃子熟了,谁都想摘上几只。这桃林按国家大法界定,那是人民的呀。你王传志不过是党的一块砖、一只螺丝钉,你怎么能有权力阻止大家摘桃子呢?当然,飞机起落架上的螺丝钉非常重要,出了问题飞机就不能降落。你就是天宇这架飞机起落架上的螺丝钉。如今你能保证天宇安全起降,上上下下对你的缺点才容忍了。你刚才说你想指望奖在你名下的那点股票在股市交割后换成钱保持你的中产阶级生活水准,这个愿望能顺利实现吗?我看未必。不知道你听说中国哪家国有绩优股份企业的董事长,把锁在保险柜本来属于他的股票顺利换成了钱,反正我没听说过。天宇正在巅峰期,巅峰后面是什么?是下坡路。中国加入世界关贸组织后,你每年的销售收入只有二十来亿美元的天宇,能和松下、日立、索尼、菲利普争高下吗?"

看见王传志陷入了沉思,陆承伟站了起来道:"中国为什么产生不了世界级的大企业家呢?原因你比我清楚。说句心里话,让你王传志再拼命干,还有动力吗?政府机构一改革,企业家们巴望的官位越来越少了,激励的阶梯从此断裂了。中国真正走到西方那一步,搞企业的和搞政治的,平起平坐了,也就好了。可是,现实呢?从中央台的《新闻联播》到山区贫困县电视台的自办新闻,企业家的身影有千分之一吗?要是不干呢?行不行?不行。企业效益下滑了,有官员拿你是问:你把人民的血汗钱当儿戏吗?因为你性格的原因,万一天宇又在你手里垮了,你恐怕没法到异地做官。等待你的恐怕是追查责任。像你住的这种超标准房子,说是事,就是事。要是现在激流勇退辞职不干呢?一、自己不甘心,怎么好在盛年之时,把自己打下的花花江山让给别人坐享呢?二、上面也通不过,你还是不是党的人?三、同行要说你神经病,看你像是你出家当和尚了。在中国,做人难呢。难怪总理也要作滚地雷阵、跳万丈深渊的准备。可是,总理全中国不是只有一个吗?总理们,只要心里装着人民,硬着头皮往前走,还可以巴望个流芳千古、永垂不朽。总经理和董事长们呢?多如过江之鲫,是不是每个人都可以把希望寄托在身后之名上？看看八十年代你这种身份出现的风云人物吧。他们今天都在干什么？浙江的步鑫生，十年前被免了职，如今成了秦皇岛一家私营企业的挂名总裁。他的画像有两层楼高，可管什么用？河北的马胜利，当年红不红？现在在石家庄卖卫生纸，卖馒头。再说说我二哥陆承业，注定要以悲剧的方式告别历史舞台了。春节时，有位国企老总这样对我感慨：看看你二哥这一拨儿曾经戴过红花的企业家，升的升、退的退、死的死、抓的抓，在企业一线的，只剩下你二哥一个人了。看样子，他也难以有善终了。兔死狐悲，兔死狐悲呀。……醉了醉了，都是一些醉话……"

陆承伟这番长篇大论，虚虚实实、夹枪弄棒，字字句句都直抵王传志心里，招招式式都点在王传志的穴位上，听得王传志闷坐在那里，半天没说一句话。陆承伟把酒斟上，笑道："班门弄斧，班门弄斧，见笑了，见笑了。我喝点马尿，就口无遮拦。你就当醉汉的酒话听吧。王兄，来，喝酒，喝酒。"

王传志端起酒杯，认真而诚恳地说："与君一席话，胜读十年书，这顿生猛海鲜吃得及时。旁观者清，当局者迷。这杯酒，敬你没把我当外人看。来，干了。"两个人碰碰杯，一饮而尽。王传志又把酒倒上，说道："酒逢知己千杯少。知我者，老弟你也。再敬你一杯，请你为我指点迷津。"陆承伟摸着酒杯，良久不语。

王传志急了，把衬衣扣子解开，拍打着胸脯说："你是真要让我把心掏出来呀？升，我升不上去，退又不是时候，死，又没到时候，难道我只有……"

陆承伟做个手势，打断道："我能让你做个贪官吗？你怎么会做贪官呢？我当然想和你做一件大事了，只是眼下我也不知道能做什么。问题是，我还没有获得和你谈论合作项目的资格。现在，我只想结交你这样一个朋友。我的所有的合作者，生活都是越过越好了，没有一个人被抓起来。为什么？因为他们都是像你一样优秀的人。据有关部门统计,自九三年起,国有资产每天流失一个多亿。流失这个词可真好。这些资产并不是消失了。这就像大河里的水,倒流到小河里一样。这一个多亿,至少有八千万是叫特别聪明的人算计走了。每天八千万,一年就是近三百个亿。如今,三四百万的案子是多起来了。百万以上的案子,传媒都有兴趣。三百个亿,能造成多少个三百万案值的案子?整整一万个。一年传媒披露的有多少?一百个就不得了了。……你看你看,跑题了跑题了。改天再喝吧。"

这次开诚布公的谈话,奠定了陆承伟和王传志私人关系的牢固的基础。

回头检阅一下来西平这几个月的成绩,竟是硕果累累了。除了偶尔能体会到顾双凤的变化带来的些许隐痛,一切都是无比的好哇。最值得纪念的事情,就是遇上一个像是用袁慧克隆出来的女孩子。

一想起这个叫梅红雨的灰姑娘,陆承伟就变得激动起来。

# 第十一章

　　天刚麻麻亮,毛小妹一家三口忙碌而踏实的印板子日常生活开始了。

　　这是一个西平已经十分少见的大杂院,住着四户人。毛小妹一家三口住南面的两间房。这便是张为民的父母留给他们的惟一遗产了。这个地段,三面已被现代化高楼围了起来,另一面靠近银杏街古建筑保护区。十年八年内,这里恐怕吸引不了房地产商的任何兴趣了。既然无法借城区改造之机,住上有卫生间的单元房,实现住高楼大厦的梦想,只有靠自己的劳动了。毛小妹骑车从青石桥报纸批发站带回一百份《西平晚报》和《西平都市报》,院子里已经是人头攒动了。北屋传来李炳老伯断断续续的咳嗽声,每天他去锦江边上涮完马桶回来,总要抽上一支劣质香烟,咳上一会儿,听完老伴的数落,然后去蔬菜批发市场进各种时令蔬菜,去菜市场摆摊。东屋婴儿的啼哭准时响了,周小全这个时候总要数落妻子几句,然后爬起来给三个半月的儿子喂奶,妻子害怕产假休久了下岗,孩子刚满三个月,就开始值夜班了。西屋的女主人红云和丈夫牛宝又在上演每天清晨的保留剧目,红云坚持每天只给牛宝留十元钱去棋院下彩棋,牛宝要求留二十元以防遇上高手,最后总是红云获胜。每家有每家的甘苦,每家有每家的忙碌,都在结结实实地生活,互不相干。

　　毛小妹给儿子小军找了一套新衣服,看见丈夫仍穿着旧汗衫,有点不高兴了,嘟囔道:"不是说好了吗?你这身打扮,能到人前吗？"昨天，史天雄捎过来话，今早要到毛小妹一元店商谈毛小妹加盟"都得利"的事，并明确表示让毛小妹当"都得利"服务公司的经理。这个惊人的消息让毛小妹和张为民都失眠了。毛小妹认为让丈夫认识认识史天雄和金月兰很有必要，要求张为民换上干净衣服到一元店等史天雄他们。张为民收拾着工具箱，说道："我今天还是不见他们的好。穿得再整齐，这腿没好，不还是个瘸子？这第一印象很重要。再说，你要真当了'都得利'服务公司的经理，想给我找个工作，不是很简单吗？再说呢，两口子都挤到'都得利'，不见得好。这国家的企业说垮就垮了……我看咱们这个店不能丢。"

红云推着车子走了过来，笑问道："小妹姐，你要到'都得利'当经理？你的苦日子总算熬到头了。我先在你这里挂个号。这'都得利'如今名头可大了。"毛小妹正不知如何回答，周小全穿着短裤，拿着空奶瓶跑出来，"嫂子，嫂子，你到了'都得利'当经理，可别忘了我们家小琴。我们家没老人，又请不起保姆。小琴上夜班也太辛苦了。"红云不高兴了，拉着脸，阴阳怪气说："耳朵还挺尖的。小琴到'都得利'上白班，你们儿子谁带？尽添乱。"周小全也不相让，回敬道："大杂院不隔音，听到了有什么办法？我换成夜班，孩子问题不是解决了？牛宝大哥棋艺高、手气好，你就等着当阔太太吧。"红云急了，"你们哪里有夜班？你这个人真是的，什么好事都想插一杠子。干吗老和我们家过不去？"周小全把腰叉上了，声音也提高了，"谁跟你过不去了？书读的是少些，可我还知道好男不和女斗。"

一场纠纷，眼看就要爆发。毛小妹根本插不上话。平日里，红云和小琴是这个院子里的女主角，毛小妹做听众做惯了，也不知道这时候该说些什么。这时，李炳老伯推着板车过来了，劝解道："你们吵什么？小妹要是真当了经理，这事还不好办？那'都得利'的董事长和总经理，都是燕市长的座上宾，小妹给他们说句话，红云和小琴不是都能去'都得利'上班吗？老邻居了，何必为这事伤了和气。小妹，你说是不是？"毛小妹脸红一阵白一阵，嗫嚅道："事是有这个事。我就是到了'都得利'，还是卖小面、馒头什么的……"发现两个邻居脸色不对，又道："我，我要是去了，只要红云和小琴想去，我当然可以给史先生介绍介绍。"

又说了几句，几个邻居都各自忙各自的去了。

毛小妹推着自行车，盯了像做错事的孩子一样的丈夫一眼，伸手在张为民嘴上拧一把，压低嗓音道："叫你嘴松！晚上回来，我再收拾你。"小军捂嘴笑着，伸出指头点点自己的脸，朝张为民做着鬼脸。张为民又气又恼又悔又恨，抬手打儿子，没打着，抬脚要追，腿脚不灵，又追不成，眼睁睁看着儿子跑走了，忍不住喊道："你跑吧，晚上我再修理你。"毛小妹在院门口停下来，扭过头，看着丈夫。张为民挠着头笑道："我哪敢顶撞领导！我是骂儿子呢。晚上你收拾我，我修理他。"坐在家门口梳头的李大娘都看到了，也都听到了，捂着嘴格格格地笑了起来。

张为民推着小车到平安大道街口，天已大亮。第一宗生意，就是给梅红雨配钥匙。梅兰的病刚好，梅红雨怕她劳累，这一段一直没让母亲起来做早饭，每天总是早起半个小时，自己到毛小妹下岗一元店吃碗小面，再给梅兰带两个热包子回去，然后去上班。一来二去，梅红雨就和毛小妹一家熟悉了，也知道张为民早上来这里摆摊是为了抓那辆肇事车。看着仔细锉钥匙的张为民，梅红雨问："张大哥，还是一点线索都没有？"张为民从老虎钳上取下钥匙，举在空中把两把钥匙比了好一会儿，"线索还没有。不过，我想我肯定能抓住他。你拿回去试试。"

正说着，两辆满载货物的东风牌大卡车从左面驶过来。张为民看见前面那辆蓝色卡车，神色骤变，接着，他看到了司机的大胡子。他大喊一声："停车——"猛地朝马路上扑过去。惊得梅红雨尖叫了一声。东风车一个急刹,停在张为民身边。

大胡子司机取下墨镜,探出头骂道:"你他妈的找死!"

张为民看清楚了,和司机对视一会儿,"你看看我是谁?你取了墨镜真好!你好好看看我这条腿!你下来看看?你下来呀!这回我看你往哪里跑,你还有没有点人性?……"

后面一辆车下来两个狠巴巴的男人。

"出什么事了?"

大胡子司机声音有点发怯,说道:"这瘸子疯了。硬说他的腿是我撞的。"

张为民双手拍打着汽车保险杠,愤怒地说:"你敢说不是你撞的?四个月前那个早上,天下着雨,就在这条大街上,你把我撞倒了。你下车看过我,还踢我一脚。我认得你这张脸!你下来,我们到交警队去。"

小平头恶狠狠地抓住张为民的衣领,"穷疯了是不是?想讹点钱花花?你打听打听这是哪个单位的车!你耽误我们送货你负不起这个责!识相的,把道让开。四个月前,还下着雨,你应该庆幸你还活着。你松手!"

张为民死死地抓住保险杠,"就是这辆车。我有证据。咱们到交警队去……"

大胡子司机也跳下车了。三个人先是拉扯,后来就对张为民拳打脚踢起来。梅红雨叫了两声,看看这会儿没有几个行人,冲上去喊:"住手!你们不能打人!"小平头一把把梅红雨推个趔趄,威胁道:"小姐!你别管闲事。"说话间,两个人已经把张为民打倒在人行道上。大胡子司机仍不解气,把张为民的移动工具箱掀翻了。

梅红雨眼睁睁地看着两辆卡车开走了,看见张为民躺在地上没动,忙跑过去喊道:"张大哥,张大哥——你要紧不要紧?"张为民强撑着坐在地上,摸一把脸上的血污,一拳砸在水泥地上,哭喊着:

"我真没用！我真没用！"

陆承伟从奔驰车里下来了，看见真是梅红雨，站在车边上愣住了。张为民挨打的时候，他正好从右向左路过这里，看见了梅红雨的侧影，这才拐了回来。一个星期里，每天一大早，陆承伟都要开车在这一带的大街小巷转。他希望能在这里碰见梅红雨。他甚至这样想：如果十天内我自己没有碰见她，那就说明她和袁慧确实没有关系。如果碰到了呢？他还不知道该怎么办！他只感到身体里另一个沉睡了很久的自己正在慢慢苏醒，唤醒这个自己的，正是眼前这个白衣少女。

陆承伟微笑着走了过去，手和脚莫名其妙地有些发抖，一开口，声音也有点发颤："出，出什么事了？"

梅红雨蹲在张为民身边，抬头看看陆承伟，说道："真是太气人了。四个月前，张大哥叫刚才那辆车撞断了腿。张大哥天天来这里守着，守了一个多月，终于拦住了这辆车，可他们不认账，还把张大哥打成这样……这些人真是无法无天。"陆承伟也蹲下来，说道："张师傅，车牌号你记住了没有？"梅红雨说："我记住了。西F—98901。东风牌卡车，八成新，天蓝色，右面车前大灯处有划痕。"张为民挣扎着站起来，"我差点忘了，那是我自行车剐的。"

陆承伟扶着张为民站起来，看着梅红雨说："梅小姐好记性，观察能力很强。女孩子，像你这样镇静的不多，像你这样勇敢的也不多。有车牌号，有划痕，事就好办了。"梅红雨惊讶地看看陆承伟，终于想起来了，"噢——先生，对不起，我刚才没有把你认出来。谢谢你那天帮了我。"陆承伟拿出手机拨着号码道："那个小日本后来没给你小鞋穿吧？"梅红雨道："没有。哪个地方都是阎王好处，小鬼难缠。这个山本坏点子最多了。"这时手机通了，陆承伟道："我是陆承伟。遇到一件不平事，想管一管。你先到交警队报个案。一辆车牌号为西F—98901的天蓝色东风牌卡车，四个月前在平安大道上撞伤一个人,然后驾车逃逸。刚才,受害人在平安大道街口拦住了这辆肇事车。这些无法无天的混蛋又把张师傅打了一顿,扬长而去了。这辆车可能有点背景。吃完饭,你叫上小三,到市公安局等我。不要说了,上午就办这件事。哪里还吃不来一顿早饭?你别瞎操心了。"

张为民忙说:"陆、陆先生,这太不好意思了。这会耽误你的事的……"陆承伟笑道:"有首歌是怎么唱的?路见不平一声吼,该出手时就出手。红雨姑娘敢于挺身而出,我要是当了缩头乌龟,以后还有脸当爷们儿吗?梅小姐,张师傅的事,你就交给我吧。如果有必要,再麻烦你写份证言。估计用不着麻烦你了。如果你信得过我,你赶快带上包子回家吃早饭。别再迟到了,让小日本人抓了小辫子。"

梅红雨抿嘴笑笑,"陆先生可真仔细。张大哥,你还是到医院看看吧。"张为民龇牙咧嘴挪两步,"不要紧,皮肉之伤,用不着。"陆承伟道:"等会儿,我带你去医院。梅小姐,你说,怎么查?用不用好好敲他们一笔?"梅红雨说:"敲吧,我赞成。张大哥,陆先生,再见。"

看到梅红雨就这么走了,陆承伟于心不甘,扬着手喊了一声:"梅小姐,等一等……我想冒昧向你提个问题……你现在的工作环境和待遇,应该算是不错的。如果有一家中国企业愿意为你提供更好的职位和更高的待遇……你愿意跳槽吗?"梅红雨警觉地看了陆承伟一眼,"我对我现在的工作十分满意。我喜欢比较稳定而单纯的生活。谢谢你的关心。再见。"

陆承伟感到有点落寞,呆站着,看张为民收拾工具箱。张为民执意要请陆承伟去毛小妹下岗一元店吃碗小面,然后再去医院。陆承伟笑了,"你是不想花我的钱吧?我肚子确实有点饿了。你把工具箱找个地方放起来。咱们吃小面去。"张为民很高兴能用一碗小面还陆承伟一点情,忙找地方放工具箱。

史天雄和金月兰早就到了毛小妹下岗一元店,面也吃过了。史天雄把饭碗一放,说道:"小妹,有句话,叫亲兄弟,明算账。你也不要弄得我们说什么是什么。你不要怕当领导,你现在不就是领导吗?而且是个相当不错的领导。该谈谈你到'都得利'的待遇问题了。'都得利'实行的是股份制。我和金董事长已经商量过了。新成立的'都得利'小妹便民服务公司,基本上按照你现在这种方式经营,由你出任经理,由你负责招聘员工。总公司的初步计划是在全市建立二十个小妹便民一元店,总投资两百万元。你的经理职务报酬以工资形式支付,每月一千二百元。另外,你的这种经营形式,可以折合成股本金。也就是通常说的干股或者技术股。我和金总商量过了,可以折合成现在总股本的百分之五。换句话说,就是'都得利'用十万元股份买你现在的经营方式,和你的名字使用权。如果你觉得百分之五太低,我们可以再商量。"听到最后,毛小妹才彻底明白了,摆着手摇着头说:"不行不行,我可不能要这百分之五的干股湿股的。不是你去年指点,我哪里能想起这个主意?我不能要。再说这个名字,天底下叫小妹的人成千上万,我可不能要这一份干股。十万元?吓死我了。能够成你们'都得利'人,我都高兴死了。我从小在孤儿院长大,一直过集体生活。没有单位的滋味,真的难受死了。能够跟着你们干,我已经心满意足了。"

任凭史天雄和金月兰怎么劝说,毛小妹就是不肯改口。金月兰急了,说道:"小妹,这样吧。降到百分之三。如果你还不同意。我们就没法合作了。"说着,从口袋里掏出两份合同和一支签字笔,"合同,我们已经拟好了。你要是同意了,我就把这个五改成个三,咱们把合同签了。如果你还是这么犟……"毛小妹愣了好一会儿,噙着眼泪道:"我签我签。这,这真跟做梦一样。百分之三,也有六万块呀。"

金月兰和毛小妹正在埋头签合同,奔驰600在店门口停下了。张为民满脸血污,一身青紫从车里出来了。惊得周嫂和王嫂叫了起来。

史天雄看见陆承伟,下意识地站起来,冲动地质问道:"你应该先送他上医院!"陆承伟迎面走过来,笑道:"怪不得把地球叫成村子了,是有点小。我要送他去医院,他非要先请我吃顿小面不可。他说他老婆做的小面是一绝。"史天雄脸色变了,大声说:"承伟,你必须马上送他去医院。"陆承伟听明白了,耸耸肩说:"学雷锋也要受你的气。我懒得跟你说。张师傅,我姐夫认为是我把你撞成这样了。你把真相告诉他吧。"

张为民忙给陆承伟搬来一把凳子,"陆先生,快坐下。小妹,你愣着干什么?快去给大恩人煮面去!"毛小妹心疼得趋上前去,用手摸丈夫脸上的血污,"为民,这到底是咋回事?"

"你别擦!陆先生不让擦洗,他要让医生看个原汁原味儿。"张为民也坐下来,一五一十把刚刚发生的事讲一遍。

毛小妹慌里慌张去给陆承伟煮面。王姐看看大奔驰,跟了过去,低声对毛小妹耳语:"小妹,你们家可真算交上好运了。我们那口子是个车迷。这辆车能值一两百万呢。他出面为为民大哥讨公道,这事准能成。"毛小妹感叹道:"这个世界上还是好人多呀。"

史天雄看看陆承伟,说道:"对不起,刚才错怪你了。"

陆承伟大笑起来,"用不着道歉。中国式的思维,我能理解。看见一个人,首先想到他小时候爱流鼻涕,十三岁还尿过一回床。"金月兰忍不住,掩嘴笑了。陆承伟看看金月兰,说道:"天雄,姐夫,也不跟我介绍一下你的老板,太不够绅士了。"朝金月兰伸出手,"金董事长,认识一下吧。陆承伟,你的总经理的小舅子,比他亲弟弟还亲的弟弟。你比电视上还要漂亮,还要年轻。我和天雄小时候一起干过很多坏事,到郊区偷过苹果、偷过西瓜,不过,都是他主谋他放风,我冲锋我作案。结果呢,我就变成一个坏孩子了。"金月兰矜持地笑着,"谢谢你的夸奖。天雄,史,史总常谈起你。你说话很有趣,跟他描述的,有点……"陆承伟道:"出入不小,对吧?可以理解,可以理解。当年我曾做过他一段跟屁虫。如果不是我姐及时而勇敢地爱上他,我和他肯定成为情敌了。很可惜,我一直没找到机会向他证明我的力量。金董事长,你不知道,天雄在初中高年级就成了很多女生心目中的白马王子了,搞得我姐整天像是一个醋坛子。"史天雄终于忍不住了,"你胡说什么!"

陆承伟谈兴很浓,说道:"我一点也没胡说。金总,再告诉你点小秘密。十四五岁的时候,我发疯一样爱上了我们邻居家的一个女孩。我费了老鼻子的劲,她才答应给我一张照片。谁知她一给就给两张,让我把另一张转送给学生会的史主席。亏得我姐及时发现了照片,并及时采取果断措施,把这张照片给撕了。否则……哎天雄,我真的见到一个几乎和当年的袁慧长得一模一样的女孩,刚才我还在路上碰见她了。她唤醒我很多很多记忆。面对她,我会产生很多很多奇妙的幻觉。这几天,我都在想:是不是上帝开始垂青我了,让我圆一个少年时代的梦?要不然,怎么会让我碰见这样一个女孩子?你闭什么眼睛?哪天我带你去看看她。"

史天雄心里隐隐为梅红雨担心起来。

正在这时,毛小妹把面端来了。

史天雄和金月兰刚要离开,杨世光骑着车子匆匆忙忙赶来了,声音有些发紧,喊一样地说:"雪银大厦、大西洋百货等六家商场从今天开始起,大面积降价。有些商品,降得邪乎。肯定是冲我们来的。"史天雄胸有成竹地说:"早晚会有这一天。能成为六大商场的对手,是对我们前一段经营方针最高的评价和奖赏。走,回去吧。"

陆承伟边吃面条边说:"有气魄!最低价是你们的立足之本。目前你们还不够强大,没力量和他们比消耗。是不是再打打政治牌？这些国营商场老总，重乌纱。"

史天雄回一句："谢谢提醒。"

"都得利"的三巨头一起骑车走了。

肇事东风车的主人，是新近一两年在西平名声鹊起的私营企业家李长柱。八十年代中期，李长柱看准农民养猪赚钱的时机，找当时任副县长的表妹夫田明照贷款二十万元，开始做猪饲料加工生意。十几年过去，李长柱的旺家牌系列家畜家禽饲料，已经成为仅次于四川刘氏家族"希望"牌饲料的第二大名牌。田明照依靠扶持旺家饲料公司的政绩，很快当了县长。李长柱依靠表妹夫的关照，生意越做越大，越做越好。田明照升任江陵地区副专员、副书记，李长柱的旺家饲料公司也从老家巫水县迁至江陵市，变成了旺家饲料总公司。田明照再次升任S省省会西平市副市长，李长柱的旺家饲料总公司，又从江陵市迁到了西平市，变成了旺家集团公司。此时的旺家集团，业务已不是单纯做饲料，已经拓展到房地产开发、化工、制药等多个领域。这十几年，李长柱感受最深的一条，就是政企本是一家。他的人生信条之一是：宁舍百家穷亲戚，不废官家一门亲。听说一个配钥匙的竟敢拦车敲诈旺家集团公司，李长柱决定亲自去一趟西平市交警大队，会一会这个胆大包天的无赖，更重要的是会一会市交警队的官员，让交警队知道西平早就有了一个需要他们在多方面加以关照的旺家集团。别说是四个月前发生的车祸，就是今天刚刚发生的车祸，也要把旺家集团洗个干干净净，否则旺家集团还怎么在西平这个大都会立足！李长柱坚信，交警队的官员不可能不知道田明照是燕平凉接班人的政界传闻。省委书记蒲东林调离或者改任人大主任后，王长江省长肯定升成书记，江丰年升任省长后，燕平凉肯定就是常务副省长了。田明照也是王长江看中的人，接替燕平凉顺理成章。目前，就看中央对蒲东林的态度了。李长柱的自信，建立在他对S省和西平市政坛的深入分析上。这时候的李长柱,已经不是十年前在巫山庄园里,养八条狼狗,十二个家人,坐井观天的土财主了。

李长柱带着一辆豪华皇冠、两辆六缸奥迪和六个部下,一个法律顾问,进了交警队的院子,马上看见了停在院子里的黑色奔驰600和红色宝马。进了交警队的会议室,他看到了和江才荣、陆承伟坐在一起的张为民,马上改变了主意。几年前,李长柱就知道了江副省长三公子的名头,在几个大的场合,远远地看见几回江才荣。陆承伟的名字和背景,他两个月前在田明照家也听说了也搞清楚了。李长柱当机立断,让随从和律师都到楼下等候,走到陆承伟和江才荣面前,恭恭敬敬递上自己的名片,客客气气地说:"公司正在开会,突然间知道了这件事,急急忙忙赶来了。这件事惊动了陆先生和江先生,真是不好意思。"又把两张名片递给齐怀仲和张为民,"因为我管理不严,教育不周,让这位兄弟受了这么大的委屈,我心里实在不安。刚才,我已经派人去抓那几个人了,公安局该怎么处罚,我没任何意见。"再拿出四张名片,递给交警大队的两个领导和两个警官,"路上,我想了一个弥补的办法,说出来,请交警队的领导和江先生、陆先生定夺。这位兄弟的伤腿应该继续治疗,所有费用由我们支付。另外,我想一次性支付这位兄弟十万元,作为赔偿费、误工费。这件事情,教训很沉痛。刚才,田副市长和我表妹都在电话里批评了我。这些年,他们两口子不知道叮嘱我多少回,要我做人一定要谦虚,做事一定要谨慎……哪里想到还会出这样的事。"

事情顺利得简直不可思议。交警队吴队长问了张为民伤腿的治疗情况和医疗费支出情况,建议改成一次性支付张为民五万元,参与打人的旺家集团职工每人处行政拘留十五天,肇事司机处刑事拘留十五天并处两千元罚金。李长柱坚持要付十万元。最后,陆承伟提出付八万元。大家再没有异议了。都是在台面上行走的人,方方面面的面子都需要照顾到,伤了和气就不好了。如入梦境的张为民坐上交警队的专车回家了。主角一退场,节目也变了。李长柱提出请陆承伟、江才荣、齐怀仲和交警队的领导吃顿便饭,没有人拒绝。大家都觉得李长柱这个人不错,可交,何况他还是田明照副市长的表大舅子,这顿饭不能不吃。

李长柱也很高兴。若不是遇到这样一个机会,花上八万元、十万元,能这样自然地结交上陆承伟、江才荣这种级别的朋友吗?人分三六九等,哪个行当都如此。要想在S省商界成就一方人物,仅靠田明照这一座靠山,绝对是不行的。

回到锦绣中华园,齐怀仲忍不住说道:"你能主动管这件闲事,肯定有原因。"

陆承伟默思良久,说道:"缘分,缘分,缘分呀。既然真能遇上她,证明有这份缘。你尽快设法了解一下梅红雨的一切情况。家住哪里,家里还有什么人,有没有男朋友,这个男人是干什么的。"

齐怀仲听呆住了。

愈演愈烈的西平商场降价大战,已被西平的媒体炒得沸沸扬扬。工商、物价、税务部门从适度介入到全面介入,都没能使这场战火平息下来。燕平凉深知这是雪银大厦为代表的国营商业零售店和以"都得利"为代表的私营商业零售店,为争夺市场也就是生存权,必然要爆发的一场没有硝烟的战争。然而他没有想到这场战争会来得这么快,交战的双方会这样失去理智。"都得利"刚刚有点起色,若夭折了,不仅关系到经他牵线的一两千万贷款能否如期归还的具体问题,而且关系到私营商业在西平的整体命运。这几年,美国、德国、日本等国的商业零售公司和台湾的好又多超市,都把目光投向了西平这个巨大的消费城市,已有多家公司在西平开了第一家分店。这种典型的窝里斗行为,让燕平凉大为光火。

得到国营商场用低于出厂价的价格倾销几十种商品的报告后,燕平凉决定出面干预此事。

这天上午,燕平凉在办公室约见了雪银大厦的总经理兼党委书记兰平章。兰平章五十多岁,方脸,中等个儿,微胖,浑身透着年轻时叫机灵年老时就变成老奸巨猾的东西。

兰平章一进门,脸上先堆出了笑容,看见燕平凉正在伏案批阅文件,垂手伫立一旁,轻轻地说:"燕市长,听我们赵局长说,你有事找我?"

"坐下吧。"燕平凉在文件上写了自己的名字和日期,抬起头道:"兰总经理,最近这场降价风,是经你鼓动刮起来的吧?"兰平章很干脆地回答:"是我。市长,这是西平商业界为了可持续发展,被迫发起的自卫反击作战。我们很希望得到你本人和市政府的明确支持。'都得利'全市最低价的经营方式,早晚会把我们置于死地。我们也知道,'都得利'是你支持的私营股份制公司……"

燕平凉脸色变了,粗暴地打断道:"你这话是什么意思?我告诉你,'都得利'不是我的自留地,燕平凉市长在'都得利'公司没有一分钱湿股也没有一分钱干股。'都得利'是一家货真价实的私有股份制企业。可是,它有非常健全的基层党组织,它每天早上都举行升国旗仪式,它发展新党员要高唱《国际歌》,几年来,它一共招聘了近七百名下岗人员。就是因为这些,我这个共产党的市长,只能旗帜鲜明地支持它。"兰平章并没有退缩,依然面带笑容地说:"市长,我说你支持它,没别的意思。我只是想提醒你一句:虎大伤人。市长,我也是有几十年党龄的老党员了,你要相信我的党性。我搞了大半辈子商业,你要相信我的经验!'都得利'是一个有很大野心的私有企业。你只用看看它七个分店都开在哪里,你就知道它的野心有多大了。史天雄和金月兰都曾经是我们这个阵营里的杰出人物,知道我们哪里存在弱点,招招都点在我们的要害之处。他们知道星星之火,可以燎原,他们走的是农村包围城市的道路。如果我们现在不采取断然措施,一年之后,它们的分店,会把我们这些国营大商场变成一座座孤岛!最后,我们只有投降。"

燕平凉语气平静了许多,用词更加严厉了,"姓公姓私的问题,暂时用不着争论。苹果也好,梨也好,只要符合广大群众的利益,都应该种植。党和政府,对国有企业的希望只有一个,那就是希望它在激烈的市场竞争中,不断发展壮大。我也知道,并不是所有的国营商场都在赔钱。你用不着在我这里喊冤叫苦。物价局、税务局和工商局无法阻止我们的国营商场和私营企业比赔钱,正常吗?你也不要对我说西平商业零售的蛋糕只有这么大。对于经营,我也不陌生。有人不珍惜手中掌握的国有资产,竟敢搞低于厂价的倾销,导致恶性竞争,怎么办?政府无能为力了?不!珍惜国有资产的人,总还能找到吧?我提醒你回去好好想一想:你手里可以大笔大笔支配的钱,是谁的。"

兰平章不愿被免职,所有国营大商场的老总得到现在的位子都不容易。这样,围剿"都得利"的降价大战,草草收场了。"都得利"最终成了胜利者。

陆小艺带着几分期待赶到西平,"都得利"已经在清理战利品了。她一下子又失去了目标。能对史天雄这个胜利者说:这里危机四伏,陷阱遍布,赶快撤退吧?不能。远远地,看着自己的丈夫骑着自行车,和一个漂亮而有风度的女人肩并肩招摇过市,连续视察了两家分店,陆小艺感到精神都快要崩溃了。回到锦江饭店套房内,陆小艺拨通了钱林的手机。她需要用非常的方式寻找一种平衡。

第二天早上,陆小艺想搬到陆承伟家里住,打了陆承伟的手机,才知道陆承伟正在去皇冠大酒店的路上。陆承伟请她过去一起吃正宗的羊肉烩面。

陆小艺和钱林同车来到皇冠大酒店,顾双凤已经在大厅小吧角落里坐了很久了。看见钱林背着陆小艺的旅行包走进大厅,顾双凤顿时明白了,咬咬牙,闭上眼睛,动也没动。在四楼的电梯里,陆小艺和钱林分了手。

陆小艺走进玫瑰厅,看见陆承伟和齐怀仲已经坐在那里。六位小姐把陆小艺迎了进去。

陆承伟用狐疑的眼光溜溜陆小艺,"姐,以后你来西平,不要再惊动江小三、江小四了。特别是那个小四,接触多了对你没好处。"陆小艺冷笑道:"你姐还是个屁事不懂的中学生!江小四也不是海洛因。不就是吃一碗烩面吗?兴师动众,弄得跟皇上一样。"齐怀仲解释道:"在这儿吃饭,跟在家一样。都习惯了,也没觉得多过分。"

陆承伟问:"姐,你是不是觉得天雄这次会失败?"

陆小艺道:"我都知道了。燕平凉不顾原则帮他,我有什么办法?我已经做到仁至义尽了。"

吃完烩面,陆小艺说她有点犯困,想到陆承伟家里睡一觉。陆承伟和齐怀仲把陆小艺送到锦绣中华园,又马不停蹄去陆川。股票上市的验资工作就要展开,陆承伟有些放心不下,决定亲自去布置布置。

陆小艺躺在床上,却又睡不着,爬起来又把录有史天雄和金月兰作报告镜头的录像带,从头至尾看一遍。一个念头牢牢地攫住了她:我要和这个女人谈一谈,我必须和她谈一谈!拿起电话,她又犹豫起来。有这个必要吗?要是这个女人态度强硬,不是自取其辱吗?史天雄已经放弃了在北京的一切,投奔了这个女人,做妻子的,还有什么主动权?再说,用这种市井坊间流行的办法处理这样的问题,合适吗?就这么犹豫到了下午一点,陆小艺拨通了西平的查号台,"请查一下金月兰家的电话号码。"在这仿佛长达一个世纪的等待中,陆小艺都希望听到否定的回答,结果听筒里却传来了这样一个声音:"你查的号码是6682363,你查的号码是6682363。谢谢使用。"陆小艺抬头看看墙上的石英钟,心里道:她现在会不会在家呢?抖着手拨这个号码时,陆小艺希望金月兰家的电话没有人接。接电话的人,正是金月兰。陆小艺约金月兰到锦绣中华园,希望金月兰拒绝,但金月兰还是很爽快地答应了。

事已至此,陆小艺只能考虑自己应该穿什么衣服,化浓妆还是淡妆这类细节问题了。她不能以这种睡眼惺忪,仿佛是纵欲过度的状态迎接金月兰,更不能在这个女人面前露出丝毫的怯懦。

下午两点十分,两个穿着考究、都仔细化过淡妆的女人,在陆承伟别墅宽大的客厅里见面了。两个人对视一会儿,寒暄两句,在布艺沙发上面对面坐下了。金月兰心里坦坦荡荡,脸上自然没有出现陆小艺期待的做贼心虚的表情,不但如此,而且还似乎显得有几分好奇的激动,这让陆小艺感到惊讶。金月兰此时确实有些激动和好奇。尽管史天雄来西平后从来不谈论陆小艺,但金月兰还是能够感受到这对夫妻的关系已经相当紧张了。前两次陆小艺走后,金月兰都无法按捺住好奇,巧妙地向杨世光打听史天雄那几个晚上是否睡在牌坊巷的硬板床上。判断出史天雄和陆小艺实际上已经分居后,金月兰再也没有说过让史天雄回北京看看嫂子之类的话。为什么从她的脸上,看不出任何这方面生活的痕迹呢?金月兰感到有点奇怪。

陆小艺开始说话了,"金董事长,到底南方的水土好,气候好,养人,尤其养女人。快二十年了,你好像一点也没见老,仿佛越活越年轻了。真让我们这些北方女人羡慕。"

金月兰没想到会从这个话题谈,迟疑了片刻,"二十年?我们应该是第一次见面吧?"

陆小艺站了起来,"你看,我都忘了给你泡茶了。茶叶筒呢?

要不,喝点纯净水吧。我们是第一次见面。你不认识我,可我认识你。当年,我也当过你的追星族。请喝水吧。"

金月兰想让谈话气氛变得轻松一点,端起杯子喝一口,"男人们爱说:好汉不提当年勇。那都是过去的事了。"

陆小艺在金月兰面前慢慢走着,这种微微有点居高临下的感觉,似乎又给她带来了一些自信,"历史和现实的联系,根本没办法割断,感情方面更是如此。你和天雄的一段历史,我最近才弄明白。当年,你们都是明星式人物,俊男靓女,确实非常般配。那个时候,我正怀着我们家小勇,妊娠反应差点没把我折磨死,一脸妊娠斑,简直没一点看头了。那时呢……反正你我都是快能做奶奶和外婆的人了,说说也无妨。我呢,当时也太年轻了,一点也不清楚男人到底是个什么东西。你看你看,我怎么这么说呢。天雄养好伤回北京呆了十天,我竟没让他挨过身……本来,他可以在北京呆十五天。他为什么提前五天归队,年轻的媳妇们,是整不明白的。生理卫生知识欠缺,当然是最重要的原因,生怕做了那事,把孩子整流产了。当然那时候刚刚改革开放,思想也不解放,自然不知道夫妻生活也可以过得丰富多彩。我,还有我们这一代人,应该为我们当年的无知,付出代价。他归队不到半个月,就在英模报告团,认识了你。你又是那么年轻漂亮,清纯可人……即便是发生点什么故事,也是很正常,很美好的……"

金月兰再也无心听了,忙打断道:"嫂子,你可不要乱猜疑。我和天,天,史总,一直都很正常……"

陆小艺用遥控器把电视机和放像机打开了,"当然都很正常。咱们老祖宗的《诗经》里,已经有'窈窕淑女,君子好逑'的诗句了。你看,你们俩在这些镜头里多般配。那时候电影《庐山恋》能倾倒一代青年人,要是你们俩演男女主角,肯定更是亿万人迷,因为你们这种感觉更真……"

金月兰猛然间看到自己过去的这一面,臊得面红耳赤,嗫嚅着:"嫂,嫂子,你千万别误会……我,我们真的没什么,真的没什么呀!我……"

陆小艺长吁了一口气,神色黯然起来,"没看到这些之前,我也认为你们之间没有什么。现在,有这些历史珍贵镜头当证据,你让我怎么相信你们没什么?我……"

金月兰重复着,"我,我们真的没什么……"

陆小艺道:"月兰,我叫你月兰吧。我刚才说了,所有的责任都在我。这些年,家里老的老,小的小,大事,小事,让我操碎了心。就像王熙凤感叹的那样,大有大的难处呀!可一个人的精力有限呢!这心操十年八年,人也老了,这心也老了。我不过比你大三五岁,可看上去呢?像是比你大十几岁。天雄放弃一切,来西平帮你办'都得利',已经证明,作为女人,作为妻子,我都输给了你……彻底输给了你!我一点也不想隐瞒,承认这次失败,是件非常痛苦的事。还有一种痛苦,我简直难以启齿……"说着,眼泪流了下来,"月兰,咱们姐妹俩,还有什么话不能说?他的身体很强壮,也很结实……可是,我两次来西平看他,他连碰都懒得碰我一指头了……"

金月兰实在受不了,腾地站了起来,"嫂子,我不想再听了。你可以不信任我,可以把我想象成世上最不堪的那种女人,但你不能怀疑你丈夫的品格。历史也好,现实也好,我都不想再做解释了。你怎么想象,都是你的事。现在,我只想听你把我叫来,见这一面,目的是什么!"

陆小艺擦擦眼泪,顷刻间就换了一张笑脸,"月兰,你千万不要生气。这些,我都能忍受。你是爱天雄的,我想你不至于连这一点也否认吧?爱,意味着付出。你也是当过社会主角的人,应该明白,天雄回北京和留在西平,他的未来会有天壤之别。为了他的前途,我惨淡经营了十几年,付出的太多太多了。我不想轻易放弃。当然,我也十分重视你和天雄曾经有过的历史和正在书写的现实。你也是个有社会地位的人。陆家的人也不是布衣白丁。我们都不会把这件事变成别人茶余饭后的谈资。我有个无话不谈的小妹妹,就是江副省长的小女儿,她有个想法,挺有意思的。她说幸福的女人应该是这样的:选一个特别爱自己的男人做丈夫,找一个自己特别爱的男人做情人。只有你有能力让他离开西平,回到他的正确轨道上。只要你能帮助我达到这个目的,我不反对你和他继续成为朋友。同时,我可以承诺给你七位数以上的经济补偿。"

金月兰感到彻骨的寒冷,更感到人生的错位带来的无法化解的酸楚,同时,她也感受到了作为人的悲哀与无助,为自己,也为史天雄。一切神圣的初衷和纯洁的精神,都可能被残酷而污浊的现实曲解甚至变得面目全非。面对陆小艺的请求,再说什么都毫无意义了。

金月兰强挤出一个微笑,说道:"我会尽全力劝他离开西平。至于他会不会离开,我无法负责。"转身出去了。

刚一出门,她就感到两行泪水如泉一样涌出。

金月兰回到总店,史天雄、杨世光和江榕已经等她多时了。史天雄没有注意到金月兰哭得红肿的眼睛,埋怨道:"下午你到哪里去了,也不说一声。董事会也开不成了。你看看已经几点了?"

金月兰木然地坐在椅子上,一言不发。

三个人这才知道出了事情,关了门询问起来。

金月兰苦笑着说:"有世光和小江作个证也好。董事会开不开已经没什么意义了。你的妻子陆小艺下午在你小舅子的别墅约见了我。会谈的过程,我不愿意再说什么了。她手里掌握着十八年前,我和你跳到黄河也洗不清的证据。在她眼里,我十八年前,已经做了第三者……你已经是'都得利'的大股东了,我没权力解除你总经理的职务。我不愿意担一个让你妻离子散的罪名,按照她的要求,正式劝你自己主动离开'都得利'、离开西平,回到她为你设计的正确轨道上……"

史天雄一拳砸到桌子上,青着脸冲出了房间。

杨世光深感意外,自言自语着:"小艺嫂子是个通情达理的人,怎么会这么做呢?"

金月兰流着眼泪收拾着东西,"当年,不知道哪个混账记者,专门拍了我和他亲密无间的镜头……你们告诉史天雄,我请长假了。我很希望他能快一点回北京去,这样,我就可以从他妻子那里得到高达七位数以上的补偿。"说罢,背着小包,擦着眼泪走了。

杨世光和江榕也不敢阻拦,你看看我,我看看你,都不知该说什么。

杨世光一屁股蹲在椅子上,"这把火烧的……这个天雄啊,就是不会哄女人。小两口还不记隔夜仇呢!小艺上两次来,他每天还住在牌坊巷……几个月不回北京,已经很过分了。"江榕看看杨世光,说道,"你不是也没回去吗?你就不怕后院起火?"杨世光说:"能一样吗?天雄在陆家是国宝大熊猫,我是一个多余的人……咱们不说这些了。小江,咱们快点去劝劝金总,'都得利'能有今天的局面,不容易。要是金总一气之下辞了职,'都得利'就垮了。"

江榕笑道:"问题没那么严重。关键就看史总的态度了。他要走,谁也留不住。他要不走,金总也不会走。金总是'都得利'的创始人、董事长,她怎么辞职?你没听她怎么说?她没权力解除史总的职务。我看是这个陆小艺打错了算盘。又是找证据证明金总是第三者,又是提出巨额赔偿,把金总当成什么人了?这叫弄巧成拙!史天雄要是甘愿受妻子的摆布,根本来不了'都得利'。劝劝金总也应该。走吧。"杨世光听得直点头,"想不到你小小年纪,会有这般见识。有道理,有道理。金月兰在陆小艺那里受了委屈,就把球踢给史天雄,看你把球往哪个方向带!"江榕笑道:"我是女人,女人,明白吗?金总心里有爱,才会有这种表现。这回,史总恐怕还是不会哄女人。"

陆承伟已从陆川回了家,一听陆小艺见了金月兰,连声说:"臭棋,臭棋!姐,事不该这么办呢!"

陆小艺很平静地说:"我知道不该这么办,可我实在控制不住自己。挑明了,也好。我受够了!受够了!他把我陆小艺当成什么了?"

陆承伟想了一会儿,说道:"天雄的脾气,你又不是不知道,吃软不吃硬,又不肯认错。我送你到宾馆住去,明天你就回北京,回避一下,免得矛盾激化。"

话音刚落,史天雄已经进了客厅。

史天雄伸着指头指着陆小艺,"你,你到底想干什么?"

陆小艺慢慢站了起来,"想打人了,对不对?"朝史天雄走近一步,"动手吧。一动手,什么都齐了。我这个可怜的妻子,什么屈辱都体验过了,就差挨你的铁拳了。你动手呀!"

"姐!你冷静点!"陆承伟把陆小艺拉开了。

史天雄忍不住说一句:"你怎么能这样干呢?你……"

陆小艺过去把录像带取了出来,"她是不是什么都给你说了?肯定是这样的。史天雄,你也别冲我发脾气了。你别以为我是在求你们。现在,你只有两个选择。第一,回北京去,这一页就算翻过去了。第二,你要决定留在西平,咱们只能离婚。我给你一个月时间作出选择。"说完,转身上楼去了。

"都得利"在降价战中取得了全胜,梅丰认为该给史天雄做一期节目了。周三一大早,梅丰和王摄像带着车赶到了牌坊巷。她准备先拍一些史天雄日常生活的镜头,然后再采访史天雄,把节目做得活泼一些。按"都得利"的发展势头,史天雄在这种小平房里肯定住不了几天了。

史天雄和杨世光都不在,梅红雨正在往外搬纸箱子。

梅丰问道:"红雨,你在干什么?怎么回事?堂屋都变成杂货铺了。"梅红雨苦笑一下,朝里屋一指,"'都得利'刮的降价风,把你梅兰姐一下子刮到六七十年代了。听说几个大商场的东西比出厂价还便宜,疯狂采购了一整天。洗衣粉、白糖、食盐,见什么买什么。安尔乐卫生巾,一回买了六箱,够我用到更年期了。放在屋里占地方,放在院里又怕人偷了。我准备送到罗大妈的店里,让她处理一些。"

梅丰无奈地摇摇头,"物质匮乏恐惧症!你们的邻居呢?怎么都不在?"梅红雨看看厢房,"早出晚归的,已经快有一个星期没见到他们人了。"

梅丰和王摄像赶到"都得利"总店门口,看见史天雄正在卸货,扛一只大箱子,满头大汗往店里走。梅丰喜出望外,忙喊道:"别对焦了,跟着拍,快一点。"两人跟了进去。

史天雄把箱子放下来,生气地说:"拍什么,拍什么!有什么好拍的?"说着,出了店门,点了一支烟。梅丰又跟了出去,"唉,你这个人是怎么了?太健忘了。我们起个大早,可不是来讨没趣的。"史天雄抑制不住内心的烦躁,说道:"西平下岗辞职的干部,成百上千。干吗非要找我?我不想抛头露面,更不想出名。"说着,跳上小货车,喊道:"小王,走吧。"小货车开走了。

梅丰真生气了,大声说道:"这叫什么事!'都得利'的总经理,就是这种信誉呀?出尔反尔,说变卦就变卦呀?刚刚渡过一关,大司长派头……"杨世光忙跑出来,拉住梅丰央求着:"小点声,小点声。我喊你一声姑奶奶,行不行?梅记者,这人不是机器,总有个喜怒哀乐。实话对你说,史总最近遇到一点麻烦……"梅丰余怒未消,"他的麻烦又不是我给他添的,干吗把我当成出气筒!为做这期节目,我已经跑五六趟了。不是想借他这个下岗司长的动人事迹、光辉业绩给全市几十万下岗人员打打气,我才不来受这个累、受这个气呢!"

江榕笑着把两听饮料递过去,"梅记者,先喝口水润润嗓子。这期节目很急吗?"梅丰接过雪碧喝一口,仍然不依不饶,"文盲都知道新闻的生命在于它的时效性。等史天雄像他小舅子一样,成了百万富翁,坐着奔驰车,住着小别墅,他的命运与大批生计还成问题的下岗人员的命运还有个屁关系。我要的就是这个当过司长的人,住月租金只有一百多元的民房,和搬运工一起扛箱子。你们'都得利'的广告词是怎么说的?在非常的时期,'都得利'与你共渡难关!整个一个虚假广告嘛。"

杨世光也有点上火了,点了一支烟,"到底是西平市第一名嘴。亏得我们还有个共同的朋友陆承业,要不,今晚'都得利'肯定在劫难逃了……"梅丰一听,气更大了,"什么意思?这件事与陆承业有什么关系?你给我说清楚!"

杨世光说:"好,你过来,到这边,我给你说清楚。"

江榕急了,"老杨,你少说两句行不行!梅记者,你听我给你解释……"梅丰固执地说:"我只听他的。"

杨世光看看店门口,估计店里的职工听不到他的声音了,站下来说:"梅小姐,我告诉你,正是因为你们这些电视台的记者,让我们'都得利'陷入了空前的危机。我们董事长请了假,独自出去旅行了。我们史总经理马上就要妻离子散了。你已经看见了,这几天他只能做装卸工。这个时候,你又把摄像镜头对准他,他能不烦吗?陆承业陆总,是天雄最敬重的人,我是想请你告诉陆总,让他抽空劝劝天雄。这样折磨自己,不是个办法。"

梅丰是个心直口快的人,马上说:"对不起。到底出了什么事。"

江榕就把事情的前因后果说了一遍。杨世光补充道："那些剪辑在一起的镜头,确实能让人产生误解。"

梅丰惊呆了,自言自语着："这盘带子还在呀——"用手拍拍自己的头,"剪辑这些镜头,是我的主意。那时候,我在省电视台做实习记者。英模报告团巡回报告结束后,台里要我和白玲把每个人的演讲片断搞个集锦,送给他们做个纪念。我和白玲从素材带中,发现史天雄和金月兰在一起特别美、特别般配。所以,就剪辑了一些,录在集锦后面了……真没想到我们当年做的是颗定时炸弹……"

杨世光感叹道："真是不可思议。你太……"

梅丰叹道："十九岁的我,什么也不懂。这可怎么办?怎么办?……"

# 第十二章

一场百年不遇的大洪水，彻底化解了"都得利"公司的政治危机。准确地说，是这场大洪水，为化解这次政治危机提供了一个绝佳的契机。

渐渐在电视画面里多起来的绿军装和橘红色救生服，让史天雄和杨世光坐不住了。得到舟桥团即将开赴荆江抗洪前线的消息后，两个人都有些吃惊。经验告诉他们：更大的危险，恐怕还在后头。金月兰从外地"考察"市场回到西平的当天晚上，史天雄和杨世光第二次去了宴园公寓金月兰的家。自从在这里吃过接风的面条，他们再也没有来过这里。杨世光在电话里说要来向董事长汇报汇报这一段的工作，顺便看一次完整的《新闻联播》。金月兰在外地散心的时候，已经从李姐嘴里知道了史天雄的一系列反常表现，已经对自己把所有的难题都交给史天雄十分愧疚，很想看看当了多天搬运工的史天雄是什么样子，马上答应了，又去买了水果和西瓜。

三个人一起看完《新闻联播》，神色都很凝重。

史天雄道："月兰，我和世光有个想法……"金月兰笑着打断道："我猜一猜吧。你们都感到遗憾，觉得军装脱早了，没赶上这个共赴国难的机会。你们是不是想请几天假，去荆江大堤上扛几天沙袋？"杨世光看金月兰这次散心效果不错，开玩笑道："用西平话说，金董事长真成了我们肚子里的蛔虫了。金总啊，我的军装还留着我的体温呢！我们俩的老部队舟桥团马上就要上去了，可见危险期远没有度过。这几天,我梦里已经去过几回了。"史天雄道:"咱们'都得利'刚刚渡过难关……可是,每天看这种场面,心里可真不是滋味儿。去扛沙袋不现实,没法跟小伙子们比了,所以就想用别的方式表达一下。希望你能支持。"

金月兰又给两人各递一块西瓜,"听说你这些天都在扛箱子,我以为你在搞演习呢。我看你最少瘦了五斤。又黑又瘦的……我的心情,和你们一样。没有你们,就没有'都得利'的今天。天雄以后当副董事长兼总经理,我就又能轻松一些了。怎么办,你们决定吧。"

史天雄道:"我想搞一次活动,借抗洪,进一步确立'都得利'的理念。这一批党员发展对象,基本上成熟了。我想让世光带上几个老党员和新党员,去抗洪前线感受感受。公司拿个一万元,再带点纯净水和方便面,去抗洪部队表达一下心意。再号召全公司员工捐一点,对增强整体意识或许能有所帮助。"金月兰道:"太好了。只是公司捐一万显得太少了,拿不出手。'都得利'如今也有点名气了,面子问题,也要考虑。捐三万,你们看行不行?"杨世光道:"董事长的决定,是最后的决定。遵旨——"

史天雄和杨世光起身告辞,金月兰瞥一眼女儿房间的门帘,喊一声:"晶晶,你两位伯伯要走,快出来送送。"客人进门时,金晶晶打了一声招呼,就进了自己的房间,撩帘子一看,史天雄已出了门,大声说道:"两位伯伯慢走,我们不送了。"杨世光忙说:"不用不用。"退出去,顺手把门锁上了。

金月兰站在门内,转过身,狠狠地盯了女儿一眼,"快十八了,连个话也不会说。你不送就是你不送,我还该送送他们嘛。"金晶晶夸张地拍打拍打自己的脸,"都是这张嘴不争气,多加了一个字。今后,我一定好好学会说话。你这两个部下蛮可爱,觉悟不低。只是那个史天雄有点没大没小,不合规矩。哪有总经理直呼董事长芳名的?"说着话,人又进了自己的房间。金月兰又气又恼,又不便发作,坐下来长叹了一声。

　　捐款活动一开始,"都得利"的员工都很踊跃,两天就捐了三万四千元,每人平均捐了五十元。史天雄得知李姐的小儿子张西林的部队已经开到江西九江;总店六组组长王小丽的未婚夫就在舟桥团服役,因为舟桥团要开到抗洪前线,被迫推迟了婚期后,和金月兰、杨世光、"都得利"公司党总支书记江榕,带着李姐、王小丽去给舟桥团送了行。

　　这就把无孔不入的传媒惊动了。

　　梅丰一直想做点弥补工作,又不想直接向史天雄道歉,就想为"都得利"做一期特别节目,宣传宣传"都得利"。

　　周三晚上九点,"都得利"公司先在总店大厅举行四个新党员入党宣誓仪式。宣誓仪式结束后,杨世光带十个人组成的小分队乘一辆面包车,带两卡车慰问品,连夜赶赴湖北。梅丰赶到"都得利"总店门外,看见装有慰问品的卡车,马上进入了情况,面对摄像机说:"各位观众,晚上好,我现在在'都得利'总店为你做现场报道。我们刚刚获悉,我市'都得利'商业零售公司,将派一个小分队,带着捐款和部分物资,前往荆江抗洪前线,过一会儿,他们就要出发了。'在非常的岁月里,都得利与你共渡难关'这句广告词,我们西平的观众早已耳熟能详了。'都得利'人又一次用行动证明他们的承诺是庄严的。大家请听,店里突然有人唱起了《国际歌》,我们进去看看吧。"

　　一个"都得利"的女职员把他们拦住了。

　　梅丰问:"为什么不让我们进去?"

　　女职员道:"我们这次活动,不想对外宣传。"

　　梅丰又问:"送行仪式为什么要高唱《国际歌》?"

　　女职员道:"现在是新党员入党宣誓仪式。我们'都得利'新党员宣完誓,必须要与老党员一起,高唱《国际歌》。我不能说了。"说完,进去把小门关上了。

梅丰又拿起话筒道:"怪不得他们选择晚上出发。我们守住这三辆车,看他们有什么办法。"

过了半个小时,一队身穿橘红色救生衣的"都得利"职员从小门里走出来。杨世光和江榕走出来后,小门又关上了。

梅丰迎了上去,"杨经理,你们金董事长和史总呢?"

杨世光笑道:"我一听有记者来采访,就知道是你。你这个梅记者啊……什么活动都瞒不过你。金总和史总把难题交给我了。我兼着小分队的分队长,有什么问题,你问我吧。"

梅丰道:"长江、嫩江和松花江的大洪水,还没有消退的迹象。你们是怎么想到用这种方法支援抗洪呢?"

杨世光挠挠头道:"怎么说呢? 大道理,我不会讲。我们'都得利'的员工中,共有二十八位复员转业军人。这些员工,在部队服役期间,大都参加过各种不同的抢险救灾工作。他们共同认为,这种经历非常难得,也非常重要。这次我带九个新老党员去荆江,是要亲自参与长江流域的抗洪工作。募捐工作,进行得也很顺利。我们公司的所有员工,都有下岗这种经历,对团结这个词的理解,可能比一般人要深刻一些吧。就这些。"

梅丰又问:"你们这次捐了多少钱物? 能告诉观众吗?"

杨世光摆着手,"不好意思,只算是参与了抗洪斗争。公司刚上了几个项目,只捐了区区三万元。我们公司的员工都不富裕,一共捐了三万四千元。让我们这些所谓领导感到欣慰的是,'都得利'的每一个职工,都在完全自愿的前提下,捐了钱。这两卡车东西,看起来挺吓人,其实东西都不值钱。一百箱矿泉水,一百箱方便面。只能算体现了重在参与的精神。不能耽误了,我们该出发了。"

车开走了。梅丰对着话筒说:"有首歌的歌词写得好,只要人人都献出一点爱,这世界将会变成美好的人间。大洪水是可怕的,然而……"

清脆的声音响着,"'都得利'与你共渡难关"的横幅,在晚风中摇着。

第二天晚上,这则新闻竟上了中央台的《新闻联播》。

陆承伟看完新闻,呆坐了一会儿,感叹道:"天雄的血性还在呀!他要是还穿着军装,肯定早上去了。我一直很钦佩他身上这股劲。老爷子这些天,肯定熬煎得睡不好觉了。老齐,你看用我爸的名义捐个五十万行不行?"

齐怀仲迟疑了一会儿,说道:"遇到这么大的灾,是该捐一点。可是,以陆老的名义捐五十万,怕不合适。他老人家一辈子的工资,也不过有七八十万。再说,如今的风气,也大不如前了。天雄出这次风头,怕是要留后遗症的。你是不是再想想?"陆承伟自嘲地笑笑,"还是你仔细。我这边替老爷子捐五十万,就把他捐成个贪官了。现在,打出头鸟的枪是多了。那就匿名捐五十万吧。我爸对江西有特别的感情,明天问问赈灾委员会,看能不能把这笔钱直接捐到江西去。这个项目老爷子支持很多,将来知道我赚了大钱,肯定心里不安。多做点让他高兴的事吧。"

正说着,陆小艺打来电话说:"新闻你看了没有?露水夫妻店连中央台都惊动了。爸还蒙在鼓里,说他这条路走对了。一个月期限,我也等不了了。"陆承伟劝解道:"姐,放一放再说,行不行?镜头里没有你丈夫也没有金月兰……"陆小艺在那边说:"亏得他没出这个风头!"陆承伟笑道:"这恰好说明事情在往好处变化。我抽个时间找他谈谈。到了期限,你再采取行动吧。姐,你告诉爸爸,我今天也捐了五十万,而且专门捐给了革命圣地江西。我是匿名捐的,只是想替爸爸分点忧。"陆小艺道:"捐十万八万尽尽心也就够了！当心坐吃山空。还是匿名,真想得出来！你看人家史天雄,几万块钱,全都贴脸上了。他确实是个搞政治的好材料。妈叫我下去,挂了吧。"

陆承伟放下电话,叹口气,"我这个姐呀,真有点大唐太平公主晚年的样子了。满脑子的江山社稷事,却只恨生了个女儿身。挺可怜的,不过,也很可敬。"

两个人又说几句闲话。陆承伟猛然想起了一件大事,说道:"这几天满脑子都是验资的事,把这个事差点忘了。我让你查梅红雨的情况,你查了没有？你可别说你把这件事给忘了！"齐怀仲感叹道:"看来,这个梅小姐真钻你心里去了。忙这么多大事,你还是没有忘掉她。"

陆承伟有点着急,"快点说吧。"齐怀仲道:"梅小姐前年从西平商院外语系毕业,学的是日语,在学校又选修了法语。毕业后,可能是没什么背景吧,或许是学校有什么人和她过不去,她被分到一个郊区区办的家禽饲料研究所。"陆承伟接道:"一个工资都发不及时的单位。让梅红雨去研究家禽饲料？后来她就砸了铁饭碗。说下去——"

齐怀仲道:"她父母亲都是云南知青。她的出生地是云南的西双版纳。八六年或者八七年,她父亲病故了。通过打官司,她和她母亲要回了她外婆在牌坊巷的房子。总之,梅姑娘的身世挺复杂,有些事恐怕只有她母女俩才能说清楚了。她的母亲叫梅兰,在红太阳干了几年,后来得了一种怪病,办了病退……"

陆承伟有点兴奋,打断道:"真是个卖火柴的苦孩子。承业二哥的病退职工,恐怕已经没法享受什么待遇了。她们家肯定不富裕。她为什么不愿意跳槽挣更多的钱呢？"

齐怀仲道:"有很多人,都有小富即安的思想。再说,恋爱中的姑娘……她有个男朋友,是个诗人,听说在西平文学圈里还有点名气。她这种家庭背景,迷上一个风流倜傥的青年诗人,只怕……对钱是有些……偏见吧。她的性格挺倔强,也很有主见。她和双凤不一样……当然,双凤现在变了很多,可她遇见你的时候,还是一张干净的画布,你想画什么都行,你是拉斐尔,她就是圣母,你是卢本斯,她就变成了另外的女人了。你知道,现在的年轻人谈恋爱,见三次没,没那个什么,都觉得对方生理上有毛病……这是听几个年轻人说的。我还是那句话,袁慧是袁慧,她是她,她们两个生活在完全不同的两个时代……"

陆承伟抽完半支雪茄,突然笑出声了,"老齐,你想得太简单了。不,你想得太复杂了。陆川实业要上市了,上市前和上市后,我们需要和证券商和天宇来往很多。如果梅小姐愿意出任承伟实业的办公室主任,能给我们公司的形象增色不少。做个总裁助理,也不错。五六千块钱月薪,应该对她这个家有点吸引力。这种年代,能爱上一个诗人,除了表明她的勇敢,还能体现这个姑娘的品位。我很愿意看见他们之间的爱情能在我的眼皮底下变成一则佳话。他们同居没同居,跟我有什么关系?有人做过调查,想在高中找个模样不错的处女,已经很困难了。我做这些的个人目的很单纯,我希望能够经常看到她。能够经常看到她,我已经很满意了。从年龄从经历上讲,我都是她的长辈,你肯定把我的目的曲解了。能够经常看见她,我肯定会感到很年轻很年轻。这样吧,你抽个时间,在她上班的时候,代表公司,去跟她妈谈一谈。这样显得郑重一些。至于那个诗人,现在还用不着接触。摸摸诗人的情况,也很有必要。要是发现这是个假冒伪劣诗人,也好早一点给梅红雨提个醒儿。在我的记忆里,诗人的妻子,似乎都不大幸福。我和她母亲又都在云南插过队,也算是有缘吧。如果她问到我个人的情况,你可以如实说。"

齐怀仲心里道:真是又简单又复杂呀!你自己去登门拜访,不是更好吗?他看到陆承伟一副陷入往事的样子,没敢这么问。

梅丰把由她引发的史天雄的家庭危机,详细给陆承业说了。陆承业听了,反应很平静,说道:"你用不着自责。要说,他们两个早该离了。这个小艺,有点像她妈。天雄上中学时,很惹姑娘们。小艺又早熟,三五个小计谋一用,再稍稍主动点,天雄也就没法选择了。可是,得到了,她就不珍惜了。当年,天雄在西平当团参谋长,小艺……我劝天雄转业到地方,也是想保全他们这种关系。天雄这次来西平,恐怕已经想过和小艺分开了。他已经很能忍了,可忍耐总该有个限度吧?小丰,你当年剪这些镜头并没有错。能促成他们早日分开,对他们或许是件好事。"梅丰觉得新鲜,说道:"老陆,少男少女们的事,你也懂得不少嘛。"陆承业笑了,"我也曾年轻过呀。"梅丰接着将了陆承业一军:"老陆,你既然很懂男人女人之间这点事,为什么不愿和我谈谈我和你之间的事呢?我们认识四年了,我想你应该明白我的心。你难道还要让我等下去?"陆承业涨红着脸,语塞了,结结巴巴说:"我,我……你,你知道,我确实没有精力考虑这么重大的事……小丰,我明白,我想你也明白。陆川的烈士陵园迁了新址,给我父亲塑了一个半身铜像。陆川的田书记和秦县长来请我回去,我没回去参加这个仪式。为什么?去年清明节,我回去给父亲扫墓,我在他的墓前发过誓,等……"梅丰笑着接道:"等把红太阳带出低谷,你才有脸见他老人家。算了算了,看你紧张的。你知道我最看重你身上的什么?责任心和牺牲精神。俗话说,宁拆十家庙,不毁一门亲。我还是觉得过意不去。老陆,我想借你对史天雄的影响力,说服他把节目做了,另外,当面向他道个歉。史天雄来西平这么久,你这个当二哥的也该请他来家里吃顿饭。我呢,也很想找回一点做家庭主妇的感觉,自荐当一回厨师。希望你不要拒绝。"

陆承业答应了。

周日,史天雄在陆承业家和红太阳厂区呆了一整天。十年前,还是中国家电业老大的红太阳,真的是彻底衰败了。看着偌大厂区里一片片齐腰深的荒草,史天雄禁不住鼻尖一股股地酸。从光荣到可笑,真的只有一步之遥。五年前,这里也曾是个花园一样漂亮的家电城啊!坐在陆承业家简陋的大客厅里,听着陆承业叙说着最近融资的大挫折和小失败,史天雄真的能品味出英雄迟暮的苦涩。

三个人吃完晚饭,刚坐下来准备看《新闻联播》,陆承业的儿子陆明来了。陆明剃着小平头,白白净净,看上去也就是三十出头,比实际年龄要年轻一些。

寒暄几句,陆明直直地来了一句:"爸,你们又让一千二百名工人下岗,是不是太多了点?"陆承业皱皱眉头,不耐烦地说:"党委会已经定下来了。有什么意见,明天到办公室谈去。"陆明冷笑一声,"他们又不是外人,说点家丑又有什么关系?你们又裁这么多人,事先应该征求一下我们工会的意见。在岗人员发百分之七十的工资,每月还有四五百块,一下岗,每月只有一百五了。牵扯到一千多个家庭的生计问题,你们怎么不慎重一些?爸,我不知道你看没看到宣传栏上贴的那些小字报。有张小字报言词非常尖锐了,提出要请一些能干的贪官来红太阳,取代清廉的窝囊废……"

陆承业生气地站了起来,"陆明!你怎么这么糊涂!这几个月都是用贷款发的工资,你不知道?不裁这一千二百人,每个月要多发四十多万,一年就是五百万!党委已经定下来的事,你这个工会主席怎么能……工会在党委领导下开展工作,你现在应该把主要精力用在做下岗人员的思想政治工作上。"陆明笑了,"爸,你用不着发脾气。这一年多你的脾气可是越来越大了。我是工会主席,不站在工人立场上说话,还叫工会主席吗?如今,谁都知道,会哭会闹的孩子才有奶吃。前些年,我们每年上缴几个亿的利税,累计也有十几个亿吧?如今我们遇到点困难,想多贷一点钱,银行倒好,只给我们点眼药水。红太阳有两三万工人,不是那么好欺负的,拉到街上走一遭,你需要的两个亿、三个亿贷款,马上就有了。想贷款,你们又不按现在的行规办……"陆承业勃然大怒,大吼一声:"你给我住嘴!成事不足,败事有余。你这些想法,太危险了!"

史天雄和梅丰劝了好一会儿,陆承业才坐了下来。

陆明也不生气,说道:"爸,这一次,我听你的。我们工会提出的全员推销方案,你们为什么还不研究?我们怎么没做正事?"陆承业道:"这个方案,还需要研究论证。你先回去吧。我警告你,千万别再想那些歪点子。"

陆明悻悻地走了。

第二天下午,梅丰打电话说要到牌坊巷拍点镜头,史天雄只好提前下班了。骑车到牌坊巷口,史天雄看见陆承伟的奔驰车出了巷子,拐向大街。

梅兰站在门口,脸上挂着喜悦,看见史天雄,热情地招呼说:"史先生,这么早就下班了?"史天雄道:"梅丰她们要来做节目,我回来等她。"放好自行车,忍不住问道:"刚才是不是有人来找我?坐一辆黑色的车?"梅兰掩饰不住兴奋,说道:"是找我们的。我们红雨可真争气,看来这苦日子快熬到头了。一家大公司的老板,瞧上我们红雨了,专门来谈红雨的事。中国老板是跟日本老板不一样,一开口,就说让我们红雨当什么总裁助理和办公室主任,月工资给五六千。第一次来,就带了不少礼物和鲜花。你看,人家还留了名片。只要红雨一答应,这事就算成了。我年轻的时候,哪里有这种好事啊。"

史天雄接过陆承伟的名片一看,下意识地说:"陆承伟怎么会认识红雨?"梅兰又把名片拿回去,"这个陆老板今天没来。刚才来的是个副总,姓齐,斯斯文文的,还是北京的大学教授呢。史先生,你认识这个陆老板?"史天雄迟疑了一下,实话实说道:"我跟他很熟悉,不是一般的熟悉。小时候,我们一起长大……红雨在外企干得不错……"梅兰小心把名片收好,过去把院门掩上,走到史天雄跟前,小声说:"太好了。姓齐的说,陆老板的爸爸是个老革命,原来是邓小平的助手。他还说这个陆老板在美国留过学,这些年为了事业,一直没有结婚。不瞒你说,听了这些,我心里直打鼓。我们红雨长得很招人,如今呢,又有很多有钱人很花心,小报上天天都有有钱的男人骗漂亮的姑娘做小这种事……史先生,这个姓齐的没骗人吧?"

史天雄突然间感到脑子里一片空白,接着,许许多多往事争先恐后地涌了出来,愣在那里,不知该怎么回答。梅兰神色大变,急忙问:"这些都是骗人的?我和小雨都信得过你。这个陆老板……"史天雄笑了笑,"我不会骗你的。姓齐的说的都是真的。他确实没有结过婚,他爸爸确实是邓小平的部下和助手。我是他的姐夫……"梅兰激动得拍了拍巴掌,"这我就放心了,放心了。史先生,你忙吧,我有点累,想回去歇一会儿。"说着,朝堂屋走去。

史天雄张张嘴,终于什么也没有说,怏怏地进了屋。应该向梅兰怎么介绍陆承伟呢?他到底是个痴情的少年,还是一个靠金钱和身份诱骗一个个美丽少女的色狼?史天雄糊涂了。史天雄坐在小桌前,陷入往事。自从接到陆小艺的最后通牒,他常常不由自主地想起少年时代的往事。

初春的北京,非常寒冷。袁慧带着史天雄和陆承伟来到京密运河边上,说道:"到了。"史天雄问:"你没记错吧?"袁慧道:"没有,王大海让我不要跟同学们一起走,让我四点钟在这棵柳树下等他。他说他就要当司令了……"陆承伟懵懵懂懂问:"王大海为什么要你来这里?"

史天雄看看周围的地形,瞪了陆承伟一眼,"笨死了!王大海想跟袁慧好!我早看这小子不顺眼了。"陆承伟如梦初醒,盯着袁慧问:"他欺负你没有?他要是敢欺负你,我就杀了他。"袁慧的声音颤抖起来,"不,不……他,他最近一段才敢跟我说话……他不让我跟你们玩了……他说他就要当司令了,他才能保护我,保护我们家……我有点害怕。你们,你们不会和他们打架吧?听他指挥的同学越来越多了……他说你们爸爸就要被打倒了……要不……"史天雄把手搭在袁慧的肩头,"你不要怕。有我们呢。"陆承伟抢着说道:"打架我们也不怕。打架只要不怕,敢拼命,肯定能打赢。我们不怕王大海。"

史天雄说:"今天,他肯定只有一个人。袁慧,你真的不想见他?"袁慧道:"谁骗你谁是小狗。我有点害怕他,害怕他的眼睛……我不想和他交朋友……"史天雄看看袁慧又看看陆承伟,"爸爸交代过,不让我们参与派别争斗。我要想当司令,哪有他王大海的戏!我们今天不和他冲突,让他知道袁慧不喜欢他就行了。承伟,你一个人先对付他,有把握吗?"陆承伟看看袁慧,挺直了身板道:"我不怕!天雄哥,你说吧。"脸色有些发白,声音有些发颤。

史天雄说:"时间不多了。承伟,你先假扮成袁慧,在这棵树下等他。我和袁慧先躲到那个水池子里。看看他有什么反应再说。"陆承伟嗫嚅着:"我怎么能……王大海能看出是男是女……"史天雄笑道:"你就不会动动脑筋?你们两个差不多高,把外套换了。快一点。"

伴着紧张和兴奋的气氛,两个人很快换好了外套。三个少年显然进入了游戏的状态,袁慧取下自己的围巾,把陆承伟的头包了起来。史天雄和袁慧撑不住,都笑了起来。陆承伟很喜欢看袁慧捂着肚子大笑的样子,想想这是为袁慧分担危险,把胸脯挺起来,严肃地说:"别笑了。你们快去隐蔽起来。大戏就要开演了。"说着,学着姑娘走路的样子,一扭一摆走到老柳树下,背靠着树,看看运河堤,换了一个角度站好,一动不动地等候着。史天雄和袁慧跳进破烂的水泥池子藏了起来。

时间一分一秒过去了,河堤上还没见王大海的影子。

史天雄发现袁慧正用异常明亮的眼睛在看自己,又在偷偷往下面看什么,炮烙一样松开袁慧的手,下意识地朝后躲闪了一下。水池太小了,站起来又怕暴露目标,只能和袁慧面对面蹲在那里。袁慧双颊绯红,说:"你,你的手出了很多汗……我记得你这是第一次这样拉住我的手……"史天雄低着眼皮解释说:"我,我不是故意的。刚才,我拉你下来……"

袁慧扑哧一声掩嘴笑了,"看你吓的!你妹妹又不在,你怕什么?你为什么要怕她?陆小艺……"史天雄抬起头,"谁说我怕她了?"袁慧冷笑道:"你就是怕她。只要她在场,你连看都不敢看我。真是胆小鬼!"她显然已经把捉弄王大海的事忘了,生气地说:"我送给你的照片呢?陆承伟说陆小艺把它撕了,有没有这回事?你肯定对她做过什么坏事!要不然,你为什么会怕她?你是不是亲过她了?你肯定亲过她了!"史天雄把头勾了下来,有气无力地说:"那照片我没有藏好……是,是她……先亲了我……"袁慧沉着脸,再也不说话了。

过了好一会儿,史天雄猛然惊醒一般,忽地站起来,马上又蹲下来,说道:"来了,来了,一个人,一个人。"

结结实实的王大海手里拎着纸包,朝老柳树走来,看见袁慧那条在春风里微微摆动的花头巾,脚步变得轻快起来。

王大海站下来,说道:"你能来真好。我给你买东西,来晚了。告诉你,北大附中的同学已经开始行动起来了。"说着,慢慢朝老柳树靠近着。陆承伟巧妙地利用直径差不多有一米的老柳树,移动着,始终不让王大海站到自己的正面。王大海笑了起来,把纸包朝河岸边一块大青石上一放,说道:"和我们胡同儿长大的柴禾妞儿是不一样。你上初一那年,我就喜欢上你了。全校就你一个同学坐小汽车上学。这三年,我一直忘不了你。我没有勇气跟你说话。我爸解放前是个拉黄包车的。我九岁半才上一年级,比同年级的同学都大四五岁。这一年多,看见你和陆震天那两个狗崽子整天在一起,我就难受。现在好了,这文化大革命可来得真及时啊。我爸说,这是个千载难逢的好机会。可不是吗?没有这场文化大革命,像我这种工人家庭出身的孩子,能当司令吗?看看咱们学校的学生会干部、团干部,有几个贫民子弟?哎,你别老躲着我呀。刘少奇已经倒了,邓小平也要倒了。真好。你们这个家庭啊,历史问题可复杂得很。只有我能把你们家和你保护起来。再过十来天,我们也可以行动了。你别害羞嘛。我想看看你。"突然跨出一大步,伸手把袁慧的围巾扯了下来。

陆承伟夸张地大叫起来:"快来人呢——抓流氓——"

王大海惊得后退几步,"是你?你怎么会穿,穿着她的衣服……我,我明白了,明白了……"

陆承伟走上前去,一把夺过围巾,得意洋洋地说:"明白了就好。王大海,别人怕你,我们不怕你。告诉你,不要打袁慧的坏主意。你也不撒泡尿照照,配不配。你听说过没有?龙生龙,凤生凤,耗子生来只会打洞。二十多了,期期补考,能当什么司令?"

王大海机警地看看四周,看见了史天雄的后脑勺,把紧握的拳头松开了,骂道:"这个婊子养的,敢耍我?"史天雄从水池里跳了出来,"王大海,你他妈的嘴太臭了!你别忘了我是全校学生选出来的学生会主席。识相的,以后就不要纠缠袁慧了。"王大海又后退几步,"邓小平倒了,陆震天也快了。你们神气什么?咱们走着瞧吧。"说罢,转过身,沿着运河堤飞奔而去。

春天还没过完,陆震天的名字真的从中国所有的媒体上消失了。初夏的一天,王大海率领井冈山战斗队二十几个红卫兵象征性地抄了袁慧的家。袁慧的爷爷袁仁明受此惊吓,一病不起,临终前给儿子袁向中留下遗言:危难之时,丢卒保车,丢车保帅。在家庭的强大压力下,袁慧参加了王大海领导的井冈山战斗队。因为陆震天处境微妙,史天雄不愿和陆家决裂,他在学校被孤立起来了。他和陆承伟眼睁睁看着袁慧成了王大海的女朋友,只好采取别的战法对付王大海⋯⋯

梅红雨的招呼声,打断了史天雄的思绪。梅红雨推着自行车,笑吟吟地站在史天雄的门口,"总算看见你做了一回闲人。你怎么了?是不是后悔没有去荆江大堤扛沙包?"史天雄支吾道:"没怎么⋯⋯你小姨要来拍我这猫儿洞,我在等她。"梅红雨把车子放好,推门进了堂屋。

想想当年袁慧在社会大动荡时期个人命运的跌宕,史天雄心里有点灰。和社会相比,个人的力量实在微不足道。梅红雨们这一代人,如何看待金钱与爱情,他并不清楚。梅红雨内心世界究竟是一幅什么样的景致,目前他还一无所知。万一她真的动了心,准备去给陆承伟当助手呢?该不该给她提个醒儿?史天雄拿不定主意。

梅红雨进了门,屋内光线有点暗,她把灯打开,看见一簇鲜艳的红玫瑰,正在茶几上向她怒放。这不是街头小贩卖的那种常见的红玫瑰,而是西平两三个经营进口花卉鲜花店里价格昂贵的红玫瑰。梅红雨怔了一下,眼睛一亮,禁不住似的,弯腰探出鼻子嗅嗅,直起身子,伸手取出一支,凑在鼻子下面,做了几个深呼吸。然后,她把玫瑰插入花瓶,拿了一个小铝盆,准备舀米做饭。

梅兰有气无力的声音从里屋传出来:"是小雨吗?"梅红雨掀开米桶舀米,"你躺着吧。我做饭。谁送的鲜花?"梅兰在里面说:"真的不中用了,说话也能累成这样。等我起来,慢慢给你说。小雨呀,咱们恐怕要交上好运啰。我去给文殊菩萨烧香,你还拦着。应验了不是?"梅红雨撇撇嘴,端着盆子出去淘米。

把米煮上后,梅红雨才发现屋内又多了几只精美的礼品盒,有脑白金、壮骨粉、汇仁肾宝,都是近几年刚刚风行起来的价格不菲的中老年补养品。梅红雨喊了起来,"妈——到底来了些什么人?"

梅兰撩开门帘走了出来,坐在一张旧藤椅上,小心地从口袋里掏出名片,"来了一位承伟实业有限公司的副总。这是他们老板的名片。"梅红雨接过名片扫了一眼,朝茶几上随便一扔,从橱柜里拿出一袋红枣,朝碗里倒出十几颗,"莫名其妙的公司,莫名其妙的人。你怎么随随便便就收了陌生人的东西?"说着,端着碗出去淘红枣。梅兰又把名片小心收藏起来,"我已经打听清楚了,这是一个正经公司。老板很年轻,是个高干子弟,在美国留过学,搞金融发了大财。来的这个齐先生,以前在北京教大学,还是个副教授呢!你不熟悉人家,可人家熟悉你。"梅红雨把红枣倒进电饭锅里,"不可能。我一点印象都没有。"

梅兰道:"不是这位齐先生学舌,我还不知道你在日本人那里过的叫什么日子。日本人,怎么能靠得住?抗日那会儿,给日本人做事就是汉奸!小日本当年虽然没有占领西平,可杀了多少中国人?不到万不得已,最好不要吃日本人赏的饭。吃着难受。迟到几分钟,多大的事?就把你当牲口一样训斥!想不到他们投降几十年了,对中国人还是这么狠……"梅红雨终于想起了陆承伟,"他们是不是来劝我跳槽?我是见过他们。"梅兰的眼睛一下亮了,"这就对上号了。这个陆老板为了干事业,现在还没有结婚。他们提的就是这件事。他们想请你去当总裁助理,或者是办公室主任,月工资可以给你五六千。他们已经考察你很久了,对你很满意。他们就等你一句话了。"

这几年,梅红雨在不少场合,见识过不少暴发了的有钱人,绝大多数都曾鼓动她跳槽,绝大多数都说给她助总或者办公室主任或者公关部经理的职位,绝大多数都不掩饰对她个人的兴趣。经的多了,也就麻木了,心里对这种人渐渐反感起来。这个陆承伟,脸皮可真厚,竟敢追到家里来了!梅红雨冷笑一声,"这种鬼话我听过几百遍了。他们那些不可告人的目的,你知道吗?"梅兰老于世故地说:"你妈活了四十几了,好人坏人,我还分得出来。来的这个齐先生,斯斯文文,左看右看,上看下看,肯定不是个坏人。"梅红雨忍不住笑了出来,"你以为好人坏人,脸上都贴着标签啊?那个老板你没见,高大英俊,演电影肯定能演大英雄。他当然很有钱、很有势力。他心里想什么,我心里知道。我不跟你说了,说了你也不明白。你给他们打个电话,就说我的事你做不了主,让他们来把这些东西拿走吧。我炒菜去了。"

梅兰急得站了起来,大声说:"我怎么做不了主?这么好的机会,我不帮你抓住,还算你的妈?日本人的饭,不好吃。你看看人家带的这些礼物,你看看这些红玫瑰?暴发户、土财主,能想到这些吗?女人就像这玫瑰,没有营养和水分,鲜艳不了几天。年轻的时候,不知道珍惜好机会,以后往哪里找后悔药来吃?我这一辈子就不说了,生错了时代,嫁人又嫁错了,如今又落一身病,没救了。你还年轻,你的路还长着呢,我不帮你好好盘算盘算,任你由着性子来,吃了大亏可怎么办?"梅红雨听得忍无可忍,把菜朝地上一扔,冲进堂屋,叫喊似的说:"妈——你,你真是糊涂!你的女儿是公主呀是格格?是博士呀是专家?人家凭什么一个月给我五六千块?你真认为天上会掉馅饼不成?"梅兰认真地说:"我很清醒。你不是公主,也不是格格,可我的女儿非常非常漂亮。这就足够了。"梅红雨又气笑了,"我知道我很漂亮。妈,这种机会出现几十回了,你知道我为什么不抓一个吗?这几年,你一直有病,很少出去,你根本不知道如今这社会变成什么样子了。算了,把这件事忘了吧。"梅兰根本不想让步，言语更加尖锐起来，"你妈不是聋子，也不是瞎子。你不就是说如今这社会已经笑贫不笑娼了？都一样，哪个社会都一样。嫁汉嫁汉，穿衣吃饭。齐先生是说过陆老板没结过婚，是说过陆老板一直想找一个可心可意的姑娘。你妈是很少出门，可也不是个傻子。有钱人包二奶包三奶的事情，我也知道。我左思右想，才认定这是一个打着灯笼也难找的好机会，这才下决心劝说你。单单干工作，每月拿五六千，也比跟着日本人干强得多。就是这个高大英俊的陆老板看上你，他没结婚，你也没结婚，丢什么人？也巧了，史先生还是这个陆老板的亲姐夫。你要信不过我，你可以去问问史先生。"

史天雄听到这里，感到心里有点发紧。梅红雨要是真来问，应该怎么回答？这是一个很有主见的姑娘，用不着告诉她倾向性的意见。正在想着，梅红雨变了调的声音传来了："你越说越不像话了！这种巧事儿，专门等我来撞？真亏你能想得出来！世界上除了我，漂亮姑娘都死绝了！他既然是亿万富翁，身边能少了女人？几朵玫瑰，几盒补养品，就把你糊弄住了！你以为他会跟我结婚？你怎么会产生这种想法，真是见鬼了。妈，我告诉你！他出高薪聘我，目的只要一个：让我跟他上床！上床！达到目的后，要么把我当花瓶摆起来，要么把我当成破抹布一样扔了！"梅兰恨铁不成钢地盯了女儿一眼，嘿嘿冷笑道："上床？上床也要找个上等人上床，免得以后恨自己有眼无珠！和你谈的那个穷酸诗人，也不是一盏省油的灯！妈是过来人，知道利害。那个什么狼，会毁了你一辈子。小雨，人这一辈子，关口很多，要紧的关口只有几个，年轻时遇到关口一定要仔细。婚姻的事，可马虎不得呀！这件事你可不要轻易回绝人家。你要想想清楚。买一棵白菜，也要货比三家。"

梅红雨惊愕、悲苦、无望、愤怒地看着梅兰，看着看着，突然间爆发了，大叫着："你不是我妈，你不是我妈！"把玫瑰、把礼品一件一件都摔到院子里,又跑到院子里用脚踩着,"让自己亲生女儿走这条路,你算什么母亲!想傍大款,你自己去傍!我不侍候了。"

梅丰和陆承业推开院门进来了。史天雄一看母女俩越吵越凶,也走了出来。看见陆承业来了,史天雄感到有些意外。梅丰刚好听到梅红雨说的过头话,跑过去把梅红雨拉到屋里,斥责道:"红雨!你说的叫什么话?"梅红雨顿时泪如雨下,抽咽道:"她算什么妈?有劝女儿去傍大款的妈吗?"梅兰也铁了心,继续说:"我这都是为你好。不听我的话,你将来肯定要后悔的。世道已经变成这样了,你偏偏喜欢个穷酸诗人,能有什么好结果?"梅红雨咬牙切齿说:"我愿意!我就是愿意和他上床!我就是要嫁个穷酸诗人!"抹一把眼泪,"我愿意!"梅丰呵斥道:"还说!多光彩的话?还说!"

外面,史天雄苦笑道:"家家都有难念的经。二哥,你有事?"陆承业道:"陆明不懂事,硬逼着我表态搞全员推销。这种新方法,我生疏得很。小丰刚好打了电话,她建议我把这方案带来让你看看。她说光线不太好了,节目的事,明天再说。"梅兰又说话了:"小雨,妈不会坑你。"史天雄皱皱眉头道:"二哥,你先坐,我去劝劝她们。"

梅兰把陆承伟的名片递给梅丰,"不为别的事。人家这个公司高薪聘她当总裁助理,好心好意……"梅红雨声音又高了起来,"我的事用不着你管了。"梅兰赌气地说:"我是你妈,这事我必须管……"史天雄进来了,一脸严肃地说:"梅兰,我都听见了。你有一个很优秀的女儿……"

梅兰冷笑一声,打断道:"我说这些,都是用血和眼泪换来的经验。我不能让她每天活在梦中。这么下去,她将来肯定比我活得还要惨!史先生,你是这个陆老板的姐夫,你说说,我是不是在把亲生女儿往火坑里推?"史天雄艰难地选着词汇说:"我不想评价陆承伟这个人。你作为母亲,刚才已经说了很多过头话,太不应该了。红雨嫁给一个有钱人,她一辈子就幸福了?你应该尊重她的选择。"梅丰也数落着:"兰姐,你也曾年轻过,你也曾有过理想,有过抱负。社会上是有很多女孩子,整天挖空心思走捷径,靠漂亮脸蛋换车换房换安逸。你怎么能劝红雨走这条路呢?"

梅红雨也接了一句:"还不是觉得养我有恩,我又挣不来金山银山,靠不住。"

梅兰的眼睛渐渐变得空洞起来,表情开始有点偏执,嘿嘿嘿地怪笑几声,嘴角的肌肉一抽一抽,悲叹一样地说:"是我自己想变成这样吗?我有过理想,有过抱负,也想那种有美满爱情的家庭生活。可现实呢?理想碎了,抱负散了,爱情连个面都没让我见。回城了,我还想寻找,可总是找不到。工作换来换去,工资没长,物价早涨了。不中用的男人死了,女儿还小,我怎么办?又是托人,又是送礼,这才进了红太阳。干了不到三年,我又得了这种富贵病……我这个当妈的确实窝囊透了,背时透了。我对女儿有什么养育之恩?什么也没有!现在,国家国家不管我们了,单位单位不管我们了。我能活到今天,全靠我女儿养着。我是一个多余的人。我让女儿去傍大款,连个人都算不上了。你们都这么看我,我,我……我认了。"说着说着,目光变得游弋而神经质起来,飞快地看了梅红雨一眼,颤抖着声音说:"小雨,妈不再拖累你了,不再烦你了。你爱追求什么追求什么吧,爱嫁给谁就嫁给谁吧……"猛地站起来,一头朝墙上撞去。

三个人都没想到梅兰突然会有寻死的念头,未及反应过来,眼睁睁看着梅兰伴着一声沉闷的响,跌倒在墙角。梅红雨尖叫一声,扑了过去。史天雄抱起梅兰一看,只见梅兰额头左侧磕出一个大血窟窿,人已经昏死过去了。梅丰用力掐着梅兰的人中穴,梅兰还是没反应。

陆承业站在门口一看,大声喊:"天雄,还愣什么!车在外面,快送她去医院!她是个病人!你们真是……"

史天雄抱着昏死的梅兰,飞快地跑出院子。

几个人忙到后半夜,才把梅兰接回家静养。又怕梅兰情绪反复再生不测,又怕梅红雨不请假被炒了鱿鱼,第二天,史天雄从"都得利"叫来两个女职员,轮流看护梅兰。

第三天,金月兰来到牌坊巷看了梅兰。正巧,梅红雨这天也请了假,见到金月兰,讲了不少千恩万谢的话。

从堂屋出来进了史天雄的厢房,金月兰笑道:"西平的老少美人,都成你的邻居了,怪不得你迟迟不愿搬家。开玩笑,开玩笑。你二哥刚才打了电话,催问你看没看他们的销售方案。看来需要克隆出三五个史天雄才够用了。"

史天雄感叹道:"事情都挤到一起了。红太阳这个全员推销方案,理论上还是不错的。不知道效果怎么样。他们急需资金,恐怕只能一试了。"

金月兰从公文包里拿出一份特快专递,"嫂子来的。你快看看吧,别误了大事。"

史天雄把特快专递撕开,取出一页纸,浏览一遍,呆呆地坐在那里。金月兰关切地看着史天雄。史天雄把纸拿起来,自言自语说:"这是最后通牒。一个星期内我不离开西平,只有离婚了。"抬头一看,梅红雨正拿着香蕉,站在门口。

梅红雨道:"金总,你们吃点香蕉吧。"

江榕推着自行车进了院子,喊道:"金总,史总,出事了。王小丽的未婚夫孟永军在湖北牺牲了。世光他们也回来了。部队希望王小丽能去一趟抗洪前线,参加追悼会。谁知道王小丽受刺激太大,不会哭,也不会说话,人像傻了一样……"

话没说完,史天雄和金月兰推上车子出了院门。

梅红雨在院子里站了一会儿,看见史天雄的门敞开着,走过去锁门,看见小桌上放的短信,好奇地瞥了一眼。只看了一眼,忍不住把头探了过去。史天雄的妻子要和他离婚,梅红雨万万没有想到。

王小丽面无表情,瞪着惊惧的大眼睛,像一具木偶一样,坐在"都得利"会议室的椅子上。杨世光、李姐和孟永军的母亲围在王小丽身边,一个中校和一个少校,焦急地站在窗前踱步。

李姐蹲下来,拉着王小丽的手,央求着:"小丽,你千万不要想不开。永军已经走了,我们知道你心里苦,你哭吧,你哭吧,哭出来就好了。小丽,你,你说句话呀?"王小丽一点反应都没有。孟永军的母亲撑不住了,把王小丽揽在怀里,哭喊起来:"苦命的孩子啊——死了一个,傻了一个,好惨呢,啊啊——啊呜——呜——"李姐忙把孟母拉到一边,劝道:"大妹子,你可别哭。小丽已经成这样了,你再哭坏了身子,到抗洪前线影响多不好?"

中校拼命嚯了一口烟,对杨世光说:"老团长,这可怎么办?孟永军他们一个艇,就救了四百多人,他牺牲前,又把救生衣给了新战士。军区首长专门叮嘱,一定要让他的亲人见他一面。王小丽和孟永军谈了三年,在孟永军他们连,很有威信。你说……"

金月兰哭喊着跑进来,"小丽,小丽,你是怎么了?"

史天雄围着王小丽观察一会儿,再用手在王小丽眼前舞动几下,说:"打她一巴掌就好了。乐极,悲极,都会出现这种情况。"杨世光拍拍自己的头,自责道:"你们看看我这记性,真差劲! 新兵上去打仗常出现这种情况。真的一打就好了。"说着又在自己脸上拍拍。史天雄说:"是打她,不是打你。快点打!"

杨世光往后退了两步,伸手看看,连声说:"不行不行,我是断掌,会把她打坏的。换个女的打吧。金总,你打。"金月兰下意识地朝后退一步,"不不不。我长这么大,从来没有打过人,我,我可下不了手。"史天雄扬扬自己的手,看看孟永军的母亲,说道:"大嫂,不是这场大洪水,小丽已经是你的儿媳妇了。还是你打吧。打耳光。"

孟永军的母亲带着哭腔说:"小丽爸妈死得早,这几年到我家,我疼都不知道怎么疼……我,我也下不了手哇——"说着说着又大哭起来。

李姐捋捋袖子,"嫂子,你别哭了。我那两个儿子,小时候调皮捣蛋,没少挨我的打。你们都不打,我打。"说着一巴掌放在王小丽脸上。王小丽的头只歪了一下。

杨世光道:"李姐,你这种打法不行。要用力,要打得让她知道疼才行。打轻了不顶事。"

李姐咬咬牙,站在王小丽面前,说道:"小丽,这两年,我一直把你当亲闺女看哩。打你是治你的迷病。打重了,你可别埋怨阿姨。"一巴掌抡过去,伴着一声脆响,王小丽应声倒地。金月兰和孟永军的母亲忙把王小丽扶起来。王小丽嘴角流了鲜血,仍是不会说话不会哭。

李姐看了一会儿,眼泪流了出来,埋怨道:"你们出的狗屁主意!我还没听说打人能治病!让我做了一回恶人。"又蹲下去拉住王小丽的手,"小丽,你别怪阿姨。我是……你们快看,你们快看,小丽流眼泪了,流眼泪了——"

几个人面带惊喜,把王小丽围住了。

过了一会儿,王小丽喃喃自语起来:"怎么说走就走了……出发前,你说回来就结婚……你怎么能说话不算话?"

孟永军的母亲把王小丽紧紧抱住,呜咽道:"孩子,哭吧,孩子,痛痛快快哭一场吧。"自己先嚎啕起来。

众人这才长出了一口气。

史天雄和金月兰、杨世光、江榕商量一会儿,决定派杨世光、江榕、李姐,代表"都得利"公司陪王小丽去参加孟永军的追悼会,再去看看李姐正在湖北抗洪的小儿子,并再向灾区捐一百箱矿泉水和五十顶帐篷。

王小丽已经恢复了正常,走过来说:"各位领导,各位首长,永军是为救灾民牺牲的,我想再为这些永军救出来的灾民做点事。为我们结婚,我哥我姐们给我们准备了五万块钱……这些钱我和永军已经用不着了,我想把这些钱买成过冬的衣服和被子,带给那些灾民们。"

会议室一片寂静。

孟永军的母亲擦擦眼泪,从口袋里掏出一张存折递给王小丽,"闺女,你做得对。这四万元,也是为你们俩结婚准备的。咱们救人救到底,让那些永军救下的人,置办一些过冬的家什吧……我们人都没了,留这些钱还有什么用?替永军再尽尽心吧……"

四个男人的眼眶也湿润了。

# 第十三章

　　得知陆小艺已经给史天雄发来了正式的最后通牒,陆承伟决定找史天雄认认真真谈一次。最好是用一种比较独特的方式,给史天雄这个太纯粹的布尔什维克洗洗脑子。他实在不愿意失去史天雄这个姐夫兼兄长。这些年,陆承伟因为各种目的,结交了许许多多方方面面的朋友。这些朋友确实也为他带来很多便利和利益,但没有一个能在他的心目中,获得像史天雄一样的地位。这倒不是说,这些新朋友中,没有像史天雄一样优秀的人物,而是他们无法和陆承伟共同拥有一段随着时间的推移,越发显得珍贵的历史。克罗齐说任何历史都是当代史,此言一针见血。因此,失去一个老朋友,对谁都是痛苦的。

　　史天雄在电话里答应了陆承伟的要求,说他正在处理一件十分重要的事情,还无暇考虑如何处理陆小艺发来的哀的美敦书[①],要陆承伟等他的电话。最后,史天雄又对陆承伟说:"我也正要找你谈谈。因为你的胡闹,差一点闹出了人命。"

　　陆承伟决定去看看史天雄到底在处理什么重要的事。

　　此时,西平的传媒界,已经知道西平出了个与抗洪救灾有关联的奇女子。陆承伟赶到"都得利"总店门口,七八家电视台的记者和十来家大报小报的记者,都还在大门外面守候着。有人开始骂骂咧咧起来,"什么年头了,还有这种傻瓜?真不该来!""'都得利'出风头出惯了,恐怕是他们搞出的假新闻!""走走走,这种臭

---

① 哀的美敦书,即最后通牒。

脚,谁爱捧谁捧。"

江榕听到这些议论,只好站在台阶上,提高嗓音道:"各位媒体的朋友。我不清楚你们从什么渠道知道了王小丽和孟永军的事。我可以负责地告诉大家,王小丽准备带九万块钱婚嫁费买来的冬服和棉被,去参加她未婚夫孟永军烈士的追悼会,是一个正在发生的故事。王小丽本人、王小丽的家人和孟永军的家人,都不愿意张扬这件事,希望能得到你们的谅解和支持。为了实现王小丽本人的意愿,我们只好把王小丽藏起来了。我可以告诉大家,我们史总经理,正带着王小丽的九万元,在选购物品。"

陆承伟听到这里,笑道:"搞这么神秘干什么!这个天雄,不懂中国国情。这是多好的一个宣传'都得利'的机会,硬是看不见。"齐怀仲道:"九万元,放在寻常家庭看,可不是个小数目。确实是个爆炸性新闻。这个王小丽不简单,到底是史天雄和金月兰的部下。"

两人正在说着,陆承伟看见梅红雨和梅丰神神秘秘从人群中走出来,上了一辆面包车。陆承伟道:"梅红雨会不会认识天雄呢?"齐怀仲答道:"那个就是西平台《今晚十分》节目的首席主持人,是红雨姑娘的小姨。估计她是来看热闹的吧。"陆承伟点点头,算是默认了这种推断,说道:"正式拜访好些天了,怎么一点反应也没有?有点反常。"齐怀仲正不知该怎么回答,陆承伟的手机响了。

陆承伟打开手机听了一会儿,说道:"今天估计见不到天雄了。他总算在办正事,可以宽恕。否则,他就离忘恩负义的罪名不远了。江小三说,今晚有个开眼界的事情,希望我不要放过这个机会。"齐怀仲问:"什么事?"陆承伟道:"他说见面再说。故事与旺家集团的李长柱有关,似乎与刚刚荣升常务副市长的田明照也有关。"

齐怀仲把奔驰开上大街。

史天雄带着人和车,在华都服装店又买了一批羽绒服。史天雄正在指挥装车,瘦小精干的店老板凑到史天雄跟前问道:"先生是'都得利'的史总吧?"史天雄迟疑一会儿,"我是史天雄。"店老板小心问道:"这时候买这么多冬装,是不是听到什么风声了?"史天雄愣了愣,"什么风声?"店老板掏出软包装中华烟,递给史天雄一支,笑道:"你是当过政府司长的大人物,上面的消息肯定很多。你老人家亲自出马,这么大热天,满大街寻找低价的冬装,是不是有点反常?有朋友讲,咱们人民币不贬值的承诺,不能继续兑现了。是不是真要贬值呀?你老给我一个准信儿,我也好决定咱们是持币呀还是持货。"

史天雄大笑起来,"你我都是搞零售的,这个市场可不同于股市。如果一个消息可以赚到钱,生意还怎么做?"店老板又把自己的名片递过去,"史先生,你这话也对,也不对。平心而论,这些年靠勤劳致富的,能有几人?又能富到哪里?这年头,不抱住政治的粗腰,能挣到大钱吗?政策出机会,机会出钱。我懂。早知道一天政策,晚知道一天政策,效果差老了。"史天雄摇摇头道:"你要这么想,我必须跟你说清楚了。我来买这些冬装,与国家的经济形势和货币政策无关。我们公司有个女职员叫王小丽,她的未婚夫是舟桥团的班长。他们原定八一结婚,舟桥团到湖北抗洪,婚没结成。正好八一那天,这个班长带冲锋舟救了几百灾民后,自己牺牲了。王小丽和这个班长的父母决定把原来准备结婚的钱,买成过冬的衣服和被子,让王小丽带到灾区。王小丽不愿意张扬这件事,怕见记者,我只好代她出来采购了。朱总理在很多场合说过人民币不贬值,人民币一两年内肯定不会贬值。"

店老板听得张嘴瞪眼,不由得拍了几下巴掌,"想不到咱西平还能出这种神奇女子!佩服,佩服!平常人家,存九万元真不容易,说捐就捐了。咱中国人,就是不抱团。咱这儿是长江上游,对中下游这次大洪水,恐怕该负一点责。我也早想捐点钱捐点物,可总是在犹豫。为什么?如今,拿着小刀揩油、扒皮的人遍地都是,在西平捐还真不放心,要是一不留神捐出几个贪官污吏,太恶心了。史先生,稍耽搁你一会儿。我店里还有几万元换季货,我把它贡献出来,让你们这个女职员一起带去吧。"史天雄深感意外,不由得重新打量了店老板,疑惑地说:"先生,哦,马先生,你捐的货和王小丽这些货混在一起怕不合适。再说,转眼就是秋天了,再等两个月,你这些货又能上架了。"

店老板生气地看着史天雄,"你也太小看我马文长了!一个女店员,做了这样为咱西平人长脸的事,我怎么会搭她的车揩油呢?这批换季货,都算你这一堆儿。人一生不过几十年,这洪水百年才遇一回,该出一回手了。你,你等着,我找人把货清出来。"说着,人进了店门。

史天雄把烟点上,眯着眼睛看着悬挂在高楼肩膀上鲜红的夕阳,心情蓦地好了很多。自从上次在西平见了陆小艺,他就感到心里像是吃了一砣铅。他不止一次问自己:付出这么大的代价,到底值不值?也许真的应该和小艺分开了,这样两个人肯定会轻松不少。史天雄站在店门口想着,猛然看见一个既熟悉又陌生的女人向服装店走来;心里一紧:这不是那个顾、顾小姐吗?怎么像是换了一个人?那个男的是谁?看上去有点面熟。这个男的不停地在说什么?难道他们正在拍戏?想到陆承伟已经把这个女朋友送到演艺圈,史天雄有点释然了。

走过来的确实是顾双凤和钱林。因为钱林一直没有承认那一晚自己夜不归宿,顾双凤再不愿意让这个男人碰自己了。天下乌鸦一般黑,出了虎穴又入狼窝,顾双凤这一段就是这么看待男人的。电视剧就要封镜,钱林已经接了新的片约,这几天正在鼓动顾双凤也到另一个剧里扮演一个角色。顾双凤深知这种引诱档次太低,却也不说破,只是提出要演女一号。她已经能从折磨男人的过程中品味出难以言传的快乐了。走在大街上,身边或者身后,有一个外表上很难挑出什么不足的英俊男人,低眉顺眼说着美丽的谎言,感觉真还有那么几分妙不可言。随着时间的推移,顾双凤发现对钱林这个王八蛋的厌恶,在随着钱林甜言蜜语的增加而减退。冷静的时候,她也曾悲哀地想:我真的已经堕落了,自己在一个月里总有那么几天不由自主地想男人,不是堕落了,又是什么?这几天,顾双凤的身体又在蠢蠢欲动了。顾双凤感到有点烦。钱林拍打她肩膀的频率越来越高,她总是忘了横眉冷对警告这个根本没有几句真话的花心男人。顾双凤烦透了自己。

远远地认出了史天雄,顾双凤下意识地和钱林保持了一定的距离。还用得着在陆承伟面前、在陆承伟的亲属面前装圣女吗?钱林那天不正是……想到这里,顾双凤眼睛里闪烁出奇异的光芒,亲昵地挽着钱林迎着史天雄走过去。

这就是陆承伟的前女朋友!这就是陆承伟的又一件杰作!史天雄有些激动起来,说道:"顾小姐,我想我没有认错人吧?我在陆承伟西山别墅,喝过你泡的茶,吃过你做的饭菜……"猛然间发现话语里竟有指责顾双凤的意思,停下来不说了。顾双凤阳光灿烂般地笑了,"原来是史大哥呀。我很想继续在那座豪宅里为你这样高贵的人泡茶做饭。可惜呀,我早早地失去了这个资格。不过,这样也挺好,我知道了男人的世界原来是这样色彩斑斓。我给你们介绍一下,史大哥,咱们的制片人之一,你的小艺姐的丈夫;钱林,大表演艺术家,在剧中是我的搭档,在剧里剧外,他都扮演诱惑我的一个坏人。你们俩握个手还不行,应该拥抱。你们有很重要的共同之处。""小,小凤,"钱林脸色变白了,"你没看史先生正忙吗?咱们进去吧。"

"急什么!"顾双凤把钱林拉回来,"你干吗害怕史大哥?你总不会做了什么对不起史大哥的亏心事吧?"钱林只好站稳了,神经质地看着史天雄。史天雄笑道:"我和钱先生刚见面,什么都还谈不上。顾小姐的变化有点大,有点大。"

顾双凤放肆地笑了起来,"人说近朱者赤,近墨者黑。你的意思我明白,无非是说我变成一个荡妇了。可惜我命太苦,没能遇上史大哥这种站起来像峰,躺下来像岭的靠得住的伟丈夫。我,我还真需要一个长着小翅膀的天使来拯救呢。史大哥,承伟说你是个最后的理想主义骑士,救救我吧?"说着,可怜巴巴望着史天雄,旋即又笑起来,"史大哥,你别害怕。我认命了。你看看我遇上的这两个男人都是什么货色?你的小舅子,四十多了,也不结婚,女朋友能组建一支国家级交响乐团。这个钱先生呢,更他妈的可恶,外号叫老少皆宜一扫光。只要是他认识的女人……唉,你别走哇。这个胆小鬼。你皱眉头的时候,可真迷人。史大哥,说几句正经的。你别只顾着拿着长矛在前面冲冲杀杀,很多男人都对小艺嫂子虎视眈眈呢!拜拜,史大哥。"

史天雄懒洋洋地从牙缝里挤出一个"再见",心里道:"这笔账,只能记到陆承伟头上。这个混账,他又把手伸向梅姑娘了,真可恶。必须阻止他。"

马老板指挥几个店员抬着几包衣服出来了。

这个时候,陆承伟刚在江小三的办公室坐下来。

江小三把一个牛皮纸信封递给陆承伟,"承伟哥,吴明府让我把这个东西交还给你。"

吴明府是S省省政府体改办主任兼证券管理办公室主任。陆承伟希望这个关键人物在陆川实业股票上市时,愉愉快快签上意见,托江小三给吴明府送了五万陆川实业的原始股。看到牛皮信封完璧归赵,陆承伟心里格登一下。他把信封交给齐怀仲,问道:"吴明府想投反对票?"江小三道:"不。他也算个明白人。他表示对陆川的事一定会全力以赴。"陆承伟又问:"他是你爸的应声虫?"江小三摇摇头,"他原来是蒲东林的人,跟我爸一直保持清清楚楚的上下级关系。这人城府有点深。"陆承伟再问:"是不是从来不接这些东西?"江小三笑道:"他并不怕钱扎手。"陆承伟站起来说:"他是嫌少吧?职务不大,胃口还不小。他今年五十八了,还是五十九了?"

江小三这才不卖关子了,仔细说道:"这两年,连续出了几起大案,十几个叫摘了顶子的都收过原始股。吴明府的谨慎,也可以理解。西部地区,经济欠发达,官员动别的脑筋,一点不比东部的差。前天,有个有心人告诉我,省政府处长、副处长家里的孩子,有一半已经在国外读中学了。到澳洲和新加坡的最多。资助下一代读书,如今是一种流行的勾兑方式。吴明府这几年常到欧美考察,两个女儿一个在加拿大一个在美国,都拿到绿卡了。他小女儿在加州准备买个房子。吴明府说房款还差十来万美元的缺口,大女儿已答应借给小女儿七八万,还差三四万。他感到很头疼,给我看了房子的照片。他知道你在美国读了多年书,还有很多朋友在美国经营,希望你能帮他小女儿找个债主。电话里说不清楚,我才……"又掏出一张小纸片递给陆承伟,"这是吴小丽在加州的地址和联系办法。"陆承伟看了一眼,随手把小纸片扔在茶几上,坐在沙发上闭目养神。齐怀仲仔细把小纸片收起来,问道:"小三,这三四万美金,多少算借,多少算送?"江小三意味深长地看看齐怀仲,"老齐,这可不像老江湖的语言。他既然说了小女儿买房子的事,肯定愿意对你们鼎力相助了。是借是送,要看将来了,如果他平安离休,移居加州安居晚年,这笔钱就算承伟哥送的随喜。万一哪一天检察官问到这件事,这钱只是他小女儿问你们借来应急。陆川实业上了市,每股涨到八元应该不成问题。吴明府退了这五万原始股,也算留了一点人情。"齐怀仲感叹道:"怪不得你说他城府深,退路都留了好多条。"江小三道："这也算道高一尺，魔高一丈。狡兔还知道留三窟，何况一个老资格的正厅级干部。"

陆承伟冷笑一声睁开眼睛，"老齐，把那个小纸片给小三，让他还给吴明府。"齐怀仲急了，"这，这不合适吧？他这一关必须过……"陆承伟道："小三，问他要个她女儿在加州的账号。老齐，美国也快天亮了。晚上，你跟小文联系一下，给这个吴小丽汇四万美金。人都不见，不是更安全吗？我也不想见这个吴明府了。小三，你还愣什么？"

江小三给吴明府打了电话，拿笔写下一个账号，又读一遍核对一下，说道："吴叔叔，你让小丽下周一去银行查一下钱到了没有。陆川实业的事就拜托你了。好好，有你这句话，我们都放心了。"

齐怀仲带着账号开着奔驰回锦绣中华园。陆承伟坐上江小三的宝马去白江。

出了城，陆承伟问："李长柱演哪出戏，非要跑到白江不可？"江小三道："吃在西平，赌在龙池，黄在清源，又吃又赌又黄在白江。这种说法不知你听到过没有？"陆承伟答道："听说过。我的经验是：盛名之下，其实难副。"

江小三道："当然，你的参照物不一样。白江最著名的夜总会和度假村，都有我的股份。西平这些娱乐场所，目标太大，安全性和保密性都不好。常务副市长田明照想放松放松，肯定不能选择西平这些场所。李长柱很懂得规矩，找我帮他选个地方。"陆承伟道："知道政客们太多隐私，未必是好事。你爸政声不错，你也该从娱乐业撤退了。这个行业，暴利是暴利，毕竟不是你我这种身份的人应该做的事。"江小三道："我正在淡出江湖。如果只是田明照去白江放松，我去做什么？更不会惊动你。田明照这次去白江，只是陪一个人吃饭。你我参加一下这个饭局，以后和田明照打交道，就容易多了。听你说燕平凉是天雄哥那一路人，只能敬而远之，我就想帮你和田明照牵上线。我想,早晚你会需要来自西平政界的支持。"

陆承伟侧过身子看看江小三,"谢谢了。你比几年前是成熟了很多。这是个什么人物?"江小三道:"一个今天刚刚获得假释的大贪污犯。真的,我一点也不骗你。这个钟钰鑫,十年前可出了一回大名。当时,他只是江陵地区农行支行的信贷科科长,竟搞出了一桩一千八百多万的大案。当时,我还年轻,不明白他为什么没被杀掉。后来,我才知道这件事和田明照有关,那时田明照在江陵地区当行署副专员。再后来,我知道这个案子与省上郭副省长也有关系。日子一久,大家都把这件事给忘了。早上,李长柱给我打电话,说起钟钰鑫这个名字,我才想起来了。李长柱和田明照亲自为一个刚刚假释的贪污犯接风,有意思吧?钟钰鑫原来在省第四监狱服刑,田明照调到西平后,他就换到龙池第六监狱了。"陆承伟接道:"这种故事已经不新鲜了。用十年自由,换后半生的荣华富贵,值不值?李长柱找你,恐怕不只是请钟钰鑫这个仗义的兄弟吃顿好饭吧?没有别的节目了?"

江小三笑了起来,"什么事都瞒不过你。李长柱在白江鸳鸯夜总会玩过两次,印象不错,想让这个吃了十年苦头的兄弟回忆回忆女人的妙处。一对二的小皇帝,一对四的大皇帝,都不能表达李长柱的心意,硬要来个联合国。俄罗斯、越南、白俄罗斯、乌克兰、墨西哥的姑娘,夜总会里都有,有几位能歌善舞,素质不低。"陆承伟冷笑道:"只怕会弄巧成拙。钟钰鑫看李长柱们过着这种生活,会怎么想?"江小三道:"这我就管不了啦。李长柱只是说钟钰鑫的妻子早嫁了人,这些年这位生死之交日子过得太苦了。你我都不用管这么多。吃顿饭,能和田明照建立一种很默契的关系,也就够了。"

等到晚上七点,田明照还没有露面。七点二十,李长柱接了一个电话,回到包间说田明照正在给王省长汇报工作,无法脱身。陆承伟和江小三顿时感到兴趣索然。八点半,李长柱知趣地中止了饭局。江小三安排好李长柱和钟钰鑫下一步的活动,开车送陆承伟回西平。

一路上,陆承伟一直靠在座位上睡觉。江小三心里也不痛快,就把车开得飞快,进了城区也是见车就超,见红灯就闯。

陆承伟睁开眼笑了起来,"小三,我可没买巨额人寿保险呢!这个结局不是挺好吗?一个省会市的常务副市长,让一个商人和假释犯牵着鼻子走,成何体统?过去的,都凝固成历史了。时间已经把牌洗了多次,假释犯就是假释犯,副市长就是副市长。钟钰鑫以后也只能学乖一点。能走出这步棋,可见田明照不是个凡物。"江小三余怒难消,骂道:"一个小人。假。"陆承伟道:"没让钟钰鑫在监狱自然消失掉,已经够可以了。一出监狱门,李长柱就让他享受了联合国秘书长的待遇,他该知足了。你这个夜总会,硬件和软件都不错。差不多有一年没来这种场合,又上台阶了。有没有干净整齐的女孩子?"

江小三道:"小童是个细心人,经营得不错。大堂里的女孩子,有一些是打游击的,干净不干净,不好说。小童手里掌握的几十个,都没问题。有专职医生定期为她们检查身体。出台第二天,还要打预防针。早知道你有兴趣,咱们就不回来了。"陆承伟道:"我早没这方面的兴趣了。可我们又不能忽略这一行的作用。有时候,这是一道可口的小菜;有时候,是一个稀释油腻和酒精的果盘;有时候,又是一剂医治心病的良药。以后,我可能要用一用你这方宝地了。我不需要,或许别人正用得着。"江小三高兴地说:"你来西平这么久,我还没有找机会为你效劳呢!只要你开句口,我的辖区都会免费为你提供全面的一流服务。"

回到锦绣中华园别墅,齐怀仲正在看电视。钱已经给吴小丽汇去了。江小三感叹一番美国的办事效率后,准备告辞。电话铃响了,陆承伟拿起听筒,"我是承伟。我们又想到一块了,真不容易。地点由我来选吧。明天下午五点半,我去接你。"放下电话,坐在沙发上发愣。

江小三道:"你们忙吧。我回去了。"

"慢着!"陆承伟站起来道,"你给小童打个电话,让他明晚给我准备一个雅致的包间。再找几个能歌善舞的,准备几个节目。成败就在此一举了。"

江小三满口答应下来,留给陆承伟一个只有同谋才能领悟含义的微笑,走了出去。

陆承伟呆站了一会儿,自言自语道:"我正准备给他洗脑子,他反过来要当我的政委了。又要警告我,又要给我提忠告,真是个好兄长啊。为了能常听这种天籁一般的教诲,也不能看着他们离婚。"

齐怀仲看见电视屏幕上出现了一位穿着"都得利"员工制服的姑娘,正阴沉着脸慢慢叙说,笑道:"说曹操,曹操到。你看,'都得利'又出镜了。"看见梅红雨笑着端两杯茶走进画面,惊诧地叫一声:"咦!这不是梅姑娘家的院子吗?"陆承伟黑着脸,从齐怀仲手里夺过遥控器,把音量调大了。

王小丽眼含泪光,慢慢说着:"……人都死了,考虑钱还有什么意义!永军舍命救人,他肯定想让别人好好活着。这九万块这么用,我心安,他心安,两家人都心安。我说不出别的话,那些漂亮话。我也不想让报纸、电视把我和永军搞成一对恩爱的典型,也没想借这个机会捞什么好处。九万块,毕竟能为我和永军他们家办不少事。我确实没想很多,我觉得这钱应该这样用,就这么决定了。我和他相爱着,这是事实,不然我就不会考虑结婚了。我不想张扬这件事,就是不想永远背孟永军未婚妻的名分。我现在只想考虑如何处理好永军的后事。我没法谈今后生活如何如何。你要让我说，我只会这么说。我一直是个普普通通的人，只想平平常常活下去。"画面里出现了梅丰的脸，人有些晃动，显然是偷拍的。梅丰道："王小丽同志，我不想用小姐这个词称呼你，谢谢你说了这么多真心话。你不反对我在片子里原汁原味引用吧？"王小丽凄苦地一笑，"我说的，就是我做的，你可以引用。"

史天雄突然走进了画面，一晃就成了画面中心。陆承伟和齐怀仲都吃了一惊。梅红雨也入了画，递给史天雄一听饮料。梅丰的画外音响着："货都买齐了，史总？"史天雄摇摇头道："你这个无孔不入的梅丰！是谁走漏了风声？"梅红雨的声音进来了，"本人判断出来的。小姨悬了赏，我只好带她回咱们这个院找找了！"史天雄道："出了叛徒，有什么办法？小丽，收拾收拾，咱们去舟桥团。衣服和被子都拉过去了。明天团里为你和孟永军的母亲送行。"画面换成了西平电视台新闻节目的直播间。梅丰说道："各位观众……"

陆承伟用遥控器把电视关了，叹口气道："老齐呀老齐，你这个疏忽也太大了！怪不得我们的拜访没一点回音。亏得我没有亲自去，否则……"齐怀仲自责道："都是我的错。谁能想到天雄会住在贫民窟里！以天雄的人品，他总不会添油加醋说你什么。"陆承伟一脸无奈，叹道："他删繁就简挑几件我偷针偷线的真事说说，梅红雨还敢跳槽吗？"

陆承伟带着史天雄走进白江县一家刀削面馆的时候，钱林跟着顾双凤，走进了皇冠大酒店顶楼顾双凤的房间。

"出去！"顾双凤冷冷地说，"谁给你的这种权利？"

钱林央求着："戏这几天就封镜了，你又不同意演那个戏的女三号，这一分别，不知什么时候还能相见。难道我没给你留下一点美好的记忆吗？"顾双凤看看钱林，掏出一支紫罗兰女士烟，叼到嘴上。钱林像个训练有素的男侍应生，凑过去，掏出打火机帮顾双凤点上了。

顾双凤吐出一根烟柱，说道："做这些，说这些都没有用。你看见史天雄时的反常表现，已经说明你和陆小艺有过什么关系。我只想听你说几句实话。你要是说了实话，今晚我就陪你玩个够。你要是还说谎糊弄我……"突然间看着钱林冷笑几声，"我就告你准备强奸我。我们两个人的戏，已经拍完了，闹翻了，也影响不了剧组什么。明天我们上上报纸，也没有什么。反正我已经完了，已经完了。都是下地狱，九层和十八层，没有什么区别。我实在不甘心，我怎么尽遇上你们这些衣冠楚楚的混蛋呢！你们把我顾双凤当成什么了？！"两手抓住领口，用力一撕，上衣的扣子无声地蹦落在红地毯上，顾双凤把一张狂放的脸凑近不知所措的钱林，突然一巴掌重重打在自己的鼻子上，流着眼泪笑道："你害怕了？你怕什么？说吧，说完了，吹拉弹唱，都随你。"把一把鼻血抹在钱林的脸上。

钱林没想到顾双凤会这样，瘫坐在床边上，盯着顾双凤看了一会儿，心一横，说道："我知道你心里没有我……我，我是爱你的……你，你越这样，我，我……我是跟那个老女人……上过床。我说，我什么都给你说。我一直想出大名、挣大钱，自己能掌握自己的命运。可是，命运总是捉弄我。说起来，我现在也算个名人了。可我知道在社会这个大舞台上，我只是个不起眼的角色。无足轻重。我不想靠脸活一辈子。我想当导演、当制片人。你看看现在这个圈子，只要有背景，只要能弄来钱，什么阿猫阿狗都能当导演，当制片人！我一直在寻找机会……陆小艺在我眼里，也是一个机会……我不想放过这个机会。双凤，我并不是有意欺骗你，我是不想回忆和这个女人在一起……你信不信，都在你。你怎么恨我我都认了。你告我要强奸你，我也认了。"说着，伸手擦擦眼泪，

"我说过,我比你完得更早……我和你都是被欺凌被侮辱的可怜人……"

顾双凤把湿毛巾递给钱林,打开皮箱换了一件衣服,"你总算说了点实话。走吧,找个酒吧坐坐。日子他妈的还得过呀。"

两个人相跟着出去了。

陆承伟和史天雄已经吃了刀削面上了奔驰车。

陆承伟把车发动起来,"天雄,知道我为什么只请你吃一碗刀削面吗?最近一段,我常常回忆起少年时代。那是我们共同的根呢!想来想去,我不认为我和你现在是两棵不同的树。我不是从欧洲大陆从美洲大陆移植过来的另类植物。我们肯定还拥有共同的未来。我的一番好意,引得你的女房东母女俩发生了战争,过错并不在我。谁让梅红雨和袁慧有血缘关系呢?她们俩的确长得太像了。你应该清楚袁慧在我生命中的重要性。我可是为了她动过杀人念头的。那一天,我和你吃的也是刀削面。老板娘是个胖胖的山西女人,笑起来很慈祥。梅红雨的事,先告一段落吧。该谈谈你和我姐的事了。"

史天雄坐在车里,脑海里重现着他和陆承伟在"文革"初期的一段往事。

夕阳的余晖使红墙上的琉璃瓦漫出一道道橘黄色的光晕,光晕里仿佛有无数活泼可爱的小精灵,从两边的墙头上跳向胡同。刚刚吃完刀削面的两兄弟脸上挂着紧张和期待,折向这条幽静的胡同。胡同口,三个十来岁的小女孩,正伴着自编儿歌在跳橡皮筋,童声悠扬:"橡皮筋,香蕉梨,好吃不给刘少奇;奶油冰棍,冰冰冰,好吃不给邓小平;红玫瑰,红彤彤,敬献领袖毛泽东……"进了胡同儿,史天雄对他耳语几句,陆承伟朝胡同的另一头跑去。

这时,王大海王司令已经成了袁家的座上宾和保护神。周三和周六傍晚,他都会穿着整齐,穿过这条胡同,到袁慧家吃晚饭。

王大海心情很好，进入胡同口的时候，他伸手拍拍一个小姑娘的头顶，接着，他用口哨吹出了一支领袖颂歌的旋律。

《太阳最红毛主席最亲》还没有吹完，在"你的光辉思想照耀我的心"末尾，戛然而止了。王大海看见自己已经被陆承伟和史天雄一前一后堵在胡同最狭窄的一段。认定必须打一架后，王大海转过身，面对高大粗壮一些的史天雄站住了，双手抬起来提提自己的衣领道："史天雄，是不是想打架呀？你别忘了，你已经不是学生会主席了。你们现在和我作对，有什么好果子吃？识相的，老老实实靠一边去，过两天抄你们家的时候，也许我还会高抬贵手。别看衷慧是个丫头，比你们聪明得多。我爹说了，女人都是猫变的，摸顺了她们，都会叫。"史天雄道："你丢人不丢人！你这叫欺男霸女，和南霸天和黄世仁没什么两样。我们今天是想给你留点教训……"

陆承伟也不说话，冲过来，一拳从侧后打在王大海的脸颊上。高高大大的王大海身子晃了一下，回了一拳，把陆承伟打倒了，跟过去踢上一脚，"小胳膊小腿，也敢跟我来劲！"史天雄扑过去，和王大海扭打在一起。很快，史天雄被王大海放倒了。两个人滚了几滚，王大海一直骑在史天雄身上。陆承伟从地上爬起来，擦一把嘴角的血，用冒着凶光的眼睛前后一抢，掏出小水果刀，朝王大海的屁股扎去。王大海惨叫一声，就地一滚，瘸着站了起来，骂道："你们他妈的敢动刀子？找死啊——"史天雄已从陆承伟手里夺下水果刀，朝王大海逼过去。陆承伟叫道："杀了他！杀了这个南霸天、黄世仁！杀了他！"

王大海面露惧色，色厉内荏说一句："你们等着。"一瘸一拐，朝回跑去。陆承伟要追，史天雄把他拦住了，叹口气道："你怎么敢动小刀！"陆承伟恶狠狠地道："我真的想杀了他，杀了他！"小女孩脆生生的声音飘了过来："橡皮筋，香蕉梨，好吃不给刘少奇；奶油冰棍，冰冰冰，好吃不给邓小平；红玫瑰，红彤彤，敬献领袖毛泽东……"史天雄看看小刀上的血,说:"咱们回家吧。我们要准备应付敌人的反扑。"

一夜平安无事。陆震天已经有三个月没回家了,他住在哪里,没人知道。苏园去西南找陆承业去了,她害怕三个孩子在北京出事,准备让他们到西南避一避,又不知道陆承业的情况,自己先去了。陆小艺把史天雄和陆承伟埋怨了半夜,陆承伟火了,拍着小胸脯道:"事是我惹的,我绝不连累你。"陆小艺又跑到门口骂道:"变色龙!狐狸精!狗特务,美女蛇!"史天雄呵斥道:"你喊什么!大不了跟他们拼了!事是我惹的,由我一人担着,听见没有?听我话的男同学还有很多,王大海不敢把我怎么样。"陆小艺噙着眼泪骂道:"就怨这个骚狐狸精,把你们两个都迷住了!你们献了多少殷勤,可她当了王大海的对象。我早说过,我们和袁家不是一个阶级,让你们少跟这个小狐狸精来往,你们硬是不听!还为她和造反派司令动刀子!你们这些表现……"史天雄吼道:"别说了!事情已经发生了,说这些还有什么用?要不,你们两个今晚先到火车站,买明早的票去西平。我在北京守家。"

陆承伟和陆小艺都不同意离开。三个人每人都找了一件武器,这才和衣睡下。

第二天一大早,陆小艺刚想打开门出去探探风声,十几个手持棍棒的红卫兵拥进了院子。王大海微微瘸着,推了袁慧一把,进了院子,大声说道:"我今天要让你们知道,什么叫血债血还。"袁慧迟疑了一会儿,也进了院子。

史天雄拿着一把日本军刀,陆承伟手握一把匕首走到院子里。陆小艺和袁慧惊叫一声。王大海看见手下面露惧色,从身上掏出匕首道:"不要怕他们!邓小平已经完蛋了,陆震天还能蹦几天?宰了这两个狗崽子,怕什么?史天雄,你只要敢动手,老子马上把你放翻。"史天雄双手握着军刀,说道:"王司令,这把军刀是日本一个联队长的佩刀,我爸杀了联队长后,又用这把刀杀了二十三个鬼子兵。我不想用这把军刀伤中国人。凭我手里这把军刀,你们谁能拦得住我?王司令,我只用贴一张大字报,表明我与这个家庭决裂,明天我也是司令了。我要当了司令,会有多少人跟我干,你应该清楚。"把水果刀掏出来扔到王大海面前,"昨天我们打架,我用了这个小刀子,对王司令你不公平。你用小刀扎我两刀,咱们就算两清了。以后,你当你的司令,我当我的司令,井水不犯河水。"说着,用军刀把自己的衣袖划开,"你朝这里扎吧。"

王大海看看史天雄手里的军刀,又看看地上的水果刀,说道:"听上去很公平。你手里拿着军刀,我怎么敢扎你?你是用擒贼擒王之计,我王大海会上当吗?我知道,你史天雄振臂一呼,肯定也能拉不少人。你要是把军刀交给你弟弟,然后走过来让我用小刀扎两刀,咱们之间的事就算两清了。否则……"史天雄笑了起来,"王司令很仔细。好,我答应你。承伟,过来接刀。"

陆小艺大叫一声:"天雄,你冲出去,别管我们。只要你冲出去,王大海不敢把我们怎么样。"史天雄道:"承伟,快把刀拿住。快一点!"陆承伟没有动。王大海把水果刀捡起来,放到鼻尖吹口气,"他只敢用这种小刀。我也不想搞个鱼死网破,只要你不带军刀走过来,让我轻轻扎两下,事情就算结了。"

陆小艺瞪了陆承伟一眼,"胆小鬼!你快去接刀呀!"

王大海笑道:"他都快尿裤子了。"

这时,又有十几个红卫兵拿着铁制凶器把门口围住了。史天雄一看情况有变,说道:"好,我过去。"把军刀放在地上,朝王大海走过去,"王司令,你扎吧。"

王大海瞥一眼地上的军刀,笑道:"有种!"伸出水果刀朝史天雄裸着的左臂划下去。史天雄闭了一下眼,轻轻地哼一声,看看顺着手臂滚下的血珠子,说:"还有一下,算是还给你的利息。"

袁慧突然拉住王大海的胳膊，央求着："大海哥，算了吧。别扎了……"王大海恼怒地把袁慧推到一边，"心疼了是不是？你说别扎我就不扎了？我偏要扎狠一点！"又用水果刀扎进史天雄的肩头，也不拔刀子。史天雄额头上渗出豆大的汗珠，看了王大海一眼，"王司令，够了。"

王大海突然拔出水果刀，伸出脚把军刀踢开，一招把史天雄制住了。陆小艺大骂："王大海，你真不要脸！"袁慧又央求说："大海哥，你放了他吧？"

王大海笑得浑身发颤，"放了他？什么叫无毒不丈夫？史天雄这种人，挨了两刀，还提醒我说够了，我怎么敢放了他？史天雄，我没说错吧？"史天雄苦笑道："王司令，你真是曹操式的大英雄，够狠。我认了。你把军刀留下，不要为难小艺和承伟，你可以随便处置我。"王大海使劲拧了一下史天雄的伤臂，"史主席，你现在是我的阶下囚，没有资格和我讨价还价了。一个女的，一个连刀都不敢用的胆小鬼，我抓他们有什么用？咱们走。陆承伟，你是不是应该把刀鞘给我送过来？"

陆承伟把匕首朝地上一扔，很快从裤兜掏出一支勃朗宁手枪，把枪口对准王大海，大吼一声："王大海，你把他放了——你他妈的快点把他放了——"

十来个手持棍棒的红卫兵慌忙逃出院子。

王大海故作镇静地喊道："你们慌什么！他手里拿的说不定是个玩具手枪……"陆承伟抖着手叫道："放开他——我喊一二三，你要是再不放他……"只听砰的一声响，手枪走火了。王大海下意识地放开史天雄，呆呆地看着陆承伟。

陆承伟用衣袖擦擦脸上的汗珠，颤抖着声音说："袁，袁慧，你，你跟他，是不是心甘情愿的？"袁慧没有回答，捂着脸哭着跑走了。陆承伟歇斯底里喊道："王大海，你滚出去！滚！"

王大海像只瘸腿的兔子,飞快地跑走了。

一个星期后,他们三个人收拾了家里的细软,跟着专程赶来的陆承业,去大西南避难去了。

兄弟俩坐在鸳鸯夜总会的豪华包间里,谈的都是这些共同经历过的事情。梅红雨的存在,被他们有意忽略了。两个人分喝了一瓶五粮液,陆承伟牢牢地控制着谈话的主动权,把谈话引入了核心问题。

陆承伟道:"我姐确确实实变成了一个政治女人。但你不能否认,她对你的设计,并不是在坑害你。当然,也许她忽略了你的个人感受。我不明白,你为什么不能满足一下她那可怜又可敬的自尊心,给她一个下台的台阶。给她一个台阶,她又会变成一颗围着你这颗太阳团团转的小星星了。像真正的政治家那样想,你和我姐维持一种纯政治的婚姻,不也是一种选择?我不知道你在想什么,我只知道,她来西平三次,你都没和她一起过夜。"史天雄道:"我提醒你注意,是她要解除这层关系的。"陆承伟冷笑一声,"你在回避问题的关键!我姐不是八十岁的老太婆,你带她去你那间小屋过夜,丢你的人吗?只能是你的潜意识早已经不想和快要步入可怜的更年期的妻子做爱了。你希望她无法承受这种冷落,你希望她再一次犯同样的错误,然后你堂而皇之获得作为原告的起诉权,好义正辞严地指责她:是你一而再,再而三地背叛了我,你应该受到惩罚。这么做,这么想,人道吗?"

"奇谈怪论!"史天雄回了一句。

陆承伟继续说:"我只是讲了一些你一直不愿正视的现实。你在本质上,是一个很传统、很守旧的男人。这种男人,一般不会真正原谅自己妻子红杏出墙的事情。我姐怀疑你早跟金月兰有染,这种怀疑恰恰证明她对你这个旧式男人的性观念一无所知。我敢肯定,你和这个金月兰没拥抱过、没接吻过。你们这种人,其实活得挺苦的。"

史天雄抬起头认真看看陆承伟,说道:"真精彩呀!说下去,说下去。"

陆承伟笑道:"我相信我是懂得你的。因为我们本来就是一样的人,一样的在毛泽东时代成长起来的中国人,中国男人。我在美国寻找袁慧的头几年,我也守身如玉。但我并不认为这样做就算对她痴情不变了。我和好几个留美的中国女学生保持过柏拉图式的爱情关系,当时也觉得挺美好。时隔多年,我们似乎都有虚度了时光的感觉。几乎所有的宗教都认为,男人只要在意念里想了某个女人的精神和肉体,他就算和这个女人犯淫了。所以,《红楼梦》里那个可爱的丫环晴雯,病入膏肓后,才对宝二爷说了一句真心话:早知如此,我当日也另有个道理……晴雯姑娘当初知道宝二爷和袭人、秋纹那几个浪蹄子做的那些事后,曾经是多么的鄙视啊!如果你真的和金月兰上了床,你就知道该怎么处理和我姐的关系了。在这方面,我们还应该向美国人学习。你不要这样看着我。《时代》杂志曾公布过一个调查报告,美国三十五岁的男性,平均有一百零四个性伙伴,三十五岁的女性,平均有六十八个性伙伴。这个国家不仅没有烂掉,反倒是这个世界的主导国家。捷克在六八年应该算个信仰共产主义的国家吧?苏联坦克开进捷克首都时,捷克的少女少妇们对苏军发动了强大的肉弹攻势。克林顿总统和莱温斯基那点事,满世界的传媒都在爆炒,前一段克林顿和希拉里夫妇来中国,两人一有空就拉手。天雄,你那太中国化的肉体观念,也该变一变了。"

史天雄感叹道:"到底在美国呆了多年,这番话可真让我开眼界。想不到你是准备给我洗脑子的。我真想看看你准备用什么洗我这颗顽固不化的旧脑袋。"

陆承伟站起来,伸手按了一下墙上一个绿色的开关,"补课是最好的方法。心里亏空什么，就补什么。我知道这些年，你对自己要求太严了……"一扇暗门打开了，四个身着羽纱的姑娘伴着丝竹之声鱼贯而入。四个女人除了披着羽纱，身上再没有一丝布！

史天雄腾地站起来，一个勾拳打在陆承伟的面颊上。陆承伟的身体滚过茶几，一头撞在墙上，跌倒在地毯上。女人们惊叫起来。史天雄骂道："你这个混蛋！真无耻！无耻透顶！"怒气冲冲地冲出包间。

两个姑娘过去扶陆承伟，陆承伟恼怒地喊着："滚开！都给我滚开！"

总经理小童从小门跑进来，把陆承伟扶到沙发上坐下，"陆总，是不是小姐没有侍候好？要不要再换几个？"陆承伟摆摆手，"你们都出去吧。我想一个人呆一会儿。"

小童和剩下的两个女人都从暗门出去了。陆承伟把捂在额头上的手松开，看见手上有血，扯了一张餐巾纸拭拭伤口，取了一支大号雪茄点上了。过了一会儿，陆承伟看见挂在衣帽架上的两件西服，走过去把自己的穿上，拎着史天雄的西服走了出去。

夜深了，白江的大街上已无车辆的喧闹，大街两旁只有美容美发店、盲人按摩店、酒吧和茶坊开着门。摇滚乐声、洗麻将声、发廊妹和按摩女的拉客声，填满了夜的空寂。史天雄穿着衬衣，走在这条灯红酒绿的大街上。一个个灯光暧昧的休闲娱乐场所从他身旁掠过，伴着小姐们同样暧昧的招揽声。"先生，洗个脚吧。""先生，做个全身按摩吧，好舒服好舒服……""帅哥，照顾一下生意，洗个头吧。帅哥，我的手艺很好啦……"

一直走到城外，史天雄才发现外套没有穿，身上没有一分零用钱。走到307国道和白江环城路的交叉口，史天雄看见西平21公里的指示牌，一咬牙，迈开大步上了307国道，朝西平方向走去。他实在不想再见到陆承伟。南北夹击的大洪水还没有完全消退，娱乐场所已经人满为患了。史天雄感到可怕和无奈。

陆承伟开着车在白江县城转了几圈,没找到史天雄。他估计史天雄会徒步走回西平,开车上了307国道。远远地看见史天雄的背影,陆承伟感到一股热血在周身窜动着。史天雄身上那种不可夺志的精神,又一次让陆承伟感动了。陆承伟打开右边的前车窗,慢慢跟了史天雄一段,禁不住喊了一声:"天雄——我没有任何恶意。"

史天雄看也没看陆承伟,吼一声:"恶心!你他妈的真恶心!"陆承伟道:"骂吧,让你一次骂个够。上车吧,上车骂吧。还有二十来公里,没有别的车……"史天雄扭头叫着:"脏!我嫌脏!你太脏了!"陆承伟继续解释说:"请你不要误解我的用意。可能我采取的方式,不合适,不太适合我做小舅子的身份。我确实不想看到你和我姐分手……其实,我在心里,一直把你当成一个亲兄长。你别把我当小舅子看,把我当成兄弟来看……"史天雄猛地站住了,"兄弟?你不配再说这个词了。我没有你这种兄弟!今天,那个曾经是我兄弟的陆承伟已经死了。他死了!你是谁?你是一个毫无廉耻、毫无人味的怪物!"

陆承伟从车窗里探出头,语气也冷硬起来,"天雄,你这么说也太绝情了。我在你眼里,真的只是个怪物?"史天雄带着手势激动地说:"难道这么说你不合适吗?今晚你做的事,像人做的事吗?像个正常人做的事吗?我看你是全面异化了!正在朝着非人的怪物进化。对社会而言,你变成了一个十足的投机客,所有的心思和小聪明,都被你用来锈蚀这个社会的肌体了。你看到这个社会哪个地方出了问题,你就像蛆虫一样附在那个地方,让那里很快烂得不成样子!你这次在陆川玩的魔术,目的也只是填你那个大钱包。自私透顶了!作为一个自然人、一个男人,你的表现还叫正常吗?你说你不愿受正常家庭生活的束缚,你经常把你自己标榜成一个痴情的男人,都是你不停编演始乱终弃剧目的借口。一个四十多岁的男人,对玩弄年轻女人感情这种事不以为耻,反而乐此不疲,正常吗?整个一个变态狂。我警告你,你早晚要为此付出代价!"说罢,迈开大步朝前走去。

"你站住!"陆承伟一踩油门儿,超过史天雄,跳下来把史天雄拦住,"天雄,我希望你能收回你刚才说的话。"史天雄冷冷地哼一声:"没有一句夸大其辞,用在你身上严丝合缝,我为什么要收回它们?"陆承伟突然神经质地大笑起来,"谢谢你说了真心话。史天雄,别以为你搞了半年商业零售,你就变成万能的通才了。你对中国的现实到底了解了多少?你是正义的代言人?你是良知的化身?你是历史和现实的评判官?你是中国人的救世主?你什么都不是。都到了什么时代了,把酸腐的教义仍当圣经来念,你不觉得很可笑?你暂时解决了几个下岗工人的吃饭问题,就真以为自己已成了民族大英雄了?你救不了谁,你也别想享受拯救了国家、民族于危难中的那种殊荣。这是一个人人都在学会而且必须学会自救的时代。你可以继续你圣徒式的苦修,可你阻挡不了千千万万的陈白露这样吟唱太阳:太阳出来了,太阳不属于我们,我们该睡觉了。谁是真英雄,谁是这个时代的主角,先别忙下结论。"说罢,开着飞车走了。

史天雄呆立一会儿,继续赶路。

# 第十四章

　　一路飞车,一路风吹,进了西平,陆承伟的心绪平静了下来。这时候,他才感觉到额头上的大血包随着脉搏跳动带来的一波一浪式的热辣辣的扎疼。锦绣中华园在西平的西南角,回家消毒,还需要从城东北穿过整个西平市。陆承伟决定先到近一些的皇冠大酒店办公室,用红药水简单处理一下伤口。这个随机的决定,竟彻底改变了顾双凤在陆承伟眼里的形象。

　　钱林假寐了很久,思前想后,还是觉得睡在自己的房间里踏实。顾双凤如今做事已不在路数,要是一觉醒来一翻脸,喊叫起来,可就跳到黄河也洗不清了。看见身边的顾双凤还在酣睡,钱林摸索着穿了裤子和衬衣,拎着外套悄悄出了房间。还没来得及把门锁上,钱林便看见从电梯那边走过来一个人,忙不迭低头朝应急楼梯口走去。

　　陆承伟发现钱林鬼鬼祟祟从顾双凤房里出来,脑袋嗡的一声大了一圈。上次看了顾双凤的精彩表演,陆承伟并不认为顾双凤真的就变得无可救药。对于女人在非常态情况下的怪异表现,陆承伟并不陌生。在他看来,顾双凤在他面前刻意表现自暴自弃的一面,和乔妮打时间差来西平和他幽会,异曲同工,说明这两个女人心里还有他。男人和女人交往时的成就感,也就产生在这些细节里。猛然看见有个男人,又是钱林这个混蛋从顾双凤房间里走出来,陆承伟心里完全失去了平静。他像一个发现自己钟爱的情人红杏出墙的男人一样,彻底地愤怒了。他推开虚掩的房门走了进去。

顾双凤根本没有睡着。她想用这个漫长的夜检验一下是不是所有的男人都已经成了自私自利的伪君子。钱林并没有兑现在这个房间里过夜的承诺,又一次无耻地欺骗了她!顾双凤在黑暗中睁着眼睛,心里一遍又一遍诅咒着世上这些可恶的男人。听见有人进来,顾双凤破口大骂:"你他妈的真是胆小鬼、软骨头!你又回来干什么?你这个反复无常的小人!"叫骂的时候,顾双凤甚至感到了一种奇怪的满足感,毕竟这个男人,毕竟这世界上还有一个男人还是讲信用的,要在这个闲话最多的剧组陪她过一夜了,语气里也就带上了亲昵的成分。

陆承伟把房间的大灯打开了,喷着火的眼睛直逼顾双凤,一字一顿说:"你看看我是谁!"

顾双凤惊坐起来,瞪眼张嘴看着陆承伟,眼睛里闪过几丝错愕和悲痛,在羞愧之心的驱使下,下意识地扯了一条浴巾,遮住裸着的前胸。陆承伟咬着牙,伸出一根指头点点顾双凤,"想不到你真的变成了这种女人!贱!真贱!"

顾双凤的眼神和表情在这一瞬间发生了语言难以描述的变化,最终转化成无所谓和暧昧的笑。她像一个正在步入刑场的死囚一样,变得无所畏惧了,心里激荡着"脑袋掉了不过碗大的疤"、"二十年后又是一条好汉"之类的豪情。她把浴巾朝地板上一扔,赤条条地下了床,笑着看看陆承伟头上的血包,点了一支紫罗兰香烟,"陆大老板,这不是你教我做的吗?是你让我知道了女人的身体可以换成钱。上帝给我这么好的身材,只换你付给的两百万,实在太少了点。你看看你,又去招惹良家妇女了吧?拿钱没买来,还挨了打,看着真让人心疼。你这个时候想起我,很正确。念起我们多年的情分,我很愿意抚慰抚慰你那颗冷酷和受伤的心。你要是不急,先坐一会儿,我去打扫打扫卫生。"

陆承伟抬手就是一耳光,把顾双凤打倒在凌乱的床上,骂了一句:"你真下贱!简直无可救药!我真瞎了眼!"

顾双凤爬起来,在鼻子、嘴巴间抹一把血看看,神经兮兮地笑起来,"什么时候变成个性虐待狂了?你要是这么做,需要另外付费呀……"猛地把头一甩,换一张脸,换一种声音说:"陆承伟,你和我还有什么关系?你有什么资格打我?我当圣女当婊子,关你什么事?用不着假惺惺地演戏给我看。你没有资格当我的教父!你不配!我再堕落十辈子,也比你干净!你出去,你出去——"说着说着,已经泪流满面了。

陆承伟悲叹地摇摇头,自言自语道:"无可救药!贱,贱,真贱!"转身走出房间。

顾双凤跟过去把门用力锁上,背靠着门,张着嘴站了好一会儿,泪水混着血水,流过脸颊和脖子,在两个美人谷处左右拐个弯儿,汇在一起,沿着深深的乳沟,流向平坦的腹部。又过了片刻,她冲进卫生间,把水开到最大,哭喊着冲洗起来。

陆承伟拿着史天雄的外套进了客厅,齐怀仲在沙发上醒了。齐怀仲看见陆承伟的样子,吓了一跳,忙站起来找酒精和红药水,"怎么会弄成这样?出车祸了?"

陆承伟坐下来道:"史天雄打的。左边这脸,现在还是木的。"齐怀仲朝血包上涂着酒精,咂着嘴说:"下手也太狠了。言语不合,也不该动手呀。你手机也没开,十二点半,小艺还打来电话问你们谈得怎么样。他就是不当你的姐夫了,也还是你的兄长,怎么能打人呢!"陆承伟冷笑一声,"他已经跟我割袍断义了。我姐和他的事,就这么着了。他骂我发国难财,骂我是腐蚀国家机器的蛆!他永远都是主角,我永远都是跑龙套的,是溜边的黄花鱼!上市的事,应该没什么阻力了。你跟陆川方面联系一下,修路的事,应该提前。"

齐怀仲把酒精和红药水放好，"不再等了？明早再去医院拍个CT，看看有没有什么问题。"陆承伟道："我没那么娇嫩。我爸一天老一天了，应该让他在有生之年，看见这条路。也该让史天雄看看，我不但会挣钱，而且会花钱。只会埋头挣钱的人，在中国是没有出路的。我们也该打打政治这张牌了。捐一千到一千五百万，要让陆家川到陆川县城有一条能用一百年的二级公路。再不做点面子上的事，人们会怎么看我？就连双凤……"恨恨地叹了一口气。

齐怀仲道："上次给双凤片酬，她不接，硬要等到剧组解散了再说……双凤心里……"

陆承伟摆摆手，"不要再提这个双凤了！她现在已经变成一间收费的公共厕所了！那笔钱尽快划给她，我不想听见她再为这件事嚼舌头了。另外，你再设法把梅红雨男朋友的详细情况了解一下。"

齐怀仲没想到话题这么快就转到了梅红雨身上，不解地问一句："了解这些做什么？"

陆承伟站起来冷笑着，"史天雄要做梅红雨的监护人，我不得不做些准备。我要让他知道，戏已经换了，主角也该易人了。我必须改变梅红雨的命运。我要让史天雄真正意识到我的存在。我要让他把今天吐出来的话，一个字一个字地舔回去。我去睡觉了。"说着，朝楼上走去。上了两个台阶，扭头盼咐道："那是天雄的外套，天一亮，你给他送过去，里面有他的证件。"顿了一下又说："再把松山送的皮鞋给他带去。"齐怀仲抬头问道："送到店里，还是送到梅家他的住处？"陆承伟道："送到宴园新村，五幢二单元八号金月兰家。他现在还在路上进行二十公里越野训练。估计五点钟，他能走到五桂立交桥。那里离金月兰家最近。他现在身无分文，连公共汽车都没法坐。六点钟，他应该能走到宴园公寓。他有一肚子话要对红颜知己说。六点半你赶到那里,他肯定在。你就说皮鞋是我赔他的。"径直上楼睡觉去了。

齐怀仲看看墙上的石英钟,也睡觉去了。

金月兰度过了一个不眠之夜。史天雄一直没来电话,让她感到不安起来。后半夜,她几次冲动地爬起来想打110报警。五点四十,金月兰干脆起床了。从卫生间出来,金晶晶穿着睡衣,站在客厅探究地看着她。

金月兰下意识地躲避着女儿的目光,说道:"你起来这么早干什么?觉睡不够,上课要打瞌睡。"金晶晶追着看金月兰的眼睛,说道:"我妈一夜没睡,肯定是出了大事。你女儿智商不低,又很爱自己的妈,这时候睡觉,可真不合适。说说吧,妈。我都快有公民权了,应该有资格做你的朋友了。一个痛苦劈成两半,分给两个人,一人只剩半个了。你说呢,董事长?"金月兰笑笑,拍拍女儿的头,"你真是长大了。"走过去坐在沙发上,"我知道,你对妈聘史天雄当总经理一直有看法。史天雄的妻子,也许还有他的家人,都认为是我这个可耻的第三者把他勾引到西平来了。他妻子还找过我,说了很多难听话……我同意他来'都得利',原因很复杂。妈年轻的时候……这事说来话长,以后找时间再给你说吧。他妻子一个多月前给他寄来一封信,提出离婚。时限已经到了,他选择留下了。昨天下午,他小舅子约他出去谈谈,也不知去了哪里,一夜都没打个电话过来。八点半,我们还要到火车站接人。我真怕他出了什么事。"

金晶晶心理上排斥史天雄,主要是因为史天雄有妇之夫的身份。史天雄岳父家的背景,她也是知道的。她认为史天雄不可能放弃自己的婚姻。一听史天雄的妻子已经提出离婚,金晶晶高兴起来了,说道:"妈,你担什么心?他一个大活人,还能让人给吃了?这是好事,你应该早告诉我才对。敢和有那么大背景的老婆离婚,证明他还像个男人嘛。我比较难以接受你们现在这种不明不白不清不楚的关系。他离了婚,我不反对他做我的后爹。你们毕竟有感情基础。再说,他确实比我爸强很多。"金月兰担忧道:"我是担心他的安全。现在到处是电话,不管谈成什么样,他也该来个电话呀!晶晶,你说该不该报警?"

金晶晶笑了起来,"报警?一个成年男人失踪十几个小时,又不是去闯龙潭虎穴,现在能报警吗?再说,他只是你的副董事长兼总经理,他昨天还在上班,今天还没到上班时间,你当董事长的,以什么理由报警?说不定人家已经和好了。谈成这个结果,怎么给你说?今天,他要是没去上班,你就等着接他的辞职报告吧。"金月兰狐疑地看看女儿,慢慢说道:"你小小年纪,想的还挺复杂。也有这种可能。"金晶晶道:"不是我复杂,是这社会太复杂了。我们学校选优秀学生干部,有几个同学都知道给老师送礼、拉同学选票了。上周,有三个家里富裕的同学,还请我们吃过海鲜呢。史天雄当过的司长,你说会有多少人眼红?陆家一动真格的,史天雄恐怕只能投降了。不说他了。两种结局,我都能接受。他回北京了,我也落个清静,免得同学拿你们俩的关系嚼舌头。他离了婚,更好。妈,你热牛奶,我热面包,吃完早饭,你去上班,我去早读。天塌不下来。"

女儿这番太过老成世故的话,说得金月兰哑口无言。确实,这个复杂的社会泡得人心更加难测了。六点二十,母女俩吃完简单的早餐,收拾收拾准备出门。金月兰打开房门,惊得后退一步。只穿一件衬衣的史天雄,坐在门边睡着了,脚上的皮鞋脏得不像样子。金晶晶过来一看,惊叫一声:"天呢,哪儿来的流浪……"

史天雄站了起来,擦擦嘴角的涎水,不好意思地搓着手笑笑,"对不起,走了一夜路,身上一分钱……想起上午还要接人……你这里近些,我怕打搅你们,想坐一会儿,不想竟睡着了……"看看金晶晶,"我,我想喝口水……"金晶晶忙闪到一旁,笑着拉着史天雄的胳膊,"史伯伯,你快进来。你这样子可真吓人,好像被人打劫了。你的皮鞋都烂了……这是怎么回事?"史天雄看见餐桌上有半杯残茶,端起来先喝了,"我走了三十来公里路,身上没一分钱……路上也没有电话……"金晶晶看史天雄这么狼狈,说话又吞吞吐吐,知道有些内情不便让她知道,搬把椅子说:"史伯伯你先坐下,等会儿洗把脸。我要去学校早读,不陪你了。"说罢,背着书包走了,开了门又喊道:"妈,史伯伯一定饿了,你别忘了给他做点吃的。"

金月兰把洗脸水端到客厅,"快洗洗吧。到底出了什么事?你的外套呢?你是不是挨打了?"

史天雄边洗脸,边把昨晚的事简单说了一遍,省略了招小姐的细节,最后忘不了感叹一句:"大洪水把国家搞得这么困难,娱乐场所还都是人满为患、醉生梦死呀。"金月兰笑了起来,"原来是这么回事呀!没谈成,你先动手打了人,人家还开车找你,你为什么不坐车?他到底做了什么,你才打了他?"史天雄又喝了一杯水,欲言又止地说:"我,我真说不出口!"金月兰追问道:"到底为什么?你不说清楚,我心里直着急。"史天雄道:"他,他竟喊了小姐!喊了四个只穿一点点东西的年轻姑娘……我能不打他?"金月兰扑哧笑了出来,"你这个小舅子可真有意思。给自己的姐夫……他是不是在考验你呀?"感觉到不是开玩笑的时候,换一种口吻说:"这个陆承伟,看上去文文明明的,办事也太离谱了。"史天雄道:"我走了一夜,想了一夜,越想越觉得形势严峻。我以前从未见过这种场面,让人震惊。都是又年轻又漂亮的姑娘……看样子没几个是被迫的,这更可怕。难道这种过程中国真的无法回避?存在的不一定都是合理的。信仰和精神的问题,是个大问题。"

金月兰笑道:"先填填你的肚子再说吧。"去了厨房。

齐怀仲敲开门,一眼就看见正在喝牛奶的史天雄,惊奇得瞠目结舌。金月兰问:"你找谁?"

齐怀仲扬扬手中的衣服,"金董事长,我们陆总让我来给史总送衣服。"金月兰道:"请进来吧。"齐怀仲走进去,把衣服递给史天雄,"你看看少没少什么东西。"史天雄把衣服披在身上,"不用看了。陆承伟如今可以干十恶不赦的事,可他不至于偷我的几百块钱。"齐怀仲看看史天雄脚上的皮鞋,把鞋盒子放在桌子上,"史总言重了言重了。其实我们陆总一直很敬重你,很珍惜你们之间的兄弟情意。他说你会从白江走回来,果真……他让我把这双鞋送给你,表示他对你的歉意……"

史天雄哼一声:"他的东西我不收。你告诉他,我嫌他脏。"金月兰忙打圆场道:"天雄,你们毕竟兄弟一场。你打了人,人家还想着你多走了路,你不收,不合适。"齐怀仲接道:"史总,你们兄弟间发生了什么不愉快,我不知道。我知道承伟一直很重视你的意见。昨天夜里,他已经决定捐款给陆川修一条二级公路了。承伟下过乡,又在美国呆了多年,生活习惯和价值观念,与我们不大相同。可他也想为国家做点大事……你是他的兄长,应该把他当做团结的力量。这些话不该由我来说。"史天雄沉默一会儿,摸摸鞋盒子,"鞋我收下了。你告诉他,这条路要是他抛给陆川的诱饵,我把这鞋煮了给他吃。"

齐怀仲告辞了。

金月兰正要让史天雄换鞋,忽然想起了什么,说道:"他,他怎么知道你在我这里?他怎么知道我的家在这里?难道他认为……"说到这里,脸兀自红了。

史天雄一脸迷惘,被这些疑问难住了。

身兼"都得利"党总支常务副书记、工会主席两职的江榕,最近又被董事会委任了一个职务:社会部部长。自从"都得利"在抗洪期间连续在媒体出了风头后,社会工作日渐繁杂起来。每天,都有人数不等的各类人到"都得利"求职,几乎每天都有人以各种名目来"都得利"谋求捐赠和赞助,搞得史天雄和金月兰苦不堪言。"都得利"不是社会福利部门,也不是社会慈善机构,而是一个以赢利为目的的商业零售公司。来求职的人还好打发,只用对他们解释说"都得利"暂时不用人,顶多听几句难听话就过去了。来化缘的人,就不好对付了。西平市搞啤酒节,要求"都得利"公司赞助三万元,看到组委会名单上有江丰年副省长、田明照副市长的大名,"都得利"只好用两万元换一个赞助单位的名义。这次大洪水是全国性的,西平的郊县温水和大巴也遭了大灾,两县都派人找了"都得利",希望"都得利"能够在两县灾民重建家园时给予有力的支持。人大王建林副主任是温水人,政协副主席张少奇是大巴人,都给史天雄和金月兰打了电话,希望"都得利"能够酌情解决一些。这两位领导都出席过"都得利"二分店的开业典礼,又亲自打电话过问了,不出点血不合适,经董事会研究,分别给两个县捐了两万元。接着,各种名义的摊派便蜂拥而至了。工商、税务、分店所在街道办提出的要求无法拒绝,都用钱摆平了。一个月算了一下总账,"都得利"竟为这些事额外支付了十二万八千元。得知总店所在区税务局要走的五千元,目的是支付旅游开支后,"都得利"的职工愤怒了。董事会经过紧急会议,决定成立一个社会部,全权处理这类事情,每年拨给五万元,由部长江榕统一支配。

江榕兼了这个职务后,知道自己坐在一只火炉上了。几天下来,人也瘦了,脾气也大了,嗓子也喑哑了。杨世光看在眼里,对她说:"你用不着对每个人都苦口婆心。金总和天雄都知道这些人大部分是来吃大户的,成立这个社会部,目的就是堵他们的嘴。太当真了,伤身体。再有要赞助的信函,你看一眼就可以扔到废纸篓里了。来人了,你只用说:公司已经开始走下坡路,一分钱也拿不出来了。"江榕埋怨道:"真不该接这个得罪人的苦差事。都怪你,你不劝我,我才不当这个部长呢。"杨世光道:"比较难对付的人,你推给我好了。你就说我这个董事主管这项工作。"

按照杨世光的主意干了一周,江榕感到轻松了许多,心里对杨世光的好感又增加了几分。

这一日,江榕陪金月兰去毛小妹分管的净菜加工厂,路上就把话题扯到杨世光身上了。江榕说:"金总,杨经理这个人有点怪,从来没有听他谈过自己的妻子。"金月兰骑着车看看江榕,说道:"你观察得挺仔细。家家都有难念的经。当年,他们恋爱时,也挺轰轰烈烈的。他妻子可能早就有人了。他和天雄来西平前,我听天雄说起过。他来西平,可能就是为了结束这个婚姻吧。"江榕默想了好一会儿,说道:"看不出来。他这个人很乐观,很有幽默感,像是一个很幸福的男人。"金月兰道:"小江,你没结过婚,对男人不了解。男人,确实很奇怪,太奇怪了。有时候,他们很善于伪装自己。你看史天雄,像不像家里房子着了大火的人?"江榕问道:"金总,会伪装的男人是不是都不可靠?"金月兰思想了好一会儿,说道:"这要看他伪装是为了什么。如果伪装是为了自己的利益,这个男人多半靠不住。如果他是为了怕女人——他重视或者爱的女人,看不到他所受的是什么样的痛苦,这个男人又最靠得住的。这两种伪装区别并不太大,分辨出来,还真不容易。女人往往需要付出很多代价,才能具备这种能力。"

两人一路谈论着男人,到了净菜加工厂。

毛小妹加盟"都得利"后,一直很努力。在她勤勉的努力下,小妹一元店已经变成西平一道亮丽的风景。金月兰来见毛小妹,还有一个任务,就是启发毛小妹的上进心,让毛小妹自己写一份入党申请书。毛小妹听了金月兰和江榕的赞扬,羞红了脸,一直在检讨自己工作中的不足。江榕看启发式谈话毫无效果，直截了当说："小妹，你做得已经相当不错了。你想没想过加入党组织的事？"

毛小妹听傻了。党员，在她的心目当中，都是高高在上的神祇一般的人物。史天雄、金月兰这样的党员，距她的现状还有遥不可及的距离。毛小妹忙道："你可别开我的玩笑，像我这种人，怎么能够入党呢？当个群众，我的毛病都太多了。我怎么敢想入党的事？"

金月兰觉得毛小妹可爱极了，故意说道："小妹，你知道，党组织的大门，永远都是向你敞开的。我是公司的党总支书记，小江是党总支副书记。你可以向我们谈谈你认为你在哪些方面还有不足，及时改正了，不就离党员的标准越来越近了？"毛小妹红着脸，低着头，搓着手道："我还有很多私心杂念。这几天，我正为一件事犯愁呢。我觉得我的想法很自私。"江榕笑道："你说说看。"

毛小妹认真地叙说起来："自从我来当了这个经理，事儿就多了起来。这些事儿，都挺麻烦的。我们家住在一个大杂院里，四家人原先过得都挺难的。李炳大叔老两口，有三儿两女，儿女日子紧巴的多，一攀比，都不尽那什么孝道了。老两口六十多岁了，天天靠摆摊卖蔬菜过生活。两个老人又太爱孙子外孙了，星期天，有时三四个，有时四五个孩子都来吃他们。看着心里头怪不是滋味儿。左边邻居是两口子，男的叫牛宝，女的叫红云。孩子跟着牛宝他父母在温水县读幼儿园。右边邻居，男的叫小全，女的叫小琴，有个男娃还不到一周岁。两家的日子也不好过。牛宝会下围棋，如今竟是在棋院以赌棋为生了。小全呢，不安分，这几年换了不少工作，最近又从工厂跳了槽，到街道办帮忙去了。我还没当这个经理的时候，红云和小琴都说我发达了，要来跟着我干。这两个妹子，人倒都是好人，可惜都不踏实，有点那个好吃懒做吧。照理说，这种人不能来'都得利'。可我还是让她们来试了试。小琴来干了十天,嫌累,嫌工资低,不干了。这个红云呢,也试了十来天,倒没说嫌工资低,却想当个副经理。这妹子心有点大,吃天的心都敢有。我说副经理都是公司提拔,我做不了主,她不信,说我什么人一阔就变脸,走了。现在呢,见了我,只剩个鼻子哼哼了。我让她们来试用,就存有一些私心,你们说我配想入党的事吗?这事儿还好说些。另一件事,我真不好意思开口。小军已经上五年级了,又是三好生,又是少先队的大队长,有这么个儿子,我和为民都挺自豪的。可是,我们也知道吃水不忘挖井人。没有学校老师们的培养,没有老师们的提拔,像我和为民这种人的孩子,在学校哪有出头之日。半月前,小军的班主任吴老师和学校的刘校长来找了我,说他们的学校大门还是六〇年修的,又旧又破,要建个新大门,问我看能不能赞助个两千块钱,用公司的名义。我没敢答应,可也没回绝。没回绝肯定是私心在作怪。你们说我是不是离党员还有十万八千里?"

听毛小妹说了这番话,金月兰和江榕确实不好再提让毛小妹入党的事。金月兰给毛小妹讲了一番道理,讲了共产党人也要讲人情的话,最后说:"小妹,这些事,你处理得都不错。学校提出的赞助款,公司不能解决。公司员工的孩子,分散在二十几个中小学读书,这个头开不得。你已经是公司的中层领导了,应该理解公司的苦衷。"毛小妹道:"我怎么不理解?我只是想说这领导可真难当。"

这次谈话,在毛小妹身上发生了立竿见影的作用。毛小妹最感到对不起"都得利"的事,她没说出口。在张为民的坚持下,毛小妹下岗一元店,至今没有成为"都得利"的加盟店,现在还由张为民带着两个帮手经营着。想起史天雄和金月兰对自己如山的恩情,毛小妹就是一个人呆着,也会感到脸红。现在,这些大恩人们又在考虑自己入党的大事情了,再单独自己开店,说不过去呀!

晚上回到家,毛小妹又一次提出了让自家的店加盟"都得利"的事,并说了下午发生的事,最后说:"金总她们没提这件事,是给我面子。这件事是组织在考验我。要看看我跟'都得利'是不是真的一条心。"万事都随毛小妹的张为民,恰恰在这件事上犯了牛脾气,强硬地说:"我不同意。你能入党,自然是好事。可要用咱们家的饭碗换个党员,就要掂量掂量了。旺家公司赔的八万块,那可是天上掉的馅饼,一个子儿都不能动,留着小军上大学时用。我们这辈子都是吃了没文化的亏。我们是没学上,可不能让小军有学上却读不起。前天,我听一个吃小面的教授说,十年后,没十万八万存款,别想让孩子读大学。这笔钱不能用,我们全家的生活,只能指望这个小店。'都得利'现在是不错,可你能保证它永远都不错?只有依靠自己,才踏实。再说,'都得利'的一元店已经够多了,用不着再参加进去。"毛小妹说不过张为民,就把背对住丈夫了。正赶上一个法定娱乐日,张为民自然不肯放弃,轻轻给毛小妹捏着背,说着软话:"大有大的难处,小有小的好处。历史的车轮滚滚向前,你我都不是发动机、车轮这些重要零件,要想不被甩下来,可得费点心思。你去了'都得利'两个多月,你说说,这'都得利'是不是天天都能挣个金山银山?以前,咱们家的分工明确,我只管国家与国家之间的大事,联合国出什么事也归我管。管了这么多年,我也管出点经验了。别看报纸电视整天讲形势大好不是小好,处处莺歌燕舞,其实,越听这种舆论,越应该保持清醒头脑。你们纺织厂,比'都得利'大多少?说垮就垮掉了。我这些见识,可是用鲜血换来的呀。你摸摸我的大腿,你摸摸,这可是铁证啊!"毛小妹打了张为民一巴掌,"摸大腿就摸大腿,你把我的手往哪里放?一天不见腥荤,你就烦人。"张为民把脊背按摩换成全身按摩,委屈地说:"自从你当了领导,吃腥荤就成了打牙祭。周三周日搞娱乐,可是你当领导的定的章程……"

毛小妹笑了一声,把身子转过去,"好好好,我依你。店,咱们自己先开着。"长叹一声道:"公司确实不是十分宽裕。我只是想,史总和金总这么看重我,我不能对不起他们。你们男人讲要为知己者死,女人总不能二心三意三心二意脚踩几条船吧?活人当然重要,可名声就不重要了?让人背后嚼舌头、指脊梁骨,住金銮宝殿、坐航天飞机、吃鱼翅燕窝,好受吗?小军学校的事,我忍不住给金总提说了。金总很为难。"张为民道:"你不该说。人怕出名猪怕壮。你们'都得利'名头太响了,这也是我不想加入的原因吧。蚂蚁虽小,多了也能吃掉一头大象。"毛小妹道:"为民,吴老师和刘校长都是实在人,张嘴要钱,肯定是真遇到难处了。我实在不忍心回绝他们……"张为民接道:"你是不是想自己出一千块钱,用'都得利'的名义给学校?"毛小妹道:"是的。他们对小军太好了。你同意吗?"张为民笑道:"好不容易跟领导想到一起了。修学校大门,这是善举。我一百个同意。"毛小妹紧紧把丈夫抱住了。

一宿无话。

第二天早上,天还没亮,毛小妹和张为民就被一阵吵闹声惊醒了。一看闹钟,差不多也该起床了,毛小妹坐起来穿着衣服说:"是小琴和小全在吵。快起来劝劝,看看出了什么事。"

事情出在钱身上。周小全已经被捉襟见肘的苦日子折腾够了,他准备顺应潮流,赌一把,彻底换个活法。从十八岁接父亲的班到现在,已经整整十二年了。揣着自修大学本科毕业证,换了四个工厂,周小全仍然没有在办公室里找到一个哪怕在角落里的座位。一个月前,周小全暂时在银杏居委会找到了一个差事:给啤酒节做宣传。在这期间,他得知银杏居委会缺编一个市场管理员。居委会马主任很赏识周小全,希望他能活动活动来当这个管理员,并告诉他,这个管理员职务虽小,但管辖银杏居委会所属的三个夜市和一条长达一公里的菜市街。周小全咬咬牙,以房产证作抵押,找人从银行贷了两万元，准备作一次命运的豪赌。他觉得两万元的筹码略轻，准备把小两口多年积蓄的一万五千块钱也取出来，用三万五千块钱换这个市场管理员的座位。存折在妻子小琴手里，小琴不愿冒这么大风险，家庭战争便爆发了。

周小全用武力从小琴手里夺到存折后，坐在旧沙发上大口大口喘着气。刘小琴趴在地上，抬头哭骂道："你这个败家子儿，你干脆把我们娘儿俩捏死算了。你这些年花的冤枉钱还少吗？你买到什么官了？啊——"周小全瞪着眼睛回敬道："头发长见识短的娘儿们！这种机会，打着灯笼能找到吗？舍不下娃子，打不下狼。咱们必须赌这一把。天天早上倒马桶，这日子还怎么过？以前是不懂送礼的行情。搞成事的，都不是广种薄收点眼药水。没点董存瑞舍身炸碉堡的劲头，整不成大事。我在街道办事处干了一个月，已经摸清行情了。八百四十六个夜市摊位，一千二百多个蔬菜摊位，五百六十八家门市。一家每月多收他五毛钱卫生费，你算算是多少钱？够你我两个月的血汗工资了！一年内，我连本带息还你三万，再把房产证交给你保管。我又不是拿这些钱去赌去嫖女人，你要理解我的一片苦心。"刘小琴坐起来，理理凌乱的头发，看看床上睁着黑豆眼看他们的儿子，擤一把鼻涕道："哪一回你不是弄个血本无归？你再把这钱打了水漂，我们连个住的地方都没有了。小全，我求求你，别买这个官了。我知道你要强，我以后再也不说金项链金戒指的事了。"

周小全把两万元现金用牛皮纸包好，一手拿着存折在另一只手上神经质地拍打着，眼睛里闪着泪光，"我知道你攒这点钱不容易。我也知道不容易，泡菜吃得我整天胃里直往上冒酸水。前几年，连个孩子都不敢养，刮宫刮得你瘦得走路直打飘。咱们命苦，都没摊上个有权的爸有钱的妈。可咱们总不能就这么活一辈子吧？如今这社会，撑死胆大的，饿死胆小的。你说，如今办什么事不需要花钱？小琴，我是想让你们娘儿俩过得像个人！你不是也说过，什么阿猫阿狗如今都变得人模狗样了吗？我就赌这一把了。我想好了，一个月内，我没当上这个管理员，我肯定会把这三万五要回来。要是……我就……然后我跳锦江到东海喂鱼喂虾。"说罢，站起来拉开门要出去。刘小琴骇得脸色苍白，猛地扑上去，抱住周小全的腿，大声喊道："快拦住他……他疯了——"

战火燃到院子里，另外三家的男人都行动起来了。毛小妹把儿子拉到屋里，推了丈夫一把，"愣什么愣，快把小全拦住。"自己也跟了过去。李炳老汉叹口长气，把烟头朝地上一扔，披着衣服下了门前的台阶。牛宝提着裤子从里屋跑出来，"红云，你快去劝劝呀！"冉红云伸出手准确地揪住牛宝的耳朵，把丈夫拖进屋，"你逞什么能？你这时候出去，是不是挣表现？赢点钱，你就不知道姓什么了！睡你的觉去。"牛宝坐在床沿上，小声争辩道："一个院住的老邻居，不去管管，多不好。他们平日里和和睦睦，小日子过得有滋有味的，这小琴从不跟小全高声说话，今天……"话没说完，头上已经挨了两巴掌，他咧着嘴揉着头，"没轻老重的。下彩棋靠的是脑子，打坏了，怎么办？"冉红云咬着嘴唇瞪着杏眼，用力拧了牛宝一把，"让你长长记性，别整天想着老婆是人家的好！我这盘子，我这条子，整天围着你，你还不知足啊？小全这回是疼老婆，把小琴的私房钱也搜出来要去买什么官了。"牛宝惊奇道："买官？什么官？"冉红云道："声音忽高忽低忽大忽小，没听清。买个车间主任，买个厂长，又能怎么样？小全他们厂，早叫一茬又一茬的贪官吃空了。这个小全，心太大，不务实，爱虚荣，还是我这老公实在些。小妹当了个破经理，整天累得跟龟孙子一样，这些官有什么当头。"牛宝支起耳朵听着外面的动静，随口奚落道："你不是还想当个副的吗？中国人，谁不想当官？哎，哎，哎，你别拧我的嘴呀……不好，要动刀动枪了。"小夫妻脸色顿变，跑了出去。

周小全一手拿着牛皮纸包,一手拎着菜刀,红着眼道:"李大伯,张大哥,嫂子,你们别拦我,也别劝我了。你们要硬拦,我就死给你们看。我周小全从来没有像今天这样清醒过。我爱不爱这个家,你们都看在眼里……"毛小妹上前一步,愤怒地打断道:"你别说好听的了。你把房子押了,又把存折拿了,你家小明想吃个鸡蛋,小琴拿什么给他买?你这不是存心饿死他们吗?你这叫爱这个家?"李炳老汉也说道:"小全,我是看着你长大的,知道你心大。大伯佩服你这股子狠劲。这年头,做事是得狠一点。我也信你是为他们娘儿俩好。可你这种押法是在赌命啊!"刘小琴哄着孩子,抽咽着,"大伯,小妹姐,你们就由他去吧……你们放心,我,我不会寻死的……可怜的儿子啊……呜……"小明也哇哇地哭将起来。

周小全后退几步,把菜刀放在地上,蹲下来打开牛皮纸包,认真数了五十张百元大钞,嘴里自言自语说:"只能留下五千,只能留下五千,办这事,少了不顶用,少了真不顶用啊。"又把剩下的一万五千元包好,拎着菜刀,把五千块朝小琴怀里一扔,朝院门口跑去,跑到门口,转过身把菜刀朝院里一扔,"要不了多久,你们肯定会说小全这一步是走对了。"转过身,义无反顾地走了。冉红云撑不住,扑哧笑了出来,"给人送礼,搞得跟上刑场一样。"朝前走了几步,"小琴,这俗话说,狗急了跳墙,兔子急了咬人。不管小全这事办成办不成,他都像个顶天立地的男人。说不定,你们明年就能搬进一套三居的大单元房了。我经常去棋院看我们牛宝赌棋,有时候输三五十,我也……"李炳老汉用鼻子哼哼,"红云呢,这时候了,就别说风凉话了。小全这回押的可不是三五十呀。"张为民笑道:"小琴,别哭了。他撞到南墙,会回头的。别犯愁,我和你嫂子不是还开个小店吗?还能叫你们娘儿俩饿着了?"李大妈也过来了,"小琴,大妈给你做了早饭,吃吃饭,去把这钱存起来。小妹、为民,你们快点忙去吧。小军还要卖报呢。小琴,把小明给我抱,你把脸洗洗。天塌不下来。小全要是押准了,你一辈子吃香喝辣。实在赔了呢?也好。他有这个小辫子抓在你手里,下半辈子你叫他往东他不敢往西。炳哥,你说是不是这个理儿?"李炳老汉讪笑着:"反正你们女人是赢家。"

四家的大人都笑了起来。刘小琴把孩子递给李大妈,洗脸去了。

这一番折腾,耽误了一些时间。张为民赶到毛小妹下岗一元店,看见齐怀仲正和一个年轻漂亮的姑娘坐在一张小桌边上吃小面,惊喜得手足无措起来。感谢的话还没说几句,齐怀仲站起来说:"张师傅,你别再做了,我们也吃不下。双凤是去赶飞机,耽误不起。"张为民贵贱不收钱,齐怀仲只好和顾双凤一起上了奔驰。《你我都风流》已经封镜,顾双凤的母亲突然病了,顾双凤匆匆忙忙要离开西平。顾双凤上了车,先冷笑道:"难以相信,这种人还会学雷锋!"齐怀仲笑道:"这也是事实。凤姑娘,你和承伟有这样一个结局,也算不错了。你弟弟如愿上了浙大,回到金华,先把你妈的病治好,再买个像样的房子,让老人家享几天福。影视圈里很复杂,过过瘾也就可以了。找个疼你爱你的白马王子成个家吧。"顾双凤忧郁地坐着,什么也没有说。

张为民站在大街边看着远去的奔驰,心里想:这个姑娘肯定是陆先生的妻子或者女朋友,长得跟大明星一样。她一脸心事,像是很不高兴,难道陆先生家遇到麻烦了?

坐落在抚琴西路的天净沙茶楼,在遍布西平大街小巷的茶坊、茶楼、茶园中,当算极品。文人喜欢清谈,品着一杯茶清谈。数年来,诗人古狼已经坐过西平几十个有名的、无名的茶坊、茶楼、茶园了。然而,天净沙茶楼对他还是一片处女地。八百元一杯的"女儿红",对于清贫的文化人来说,实在太奢侈了。半年前,一个改行写了畅销书的诗友应一个书商之邀,去天净沙品过一回"女儿红",回来给古狼大吹了一番"女儿红"的妙处。古狼当时狠狠地讥讽了这位朋友,但还是记下了"女儿红"制作中令人神往的妙处。太阳刚要升起的时候,沐浴过的十五六岁的少女拎着一壶极品龙井茶,唱着采茶歌上了茶山,直奔十数棵已有两三百年树龄的老茶树。少女们攀上茶树时,太阳刚好跃出地平线。少女们噙口温茶,将茶雾喷洒在刚刚长出三五天的娇嫩的茶叶上。等太阳照晒茶叶一会儿,少女们口嚼新鲜茉莉花,然后开始用嘴唇一片一片摘取老茶树上的嫩叶。太阳升到一竿来高,少女们就不得不停止摘茶了,因为这时的阳光会破坏茶叶的温润绵长的口感。一年下来,这十几棵百年老茶树,只能产几十公斤"女儿红"。至于"女儿红"后期制作工艺的奇特,有多种传言。古狼相信一种颇有诗意的说法:这些用少女嘴唇摘下的鲜茶叶,要由十六岁的漂亮少女在自己胸前搓揉成卷曲状,然后再用每天第一个时辰的阳光晒干。古狼一听说叫陆承伟的老板要请自己到天净沙品"女儿红",满口答应了下来。

陆承伟的邀请,在物质层面上的诱惑,古狼也难以抗拒。这个当年曾是诗歌爱好者,后来又是自己的崇拜者的老板,希望自己能到他的公司兼职,确实是个让古狼感到愉快的建议。市文联要搞福利建房,这是古狼住进单元房的绝佳时机。古狼需要一笔钱交首付款。古狼希望梅红雨能从她小姨梅丰那里借来两万,说了一个多星期,梅红雨没给回话,他不准备再提此事了。男人的面子很重要,一个自认为是一方人物的男人的面子更加重要。古狼已经在考虑匿名为书商写一本暴露官场腐败的、含有权色、权钱交易等热点问题的畅销小说。这种命题作文,他在情感上还不太接受。这两年,为了贴补日益繁杂的日常开销和应酬上的花费,古狼已经开始悄悄匿名为专为市井阶层办的小报写了不少凶杀、破案加艳情的假纪实特稿了。写这类文章,古狼也感到痛苦,他曾在朋友圈内戏称自己的缪斯女神已经开始坐素台了。胡乱编造一本本畅销书,在古狼眼里,等于失了身。正在犹豫不决的时候,能遇到一个发了大财的崇拜者,古狼感到很庆幸。

然而,古狼知道,在现在这些狗屁有钱人面前,决不能表现出对钱的任何好感。坐在奔驰600里,走进早已神往的天净沙茶楼,古狼一直在齐怀仲面前保持着孤傲和矜持,看到清一色的美女服务员,也没让眼睛的亮光泄漏出来。进了包间,没有看到陆承伟,古狼感到有些失望。

齐怀仲马上解释说:"古先生,陆总和江副省长的三公子关系密切。江小三听说陆总要请你喝茶,一定要参加。过一会儿,他们就到了。请坐,请坐。在西平,想见见你们这些文化名人,太不容易了。"古狼坐下来,愉快地笑了笑,"齐先生,没关系。可惜我对陆总还是一无所知,感到挺遗憾的。"齐怀仲道:"那是机缘未到。我们陆总最初的理想也是做一个像你这样有出息的诗人。阴差阳错,他去了美国,读的是哈佛大学的 MBA,只能搞金融了。可他一直没忘了自己的文学梦,一有机会,就想结交像你这样的文化名人。"古狼脸上浮出了意外的神情,"想不到陆总还是一个儒商。"又补充一句,"是个有品位的大儒商。"齐怀仲和善地看着古狼,"如今没文化的暴发户实在太多了。陆总可不是这种人。你老家在清江地区,和陆总也算是老乡。在省城,一个地区应该算正宗老乡了。陆总的父亲,就是当年清江红军的主要领导人陆震天。"

古狼感到十分惊讶,略带悔意和埋怨的口气说:"这个红雨,怎么不早说……陆老在我家乡可是一个传奇人物,知名度非常高。能够认识陆老的公子,很幸运。"齐怀仲笑道:"你也别怪梅姑娘。陆总和人交往,从来不说自己的家庭背景。承伟实业没能请动梅姑娘,如果能把你这个大诗人请动了,不是更好吗?你们又是一家人。"

两人正说着,陆承伟和江小三进来了。

陆承伟一进门,看见古狼从沙发上弹起来,也不过去和古狼握手,晃着脑袋吟唱着:"我的太阳在黑夜里升起,滴血的心是把倒悬的火炬。阿基米德的声音响着响着响着,地球算个什么东西!"拍拍脑门,"老了老了,记性不好了,忘了是三个响着还是两个响着了。古先生,你说,到底是几个响着?"古狼大受震动,语气也变得谦虚起来,"陆总真是好记性。这是我早年写的一首小诗,想不到你现在还能背出来。感激不尽,感激不尽。"

陆承伟把江小三介绍给古狼,四个人都坐下了。接着,一个清纯的小姑娘把"女儿红"沏上了。

陆承伟道:"古先生,我们相识晚了一些,这'女儿红'刚制好时喝,那才是妙不可言。诗歌真是个好东西呀,有些句子,像是能钻进你的心里、肉里、骨头里。《神曲》开篇第一句怎么说?就在我们人生旅程的中途。妙不妙?太妙了!想要什么味,都能品出来。普希金说:过去了的,将会变成亲切的怀恋。都是神人才能找到的语言呢!"古狼赶忙接一句:"陆总对古典诗歌太熟悉了。"陆承伟笑道:"我顶天了能算个文学票友,蒙蒙老齐和小三还可以。在你面前谈诗歌,不叫班门弄斧,也叫关公面前耍大刀。古先生,喝茶喝茶,别辜负了这'女儿红'。"端起"女儿红"呷一口,"一说起诗歌,我的话就多了。我爱上诗歌,是因为先爱上一个热爱诗歌的姑娘。每天早上,她都要坐在她家后院的秋千上读诗。她弹琴、跳舞的姿态都很优美。不过,最美的姿态,还是她穿着白色长裙,在秋千架上读惠特曼或者是白朗宁夫人。我这点文学细胞,都是十三四岁时,爬在老槐树上,用我爸那架八倍望远镜,偷看她读诗的时候培养出来的。"

江小三道:"你还做过这种尖端的事啊!看不出来,真看不出来。"古狼有些神往有些惋惜地说:"你十三四岁就有这种情感经历,就能体验这种美感,没能成就一个伟大的诗人,太可惜了。我十三四岁时,在学校只会忙功课,回到家还要干农活……"陆承伟接道:"可惜什么?我喜欢诗歌很实用,有点投机,只想讨这个姑娘的好,连个三流诗人也当不了。古先生才是诗人的材料,我记得你还写过打猪草之类的诗。能在割猪草这种枯燥的劳动中发现诗意,这才是大诗人的坯子。"话锋一转,切入正题了,"以后有的是机会切磋诗歌。古先生,晚上本来想请你去银杏坐坐,不凑巧,证监会来了客人,晚上必须先陪他们坐坐了。我和小三正在运作一只股票提前上市,满脑子都是银的和铜的,谈诗也谈不到点子上。等股票顺利上了市,我一定沐浴更衣,过过通宵和古先生谈文论诗的瘾。合作项目,老齐可能已经跟你谈过了。对不起,我把咱们美妙的合作也当成一笔生意了。我希望古先生能出山做承伟实业的太史公。我们公司,博士、硕士、前教授、前副教授成堆,就差你这个著名诗人加盟了。请你千万不要推辞。"

又说了一会儿话,陆承伟和江小三告辞了。齐怀仲和古狼又谈了一会儿,达成一个口头协议:古狼做承伟实业的兼职文字秘书,每周保证到承伟实业公司工作两个半天,承伟实业公司在皇冠大酒店为古狼提供一间单人间住房,试用三个月每月付给古狼三千元工资,正式签约后,月工资长到四千元;古狼的任务是在两年内为承伟实业整理出一部可长可短的大事记。

古狼抑制住内心的激动,看着齐怀仲拿出一张信用卡付了三千五百元茶水、茶店费。他来到街上给梅红雨打了一个传呼,约梅红雨下班后到市文联集资福利房工地见面。

下午五点钟,梅红雨带着从同事王菁和婷婷那里借来的三千块钱,赶到工地上。古狼已经在那里等候多时了。

梅红雨把钱递给古狼,解释说:"我小姨最近要买车,我不好向她开口了……"古狼把钱接过来,放在手里摔打摔打,又把钱放进梅红雨的坤包里,"不用借钱了。我这个著名诗人,论资排辈只能分到一室一厅,而且还要交四万三千元,公平何在?"梅红雨笑道:"阿狼,别发牢骚了。有一室一厅,总比没有强些吧。再说,要是分给你三室一厅,恐怕需要七八万,我们往哪里去借这么多钱?"

古狼转过身,面对一片别墅区站住了,"我不会永远这么穷困的。这边的房子才能配得上著名诗人。你还记不记得那家要挖你过去的公司?"梅红雨的脸色阴沉了许多,"这件事早过去了。我只知道天下没有免费的午餐。我又没嫌你挣不来钱嘛。我是个什么人才?一个月给我五六千元工资,还要让我当什么总裁助理,安的什么心,你还看不出来?"

古狼大笑起来,"你这个人,太小心,太谨慎了!俗话说,母狗不愿意,牙狗上不去。自己能把握住自己,你怕什么?"

梅红雨一听古狼说出这种粗话,满面通红,骂道:"你说的什么鬼话!"转身走了。古狼忙追过去,拉住自行车后架,笑着赔不是道:"红雨,你别生气。我是太高兴了,忘了不能在你面前说粗话。这个机会还是叫我们抓住了。"

梅红雨气消了一些。古狼把这两天的奇遇简单讲了,最后说道:"这真是个充满奇迹的时代。你猜猜这个能背诵我二十岁时写的小诗,在美国留过学的大老板是谁?"梅红雨听到古狼找到一个既轻松又能挣到不少钱的兼职工作,一点儿气也没有了,笑道:"是该庆祝庆祝。我知道你是一块金子,早晚都会发光的。你别卖关子了。"

古狼道:"山不转水转,水不转路转,路不转人转。这个大老板,就是想挖你过去的陆承伟。"

梅红雨惊得脸色煞白,结结巴巴说:"怎,怎么会是他?他,他想干什么?"

古狼道:"你一惊一乍的干吗?初次见面,我对这个人的印象不错。且不说他曾经是个文学青年,一个我的崇拜者,能知道立功、立德、立言三不朽,就能证明他是个有品位、有水平的有钱人。我要早知道他是大名鼎鼎的陆震天的儿子,上一次就动员你跳槽了。江副省长的三儿子,在西平名声可大了,跟他在一起,像一个小跟班儿,可见他的公司实力不弱。不要把有钱人都看成坏人。陆承伟的助手见面就说过他们曾经劝你去他们公司,可见他们不是玩阴谋的人。社会险恶,我能不知道?你别忘了,诗人和作家,工作就是研究人、表现人。我相信诗人的直觉:这是一个不能放弃的机会。再说,我又是个成熟的男人,他即便是个坏人,总不至于对我进行性骚扰吧?除非他是个同性恋爱好者。"把自己说得笑了起来。

话说到这一步,梅红雨也不好说什么了。

晚上,梅红雨忧心忡忡回到家,看见史天雄的房间还亮着灯,犹豫一下,还是敲了门。

前两天,史天雄又接到陆小艺发来的一封信和一份打印好的离婚协议书,知道这个婚姻真的已经走到尽头了。听了梅红雨的叙说,史天雄半天说不出一句话。

梅红雨急了,"你小时候一起跟他长大,你实事求是评价一下他。我男朋友也是个狂人,想不到他对陆承伟评价很高。陆承伟会背古狼的诗,真让人难以相信。古狼毕竟不是李白,不是普希金。"

史天雄艰难地说:"承伟确实是个天分极高的人。他要是专心写诗,也会是个一流诗人。"

梅红雨愣了一会儿,"你也这么夸他?我记得你对你这个小舅子颇有微词,怎么……"

史天雄道:"我说的都是实话。上次他是要挖你过去,才那么说。这次他聘的是你男朋友,才这么说。"

# 第十五章

陆川实业上市只等个时间了。每股开盘价不能超过五元的限制,让陆承伟多少有点失望。毕竟,开盘价过低不利于炒作。回北京和有关方面敲定了上市日期后,陆承伟约陆小艺去了一趟西山。他想在史天雄回北京和姐姐正式办理离婚手续前,给陆小艺提几个建议。

陆小艺跟着陆承伟走到西山八大处断塔前,疑惑地问道:"哪个地方不好说话;来这里做什么?"陆承伟也不回答,在断塔东北的一片草丛里,找来找去,看到一把生着铜锈、锁在一条铁链上的同心锁,兴奋地叫了起来:"它真的还在,它真的还在。"蹲下去,像对待一件珍贵的古玩一样,用手摩挲那把锁,自言自语着:"可惜袁慧没在国内,也不知道她是否还保存着钥匙。"陆小艺道:"这到底是怎么回事?"

陆承伟动情地说:"这里锁着我、天雄和袁慧共同拥有的一段历史。'文革'开始那一年,王大海打上了袁慧的主意。我们三个在运河边戏弄过王大海后,天雄提出用这种方式把我们三位一体的关系体现出来。在这个塔基前,我们发过誓,要一辈子相互爱护、相互支持。我和天雄又击了掌,发誓不惜生命保护袁慧……"陆小艺冷笑着打断道:"小孩子过家家的游戏,你当什么真?袁慧嫁了王大海,如今,史天雄也背叛了这个家。这把生锈的锁有什么意义?"陆承伟站起来说:"是的,时间可以把一切都变得面目全非。个人和社会相比,实在太渺小了。红卫兵到袁家走一趟,袁慧的爱情和一生的幸福,就牺牲掉了。爸爸刚被打倒,我们几个只能到承业二哥家避难。社会对于人,有时候确实是很残忍的。可是,历史就是历史,谁也无法回避它的存在。就像这把锁,虽然它已经锈迹斑斑,可它能帮助我们保留一段完整的历史。彻底毁掉它,我们的很多记忆都会变得支离破碎了。再说说这座塔。它整体存在了几百年,日本人的炮弹让它只剩下这个底座了,再不保护它,若干年后,这里就和平常的山坡无异了。"

陆小艺听得不耐烦了,紧接道:"你到底想说什么?我没有兴趣听你抒情、怀旧。我觉得现实和未来更重要。"陆承伟道:"现在,我们家的中心问题,就是你和天雄以什么方式结束婚姻关系。姐,我真的很佩服你身上一根筋一样的现实主义精神。这一点,对我们这个家族长治久安,非常重要。这些天,闲时,我也在考虑今后如何和天雄相处。你、我、他毕竟也拥有一段完整的历史。总的来说,天雄一直都是我们称职的兄长。我希望经过这次变故,你只是失去了一个丈夫,我只是失去了一个姐夫。丈夫和姐夫都可以再有,而天雄这样的兄长只有一个。我建议你为未来留下这样一个塔基。"陆小艺认真地看看陆承伟,"这么说,你已经原谅了他对陆家的背叛?"

陆承伟长吁一口气道:"感情上,我们需要留下一个兄长。理智上,我们需要一只有良好生长空间的绩优股。爸爸不可能不明白你们的婚姻遇到了危机。他保持沉默,重要的原因,是他相信天雄的未来。我也相信。"

陆小艺沉默了好一会儿,自言自语似的说:"我一直是爱他的。我一直很相信他的未来。如果他能稍稍给我留一些面子,我也不会走这一步。姐毕竟不年轻了。"陆承伟笑着走到陆小艺面前,"你一点也不显老。咱们走吧。"

当天夜里,史天雄乘火车回到了北京。

第二天下午,陆承伟回到家,没有感到什么异常。苏园一个人坐在客厅里翻看报纸。陆震天的卧室门开着,人不知道起床没有。陆承伟感到很满意,心里想:天雄还算有点恻隐之心。问候母亲后,陆承伟道:"我姐和天雄呢?"

苏园冷冷地说道:"一大早就出去了。天雄大半年没回过家了,这回连飞机也坐不起了。也不知这是进步还是退步。这个天雄,心越来越野了,恐怕是要学治水的大禹吧。人家为治水患,三过家门而不入,他呢,也不知道在忙些什么!对了,承伟,你姐去西平三四次,每次她回来,都说天雄在西平过得不错。天雄呢,问安电话倒是常打,也只是问候问候你爸和我的身体。我觉得不大对头。这半年多,你姐瘦成个衣服架了。你姐为这个家操心太多了。听说天雄的老板是个小寡妇,是不是真的?"陆承伟暗自佩服姐姐能忍,也为母亲的麻木感到悲哀,说道:"是个离了婚的女人,年龄也不小了。据我所知,天雄和这个女老板,没有闹出什么绯闻。"苏园把报纸放下,"你姐也没说什么。咱们家的女婿,去帮一个小寡妇办公司,说出来总不好听。你爸惯着他,我也不好说什么。要是天雄真做了……"

陆震天转着轮椅出来了,"天雄走的是正路,我不能不支持他。至于他的战友是男是女,并不重要。"陆承伟忙跑过去,把轮椅推到沙发旁边。陆震天道:"承伟,你坐下。回北京几天了,为什么今天才回家?是不是做了什么违规的事,怕我批评啊?"陆承伟站在父亲面前,恭恭敬敬道:"爸,我正要给你汇报呢。陆川实业在你的直接关怀下,就要上市了。陆川县的工业形势,已经得到了彻底改观……"陆震大摆摆手道:"你用不着把我的名字写在功劳簿上。你的聪明和敏感,我已经领教过了。这件事,我算一个支持者。即便试验失败了,我也愿意承担一些责任。想不到你真的能把陆川的问题解决了。"苏园笑着接道:"你表扬承伟,也是板着个脸……"

陆震天道:"你别打岔。最近,我用了很大精力在研究你。目前,我对你是三分满意、三分不满意、四分看不懂。你做事挺稳重,这是优点。可是,你为什么不早一点说是你要收购陆川的这些小企业?依我看,你心里多少有点鬼。"

陆承伟不敢直面父亲眼睛里射出的锋锐的目光,低着眼皮说道:"爸爸,请你相信我,我绝对不会做出什么败坏你老人家声誉的事情。虽然我还没有入党,但我认为我绝对是这个政权可以依靠的力量。再有一点,我自小就明白,你的名字里就存着大义灭亲的能量。决不给你提供释放这种能量的机会,是我做事一条铁的原则。我知道,我在你的心目中,一直没有天雄重要……前些年,我都在积蓄力量……"陆震天笑道:"你别吞吞吐吐。你应该正面回答我。你为什么要隐瞒?你现在是如何经营这个公司的?这些年你到底积累了多少财富?回答我。"

隐瞒的理由,还可以找出来。如何经营陆川实业,能说吗?利用各种机遇和政策、人际关系上的便利,把十几家小企业组成一个股份制公司,再把公司的股票挂牌交易,作为一个搞金融的来说,经营过程业已完成。如果中国的股市,连一点计划经济的痕迹都没有,有谁会收购陆川的小企业?为了让陆川实业体现出良好的、真实的业绩,陆承伟已经又投入六千来万,把陆川实业的产品买去了几大仓库。诚然,这有造假之嫌。可是,如果中国的股票可以自由上市,谁会去造这个假?到底积累了多少财富?也不能如实道来。权衡利弊后,陆承伟道:"爸,邓伯伯不是说过,不管白猫黑猫,抓住老鼠都是好猫嘛。可是,多数人都有以貌取人的习惯。像我这种个体户,收购一两家小企业,现在看是正常的。可拿出七千万收购十来家国有企业,就反常了。年初我要说出来,你恐怕就不会当支持者了。至于我如何经营,能不能允许我用外交辞令来回答?无可奉告。目前和今后相当一段时间,这都是我的商业机密。我到底有多少财富，现在也不好说。投到陆川去的钱，基本上是我的全部流动资金了。其他的，都是有价证券。股市万一崩了盘，我又成个穷光蛋了。按现在的市值，属于我的财富，可能有三个亿。我一直认为，怎么挣钱，只要不属于违法所得，并不重要，重要的是如何花钱。你放心，我肯定会把这些钱花到有用的地方。"

陆震天默想一会儿，说道："你知道我可以大义灭亲，很好。我托人对你前十几年的经营，做过一些调查，目前还没有发现你做过违法的事情。调查报告显示，我的小儿子确实是个不简单的人物。经济学家今天总结出的近二十年的暴富机会，都叫你抓住了。这证明你不是在撞大运。以前，我对你这个儿子重视不够，我检讨。你把陆川国企问题解决了，我挺高兴。这件事再次证明你是个聪明的、肯动脑筋的人。抗洪时，你匿名捐过款，现在，你又准备捐款为家乡修路，很好。但做善事太张扬了，就坏了。那条路，不能叫震天路，也不能叫承伟路。我不想用一条路名垂青史，也办不到，你小子也别做这种梦。"陆承伟惊讶地看看父亲，"想不到，想不到正在议的这件事，你，你也知道了。"陆震天略带孩子气地笑笑，"我们已经建国近五十年了，上通下达还做不到吗？S省的上上下下，都还知道我这个老头子还活着，还知道我对S省发生的事情颇有些兴趣。陆震天的小儿子准备捐一千多万为家乡修条二级公路，你说，会有多少个知情者给我报喜？这种事，不宜多做，过犹不及。毕竟，你是陆震天的儿子。这几年，高级干部的配偶和子女，出的经济案子太多了。老百姓的想法很单纯，太张扬了，他们会有想法的。另外，我想给你提个醒儿。政治上，你也应该给自己提个目标。譬如说，是不是可以考虑写个入党申请书？抗战期间，毛主席就提出了要把我们党建设成为一个具有广大群众性的党。这个建党方针，在以后的几十年里，有时候贯彻得好，有时候就贯彻得不好。五十年代中期，党中央明确指出了知识分子的阶级属性，把绝大多数知识分子,划入工人阶级了。可惜反右扩大化,伤了很多知识分子的心。这十来年,我们在党建方面,也是有教训的。譬如,很多时候,我们狭隘地理解了工人阶级先锋队的意义。中产阶层出现了,该把他们归为哪个阶级呢?非公有制企业的职工,算不算工人阶级?肯定要算。可是,领导这一部分职工发展生产力的老板们应该算哪个阶级?这些问题必须弄清楚。共产党应该是最广大人民的根本利益的忠实代表者,最广大的人民群众,自然要包括各个阶层的人民群众。当然,我们党不是全民党,但要充分体现党的群众性和人民性。我们党也不是所谓的精英党,可我们必须把各个阶层尽可能多的优秀人才吸收到党内来。这些年,我们党对在非公有制领域里发展生产力的人的入党问题,不够重视,甚至人为地设置了障碍,阻止这些人当中的优秀分子进入党内,现在看是很不明智的。这方面,天雄想的要深远得多。作为父亲,这些年我对你和天雄,确实不够一视同仁,我再次做检讨。你认真考虑考虑吧。"

陆承伟仔仔细细听完陆震天这番长篇谈话,又感激、又感动、又庆幸。他一时还想不明白,究竟是什么力量让父亲两次检讨了这些年对他的轻视。这确实是一个值得纪念的事情。这次亮相,能得到一位职业革命家的基本肯定,应该算一项成就。陆承伟眨眨眼睛,动情地说:"爸爸,我一定不辜负你的期望,也要两手抓,两手都要硬。"

苏园一看亲生儿子得到陆震天的这般重视,很高兴,忙叫来公务员,指示要多买些贵重的菜,晚上好好吃顿团圆饭。

这时,史天雄和陆小艺已经拿到了离婚证。在陆小艺的提议下,两个人进了"文革"前陆家住过的院子。院子已经变成铁帽子王府管理人员的办公处。面对熟悉的房屋,熟悉的院子,熟悉的古槐,两个人都默不作语。

陆小艺久久地看着古槐高大的树冠,脑子里闪过少年时代在这里经历过的一切重要时刻,喃喃自语起来:"自从你也爱爬槐树,我就害怕起来。有一天早晨,你和承伟跑步去了,我找来梯子,用望远镜看过那边的风景。只看了一眼,我就知道我在很多地方输给了袁慧。但我不知道我输在哪里。后来,我才明白,是历史、背景上的差异,使袁慧对你们更有吸引力。百年的老贵族和新贵,当然有太多的差异。昨天,我和承伟去了西山八大处,瞻仰过你们三个留下的同心锁。我终于明白当年你为什么替承伟挨了两水果刀了。应该说是找到了另外一种解释。你是在向袁慧证明你对她的感情。你用不着承认或者否认,因为你的行为可能是受潜意识支配的。事实是,你和承伟当时都爱上了这个袁慧!我主动吻你,使小计谋吸引你,可算是机关算尽了。现在,我才知道,你从来没有把我当成一个女人来爱过。我承认,我失败了。"史天雄听得难受,央求道:"小艺,别说了。"陆小艺泪眼婆娑,苦笑道:"我希望今天我失去的只是一个不称职的丈夫……我希望我今天能找回一个永远、永远的兄长……"再也撑不住,掩面跑走了。

史天雄在胡同里抽支烟,看时间还早,坐出租去了儿子史勇就读的中学。他认为有必要让儿子知道这件事。

史勇长得几乎和史天雄一样高大了,看见史天雄在校门外等候,和一个女同学耳语几句,迎了过去,腼腆地喊了一声"爸"。

史天雄看看已经长胡须的儿子,用商量的口气说:"小勇,晚上可不可以陪爸爸吃顿饭?明天我就回西平了。"史勇道:"当然可以,爸爸。"史天雄看看推着自行车,不停回头朝这边张望的女孩子,"春节和你一起去看冰灯的女同学呢?"史勇很帅气地耸耸肩,"换人了。碎嘴子,又抠门,小性子多,不换人,累得慌。"史天雄伸手拍拍儿子的头,"你小子,真是的……再有半年多就高考了……"史勇抬头眯眼看看夕阳,站下来道:"明年秋天,你可以到清华或者北大找我了。爸爸,你回来是离婚的吧。"

史天雄吃惊地看着儿子,"你妈告诉你的?"

史勇道:"用得着吗?妈曾经找我搞统战,我没接招儿。我认为这完全是你们两个人之间的事。我多少能感觉到你这几年过得并不开心。怎么说呢?妈也是个好母亲,可不是你的好妻子。妈有一种支配男人的爱好,优秀的男人,都不愿意受女人的支配。你们分开了,还能成为好朋友。这件事,我会对外公外婆保密的。妈这一点做得不错。这叫善意的欺骗,这叫隐瞒就是美德。"说罢,面带几分理解的神情,看着史天雄。

史天雄满意地笑了,用拳头捣捣儿子的肩膀,"小子,比你爸十八岁时强多了。找你谈谈,是个正确的选择。怎么样?吃快餐去。"史勇笑了,"潜意识里,你还是把我当小孩看呢。你能不能请我去一家小酒馆,教我喝一点五十度以上的烈酒?我还想跟你谈一谈金月兰阿姨呢。她的命运挺吸引人的。"史天雄怔了好一会儿,说道:"你的消息还挺灵通的。我同意你晚上喝点二锅头。"

爷儿俩像朋友一样,肩并肩走在人行道上,交谈着去找小酒馆。

父子俩谈得投机,忘了及时请假,又让团圆晚饭留了缺憾,苏园大为光火。看见陆小艺早早地为史天雄收拾行李,苏园说话了:"真成了日理万机的人物了。大半年不回家,回来了,连顿饭也懒得在家里吃了。这个天雄究竟想干什么?"陆承伟接道:"天雄管八百多人,是真忙。"苏园又问:"小艺,小艺!天雄这次回来,到底是干什么?你们是不是有什么事瞒着我和你爸呀?"陆承伟又接道:"他们能有什么事要瞒你们?天雄这次回来是联系货源……"苏园没好气地说:"话多!小艺,你说说。"

史勇和史天雄进了客厅。史勇看见陆承伟在家,喜出望外,拉住陆承伟说了起来。苏园伸鼻子四处嗅嗅,严肃地问:"是谁又喝白酒又抽烟了？一点记性也没有！"史天雄难为情地说："妈，是我。"史勇接一句："还有我。"苏园伸出手指着史天雄道："你这个爸是怎么当的？他还是个中学生，你就让他又抽烟又喝酒！保健医生的话，你们全当成耳旁风了。"

陆震天把轮椅转到卧室门口，大声说："小题大做。史勇已经是公民了，抽支烟，喝点酒，有什么大不了的。"苏园叹着气道："还不都是为你好，不识好人心！好好好，你就这么惯他吧。我不管了。"说着赌气出去了。陆震天喊道："天雄，你过来，我要和你谈谈。"陆小艺和陆承伟看着史天雄进了陆震天的卧室，又听陆震天大声说："你把门锁上。"

陆承伟担忧道："爸爸恐怕已经猜到了。事先应该征求一下他的意见……"陆小艺无所谓地哼一声："说这些都是马后炮了。反正生米已经做成熟饭了。长痛不如短痛。"自己一个人上楼去了。苏园又进了客厅，看看陆震天紧闭的房门，不高兴地说："家庭气氛最近很不好。你们肯定有什么事瞒着我。什么事都要拉个背场，像什么话！"陆承伟道："妈，每个人都有隐私权……"苏园没好气地骂道："屁隐私权！你别拿西方的破玩艺儿唬人。这一个家，还是透明点好。堡垒最容易从内部攻破。我去问问小艺，到底出了什么事。"陆承伟不想卷入即将爆发的战争，说道："妈，我明早要到西平去，先走了。"苏园气鼓鼓地说："你爱干什么干什么！永远不回来最好，眼不见，心不烦。"

陆承伟示意史勇也回自己的房间，悄悄地出去了。偌大的客厅，变得一片死寂。

陆震天一直没有开口，望着窗外的黑夜，像雕像一样坐着。史天雄等得有些紧张起来，小心喊一句："爸爸——"

陆震天冷冰冰地斜了史天雄一眼，"先别叫我爸爸了。告诉我，你还是我的女婿吗？这么大的事，你们就自作主张了？你眼里到底还有谁？"史天雄再叫一声："爸爸——"陆震天转过身,两手用力拍打着轮椅的扶手,"回答我！"史天雄的眼眶湿润了,动情地喊一声："爸爸,你永远都是我的父亲。我和小艺都认为,分开生活……一段,对我们两个,对这个家,都有好处……"

陆震天沉默了,老眼里闪烁着泪光。史天雄紧张地站在陆震天面前,大气也不敢出一口。过了很久,陆震天艰难地说一句："你坐下吧。"史天雄小心地坐在床沿上。

陆震天闭目在轮椅上仰躺一会儿,开口了,"你在西平的情况,我听到了不少。燕平凉对你的评价不低。事实证明,你这次选择是正确的。大大小小的陆承伟,已经形成一个阶层了,他们的力量不能低估。他们当中有很多人,对我们党,对我们这个政权的态度,不是很清楚。我听说有不少人手里有几个护照,几个绿卡。他们做这些,证明他们并不完全信任我们。战胜百年不遇的大洪水,证明我们的力量还是很强大的。但我认为目前不能盲目乐观。信仰危机问题仍然很尖锐。有关部门应该调查一下,我们的党员,到底有多少人现在在练这个功、那个功。前些天,邹子奇来了,带了一个什么大师,要给我传什么功。说这个功练一练,练到我肚子里长一个法轮,我就能重新站起来走路了。我把他们骂出去了。过后一想,这种现象实在不能忽视。邹子奇是一个有三十多年党龄的副省级干部,他怎么连科学也不相信了？这个功,那个功,据说相信的人有几千万快上亿了。听之任之,怎么得了？我们党有七十多年历史,现在不过有六千多万党员嘛。贫富差距拉大,社会风气不好,贪官污吏增多,都与信仰危机问题有关。正因为如此,我很看重你在西平做的工作。不过,你去西平做这个试验,代价也不小。我已经失去你这个女婿了。既然已经付出了代价,我就想看到这个试验会有一个好的结果。我不希望你最后成为一个灰溜溜的失败者。"

史天雄说道:"爸,我一定会尽力的。"陆震天继续说:"你我都是唯物主义者,用不着回避生老病死这个事实。我见马克思的日子,距现在不会太久了。过些日子,我想去S省走一走,看一看。三五年秋天,我的几十个战友,都在三过草地两翻雪山的过程中倒下了,我想去看看他们。另外呢,我也想看看燕平凉治理后的锦江,看看你和金月兰办的那个'都得利'。小艺是个好女儿,这些年,她为这个家做了很多贡献。可是,她无法在精神上和你对话。我不大相信你现在就和那个金月兰有什么男女私情。但我相信她身上有很多吸引你的东西。这种东西对我也有吸引力。这个闺女很有韧劲,不管遇到多大的困难,她都在想办法向前向前向前。作为男人,你现在自由了。我不反对你和她之间产生感情。借用血统论的观点,你和这个金月兰,更像我的亲生儿女。我很欣赏你们身上共有的那股子劲头。二十年前,捐二十万,不易。二十年后,凭一双手建一个能把我陆震天的女婿吸引去的'都得利',更不易。我很愿意把她认个女儿。这当然是个一厢情愿,有些私心的想法。女婿也没失去,又白得一个女儿,真不错。有什么办法?天要下雨,儿女要离婚,我这个老头子能有什么办法?只好学学阿Q先生,自我安慰安慰了……"

史天雄流着眼泪,扑通一声,跪在陆震天面前,仰着脸,哭喊一声:"爸爸——"后边的话,再也说不出口了。

陆震天擦一把老泪,自责道:"你们走到今天,我也有责任。我对你父母,一直深怀愧疚。我一时的软弱和胆怯,让我无法面对他们了。我在你身上倾注更多的心血,给你提供更好的发展机遇,都是想做些弥补……你也爱小艺,但一直把她当个亲妹妹一样爱,我能看得出来。得知你们部队要参战了,我好几天都没睡好觉。战争是什么,我陆震天很清楚。那几天,我总在想:万一天雄为国捐躯了,我有何面目去见重光和雅兰?后来,我就想到催逼小艺去部队跟你结婚这个办法。我当年因为自私,没有为重光和雅兰作证,只有让我陆震天的女儿,为史家留个后代,我……不说这些了。这是个错误的决定,没有给你们,特别是你,带来一生的幸福。我要提醒你几句:小艺是爱你的,当年,她毫不犹豫去部队跟你结婚,足以证明她是爱你的,这也是一种牺牲,你不能忘记。永远把小艺当亲妹妹来爱,不管我还在不在这个世界上,你都应该这么做。"

史天雄泣不成声喊一声:"爸爸——"

梅红雨进了院门,发现厢房门前有些异常,看见梅兰从堂屋出来,问道:"妈,史先生他们回来了?"梅兰皱着眉头,看看院里晾晒的衣裳,忧心忡忡道:"人往高处走,他们搬走了。这房子不知道又要租给什么人……千万别租给不三不四的人。前两天,报纸上登了出租屋的事,有的租给造假药的,有的租给了贩毒的,有的租给了三陪小姐。你一开院门,吓我一跳。安静的日子没有了。"梅红雨把自行车放好,"要搬家了,也不说一声。他回去离婚,也没有瞒我们,搬家的事为什么要瞒?"梅兰拿起扫把扫着院子,说道:"你这个红雨,说些不着边际的话。我们和他们是什么关系?不过是临时邻居。人家凭什么要告诉你?自家门前雪能扫干净就不错了。只要这房子别租给坏人,就烧高香了。"

梅红雨换了衣服,阴着脸从屋里出来,"我去接个外地来的同学,晚上不在家吃饭了。是不是他们自己来搬的家?"梅兰道:"这个我不知道。没看见史先生和杨先生。金董事长领着一干人,一会儿工夫,就搬走了。"梅红雨道:"你没问问他们搬哪里去了?"梅兰摇摇头。

梅红雨带着一脸疑问,走着出去了。梅兰盼咐道:"千万别喝酒。晚上早点回来。"梅红雨答应着,心里想:这件事史天雄到底知不知道?

史天雄离开西平后，金月兰召开董事会，做出两项决定：一是购买一辆桑塔纳2000，一是为总经理史天雄和组织计划部经理杨世光租一处两室一厅的单元房。中国毕竟是中国，"都得利"这么大规模的公司，没有一辆小轿车，公司总经理住处没有电话，没有卫生间，实在说不过去。这是史天雄来西平后，金月兰第一次行使董事长的权力，做出的第一项决定。江榕提出给董事长金月兰、总经理史天雄和组织计划部经理杨世光配发手机，金月兰也答应了。

把史天雄和杨世光的家，搬到明光村小区后，金月兰感到心里多少有点不安。毕竟，做这些事情，有点不符合金月兰这一年来一贯的做事风格。她决定亲自去车站接史天雄，在第一时间告诉史天雄这些情况，免得史天雄产生什么误会。从公司回到家，换好衣服，金月兰正经八百坐在梳妆台前。打开只用过有限几回的化妆盒，金月兰兀自红了脸。

金晶晶伸着懒腰捶着背从自己房间走到金月兰的房间，自言自语着："七月，黑色的七月，你剥夺了我多少休息时间！可恨的高考……咦，太阳从西边出来了。你终于知道化晚妆的重要了，真是一个伟大的进步。我猜猜，女为悦己者容，史天雄肯定已经获得自由了，你准备去车站迎接他。我猜得对不对？"金月兰又羞又恼，把首饰盒猛地关上，"你这个多嘴的死丫头！没大没小的，小小年纪，想这么复杂的事干什么！我化不化妆，与他自由不自由，有什么关系。去去去，忙你的去。"金晶晶嬉皮笑脸趴在梳妆台边上，用手支着腮，说道："你看你的脸，都成红布了。史天雄敢跟陆震天的女儿离婚，证明他确实是个男子汉。你们以前相互之间又有好感，现在果真能走到一起，挺好的。我说过，只要史天雄身份改变了，我支持你们鸳梦重温……"

金月兰生气地站起来，"你这个死丫头，想干什么？"

金晶晶摇摇头道："心口不一，你们这代人，真是没救了。我只是想帮助你。你想想,史天雄现在对全世界的女性来说,意味着什么？意味着多了一个当元帅夫人的机会。书上说,想当元帅夫人,一定要在元帅还是士兵的时候,看上他,嫁给他。现在务实的新新女性可不这么看。白领丽人和大学生想些什么,我不知道。我的同学小丽,现在已经不怎么听课了,整天想着一步到位嫁给一个功成名就的男人。上个月,她希望见到的男人年龄不要超过三十五。这个星期,她又把年龄放宽到五十五了。她最近正在研究《婚姻法》和《遗产法》。妈,你千万别想着没有人和你竞争……"金月兰大怒,一巴掌拍在梳妆台上,"晶晶！你是不是想气死我呀？啊？你把你妈当成什么人了？你满脑子装的都是些什么乱七八糟！你不愿意我再嫁人,我就陪你过一辈子算了。妈做的一切,不都是为了你？想不到你你又讽刺又挖苦,什么难听你专说什么……你……"

金晶晶手足无措地站在一旁,嗫嚅着:"妈,妈,你别误会。我,我并不反对你再婚。前些天,我又见到我爸了,他刚从拘留所出来,挨了不少打,人也变了,怪,怪可怜的。他,他给人做假账……现在,他住在……"金月兰抹一把眼泪,狠狠地瞪了女儿一眼,"你少在家里提这个刁明生！现在你还没到十八岁,法院把你判给了我,十八岁以前,我有权对你的行为提出要求。你要嫌跟着我不自由,明年你可以自由选择。你可以告诉刁明生,别再动什么复婚的念头。他把我害得还不够苦？"说着,出了卧室。金晶晶眼泪汪汪跟到卫生间门口,倚在门框上说:"妈,你千万别生气。我真的希望你能嫁给史天雄。以后,以后我再也不在家里提说我,我……刁明生了。"金月兰把脸擦干净,胡乱涂了一点润肤霜,出去了,拉开门,扭头丢下一句:"近朱者赤,近墨者黑。你自己好好想想吧。"

金晶晶闷坐一会儿,也骑车出去了。转了一会儿,就转到了刁明生现在居住的一条老街上。刁明生从看守所出来,原先住的白菊花的一套房子已被法院拍卖,他只好回到老宅属于自己的一间小屋里。金晶晶下了自行车,走到小屋的门口,看见刁明生正在准备晚上的饭菜,小案板上没有一丝肉和一块骨头。

刁明生没想到女儿会突然间出现在这里,面露窘态,下意识地站在门里,挡住晶晶的视线,难为情地说:"晶晶,你,你吃饭了没有?"金晶晶低着头道:"什么收入也没有,今后你靠什么生活?"递给刁明生一张报纸,"会展中心正在开秋季人才交流会,你去试试吧。"刁明生接过报纸,摇摇头,"我去过了。应届大学生,一群一群没着落……那些体面的位置,都是给三十五岁以下的年轻人留的……晶晶,你别管我了,这种社会,饿不着我。"金晶晶担忧道:"你千万别给人做假账了。这种违法的事,做不得。"刁明生活动活动胳膊腿,"我再也不做了。看守所真不是人呆的地方,犯人和警察都很会打人,到现在,我的骨头还在疼。你放心,我再也不做丢你们脸的事了。"指指门外放着的一辆用自行车改装的破旧小三轮,"一早一晚,用这辆车拉拉客人,饿不着。等我身体好一点,我……"

金晶晶从口袋里掏出两张五十元钱,递过去,"买点肉买点油,天天吃青菜,怎么行。"刁明生大窘,结结巴巴道:"我,我有钱。我,我这两天胃口不好……我不要。"金晶晶把钱朝刁明生手里一塞,"拿着!你绷什么面子!这些教训,你可都要记住啊!我可能要有后爸了……我妈这些年太辛苦了,我没有任何理由反对她再婚。再说,你也把她的心伤透了,又不争气……"刁明生眨着眼睛说:"肯定是那个姓史的。他是个靠得住的男人,跟我比,一个天,一个地。晶晶,你千万别惹你妈生气。她真不容易。"

金晶晶没再说什么,骑上车走了。刁明生看看手中的一百块钱,蹲下去,眼泪滚了出来。

这时,史天雄拎着小旅行包,怀着一言难尽的复杂心情,随着人流,出了出站口。没有看见"都得利"的人,史天雄只好站在出站口外面等候。杨世光说要在车站给他一个惊喜,他必须等到"都得利"的人。

梅红雨远远地看一会儿史天雄,忍不住走了过去,闪到史天雄背后,突然拍了一下史天雄的肩头,把腰弯了下去。史天雄扭头四下看看,只听到格格格的笑声,没看见人。梅红雨一脸坏笑,捂着肚子站了起来。这一幕恰恰被匆匆赶来的金月兰看到了。金月兰心里一乱,本能地闪到一个磁卡电话亭后面。

史天雄笑道:"你这个鬼丫头。你怎么会在这里?"

梅红雨正经八百说:"专程来接你。刚才,我到花店去买迟开的玫瑰,可惜他们没这个品种,只好空手来了。"史天雄疑惑地重复一句:"迟开的玫瑰?没听说过。"梅红雨笑了起来,"你真没幽默感。你现在就是一朵迟开的玫瑰。可惜已经栽到别的地方了。"朝史天雄伸出手,"你有两喜需要祝贺。一、你刚刚得到了比生命和爱情都珍贵的自由,值得庆贺。二、你今天已经用不着住在牌坊巷这个贫民窟了,乔迁之喜,也值得庆贺。"握住史天雄的手,看着史天雄的眼睛。史天雄道:"搬走了?那两间房怎么处理的?这,这是谁的主意?"梅红雨眯着眼睛道:"看来你是真不知道。房子是刘老头的,怎么处理是他的事。能听见你说句实话,我们就满意了。我接的车晚点了,接你的人也晚点了。你们董事长亲自来接你了。面子不小。"

史天雄看见金月兰走了过来。金月兰解释道:"世光开着新买的车来接你,路上堵车了,我只好下来换了三轮。还是梅小姐来得早,先把你接住了……"梅红雨紧接道:"我还没有资格来接史总。我是来接我的同学,车晚点了,碰上了你们史总。再见了,史先生,欢迎你,还有杨先生常回牌坊巷看看。"说着,人已经跑没影了。

金月兰借机说了买车、搬家的事,最后说:"这事应该等你回来再说,可世光和江榕他们都怕你再拖,我就做了一次主。"事情木已成舟,史天雄只好说:"这是好事。眼看就到冬天了,我正愁没法洗澡呢。"

一路上,史天雄简单说了这几天做了什么事。说到陆震天要认干闺女,金月兰大受感动,问道:"他真的这么说过?"史天雄道:"他认为在血统上,你更像他的亲闺女。"不知为什么,史天雄省略了陆震天对他和金月兰关系的评说。

第二天,史天雄一个人去看了毛小妹管的净菜加工厂。搬家之后,梅家母女的安全问题实在让他放心不下。再说,陆承伟已经用高薪聘了梅红雨的男朋友当自己的吹鼓手,究竟是何用意,难以断言,这种时候,对梅家母女的不管不问,实在说不过去。

毛小妹感叹一番蔬菜品种太少,又说道:"最近小妹牌馒头销路很好,全部用的是河南面粉,一点都不掺本地面粉了。原先,我以为是咱们这里的人根本不喜欢吃面食。后来,我想问题可能不在这儿。你想,东北的大米不是也比咱们这里的大米好吃吗?我去农科所问了一个专家,才知道这里面有科学道理。原来,咱们南方的小麦,是白天养花,性热,不能常吃,常吃会上火,一上火就不想吃了。北方的小麦是晚上养花,性温,常吃不上火还养人。你看你在北方长大,比我们为民高半头,大一圈。这个秘密我谁都没说,只是要求他们一点都不能掺本地面粉。只要咱们能把质量保证了,过个半年一年,全西平人恐怕都要挑咱们的馒头买了。一天一人吃一个,至少能卖一百万个,一个赚两分钱,就是两万块钱呢。这一算账,把我吓了一跳。实际上,每天能卖出去十万个,就不得了。"史天雄用开玩笑的口气感叹道:"小妹,这仗你可是越打越精了。再过两年,我这个总经理就该让位了。金总说,她和小江找你谈过入党的事,你说你还差得远,我看你差不多已经够格了。写个申请吧。党组织的大门,永远向中国各种优秀人才敞开。"毛小妹感动得不知说什么才好。

临走时,史天雄说起了老房东母女,"我们的老房东是母女俩。应该是老邻居,我们住的两间厢房,房主是另外的人。母亲以前在云南当过知青,得了一种很难治的病,早病退了。女儿在一家日资企业工作。我们搬走了,如果房东把房子租给一些不安分守己的人……记得前一次你说过想租两间房当仓库,不知道落实了没有?"毛小妹道:"史总想得可真周到。我们把这两间房租下来,再聘这位有病的大姐当个保管员,一个月可以给她开两百元工资。这件事,我明天亲自去办。"

史天雄掏出一个纸片递给毛小妹,"俗话说,五百年修来同船渡。我们做了大半年邻居,也是有缘分。这上面写着我的新住址和电话号码。明天,你把这个条子交给她们。告诉她们,我忙过这一段,一定去看望她们,再告诉她们有困难了找我。"

毛小妹拿着小纸片站在加工厂门口,目送史天雄远去,心里道:天底下还是好人多呀。正在街边胡思乱想,忽听有人喊她嫂子,定睛一看,周小全骑着一辆半旧的摩托车刹在眼前了。毛小妹下意识地向后躲闪一步,"你这个死小全,吓死我了。你这是……"周小全道:"嫂子,我已经正式到街道办事处上班了。官不大,只是一个小小的市场管理员,股级干部都算不上。这条街,凡是搞经营的门脸和摊位,都归我管。嫂子,小妹姐,小全忘不了你对我们家的关照。我用不着跳锦江了,真好。嫂子,我终于可以报答那些对我有恩的人了。从此以后,你们这个加工厂,每月的卫生费全免。这两天我一直在熟悉环境,连家都没回,晚上在办公室的钢丝床上睡。熟能生巧,我懂。等我在这里站稳了脚跟,我一定设家宴答谢你们。不是你和为民哥提醒,我也想不到给小琴和儿子留五千块,说不定小琴就跟我拜拜了。现在好了,家庭稳固,儿子白胖,新生活充满阳光,真好。真他妈的好哇,好!这社会还能为我这种生活在最底层、过了几十年暗无天日生活的人,留下这样一条路,也真他妈的好哇！这是真心话。真心话已经没有多少地方敢说和可以说了。姐，我真的太高兴了。嫂子，我会好好珍惜我拿命赌来的机会的。古人说，王侯将相宁有种乎？说得无比的好。嫂子，我得走了。"也不等毛小妹做出什么反应，一拧油门，突突突地走了。毛小妹听得云山雾罩，不知该替周小全庆幸，还是替他担忧。

第二天下午，梅红雨下班回到家，梅兰马上向女儿宣布了自己已经再就业的消息。梅兰把小纸片交给女儿，感叹道："想不到咱们还能遇到这么好的人，这么好的事。"再次就业的喜悦，让梅兰变得既年轻又充满活力。梅兰又说道："这牌坊巷住了几十年的邻居，有多少都是老死不相往来。我听说大多数住在单元房的人，住几年还不知道对门姓甚名谁。前几天，报上登了个文章，说一个小偷去偷一家人。没偷到东西，这家读高中的女儿回来了，小偷就躲到床下边。晚上十来点，小偷见没男人回来，爬出来要糟蹋这个姑娘。这姑娘大呼小叫，吓得小偷要跳阳台逃跑。可是，就是没人来管这种闲事。小偷胆子大了，把姑娘从阳台捉到屋里给糟蹋了。第二天早上，和不三不四的女人混一夜的爹回到家，大出血的女儿，已经快不行了，家里值钱的东西都叫小偷拿走了。报上说这些都市人都患上了冷漠病。这个史先生对我们可真没说的。好人，真是雷锋转世了。"

这件事情，彻底改变了史天雄在梅红雨心目中的形象。她开始自觉不自觉地把史天雄当成一个男人重新认识了。这是一个像山一样稳重可靠的男人。这是一个可以托付终身的男人。在这个不眠之夜里，发生在史天雄和梅红雨之间的很多细节，都被梅红雨发现了新的意义。史天雄看她时，眼睛里漾溢的不只有父辈的慈祥、兄长式的关爱，还深藏着纯粹的男人对女人的欣赏甚至是赞美。史天雄不愿意让她到陆承伟的公司，也许更多的是出于男人对另一个男人的嫉妒。史天雄其实根本不想搬家，金月兰搞突然袭击,只能证明这个优秀的女人已经觉察到这个小院存在着让史天雄难以割舍的东西。

第二天,梅红雨接到男朋友古狼的一个传呼,才忽然想到昨晚回顾和史天雄的交往时,自己已经把古狼给忘掉了,心里对古狼隐隐生出了几分愧意。这种情感上的游弋,对于热恋中的男女,应该是不能放纵甚至是不可宽恕的。晚上,当梅红雨看到古狼用在承伟实业领到的第一个月工资,给她买的第一件价值超过千元的时装时,她激动地用热烈的长吻,对自己在情感上的游弋做了忏悔。古狼提出要梅红雨跟他到皇冠大酒店他的办公室兼卧室去,专门强调那间房里二十四小时有热水,可以从容而文明地温习一下伊甸园吃禁果的游戏。梅红雨一口回绝了:"我永远不会在酒店、宾馆跟你做爱。我永远不会去承伟实业分给你的房间。"古狼有些羞恼,讽刺梅红雨自作多情。

这对恋人最终闹个不欢而散。梅红雨把时装带回家,试都没试就把它扔到衣柜里去了,因为这件衣服扮演了极不光彩的角色,在引诱她破坏她做人的基本准则。古狼已经不习惯住在文联的筒子楼里,更别说在筒子楼卫生条件极差的房间里跟女朋友做爱了。古狼约了几个朋友,在玩具酒吧疯了大半夜。这时,他们还没意识到,因为西平有了史天雄和陆承伟这两个人,他们之间的恋爱关系已经变得脆弱起来。

史天雄提议由"都得利"公司和陆川县共同出资,在陆川县建一个时令鲜菜基地和一个高档水果基地。这个怎么看都是双赢的计划,也得到了陆川县的热烈响应。季节不等人,在史天雄的再三催促下,陆川县县长秦思民终于坐到了史天雄的办公室。可是,谈了半个小时,史天雄发现对面这个老同学好像还没有进入情况,不禁有些诧异,盯着秦思民问道:"你还犹豫什么?难道这不是个好主意？你到水果摊上看看。从美国进口的奇士橙，每斤卖十八元，一年四季都有鲜货供应。我们自己的上等脐橙，最贵每斤卖三到四元，顶多能卖三个月。美国的苹果一进中国，名字改叫蛇果，一斤能卖十六元。国产苹果，一斤能卖两元就是高价了。你再到西平的郊县看看，菜农种植的蔬菜，几十年都是那几个品种……你以为我们找不到合作者？"

秦思民笑着解释说："谁说这不是个好主意？这两个基地建立起来，能让陆川一两万农民富起来，我这个当县长的，眼也不是树窟窿，看得见。城里人，特别是你们这些大都市的人，吃得起十几元一斤的仙果、五六元七八元一斤青菜的人，确实越来越多了。这是潜在的市场，我这个七品县令也能看见。五年前，陆川也大面积种过苹果，去年有一个乡的苹果都烂在树上了。为什么？批发三毛一斤都没人要。你替我们想得很长远，对陆川的可持续发展，确实很重要。可你这种思维，是富人和小康人家的思维。陆川县大部分人是穷人！穷人的想法你知道吗？陆川的财政收入，今年只够吃九个月。剩下这三个月，只能靠贷款给一万吃财政饭的人发工资。天雄，我不是给你哭穷。我这个县长手里要是有一百万闲钱，我早来跟你们谈判了。马上就到年底了，我手里一个子儿也没有哇。你提出风险共担，利益共享，合理是合理，可，可能谈吗？如果你们'都得利'独资建这两个基地，我马上可以跟你签合同……"史天雄生气了，"这还叫合作吗？'都得利'不是慈善机构。你这是什么态度！多耽误事。你早有这个态度，我们早找别人谈了。"

秦思民苦笑道："天雄，正是怕误了你们的计划，我才来让你看看底牌。如果陆川实业上市后，政府的一千万法人股真的变成了爆米花，我就有钱跟你合作了。"史天雄紧接道："你们真把陆承伟当成救世主了！一股就灵？只怕未必。"秦思民咬咬牙说道："天雄，实话告诉你，这次我来西平，主要是筹备股票上市的庆祝活动的。陆川实业是 S 省老区第一家上市公司,又是第一只公私合营公司的股票上市,上上下下都很重视。本来,上午我要和田书记去给江副省长汇报庆祝活动的准备情况,江副省长开常委会,我才有个空来见你。原来,我还想给你和金董事长发个请柬,想让你们也出席一下这个庆祝活动,突然间听陆承伟说你已经不是他姐夫了……"

史天雄脸色铁青,强压着怒火说道:"我没有义务,也没有兴趣去捧你们的臭脚!秦大人要是没什么别的事,可以说再见了。"秦思民道:"看来,老同学之间,也不能完全说实话……"史天雄冷冷地打断道:"你要是再瞒几天,再见就改成永别了。想不到你秦思民现在变得如此势利。"

秦思民也不生气,站起来道:"老同学,感情归感情,利益归利益。几十万人要吃喝拉撒,我不能不变得势利一点。你能这样骂我,我听了心里挺高兴。你不撑我,我也要走了。眼下,我必须捧陆承伟的臭脚。为什么?因为他,陆川和整个清江老区有了第一家上市公司。因为他,陆川要多一条十八公里长的二级公路。陆承伟这只猫可能会吃鱼缸里的金鱼,会吃家里活泼可爱的小鸡小鸭,但他也很会抓老鼠。不管陆承伟代表什么,只用看看他为陆川带来的变化和利益,我这个父母官必须也应该把他当做一尊神供起来。天雄,陆承伟已经不是一个万事都要请你这个大哥拿主意的小弟弟了。他应该得到应有的尊重。"

陆承伟们真的要扮演这个社会的主角了?史天雄还心存疑虑。他还要再看一看,不想马上下结论。

不管史天雄怎么评价陆承伟,都无法阻拦陆承伟前进的脚步。借陆川实业上市的机会,陆承伟在 S 省的经济界大大地出了一回风头。江丰年副省长、S 省宣传部部长白万新、S 省组织部部长钱钟云,亲自出席了庆祝陆川实业成功上市的会议。S 省省委第一书记蒲东林、S省省长王长江都在百忙之中写了贺信,对西部老区第一只公私合营的股票在上交所成功上市,表示祝贺。因为股市持续低迷,陆川实业上市当天,只以八元七角六分收盘。陆承伟对这样一个价位不很满意。

　　投入一个多亿,陆承伟的目的并不是想养一只表现平平的瘟票。他是一个搞金融的商人,赚钱才是他的目的。让这只股票变成巨额利润,还有漫长而艰难的路要走。

# 第十六章

最近一段,江副省长的女公子江才媛好像对陆承伟产生了兴趣,总能找出一些理由和陆承伟见面。陆承伟自然警觉起来,分出一些心思,重新观赏了一番这朵长了毒刺的玫瑰。观察了一些日子,陆承伟问道:"小四,你在我这里耗了这么多时间,该不会把我当成一个候补吧?贪财好色的公职人员还没有死绝,你这种游戏完全可以继续做下去。"这话有些难听,江小四却并不特别生气,叹道:"肯定是我三哥嚼了舌头。我如今一个人孤苦伶仃生活,都是命运捉弄的。我三哥当然也嚼了你的舌头,我这才知道你基本上算是一个跟我同病相怜的人。爱情和稳定的家庭,你以为我不想要哇?我做梦都在想得到这些东西。咱们俩的初恋后来都变得一塌糊涂了。看你现在还对那个女孩子一往情深,我挺感动的。这才是我对你发生兴趣的原因。"

这个解释,陆承伟并不满意,太纯粹了,太抽象了,不像一个彻底的现实主义者的思维。又探讨了一会儿,陆承伟想到了已经在公司吃了两三个月闲饭的古狼。接着,他又想起了王传志已经有点人老珠黄的妻子。改变古狼的生活环境,改变王传志的生活观念,不是很需要江小四这种女人吗?要家庭背景有家庭背景,要公关能力有公关能力,要什么有什么。换个角度一思考,陆承伟认为江小四是自己正在进行的棋局上一枚攻击力和杀伤力都相当强的棋子。陆承伟提出用五万陆川实业的原始股作为酬劳,聘请江小四做一年承伟实业的公关部经理,江小四爽快地答应了。江小四又这样说道:"承伟哥,陆总,其实我对你的人和你的经营方式都很感兴趣。既然你只把我当小妹看,我也只能接受了。我相信我会是一个优秀的公关部经理。我只有一个小小的请求,希望你在这一年里,能把我当成一个心腹看待。我是不是一个忠诚可靠的人,你很快就能判断出来。小艺姐的做法,对我很有启发。我大哥和二哥,对政治都充满着热情,前途自然不会太差。可我三哥积累财富的方式和速度,实在让人担心。你和我三哥都算是无污染企业的老板,可你们之间的差别实在太大了。即便将来中国有了合法的红灯区,我还是瞧不上我三哥积累财富的方式。我很愿意成为像你一样杰出的金融家。"江小四这种真实的心声,既出乎陆承伟的预料,又合乎陆承伟对她的基本判断,陆承伟不假思索地答应了。

江才媛以承伟实业公关部经理的身份参加的第一项活动,便是出席陆承伟在皇冠大酒店为西平国营商界领袖兰平章设的盛宴。由七十二道菜组成的宴席,整整吃了四个小时,江才媛还没有猜到陆承伟的用意。醒酒汤和果盘上桌后,江才媛才听到兰平章把话题转入正题。兰平章说:"承伟老弟,蒙你错爱,感激不尽。你有什么事需要我办,尽管盼咐,我一定尽力而为。"

陆承伟开门见山地说:"帮我销售陆川实业的积压产品。丑话说在前头,这些东西,没有一种是响当当的名牌。"兰平章爽快地笑道:"你的陆川实业,一不做药品,二不做食品,出不了命案,我可以包销。如今的市场,整体是有些疲软,但是,市场没有卖不出去的东西,只要这东西能上最显眼的柜台。价格当然要合理了。"陆承伟紧接道:"这批存货,出厂价值约有四千万元,再加上今后几个月生产的,总价值约有六千万。成本约五千万,我只需要收回四千万。具体怎么合作,由老齐到你的公司跟你详谈。"兰平章道:"这样我就没压力了。"

几千万的交易,三言两语就说定了,江才媛感到不可思议。陆承伟实赔一千万眉头都没有皱,把江才媛彻底镇住了。只听兰平章感叹道:"老弟,你如今是冉冉升起的明星,能瞧得起我这过了气的老古董,我感到荣幸。你的姐夫史天雄到底打过仗呀!再有一两年,他的连锁店肯定能置我们于死地。挺可怕的。"陆承伟笑了起来,"兰总言重了。'都得利'不过是一只颇受人怜爱的波斯猫。你要是发动一次反击,谁是王谁是臣,还用问吗?"兰平章又皱眉又摇头,"波斯猫是猫科动物,老虎也是猫科动物。'都得利'已经变成小老虎了。小老虎咬不死人,模样又可爱,现在又享受国宝的优惠政策,谁还敢出头当武松?上次我倡议跟他们打场价格战,刚有战果,燕平凉就要摘我的顶子了。老弟,多的我也不说了。今年我五十七了,离退下来只剩三年,我只想全身而退。如果老弟在西平还有长远打算,我想请你给我提供个发挥余热的机会。当你一个幕僚,我还有这个能力。天雄放下官帽来西平搞商业零售,肯定有大的图谋。如果老弟方便,请给天雄带个话,让他高抬贵手,不要把我的雪银大厦作为他第一批鲸吞的目标。"陆承伟答应了。

送走兰平章,江才媛忍不住说道:"陆总,我有两个疑问,想请你解答。先说一个小疑问。天雄大哥已经不是你的姐夫了,你为什么要瞒兰平章?为什么会积压这么多产品,我大概能猜得到,一个小县做的产品,肯定不好卖。可你为什么要赔钱给兰平章呢?"陆承伟道:"想不到你还真是个有心人。告诉你吧,陆川实业的产品,现在还在几个大仓库里放着,根本没有流向市场。兰平章愿意包销,利太薄他能干吗?这种处理方法,叫丢卒保车。不,其实我让出这一千万,本来就打进成本了。这点差价做回扣,不算小气吧?兰平章已经把天雄当成一个强大的对手,我干吗要和天雄划清界限?天雄不是和兰平章打交道的一种力量吗?小四,我在陆川搞的这个项目,已经投进去一亿三千万元。想走我这条路,你要做好多种心理准备。我现在承受的精神压力有多大,你想象不出来。"

陆承伟所说的压力,江小四一点也感觉不出来。在她眼里,陆承伟的日子每一天都过得优哉游哉、有滋有味,打打高尔夫球、打打网球、吃吃中餐、吃吃西餐,大笔大笔的钱就挣到手了。闲暇的时候,陆承伟喜欢和江小四谈文学和艺术,言语里对诗人古狼相当尊重,夸完古狼的诗文,还要夸古狼在爱情上体现出来的古典和浪漫精神。江才媛有些不以为然,说道:"文人,哪有对爱情专一的?我不相信这个什么古狼能坐怀不乱。"陆承伟认真地道:"小四,你可别存心诱惑他。这是我培养的诺贝尔文学奖的种子选手。"

这时,齐怀仲才明白陆承伟讨好江小四的真正目的,心里道:铺垫得差不多了,不知他会安排他们俩在什么场合下见面。

几天后,古狼应陆承伟之邀,去了锦绣中华园陆承伟的别墅。古狼一进门,看见墙上挂着的照片愣住了。齐怀仲一看这种情形,马上认定这是一个败招,这是智者千虑中的一失。陆承伟看看照片、看看古狼,说道:"古先生,她是不是长得很像你的女朋友?"古狼这才回过神,"像,很像。"陆承伟解释说:"我也觉得很像。她姓袁,是我的女朋友。她现在美国。古先生,你请坐。我和你真的叫有缘分,连女朋友都长得像。股票终于成功上市了,可以歇一段了。如果古先生方便的话,我想请你多参加一些公司组织的活动。年底,我想到东南亚转转,很想让你一起去。"古狼被陆承伟尊敬得有些不自在了,说道:"陆总,我现在是你的雇员,你让我做什么,我就做什么。以后,以后你别叫我先生了,还是叫我的名字吧……"陆承伟打断道:"我怎么能叫你的名字呢?像你这种级别的诗人,应该算文曲星了,一般人乱呼你们的名讳,会折阳寿的。范进中了举人,他岳父连碰都不敢碰他了。大诗人聂鲁达到亚洲一个王国访问,上午去参观古城堡,中午国王要宴请他,谁知他在参观过程中和漂亮的女翻译擦出了情火,躲在一边和女翻译云雨起来。国王得到报告,决定推迟午宴时间,要让大诗人尽兴。他说:诗人的个性,神们都该尊重。你能答应陪我去东南亚,我真的太高兴了。"古狼见陆承伟说得十分真诚,也不再坚持,放开了和陆承伟谈天说地起来。两人谈了两个多小时,越谈越投机,快吃午饭的时候,江小四来了。江小四极富攻击性地看看古狼,说道:"你先别介绍,我猜一猜,这位先生肯定是你经常把他的名字像夜壶一样挂在嘴上的大诗人古狼。"说着,掩着嘴扑哧笑了出来,"对不起,我想说的是酒壶,不是夜壶。只有酒壶才能配诗人,要不怎么说李白斗酒诗百篇呢。不过,夜壶用在古诗人身上,也不算离谱,他毕竟不是女诗人。"陆承伟大笑起来,"你这个死丫头,怎么能这样糟践伟大的诗歌呢!古先生,你可别在意。她叫江小四,大名叫江才嫒,江丰年副省长惟一的女公子。芳龄几何,我没问过,可能是你的同龄人吧。身份……"江才嫒接道:"一个在婚姻的围城里两进两出的孤独的单身少妇。我最想写的一首诗,有位女诗人已经写过了,篇名叫《谁来与我同居》。"

　　古狼整日里在文艺圈里厮混,见识过不少胆大无耻的女人,这些女作家或者文学老女人说话也很大胆,熟悉了,什么话都敢说,可江小四这种刚一见面就说夜壶,就叫喊自己孤独,就谈同居的女人,他还是第一次遇见。古狼笑着朝江小四伸出手,很绅士地微微弯弯腰,"幸会,幸会!"江小四眯着眼睛,微微抬着头,似笑非笑,大胆而仔细地看着古狼,也不伸手,评价道:"不错不错,有那么点小绅士的派头和风度,怪不得陆承伟一口尊称一个先生。活着的文人,能让陆承伟称先生,也算成就了。"古狼的表情尴尬古怪起来,伸出去的手僵着,正要缩回来,突然被江小四的手抓住了。江小四用拇指和中指、无名指、小指握住古狼的手,食指调皮地在古狼的掌心里轻轻地勾动勾动。古狼破天荒遇到这种握法,紧张得表情怪异起来。陆承伟只是觉得两个人握手时间太长，打趣道："小四，古先生是名花有主的男人，你可别存什么非分之想。他的女朋友几乎像你一样漂亮，可比你年轻。"江小四放开古狼的手，笑道："不错不错，像个正人君子。如今，像古诗人这种纯情的小男孩简直绝了种，借古先生这颗种子生他几窝，肯定能卖出好价钱。古先生，你说呢？"说罢，挑衅地看古狼。

古狼这才意识到过分示弱，等于在精神上叫这个女人给阉割了，也大胆地看着江小四，说道："种子真是好种子，可不知道你这块地能不能种出好庄稼。"陆承伟击掌笑了起来，"小四，怎么样，遇到对手了吧？"江小四抿嘴笑道："是不是棋逢对手，现在还不好说。中看不中用的男人多了。但愿古先生是个例外。"

玩笑开过，气氛也融洽多了。下午，陆承伟带着古狼和江小四陪天宇集团的副总张中保和办公室主任周瑞发到市网球中心打了两小时网球。江小四再次成了主角，古狼只能扮演球童的角色。陆承伟善解人意地安慰古狼说："你要有兴趣，我可以找个退役国手教教你。其实，我也只是能把球打到对方的场地上。西平的上层，目前正流行打网球、打高尔夫球，专业教练很多，花个万把块钱，就能把你教出来。"古狼没有拒绝这个建议。陆承伟不失时机地说道："古先生这种人才，应该在省作协、省文联这些单位任个实职。江副省长主管金融和财政，说话在文艺圈很管用。这个小四爱搞点恶作剧，其实心地很善。她最爱捉弄的人，是她爸。在中国，做什么事靠单打独斗都难。古先生在文坛行走，只缺一个背景。"古狼听得直点头，眼睛的余光始终没有离开在球场上飞奔的江才媛。人确实是需要背景的。如果梅红雨也能开一辆红色宝马跑车，隔三差五到网球场、高尔夫球场健健身，肯定会比这个江才媛引人注目。古狼开始思想这一类问题了。

吃完晚饭，江小四要去听音乐会，提前告辞了。离开雅间时，江小四只跟古狼握了手,说道:"感谢你做我的球童,我肯定会用特殊的方式感谢你。"惹得周瑞发大呼小叫说这不公平。江小四道:"我最近想听小夜曲,想站在阳台上听人吟唱赞美诗。周大主任恐怕没这种能耐。"说罢,丢下一个飞吻,走了。

古狼感到紧握的右拳里出了很多汗。这个女人的握手再次震住了他。江小四飘然而去后,古狼才意识到右拳里多了一个纸团。这种奇特的诱惑方式,让古狼感到浑身燥热。又坐了一会儿,古狼去了一趟卫生间,小心展开纸团一看,只见上面写着:"明晚七点,我请你到西平剧场看萨特的《死无葬身之地》,不见不散。13808138963。"第二天下午,古狼拨了三次江小四留下的手机号码,都没接通。六点半钟,古狼还是去了西平剧场。在剧场门口等到七点半钟,古狼在心里骂着娘,愤愤地离开了。第一次被一个女人,而且是一个小寡妇这样戏弄,古狼感到难以忍受。八点钟,他给梅红雨打了传呼。他希望梅红雨能答应出席周五承伟实业的一次活动。他要让江小四看看,他并不缺好女人。

梅红雨又一次拒绝了。这让古狼感到很没面子,恼羞成怒地说:"你的脑袋真是长包了!你这种做法,今后我们怎么在社会上立足?陆总待我们不薄,几次邀请你参加公司的活动,你一而再、再而三地拒绝,他会怎么想?你以为我这个破铁饭碗真能端一辈子?莫名其妙!"梅红雨固执地说:"我相信我的直觉。陆承伟对你这么好,付给你高薪,借给你钱付房款,肯定有他的目的……"古狼冲动地说:"你真以为陆承伟对你有非分之想?你也太自信了。你知道陆承伟接触的都是什么女人?名演员、名模、女歌星,成群结队。哪一个都比你这种中方雇员有身份。这些人没有一个是丑八怪。前两天,他还提出让我跟他一起出国看看,开开眼界。他有女朋友,他的女朋友在美国。你我的家庭背景,对我们的未来一点帮助都没有。我也像你一样,什么时候我们会有出头之日?"梅红雨吃惊地看着古狼,"你这话是什么意思?我从来没有隐瞒我的家庭出身。"

两人再一次闹个不欢而散。回到皇冠大酒店,古狼想想江小四的可恶,又给梅红雨打了传呼,主动道歉说:"对不起,我的心情不大好。"梅兰见女儿回了电话后仍是闷闷不乐,问了几句,叹一声,"这个古先生看来是发达了,妈说过不再过问你们的事了,你自己掂量吧。"

江小四见到古狼,诚恳地做了自我批评,解释说自己那天掉了手机,又遇上堵车,心情坏透了。七点十分赶到剧场,没看见古狼。古狼大度地说:"没关系。我女朋友请我看电影,等到七点一分我就走了。你迟到,我早退,没缘一起看《死无葬身之地》,以后再找机会吧。"

江小四试探完古狼后,对陆承伟说:"你干吗要捧古狼这个小角色!养这么个三脚猫未入流的破诗人,不太合你的身份。"陆承伟问了详细情况,说道:"小四,你太过分了!古先生把你当个同事看,你这么耍人家才叫有失身份。他的女朋友确实出类拔萃,你何必做这种无用功呢?再说,你要真对他有意思,就不该这么对待他。文人们,都很敏感,自尊心伤不得。"江小四冷笑道:"你是不见棺材不掉泪。作家、诗人,我还认识一些,我知道他们在想什么。要不,咱们打个赌,一个星期,我要是……"陆承伟打断道:"让他跟你上床很容易。这个赌,我不跟你打。他即便跟你上了床,心不在你这里,并不能证明你很有魅力。爱占小便宜的男人很多。你要是只想戏弄他,我可不答应。现在,真正棒打不散的恋人不多见了,四小姐,你就高抬贵手,给我留下这片难得的风景吧。古狼虽然出身卑微,可他很高傲,他心里未必能看得上你我这种有家庭背景的人。有些生活在底层的人,对金钱和权力没什么兴趣。古狼的女朋友就是一个。她对我们的生活一点都不羡慕。太难得了。

古狼是个很智慧的人,他知道自己的女朋友有多优秀。小四,我承认,作为一个女人,你相当优秀。可是,你别忘了,人外有人,天外有天。你毕竟不是小姑娘了。"江小四半天没说话,最后突然冒一句:"咱们走着瞧吧。"

江小四的回答让陆承伟感到满意。他相信新的环境完全可以把古狼变成另外一个人。史天雄听了梅红雨的诉说,觉得有必要见见陆承伟。一见面,史天雄就一针见血地说道:"阁下聘一个人为自己树碑立传,是不是早了点?我看你是醉翁之意不在酒。"陆承伟有些纳罕,心里道:他的消息可真灵通啊!反击道:"听说你早搬了家,想不到你跟你老邻居的关系还挺密切。我看你还是集中精力想想如何做个好商人吧。你采取农村包围城市的方式对付那些国营大商场,就不怕失去政治上的靠山?我聘一个诗人的事,阁下想管吗能管吗管得了吗?我希望一对年轻的恋人能在我的帮助下,过上中产阶级的生活,将来甚至可以帮助他们步入上流社会,错在哪里?"史天雄冷笑道:"别人不了解你,我还不了解你?你就是把这个诗人变成你希望看到的那种人,梅红雨未必会走你为她设计的道路。我提醒你:不要在这件事上枉费心机了。"陆承伟也不示弱,说道:"我很想提醒你一句:你不再是我的姐夫了。但我在心里还是把你当一个好兄长来看。你不是万能的上帝。梅红雨将来走什么路,阁下未必有能力左右。我要做的事,没有人能阻拦我!"史天雄强硬地说:"谁都不可能为所欲为,你陆承伟也不能例外。"说罢,开着桑塔纳走了。

谁都不可能为所欲为。陆承伟也认为这是真理。陆川实业上市后的表现,让陆承伟再一次感到了个体的渺小。十元上下的股价,是无法卖出好价钱的。在这个价位上,根本无法和天宇集团进行实质性的接触。陆承伟知道,目前的当务之急,应该是为炒作陆川实业制造一系列可以爆炒的题材。《证券法》出台之后,拥有陆川实业这样一只有先天缺陷的股票,等于怀抱一枚炸弹。看来,该打资产重组这张牌了。不管是国内的大企业,还是三友集团这种跨国公司,都可以作为陆川实业的潜在合作伙伴。这几年,陆承伟在日本三友集团的乔本身上投入很多,该让这个乔本发挥作用了。

几天后,陆承伟在一家日本餐馆,单独宴请了刚刚从日本述职回到西平的乔本。

伴着日本清淡、忧郁的音乐,喝着清酒,乔本龙太郎爽快地答应了陆承伟的请求,"我们好朋友的多年,合作的大大的好。你在陆川、西平的行动,符合我们三友集团在华的战略。我们的也有投资中国西部的计划,最终的目标可以告诉你:以适当的价格收购你们的天宇。你们中国的三十六计,大大的好,瞒天过海的有,声东击西的有,暗度陈仓的也有,最后还有一个打不赢就走。我们的也需要在中国的西部的造声势。你们的大洪水,损失的不小,你们倒退的不行,还要大大的开放。WTO 的谈判,你们的政府肯定会对美国的和欧盟的妥协。美国的和欧盟的,也不会放弃中国的巨大的市场。中国的加入 WTO,不会迟过二〇〇二年。我们三友的,决定早一点进入中国,大步大步的进步。我们的帮助你,也就是帮助我们的自己。你的可以放心,你需要做什么,我们的都会满足你的。中国的法律和人的同样的重要。你的父亲的影响大大的,他的声音的中南海的能听到,我们的知道。"

陆承伟抑制着自己的兴奋,夸奖说:"乔本先生,你的中国话又有长进了。我相信我对贵公司在中国的战略会有所帮助。中国搞市场经济时间不长,一般人只相信外国大公司的实力。你帮助了我,我是不会忘记的,并会按国际惯例,付给你应得的报酬。"乔本呷一口清酒,伸出大拇指说:"你的信誉的,大大的好。中国人的很多崇洋媚外,说日本的西方的月亮比中国的圆,这是错误的。我的很佩服你,因为你在日本的也比我能干。"又伸出三个指头,"再有三年,我的就退休了。日本的竞争的,太残酷了。我喜欢中国的很多很多。日本男人退休后,大大的可怜,太太的在家掌权,儿女的看你多余……啊,那是陪伴着痛苦的漫长岁月。人生的机会的不多,我的年轻的时候,应该选择走你今天的道路……可惜,那时我太爱玩了……"端起酒杯一饮而尽。

陆承伟从来没有看见乔本龙太郎如此伤感过,又讲得如此坦诚,心里涌动着两个老朋友叙旧才会生出的情愫,陪乔本喝了一杯,"谢谢你对我的信任。据我所知,日本妇女的家庭地位很低。你为这个家贡献了很多,退休后你在家里应该享福才对。难道我的理解会有错误?"乔本把头摇得像个拨浪鼓,苦笑道:"不不不,不完全是这样。最美不过夕阳红,你们中国的电视,每天的才这样唱。日本的,和美国的一样,是老人的坟场。我们的北海道,还有一种习俗。男人女人过了六十岁生日,儿女的,要把他们背上山等死了。有个电影,讲的是这个故事。日本的男人,是日本国的国王,一点的没错。他们的少年童年的,是家里的小太阳,和中国的大大的一样。他们的上了大学,要过的是苦日子。父母的不再给他一分钱。他需要学习所有的生存的本领。从参加了工作到退休,男人的想做什么的都可以做,喝酒、旅行、冒险,找一个又一个女人取乐……女人的什么也不敢说。女人们,也有两个的人生的黄金时期。从少女时期到结婚,女人的是女王。她们的是男人们证明力量的试金石,每天的都有男人送的玫瑰和赞美诗。女人的结了婚,只能在家里生儿育女,只能容忍男人的在外面喝酒找女人。上帝的十分的公平,女人的在男人失去了工作后,又要当女王了。几十年积的仇恨,都会指向只有退休金的丈夫。儿女们从小的,跟母亲在长长的夜里等待醉了酒的父亲回家,都是母亲的盟军。老父亲的在日本,日子能好过吗?年轻时,我的脾气的不好,喝了酒回家,先要打两个儿子一个女儿,然后,像个暴君命令妻子跟我做爱……陆君,我的报应我的苦难已经不远了……"说到这里停了下来,用泪光点点的眼睛看着陆承伟。

陆承伟感受到了一种异域文化的震撼。原来每一种文化也都有各自难念的经啊。陆承伟感念乔本的真诚,本想安慰几句乔本,可又不知该说些什么。迄今为止,谈生意、谈合作,谈出了男人间的隐衷,着实值得纪念。这个时候,陆承伟根本无法想到噩梦这一类的字眼,一切都很顺利,一切都透视着温情,一切都能沾一缕人性的光辉。他举起酒杯,碰了一下乔本放在红木方桌上的酒杯,先喝了,仿佛在说:酒虽苦些,但我们必须把它一饮而尽。

乔本也喝了一杯,继续说:"这是命运,我的不能抗拒。我没能升任亚洲部的部长,我的好日子的,只有三年了。我的必须好好生活三年。陆君,我有一个愿望,我的希望你能帮助我实现。"陆承伟不假思索地说道:"乔本先生,你有什么愿望,尽管说,我一定尽全力帮你实现。"乔本的眼神里顿时挂上了神往的音符,伸出手指在红木桌上轻轻敲,好像想以此冲淡一些内心的激动,"从前,你的跳西班牙舞的女人,大大的好。我的也很喜欢。她的热情、丰满、性感,大大的好,她的有日本姑娘的安静、柔顺。她的,长了天使和魔鬼的两副面孔。"看见陆承伟脸色变了,笑笑解释说:"中国人的,我知道。朋友的妻子是圣母圣女,我的是你的朋友,永远的只能观赏你的妻子。你们三国的有个皇帝又说,兄弟的像手和脚的关系,夫妻的像身体和衣服。她的,已经不是你的女人了,很久很久以前,我看见她和一个男人散步……"

陆承伟万万没有料到乔本会对顾双凤产生了这么浓厚的兴趣,低着头干咽着,两只手神经质地搓着,艰难地说:"乔本先生,我,你说的这个女人确实已经不是我的女人了……这个姑娘早就离开了西平……乔本先生,我知道你一个人在中国工作,有时候会需要女人……我有很好的朋友在西平搞娱乐业,他可以给你找到各式各样的女人……"乔本摇摇头道："不,我的不喜欢妓女,年轻时也不喜欢。我喜欢在家里的女人,家里的。这个女人的,现在的在这个城市里。我在机场见过她,她挽着一个男人远远地走。我找不到她,我想你能找到她,你的一定能找到她。我对别的女人的,没有兴趣。"

陆承伟呆呆地看着乔本,很久没有说话。

江榕突然间提出要辞职,大出金月兰的意外。

江榕敲门之前,金月兰正和女儿讨论史天雄。金晶晶认为史天雄迟迟不来家里吃饭,是一个危险的信号,一针见血地指出："等杨叔叔从北京回来,完全是借口。他也许是在淡化你和他的关系。他不是粗心的人。他为什么瞒着你照顾他从前的女房东呢?他为什么对梅什么雨的事那么上心?他早就搬走了,为什么还对梅家最近发生的事了如指掌?妈,你可别闹出什么笑话,白担个第三者的恶名,让别人捷足先登了。"

金月兰被女儿问住了。这几个月,金月兰发现女儿真的长大了,就把公司发生的事有一句无一句地说给晶晶听。她想不到这些事晶晶都能记住,而且推演出这么一个结论,怔了好一会儿,申斥道:"你这死丫头,脑子里整天想的都是什么乌七八糟的东西!他们做了几个月邻居,关系又处得不错,关心关心这母女俩,有什么错?陆承伟把梅红雨的男朋友聘去当秘书了,史天雄怕他跟陆承伟学坏,关心关心这件事也没什么不可以。"金晶晶无奈地吐舌头一笑,"妈,你不跟我说实话,我也没办法。反正,我该提醒的都提醒到了,你和这个史天雄是悲剧是喜剧是闹剧是正剧,都不关我的事了。因为我已经尽了心。史天雄或许能算个圣人,可那个什么梅姑娘是不是个圣女就难说了。反正我觉得你这种守株待兔的办法不灵,真的不灵。"

正在这时,江榕敲门进来了。金晶晶问候了江榕,打个哈欠,进自己的房间睡觉了。江榕开门见山,马上说:"金总,我想离开'都得利'。"

杨世光回北京办离婚手续,金月兰是知道的。下午,江榕去接杨世光的时候还是满面春风,只过了几个小时,怎么会突然提出辞职呢?金月兰问道:"为什么?"江榕沉着脸说:"不为什么,我不想干了。明天我会把辞呈送给你。"金月兰冲动地说:"我不同意!到底出了什么事?是不是因为世光?小江,你说话呀!"

江榕红着眼圈说道:"你别问了,我不会告诉你的。我就是不想干了。"说罢,掩着脸拉开门走了。

金月兰急得在客厅转了几圈,拿起电话,拨了两下又放下了,自言自语道:"我要找他谈谈。问题肯定出在杨世光身上。杨世光和江榕的事他为什么不管?"

史天雄一直关注着杨世光和江榕双边关系的发展。搬到明光村小区后,江榕常来帮助他们两个男光棍做些家务。史天雄除了当面夸奖杨世光外,也为两人提供了不少单独在一起的机会。不过,江榕要是晚上来,史天雄总要陪他们一起说话。杨世光是有妇之夫,江榕是未婚老女青年,史天雄不便理直气壮支持他们发展特殊的男女关系。在史天雄心里,有些原则是不能破坏的。如今,杨世光专程回北京办离婚手续,江榕又主动去火车站接了杨世光,史天雄便给杨世光留个条子,主动回避,把完整的空间和整个晚上都留给了杨世光和江榕。除了在纸条上写了"晚十点以后回来"之外,史天雄本想把自己的钥匙也"遗忘"在一个显眼的地方,后来想想这叫过犹不及,才作罢了。史天雄在二哥陆承业家里呆了整整一个晚上,帮助陆承业又把全员推销的计划仔细推敲一遍。无法获得银行大笔贷款,也就无法利用传媒发动强大的广告宣传攻势,实行全员推销在经营上、开拓市场上,已有那么一点抓最后一根救命稻草的意味了。史天雄不忍在这种关键时候说泄气话,整个晚上,基本上都在听陆承业构想全员推销成功后红太阳复兴的蓝图。

　　回到明光村小区单元房,已是深夜十一点半。杨世光勾着头,坐在床沿上,大口大口地抽烟。史天雄探头看见床上的被子依然是个有棱有角的豆腐块,开玩笑道:"战场打扫得很及时,也很干净。"杨世光一声不吭地坐着。史天雄看见杨世光脚下的地板上躺着歪七竖八的烟头,忙走进去,吃惊地问道:"战局不利?出了什么问题?"

　　杨世光踩灭了扔下的烟头,长叹一声,"命运,命运。战争没有来得及发生,已经结束了。"史天雄探究地看看杨世光,"不会吧,小江不是那种脾气古怪的老处女,对你也是早动了真情的。现在一切障碍都消除了……是你分寸没把握好,把人家吓跑了吧?"杨世光苦笑道:"错了。我根本没有离婚,这一辈子恐怕也离不成婚了。小江还年轻,我不能把人家耽误了。"

　　史天雄像看一个怪物一样盯着杨世光,"是她变卦了,还是你变卦了?"杨世光神经质地笑笑,又点了一支烟,"我自己变卦了。都告诉你吧,我不想让你像审犯人一样审我。她计划和我离了婚,春节就和那个人结婚。半个月前,那个候补丈夫让她做婚前检查,一查,查出一个白血病。候补丈夫一看化验单,躲着不见了。以前,她说她离不开儿子,我也同意。这一回,一见面,她就说让杨光跟我过。我一追问,她都说了……你说,我能在这个时候跟她离婚吗?这病当然是绝症,不治,半年一年也就没这个人了。可,可我能不给她治这个病吗?她们商场这几年很不景气,总经理说了,商场只能尽尽人道主义义务,只报销百分之十的药费。可要花血本治这个病呢?做做骨髓移植术,每年换一次血,活十年八年的病例,也不是没有。让江榕等我十年八年?现实吗?长痛不如短痛,不如让江榕死了心。"说罢,一手撑着窗子,头在墙上撞出一声声闷响。史天雄抽了半支烟,伸手拍拍杨世光的肩,"这是一个正确的选择。下一步怎么治疗?小杨光怎么办?"

杨世光转过身,瘫坐在床上,"这学期没几天了,下学期准备让他来西平读书。治疗?我不知道怎么治。她两个哥一个妹,都不愿意给她移植骨髓。大哥说他要养一家三口,让我给他存三十万,他才肯上手术台。小妹说她婆家人都不同意,她这一辈子只能依靠这个婚姻了。二哥倒很干脆,只说三个字:不愿意。总不能从儿子身上抽骨髓吧?再说,他未满十六岁,骨髓没法用。遇上这么自私寡情的兄弟姐妹,我有什么办法?走的时候,我留了话,医疗费由我承担,到底移植谁的骨髓,由他们商量。否则只好碰运气,看看有谁捐的骨髓能给她移植了。"

史天雄没再说什么,下楼到夜市买了点下酒菜,拎一瓶二锅头,回来拉杨世光喝了几杯。

第二天一上班,金月兰拿着江榕夜里龙飞凤舞写的辞职报告,进了史天雄的办公室。史天雄拿起辞职报告看看,说道:"这件事由我来处理吧。"金月兰憋了一肚子的话,都没有说出来。

一个小时后,史天雄带着江榕穿过银杏林,来到锦江边上。沉默了一会儿,史天雄说道:"去年这个时候,在这个地方,我第一次萌发了来'都得利'的念头。经过这一年的实践,我认为我做出了一项正确的选择。我相信,明年这个时候的'都得利',会变得更有前途。你是燕市长亲自做主考官聘任的'都得利'中层领导,这几个月,经过你的努力,你实际上已经进入了'都得利'的核心领导层了。我和金总对你非常满意。我实在想不到你会用一纸辞呈,评价你在'都得利'这几个月的工作。你不会不知道,年底到年初的三个月,对商业零售公司意味着什么。一句话,'都得利'不想失去你。"江榕低头看着缓缓东去的江水,淡淡一笑,"史总,我不是一个轻易就改变主意的人。你们能这样挽留我,证明我当初选择'都得利'没有选错。可是,我现在决定再换一个活法了。"

史天雄也不看江榕,自顾自地说:"我坚信你在西平,无法找到第二个能这么充分发挥你的潜能的单位和职位。从某种角度,我把'都得利'看成一个同仁和同志公司。这样一句语录,也能用在'都得利'身上:我们来自五湖四海,为了一个共同的目标,走到一起来了。这样一种公司的价值,日后会被更多的国人发现,目前,它是有点另类。是的,社会确实越来越务实了。可我认为一个社会绝对不会永远停留在单纯的物质狂欢阶段,它肯定还会发展、变化。"江榕接一句:"史总,我从来没有怀疑过'都得利'的前途。我现在只有一个要求:请求你们尽快批准我的辞呈。"史天雄大笑起来,转过身看着江榕说:"其实,你要是真的对'都得利'彻底绝望了,想离开'都得利',根本用不着递交辞呈。'都得利'不过是个私营股份制商业零售公司,无法注销你的户口,无权收回你的住房。俗一点说,你拍拍屁股走了,我们对你有什么办法呢?我知道你为什么要辞职。"江榕轻叹了一声,"或许我真应该不辞而别。"史天雄道:"小江,这样吧,我给你讲个故事,听完后,辞不辞职,由你决定。你要是执意辞职,明天公司给你开欢送会。"

江榕无奈地摇摇头,"你讲吧。"

史天雄抬眼看看天空,"往前推二十年,中国处在一个极度精神狂欢的时期。那时候,军人特别是打过仗、立过战功的军人,曾经做过一段时代的主角。"江榕笑道:"我不是小姑娘,对那段历史不陌生。你和金总那时候都是大明星。可惜那时传媒不发达,否则你们不知道会拥有多么庞大的追星族队伍。"史天雄开玩笑道:"我讲讲背景,是怕跟你有代沟。你不陌生,就好办了。那时候,我们也遇到很多追星族。也许是人老了,常有怀旧情绪吧,我觉得那时的追星族比现在的追星族,更真诚,也更投入,特别是那些女性追星族。战争结束后,我和我的战友们都收到了很多姑娘们的求爱信。我们侦察连,一排长和我收到的求爱信最多。一排长收到七百二十二封,我收到六百八十一封。"江榕接道:"这么精确?"史天雄道:"这些数字早就镌刻在脑子里了,我认为那个时代有许多让人迷醉的地方。在医院里,我们这些坐着轮椅、拄着拐杖的劫后余生的战友,在这些从祖国四面八方飞来的、沾染着少女、姑娘们芬芳气息的信件里,寻找到了人生实实在在的意义。多数来信里面都附有玉照。这些照片伴我们度过了许多养伤的难挨时光。当时,我已经结了婚,只能写一封封回信,说明自己的身份。看着战友们拿着照片比较来比较去,我的情绪挺低落的。"江榕抿嘴笑道:"后悔结婚太早。"史天雄道:"也不全是后悔。有些信写得文采斐然,有些信写得情深意长,明明能判断出这个姑娘十分优秀,却无法继续跟她们深交,感到有些遗憾。长话短说吧。后来,一排长从这七百二十二个姑娘中,仔细挑了一个做了妻子。那时候,我们都特别的单纯。后来,再后来,这个曾经非常理想主义的姑娘……"江榕已经明白了史天雄的用心,打断道:"后边的故事我替你讲吧。这个姑娘先做了红杏出墙的媳妇,继而又想飞到王侯将相家。我只是不明白,有的人吃烂杏也会上瘾,好像离了烂杏,就没法活了!这种优柔寡断的人,能打胜仗,还当了功臣,真是奇迹。"

史天雄一听这话,心里有数了,皱着眉头说道:"这个故事的后半段,要比你想象的复杂。出墙的红杏,这些年给一排长带来了无尽的屈辱和悲哀。烂杏就是烂杏,不是戒不掉的海洛因。他也知道仙桃对他的后半生意味着什么,他很珍视他生活里出现的仙桃。我作为一个见证人,也非常希望这株仙桃能成为慰藉他受伤心灵的一片风景。一切都在往好处变化,我很替他们高兴。可是,就在上个月,这株早就想搬家的杏树,得了绝症。"

江榕咬着嘴唇思索了一会儿,问道:"什么病?"

史天雄道:"白血病。没有人要这棵得了绝症的杏树了。一排长也可以不要。但是,他做出了一个决定:尽自己最大的力量,挽救杏树的生命。我不认为这个决定是优柔寡断的产物。它是一个真正男人的惟一选择,惟一正确的选择。毕竟,他们一起走过了许许多多岁月。当然,这个选择是要付出代价的。也许,那株仙桃,从此只能生长在九天之上的蟠桃园里了……这个代价实在太大,还要'都得利'失去一员大将。"江榕冲动地说:"这个混蛋!自己没嘴?我找他去。"说着,转身要走。史天雄喊道:"等等。他现在正在去上海的火车上。元旦和春节,免不了要打一场商战,他去准备货源了。"从口袋里掏出江榕的辞呈,"这个东西,你准备怎么处理?"

江榕一把抓过辞职报告,揉成一团,朝江里一扔,昂着头走进银杏林。史天雄抬头看看西平难得一见的冬日的太阳,张着嘴,像个孩子一样笑了起来。

这个多雨多雾的冬天,注定要让顾双凤铭记一生、痛恨一生。

这个多雨多雾的冬天,注定也要让陆承伟铭记一生、痛悔一生。

顾双凤花了三十万,并没有买来母亲的生命。五十五岁的母亲只与癌症抗争了三个月,就病故了。顾双凤万万没有料到母亲最感遗憾的事情,竟是没有看到顾双凤与陆承伟结婚。弥留之际,母亲念叨的都是陆承伟的好,临终前惟一叮嘱的一件事,竟是希望女儿不要错过陆承伟这桩好姻缘。搞得顾双凤哭笑不得,又不忍对母亲说破,只好点头答应。四年前,陆承伟到金华过过一个春节,给顾母和顾家的亲戚们留下了深刻的印象。顾双凤离开陆承伟两年多,陆承伟对顾双凤依然如故,还出两百万送她到演艺圈,这种表现简直无可挑剔。

办完丧事后,顾双凤在金华北郊花三十万买了一套四室一厅的单元房,决定从这里开始新的生活。她希望那些痛苦的往事会随着时钟的滴答声有一天会消逝于无形之中。然而这种平静的生活没过几天就破碎掉了。大表姐带着孩子来哭诉一场,顾双凤答应借给她八万元,购买过了这个村再没有这个店的最后一批福利房。这件事拉开了亲戚们频繁来向顾双凤借钱的序幕。开始的时候,顾双凤只是惊诧自己直系非直系亲戚的普遍贫困。今天借给二舅家大表哥五万元开商店,明天借给大舅家二表哥六万元开工厂。等到二叔家的堂兄堂弟也以各种名义来借钱时,顾双凤才知道什么叫患不均。手掌手背都是肉,你既然能关照母系亲属,总不能眼睁睁看着父系亲属生活在水深火热之中不管不问吧?可是区区二百万元根本无力帮助所有的穷亲戚都实现自己的梦想。弟弟顾双龙闻讯从杭州大学赶回金华时,顾双凤的账上只剩下七十二万了。不到一个月时间,各种亲戚从顾双凤手里借走了六十八万!

顾双龙愤怒了,指责道:"姐!你怎么不长脑子呢?你也不问问我,哪些人可以借哪些人一个子儿也不该借给他?你在北京的那些年,我们有这么多亲戚吗?你在歌舞团的两年多,妈病了,有几个内侄外侄到病床前看过?你借出去这些钱,多半都变成打狗的肉包子了。除了大表姐家贫穷些,两个舅舅家的表哥表姐们,哪一家没有三五十万存款?"顾双凤像个做了错事的孩子,说道:"每个人来了,都说了一大堆困难,一把鼻涕一把泪的……我心肠软,你又不是不知道。再说,给了大表姐,大表哥来了,我能不给吗?"顾双龙冷笑道:"怪不得你的数学总考不及格。我再晚回来几天,你拿什么钱供我上大学,我要到美国自费留学,你拿什么供我?当然,这些钱是你挣来的,我无权过问。可你别忘了,妈临终前给你交代了什么话。"

顾双凤检讨再三,最后给弟弟存了五十万,姐弟间的这场冲突才算平息了下来。

经过这场变故,顾双凤对陆承伟的怨恨,竟莫名其妙地减弱了很多。想想,顾双凤就觉得奇怪。存折上只剩二十二万了,顾双凤感到了危机。接到何大壮的电话,顾双凤想都没想,就答应演《乱世情缘》的女三号了。这个剧也要在西平拍摄。顾双凤这个时候才意识到,陆承伟在她的心目中确实有不可替代的地位。她想起忘了在哪个场合听到的一个比喻,说一个杰出的女人,内心世界就好比一个五星级宾馆,备有各种不同等级的房间和床位,供不同身份、不同量级的男人居住,一般的男人根本没能力进驻五星级宾馆,优秀的男人可以住标准间,杰出的男人可以住在单间,因为奇缘遇到的男人可以住在套间,在这个女人一生中产生过重大影响的男人可以住总统套房了。陆承伟占据着顾双凤的总统套房吗?顾双凤认为陆承伟不配享受这种待遇了。但她也承认,陆承伟决不是偶尔在标准间住一晚的匆匆过客。

飞到西平,顾双凤才知道自己演的女三号是个什么角色。她最早是个交际花,后来做了男一号的小妾,再后来干脆堕入风尘变成了一个不入流的妓女。男一号又是由钱林扮演。这让顾双凤感到滑稽和无奈。所幸这个叫翠花的女人,一直被一个英国传教士的儿子热烈地爱着,在生命最黑暗的时候,终于在那个执着的西方金发男青年那里发现了真爱,最后在悬崖边上站住了。内心高傲的顾双凤实在不愿意扮演这一类角色。大胡子导演何大壮说话了:"双凤,你要想成为一个杰出的女演员,应该能够扮演任何身份的角色。剧本赋予翠花的戏很多,这个人物我也很喜欢,只要你能够正常发挥,将来谁是这个剧的女一号,还另说呢。郁虹在表演上的前途,没法跟你相比。"因为《你我都风流》还在审查的程序里打转转,顾双凤在演艺圈里还算个新人,加上这次演的又是女三号,顾双凤的片酬只有区区每集税后四千元。何大壮这样解释说:"双凤,演艺圈,你想当爷,必须先学会当孙子。副导演,我都干了八年。最后三年拍戏,我都是挑大梁,最后桃子都让挂名的导演摘了。能忍耐,也是一种功夫,四千块和十万元相比,是少了点。可上一部戏,情况有点特殊。双凤,你要相信我的判断,这两部戏只要一播出,你就是一腕儿了,片酬绝对不会在郁虹之下。你现在只要忍耐,未来肯定属于你。"

顾双凤选择了忍耐,在合同上签了字。她也需要钱。

从女一号到女三号,从每集十万元片酬到每集四千元片酬,中间的落差比从小康到困顿还要大,顾双凤从中也看出了人生的本来面目。与顾双凤演对手戏的,是一个叫丹尼的瑞士留学生,不刮胡子看上去有四五十岁,胡子一刮又像一个十七八岁的小男孩。丹尼的独特之处,是他那双深潭似的蓝眼睛,发出天使般的光芒。这是导演何大壮对丹尼的评价。顾双凤只是觉得这个丹尼看女人十分投入,喜欢看女人的眼睛,和别的男人没什么两样,仗着西方的文化背景,还喜欢当着面一遍又一遍重复赞美她的美丽,也许是他的中文研修还没有毕业的缘故,赞美的词只有"漂亮"、"美丽"有限的几个,偶尔也会说一句:"你的眼睛很忧郁。"丹尼的普通话说得不错,何大壮决定不再为丹尼配音,就让顾双凤先辅导丹尼练练台词。这项工作十分枯燥,做了两天,顾双凤已有点厌烦了。顾双凤不是合格的小学教师或者幼儿园阿姨,她无法把丹尼和天使联系起来看。毕竟丹尼是个成年人了,如果不是冬天,丹尼的目光肯定也会变得实用起来,抚摸她的领口、胸部、腰部和臀部。这时候,顾双凤厌倦了所有的男人。当然,她的这种心态与钱林整天与女主角郁虹形影不离有关。

既然是天下乌鸦一般黑,为什么自己对陆承伟脚踩两只船不能容忍呢?顾双凤又下意识地为陆承伟辩护起来。终于,她忍不住拨了齐怀仲的手机。齐怀仲在电话里说了很多,详细讲了陆承伟捐款为家乡修路的事。

这天下午,顾双凤穿着黑衣,受一种神秘力量的驱使,去了锦绣中华园。熟悉的房门开着,门前没有停放那辆同样熟悉的奔驰600。他们肯定办事去了。门为什么开着?陆承伟是不用保姆的,谁在家里?顾双凤认定这房子里肯定有一个女人。在栅栏墙外站了很久,不见那个女人出来。顾双凤终于忍不住了,她咬咬嘴唇,朝那洞开的门走去。她想见见这个女人。为什么?不为什么,她只想见见这个女人。

通道两边的草依然翠绿。顾双凤亲手栽下的樱桃树好像长高了不少。叶子都落光了。二楼阳台上摆放的吊兰和云竹都枯死了。阳台里面就是她曾经居住过的房间,顾双凤心里道:这个连花草都不爱的人,真是该杀。

顾双凤低着头进了门。环视四周,一切都是那么熟悉。顾双凤莫名地感到鼻尖发酸。

抬起头,她看到了挂在像框里的女人,她禁不住似的后退一步,仔细看看像框里还带着些许孩子稚气的女人,面部肌肉神经质地抖动着。她在心里恶狠狠地骂道:这个魔鬼,开始包养中学生了。

一个几乎是歇斯底里的声音,冲出了喉咙,"有人吗?"她决定和这个中学生谈谈,好好谈谈。现身说法地和这个女中学生谈谈,谈谈自己的历史和现在,谈谈这个女孩子的未来。

# 第 十 七 章

陆承伟听到一声女人的尖叫，放下手中炒作陆川实业的详细计划，打开房门，走了出去。

顾双凤万万没有想到陆承伟会在家里，仰着脸，张着嘴愣住了。陆承伟也万万没有想到顾双凤还会出现在自己家里，也站在二楼的楼梯口呆住了。几分钟前，他刚刚用红笔在计划书上"三友集团"旁边打了个问号，马上就看见了顾双凤，真是撞见鬼了！想到乔本提出的无理要求，陆承伟的心狂跳起来。他扶着栏杆，从内楼梯转下来，心里平静了许多，颤着声音招呼道："小凤，没想到是你。坐，快请坐。"

一个弃妇怨妇，不请自到，实在太丢面子了。顾双凤把心一横，跷着二郎腿坐在沙发上，点了紫罗兰香烟，眯着眼看着陆承伟，"乔妮也成为历史了。啧啧。听说你又包养个女中学生，好奇，路过这里，就想看个风景。"抬头看看墙上的照片，"长大了肯定是个绝色佳人。十五？十六？绝对不会超过十八。她在不在家？要是在，叫出来见见。"陆承伟扑哧笑将出来，"包养中学生？马路消息可真能编。她的年龄可以当你阿姨，不，要是早婚，她能把你这么大的女儿生出来。"顾双凤仰着头，吐几个烟圈，猛地又吹出一根烟柱射向烟圈，格格格地笑道："陆承伟到底是陆承伟，真会玩呀，大姑娘小媳妇玩腻了，开始玩阿姨和老妈子了。认识你这么多年，没发现你还有恋母情结。"

陆承伟的眉头紧锁住了，心里开始犹豫起来。这个女人确实已经彻底堕落了,无可救药!沉默了一会儿,陆承伟笑道:"你没发现的东西多着呢。还有人特别喜欢玩丑女人。人生如梦,应该抓住这几年遍尝百味才对。到六十岁,我还有不到六千天,现在不抓紧行乐,到那时候后悔也晚了。你从现在到更年期,也只有六千天左右了。六千天,可真是一晃就过去了。上次失手打了你,骂了你,实在不应该。我没有权力打你骂你,我就是你的丈夫,也没有这个权力。今天,我正式向你道个歉。剧组散了,你和那个男一号还有联系吗?"

顾双凤耸耸肩,"这种赤裸裸的谈话,真他妈的愉快。那个王八蛋钱林已经走进历史了。你可能还不知道,我又接了一个戏,演女三号。先当交际花,再当小老婆,最后当下等妓女。这种戏演起来肯定很过瘾。编剧真他妈的有意思,还给我设计了一个西洋情人。这个金发碧眼的情人,在中国的乱世,追踪我整整六年,不管我的身份怎么变,他都是一往情深、痴情不改。可惜现在中国的影视审查制度太严格了,拍床上激情戏只能作假。中国人有多少男女睡一起穿睡衣的?亿万富翁陆承伟自己喜欢裸睡,也要求女人裸睡。遇到你之前,我总是戴乳罩、穿背心睡觉,近墨者黑,现在我穿个内裤上床,都觉得它多余。在这个戏里,只写了一场我和这个洋情人的床上戏。太少了。不过你放心,我不会放过体验洋人床上功夫的机会的。这个丹尼是瑞士人,在西平大学留学,一米八几,比你高一点,也比你壮一点,只是看上去还像个大孩子,真不忍心去诱惑他。这两天,我正教他练台词呢。其实,我早想开了。经你陆承伟培育的女人,不吃青春饭能干什么?杀一个人,枪毙,杀十个人也是枪毙,杀五十个人,不也是枪毙吗?老师,你说呢?"

陆承伟闭上眼睛思想一会儿,仍在犹豫着。这种毫无廉耻的话,竟从她嘴里说了出来,太让人失望了。顾双凤停下来,认真看着陆承伟,好像是在等待某种评价。她希望陆承伟会生气,会大怒。陆承伟没有生气,夸奖道:"不错,你的进步真是太大了。是的,杀一个是杀人,杀一百个人也是杀人。这种角色你也会演,多少有点出乎我的意料。能不能告诉我,你在这个剧里片酬是多少?"

顾双凤神经质地笑了起来,"很便宜,三十集,我只能得十二万。我承认,陆承伟毕竟只有一个。我还得谢谢你准时付给我两百万。实际上,我从来没有把这两百万当成片酬来看。它只是你付给我的包养费,用这种方式付给我,我有了面子,你的良心也不用嘀咕了。很好。实际上,这一回才是我的处女演出。四千块一集,不算少。我知道,在你面前我永远都是个穷人。我也不向你隐瞒,我需要挣很多很多的钱。你也知道,我有很多穷亲戚……我喜欢这种挣钱的方式。"

既然她已经变成这样一种人,还顾忌什么呢?人,有时也可以当做资本来使用。一股邪念顿时把陆承伟攫住了。他站了起来,在顾双凤面前踱了几步,几乎是背对着顾双凤,一咬牙说道:"双凤,我相信你能挣很多的钱。像你这样杰出的女人,只要想挣钱,太容易了。"顾双凤说道:"再给张承伟、李承伟当二奶吗?等我在演艺界大红大紫后再说吧。要卖,我也要卖个好价钱。一年卖不了两百万,不是辜负了你十年的培养?"

陆承伟的心彻底冷透了,"双凤,再提过去的事,还有什么意思?难道我们做不了朋友,还不能做个合作伙伴?几年前,我见过你说的那些穷亲戚,他们没给我留下什么好印象。我想给你提供一个……"干咽了几下,"一个轻轻松松挣钱的机会……这要比你拍电视剧轻松。这,这也算是跟我合作吧。"顾双凤一脸轻松,说道:"吞吞吐吐干吗?你还没看出来?只要能挣钱,我什么交易都愿意跟你做。我是个表里如一的人。在你面前,我没法立什么贞节牌坊了。说吧。"陆承伟转过身,"那好。乔本先生,你还记得吗?

三友公司中国课课长。你对他应该有点印象……"

顾双凤抬起头,警觉地看着陆承伟,"是不是那个长着冒火的鱼眼睛,眼神会、会解女人衣扣的日本老头?"万事开头难,一旦开了口,什么阻碍都不存在了。陆承伟的目光游弋着,用很快的语速说:"非常形象。乔本先生看过你跳西班牙舞,至今念念不忘。他,他很想,单独,单独看你跳一回……"说着说着,又结巴起来。

顾双凤脸色变得惨白,慢慢站了起来,嘿嘿嘿地朝陆承伟笑道:"跳舞?单独看我跳舞?陆承伟,他真的只是想看我跳舞?你,你用眼睛看着我!看着我……"突然间歇斯底里发作了,"你他妈的真让人恶心!你他妈的真是个冷血动物!我,我总算做过你,你几年……情,情妇吧!你记着,是你他妈的把我毁了!毁了!!"扬手重重地打了陆承伟一个耳光,流着泪,掩着面,疯也似的跑走了。

陆承伟呆呆地站在客厅里,神情木然。

下雨了。

顾双凤走在冬天细密的冷雨里,任凭泪水雨水在脸上淌着淌着。不知走了多久,她的神智开始清醒起来。他怎么能这样对待我?我用十年的爱,换来的竟是这样的一个结果?顾双凤实在不甘心。我要看看一个人的心到底能黑到什么程度!我要看看,我一定要看看我爱了十年的男人到底是个什么东西。这时候,顾双凤的思维完全进入了一个狭窄的单行道,再也无法回头。我已经让他毁了,毁了,我要看看他敢不敢把我剁成肉馅,包成人肉包子换钱!想到这里,顾双凤拦了一辆出租车。

陆承伟看见顾双凤怪笑着又回来了,把雪茄朝烟灰缸里一扔,站起来道:"大路朝天,各走半边。双凤,我们已经各不相欠了。何必硬要搞得两败俱伤呢?我最近很忙,投下去的一个多亿要打水漂了,请你……"顾双凤在陆承伟的对面坐下来,"对不起,刚才我太激动了,不该打人。我是来谈你刚才说的那笔交易的。你不欢迎了?"陆承伟实在无法抵御三友集团参与炒作计划的巨大诱惑,低头道:"艺妓表演,在日本到处都能看到。看看艺妓表演,在日本是很一般的社交活动……"顾双凤冷冷地打断道:"用不着跟我上日本文化课。现在我们谈的是交易,没必要装出良心还在嘀咕的乖模样,这样做太伪善了。我可以去跳这场舞,去他家里,是卖艺还是卖身,恐怕也由不得我。这也算是不小的交易风险吧?出场费由谁来付?不说清楚,日本鬼子日后赖账,麻烦太多了。我不像你,有几个护照,还有几个绿卡,可以随时到东京要账。"

陆承伟心底深处残留的一点顾虑烟消云散了,用公事公办的口气说道:"乔本给不给出场费,我不清楚。你去表演舞蹈,算是为承伟实业工作,应该有丰厚的报酬。"顾双凤感到了彻骨寒冷,心里骂道:黑透了,他的心真的黑透了。放肆地笑了几声,"你真直率。我明白了,我这次演出,肯定会给你带来巨额利润。我想知道,你准备付给我百分之几?"陆承伟的口气也强硬起来,"双凤,你开个价。"

顾双凤已经感到彻底绝望了,强撑出一副玩世不恭的样子,说道:"这种交易,自然是你开价钱,我看合不合适,然后再进行讨价还价嘛。"陆承伟从牙缝里挤出两个字:"十万!"顾双凤身子朝前一倾,"陆先生、英镑、美元还是人民币?"陆承伟的口气也变得冷酷起来,"演出一个晚上,十万人民币已经不少了。你拍三十集破电视剧,只能挣十二万人民币……"顾双凤突然站起来大笑起来,"这次讨价还价,真能让我记一辈子!太精彩了,太刺激了!我记得你去年说过,千万以下的投资,你已经不再过问了。对了,这肯定与你刚才说要打水漂的一个多亿有关。我还记得你说过,纯利润不足百分之五十的项目,你从来不做。我的算术从来没有考及格过,可我还能算出来你这个项目至少能给你带来五千万的纯利润。我的身份多少也有点特别。如果你不是感到山穷水复,你也不会让你的前情妇亲自出山搞色情公关。当然,别人也不知道我们已经情断义绝了。这个美人计能给你带来五千万人民币的利润,你只付给我十万元人民币,拿得出手吗?你不怕别人知道了笑话你?"

陆承伟也站了起来,"你还个价吧。"

顾双凤完全进入了角色,伸出一个指头,"十万美元,少一美分,免谈。今天是我生命中最特殊的日子,过了今天,也免谈。"

陆承伟铁青着脸,拨了一个电话,用日语说一会儿,放下听筒道:"我答应你。你要多少订金?乔本先生要请你吃晚饭,你决定吧。"

顾双凤下意识地闭了一下眼睛,叹口气道:"你用不着告诉我他的诚意了。这是命,我抗不过……你陆承伟的信誉还是不错的。演出结束,你再付钱吧。"

陆承伟打了一个电话,要一个叫老二的人把卡迪拉克开过来。两个人谁也不说话了。客厅变得像坟墓一样死寂。大摆钟突然当地响一声,惊得两个人的身子都抖了一下。这个相互折磨的游戏已经变成招招见血的肉搏了。此时,双方都是箭在弦、刀出鞘,无法知道自己伤在哪里。过了一会儿,一个戴着墨镜的中年壮汉进来了。

陆承伟马上站了起来,"老二,马上把这位顾小姐送到乔本先生那里。你在楼下等着,再把顾小姐接回来。"

没等老二答话,顾双凤突然说:"不!我还有个条件。你亲自开车送我过去,然后再把我接回来。"陆承伟恶狠狠地看着顾双凤,"你把我当猴耍呀!"顾双凤凄然一笑,耸耸肩道:"一切都结束了,你不觉得你送我过去,这个故事才更加完满吗?你不送我,不接我,这个结局多没意思?虎头豹肚都有了,你就加个凤尾吧。"转眼间已是泪光点点了。

陆承伟转过脸,说道:"你走吧,就算什么都没发生。"

顾双凤呆站了一会儿，咬咬嘴唇道："我不再为难你了。陆承伟，你记住，你再活三辈子也应该记住，我今天走这一步，也是想帮助你。信不信，你都先记住吧。走吧。"径直出了客厅。老二也跟了出去。

坐在卡迪拉克上，顾双凤忽然间想到不知在哪里看到的一篇文章。这是一篇研究强奸案的文章。作者认为，如果女方不放弃抵抗，如果男方不采取暴力致女方丧失抵抗能力，强奸是没法实施的。作者发现，百分之九十的强奸案，都是因为女方根本没作抵抗才发生的。顾双凤想：如果他真要动粗，我就让他好看。一个视死如归的人，什么都不怕。想到这里，顾双凤对老二说："先找个商场，给我买把弹簧水果刀。"

齐怀仲开车从陆川回来，在锦绣中华园南出口，与卡迪拉克相遇了。看到车上坐着顾双凤，齐怀仲心里顿时一紧。陆承伟那天回到家，曾说起过乔本提了无理要求。几天前接到顾双凤的电话，齐怀仲也忘了问顾双凤在哪里打了电话。现在，顾双凤坐在老二的车上，到底出了什么事？回到别墅，顾不得汇报陆川之行的情况，齐怀仲先问道："双凤是不是来过？"陆承伟低头抽着烟，没有回答。齐怀仲感到不妙，凑过去，"承伟，你告诉我，老二要把双凤送到哪里？是不是把她送到乔本……"声音越来越小了。

陆承伟干搓着脸，长吁一口气，"乔本这个混蛋……"齐怀仲承受不住似的，晃了两下，扶着沙发坐下，颤抖着说道："太过分了，承伟……你和双凤，毕竟有十来年……一日夫妻百日恩，你，你不该这样对待她……"陆承伟用力一拍茶几，"你让我怎么办？证券法明年七一出台，明年五月份卖不出去，这一个多亿就算白扔了。没有大题材，谁帮我们炒？股价不到二十，王传志肯接手吗？这是一个链条，一环断了，全盘皆输。你可以问问她，是不是我逼她去的。下午，她像一个幽灵一样，突然间站在那里尖叫，开口就要见我包养的女中学生……这回她要演交际花、小妾、下等妓女,甭提有多兴奋了。嫌我们的影视审查制度太严,跃跃欲试要拍三级片的样子……你没听她刚才是怎么跟我讨价还价的,开口就是十万美元呀。人,会变,她早不是以前的顾双凤了……"齐怀仲流着泪,痛心地说:"我只是觉得双凤这孩子不该走到这一步。两百万,省着点花,怎么也能平平安安过一辈子。真不该让她去演电视……"陆承伟用力拍拍自己的脑门,"世上没有后悔药。你以为我心里好受吗?乔本这混蛋,要是敢耍我……你去给双凤开一张一百万的支票……或许她吃吃饭,跳跳舞就回来了……她需要钱,给她加够一百万吧。我,我还没有来得及问她妈的病现在怎么样了。她妈对我很好……"

齐怀仲摇摇晃晃站起来,"她妈已经去世了……"朝楼下的工作间走去,嘴里喃喃自语着:"多好的一个孩子,怎么会走到今天呢……可惜,真可惜……"陆承伟张着大嘴,呆呆地望着客厅的大吊灯。

两个人都没有吃晚饭的心情,相对无言,坐在客厅里,盯着静静躺在茶几上的支票,等待顾双凤归来。九点钟过去了,窗外、门外,只有一阵强一阵弱的风声和雨声。十点钟,齐怀仲的心理崩溃了,抽咽了几声,指着屋里的摆设,痛心疾首地说:"这些家具,这些灯具,这些小摆设,都是双凤挑的呀!位置都没有变过。承伟,你说说,除了墙上这照片,哪一样东西,没有浸透双凤的一片爱心?那套布艺沙发,是她专门为我买的呀。我有轻微的腰椎间盘突出病,不能坐太软的沙发……你看看那三个空花瓶,双凤在时,那些鲜花每天给我们带来多少好心情?承伟,离了三友的支持,我们真的就没办法了?你给乔本打电话,让双凤回来,你快打呀——"

陆承伟像个雕像一样坐着,毫无表情地说:"该发生的,已经发生了。一切都无可挽回了……"齐怀仲再也撑不住,捂着脸,跑回自己的房间,蒙着被子,嚎啕大哭起来。

独自坐了一会儿,陆承伟拖着灌了铅似的双腿挪到楼上。他木然地看着贴着著名的卡通笨猫汤姆照片的门,默默地掏出一串钥匙。他打开门,打开房间的灯,愣愣地站在门口。双凤的房间完整地展现在他的眼前。墙上,挂满了陆承伟不同时期的大幅照片。一个小小的相框,冷落在小写字台的一角。陆承伟走进去,拿起相框,伸手拂去玻璃上的灰尘,顾双凤十九岁灿烂如阳光般的笑容,猛地在他眼前绽放了。

如烟似雾的往事清晰地在陆承伟的脑海里重现了。

陆承伟坐在北京月季皇后西餐馆吃西餐。顾双凤端着一盘水果沙拉,走着和别的女招待很不相同的步子,给邻桌的客人送菜。突然,顾双凤脚下一滑,一个趔趄朝前面栽去。陆承伟眼疾手快,探出身子伸手迎了过去。水果沙拉扣在陆承伟崭新的皮尔·卡丹西服上,顾双凤刚好倒在陆承伟的怀里。顾双凤看看陆承伟的西服,红着脸吐吐舌头说:"先生,你不会让我赔你的西服吧。"陆承伟笑着道:"你不像是个职业女招待。罚你给我洗一次衣服,可以吧?"顾双凤在胸前画着十字,长吁一口气,"阿弥陀佛,洗十次我都愿意。你这西服真让我赔,我只好在头上插根稻草把我卖了。你的眼光真毒辣。我是个冒牌货。我们舞蹈学院毕业班要排个大舞剧,分配我扮演女招待,不来体验体验怎么能行?谁知第一天就出了这事……先生不会找餐馆的经理吧?这会砸了我朋友的饭碗。"陆承伟笑道:"你看我像是一个爱打小报告的事儿妈吗?"顾双凤给陆承伟作了个揖,"谢谢谢谢!汇报演出时,我一定请你来看。"

一个月后,两个人已经成为无话不谈的朋友,至少顾双凤做到了无话不能对陆承伟说。

枫叶泛红的时候,顾双凤已经不计后果,办了停薪留职手续,留在陆承伟身边了。

当时,陆承伟在北京没有买房子,吃、住、办公,都在长城饭店包租的三间房里。一个周五,陆承伟开着车带顾双凤看了香山的红叶,试探性地说:"小凤,老齐一直劝我在北京买套房子,我很犹豫。买套房子,就算有个家,有个家就需要找个女主人。我呢,很想享受有家的感觉,可又不想走进婚姻的围城。你说我这房子买不买?"顾双凤不假思索地说:"该买。"陆承伟又道:"我买了房,找不到这么乖这么听话的准女主人,怎么办?"顾双凤羞涩地看了陆承伟一眼,小声说:"有人想实习实习,你同意吗?"

那时候,陆承伟对待女人的态度,完全是姜太公钓鱼愿者上钩,一听顾双凤表了态,说道:"在拥有我们自己的家之前,你愿不愿意到酒店当一晚总统夫人?"顾双凤勾着头,轻轻地说:"我随你。"

当晚,陆承伟带着顾双凤住进了香格里拉的总统套房。

这一晚,陆承伟并没有把刚刚二十岁的顾双凤当成一片生机勃勃的处女地。经验主义让他从顾双凤熟练的接吻中,得出了这样一种判断:这是一只早已熟透的蜜桃了。八九十年代之交的中国女大学生,毕业的时候,处女恐怕只有百分之一了。何况顾双凤读的又是艺术院校。顾双凤在陆承伟洗澡时,提出要给他搓背。顾双凤的睡衣是她自己主动脱去的,里面没有胸罩和裤头。陆承伟抚摸顾双凤的身体时,顾双凤能用优雅的身体语言和情不自禁的吟唤声,恰到好处地撩动男人的情欲。这一系列细节,似乎都在证明顾双凤早已不是没偷吃苹果的夏娃了。积蓄了二十年生命的津液,和顾双凤对陆承伟完全开放的生命姿态,引导着陆承伟顺利地进入了。以这种方式接管一座美丽的、朝气蓬勃的城市,陆承伟的身心完全处在一种放松的状态当中,把大半个夜晚变成了一个狂欢节。顾双凤完全把这一夜看成生命中极其重要的一个庆典、一个神圣而迷人的仪式,极度的兴奋和欢愉,使她在这个高潮迭起的过程中,很少感受到真正的疼痛。

　　第二天上午,陆承伟带着心满意足的愉悦心情,独自坐在总统套房宽大豪华的客厅里,品味着刚刚流逝的消魂之夜。他心里暗暗有点称奇,这个二十岁的姑娘怎么能够展示出曾经沧海的迷人少妇的所有的奇妙风景？在陆承伟的经验里,单纯地享受性爱,最好不要选择二十五岁以下的未婚女性。那个时候,他完全是个肉体上的享乐主义者、唯美主义者。点上第二支雪茄,陆承伟心里想:也许真该在北京建一个小家了。昨天提出买房的事,有点信口雌黄的意味,目的是诱惑这个天真烂漫的少女自觉自愿跟自己上床,至于上床之后该怎么办,他还没有细想。以陆承伟的英俊、身份和经济实力,寻找一夜情两夜情的机会并不是很难,只要他愿意就足够了。在这个夜晚没有到来之前,顾双凤在陆承伟眼里,仅仅只是一种奇遇,他只是被顾双凤的天真无邪、口无遮拦微微迷惑了一下。这时候,陆承伟对还在卧室里像一条美人鱼一样熟睡的顾双凤,生出了淡淡的歉疚。也仅仅是淡淡的歉疚,如此而已。

　　接着,陆承伟看到了一生中都无法遗忘的情景。顾双凤扮成一只白天鹅的模样,跳着准芭蕾的舞步,从卧室像一片轻轻的云一样飘了出来。专业的舞姿,忘我而投入的表情,立即吸引了陆承伟的全部注意力。紧接着,他听到了从卧室里传来的低低的、哀伤而苍凉的大提琴的声音。他听出来了,这是圣·桑那首著名的《天鹅之死》。随身听传出来的微弱的音量,刚好和只有一个观众的演出十分和谐。随着大提琴最后一个颤音渐渐变弱,濒死的天鹅的挣扎越来越无力,终于倒在客厅枣红色的地毯上了。陆承伟喊了一声好,正要拍巴掌,只见顾双凤就地一滚,赤条条的顾双凤和裹在身上的白床单完全分离了。顾双凤又把床单当成一块白纱,裸着身子跳起八十年代初风靡欧美的劲舞。陆承伟看得热血沸腾。最后,顾双凤把雪白的床单在陆承伟面前打开了。一片枫叶状的鲜红,清晰地呈现在陆承伟面前。陆承伟像中了什么法术一样,看着那片处女血印成的枫叶,呆住了。白床单抖动着,慢慢包裹在陆承伟的头上。

陆承伟感动得不能自已,冲动地把顾双凤抱在怀里,爱惜地亲吻起来。他把床单铺在地毯上,捧着顾双凤放了上去……一切语言,都不足以表达此时陆承伟对顾双凤那种感激、爱怜、痛惜、愧疚、自责杂糅一起的复杂心情。他这次不再以一个占有者、一个胜利者的身份,而是以一个爱的使者的身份,再一次进入了顾双凤这座楚楚动人的城市。两个人的感觉完全变了,只感到一种纯而又纯的欢愉。两人饱享了登峰造极的风光后,顾双凤流着眼泪动情地说:"我知道什么是性高潮了,你把我变成一个真正的女人了,谢谢你,这真是无与伦比的幸福……"

一个月后,陆承伟在西直门建了一个临时的家。因为顾双凤的独一无二,在以后的六年里,陆承伟饱尝了家庭生活的全部滋味。直到顾双凤偷偷怀了孩子,直到著名主持人乔妮出现在陆承伟的视野里,这个临时的家一直充满着温馨和恬美。

时隔多年,陆承伟也不能否认,那几年他过的才叫正常的生活。是的,不管顾双凤做了什么,都不该引诱她做这种事情。

齐怀仲在楼下唤他吃点东西,陆承伟手捧相框,慢慢下了楼。他看看充满生机和活力的顾双凤,看看死气沉沉躺在茶几上的支票,痛苦地说:"老齐,马克思在《资本论》里说,多大的利润就可以让资本家冒杀头的危险去攫取?是百分之三十,还是百分之三百?我忘了。"齐怀仲答道:"我记得是百分之三十。"陆承伟伸出抖动着的双手,神经质地笑道,"其实,这上面已经沾血了,沾的是人的鲜血!狗日的资本,它成功地把我当成它的奴隶了……难道这真的全是我的错?老齐,你说说?你说话呀!"

齐怀仲沉默着,不肯开口。陆承伟第一次意识到自己可能已经罪孽深重了,开始滔滔不绝地诉说,他讲了很多很多,最后免不了替自己辩护起来,"我承认,我对双凤犯下了十恶不赦的罪行。可是,我不认为我应该下十八层地狱。世界对我公平吗?我承认,我喜欢过双凤,可我并没有全身心地爱过她。她,我没有教过她如何讨价还价。你为什么不说话?我知道你看不起我了,你有理由这么做。至少你没有伤害过女人……她为什么还不回来,会不会出什么事了?"

齐怀仲依旧沉默着,坐在那里,一动不动。

天亮了,雨还没有停。听到汽车发动机的声音,齐怀仲慌忙跑过去,把门打开了。顾双凤像一阵黑色的冷风,卷了进来,把两道冰柱子一样的寒光,射在陆承伟身上,站在那里一言不发。

陆承伟忙拿起支票弹了起来。顾双凤能够平安归来,他终于松了一口气。他僵硬地笑笑,"谢,谢谢你……这是一百万人民币……属于你了……"顾双凤一把抓过支票,顺手把它撕成碎片。齐怀仲禁不住喊道:"双凤,你别……"

"闭上你的嘴!"顾双凤呵斥道:"你给我闭嘴!你这条让人恶心的看门狗!"齐怀仲讪讪地朝后退了一步。顾双凤把黑风衣脱了,抖着手指解着上衣扣子,"陆承伟,你睁开眼睛好好看看,看看我都为你做了些什么!你看看,睁大眼睛看,你结交的都是什么畜生、人渣!日本人烧成灰也是日本人,他妈的战败五十年,奸淫烧杀的本性一点也没有变。"说着,把外套和毛衣丢在地板上,"陆承伟,告诉你,昨天我是准备去死的。可是,这王八蛋在茶水里不知做了什么手脚……我,我连死都没法死了。"双手一用力,衬衣的最后一个扣子崩落了,她把胸罩打开,"你朝这里看……你给我看仔细了,你这个畜生!你们这些虐待狂!"顾双凤高耸坚挺的乳房上布满了青紫,褐色的乳晕外面,留下了一圈参差不齐、深深浅浅的紫红牙痕。

"陆承伟！"顾双凤咬着牙说，"这些代价会给你带来多少利润，我不想知道。我只想让你看看，你把我变成什么样子了。我再让你看看下边吧。"说着，开始解裤带，"让你看看你曾看做世界上最美丽的地方，现在被糟蹋成什么样子了。这个王八蛋，他，他要把我变成一个白虎星！"

齐怀仲捡起黑风衣，把顾双凤紧紧裹住，流着老泪央求着："双凤，双凤，别这样，别这样……是我们对不起你呀……承伟早就后悔了。"顾双凤吼一声："滚开！别碰我！你们这些肮脏的垃圾！陆承伟，你都看清楚了吧？"又一件一件把衣服穿好，"再见了，我曾经的爱人。你记着，你欠我一笔永远也无法还清的血债！对，是血债。"古怪地笑了笑，走了。齐怀仲追了两步，喊道："双凤，你——"

顾双凤拉开门，转过身，粲然笑道："你这个老头心肠还算不错。怕我自杀，对不对？你放心，我不会死了。我要好好活着。我要看看有些人会有什么好下场。"说着，从坤包里取出一把大号弹簧水果刀，弹开了，朝客厅里一扔，"这是我为乔本准备的，他没有给我机会……"说着，像一阵黑旋风一样闪了出去。

陆承伟脸色苍白，蹲下来，把碎支票一块一块捡起来，又捡起弹簧水果刀举在眼前看看，额头上渗出了汗珠儿。坐了一会儿，他找了一张白纸和胶水，把碎支票粘了起来。他拿起粘好的支票，对着吊灯看看，自言自语道："碎了，就是碎了。"然后，他冒着小雨开车出去了。

傍晚，陆承伟浑身精湿回到家，一头栽到沙发上，昏了过去。

在西平医科大学住了十二天医院，陆承伟回家了。陆川实业终于突破十五元这个关口了，这让陆承伟微微感到欣慰。下一步再用用三友集团这个外资背景，股价冲到二十元，应该再没什么障碍了。付出这么惨重的代价，如果没有收益，那才叫真正的失败。下一步，可以考虑和王传志进行亲密的接触了。生活还在继续，每天的太阳还在照常升起。这场变故,并没从根本上对陆承伟造成伤害。因为顾双凤毕竟属于历史了,挥挥手,完全可以告别这朵云彩,一声"俱往矣",完全可以把这本书合上。现实和未来,毕竟已经露出了美好的征兆。为了给这段历史画上一个句号,陆承伟又让齐怀仲带着两百万的现金支票去找顾双凤。他希望能用追加的一百万,彻底熨平顾双凤心灵的皱褶。

齐怀仲在顾双凤的房间里见到了金发碧眼的丹尼,心里多少感到了一丝安慰。这张支票马上也落了个粉身碎骨的下场。齐怀仲劝道:"双凤,你这又何必呢?平心而论,承伟还算一个重情重意的人。那天,他不知在哪里淋了一天雨,大病一场,住了十二天医院……"顾双凤冷笑着打断道:"这叫报应,报应得还不够。你告诉陆承伟,这笔债用钱没法还了。我恨他,我每天用二十五个小时咒他。想用钱了结,也可以,让他准备好一个亿。"丹尼笑笑看着顾双凤,摇摇头道:"顾小姐,顾老师,一个人心里不能装满仇恨。他来向你道歉,又赔偿了你的损失,你应该宽恕他。你每天要用二十五个小时咒他,过分了,上帝知道了,会生你的气的。每个人生来都有罪,生命就是救赎自己的过程。末日的审判是公平的,也是严厉的,你不害怕?"

顾双凤捂着肚子笑了起来,"我连你们那个上帝都不相信,我怎么会害怕什么末日的审判?丹尼,有的仇恨,只用道歉是无法消弭的,有的损失,根本没有办法赔偿。齐叔,我终于明白鲁迅先生为什么要讲一个都不宽恕了,因为有的人根本不配你宽恕他。"丹尼固执地说:"不对。只要忏悔了,每一个罪人都可以得到宽恕。顾小姐,你不要让仇恨完全控制你的心灵,仇恨的魔鬼会让你坠入地狱。你是一个充满爱心的善良的女人……"顾双凤打断道:"那是过去的我,那个我已经死了!"齐怀仲拿着支票的肢体,叹了一声,"丹尼先生,顾小姐也是一个不幸的人,希望你能够多多照顾她。"丹尼认真地说:"我已经深深地爱上她了……"顾双凤放肆地笑了起来,"鬼话!你对我了解多少?怎么能说深深地爱上了我?你是想跟我上床做爱!你以为你长着金发蓝眼,我就看不出你的花花肠子了?"丹尼耸耸肩,摇摇头,"你看,她不相信。我不会放弃的。我当然想跟你做爱了。我想跟你生五个孩子。生孩子必须做爱。我不懂什么叫花花肠子。肠子的正常颜色是淡淡的乳白色,花花是一种什么样的修辞方法?是比?还是兴?"齐怀仲和顾双凤都笑了起来。

陆承伟又把第二张支票粘好,发誓一样对齐怀仲说:"从此以后,我只会为娶梅红雨而奋斗了。只有娶了她,才能慰藉我的心灵。这种混乱的生活该结束了,我需要过上正常的家庭生活,学习做个好丈夫,学习做好父亲。老齐,请你好好监督我。"

齐怀仲张着嘴,惊讶地看着陆承伟。


红太阳集团搞的全员推销,正式启动了。四十六个销售子公司,近三千人的销售大军,销售同一种品牌的家电产品,声势很大,十分引人注目。梅丰知道,对于陆承业来说,这次搞全员销售,既有背水一战的悲壮,又有最后一战的残酷,只能成功,不能失败。再说,如果红太阳一直这样不死不活,黯淡无光,以陆承业的性格,他决不会以一个失败者的身份,组成一个新家吟唱什么"最美不过夕阳红"。梅丰在西平新闻界干了二十年,老友新朋很多,加上她本人又是家喻户晓的电视节目主持人,她出面请西平媒体支持一下困难时期的红太阳,同行们哪有不来助拳的道理?何况红太阳鼎盛时期,曾经在经济上很有力度地支持过西平省市两级所有的媒体,电台、电视台、报纸,都欠红太阳和陆承业一份人情债。加上陆承业又是豪爽义气之人,当年这些媒体的小记者、部门领导去找陆承业批条子买紧俏的红太阳牌彩电,陆承业从未给过黑脸。如今陆承业这个大英雄落了难,这些经过十年努力坐大了的台长、总编、制片人们,也都想借此机会展示一下自己具备滴水之恩涌泉相报的美德。一轮新闻爆炒,一轮专题探讨,一轮人物专访,一轮软广告友情支持,四轮下来,红太阳这个品牌和红太阳搞的从没见过的全员销售,在城乡人口已经突破千万大关的西平市,又一次路人皆知了。月底一结算,仅积压的彩色电视机,就销了近十万台,回收资金一点八亿。

  初战告捷,陆承业让梅丰当了一回义务厨师,设家宴请了史天雄和金月兰,并破天荒请儿子陆明作陪。毕竟,儿子是这次全员推销的始作俑者。见儿子不是只会纸上谈兵的赵括,陆承业很高兴。席间,陆明畅谈了自己的宏伟构想,准备派出去五十支销售队伍,以低价倾销的方式,在全国五十个大中城市,搞一轮地毯轰炸式销售,唤醒中国绝大多数城市人对红太阳这个品牌的美好记忆。因为第一个月的销售成绩摆在那里,又见陆承业重新显露出了指点江山的澎湃豪情,史天雄只是提醒陆承业、陆明,一定要加强对各销售子公司的内部管理,因为红太阳这些销售子公司之间的报价已经出现了混乱。金月兰附和道:"这虽然是个小问题,可也不能马虎。上星期五,我一个人接待了红太阳三个销售子公司的推销人员,二十五寸的红太阳牌彩电,报价有一百二十元之差。"这些重要的信息并没有引起陆家父子,特别是陆承业的注意。他们把这次全员推销称作休克疗法,因为用休克的方法来治顽症,肯定会诱发别的疾病,但只要能把绝症治好了,付出点别的代价,也是必须的。史天雄很想提醒一句:休克会导致大脑缺氧,时间和分寸把握不好,会出人命的。因为不想在兴头上泼冷水,史天雄忍了没说。后来事态的发展,让史天雄后悔这一晚太照顾陆承业这位尊敬的二哥的面子了。感情也能害人,这是后来史天雄总结出来的一条教训。

另一个对这种销售持反对意见的是陆承伟。几个月前，陆明曾带着自己和一帮年轻的同志精心炮制的全员推销方案，征求过陆承伟的意见。陆承伟当时只是随意翻了几分钟方案，就说道："你们不要搞。这种办法不合国情。"再多的评价，不管高低，一句也没有了。陆明当时对这个留过洋、差不多可以算做偶像的六叔，产生了一肚子意见。如今，陆明在西平的电视台频频露面、变成了某种程度的公众人物后，自然想到了陆承伟。他抑制不住要见见这个六叔的冲动，一个周六的晚上，带着一点薄礼，出现在陆承伟的客厅里。陆明的谦卑态度很符合他作为侄儿的晚辈身份，一口一个请教，一口一个请指点，希望陆承伟能为他力主上马的全员推销，再提点建设性意见。

陆承伟眼锋一扫，捉住了陆明颇为自得的微笑看了一会儿，冷笑着夸奖道："做了一回人物，不容易。我似乎应该先做个检讨。看你们这个计划进行得如火如荼，我应该检讨自己看走眼了。"陆明赶紧说："我绝对没有这个意思。"陆承伟很不客气地说："到底是什么意思，你自己知道。因为你是我的侄儿，我才想给你讲点真话。回去告诉你爸，赶紧把这个全员推销停下来。红太阳的出路，只有两个，一走资产重组，一靠政府扶持。后一条路，可能没法走了。如今唱的是政企分开调，银行基本上敢对同级别或稍高级别的衙门说不了。第一条路，要走也得快点走。等二哥拍板上的十几条生产线都过时了，它们就只能到废品收购站换钱了。"这话实在太刺耳了，血气方刚、小试牛刀取得成功的陆明，实在难以接受。陆明问道："六叔，你知不知道我们这个月的销售收入是多少？"陆承伟笑了起来，"陆明啊陆明，你到底还是有点嫩。销售两三个亿，不能说明什么问题？医学上有个词叫回光返照，你知道吗？"陆明摇摇头，"六叔，你这么说，有点危言耸听了。就是销售一个亿，那也是钱，也是成绩。"

"你是不见棺材不掉泪。"陆承伟点燃了雪茄,"我们可以打个赌,用不了三个月,你会哭都哭不出来。我虽然称不上全才,可对你们搞这个全员推销,还是有点发言权。全员推销的存在基础,是参与者都有相当高的个人信用。听说你们红太阳已有三千多人参加了推销队伍?"陆明道:"现在已有四千四百人参加了,估计这个数字还会增加。"陆承伟大笑起来,"中国搞过全民大炼钢铁,结果呢,全国百年以上树龄的古树,只剩不足百分之一了,环境恶化到无以复加的程度。中国人搞过全民写大字报,结果呢,留的是文化大革命这颗青涩的历史果子。这个月,参与者都是穷人,上缴了货款,自己留下了差价,自然是皆大欢喜。如果我没猜错的话,这四千多人到库房领彩电、VCD,都不会交一个子儿的押金。要是交押金,你们也搞不起来这种全员推销。下个月呢?缴货款还会这么及时吗?告诉你吧,这十来天,有六个红太阳的所谓推销员进过这个门。我相信,只要给他们一台电视机十元钱的利润,他们都愿意做这笔生意,你肯定研究过全员推销的理论,不能保证适当的利润,这种推销能持久吗?中国的公信度到底有多高,你不知道?坐个公共汽车,有多少人想加塞儿?你真的相信你的推销员们都有不占公家一分钱便宜的觉悟?陆明,你想得太天真了。如今,没有几个人想在物质狂欢的时代做一个清贫的旁观者。这种推销方法,就像打开潘多拉的盒子一样,只会培养和释放人性的恶。我问你,一个老工人,卖了五台电视机,拿一万元药品发票交给你,你怎么办?起诉他吗?陆明,你爸是红太阳的创始人,他只能与这个快要散架的庞然大物荣辱与共了,你就不要再搭进去了。你考虑一下,可不可以辞职,跟着我干。"

道不相同,话不投机,不用消磨时间了。只有资本家才会把工人当成贼来防。中国的工人,做了五十年国家的主人,起码的觉悟还是有的。如果陆承伟没有六叔这个特殊的身份,陆明肯定早跟他急眼了。焦大是不会爱上林妹妹呀！他们生活在两个完全不同的世界里。陆明又带着一肚子愤懑，离开了锦绣中华园这个西平著名的富人区。

事情的发展，常常不以发动者的意志为转移。新中国最著名的例子，恐怕当属毛泽东发动"文化大革命"了。他老人家发动这场运动的本意是想为中国人建立一套精神生活的有序体系，谁承想他去世五年，这场运动已被称之为民族的浩劫了。红太阳的全员推销，正在朝非理性的方面悄悄发展、变化着。

陆家叔侄俩畅谈全员推销的第二天，梅兰没费什么周折，就从红太阳的仓库里领出了两台二十一寸彩电、两台二十五寸彩电和两台单碟红太阳 VCD。手续非常简单，梅兰在一张表上签上自己的大名，在销售对象一栏写上"松山株式会社"几个字，就可以领货了。当然，她还抄下了每种货物需要上缴给公司的价值。这一天，仅彩电就发出去了三万两千台。照这个销售速度，红太阳每年的销售额比天宇加上长虹的总和还要多。可惜，红太阳的决策层，没有一个人意识到这一点。他们做出的决定是恢复八条电视机生产线的生产。

阴雨后初晴，太阳显得分外亲切，空气显得格外清新。梅兰坐在租来的一吨半小卡车的驾驶室里，拉着六件电器穿过厂区，心情是无比的好。看到一群上工的女工中有几个认识的人，梅兰让司机停了下来，一一打了招呼，问了寒暖。所有的红太阳人，脸上都挂着笑容。那是在暗无天日的道路上苦捱太久，突然看到光明后，生发于心底的大喜悦呀！

梅红雨下班回家，看到家里多了这么几件电器，十分吃惊。问明缘由后，她说道："除了咱家，哪一家公司的彩电都比这些大。如今已经开始流行纯平彩电了，你领这么多过时货，卖给谁呀？"梅兰世故地说："能赚钱就卖，赚不了钱就放着。反正这种电器又放不坏。多？我还嫌少呢！反正不用交押金,怕什么？我这病一时半会也好不了,不知道以后还要花多少钱。我和你不一样,我是国家的职工,我病了,国家应该管。没报销的药费已经快一万五了。我是按这个数领的货。这样子是有点过时,可卖便宜点,也有人要。交款的时候,我把药条子抵上。"

梅红雨眉头皱了皱,"妈,你怎么能这样！每个人都像你这样,公司能不垮掉吗？"梅兰道:"不是我不爱红太阳,是红太阳早把我抛弃了。几千人都在这么干,我为什么不能这么干？这台十四寸的小彩电,我们看了多少年？大家都说这是最后的晚餐了,下手晚了,自己饿肚子。反正我又没有多吃多占,我问心无愧。妈不是主犯,法不责众,我怕什么？小雨,把这二十五寸的取出来一台,我们自己看。厂子垮掉了,这也算是个纪念。"梅红雨没有再说什么。当晚,母女俩用上了红太阳牌二十五寸彩电。没过几天,红太阳的决策层发现有个别销售子公司卖了货不向公司交钱的情况。公司不得不作出限量、限时销售的决定。陆承业感到事态严重,决定再次停掉复工的几条生产线,整顿销售子公司。这时,已有一万三千多红太阳的职工直接或者间接地参与了这次全员推销运动,还有一百一十多万台的家电产品没有收到货款。

电子工业部常务副部长陆承志来红太阳集团调研这次全员推销的时候,这些问题已经开始暴露。陆承志神色凝重,把陆承业叫到了自己住的银河饭店。

两个叔伯兄弟,两个五十年代留苏的同学,开始了沉重的谈话。陆承志提出让陆承业动一动的建议。陆承业敏感地看了陆承志一眼,"是的,红太阳走到今天,我应该负主要责任。虽然它现在很困难,但不是无可救药了。我不愿意提前离开这个岗位。"陆承志严肃地说:"我今天是代表部党组跟你谈话。没有人让你提前休息。你是做过重大贡献的人,进退去留,组织上都会认真考虑的。

红太阳的情况，不容乐观。你们这次搞的全员推销，可能能解决一点资金短缺的问题，但它救不了红太阳。中央党校要办一个司局级干部培训班，党组希望你能去学习几个月，结业后另行分配工作。你在红太阳工作几十年，或许……"

陆承业激动地站了起来，"这不是让我异地做官吗？我决不会走这一步。我不去党校学习。如果组织上认为我的能力不行，我愿意接受免职处理。我在这里工作了近四十年，我的命运和红太阳紧密相连。我早想好了，我生是红太阳的人，死是红太阳的鬼。这个时候，我不能拍拍屁股一走了之。让我走异地做官这条路，还不如杀了我。"

话说到这种程度，陆承志也不好再劝了。陆承志这次来西平，还有个任务，就是为陆震天重回老区，做点前期准备工作。八十六岁的老人，行动又不方便，还要走一段长征路，不准备细致点，万一出了问题，后悔莫及。陆震天又发了话，这次回S省，纯粹是故地重游，最好不要多惊动地方政府。陆承志见了陆承伟，让陆承伟负责沿途的医疗保障。陆承伟当天晚上就去见了江丰年，说了陆震天要回S省的事，希望江丰年能推荐几个医学专家随行。江丰年深知老首长的脾气，马上给西平医科大学校长打了个电话，要求迅速成立一个由一流专家教授组成的医疗小组，准备为一位中央领导提供服务。接着，又给几个陆震天可能经过的地区主官打了电话，要他们暗中做好接待一位中央领导的一切准备。

陆震天指名要让史天雄全程陪同。因为史天雄已经不再是陆家的女婿，陆承志决定亲自登门跟前妹夫商量商量。这让史天雄感到很过意不去。

商量完陆震天回乡巡视的事，话题又扯到了红太阳。

陆承志担忧地说："心一散，再聚就难了。没有五六个亿，红太阳想打翻身仗也难。可是，银行已经不愿意往红太阳投资了。改股份制,已经错过了最佳时机,靠股市融资这条路也没法走。他又不肯离开红太阳,他不走,红太阳也不可能会有大的转机。天雄,你有什么高见?"史天雄道:"让天宇兼并红太阳,顺便改组天宇的领导层。再不下决心,恐怕就晚了。"陆承志摇摇头,"天宇现在是利税大户,王传志不同意兼并,部里也不能命令他做。再说,即便兼并搞成了,谁能保证结果是双赢呢?但愿红太阳这次休克疗法能出现奇迹。"

几天后,从红太阳集团传出惊人消息:原销售部副经理蔡尚明在广东以半价倾销红太阳牌彩电、VCD三万八千台,携款逃走了。接着,多米诺骨牌效应出现了,公司与十几个销售能手失去了联系。

轰动一时的全员销售,彻底失败了。陆承业被迫组织大量人力,开始追缴还没有售出的近百万件家电。

# 第十八章

陆震天自知时日不多,自然对这次故地重游倍加珍惜,一山一丘,一沟一壑,都看得很仔细。一路走,一路看,一路回忆,一路对陪他的史天雄和陆承伟评说着。

在大渡河畔,他说:"过了这条河,主力红军翻过这座山向北,进入四川境内。这时候,毛主席出来主持大局了,邓政委也出来了,邓、毛、谢、古的事翻过去了。我在这个时候,认识了邓政委。过了这个大渡河,毛主席意味深长地说:我们没做第二个石达开。那时候,前后都有敌人,形势很危急,每天都会有人牺牲。这么艰难,我们都走过来了,一直走到了今天。这决不是撞大运。"

在草地边上,他又说:"前面就是因为红军长征闻名世界的草地了。我和许多红军,一共过了三次草地。一、四方面军会师后,我们连随红四方面军行动。那时,我还不知道党内出现了严重的路线斗争,张国焘要搞谁有实力谁说了算。九月中旬,毛主席识破了张国焘的阴谋,率一方面军北上了。张国焘却命令我们南下。这时候,我这个连还有八十六人。过了草地,在这一带我们打了很多恶仗、险仗。年轻的战士们一个接一个倒下了。第三次过草地,我们连还剩四十八人。还没来得及过草地,敌人追来了,又在这一带打仗。过了草地,我们连只剩下十二个人了。这是我们连减员最多的一个时期。这十二个人,编入一二九师与日本鬼子打了八年,还有八人活着。又跟蒋介石打了三年,还有六个人看到成立了新中国。五十年过去,活在人世的,只剩下我陆震天一个人了。路线问题、方向问题,实在太重要了。我常常想,只要我们不再犯重大的方向性错误,我们这个党就是战无不胜的。具体到一个人,也是这样。"

离陆川越来越近,陆震天变得伤感起来,谈了不少史天雄和陆承伟从未听说过的事。譬如,他是因为逃婚才偶然参加了革命。譬如,他奉命回清江地区发展根据地,过了几年二少爷安逸舒适的生活。譬如,他的第一个妻子一点也不丑,知书达理,还算是一个美人,与史天雄和陆承伟听说过的完全不一样。譬如,解放后他再婚,并不是因为他前妻失踪,而是因为前妻另嫁了他人,而且是不是真嫁了他人,也是一笔糊涂账。

在陆川宾馆住下后,陆震天在夜里把史天雄单独叫到房间里,伤感地说:"不知翠莲还在不在这个世上,她只比我小一岁,嫁到陆家时,只有十四。如果她还活着,我很想见见她,单独见见她。她对革命,对陆家,是有功的。解放后,我只得到了一些传闻,就强行把承志接到北京,又严令承志不能回来看他母亲,是错误的。那个男的叫蒋长福,记得是蒋家沱一带的人。你让秦思民帮助查找查找。如果她还活着,我想亲自向她赔个礼。这件事不要让苏园、小艺和承伟知道。这笔历史旧账与他们无关,我想自己把它了断了。我不愿意背着这个包袱去见马克思。"

史天雄深感震撼,知道事情重大,连夜去找秦思民。秦思民一听,感到惊讶,叹道:"老革命家,也是人呢!陆震天的前妻,在当地肯定是个名人。只要她还活着,明天陆老就能见到她。这件事我连夜去办。"

第二天中午,秦思民火烧火燎找到史天雄,"谢翠莲去年病故了,那个蒋长福还在。这个老头倔得很,只说陆家对不起谢翠莲,别的什么都不说,把你大哥骂个狗血喷头,他说他只会跟陆震天和陆承志说话,他说这辈子见不到这两个负心人,到了阴间他也要告状。你说怎么办?"史天雄问:"这个蒋长福在哪里?"秦思民道:"我把他接到城里了。"史天雄道:"你做好准备,我去问问见不见,在哪里见。"

陆震天又做了一个让史天雄震惊的决定:要在谢翠莲的坟前见蒋长福。

傍晚,八十八岁的蒋长福和八十六岁的陆震天,在一座长着稀稀落落荒草的孤坟前见面了。史天雄和秦思民怕陆震天出意外,不敢远离,也站在坟边。蒋长福蹲在那里,一锅接一锅抽着旱烟。秦思民见冷风凛凛,夕阳渐大渐红,说道:"蒋大伯,陆老身体不好,你有什么话,快说吧。"又加了一句,"我们不会骗你的。"蒋长福把烟锅在一块石头上磕磕,昏花的眼珠瞪了秦思民一下,生硬地说:"能天天见毛主席、邓小平的陆大人,我认识。我把他儿子养到十五岁,能不认识这张脸。陆震天哪陆震天,你龟儿子的心可真够狠的。翠莲就是真嫁给我,她也是你儿的娘,哪兴四五十年不让他回来看他娘一眼?我一辈子怕官,今年八十八了,你就是当今皇上,该骂娘我也要骂。多少年了,我都对翠莲妹子说,陆家的人都是绝情寡义的主,可她偏不信,硬说承志会回来看她。这不,哭瞎了一只眼,也没把儿子等回来。陆震天,你们王侯之家的家规可真严呢!夺亲夺到这种程度,还有点人味吗?这是你们共产党兴的规矩?大清朝,三公九卿死了父母,还要回家守三年呢!这承志是做了什么官?孝都不讲……"秦思民实在听不下去,打断道:"蒋大伯,有话好好说,别扯远了。"

陆震天神色凝重,慢慢摆摆手,"让他说吧。蒋大哥,你骂得好。这笔账就记到我陆震天头上吧。是我小肚鸡肠,爱面子,没把孩子教育好。"蒋长福咳一口痰,"为保你们陆家这棵苗,还乡团杀了我们一家六口。我们图的什么?你的肚量确实太小了……我和翠莲青梅竹马,在一起读了五年私塾。不是我蒋长福抢了你的妻,是你陆震天夺了我的爱。她父母想高攀你们陆家,生生把我们拆散了。前因后果,我要给你说清楚。她和你定亲前,我拉过她的手,亲过她的口。这六十年,她只是我的挂名妻室,在家里我们都是兄妹相称。她愿意为你陆震天守节,有什么办法。"说着,擤擤鼻子,抹把眼泪,从怀里掏出一只皱巴巴的红绸小包,"我不说了。这里面有我和翠莲民国二十六年冬月二十,在清江写的字据。为保护你陆震天的儿子,我们以夫妻相称,如果你陆震天战死了,叫白狗子逮住杀了头,翠莲再嫁给我为妻。这里还有翠莲去年春天写给承志的遗言,都交给你吧。"把红包递给史天雄,狠狠地补一句:"你狗日的命真大,不但没有死,还跟着共产党坐了天下。"陆震天流着眼泪打开红包,看到了前妻那熟悉的蝇头小楷:

> 承志儿,你离开娘已经四十五年八个月零三天了,娘真想你。娘深染重疾,自知不久于人世,很想给你留几句话。也不知这些话你看得见看不见,娘还是想写。你爸和我的婚事,是你爷爷和你外公办的。你爹和我都不愿意。但嫁进陆家,我就发过誓:生是陆家人,死是陆家鬼。娘做到了。我早知你恨娘改嫁,几十年不来看我,我不怪你。为保全你的性命,死了十几口人,我失了名节又算什么?知你终于成了国家栋梁材,娘很高兴,觉得受的一切苦都值。我和你长福伯,只有夫妻之名,没有夫妻之实,因为你爹还活着。长福哥苦守我六十年,我对不起他……

陆震天泣不成声,喊一声:"翠莲,我错怪你了……"蒋长福站了起来,拍拍身上的尘土,长叹一声,"晚了,她听不见了。陆震天,翠莲临终前说,她希望能入你们陆家的祖坟,你答应不答应?"陆震天动情地喊一声:"大哥,震天也对不住你呀,陆家也对不住你呀。我马上让承志回来,把他娘迁回祖坟去。这样办你看行吗?"

蒋长福表情怪异,突然从陆震天腿上拿起那块泛着黑色的红绸,"这是她十三岁那年,我送她扎辫子的东西。"面向坟包,带着哭腔说:"翠莲,苍天有眼,你托我的事我都办成了。这一辈子,我没有得到陆震天的大富大贵,可与你相敬如宾厮守一个花甲,知足了。"说罢,扔下几个人扬长而去。

回到陆川宾馆,陆震天流眼泪,打喷嚏,神情木然。暗中跟随的专家小组忙碌起来。

苏园和陆小艺问史天雄带陆震天干了什么,史天雄只能沉默着。苏园骂了起来,"你们鬼鬼祟祟,搞了什么勾当?你不知道他呼吸道有问题?承伟正在修的路,他都不愿意去看,你,你是不是巴不得他早点死呀?你爸,不,老头子要是有个三长两短,你小心着点!"

所幸陆震天只是伤心过度,受点风寒,经过一夜治疗、观察,病情已经彻底控制住了。苏园和陆小艺认为陆川的各方面条件都太差了,建议马上回西平去。陆震天就是不发话。急得母女又去求史天雄做陆震天的工作。

正在这时,秦思民又跑来告诉史天雄一个让人难以置信的消息:蒋长福老人夜里无疾而终了。

陆震天听到这个消息,沉默了好一会儿,说道:"通知承志,让他带着全家回来,以儿孙的身份厚葬蒋长福。把他们俩合葬一起吧。他们两个应该长眠一起。让承志给他们立个碑,三年内,每年带孩子给他们扫扫墓。"

史天雄顺便劝说陆震天该回西平了。陆震天道:"你们是怕这回把我这把老骨头丢在老家吧。有水平那么高的医疗小组不离左右,我想死恐怕也死不了。说不惊动地方,做不到哇。走吧,一家人住这么大一个宾馆,过分了。"史天雄说:"还住了不少别的客人。"陆震天叹道:"如果不是你成心骗我,那就是你白当了几年侦察连长。老的是医疗小组的专家、教授,姑娘们是随行的护士。那些小伙子们,都是身怀绝技的便衣警察。真的太过分了。五十年代,毛主席出外巡视,也没有这种排场。真的有那么多坏人吗?中国自古少刺客,出了一个荆轲,还被秦始皇用剑刺死了。这么做,只能让我们离老百姓越来越远。敬畏离仇恨也差不远了。"史天雄佩服地说:"爸,你的目光真敏锐。"

陆震天笑了起来,"这证明我还没有老糊涂嘛。这可能是我最后一次到 S 省了。那就光明正大到西平走一走,看一看。算起来,西平的老部下还真不少。燕平凉和江丰年就不用说了。蒲东林和王长江,六十年代初,都跟着我到西南搞过调研。那时候的毛头小伙,如今都成了封疆大吏了。该见见他们。该见见,见一次,少一回了。我最近想了一些问题,也想和他们交流交流。"

史天雄对陆震天还有这么大的影响力,陆承伟没有想到。回西平的路上,陆承伟不无酸楚地说:"佩服,佩服!你的话还是一句顶我一万句呀。到底谁是他的亲生儿,我真弄不明白了。能不能告诉我爸爸为什么那么伤心?"史天雄道:"无可奉告,因为这涉及到爸爸的个人隐私。也许等你入了党,你就能找回亲生儿子的感觉了。"陆承伟苦笑着摇摇头。回到西平,陆震天看了改造后的锦江江防工程,看了"都得利"几个分店,看了几家大型民营企业,也看了正在追收电器的红太阳。这一回,他只是看,没有当场作实质性的评价。临离开西平的前一晚,他在下榻的锦江饭店总统套房的会客厅里,约见了省委书记蒲东林、省长王长江、常务副省长江丰年和西平市市长燕平凉。史天雄、陆承伟、陆承业,还有刚刚办完蒋长福丧事的陆承志,也都到场了。

陆震天问了 S 省和西平市的总体情况后,开始说话了:"这些日子,我走了很多地方,看了很多地方,也听了很多汇报,有些想法,很想跟你们这几位父母官交流交流。言多必失,我也是知道的。你们把我这次回 S 省也称作南巡,太不合适了。我这萤火之光,怎能比得了邓政委太阳般的光辉。小蒲和小王,当过我几天临时部下,小江和小燕做过我的助手,剩下的又都是我的子女,小圈子里戏说一下,也是允许的。我从二线退下来,已有近十年时间了。有些话,不适合在大场合说了。在自己家里人面前,在自己老部下面前,还是可以随便说点什么的。再说,我这个党员又没有退休嘛。全局的工作,一线的同志做得很好,我没什么说的。我今天把我想的看的,说一说,也算发挥最后一点余热吧。

"可以借毛主席说过的一句话,表达我的总体印象:前途是光明的,道路是曲折的。看到锦江江防改造工程,应该对'人无远虑、必有近忧'这句话,有了更深一层的认识。事实证明,小燕当时代表着真理。今年我们遇到了大洪水,证明建设这样一个工程是必要的。共产党就应该只做这些符合最广大群众利益的事。当然,西平国有企业的形势,也不容乐观。红太阳可以说已经到了最危险的关头了。我们的总设计师设计的第二个战略目标,后年应该能够顺利实现。中央现在正在研究开发西部的大政方针,S省在实现第三个战略目标的工程中,地位举足轻重。你们肩上的担子,也只会越来越重。

"形势严峻这一面,我们必须予以足够的重视。红太阳最近发生的事情,不是孤立的。十几个人携款潜逃,说明了什么?说明有相当一部分人,对我们不信任了。必须承认,我们现在遇上了前所未有的信仰危机。这种危机,在政治局势混乱、社会严重动荡、经济面临崩溃的文化大革命中,也不曾出现过。天雄认为这是我们这个社会从精神狂欢突然转向物质狂欢,缺少必要的过渡,缺少制度和法律上的强有力的支持导致的。他这种分析值得重视。有的把这种危机的根源追到小平同志那里,说什么白猫黑猫论,让一部分人先富起来,胆子再大一点,步子再快一点,帮助中国人打开了心底里的潘多拉盒子。这是片面的,毫无道理的。他们忘了小平同志还讲过:要两手抓,两手都要硬。如果真有这方面的原因,那也是我们在实际工作中,贯彻两手抓不是很彻底。前些日子,王运鹏给我讲了一个在河南听到的民间流传的故事。因为这个故事涉及到很重大的问题。我想讲给你们听听。这个故事也是编派邓政委的。王运鹏认为这种故事有政治背景,有点神经过敏。故事说,小平同志废止了领导干部终身制后,导致改档案成风,弄得阴曹地府的小鬼判官们常常不知道该勾谁的魂了。小平同志去世后,过了奈河桥,对他有意见的小鬼判官们,不给他登记造册,导致他没有工作可干。故事说小平同志很感委屈,先去找少奇同志诉苦。少奇同志听了后,说了一句:你千不该万不该,不该把我的那个三自一包改。小平又去找周总理,周总理也说一句:你千不该万不该,不该在社会主义前面加特色。小平又找了毛主席,毛主席也说一句:你千不该万不该,不该把我的过去方针改。最后,小平同志找到了马克思,马克思对他说:你千不该万不该,不该把我的主义改。

"民间怎么会编出这种故事呢?这个问题需要研究。你们别忘了,陈胜、吴广起事前,做过一件事,把一块写了'大楚兴、陈胜王'的竹简放进一条大鱼的肚子里。单从这个故事看,是说我们这二十年搞改革开放搞错了。背后的原因,还是一个信仰危机、信任危机。黄炎培在延安和毛主席把酒谈朝代更替的故事,我想你们都不陌生吧?我们这二十年确实取得了前所未有的成就,可是也遇到了前所未有的困难。一个什么气功大师,几本唯心主义、神秘主义的书,就能有上千万的人追随他。而且,这种大师还不止一个。这可不是个小问题。我全力支持天雄弃官搞商业零售,就是因为他在尝试寻找一种自新的、健康的力量。在这方面稍有差池,后果不堪设想。腐败问题确实是我们目前面临的大敌。总结历史上腐败导致亡国的教训,非常重要。这几年,对这个历史性课题,全党都重视起来了。我提醒你们注意:我们一直对党的领导水平和执政能力这个重大问题重视不够、认识不足。治国不力,同样会亡党亡国!最能体现执政党执政能力的,是选择走什么样的道路。东欧剧变、苏联解体,已经过去近十年了,我们中国不但站住了,站稳了,而且发展了、壮大了。原因无外乎我们选择了一条正确的道路。我们选择、顺应了先进生产力的发展要求。这一点只要我们坚持住,我们还用怕什么?……"

离开锦江饭店,燕平凉招呼史天雄上了自己的车。

燕平凉感叹老首长思路清晰、眼光独到,话题一转,说道:"我和陆老一样,很看重你们'都得利'。可你不要忘了,我这个家长还负责分蛋糕。十根指头都连心,手心手背都是肉。我的放慢发展速度的建议,金月兰是不是贪污了?看你见我,目光躲躲闪闪,让人有点起疑。"史天雄答道:"市长的训示,谁敢贪污了?我还没寻找到必须放慢发展速度的理由,不知道该如何向你汇报。"燕平凉道:"兰平章把上次针对你们发起的降价大战,称作自卫反击战,也有一定的道理。政策研究室刚刚给我提交了一份调查报告。自从你们开始办加盟便民连锁店以来,你们'都得利'每招收一个下岗职工,国营商场就有二点四七个职工失业。这个结果让我有点吃惊。作为一市之长,目前我必须把蛋糕分均匀了。过了春节这个销售旺季,你们必须让速度慢下来。"

史天雄道:"市长先生,你这个要求实际上是在帮助劣币驱逐良币。你不能做裁判工作呀。"

燕平凉严肃地说:"非常时期,我必须做点裁判工作。在你们的起步时期,我也在做裁判。我认为起码我没吹过黑哨。"史天雄道:"这一回你吹的是官哨。燕市长,你为什么不能再看一年?先让市场经济规律当一当裁判吧。"

燕平凉沉默了。

陆川实业的股份在十八元到二十元之间小幅震荡后,陆承伟准时启动了和天宇集团的蜜月计划。圣诞节前,陆承伟把王传志请到了西平龙都县的静惠山温泉山庄。

　　这个温泉山庄距西平约八十公里,来去方便。山庄里有天然猎场、高尔夫球场、温泉、保龄球馆等娱乐消闲场所,网球场、夜总会、游泳池、麻将室这些大众化的设施更是一应俱全。近两年温泉山庄在西平的政界和商界,影响日著,能到这里消闲一两天已经成为一种身份的标志。猎杀一只山羊,几只山鸡,打一场高尔夫球,投几局保龄球,只是来温泉山庄消闲中的加演节目。它在政界有名,是因为S省省委第一书记蒲东林喜欢在这里度周末,而蒲东林又喜欢在周一研究人事问题,稍有政治常识的人,便知道温泉山庄一号别墅的周末对S省的政局究竟有多大的影响力。温泉山庄在政界有"小北戴河"、"第二常委会议室"的别称,也就不奇怪了。它在商界的闻名,是因为它的高级麻将室里,设有各色各样的赌局,入局赌资一方下限为十万人民币,入局者如输得身无分文,山庄负责派车把输家平安送到家里,如果输家住在外省,山庄还会奉送一张返程机票。商界多数人把温泉山庄叫做"澳门温泉",留欧的人则把它叫做小"巴登"①,留美的人则喜欢把它称作袖珍东方"拉斯维加斯"②。

　　打了一回猎,洗完温泉澡后,陆承伟建议先爬爬山庄后面的卧佛山,晚上找个局试试手气。结识半年多,两人已成为老朋友了,谈话也不用绕弯子了。上山后王传志叹道:"与老弟相识不足半年,始知我就是走了弯路哇。向老弟看齐的可能性已经不复存在了。这种地方,我是没法常来的。晚了。转轨了,拿到批件炒给谁去?城市已经膨胀得差不多了,圈点地皮,又卖给谁去?我怕是辜

---

① 巴登:德国著名赌城。
② 拉斯维加斯:美国著名赌城。

负老弟一番苦心了。"听了这样一个开场白,陆承伟心里很高兴,心里道:不是凡物呀,心里怕是早跟明镜一样了。陆承伟站下来,回望苍山浮云,说道:"理论上讲,暴富的机会,永远都是存在的。以王兄的眼力,不难看出这个世界的走向。只要你紧紧抓住现在,稍稍动点脑筋,你人生的后半盘棋马上就能活起来了。"王传志道:"老弟,你我的关系到了这一层,有什么话,你只管明说。说实话,在这条道上,我已经没能力再攀升了。可我还是不甘心,也想为开辟第二战场做准备了。可惜的是,我一想这第二战场,仍是老虎吃天,无从下口呀。半年来,老弟对我可谓关怀备至,呕心沥血,如今也该给我指条明路了。"

陆承伟并不急于翻牌,他知道必须把王传志心中的顾虑彻底消除了,合作才能顺利进行。在他看来,每个人都是有贪欲的,做不做出占有的行动,实际上取决于对得失的判断,如只得不失,谁都会毫不犹豫地伸手,如果判断出只失不得,人人都是乖孩子,如果判断出得大于失或失大于得,做与不做就取决于胆量。王传志如今有全国著名企业家的名声,有两百来万的家私,这些,他一点都不想受到伤害。王传志实际上已用不着冒太大的风险了。如果能说服他认为合作的风险系数为零,剩下的只是些枝节了。陆承伟道:"腐败,如今已成为顽疾,这个顽疾的根源在我看来是分配的不尽合理。早几年,舆论界曾谈论过搞原子弹的不如卖茶叶蛋的。这种谈论不了了之,实际上表明民众对这种现象麻木不仁。这两年,红头文件中,开始羞羞答答承认分配不公对社会肌体的破坏力了。最近,也有改变这种现状的消息传出,譬如要评选年薪十万元的教授。可惜步子迈得还是太小了,今天区区十万元年薪,仍抵不上当年卖茶叶蛋的人今天收入的五分之一。党和政府对腐败这个顽疾,不能说不重视。十多年来,都在提反腐败的问题。结果呢?

我们的腐败程度,在世界上还是排在前四十位。① 算算世界上有多少个封建君主制国家,就知道我们距公平、公正的理想社会有多么遥远。印尼前年被评为世界上腐败程度第一②的国家,今年老苏哈托终于下台了,他蹲不蹲监狱,目前还不好说。党和政府反腐败的决心大不大?政界抓了一个陈希同,商界抓了一个褚时健。一个是中央政治局委员,一个是中国品牌价值最高的红塔集团的老总。抓这两个人的用意非常清楚:不管你的地位有多高,不管你的贡献有多大,只要你贪污了国家的钱财,就要抓你、判你。陈希同被判了十七年徒刑,褚时健估计不是死缓就是无期。力度够大了吧?杀鸡给猴看也好,杀猴给鸡看也好,用心都很良苦。有人算了一笔账,江主席和朱总理的年工资,顶不上一个乡级贪官一年的灰色收入。千古第一贪官和珅的家被抄,白银就抄回七千万两,而国库的存银不过五千万两。上上下下都知道,这个问题不解决,不得了。这些话,不该我来说,我一不在庙堂,二不在江湖,没资格谈论国是国非。我再说两句陈希同和褚时健吧。陈希同的判决书上,写了他把礼品据为己有,写了他盖了两处行宫。褚时健呢?私分了几百万美元。判的判,关的关,可我们的国有资产,每天还是流失了一个多亿。这些钱流到哪里去了呢?当然是流到私人的腰包里去了。传志兄,凭你我之力,能扭转这种局面吗?"

陆承伟用一句设问结束了自己第一阶段演讲。平心而论,这番话里忧国忧民的情愫要算呼之欲出了。王传志知道这是高超的太极功夫,不能贸然接招,显示自己也是行家的手法是静观其变。陆承伟停顿了一会儿,激动地说:"我,可以为故乡捐一千多万修一条真正利民的公路,可以捐一百五十万表达对灾区人民的爱心,可以资助一百名灾区学子完成学业。合法地挣钱,合情合理地花钱。这就是我给你指明的道路。所谓合法地挣钱,当然不是贪污受贿,

---

①② 数字源于何清涟著《现代化的陷阱》。

当然与腐败无关了。"王传志笑道:"要不怎么叫合法呢?老弟,你就直说了吧。听了你刚才的遑遑大论,我就知道你不会置我于对党国不忠、对部属不义、对妻儿无情的尴尬境地。我该看看你的底牌了。"

陆承伟又问了几个问题,譬如天宇集团去年的销售收入,譬如天宇集团捐了多少款用于抗洪救灾等。王传志一一作了回答。陆承伟道:"两百多亿人民币的销售收入,在中国的大企业里,也可以排到前二十名了。只是你们捐的救灾款太少了。区区两百万,还比不上红太阳这样一个亏损大企业。我终于明白我爸为什么这次没去你们天宇走走看看了。"王传志自责地说:"捐救灾款是在抗洪晚会现场进行的,我想着捐两百万也不算少了,没亲自去。政治账,也没算清楚。没想到很多企业都搞大出血,最高的捐了两千多万。李国奇副总给我打电话请示,刚说了两句,他的手机没电了……总之,这篇文章我没做好。"

陆承伟这才翻开了底牌,"我们合作写一篇文章吧。进军世界五百强,如今是国有企业界的热门话题。朝这个目标奋斗,政府和中国的纳税人是愿意交一笔学费的。只用看看我们在体育方面为强国梦做了多少努力,就知道我们多么希望出现几个经济上的航空母舰呀!现在,我和陆川县共同拥有一个小上市公司。这个公司的股票天天飘红。如果天宇集团以每法人股四五元的价格收购陆川实业的八千万法人股,就像是一次进军世界五百强战役的火力侦察,谁能说什么?以陆川实业现在的知名度和特殊身份,这笔交易还能为天宇集团赢得一些政治分。我可以按国际惯例,及时、足额支付给你还有你的几个助手百分之三的佣金。不给你留任何后遗症,这笔佣金也不会低于一千三百万。为了便于操作,春节过后,我会设法把陆川实业的股价拉到每股二十五元以上。现在,陆川实业的每股净资产,年报上公布的是每股两元三角六分。再加上中国股票上市的难度系数,天宇用每股四元五收购陆川实业,你们的董事会和监事会应该认为这是一笔合算的买卖吧?"

其实,王传志早就判断出陆承伟的用意了,猛然间听到陆承伟把整个合作计划和盘托出,还是有点难以适应,干咽了几下,没有表态。陆承伟又将了一军,"传志兄,你是认为我做这个壳卖不出去?还是对我的个人信用存在疑问?"

王传志接招了,"都不是。传志虽然愚笨,还能看出老弟出神入化的部分绝技,早就佩服得五体投地了。该考虑的,你都替我考虑到了。我们本身就是一个上市公司,再控股一个上市公司,需要做很多工作。你也知道,天宇也不是铁桶一块。告我的状子,每天都有。现在天宇还有一个部里派的梁特派员,又多了一个关口。所幸陆川有矾矿和钛矿,贮量也不小,天宇收购陆川实业,在战略上无可指责。我需要你给我点时间。另外,我们这个君子协定,用不着让第三者知道。或许,到时候是天宇主动要收购陆川实业,这样可能更容易让人接受些。"

陆承伟听得暗自佩服,心里道:该考虑的,他也早考虑到了,和这种优秀的人合作,太愉快了。

当晚,王传志推脱不过,和陆承伟一起,陪从北京来的两个朋友玩了四个小时麻将。陆承伟没赢没输,王传志还了陆承伟借给他的十万元本金,最后净赚了八万八千元。陆承伟称这是圣诞老人送给王传志的礼物,自己拿出一万元给两位北京来的朋友,让他们买机票回北京。陆承伟做事的谨慎,又一次给王传志留下了深刻而美好的印象。

从温泉山庄回到家,王传志召见了李国奇、张中保、马林和周瑞发四员干将,提出开个董事会,讨论一下如何进军五百强的战略问题。恰好又到了年底,王传志以大家工作出色为由,决定以送红包的形式,再奖励给每个人十万元。马林认为特派员还在天宇,发这个红包可能会对王传志不利。王传志说道:"每年我有两百万元总裁基金可以自由支配,这是部党组认可我的特权。按你们今年做的贡献,每人留一百万也不算多。我真想给梁特派员也发个小红包,不知他会不会接受。六十岁的人了,抛妻别子从北京来到西平,监督国有资产的运营,真不容易。后天的董事会,请他也参加一下。"

几个助手都表示反对,认为特派员参加董事会,不合有关规定,担心日后特派员对天宇的经营指手画脚。王传志笑了,"此特派员非彼特派员。史天雄是来摘桃子的,梁特派员是来发挥余热的。我们要充分尊重他。部委合并,他不再担任副部长职务,已经够背了。我们要把他当成个外人,合适吗?小周,明天你带一万元的红包,去请他参加后天的董事会。另外,你代表公司,邀请他的老伴和孩子今年来天宇过春节。人情世故还是要讲的嘛。"

梁特派员答应列席一次董事会,看点门道,也同意说服家人来西平过春节,却以无功不受禄为由,拒绝接受王董事长、王总裁发的红包。王传志感叹说:"当过副部长的人是不一样,一个列席,把什么关系都理顺了。"

天宇开董事会,椭圆形桌子靠近门的弧顶从来都只摆一把椅子,这把椅子属于王传志。王传志左边的位置,总是坐着党委书记兼副董事长项明远。因为梁特派员要参加这次董事会,项明远到会议室后,周瑞发说明了情况,项明远就把自己的位置让出来,坐到李国奇的位置上了。这样,所有人的位置都换了。方位改变后,大家都觉得有点不自在,不免都把目光盯在两个空着的椅子上,想象着王传志和梁特派员会怎么坐。

王传志当然要把梁特派员让到正中就座。梁特派员贵贱不肯,说道:"我怎么能坐这个位置呢?我只是列席会议,可不能坏了规矩。"王传志笑着指指桌子说:"老首长,这里不比人民大会堂,有几排主席台座位,有几个正中位置,人大政协开会,江主席可以坐在第二排中间,你要是不坐,我也只能站了。"梁特派员把边上的空椅子朝弧顶方向挪了挪,坐下道:"我今天来,主要是听你讲,坐近一点也好。你也快坐下吧。"

王传志把正中的椅子朝项明远那边挪挪,清清嗓子道:"都坐下吧。"大家都把这个细节牢牢记在心里,对王传志的精细又佩服了几分。项明远心里也有点服气。

王传志用目光和全体董事做了交流后,身子朝靠背上一仰,开始做开场白:"日子过得真快,转眼就到年底了。这一年,非同寻常啊!我们遭受了那么大的一场洪灾,结果呢,各主要统计数据表明,增长百分之八的预定目标,基本上可以实现了。九八年,历史肯定会浓墨重彩记上一笔的。这是全国的大气候。我们天宇的小气候呢?也相当不错,年初定的百分之九增长目标,已经提前一个半月实现了。可是,我们还是落后了。和全国的形势一比,我们落后了。和我们自己的前五年相比,我们今年也落后了。我们什么落后了?我们的观念落后了。我强调过多次主要领导的分工负责制,今天还想提提。在党内,项书记是班长,我是副班长,党务工作项书记说了算,他是核心,这方面出了问题,要打他的板子。生产经营上,我是班长,我说了算,我是核心,出了问题我挨板子。天宇观念上的落伍,主要责任在我,我应该做检讨。开诚布公地说,我确实有点守成求稳的思想。去年,部里就让我们搞一个进军世界五百强的日程表,因为我的守成求稳思想作怪,拖到现在还没有搞出来。在全国的企业界,我还有点改革家的名声,出这种问题,太不应该了。人一旦有点成就,进取精神就差了,我也没有免俗呀!我算了这样一笔账,用五年时间挤进世界五百强,我们的年销售收入每年必须净增一百八到两百个亿,这个数字把我吓坏了。为什么会吓成这样?我是想起了这些年发展的艰难。样板戏《龙江颂》

里有句台词,叫做巴掌山挡住了你的双眼。我的双眼就是被咱们家电城这座巴掌山挡住了。中国的家电市场、世界的家电市场,不是无限大。可是,从理论上讲,市场的种类又是无限的。十九世纪没有汽车,也就没有汽车市场。十五年前,没有电脑,也就没有电脑市场。短短百年,汽车已经多得叫人头疼了。短短十五年,比尔·盖茨这个穷学生已经变成了世界首富,微软公司股票的市值已经跃居世界第一了。只抱住家电这一碗稀饭喝,早晚要饿死我们。中国人讲知耻而后勇,我当众做这个检讨,算是知耻了吧。接着,我想说说我的一点思考。我想了想,天宇用五年时间跻身世界五百强可能性不大,用八年时间挤进去,是有希望的。中华民族的伟大复兴,需要世界级经济航空母舰为国人鼓劲。制造中国的经济航母,是历史赋予我们天宇人的神圣的使命。为了不辱使命,我们必须尽快踏上扩张之路。朝哪个方向扩张呢?我看有三个方向。第一个方向:兼并或控股一些国内的尖端科研单位,如生物化学、遗传工程等研究机构,让它们成为天宇的新的经济增长点。小平同志讲科学技术是第一生产力,我们必须尽早占有这第一生产力。第二个方向:尽早涉足能源、矿产等基础行业,充分占有生产资料。也可以讨论一下进入国家大型基础建设项目的可行性,如铁路、港口、高速公路等。日本的三菱、住友在这方面的经验值得借鉴。第三个方向:兼并或控股一些生长性比较好的中小企业,当然,如果有合适的大企业,我们也可以考虑兼并或控股它们。这三个方向,优先级最高的是第三个方向。为什么这么说呢?因为兼并控股中小企业,见效最快。因为国内其他大型企业为了扩张,也会瞄上它们。这就好比搞对象,姑娘是一茬一茬长大的,一茬熟了,就得赶快找,下手快才能找到七仙女,下手晚了只剩些歪瓜裂枣,你们说这婚姻会幸福吗?肯定幸福不了!"

众人忍俊不禁,都笑将起来。

董事会决定成立一个领导小组,专门制定天宇进军世界五百强的具体方案,王传志任组长,李国奇任副组长,周瑞发任办公室主任。尽管梁特派员一再推辞,董事会还是通过了王传志提出的聘请梁特派员为领导小组顾问的动议。

因为天宇在西平企业界举足轻重的地位,第二天西平各大报纸的头版或者经济版,都披露了天宇集团准备用八到十年时间进入世界五百强的新闻。

史天雄拿着一张《西平商报》,走到金月兰的办公室,说道:"上午的会,你看能不能挪到下午开……"金月兰笑了,"已经改到下午了。你现在已经成一个救火队队长了。确实,天宇扩张,对红太阳是个千载难逢的机会。你去劝劝你二哥,别再错过了这个机会。"史天雄感激地看着金月兰,说道:"你真的成了我肚子里的虫子了,我想什么,你都知道。在我的成长道路上,承业二哥的地位举足轻重。'文革'前期,我在他家住了五个月。他教会了我很多东西。二哥这个人,内心很孤傲,缺乏灵活性。他一直认为王传志和天宇集团只是个小兄弟,后起之秀,真正需要他做下蹲状时,他未必能做得到。我实在不愿意看到一个英雄走向末路。"

金月兰刚刚得知在史天雄的关照下,史天雄的旧居已经变成"都得利"的仓库,他的女房东已经成为"都得利"的保管员,心里不知是个什么滋味儿,叹息一声,说道:"我怎么有资格当你肚里的蛔虫?也不知道我是不是提前进入了更年期,粗心、迟钝,简直一无是处了。"史天雄狐疑地看着金月兰,"话里有话,我是你的总经理,工作上有什么不足之处,请首长尽管批评,不要留什么情面。"金月兰抿嘴笑了,"问题可能就出在这里,这两天我一直在想,为了'都得利'的未来,我应该跟你换换位置了。你在公司所占的股份,早超过我了,我再当董事长,实在不合适。"史天雄说:"董事长不一定都是最大的股东。月兰,你今天是怎么了?"

金月兰红着脸道:"有点小肚鸡肠,有点怕你远走高飞吧。没事的,都过去了。再说你也没有错。你还站着干什么,快去吧。别的事,下午再说吧。"

史天雄开车赶到红太阳集团,陆承业正在办公室里生闷气。史天雄把报纸放到陆承业面前,"二哥,天宇要扩张的消息,你看了没有?"陆承业伸手用力敲敲报纸,"什么玩艺儿!你是来劝我别放过这个机会的吧?你是怕我太顾忌自己的颜面,不肯向强者屈服吧?红太阳如果是我私人的公司,我是不会向谁屈服的。全员推销,已经彻底把红太阳推下悬崖了。为救红太阳,我什么事都肯做。告诉你吧,我刚去见过王传志。除了没给他下跪,什么软话我都说尽了。只要他愿意兼并红太阳,我可以当他的车间主任。他呢?一副小人得志的样子,看了让人恶心。我是小瞧过他,可他怎么能把个人恩怨和拯救国有资产混为一谈呢?最后,他恬不知耻地说,搞扩张只是打打政治这张牌,还用了孔夫子的一句话,说这叫述而不作。"

史天雄也听傻了。

陆承业又道:"天雄,回到部里来吧。二哥也低估了你。我没想到你用不到一年时间,就把'都得利'搞到这种程度。我相信你的人生目标并不是做一个有钱的人。你来红太阳当船长吧,我给你当大副、当助手。这条船是我领着人打造出来的,我知道它还有救。"史天雄没有答应。陆承业眼睛里的光芒渐渐黯淡了下去。

陆承伟看到天宇准备进军五百强的消息,很高兴,激动得用手弹着报纸说:"老齐,你看看王传志这活儿做的,他是准备搞成一件艺术品呢。"齐怀仲佩服地说:"当初你选择天宇,我还真为你捏着一把汗呢。我想着王传志离五十八九岁还远,处在上升时期,不一定敢冒险。现在看,还是你的眼光独到,不服不行。如今是万事俱备,只等签合同了。"

陆承伟点了一根雪茄,在客厅里踱了很久,神情肃然地说:"本质上,我是一个悲观主义者。王传志的工作,还远远没有做到位。过了春节,我想说动王传志,跟我一起到东南亚一带看一看。在国内,他这张脸的知名度太高,加上树敌太多,他从不在娱乐场所出入。他建立天宇王朝,牺牲了很多东西。他的妻子毕竟是近五十岁的女人了。王传志面对这张熟悉的老脸,不知还能不能唤起激情。我认定他是一个充满激情的人。"齐怀仲有些跟不上陆承伟的思路,讪讪地笑道:"这主意倒是不错。我听说泰国的成人秀表演,能引诱老和尚生出还俗之心。其实,上千万的钞票已经够有分量了。"陆承伟叹道:"把这只股票卖了,我准备立地成佛了。我已经下了这个决心。正因为如此,我必须确保这一次计划万无一失。你找个旅游公司,给古狼和江小四办个旅游护照。"

齐怀仲又一次感到脑子不够用了,问道:"你真的要带古狼出去呀?白花钱。"陆承伟道:"不让他过过王子一样的生活,他怎么会放弃灰姑娘。小四原来要和我打赌,最近又不热乎了。小四在西平到处受捧,哪里能顾得上咱们这个三流诗人?出去后,我就可以跟小四打这个赌了。十五天,她要是不能让古狼死心塌地爱上她,她的面子和魅力还从何谈起。小四会赢的,她有这个实力。"

齐怀仲听得目瞪口呆。一个四十多岁的男人,为了实现少年的梦想,处心积虑搞了这么多阳谋和阴谋,齐怀仲真不知道该如何评价了。

下午,乔本和松山来了。日本国内的经济不太景气,松山准备加大在中国的投资。他看中了西平市高新区芳草园一块十五亩大小的地,希望陆承伟能帮他在投标中以比较低的价格、比较长的使用期,把地拿到手。看中这块地的,还有一家德资公司和一家中国的公司,这些内幕松山已经打听清楚了。陆承伟仔细听完后,笑了起来,"顺的时候,真是想什么来什么。饿了有大饼,困了有枕头。

松山先生,我也有件事需要你帮忙啊。走,咱们去看看那块地。"

陆承伟有什么事需要松山帮忙呢?齐怀仲站在小楼前想了很久,也没想出来。正在走神,他看见一头金发、英俊高大的瑞士人丹尼朝他飞奔过来。

丹尼喘着气、擦着汗,语无伦次地说:"齐,齐先生,今天能见到你,真是太幸运了。这关系到一个生命。没有任何人,可以无视另一个生命的存在。未出生的婴儿,也有自己的生存权。这种权利是上帝赐予的,是神圣无比的,是不能侵犯的……"齐怀仲听得一头雾水,忙说:"丹尼先生,你慢慢说,你慢慢说。"丹尼平静了一些,"我喜欢中国,喜欢中国的文化,可我不喜欢中国可以随便堕胎。我理解中国人不喜欢做未婚妈妈……可我愿意做这个孩子的父亲。我爱她,她为什么不接受?我在瑞士有完全属于我的房产,我还有祖母留给我的四百五十万瑞士法郎的遗产。在我父亲和我哥哥的公司里,我还有百分之三和百分之五的股份。我可以养活妻子和孩子。如果需要,我可以让他们寄来有关法律文件的副本。齐先生,我需要你的帮助。"

齐怀仲大惊失色,结结巴巴问:"你,你是说,说双凤她她,她怀孕了?"丹尼道:"是的,她要去堕胎!我知道,她现在爱着另外一个男人。这个男人应该负起责任。我知道,他可能有妻子,有妻子也应该负起这个责任。他不爱双凤,为什么要让双凤怀孕?这个混蛋!"

"作孽呀!"乔怀仲摇着头,原地打着转转。过了一会儿,他说:"丹尼,走,我去看看她。"

这个孩子如果是陆承伟的,该有多好哇!想着顾双凤又一次要上手术台,齐怀仲感到揪心地痛。

顾双凤没有再骂一句陆承伟。齐怀仲知道顾双凤心中的仇恨已经长成一棵树了。如果双凤嫁给这个心地善良的瑞士人,不是一个还不错的结局吗?

顾双凤斩钉截铁地答道:"这不可能!"

"为什么?"齐怀仲道,"看得出他是爱你的。他说了,他可以提供有关财产证明……"

顾双凤幽幽地说:"我知道他爱我,我知道他很富有。他是一个生活在天堂里的孩子,我不配,我不配再有幸福的生活了。我是个该下地狱的女人……至少,我已经站到地狱的门槛前了。谢谢你,也谢谢丹尼,你们让我感觉到了一丝温暖……"眼泪无声地流了出来。

丹尼送齐怀仲出了宾馆,问道:"齐先生,她是不是改变主意了?"齐怀仲抬手拍拍丹尼的肩膀,"丹尼,这个孩子是不应该出生的。我不能告诉你原因。她在西平没有亲人,我和你明天陪她去做手术。丹尼,她说你是上帝的孩子,虽然她没有答应嫁给你,但你不要灰心。中国有句话,叫有情人终成眷属。爱她吧,好好爱她吧,她值得你爱,她会成为一位好妻子、好母亲……"丹尼无奈地耸耸肩,"中国的法律允许堕胎,我有什么办法?我不会放弃的。"

第二天,丹尼和齐怀仲陪顾双凤去医院做了手术。

该不该把这件事告诉陆承伟,齐怀仲很犹豫。

# 第十九章

腊月二十,陆小艺给陆承伟打来电话说,《你我都风流》顺利通过审查,八个省级卫视台将在春节过后,相继播出该剧。最后,陆小艺又说:"女一号是这个片子最大的卖点。专家审片时,对你推荐的顾双凤赞不绝口。有人说她将来的艺术成就,不会在刘晓庆、巩俐之下。"

陆承伟想了好一会儿,又给陆小艺打过去,提出腊月二十三在西平为《你我都风流》搞个首映式,让陆小艺在北京请几个著名的影视评论家来西平走一遭,最好能请到几个飞天奖的评委,全部费用由他承担。陆小艺在那边说道:"扶上马了,你还要送一程啊?你什么时候变成一个情种了?眼看就要过年了,姐又是个小股东,费这个事,只是替别人做嫁衣裳,又花不少钱,有必要吗?"陆承伟急了,提高声音说:"有这个必要。姐,你别心疼钱。我得到可靠消息,燕平凉对'都得利'的看法有所改变。再说,天雄这个年在哪里过,也很有讲究。如果他答应回北京过这年,在别人看来,他心里不是还有咱们这个家嘛。天雄在爸心中有多重,你也看到了。我个人认为,爸这么待他,恐怕也有希望你们重归于好的意见。他要是留在西平……"说到这里,恰到好处地停住了,把无限的空白,留给了陆小艺。

天下大势分久必合,合久必分。破镜重圆的结局,陆小艺最近也想过多次了。用这个办法试试史天雄的态度,也有必要。如果检验出史天雄真的不肯吃回头草,也好早作打算,毕竟年岁不饶人。陆小艺笑了,"真有你的,连你的亲姐也要算计呀!明明是你求我做事,这样一说,我恐怕还得感谢你了。不过,你考虑得也算周全。依你吧。后天我带三五个专家过去。主创人员都在西平拍《乱世情缘》,也不太费事。你给天雄送个请柬,见面了,我顺便问问他春节在哪里过。太把他当成一回事,徒给别人留下笑柄。"

眼下,陆承伟也只能用这种方式,表达对顾双凤无限的愧疚了。心债情债,最难偿啊!

这个首映式,主角只有顾双凤一人。

看完五十分钟片花,顾双凤顿时被西平几十个传媒记者包围了。顾双凤穿着一身黑衣,宽长的白围巾绕过脖子,随意地搭在胸前。刚刚流产不久,加上失血过多,她的脸色多少有点惨白,这种病态惨白,叫两只闪烁着执拗、深邃、略带神经质光芒的眼睛一点,呈现出一种摄人心魄的美丽。她的这种形象,和片花中那个热情、单纯而又略带风情的少妇白雪,形成了强烈的反差。懂行的娱记们,从这种反差中,感受到的是一种性格演员的无法预测的未来。提的问题,都不是以近几年走红的偶像女星作参照,问话中,甚至出现了嘉宝、费雯丽、褒曼、吉永小百合这些经典女演员的名字。顾双凤矜持地、简洁地回答着各种提问。最让记者们感兴趣的回答是:演电视剧对我来说纯粹是误入歧途。最让记者们感到遗憾的回答是:完成《乱世情缘》拍摄合同后,影视圈再也不会有顾双凤这个人了。

近几年,被媒体称作"玉女"的郁虹,见没有主要媒体的记者关注自己,草草回答了一个不知名小报记者提的几个问题,匆匆离开了皇冠大酒店多功能厅。史天雄接到陆承伟亲自送来的请柬,十分犹豫,在金月兰的劝说下,才来参加了这个首映式。陆小艺没问史天雄对电视剧的评价,直截了当说:"爸和妈,还有小勇,希望你回北京过这个春节,你准备什么时候回去?"史天雄道:"商业零售,春节前后要赚够一年百分之六十的利润,这个年我只能在办公室过了。今天,公司还有一大堆事在等我回去处理呢。"陆小艺的心情一下子变坏了。对她来说,西平之行,再也没有实际意义了。

这时,顾双凤在丹尼的保护下,冲出几个难缠记者的包围,朝多功能厅门口走去。边走,丹尼边对追过来的记者们说:"顾小姐身体不好,她需要休息了。"

陆承伟一直站在门口,看着顾双凤作为社会的人,享受第一次人生的辉煌。他早已发现了那个一刻也不离顾双凤左右的丹尼,也发现顾双凤身上多了一种难以言传的魅力,心里莫名地感到有些酸楚。顾双凤已经成为公众人物了,注定会慢慢从自己的视野里消逝了。他必须当面向顾双凤表示祝贺。

顾双凤昂着头走过来了。陆承伟早早地伸出了手,很真诚地说道:"小凤,祝贺你。这是一个伟大的开端。"顾双凤看看陆承伟伸出的手,眯着眼看着陆承伟,格格格地笑了起来,直笑得浑身颤抖,"谢谢陆先生。伟大的开端,说得可真好!是伟大的罪恶还是别的?不管怎么说,你是一个伟大的巫师。我不会忘记你替我做的一切。"陆承伟讪讪地缩回了手,"不管是什么,只要伟大了,都是大美的东西,哪怕是伟大的罪恶。所以还需要祝贺你。"忍不住又加了一句:"你这位洋保镖很不错,像是用米开朗琪罗的《大卫》复制的。"

丹尼认真起来,"先生,你错了,你全错了。我不是顾小姐的保镖,而是她的保护神。如果你的意思是说我有《大卫》一样强壮的体魄和漂亮的面孔,我会很高兴。我认为你是说我肚子里也是石头,是一个没有生命的怪物。不,我这里面盛满了思想,这里面装满了爱。"说着,指指自己的头,拍拍自己的胸口。陆承伟没想到丹尼会说如此流利的汉语,又是如此敏感和敏锐,一时语塞了。顾双凤终于感到了愉快,再次大笑起来,眯一眯陆承伟,"你不要惹丹尼,他练过柔道和拳击,惹恼了他,他会把你的头拧下来当足球踢。"丹尼摇摇头,"你也错了。这种做法太野蛮了,我不会这么做。"顾双凤挽着丹尼的胳膊,"这是中国式的比喻,你要领会字面底下的意义。走吧,陪我去休息一下。丹尼,这位陆先生中午还要请我们见识中国的吃文化呢。"走了几步,又扭头说:"陆先生,并不是所有过去了的,都能变成亲切的怀恋。是的,这只是开端。"

陆承伟的心情也变得恶劣起来。这时,他看见史天雄离开了陆小艺,一脸严肃朝门口走来。他马上意识到这两个冤家可能又一次谈崩了。该不该设法把他留住呢?

陆小艺的心情坏到了无以复加的程度。这时,导演何大壮、制片人王军和主演钱林已经接受完电视台的采访,走到陆小艺身边。王军喊道:"陆姐,这次合作,一不留神,搞了一个既叫座又叫好的片子。大家都认为这是托了你老人家的福。怎么样,过了节再玩一票?"

"放屁!"陆小艺冲动地骂一声,控制了一下情绪,又笑了笑,"你小子赚了大钱,开始卖乖了!老人家,老人家,我是个老太婆了?臭嘴!"王军忙作揖道:"陆姐,陆姐,这个称呼只是表达我对你的尊重。这张嘴是有点臭。"何大壮也打趣道:"罚他出出血,在银杏请一桌。"王军拍着胸脯道:"成!小艺姐这种单身贵族,全中国能有几个?我认罚。"陆小艺也觉得失了态,自嘲道:"更年期了,太敏感。眼看就没人要了。"指指自己的脸,指指自己的腰,"这种成色,离老太婆也真不远了。"

站在陆小艺身边的钱林,生出了一些怀旧情绪。这个首映式,他受了太多的冷落。风头全让顾双凤抢了,片花上的他尽是些令人生厌的面孔,他自己看着都觉得烦。辛辛苦苦追了两个月郁虹,劳而无功,顾双凤也把他视作路人了,这个冬天可真够背的。钱林很随便地把手搭在陆小艺的肩上,顺着话头说:"没人要了我要。"

陆小艺皱了一下眉,斜一眼钱林,冷冷地说道:"你放尊重点!把你的臭爪子拿开!"

钱林窘住了,堆出笑脸,又把陆小艺搂一下,"干吗干吗?咱俩谁跟谁呀。"把另一只手伸到陆小艺面前,做成一个兰花指,"这修长的爪子,不是很巧很灵性吗?小艺姐,你说呢?"

陆小艺突然间爆发了,闪过身,啪地甩了钱林一个耳光,怒骂道:"你他妈的是什么东西!给脸不要脸。你以为你是谁?一个破戏子,你臭美什么!"

这个突然的变故,让在场的人都惊呆了。王军忙把钱林拉到一边。何大壮看看周围还有记者,低声提醒道:"小艺,这是公共场所!你今天是怎么了?"

陆小艺不依不饶,继续破口大骂:"演几个肥皂剧,就不知道姓什么了。不给他点教训,他不知道怎么做人!别他妈的自我感觉太好,你以为全世界的女人都是你的追星族?贱手贱脚的,活像个面首。"

何大壮赶忙把陆小艺拉走了。

陆承伟和史天雄在多功能厅门外,清楚地看到了这一幕。沉默了一会儿,陆承伟道:"天雄,你有何感想?这可是你一个人的杰作。小艺是爱你的。"

史天雄干咽几下,沉着脸走开了。

这个春节,过得平平常常。

没有任何迹象表明梅家母女的生活会突然变好,或者突然变糟,一天跟另一天,跟克隆的一样,没有什么区别。早上,梅红雨离开家后,梅兰也离开家,到滨江公园去练一种流行的功。这个时候,服务公司不会有人来仓库取货,是梅兰一天难得的空闲。梅兰节前经人介绍,开始练这种"法轮功"。她对这种功练到一定程度有病不用吃药的说法,还将信将疑,她天天去滨江公园练功,其实只有一个目的:推销在家里堆放的电视机和VCD。

梅红雨走过办公区,直奔打卡处而去。高级督办山本照例面无表情,以跨立的姿势站在打卡台旁边。

轮到梅红雨打卡了,山本嘴角上浮出几缕不易察觉的坏笑,说道:"梅小姐,从今天起,你不用再打卡了。"梅红雨手拿着卡片,看着山本,没有说话。从现在的职务再升一级,按规定就不用每天打卡了。梅红雨不大相信这样的好事会突然降临。那又是为什么呢?梅红雨感到心跳突然间加快了。山本像一只捉到老鼠的老猫,仔细观赏着梅红雨的面部表情,然后换了一副面孔道:"很遗憾,我没办法祝贺你升迁。其实你完全有能力得到更高的职位。梅小姐,实在对不起,我奉命通知你,到财务处结算工资,再到总务处移交你保管的属于公司的所有物品。你被辞退了。"

梅红雨惊愕地看着山本,颤着声音问道:"我,我想知道公司辞退我的原因。"山本依然保留着似笑非笑的表情,抱着双臂道:"我用了半年时间,才重新站到这个位置上。我是没权辞退你的,尽管我早就想这么做了。也许你能在松山先生那里找到你需要的答案。"

梅红雨强忍着愤怒,朝松山的办公室走去。打卡的中方雇员们,脸上挂着兔死狐悲的恓惶,脚步声和呼吸声都微弱得无法听到了。

松山取下眼镜,看着梅红雨,"为什么辞退你?不为什么。作为会长,我认为你不再适合做这项工作了。"梅红雨固执地说:"我有权利知道被解雇的原因。是我不能胜任这份工作?是我在工作中有什么过失?我不能接受不明不白的解雇。"松山站了起来,给梅红雨鞠了一躬,"梅小姐,感谢你对松山株式会社所做的一切。我只能对你说,公司不再需要你了。"顿了一下,又道:"贵国有句话说得好:'塞翁失马,焉知非福'。梅小姐才貌双全,品质很好,应该有很美好的未来。我祝福你。"

梅红雨出了松山株式会社,第一个想到的人,还是古狼。她希望古狼能马上帮她拿个主意。她走到一个磁卡电话前,呼了古狼。过了七八分钟,古狼没回话,她又呼了一次。

这时,古狼和江小四拿着旅游护照,走出市公安局的办公大楼,走向江小四那辆红色宝马跑车。两个人谈的话题,并没有因为古狼呼机的嘀嘀声中断。江小四用遥控器打开车锁,格格笑道:"你快三十岁了,目前只守着一个女人,你怎么能变成大诗人呢?你送我的诗集,我已经拜读了,"拉开车门坐上去,"不能说你没有才华。不客气地说,我从中没有读到激情澎湃的内容。你的感情史,特别是情史,实在太苍白了。可见你守着的这个女人也不是仙女。"古狼也上了车,"像是高见。"江小四把车发动起来,"你别不服气,普希金的爱情诗为什么写得那么棒?常新的爱情滋润的。前一段,我看了一本书,只活了三十七岁的普希金,有一百一十三个有据可查的女人。从他十三四岁性成熟算起,每年他平均遇到近五个全新的女人。他创作的黄金时期呢?每年至少创造十个崭新的爱情故事。这一比,你的量肯定不够。"开车转向一条大街,"再说质吧。普希金死于为女人引起的决斗,多么辉煌!有主旋、有伴奏、有华彩乐章,这才能形成生命的交响。"

古狼的呼机又响了起来。

江小四把手机掏出来扔给古狼,"回一个,回一个,嘀嘀嘀,烦死人了。你的情感生活,连独奏都算不上。独奏,至少还有个伴奏吧?你目前只会清唱,和放羊的陕北汉子唱信天游没什么区别。只是嗓子还不错。如此而已。"古狼遭到如此小视,还是第一回,一开口,就把气撒在梅红雨身上了,"呼呼呼,呼什么呼!我在办护照,脱不开身。出什么事了?噢,我知道了。解雇了就解雇了,天塌不下来。我正忙着,再联系吧。"江小四问道:"什么人叫炒鱿鱼了?"古狼叹口气道:"我女朋友。日本鬼子把她炒了。"江小四夸张地叫了一声,"哇——你女朋友原来是个灰姑娘啊!你要是个王子就好了,可惜你现在也是个打工仔。柴米油盐酱醋茶,孩子老子穷亲戚,只怕会倒了你的嗓子,要不了几年,你恐怕连一两首像样的信天游也哼不出来了。你的故事,应该按公子落难、小姐搭救的套路改写一下。实在对不起,古诗人,你要演英雄救美,也可以,我马上送你过去。"古狼死死地盯着前方,"别开玩笑了,办正经事吧。"

梅红雨在心里骂了一会儿古狼,又拨了史天雄办公室的电话号码。接通后,她马上把听筒挂了。正在拨小姨梅丰的电话号码,她看见一辆红色的小车快速从身边驶过,目光追了一段,自言自语说:"不会是他吧?"心情又坏了几分。给梅丰简单说几句,梅红雨推着车子朝牌坊巷方向走去。

母女俩六神无主坐到中午,还没等到梅丰,梅兰又骂起来:"这些天杀的日本人,刚夸他们做了点事,狐狸尾巴就露了出来,以后这日子可怎么过呀!"梅红雨厌烦地说道:"骂一个小时了,管用吗?歇歇吧。"梅兰呜哇一声哭出来,拖着长腔骂道:"日本鬼子呀——你们落井下石呀——"

梅丰风风火火进了屋子,"兰姐,你哭什么哭!哭能解决问题吗?小雨,这是怎么回事?昨天刚给你加了工资,出什么事了?是不是大裁员?"梅红雨迷惘地看着梅丰,"像这样莫名其妙辞退中方雇员的事,从来没发生过。我去这十八个月,只解雇了三个人,一个偷了产品,一个出了严重事故,另一个违反了进公司五年内不准怀孕的规定,又拒绝流产。"梅丰愤愤地道:"连莫须有的罪名都没有,就把你辞了,也太没王法了。你的手续办了没有?"梅红雨道:"还没有。"梅丰道:"没有办就好。古狼呢?他知道不?"梅红雨道:"他有要紧事,过不来。"梅兰生气道:"你还护着他!你呼他几次,他回来了吗?你叫人炒了鱿鱼,他马上给你看这张脸,真是世态炎凉啊。"梅丰道:"这个古狼也太不像话了!"坐在沙发上说:"毕竟是份不错的工作……"梅兰忙央求着:"小丰啊,咱梅家就你一个有出息,小雨的事可全靠你了。一家就我们俩,小雨下了岗,这日子没法过了。"

近年来,电视成了传媒的主角,在这个信息时代,已经没人怀疑电视的巨大威力了。自从出现了主持人这种职业,它又成了电视人中的第一大牌明星了。梅丰在主持人这个行当行走几年,又做出了观众认可的品牌节目,替天行道、匡扶正义之豪侠之气本就呼之欲出了,不平之事这回又摊到了外甥女身上,她岂能袖手旁观?

梅丰想这事也不是个大事,安慰道:"你不是还没办手续嘛。红雨,明天上午我陪你去见见这个松山会长,劝他收回成命。我想他会给电视台一个面子的。日本是发达国家,知道舆论的力量。这件事包在我身上了。"

晚饭后,古狼拎着一个花篮、一袋水果来了。梅兰看见古狼进了院子,转身进了里屋。梅红雨看见古狼来了,气也就消了一些,只是不跟古狼打招呼。

古狼坐下来道:"还是上午说的那句话,天塌不下来。即便塌下来,还有我嘛。出国的机会,不是想有就有的,别再生气了。小鬼子这样待你,你也该长点见识了。陆总一直希望你加盟承伟实业,下午……"梅红雨气又上来了,"我的事不用你管了。我告诉过你,我绝对不会去承伟实业。这件事已经过去了。你走吧,我想一个人呆一会儿。"

古狼笑了,"暂时我们不谈这件事,陆总已经料到你不会同意的。他说他跟你们会长有一面之交,愿意出面替你说个情,叫我拦了。"从口袋里掏出一个牛皮纸信封,"陆总说了,你刚失了业,这时候带我出国,对你有点不人道。这三千块钱,算是我们公司的一点心意。我周五早上走。这两天,我要给陆总写几份发言稿,不能陪你了。不怕不识货,就怕货比货。房款,他借给我,他对我又一直很尊重,几个月了,他从来没喊过我的名字,开口必称我古先生,又给我提供出国的机会……他爱的是我的才!前些天,他还问我们什么时候结婚,他要为我们备一份厚礼。我不知道你对他的成见是从哪里产生的。江副省长的女儿,也在承伟实业兼职,你说他开的能是黑店吗?我是从乡下靠个人奋斗杀到省城的穷人的儿子,你又是在这种贫民窟里长大的孩子……我们总不能永远生活在社会的最底层吧?红雨,你想想,人一生中,能遇上几个可以改变命运的大机会?你好好想想吧,我走了。"梅红雨一直勾着头听着,突然问道:"江副省长的女儿,是不是开着一辆红色的跑车?上午我呼你的时候,你是不是跟她在一起?我想听你说几句实话。"

古狼怔了片刻,说道:"是的。小四,哦,就是江副省长的女儿,她大名叫江才媛,陆总叫她小名,大家都叫顺口了。江副省长当过陆总他父亲的秘书,他们两家算是世交了。小四,哦,江才媛的丈夫到美国后……陆总知道她心情不好,这回带她出去散散心。上午你呼我的时候,我,我和她正好在市公安局签证处……"梅红雨抱着头打断道:"不用解释了,不用了……你走吧,你走吧……"

古狼下意识地看看破败的房屋,转身出去了。

等了片刻,梅兰从里屋出来了,自言自语道:"有一句话说得好:不怕不识货,就怕货比货。攀上副省长的女儿了,怪不得这么神气。我看呢,不是那个陆总逼他来,他才不会来呢!我看这个陆先生是真心喜欢你呀。他是在让你做比较。当断不断,必受其乱。这个陆先生,心可真细。"说着,伸手去拿放在茶几上的牛皮纸信封。

"别动他的钱!"梅红雨泪流满面地抬起头,"他的心思我知道,我知道……古狼啊古狼,你聪明个屁!连陆承伟这种心思你都看不出来,你有什么才!我怎么……"梅兰脸上浮出了笑意,"吃一堑,长一智,什么都来得及。我看你真该好好想想陆先生的良苦用心了。"

梅红雨咬着牙,狠狠地说:"我恨他!他一直在搞阴谋诡计……古狼这个王八蛋……我,我……"梅兰笑了,"追求自己喜欢的女人,哪个男人不会耍点手段?记得有本书,名字就叫《阴谋与爱情》。这个陆承伟,对你可是没一点恶意嘛。我的女儿这么出众,就不兴别人爱了?买棵白菜还要货比三家呢。让古先生这一页翻过去吧。"

梅红雨擦擦眼泪,没再说什么。

第二天上午,梅红雨带着梅丰去见松山。一进门,梅丰很熟练、很有气势、很优雅地把记者证掏出一亮,字正腔圆地说:"我是西平电视台的梅丰,《今晚十分》节目主持人,也是梅红雨的姨妈……"松山没等梅丰自我介绍完,矜持地笑笑,用十分生硬的中国话说道:"你的,我认识,电视的,你本人的,更漂亮,姨妈的,我不知道。"梅丰松了一口气,脸上现出了职业微笑,口气柔软了许多,说道:"你能听懂中国话,这就好了。可你的中国话,说得可太差了。红雨,你给他当翻译。松山先生,我已经听了梅红雨的陈述,感到贵公司辞退她,可能有什么误会,你做出这个决定有欠考虑。"松山和梅红雨开始演语言双簧给梅丰听。梅红雨道:"他说这是一个非常理智的决定。"梅丰看看松山道:"这个决定,你应该考虑更改,因为梅小姐是贵公司一位非常出色的职员。你们也这样认为,因为上个月你们刚刚为梅小姐增加了薪水。"梅红雨等松山说完道:"他说他做出的决定从不更改。他说这个决定与我的工作是否出色关系不大。上个月给我加薪水是对我前一段工作出色的一种肯定,昨天辞退我是因为我的存在会使公司整体利益蒙受损失,公司的利益高于一切,至高无上。"梅丰生气了,站起来踱几步道:"真是岂有此理!这个决定对梅小姐很不公平!请你解释一下辞退她的真正原因。"梅红雨听了几句就说:"他在诡辩!完全是站不住脚的诡辩!他说,你们中国现在有一千多万工人失业了,还将有几百万干部失业,其中有很多像梅小姐一样优秀的人才。他们失业时,你们的企业和政府,是不是也向他们逐一宣布解雇的理由?如果你硬要问原因,我可以告诉你,日本经济也在衰退,本土有很多人也失业了,为本土失业人员留一些工作岗位,是我们在外投资者义不容辞的责任。梅小姐的工作,现在正是由一位日本失业者接替的。"

梅丰听了这番话,柳叶长眉挑了起来,知道这件事已无法心平气和解决,看着和大老板椅相比越发显得瘦小的松山说:"红雨,你告诉他,我认为这是一起严重的歧视中方雇员的事件。如果你不改正这个错误,我会借助于电视传媒,公开讨论这件事。"梅红雨听着松山的回答,气得满脸通红,说道:"小姨,你看看他说话时的表情……他说,他竟然说,欢迎你们软弱而无效的舆论监督,节目播放时,别忘了通知我收看。我在中国多年,知道你们的新闻自由度是有限的,你们想飞,可你们根本没长出自由飞翔的翅膀。你们太需要引进外资,电视台要批评外企,政府会干预的,你不要虚张声势威胁我。如果说在此之前,我对解雇梅小姐还略感遗憾和歉疚的话,现在这种情感不复存在了,因为我看见了她有一个我们日本人都不会喜欢的姨妈。梅小姐是一个独立的人,不是鸟巢中没长羽毛的雏鸟,这种仗势欺人的呵护,很可笑。你们电视台是没有权力收关税的,可你们收取外企产品的广告费,竟是中国同类产品的两倍多。节目播出后,只能使更多优秀的中国人知道我们公司。再说,这对梅小姐有什么好处呢?"

没等梅丰做出回答,梅红雨冲到办公桌前,探着身子用日语对松山说:"我不要什么好处!我只要讨个公道!这是中国,现在不是六十年前,我要让你知道中国人不是好欺负的。"梅丰忍无可忍,咬着牙说:"你的,良心的,大大地坏了!我的,通知你,看电视。"

梅丰哪里受过这种轻视?这天下午,她带着梅红雨拜访了劳动部门、法律界和知识界几个权威人士。随后,她产生了用一期节目公开讨论这件事的设想。晚上,梅丰又带着梅红雨去了主管新闻评论的副台长的家。听完梅丰一番慷慨陈词后,年轻的副台长一拍桌子道:"他妈的小日本,落井下石呀!抗洪后,下岗人员再就业成了国家压倒一切的头等大事,他们恰恰在这个时候添乱,是何居心?西平是开放城市,外企不少,中方雇员没一万也有八千,这个头可开不得!外企的职员都换成了外国人,要外企干什么?梅丰,要搞就搞出点深度,能起到点震慑作用。下午我在市里开会,燕市长和王部长还表扬了你们节目组,特别提了你们最近做的几期弘扬下岗人员自强不息精神的节目。松山有恃无恐,也是有道理的。日本现在成了我们最大的债权国,我们在很多方面,必须顾忌这一点。又有日本人登上钓鱼岛了,我们又只是借外交部发言人的口,抗议一下。太憋气了。你想想办法,搞专业一点,淡化政治态度。不冒冒气,还不把我们憋死了?出了事,我顶着。"

至此,梅红雨被炒鱿鱼的事,已经迅速升级,变成了关乎民族自尊、中日关系的一个敏感的事件。

做节目讨公道的方案定下来后,梅红雨反倒有些不安了。她想到了史天雄,有一肚子话题想跟这个像山一样可靠的男人诉说诉说。

梅红雨不愿意到史天雄的办公室,史天雄只好向金月兰告个假,去了梅红雨约见的圣天露茶楼。

梅红雨一见史天雄,一股脑把最近遇到的事情和自己的烦恼都说了。史天雄先安慰道:"西平有几十家外企,你懂日语、懂法语,又有在外企工作的经验,还怕找不到一份更好的工作?讨说法的事,我也赞成。世界上怕就怕认真二字嘛。"梅红雨看着史天雄的眼睛说:"我到'都得利'跟着你干怎么样?这个方案不是也不错吗?"

史天雄一时语塞了,支吾道:"我,我们确实,确实也需要你这样的人才……只是,'都得利'的收入,根本没法跟外企比。你们家的情况……"梅红雨咻咻地笑起来,"我就知道你会这么说。看把你吓的,马上就把门关死了。你现在还是金月兰的打工仔儿,你请我去,也未必能做得到。"喝了一口茶水,"找个高薪工作,我还有点自信。这个问题不谈了。我今天找你,是想请你帮我下个决心。我得感谢你的前小舅子,他帮助了我,让我及时地看到了古狼的另一面,你说,我是不是该跟他分手了?这个问题我已经考虑很久了,我好像没能力做出决断。我爸死得早……我一直希望能有一个什么话都可以对他说的大哥……你帮我下这个决心吧。"

史天雄张了几次嘴,两手神经质地在一起搓着,"红雨,很抱歉,我,我无法在这件事上给你帮助。你,你知道,我刚刚结束了一次失败的婚姻……一个失败者,没有资格在情感问题上给你提供任何帮助,更不要说帮助你下这个决心了。这件事情,还是你自己拿主意吧……"

梅红雨的眼睛突然间变得空洞起来,强笑一下,"你是害怕负责任。"长叹一声,"谢谢你能听我说这么多心里话。你去忙吧,我想再坐一会儿。今天算我请你,以后你再请我一次吧……"说着,双手伸开,捂住了自己的脸。

史天雄回到"都得利",把见梅红雨的情况,简单跟金月兰复述了一遍。金月兰笑了,"这是你和梅小姐之间的事,属于受法律保护的隐私,用不着说给我听。不过,作为'都得利'目前的老板,我很高兴能有你这样一个光明磊落的合作者。爱情导师,可不是好当的。你的亲和力,让我感到不可思议。"史天雄不知该怎么说,只有挠头傻笑了。

第二天晚上,《今晚十分》把梅红雨被外企无故解雇一事公布于众了。

梅丰在"U型"台的弧顶坐着,说着开场白:"各位观众,晚上好。今天的话题,是由日本驻西平的松山株式会社,以莫须有原因解雇中方雇员梅红雨引起的。今晚的嘉宾有当事人梅红雨小姐,省劳动厅涉外处王平处长、西平大学历史系教授、劳资问题专家裘东明先生,西平公正律师事务所主任钱忠先生。大家都知道,外资企业在近二十年,为中国的经济发展,做出过重要贡献。同时,我们还应当看到,在外企中,资方对中方雇员的歧视普遍存在着。近几年,媒体报道过数起外企资方体罚中方雇员、污辱中方人格尊严的恶性事件,引起了全国人民的极大关注。从表面上看,梅红雨被辞退,是一件普通的毁约事件,但它出现在亚洲金融危机、国企解困、政府机构改革的大背景下,就显得不同寻常了。为使大家对这个事件有个全面了解,先请梅小姐介绍一下事件的经过。请。"

梅红雨有点紧张,顿了几秒钟才说:"我是前年八月到的松山株式会社,做文秘工作。我的工作一直干得不错。上月十二号,发上个月的工资,公司又给我加了薪。本月二十号上午,我突然被辞退了。我问辞退原因,松山会长先说无可奉告,后来解释说是为保护公司利益。因为公司签的合同中,有甲方可以随时中止合同一项,我只能接受这个结果。"梅丰紧接道:"二十一号上午,我去松山株式会社了解情况,松山先生的态度极不友好,拒绝给梅小姐一个说法,又别有用心地挑衅说:贵国有上千万人失业,企业和政府给他们一个说法了吗?在我的一再追问下,松山又说,日本国内经济衰退,失业人员增加,他作为大和民族的一员,有责任为他的同胞留一些就业的位置。好一个爱国主义者。梅小姐与母亲相依为命。她母亲重病在身,下岗工人每月一百五十元钱,根本无法维持生活。梅小姐的工作岗位被一位来自日本的失业者占有后,她的家马上陷入了生存危机。因为梅小姐和这家日企公司签有合同,梅小姐只有接受这个事实了……"

裘东明教授说道:"劳资关系,是一种契约关系。梅红雨与日本公司签的是一纸不平等的合同。合同中有一条很诱惑人,梅红雨如果在这家企业干满十五年,她不管以什么方式离开企业,企业将一次性付给她与工资等值的一笔退休金。另外一条则是,公司整体利益至高无上,如员工危及公司整体利益,公司可以单方终止合同。这时候单方中止合同一方负什么责任,被忽略了。实际上,资方承诺的一大笔退休金,劳方谁也无法得到,因为在十五年内,资方随时都可以单方终止合同。我今天来这里,一是向梅小姐表示道义上的支持,二是想给各位观众提个醒,在和他人签合同和契约时,心一定要细,不要怕繁琐。美国一份劳资合同,长的有二十几页。我最近在翻译一本英国人写的历史书,作者前些天给我寄来了授权书,这个授权书翻译成中文,竟有一万一千字。希望大家能从梅小姐遇到的这件事上吸取教训。"

钱忠律师道:"如果梅小姐委托我帮她打这个官司,我愿意无偿帮她打。然而这是一场必输的官司。梅小姐想在法律上讨回公道,是不可能的。但法律之外,还有道义和良知存在着。希望想到外企工作的观众,在和外国老板签合同时,仔细,再仔细。像松山这样心怀叵测的老板,恐怕还有很多。"

王平处长接道:"中国的劳动力过剩,很多外国人都在琢磨如何最大限度榨取中国劳动力的剩余价值。有很多中方雇员,都像梅小姐一样,和外国老板签了不公平的合同。我们正在着手制订一些法规,使涉外劳资合同逐渐规范起来。去年,有五十一位中国妇女,走正常劳务输出渠道去了中东。中文合同上写的是庄园服务,而外方中介公司别有用心地把它翻译成家事劳务。这一别有用心的翻译,彻底改变了这些中国女工在国外的工作性质。庄园服务在某国是一种体面而轻松的工作,而家事劳务则是纯粹的重体力劳动,主人还有权限定劳工的人身自由。这五十一个女工在该国过了半年多非人的生活,上个月因一女工不堪忍受折磨,跳楼自杀时惊动了警方,才使这件事暴露了出来。大使馆把这五十一位女工营救出来了,却无法追究这些雇主的责任,因为他们对中国女工的体罚是合法的。"

梅丰接着说:"节目的时间不多了,正如前面三位嘉宾所说,谁也拿松山株式会社没有办法。松山会长很自得地对我说:你们把这事曝光了,只能增加我们的知名度,你们的舆论监督伤不了我一根毫毛。确实,我们伤不了他一根毫毛。如果我们的同胞对他们公司的产品仍然情有独钟,我也无话可说了。谢谢大家收看,下次节目再会。"

史天雄看得直摇头叹气,评价道:"意气用事,大而无当。这个梅丰,真是的……不好不好。"杨世光道:"你的要求也太高了。电视是大众传媒嘛。大众传媒,你不能要求它个个节目都做成精品。我看着挺解气的。这就够了。"史天雄后悔道:"昨天应该问细一点,没想到她们是用这样的方式讨说法。这么做会让其他企业误会红雨的。出气,这能算是出气吗?"

金家母女俩是从另外一个角度看这个节目的。

金晶晶若有所思地说:"这就是史天雄从前的小女房东啊!确实很漂亮,怪不得史天雄现在还和她们藕断丝连的。看她的嘴角,看她的眼神,就知道她是个敢做敢当的主。她已经名花有主了吧?"金月兰无声地叹口气,"有个男朋友,是个诗人。她最近正在考虑分手的事。"金晶晶怀疑地看看金月兰,"你的情报工作不错嘛,这种核心机密也被你搞到了。"金月兰轻轻地说道:"昨天她找了史天雄,她拿不定主意。"

"糟糕!"金晶晶叫一声,"这是试探性进攻。妈,该出手时要出手哇。爱情绝对是自私的。"

金月兰没有说话。第二天,她不顾史天雄的反对,辞去了董事长的职务,把"都得利"的核心位置,让给了史天雄。

开始找工作的时候,梅红雨突然发现自己在西平已经成一个名人了。跑了四家外资企业后,她意识到自己已经成为一个外企不欢迎的人。梅丰也后悔了,只好亲自到西平几家效益比较好的国营企业力荐梅红雨。跑了几天,也没跑出个结果。

梅红雨从报上看到西平市春季人才交流会开幕了,决定再去那里试试运气。

市人才交流中心,是燕平凉三年前力主上马的一项市政基础工程,建成两年来,已经使八十万人和近两万家单位从中得到了利益。近三千平方米的交易大厅人头攒动。梅红雨看到申红实业有限公司招一名懂两门以上外语文秘的小告示牌,心中怦怦直跳。申红实业总部设在平安大道,离牌坊巷只隔半个街区,走路只需十分钟。申红实业作为上市公司,业绩逐年攀升,已成为西平市属企业的龙头。招聘一名文秘,也租了一个招聘点,配了两名工作人员,可见公司对这次招聘的重视。

圆脸、戴眼镜的小伙子看了梅红雨带来的毕业证和个人材料后,递给身边的一位中年妇女,"张姐,不错。"微笑着问:"梅小姐,你的日语程度有几级?"梅红雨如实说道:"我在日资企业干过一年,口语不用说了,可以阅读日文原著,可用日语写简短函件。"圆脸又问:"英语和法语呢?"梅红雨道:"英语口语还不行,看还可以,法语比英语强,比日语差,口语马马虎虎,可以应付日常对话。"圆脸满意地点点头道:"我们来了三天,你是第一个没自吹自擂的应聘者。你为什么选择到我们公司应聘?"梅红雨实话实说道:"你们是国有大企业,总部离我们家不远。我们家没有旁人,我妈有病,早晚需要有人照顾。"圆脸兴奋起来,"很好,我们公司的宗旨是务实进取,脚踏实地。我们确实需要一位像你这样诚实的人才。我们老总特别交代过,这个岗位非常重要,人品第一,才能也第一。所以,我们在这里等了三天,还没等到合适的人。因为现在有点外语才能的人很多,诚实的人却太少了。中国人就这样,懂点外语,就不免有点发达国家的优越感了。"

中年妇女已经把材料看完,再把梅红雨打量一番,说道:"梅小姐好面熟,你是不是前些天在电视上做过《今晚十分》嘉宾的梅小姐?"梅红雨下意识地闭了一下眼,嘴角绽出一丝痛苦的神情,小声说:"是的,我就是刚刚被日本人莫名其妙辞退的梅红雨。"中年妇女堆着笑脸道:"梅小姐,我只是好奇。小田,处长也来了,你还是去给他说说梅小姐的情况再说。梅小姐,请稍候。你的条件很好,我个人很满意。可惜我没有决定权。小姐,你别站着,坐下。你比电视上还要漂亮。"

小田穿过熙来攘往的人流,进了交易中心的一间大办公室。申红实业的人事处长正喝着茶和两个工作人员聊天。小田喊着:"万处长,咱们宁吃仙桃的策略奏效了,守株待兔,真把兔子给等来了。这姑娘日语非常熟练,还懂英语和法语。人长得要算很漂亮,身上有种说不上来的韵味。你去看看吧。"万处长笑道:"你小子,行啊,看几眼姑娘,连味道都咂摸出来了。走,看看去。"站起来朝门口走,"日语有多好?如今这人才市场,假冒伪劣产品多的是,你小子别看走眼了。"小田说:"错不了。她就是刚被松山株式会社炒了的梅红雨。"万处长停了脚步,"是她?是够漂亮的。那天她上电视,我儿子直骂摄像傻,给她的镜头太少。"返回去坐在椅子上,"是她的话,那就请她另谋高就吧。"小田急了,"处长,这可是打着灯笼也难遇上的主儿,不聘她太可惜了。"老一点的男人起身为万处长续了茶水,笑道:"小伙子,你们处长这么做十二分正确。你们陈总夫人,号称西平商界四大醋坛子,弄这么漂亮的姑娘放在总裁办,陈总一个不小心犯了错误,老万可有穿不完的小鞋子。"万处长道:"我还没想到这一层,当然,这一层咱们当差的考虑不周,也够凶险的。陈总治申红,要的是绝对权威,弄这个把日本人都不放在眼里的刺玫瑰回去,惹出事,你我就成了引狼入室的大罪人了。再一点,咱们公司与日本人打交道多,客户要是知道咱窝藏个抗日英雄,气不过,和咱断了交,陈总会拿谁当出气筒?去吧,客客气气把这位姑奶奶送走吧,别惹她生气。"

小田回到申红实业的招聘点,把证件和材料默默递给梅红雨,叹口气道:"梅小姐,你真不该上电视呀。"

梅红雨接过证件和材料,匆匆离去,走到人稀处,不争气的眼泪涌了出来。垂着头回到家里,把坤包朝沙发上一扔,一声接一声叹气。

梅兰从里屋慢慢走出来,小心翼翼地说:"还是没找到?远一点的单位也行,不要考虑我,早有着落早踏实。"梅红雨呆呆地坐着,自言自语道:"人怎么都是这样,人怎么都是这样!难道只能忍气吞声?难道我真不该讨回个公道?人怎么都是这样,人怎么都是这样!"梅兰见女儿成了这种样子,赶忙走过去,把梅红雨揽住,以手当梳,一下一下摸着女儿的头发,说道:"小雨,你说的什么,妈怎么听不明白呀?心里苦,别闷着,跟妈说说,也好透透气。"梅红雨苦笑一下,说道:"上了一回电视,都认识我了。这下好了,我成了扫帚星,都像避瘟神一样避我。我做错了什么?我什么都没错。太不公平了,天理何在?!"这回,梅兰听明白了,一下瘫坐在沙发上,喃喃道:"人怕出名猪怕壮,真不假。也不知这祖上哪个做过缺德事,遭这种报应。"

梅红雨倔强地站起来,咬咬嘴唇道:"你别抱怨祖上,与他们没关系。我就不信天底下都是这种人,我就不信我在西平找不到工作了。"眼睛突然盯在饭桌上的几颗药上,转过身问:"妈,中午的药你怎么没吃?"梅兰低着头,没回答。梅红雨惊问道:"你不是忘了?!"梅兰吁口长气道:"不吃了,吃了也不治病,每月花七八百,不吃了。"梅红雨气得弯腰跺脚喊着:"妈——你怎么能这样!还嫌乱得不够?不躺到医院,你不安生呀!你怎么也这样!"梅兰流着眼泪道:"不吃这药,不治这病了,早死一天,少拖累你一天。"梅红雨愤怒地用手把药丸药片扫到地上,喃喃道:"死吧,死吧。我也不去找工作了,陪你死了算了。"双手撑住饭桌,呜呜地哭起来。

  齐怀仲到西平国际机场接人,只接到了陆承伟和古狼,不免有点狐疑。因古狼一直在场,不便多问,心里道:花在古狼身上的钱,怕是白费了。

  三人回到锦绣中华园,陆承伟让齐怀仲取了两千块钱给古狼,要他代表个人和公司到梅家看看。

  古狼走后,齐怀仲马上问:"小四呢?"

  陆承伟笑道:"又想埋怨我白花了钱吧?你给小四准备五万股陆川实业,她赢了。想不到小四真修炼成一个超一流高手了。我们的大诗人现在恐怕正在找能打国际长途的电话、做副省长女婿的梦呢。"齐怀仲道:"那,那她怎么没跟你们一起回来?"陆承伟赞叹道:"所以我才说她是真正的高手。她的心大着呢。前天上午,王传志说他需要到香港分公司看看,中午从曼谷飞走了。下午,小四突然说她香港的姨妈想见见她。我这才醒过劲儿,这才明白王传志对曼谷的红灯区为什么兴趣不大。小四做这事瞒着我,肯定有更大的图谋。"齐怀仲惊得张着嘴,"你,你说她脚踩两只船?"陆承伟大笑道:"她要高兴,踩三五只都可以。古狼担心她一个人去香港不安全,要去陪她,我拦了。你说,这是不是意外的惊喜?"

齐怀仲感到匪夷所思,不停地摇着头。

陆承伟问梅红雨这些天在做什么,齐怀仲说:"每天忙着找工作。她做节目的事,上次打电话已经给你说了。外企不要她还好理解,国营企业也不要她,实在出乎我的意料。梅兰连进口药都不敢吃了。"

陆承伟闭上眼睛说:"都是好消息。我应该找个由头去看看她们。"

傍晚,乔本和松山来了,又给陆承伟带来了好消息。三友公司愿意和陆川实业讨论所有的合作方式,必要时可以草签任何形式的合作协议。能和三友这种跨国大公司草签一个合作协议,陆川实业的股价至少还能上涨五元。陆承伟简直不敢相信自己的耳朵了,"乔本君,你能不能用日语把你刚才的话再说一遍?坦白地说,我不大相信你中文表达的准确性。"乔本大笑道:"在你的帮助下,松山君已经得到了那块土地,今晚他要设宴为你接风的。你的,肯定会把陆川实业转让给天宇的。三友在中国西部的战略目标是收购你们的天宇。三友的现在和陆川实业合作,等于和未来的天宇合作。你的,明白?"陆承伟听愣住了。

松山笑着用日语说:"可惜没见到梅红雨小姐。"

# 第 二 十 章

　　梅丰一直想给毛小妹一家做个专题,找毛小妹谈了几次,毛小妹一直不同意拍。梅丰又不愿放弃,只好搬动史天雄帮忙做毛小妹的工作。两个人到了净菜加工厂,毛小妹不在。加工厂厂长说:"史总,毛经理的一个老邻居发迹了,今天中午要请四合院的几家在家里吃饭。几十年的老邻居了,又说是在家里吃便饭,不去不合适,毛经理就先回去了。"

　　梅丰一看时间尚早,不愿白跑一趟,说道:"刚过十一点,我们干脆去她家里看看吧。西平的四合院已经不多了,拍出来肯定很新鲜。老邻居发达了,不在酒店请客,不是也很有意思吗?"毛小妹加盟"都得利"已经半年多了,史天雄还不知道她的家住在哪里,想想也真有点过意不去。经过春节前后销售旺季的考验,"都得利"在西平也算彻底站稳了脚跟。下一步的主要工作,应该转移到提高员工特别是管理人员素质、建立现代化企业管理制度上。这一点,史天雄很清醒。明天要开的董事会,要讨论的几个方案,都是围绕这两大目标制订的。中层领导竞争上岗方案实施后,必然会引起较大的震动,有些工作必须提前做。毛小妹是史天雄作为特殊人才引进的,她能不能通过竞争继续担任中层领导,史天雄心里没有底。应该早一点给她提个醒,让她提早准备准备。想到这里,史天雄说道:"我这个董事长也够官僚的,几十个中层领导的家,我基本上都没去过。也该补补这一课了。"

　　两个人带着女厂长写的详细地址,去找毛小妹。

两张大方桌和十几把椅子,摆放在院子中央。周小全坐在李炳家门前一把竹椅上,叼着烟,有一句无一句地和李炳老汉闲聊着。小琴坐在自家门口给儿子把尿,刚刚请来的小保姆正在拆一盒尿不湿。牛宝和冉红云的儿子坐在自家屋里玩积木。毛小妹看看表,把毛巾递给张为民,小声问道:"为民,中午饭到底在哪里吃?"张为民擦着脸,朝院子里一指,"你没看,桌子椅子都摆好了。还能到哪里去吃。"毛小妹叹口气,"这个小全,鬼名堂多!自己也不嫌麻烦,干脆到酒店订一桌好了,多省事!"说着,进了里屋换外套。张为民跟到里屋门口,"小全说了,在家里吃气氛好。"

正说着,小军背着书包回来了。看见桌上空空荡荡,伸鼻子嗅嗅,喊叫起来,"小全叔叔,小全叔叔,你说的大闸蟹、白灼虾怎么没见呢?我第四节体育课都没上,早饭都没敢吃饱……"周小全笑着站了起来,"叔叔不会骗你的。你再等一会儿,叔叔就把这些菜给你变出来了。"小军不相信地摇摇头,"你骗人!我饿了,想吃个包子,你先给我变一个?"

"小军!"毛小妹穿着外套跑了出来,"你怎么能这么说话呢?想挨打了你。"周小全走了过来,拍拍小军的头,"比我小时候强,已经是大队长了。叔叔今天主要是拍你这个大队长的马屁,你想吃的东西,一个都不会少。"牛宝的儿子牛犇跑了出来,"叔叔,有肯德基吗?"周小全想想,"没有,咱们这个街区没有肯德基。"牛犇的小嘴撅了起来。

红云笑着走出来,拉着儿子道:"小全,呼机手机商务通,你是一个都不少了。日理几千机的市场管理员,时间多宝贵?还不如在银杏订一桌,能节约你不少时间。"周小全道:"红云嫂子,银杏这一桌先欠着。今天这顿饭,在别的地方可吃不来。"红云扑哧一声笑了,"小琴做的饭菜,在别的地方也吃不到哇?"

牛宝把红云推到一边,掏一根烟递给周小全,"换一支,换一支,红云没别的意思,刚才她还对我说你和小琴太过细,太费事了。你这一把押对了,我们都替你高兴……"

话还没说完,两个小伙子抬着一个大保温桶进来了。

圆脸小伙子堆着笑脸道:"周哥,没误你事吧?这里面的十五套餐具,刚从消毒柜里拿出来,你尽管放心用,保证吃不坏肚子。我们经理说了,你还需要什么,尽管吩咐。"周小全摆摆手道:"不用了,你们回去吧。替我谢谢邹经理,下午四点,你们来取东西吧。"转身喊道:"小琴,快洗洗手,把碗筷碟子酒杯摆上。"

小琴洗了手,和毛小妹一起忙碌起来。

碗碟刚刚摆好,一个红脸中年胖子拎着一个大木盒子进来了,自报家门说是知味斋的老王,从木盒子里端出四盘凉菜:一盘卤水拼盘、一盘泡椒凤爪、一盘芥末鸭掌、一盘酱牛肉。老王刚把凉菜摆上,两个姑娘送来了两瓶全兴大曲、一瓶云南红、一瓶雪碧、一瓶可乐和一箱椰奶。

周小全忙招呼道:"李叔,大婶,为民哥,牛宝哥,红云,咱们开吃吧。菜有点多,咱们得慢慢吃。"

九个大人,三个小孩入了席,把酒和饮料倒上,螃蟹、白灼虾也上桌了。酒还没过三巡,两个方桌上已经摆满了二十几个菜。送菜的大姑娘、小伙子,来来往往了二十多分钟。吃着吃着,另外三家人就吃出了半肚子疑问,半肚子心事。看见送菜的人稀少了,李炳老汉自饮一杯酒,说道:"小全,你今天唱的是哪出戏?"

周小全看看手表,说道:"还差一家的菜没送到,等菜上齐了,我再给你们说。"

话音刚落,两个穿天蓝制服的姑娘送来了几样海鲜:一份鲍鱼汤、一罐鱼翅、一份三文鱼和一只大龙虾。周小全站了起来,"小罗,你是叫小罗吧?你们搞得也太复杂了。这个马经理,怎么不听招呼呢!"长着丹凤眼的高个姑娘说:"这几个月,我们仁和海鲜酒楼给周哥你添了不少麻烦。这是我们酒楼开业以来,生意最最最好的几个月。我们马经理说这都是托了你老人家的福。几个家常菜,略略表示我们一点心意。"周小全道:"回去替我谢谢你们马经理。你告诉他,上次说的事,这两天我就办。"

两个姑娘答应着,走了。

周小全指着装鱼翅的大罐子说:"小琴,快拿小汤碗把这罐鱼翅分了。这东西凉了不好吃。"冉红云叫了起来,"哇塞!这就是鱼翅呀,我还以为是粉丝汤呢!啧啧!小全,够意思。上了鱼翅,上了这大虾,档次上去了。这一桌没两千块钱恐怕下不来。"周小全冷笑一声,"大虾!这叫龙虾!在酒楼里吃,一斤两百四。你看这个虾头,就知道它有多大。没五斤,也差不了多少。两千?最后上这四个菜,没三千块钱下不来。除了这些凉菜,这桌上的菜,哪一个都得掏五十块钱以上。你算算吧。"红云吐吐舌头,倒吸了一口凉气。

小军伸着筷子指指红色的三文鱼和冰块上的龙虾肉,说道:"小全叔,这东西都是生的,怎么吃?"周小全把酱油倒到芥末碟子里,夹了一片三文鱼和一片龙虾肉在碟子里蘸一下,放进嘴里,"生吃。蘸点芥末酱油,既杀了细菌又调了味。"小军夹了一片三文鱼,如法炮制一番,刚嚼一口,就把三文鱼吐了出来,打个喷嚏,流着眼泪,"真难吃,真难吃,呛鼻子,真难吃。"周小全笑了起来,"你把芥末蘸多了。小军呢小军,你至少糟踏了十几块钱。"冉红云夹了几片龙虾肉放到嘴里皱着鼻子吞了下去,却伸着脖子连声说:"好吃,好吃,真好吃。"几个大人也跟着吃起来,都吃得挤眼皱鼻,却没人说不好吃。李大婶吃了一口鱼翅。张为民说,"我看这仙物味道蛮不错,你们怎么都不动筷子呢?"毛小妹笑道:"假话!你刚才的样子比吃药还难受,还说好吃?"张为民捋捋袖子,"一筷子就是几十块上百块,浪费了多可惜!你们不吃,我吃。"又夹了两片龙虾肉吃了。李炳说:"听说这东西有几十年了,还能吃几回?我也吃。"夹了一片龙虾肉,举起来,对着太阳看看,"这一嘴下去,就是两袋大米呀。"一张嘴,一仰脖子,吞了下去。牛宝和红云也跟着吃起来。

李炳点了一根纸烟抽一口,忽然坐正了,一脸严肃地问道:"小全啊!不对呀,这海鲜酒楼凭什么要给你送鱼翅龙虾?小全,你得到这个职位,不容易,可别只顾眼前,把事情搞砸了。"周小全摇摇头道:"李叔,小全不是个糊涂虫,知道哪轻哪重。再说,我手里这点小权,想做个案子,也难。"李炳道:"你不是说四个菜值三千块吗?这个酒店肯定有事情求你帮忙。你可要谨慎一些呀!再说,你今天惊动了这么多人,就为了吃顿饭,合适吗?"张为民也附和道:"李叔说得对。这些菜,你肯定不出一分钱。小全,这件事你是做过头了。"毛小妹接着说:"小全,你以后可要小心一些。老邻居了,不用绷面子。"

周小全动了情,眨眨眼睛,自饮一小杯白酒,"谢谢你们的关心。我会把握分寸的。苦日子过了这么多年,我能不知道珍惜现在得到的一切?先说说这个仁和海鲜的事。现在有汽车的人越来越多了。酒楼饭店都为停车位太少头疼。晚上六点半以后,西华大道牛市口红绿灯右边五十米,划成了仁和酒楼的临时停车场,可以停十八辆车。可这点车位还不够。他们希望我能暗中再给他们划出四五个停车位。这事恰好归我管。六十米和五十米,晚上谁能分出来?所以,这几个菜咱们尽管放心吃。多四五个停车位,三天他们就能把这四个菜赚回来。现在做事,不谨慎可不行。今天这件事,也是有原因的。归我管辖的街道上,一共有四十八个中档以上的饭店餐厅。这半年,他们都说过要请我吃饭。我只挑着吃了三五家。污水没按规定排、垃圾没按规定放、夏天占道摆'冷啖杯',都在罚款之列。太认真了,要挨黑砖,太放纵了,上面一追查,这个位置也坐不住。想了好久,我才想到了这一招。既向他们表明我愿意跟他们合作,又和他们保持了距离。一个店我只吃过他们一个菜,他们不会把我怎么样的。今天,有十八个饭馆酒店给我们送了菜,这个店和那个店都有不近的距离。你们放心,他们没法串通。小时候,我就知道吃百家饭、穿百家衣长大的孩子有出息,没灾没难。这顿饭,也算为咱们这三个孩子讨个吉利吧。"又自饮一杯,"为民哥、小妹姐、牛宝哥、红云嫂子,咱们这一辈子,也就这样了,长不大,也发不粗了。可我们都有儿子呀。可不能让我们的儿子再走我们的老路了,街道办事处市场管理员,一个芝麻粒大的小官,稍稍动点脑筋,就能吃到百家饭,你们说在中国做哪一行最有出息?将来让孩子们都当官吧。这就是我想对他们说的话。"

两个大孩子已经吃饱喝足,到一边玩去了,一个小孩子躺在小保姆怀里睡着了。几个大人听得一脸肃穆,一脸希冀,一脸茫然,都沉默着。

两个小伙累得满头大汗,推着一辆板车进了院子。板车上放着六盆盆景和几簇鲜花。黑瘦小伙子用袖子擦着汗,龇出一口白牙,看着周小全,小心解释说:"周哥,真对不起,我们找错地方了……"周小全把脸一沉,"拉回去,拉回去。你们这些花花草草金贵得很。你没看见,锣罢了鼓罢了,黄花菜都凉透了。回去告诉你们老板,就说我祝他发大财。去吧。"黑瘦小伙子又出了一头冷汗,嗫嚅着:"周哥,都是我们俩的错,不关我们老板的事呀……我们刚从乡下来,找个工作不容易……周哥……"周小全说:"我管不了那么多。拉回去吧。"

张为民劝道:"小全,这一带都是老街老巷,七拐八弯的,真不好找。你就别为难他们了。"李炳拿着牙签剔着牙,"小全,维持个人多条路,得罪个人打堵墙。你收下吧。"周小全感到有了面子,摆摆手说,"把这盆景摆到院子的四个角上。鲜花拿回去卖钱吧。告诉你们老板,下星期三要搞卫生大检查,让他尽早把人行道腾出来。"两个打工仔如遇大赦一般,点着头,堆着笑脸,手忙脚乱搬盆景。

史天雄和梅丰进了院子。

"好热闹哇。"史天雄看看满院子的人,又看看破旧的房子,"小妹,哪是你的家?"张为民忙招呼客人进屋,又瞪着眼睛骂儿子,"你个臭小子,连个人也不会招呼。"小军挠着头傻笑着,"这是史伯伯,这是电视台的梅丰阿姨。我还以为梅阿姨是来拍电视的……没见摄像机,一走神,就忘了打招呼了。"梅丰夸奖道:"比你妈可大方多了,大队长是不一样。下回来拍拍你们家。"

毛小妹把家里的桌子椅子又擦一遍,"史总,梅小姐,你们吃饭没有?"史天雄坐下来道:"我和梅丰在你们小巷子口吃了几样小吃。看你们院子里车水马龙,没敢打扰你们老邻居聚餐。"

这回,毛小妹不好再推辞,答应配合电视台拍片了。

出了毛小妹家住的四合院,梅丰感叹道:"并不是每一个人都想出名。上次替红雨出气,气没出出来,倒把红雨的退路都堵死了。外国人不愿意用她,中国人也不敢聘她了。电视也是一把双刃剑呀。"史天雄怔了好一会儿,"果真有这么大副作用。她,她现在找没找到工作?"

梅丰无可奈何地摇摇头,"周一还没着落,这两天没问她。我帮她推荐几个单位,都是彬彬有礼地回绝了。你说,我干了一件什么事呀!"

下午,史天雄去了牌坊巷。梅红雨骗他说:"这件事已经柳暗花明了。有三家单位正等我挑呢。我男朋友出了一趟国,陆承伟肯定要给他长工资了。我已经做好当家庭妇女的准备了。这些小事用不着再麻烦你了。实在不行,我就去给陆承伟当花瓶吧。"史天雄只好先告辞了。

梅兰又埋怨起来,"史先生好心好意想帮我们,你这是什么态度？你没听他说他现在已经是董事长了？你看不上陆承伟,我也不好说什么。去'都得利'跟着史先生……"梅红雨冷笑一声,打断道:"你以为他真成了'都得利'的老板了？金月兰为什么把董事长让给他当？他要仅仅只是同情我,怜悯我们,赏我们一口饭吃,我也不会接受。如果他真的很在乎我们,他会明白我为什么会骗他。妈,我的事你不用操心了……该结束了,该结束了。人真是一种可怕的动物,昨天的羔羊,今天可能就变成一条狼了……"

梅兰叹着气,回里屋躺下了。

傍晚,古狼领着陆承伟和齐怀仲来了。母女俩怀着不同的心情接待了陆承伟一行。梅兰一看陆承伟高高大大,一表人才,又不显一点老相,压在心里的石头顿时化作一股青烟消逝了,又是忙着倒茶,又是忙着洗史天雄带来的苹果。梅红雨看见古狼的目光闪烁不定,心里又灰了一层,勉强笑着招呼三个人坐下,倚在门边一言不发。

齐怀仲先说话了,"陆总早就要来看看你们,一直没有找到机会。"看看梅兰,"听说你当知青时落了一身病,陆总一直很惦记。陆总也当过知青。"梅兰再看看陆承伟,摇摇头说:"不像不像。陆先生看上去也就三十出头,根本不可能当过知青。"

陆承伟笑了起来,"六六年我上初一,你算算我今年有多大？我在云南和陆川当过六年知青。和你是正经八百的兵团战友。"梅兰笑道:"你哪里像在兵团呆过的老知青？"陆承伟叹口气,诚恳地说:"我在兵团呆了八个月,实在受不了那个苦,就逃跑了。六九年冬天,为救山火,死了七个女知青那件事,就出在我们兵团。那次逃跑,客观上改变了我的命运。你们还在兵团苦熬时,我已经到北京读大学了。你们在为返城搞绝食时,我已经到美国留学了。年轻的时候,我对这次逃跑很得意。这些年,想起这事,又觉得无地自容了。不管怎么说,当逃兵都是可耻的。这是我做过的惟一件亏心事……你说我年轻,等于在打我的脸呀!"梅兰忙接道:"要我说,你逃得好!我当年要是也能逃回来,至少不会落下这一身病。你就别自责了。"

梅红雨感到有些意外,心里道:他到底想干什么?

陆承伟站了起来,"我自己还是无法宽恕我自己。这几年,我在公司里专门放了一笔资金,给那些在云南落下病的兵团战友提供一些有限的帮助。红雨丢了工作,我们带上你这个准,准女婿出了国……我这心里也真过意不去。我这次来,一是看看你这个兵团老战友,二是表达一个愿望,希望红雨早日找到满意的工作。从前天开始,我已经给古先生放了十天假,让他好好陪陪红雨。晚上还有个饭局,我和老齐先走了。"齐怀仲从黑皮包里拿出一个纸包递给梅兰,"这是陆总对你这个知青战友表示的心意,请你一定收下。你上次交给我的那些诊断书和拍的片子,已经送到北京让专家们看了。陆总对这件事也很上心,多保重。"

梅兰推辞一下,收下了。梅红雨把陆承伟和齐怀仲送出院子,拐回来吃惊地问道:"妈,诊断书和片子的事,我怎么不知道?"梅兰斜了古狼一眼,慢慢打开那个纸包,"齐先生问过我的病,很热情,说让北京的专家帮助瞧瞧。人家也是好意……啊——这份情可太重了!"

古狼接了一句:"他拿出一万块,就像咱们拿出一毛钱。咱们在街头遇上个卖艺的,也会随手扔一毛两毛……"梅兰张嘴骂道:"屁话!在你眼里,我们成要饭的了?亏你还是个诗人!你可真会说话。"古狼的脸上挂不住了,顿了一会儿,见梅红雨一言不发,冷笑道:"话是难听些,可事实就是这么回事。面子固然重要,可钱似乎更重要。你都听见了,陆总今天问都没问你找没找到工作。外企不要你,国企也不要你,你在西平还能找到什么好工作?红雨,现实一点吧。错过这个机会,你会后悔的。梅阿姨这病,一年半载……"

　　梅红雨忍无可忍,发作起来,"你走,你走!我们家的事,用不着你来管!我们俩是死是活,关你什么事?你走你的阳关道,我过我的独木桥。你走吧。"梅兰也跟着道:"小古,阿姨不会拖累你的。我早就想好了,小雨真要嫁给你,我也不会反对,你们一结婚,我就会跳到锦江喂鱼喂虾。"

　　古狼站了起来,长吁了一口气,"但愿你们说的都是气话。你们心情不好,说点过头话,我能理解。好,我走。我不再惹你们生气了。红雨,你还是好好想想吧,这种好机会,不会像牛毛一样多。"掏出一张名片放到茶几上,"我刚买了手机,你想通了,给我打电话。我看我们需要心平气和谈一谈。"说罢,迈开大步出了院子。

　　梅红雨痛苦地问自己:你为什么这样优柔寡断?你还留恋他什么呢?眼泪无声地流了下来。

　　梅兰拿起古狼的名片看看,"作家协会会员,承伟实业集团公司……"

　　梅红雨伸手夺过名片,把它撕成碎片,扔在地上踩一脚,擦着眼泪进了里屋。梅兰看见梅红雨右手的中指上还戴着古狼送的金戒指,摇摇头,心里道:她对这个古先生还没有彻底死心呀!

　　静心茶楼里稀稀拉拉坐着十几个客人,背景音乐放的是著名的《回家》。

　　杨世光把身子朝靠椅上一仰,看着史天雄,"你不用再谈我的事了。江榕是个好姑娘,她很喜欢小杨光。未来应该是美好的。到了时间,就是砸锅卖铁,也得给小娟再换一次血。这就是我对现实的态度。用这种方式谈一个患绝症的女人,不像你史天雄的风格。你今晚郑重其事请我来茶楼喝茶,我估计你是有棘手的事想请我出面解决。不知我猜准了没有?"史天雄笑着挠挠头,"到底是出生入死的老战友,眼力不差。这件事确实让我感到为难。"杨世光又道:"谢谢你的夸奖。肯定不是请我做红娘,你和金月兰的事,用不着别人帮忙。会是什么事呢?"

史天雄道:"你别猜了。梅红雨失业了,这些天一直没有找到工作。咱们的技术部正在筹备,我想让她来负责技术部的工作。"杨世光愣愣地看着史天雄,"部门经理要搞竞争上岗,这可是你亲自定下来的章程。当然,特殊情况也可以特殊处理。你是董事长,你提出来,还害怕通不过?"

史天雄苦笑一下,"有人说女人的心就像天上的云,多变,不可捉摸。月兰也是女人。上次我通过小妹给母女俩解决一点小问题,已经留下很多后遗症了。我提出这件事,月兰可能会产生新的误会。技术部由你这个副总经理管,你提出的人选,顺理成章。"

杨世光感到头疼了。心里闪过一个念头:当年恐怕他也爱上了女邻居了!"都得利"能走到今天,主要是因为决策层十分团结。金月兰连董事长都不当了,你还不知道她的心?她已经对梅家母女有了戒心,你硬要坏自己刚定下的规矩,聘梅红雨来当技术部经理,以后"都得利"的核心人物还能团结如一人吗?杨世光想到这里,说道:"天雄你说句心里话。你考虑没考虑过跟月兰结合的事?你觉得娶了她不会幸福吗?"史天雄诚恳地点点头,"考虑过。能娶到月兰这种女人做妻子,是一项人生成就。"

"这就好办了。"杨世光道,"让梅红雨报名竞聘技术部经理的位置。同等条件,优先录用她……"

史天雄不耐烦了,"你没见过她?她无力胜任这一份工作?她,她要是竞争不过别人怎么办?我今天跟你讨论的是聘她做技术部经理,不是让她参加竞聘。她这次突然丢了工作,肯定与陆承伟有关。她男朋友已经变……她要是倒向陆承伟,注定是个悲剧。我要管这件事!"

杨世光也上火了,"世界上正在上演的人生悲剧多了,你能管得过来吗?你这是典型的感情用事!天雄,你冷静一点!金月兰给你提供了这么好的一个舞台,你不能……"

史天雄铁青着脸,抓起自己的外套,气冲冲地走了。

出了茶楼,史天雄看见一辆红色的跑车停在隔壁一家酒吧门前,古狼下了车,绕过去,在开车的女人脸上亲了一下。他禁不住骂一句:"这个混蛋!"

下午,古狼把给陆承伟代写的一部分自传草稿交给了陆承伟。陆承伟看了很高兴,当场奖了古狼三千块。这笔钱来得太容易,古狼决定用这笔钱请几个文学圈里的老朋友到黑夜酒吧坐坐。刚把朋友约好,江小四约他出席一个饭局,他只好让朋友们先在酒吧等他。

看见古狼站在那里依依不舍,江小四欠起身子亲了一下古狼,"我的小蝗虫,快去吧。要不,你的朋友会说你重色轻友的。"古狼摸着江小四的头发,"为了你,我愿意承担这个名声。要不这样吧,我进去给他们把单买了,一起去你那里。今晚我特别特别想你……"江小四掩嘴笑了,"吃不够的小馋猫!"古狼说:"我一辈子也吃不够!"江小四只好说:"别喝太多的酒!你等我电话吧。酒喝多了,你去了也白搭。"说着,把车门关上,开车走了。

古狼进了酒吧,三个铁哥们儿已经喝了两瓶云南红。剃光头的叫王肖,早年写诗,现在和古狼一样,在一家文学杂志社供职,在一家广告公司兼职。留板寸的吴冉和留披肩长发的马亮,早年也是很先锋、很前卫的诗人,现在都做了自由撰稿人,写任何能换钱的文字。

古狼自罚一杯酒,轻描淡写、避重就轻讲了这次东南亚之行的见闻,介绍了泰国人妖的培育过程。他已经意识到自己早晚都要离开这个阶层了,本能地开始注意自己的言谈了。光头王肖先骂了起来:"你小子他妈的真不够意思！学会藏着掖着了。你没去东南亚的红灯区?"板寸吴冉接道:"古狼,你是不是换叫①了,踢了那个白领,傍了一个小富婆?"古狼解释说:"傍字太难听。不瞒你们说,本人最近遭遇爱情了。"

几个人又把古狼骂了,说他学会了做秀。又喝了一会儿,话题扯到了西平的所谓色情场所。借点酒劲,吴冉提出转场,到百乐门夜总会玩玩,让古狼出血一次出个够。一直闷头喝酒的马亮说话了,"百乐门的小姐有什么意思？不是不安平淡不愿回乡的打工妹,就是为生存问题铤而走险的下岗妹和学生妹。都是些职业演员,只看钱,不看人。你们别想在那里寻找到杜十娘或者卖油郎那种版本的故事。九月菊夜总会,才有我们需要的女人。这个夜总会,小姐的主力,是那些留守女士、怨妇、弃妇。她们实际上只能算票友,去九月菊只是兴之所至,寻点刺激或者是找点平衡。这一群人当中,才有陈圆圆、柳如是、李香君和董小宛。古狼傍的那个小富婆,肯定是九月菊的常客。古狼,咱们转到九月菊吧,酒水钱、包间费归你,小姐的小费还是各出各的。你看怎么样?"扭过头看看王肖和吴冉,"不是我不想宰古狼。我们当年把诗歌做情人时,也曾有过西平诗坛四只小天鹅的名头,也曾发过苟富贵毋相忘的感慨。古狼运气好,先遇到当过文学青年的傻大款,现在又遇上了有跑车、有豪宅的小富婆,让他来次大出血,也在理。可这风月场也有风月场的禁忌,让人代付小姐的小费,会倒霉的。"这番话一出口,吓得王肖和吴冉大眼瞪小眼,酒都随冷汗排了出去。

古狼暗自叫起苦来。他倒不是害怕到九月菊再出几百元酒水钱和包间费,而是看清楚了昔日的好朋友已经堕落到何等程度后,心生怯意。当年他们刚出道时,是曾有过四只小天鹅这种美丽的名头,但当时也有评论家认为他们还只能算可能会变成小天鹅的

---

① 换叫:麻将用语,借指换了情人。

四只丑小鸭。成熟起来的古狼,更愿意把当年他们这几个兄弟看成是丑小鸭。并不是每个丑小鸭都能变成小天鹅。他甚至意识到再和这几个朋友密切交往,已经很危险了。古狼又要了一瓶红酒,承诺改天再请大家到九月菊狂欢后,及时地脱身了。

出了黑夜酒吧,上了出租车,古狼感受到了劫后余生的幸福。想着和副省长的女儿结婚后可以看得见的未来,古狼回头再看这些昔日的朋友,竟生出了一种一览众山小的愉悦感。古狼用口哨吹着《回家》的旋律,先拨了江小四的手机号码。手机已经关机了。再拨江小四住房的电话,古狼听到了占线的嘟嘟声。他脑海里马上浮现出江小四赤身裸体躺在被窝里,和一个知心女朋友煲电话粥的情形,脸上不禁浮出会心的笑意。江小四这些充满现代女性感觉的爱好或者是生活方式,都向古狼展示着全新的女人魅力。梅红雨和这个女人相比,不仅仅缺少让人肃然起敬的家庭背景,而且还缺乏作为女人在某些特定时间表现出的可以让男人热血沸腾、心旷神怡的丰富性,譬如夸张的叫床声,譬如变幻无穷的、甚至是淫荡的身体语言的引逗。

他下了车,看见了连体别墅右侧三楼的一个房间里,透过窗户向黑夜散射出的非白非黄的暧昧光亮,顿时感到了颤栗般的激动和亢奋。他按了自己手机的拨号键,听到的仍是一串嘟嘟声。

等待刚刚变成焦虑,古狼看到了一个让他一辈子都忘不掉的场景,一辆出租车在不远处停下了,江小四和一个男人从车上下来,两人相偎着走进连体别墅。男人穿着风衣,风衣的领子竖着。男人还戴着墨镜。躲在一棵树后的古狼抬脚踢了一下树干,无声地喊出了一个名字:王、传、志。看到白纱窗帘上出现的女人的剪影,古狼骂道:"婊子!烂货!"

古狼快快地朝小区外面走,一辆黑色的小车远远地跟着他。古狼又用手机拨了一个号码,大声说道:"马亮,我是古狼。你们还在黑夜酒吧?很好。转场,转到九月菊。当然是我请客了。小富婆?见她的鬼吧。刘皇叔说得好,兄弟若手足,女人是衣服。对,换叫。巴尔扎克说,哲学家每个月还要狂欢一次呢。对,不要辜负了这好时代,不要辜负这良辰美景。"说罢,他装了手机,拦一辆出租走了。

西平越来越丰富多彩的夜生活开始了。

陆承伟穿着睡衣,听着电话从楼梯转下来,"你看清楚了?好。不用,用不着。"关了手机,自信地笑道:"我说他是这种人,果真如此。人首先是社会的人。性格即命运,要我说还应该加一句:环境即命运。"

齐怀仲问道:"什么好消息?"

陆承伟道:"王传志现在正在江小四的闺房里,是好消息吧?我们的大诗人吃醋了,约了三个朋友去了九月菊。这不也是好消息吗?"

低沉的乌云压迫着这座城市,这一年的第一场春雨就要降临了。梅兰收拾饭碗的时候,看见梅红雨端着脸盆,湿了手,用香皂仔细涂着右手戴金戒指的中指,心里顿时感到久旱逢甘雨般的通泰。梅红雨把金戒指慢慢取下来,用纸擦过了,放进一个小红盒子里,轻轻地叹息一声。

"好!"梅兰实在抑制不住,"早该走这一步了。你自己能想通,真好。那天陆先生没问你的工作,他是不想让你为难……"梅红雨紧接道:"你别劝我了。我知道,答应了陆承伟,一切问题都迎刃而解了。可我……我实在不愿意走这条路。他对我,对你,确实都很好。可是,我不爱他呀!"梅兰急忙说:"感情可以慢慢培养。先结婚后恋爱,也不是不可以。"梅红雨叹口气道:"古狼是变心了,可我和他毕竟相爱过。也许他的选择是对的,他在陆承伟那里兼职,能挣不少钱。经济条件好了,他会有出息的,我相信。我去了,这个关系怎么处?"梅兰道:"你的心也太善了。这一断以后就是陌生人了,你管他干什么?"

梅红雨说:"他可以对不起我,我不能对不起他。我跟他断了,我又去了承伟实业,别人会怎么看我?我不会背这样一个坏名声。"梅兰知道这事只能从长计议,说道:"要断就快点跟他断,免得夜长梦多。只要你离开这个古狼,妈什么都依你。今天就把这枚戒指还给他,也好一心一意找工作。陆承伟送来的钱你又不让用……有金山银山也会坐吃山空,你一天没找到工作,我揪一天的心。"

梅红雨目光幽幽地看着东厢房,"昨晚史天雄呼了我。他希望我能加盟'都得利',当他们新成立的技术部经理。月工资一千三,工作一年后,还可以分到一定的股份。他让我今天给他回话……一千三,再加上你的生活保障金和你的工资,基本上也能维持……我只愿意花我自己挣来的钱,这样踏实。我不想做花瓶,哪怕做人民大会堂里那些好看贵重的花瓶。我准备答应他。我愿意做这份工作,跟着史天雄这种人干。"

梅兰高兴得流了眼泪,"你怎么不早给我说?我说天无绝人之路嘛。史天雄,金月兰,还有那个会说笑话的杨世光,都是打着灯笼也难找到的好人,你跟着他们干,我也放心。"

这二十多天,母女俩都没心情打扫院子、整理房间。心情变好,竟是看哪儿都觉得乱,都觉得不顺眼。两人开始打扫卫生,准备用崭新的面貌迎接新的生活。

刚把院子打扫好,陆承伟和齐怀仲拿着两个小纸箱子进来了,纸箱子里装着两个负离子发生器。齐怀仲站在门外说:"你这病,住平房需要这东西。西平这地方,平房太潮湿了,对你治病不利。"

梅红雨请两人到屋里坐,两人都支支吾吾不肯进去。

梅红雨意识到了什么,问道:"你们还有别的事吧?"

陆承伟很难为情地搓着手,"红雨,我得先向你们做个检讨,我没有把古狼管理好,昨晚他出了点事。你看你是不是跟我们去一趟……"梅红雨担忧地说:"他,他出什么事了?"齐怀仲道:"古狼这个小伙子很能干,也有才华。刚刚完成一个材料,写得很不错。昨天,陆总决定奖励他三千块钱。没想到他……晚上就出事了。"陆承伟自责道:"他可能太压抑了吧,出国时对什么都有兴趣……我对他敲打也不够……这件事还是单独给你说吧。"

梅兰冷笑道:"肯定不是什么好事。"

齐怀仲嗫嚅道:"这事,说大也大,说不大也不大。现在这社会,诱惑太多了。古狼是诗人,他请的几个朋友也是小有名气的作家和诗人……可能又喝了不少酒……他们在九月菊夜总会……又找了几个小姐……恰好又赶上市里扫黄打非……"

梅红雨脸色变得惨白,后退一步,背靠在门框上,冷冷地看着陆承伟,"你们一大早跑来说这些,是什么意思?"

梅兰道:"红雨,你怎么这么不懂事!这种下作的事,他能做得出来,还说不得了?"

陆承伟沉痛地说:"这种突发事件,我也是第一次碰到。按说,这事应该瞒着你们才对。可能是在里面挨了打了,他才说出和你和我们公司的关系。虽然这件事对我们公司的名誉也有损害,接到派出所的通知,我们还是去了。警察认为他只是我们的兼职人员,不肯收了罚款放人……古狼是这件事的组织者,是主要打击对象,必须由家人或者单位主要领导出面,才能把人领出来。这件事要是捅到市文联,他以后就没法在那里呆下去了。不及时把他保出来,我又怕他挨打。犯这种错误的人在看守所里,挨了打也只能吃哑巴亏。罚款公司可以替他出……"梅红雨大声说:"你不用说了,我去。"说着,进屋抓起红盒子,冲出院子。

云层更低了，仿佛伸出手就能抓到一片。梅兰站在院子里，抬头看着天，喃喃自语道："老天开眼了，现在就让他露出了狐狸尾巴。老和尚说会有贵人相助，真灵啊！"

古狼低着头，一瘸一拐跟着齐怀仲走出青羊派出所的大门。细绵的小雨伴着轻轻的风在空中飞舞了。古狼抬眼瞥一下梅红雨，头勾得更低了。梅红雨甩手打了古狼一个耳光，冰冷地说："结束了。从今天起，你是你，我是我了。"把装着金戒指的红盒子朝地上一摔，捂着脸跑上大街。齐怀仲追两步，喊道："梅小姐，我先送你回去——"梅红雨沿着人行道飞跑着，没有回头，披肩长发在细雨中飞舞着。

江小四的宝马车刹在陆承伟和古狼面前。

陆承伟把手搭在古狼的肩上，"振作起来，没什么大不了的。过些日子，你到北京工作一段吧。时间可以改变一切。"江小四附和道："半年之后又是一条好汉。风流和才子分不开，是才子哪有不风流的？古狼，你进步了。以后，我们还是好朋友。"陆承伟看看江小四，"老齐，你带古狼去找家医院查查，需要住院就住院。"古狼呜咽道："陆总我对不起你……"陆承伟笑着摆摆手，"你还客气什么，快去医院吧。"

齐怀仲和古狼坐上奔驰走了。江小四感叹道："男人真他妈的不是东西。昨天晚上，他还说到我那里过夜呢！转眼间他就去找小姐了。你要硬说我失败了……"陆承伟道："小四，你已经赢了。昨晚你也没有独守空房。"

江小四吃惊地看着陆承伟，"你，你怎么知道？"

陆承伟道："上车吧，咱们应该谈谈下一步的合作。"说着先上了红色宝马，"古狼昨晚先去了银都花园。你放心，这件事我不会跟你三哥说。现在，我们有了共同的目标，可以做点大事了。"

江小四把车开走了。在陆承伟看来，只要古狼离开了西平，梅红雨到承伟实业上班,只是个时间问题了。

这时,史天雄在牌坊巷梅家已经等了很久了。接连呼了梅红雨三次,梅红雨都没有回话,史天雄坐不住了。一听说古狼出了这种丑事,史天雄又把这笔账记到陆承伟头上了。

史天雄看着不紧不慢下着的小雨,问道:"他们说没说去了哪个分局哪个派出所?"梅兰摇摇头,"没听说。"史天雄看看表,"不行,我得去找找。红雨要是回来了,你让她马上跟我联系。"话音未落,人已经冲出了院子。

梅红雨沿着大街的人行道,木然地走着,泪水和雨水交织着,滚过她苍白的脸,老二戴着墨镜,坐在一辆人力三轮车上,远远地跟着梅红雨。

史天雄走到牌坊巷口,看见梅红雨闪过巷口朝远处走着,追了过去,"红雨,红雨——你等等——"梅红雨站住了,表情僵硬地看看史天雄,"是你呀。你喊我干什么?"史天雄抹一把脸上的雨水,"我刚从你家里出来,我都知道了……回家吧,别淋病了。"

梅红雨仰脸看着天,粲然一笑,"这下你们可以看我的笑话了。男人们,没有一个好东西!我愿意淋雨,你管得着吗?你们这些上等人,主角们,不就是喜欢看我们这些小人物挣扎吗?我不需要你们这些假惺惺的怜悯!"史天雄大声喊:"红雨,你冷静一点!天没塌下来。"

"是的,天没塌下来。"梅红雨重复道,"你放心,我不会跳锦江的。我和我妈还得活着,活下去。活下去,你知道吗?人,不就是这么一回事!活那么认真做什么?昨天,古狼还在写漂亮的诗歌,今天……自古红颜多薄命,我认了。闭上眼,去承伟实业当个花瓶,也不错。世界上有多少漂亮女人都在走这条路,我为什么不能走?陆承伟有钱有势,一直在追求我,跟了他有什么不好?"史天雄冲动地抓住梅红雨的肩膀,"你不能这样想!这不是实话!"梅红雨抽咽起来，"这是实话。你都看见了，除了走这条路，我有什么办法？"史天雄抖着手擦擦梅红雨脸上的泪水和雨水，"你用不着绝望，一切都会好起来的。陆承伟可以改变一个古狼，可他改变不了你……"梅红雨猛地扑到史天雄怀里，哭喊着："为什么？这到底是为什么？"

史天雄轻轻推开梅红雨，"咱们回家说吧。我们需要谈谈，认认真真谈谈……"梅红雨冷笑道："谈什么？我不想回家。你害怕别人认出你？'都得利'是金月兰的'都得利'，我知道。我的事，不用你费心了。"说着，又朝前跑去。

史天雄追上去，拦了一辆出租车，拉开车门，把梅红雨推了上去。

雨越下越大。老二跳下三轮车，也拦了一辆出租车追了过去。三轮车夫站在雨地里跺脚骂道："钱——狗日的，你没给钱。"

陆承伟在锦绣中华园家里接到老二的电话，脸色顿时青了，"你看清了没有，那个男的是不是史天雄？什么？在大街上拥抱？……不用了。你忙你的吧。"把手机猛地砸在茶几上，"我真糊涂，早应该想到呀！蠢！一个人怎么能永远演主角！吃着碗里的，占着锅里的，满嘴神圣正义，一肚子男盗女娼，让人恶心！怪不得他没娶金月兰，原来他早看上梅红雨了！"

齐怀仲忙小声劝道："也许你是多心了。梅小姐今早刚刚遇到古狼的事，心里肯定很难受……遇到天雄，哭诉哭诉，也正常……天雄不可能做出这种事！"

真的不可能吗？陆承伟的脑海里清晰地浮现出了几件往事。

在京密运河边捉弄了王大海之后，袁慧终于答应送给陆承伟一张照片。陆承伟从袁慧手里接过两张一模一样的照片，疑惑地问道："为什么不送我两张不一样的照片？"袁慧笑道："你想得美！你留一张，另外一张是送给你天雄哥的。让，让他留个纪念。记着,别让你姐知道了。"陆承伟感到心跳得厉害,嗫嚅着,"天雄,天雄要是不要呢?"袁慧道:"你怎么知道他不会要?"

史天雄不但收下了照片,而且把它藏在日记本的塑料套子里面。这个举动让陆承伟难受了好几天。接着,他又发现三个人在一起时,袁慧对史天雄言听计从,却要对他指手画脚,他不服气地说:"做什么事,都是他动动嘴,你为什么只听他的话,不听我的话?"袁慧格格地笑着,"他是摇鹅毛扇子的诸葛亮,不听他的听谁的?你连胡子都没长一根,你能对付王大海?大人们说:嘴上没毛,办事不牢靠。你当好张飞就可以了。"

陆承伟不想只当个猛张飞。当晚,他偷偷用爸爸的刮胡子刀,开始刮胡子。开始的几天由于不得要领,每次都刮得鲜血直流。

接着,他们就去了西山,在断塔处留了一把同心锁。史天雄很自然地把钥匙装进自己的口袋里。陆承伟和袁慧当时都没有疑义。过了几天,陆承伟感到痛苦了。两个人捉鹌鹑的时候,爆发了一场战争。史天雄要把自己捉到的最漂亮的一只鹌鹑送给袁慧,陆承伟不同意,认为史天雄应该把这鹌鹑送给陆小艺。史天雄火了,"我想送给谁送给谁。这是我的权利。"陆承伟说:"同心锁的钥匙,我也有权利保管。"史天雄把钥匙取出来看看,"我是你哥,钥匙放在我这里才安全。你胆子又小,又没力气,谁要来抢,你怎么办?"陆承伟突然伸出手,把钥匙抢了过去。

两个从小没有红过脸的少年兄弟,在运河边上打了起来。两个人一声不吭打了好一会儿,都鼻青脸肿躺在那里直喘气。史天雄没想到陆承伟在钥匙问题上这么认真,也有点怕了,提议把钥匙交给袁慧保管。陆承伟同意了。如今,这些往事,在陆承伟眼里,都成了史天雄喜欢在感情上脚踩几只船的证据。

陆承伟咬牙切齿地说道:"为什么不可能?史天雄是个男人,是个懂得女人,懂得什么是好女人的男人,这就足够了。他不能用这种方式对付我。几十年了,我受够了他的居高临下、盛气凌人。"

齐怀仲担忧地说:"承伟,你别冲动。天雄也许误会了你对红雨的感情,你应该让他了解这一点。你们兄弟之间缺乏沟通……"

陆承伟歇斯底里地吼道:"兄弟?我没有这种兄弟!"

# 第二十一章

杨世光进了金月兰的办公室，支支吾吾，半天没有说到正题上。接到史天雄打来的电话，他知道关于梅红雨的事，不能再拖延下去了，应该在史天雄正式提出之前，摸清金月兰对这件事的态度。

金月兰笑了，"世光，我知道技术部经理的位置重要。我也看到了梅红雨没有贴照片的报名表，而且我也看出来这张表是江榕代她填的。大洪水过后，我们一度被人看成是一家慈善机构，不堪重负。但是，我也不希望把'都得利'变成一架冷冰冰的造币机。作为总经理，我非常愿意看到梅红雨这种优秀的人能出任'都得利'技术部经理。"杨世光如释重负地说："太好了，你同意她来，太好了。"金月兰低垂着眼皮说道："我的话还没说完。你和天雄来了之后，'都得利'获得了新生。这是新老'都得利'人的共识。说我退居二线也好，说我垂帘听政也好，只要我愿意，也没什么。可我希望你们能在任何时候都坚持原则。说实话吧，我感到有人希望通过暗箱操作，让梅红雨来当技术部的经理，太反常了。杨副总，你要是还把我看成是'都得利'的创始人，就请你别再瞒我了。请相信我还算是个通情达理的人。"

杨世光涨红着脸解释说："金总，都是我不好。我和天雄知道梅红雨失业后，都想帮帮她。确实是存在点私心，可真没想搞什么暗箱操作……报名参加技术部经理竞聘的人很多，红雨参加竞聘，不一定能得到这个职位……"金月兰接道："你没有说服我。我需要听到一个有说服力的理由。否则,梅红雨上任了,也不能服众。"

史天雄淋得浑身精湿,进来了,"月兰,特殊情况特殊处理嘛。梅红雨是被外企无端辞退的,事后又备受西平企业界的冷遇。这种时候,'都得利'应该向她伸出援助之手。我刚和她谈过,她同意来'都得利'。"

金月兰真生气了,说道:"竞聘上岗,是你提出的。西平有多少因为莫须有罪名失了业的人?我们'都得利'都要给他们提供个岗位吗?你说的这个理由,不能服众。我希望听到真正的原因。如果这件事涉及你们的隐私,你可以行使董事长的最终决定权,我服从就是了。"

史天雄长叹一声,"这也是没有办法的办法。我知道这么做会有很多副作用,可我已经别无选择。昨天晚上,梅红雨的男朋友在一家夜总会和三陪女鬼混时,被公安人员抓住了。我可以断定,这是陆承伟的杰作。梅红雨的情绪很不稳定,我怕她从此走上另外一条路。是的,做这件事我是存了私心……我只能用这种办法和陆承伟抗争了。如果我眼睁睁看着梅红雨变成一个……你说得很对,我们没有力量铲尽人间不平事……可是,我们要是对发生在我们眼皮之下的这种事不理不睬,我们办'都得利',究竟还有什么意义?我承认,这么做有点意气用事。可我还是需要得到你们的谅解和支持。"

这种解释还是不能让人信服。金月兰不想再让史天雄难堪,让步了,"董事长已经答应的事,当然应该兑现了。但愿这是正义和良知胜利的起点。"

梅丰得知这件事,一定要再做次节目,借机宣传宣传"都得利",也顺便出出胸中的恶气。梅红雨到"都得利"上班那天,梅丰和王摄像到了现场。

梅丰拿着话筒,这样说道:"各位观众,这是一个公司欢迎新职员的简单仪式。它能走进我们的节目,是因为它包含了太多发人深省的特殊性。梅红雨小姐曾被日资企业以莫须有的罪名解雇。对这件事,我们在第一百四十二期节目,做过详细的分析。那期节目播出后,我们接到了大量的来信和来电表示支持。她因为做了这期节目,对老板说了一声不,被西平几十家企业拒之门外。今天,她终于又上班了,走上了大家喜爱的'都得利'商业零售公司技术部经理的岗位。我感到庆幸和欣慰。下面,我先采访一下几位当事人。梅小组,请你对观众们讲一讲你此时的心情。"

梅红雨眼睛里闪烁着泪光,动情地说:"感谢'都得利'公司及时向我伸出援助之手。感谢广大观众对我的关心。这一段,我感到生存的压力特别的大。我并不后悔上次在电视上为自己讨了公道,尽管为讨这个公道付出了很大的代价。一切都过去了。我会好好工作,报答'都得利',报答那些真心关心我的人。"

梅丰又问史天雄,"史董事长,听说是你们知道梅小姐的遭遇后,主动邀请她加盟'都得利'的,请你谈谈你们为什么要这样做?"

史天雄憨憨地笑笑,"这是我们应该做,也必须做的一件事。对这件事,金总经理最有发言权。"金月兰只好说:"'都得利'的广告语已经做出承诺:在非常的岁月里,'都得利'与你共渡难关。梅红雨小姐遇到了困难,帮助她克服困难,是'都得利'应尽的责任。当然,我们更看重梅红雨的能力。她能熟练操作电脑,懂三门外语,又在外企做过,属于我们亟需的人才。'都得利'不是慈善机构,也不是救世主。但是,当公平、正义和良知受到践踏和侵害时,'都得利'绝对不会坐视不顾。这是'都得利'一直恪守的道德理念。"

这种张扬,在陆承伟眼里,无疑是史天雄针对他的严重挑衅。这是不能容忍的。他决心进行一场反击作战。在这个人生的低潮期,惟一让他感到慰藉的消息来自陆川。田青廉和秦思民来了,说陆川县准备聘他当荣誉县长。无论如何,这是一个好的消息。

知道陆川方面以这种方式捧陆承伟,史天雄又骂了秦思民,"你还是不是共产党员?这和以前花钱捐官有什么区别?"秦思民道:"天雄,沿海省份,几年前都这么做了。必须承认,我们现在还是一个官本位的国家,学而优则仕的古训还有巨大的号召力。下一步,我们还想说服他把户口迁到陆川,然后就选他当人大代表或政协委员。我当然还是共产党员。陆承伟解决了陆川的国企问题。按今天的收盘价计算,陆川有八千个家庭都成了万元户。不瞒你说,陆承伟如今在陆川的影响力,已经越过他父亲了,如果他在陆川跟我竞选县长,我必输无疑。"史天雄感到胸口发堵,却又无话可说了。

拿到陆川县荣誉县长的聘书后,陆承伟决定找史天雄好好谈谈了。他自信若站在古斯巴达惨烈的角斗场上,站立着向欢呼的人群挥手致意的角斗士,只能是他陆承伟。苍白的面孔、痛苦而神经质的表情、略嫌萎靡的精神状态,都只是暂时的。

史天雄在自己的办公室接待了这个不速之客,站起来招呼道:"很久不见了,名誉县长当上了吗?"陆承伟一点也没谦虚,坐下来道:"家乡人民的心意,我不能不领。你最近不是也挺顺的吗?红颜知己让你坐了董事长的宝座,逼得国营商场开始动大手术,最近又找了一个一石数鸟的巧宗,风光无限。我今天是来取经的。和你一比,我总觉得哪个地方差了一点。"史天雄道:"可能你缺乏一点博爱和恻隐之心吧。这与政治信仰无关。你今天来找我的目的,我想我已经清楚了。原因出在你自己身上。我承认,金钱是影响社会进程的重要力量。但它绝对不是决定性的和惟一的力量。很多时候,钱是无能的。"陆承伟笑道:"你谈的是辩证法。我想告诉你:靠你付给梅红雨微薄的薪水,她只能在温饱的层面上享受人生的成就感……如果你存别的私心,譬如把一位年轻貌美的姑娘……但我还是宁愿相信你做这件事,是对我的情感的误读,是所谓的恻隐之心暂时战胜了爱情……"史天雄很不客气地说:"我为什么会误读了你对梅小姐的伟大的爱情呢?因为我已经看了什么顾小姐、乔小姐、白小姐、黑小姐和你上演的连续剧。是的,我只能给她提供一个温饱的条件……算了,我们就让梅小姐自己做出选择吧。"站起来走到门口喊道:"小周,你叫梅经理来一下。"

陆承伟眼睛里露出极其痛苦的神情,说道:"天雄,你不要逼我,不要逼我。你不要以为这就是最后结局。虽然我们之间没有了姐夫和小舅子之间的关系了,但是……我相信你不是个阴谋家……我真的想过一种正常而平静的家庭生活,你不该阻止我……"史天雄笑道:"承伟,我没有逼你,也没有对你搞什么阴谋诡计……"

正说着,梅红雨进来了,看见陆承伟也在,脸上掠过意外的神情,微笑着向陆承伟点头致意,看着史天雄道:"董事长,有什么事?"

陆承伟抢先说道:"'都得利'天蓝色的制服也挺好看,不过,还是白色更适合你。我记得你在日企上班,也没有放弃对白色的喜欢。我出去了一段,今天是路过这里……"梅红雨矜持地笑笑,"我也喜欢蓝色。董事长,你怎么不给陆总泡茶呢?陆总,你喝红茶呀喝绿茶?"陆承伟道:"春天已经到了,还是喝点绿茶吧。"

梅红雨对陆承伟略有歉疚,一边沏茶一边说道:"陆总,要是没记错的话,这是我们第五次见面了。"

陆承伟没想到梅红雨会主动谈起两人的交往史,有些激动,说道:"你说的是正式见面,非正式的见面,我都数不清了。"梅红雨怔了一下,"不对吧?确实是第五次。"

史天雄说话了:"你们也挺熟,这就好办了。承伟说,他一直希望你能到他的承伟实业任职,我今天才知道。承伟刚才埋怨我抢先把你挖了过来。我没想到承伟对你们家的情况也很熟悉。他担心你拿'都得利'这点工资过不好。我和承伟是几十年的好兄弟，和你又做过了几个月邻居，他这么一提说，我还有点作难。这样吧，一为了对你的前途负责，二为还承伟一个公平，你可以重新做一次选择。"

这几句平淡的、看似十分公平、公正的话，又一次严重地伤害了陆承伟。他站起来，走了两步，望着墙上的一张世界地图，慢慢说道："梅小姐，你别听他胡说八道。你现在就是同意到承伟实业，我还不赞成呢。"转过身笑道："刚才，我和天雄还在探讨博爱和恻隐之心的问题，还在谈正义、公平和良知问题。你这次来'都得利'，不是单纯的再就业，而是体现正义和良知的存在，是在显示博爱和恻隐之心的存在。那个节目，我认认真真看了，你小姨、'都得利'的金董事长，哦，现在是总经理了，都讲得很好。十九家也好，二十九家也好，这些公司拒绝你，恐怕也有苦衷，你当众表示对他们的理解，表明你有宽阔的胸怀。我今天跟天雄提说这件事，无非是有点嫉妒，谁知天雄竟当真了。虽然天雄如今已经不是我姐夫了，可我们几十年亲兄弟的关系丝毫也没有改变。我以前很钦佩天雄，把他当做一个榜样，把他当做一个奋斗的目标，现在我还是这么看他。天雄对我的影响，无人可及。他胳膊、右胳膊上的刀伤，是替我挨的。如果不是天雄挺身而出，我这条小命，恐怕早就没了。金月兰呢？那也是不让须眉的大英雄。你在他们手下干，能学很多东西，有利于你的成长。如果你为了拿高工资离开'都得利'，你就不止是对'都得利'失信了。正像你说的，你和我、和我的承伟实业缘分还没到。我们不是还有合作机会吗？我是资本家，天雄也是资本家，本质上没有什么区别。既然天雄把话挑明了，我不能不做点解释。我希望你能在'都得利'做出成绩，回报社会正义、回报社会良知对你的关爱。"

这番话一出口,史天雄和梅红雨都听愣了。

陆承伟继续说:"梅小姐,我还要告诉你,我并没有因为古狼犯了错误就辞退他。我想你肯定也不希望看到他在错误的路上滑得更远。毕竟,他是你的初恋。当然,我留下他,也不单是看你的面子。我也想用这种方式弥补一些我自己的过失。浪子回头金不换,何况他只是偶然失了一次足。回去,请代我向你妈问好。你也不要给我提那一万块钱的事,永远也不要提。你刚来,不要因为我耽误了工作。资本家都一样,眼里只有剩余价值。"

话已经让陆承伟说尽了。梅红雨只好说:"陆先生,谢谢你。如果有机会,我再为承伟实业服务。你们聊。"

梅红雨走后,陆承伟端起茶杯喝了一口,望着窗外站着,一言不发了。

史天雄狐疑地看看陆承伟,说道:"你真的这样想?"

陆承伟笑了起来,"你觉得这些话不该出自我的口?这种冠冕堂皇的漂亮话,中国的初中生都会说。电视、报纸、大会、小会,不都是这么说话吗?虚伪,难道还用学吗?何况我确实这样想过。你不要这样看着我。你,你心里难道就没有一些不可告人的阴暗吗?你这么做,哪里还有他妈的什么兄弟情分?你让她当面选,不如杀了我。你不要太得意了。当年打王大海,你真的是为了我吗?我从来没有娶过妻子,可我能感觉到什么叫夺妻之恨。奇怪吗?你不就是想听我说真话吗?我告诉你,不管有爱还是有恨,我都想做点事了。做点什么事呢?你看看这个茶杯。"突然间一松手,杯子在楼板上砸出一个清脆的响,变成玻璃碴子了。陆承伟看了史天雄一眼,搓搓手,扬长而去。

史天雄久久地望着空门,慢慢把目光移向楼板上的碎玻璃。

齐怀仲在北京的家里休息了一个礼拜,就再也呆不住了,决定提前回西平。老伴埋怨道:"离了你,地球就不转了?他让你休一个月,你就休一个月吧。下个月,老大要把儿子送回来让我带。以后就没这种清静日子了。"齐怀仲忧心忡忡道:"承伟这个时候让我休假,有点反常。他肯定要背着我做什么事。他最近受了打击,情绪很不好,我真怕他做出什么过头事。"老伴又道:"双凤这么好的姑娘他不要,神经兮兮要找初恋姑娘,不碰壁才怪呢?你说,他会做什么过头事?"齐怀仲不想多费口舌,吓唬道:"我不在他身边,杀人放火他都敢干。"老伴马上说:"那你快点去吧。承伟待咱们家不薄,可别让他惹出大事了。"

在西平机场,齐怀仲意外地遇见了丹尼。丹尼刚从杭州飞到西平,胡子像是有一两个月没刮了,看上去很老,一脸疲惫。齐怀仲一问,才知道这几个月,丹尼和顾双凤之间的故事已经演绎了几波几折了。春节过后,顾双凤带着丹尼回到金华住了一段,两个人已经谈到了婚嫁问题。半个月前,两人一起回到西平,丹尼开始准备结婚用的法律文件。他万万没有想到顾双凤突然间不辞而别了。丹尼再一次追到金华,一问,说顾双凤又回到西平了。说到最后,丹尼用忧郁的眼神看着齐怀仲说:"她为什么要改变主意?为了找她,这个学期我都没上课了。齐先生,我真的很爱她,我会爱她一辈子。我会找到她的。"齐怀仲感慨万千,说了很多鼓励的话,又给丹尼留了手机号码,又要了丹尼的手机号码,才和丹尼分了手。

陆承伟也没问齐怀仲为什么提前回来,每天除了看股市行情,就是看体育节目。齐怀仲观察了两天,发现老二来别墅的次数很多,心里不免替史天雄担忧起来。

这天晚上,江小三拉陆承伟去参加一个活动,老二又来了,看陆承伟没在家,就要走。齐怀仲喊道:"老二,有什么事能告诉我吗?怎么着?信不过我?"老二恭恭敬敬答道:"不是。你是陆总最得力的助手,我怎么能信不过你呢?这件事,陆总专门交代过,要保密。干我们这一行,嘴必须得严。"齐怀仲冷笑道:"不就是要修理史天雄嘛。说不定我还能帮你们出点主意。"

正说着,陆承伟回来了,招呼老二进了一间房。齐怀仲蹑手蹑脚跟了过去,隔着门偷听起来。陆承伟问:"查清楚了没有?"老二说:"查清了。周一到周五,早上七点,金月兰和她女儿一起离开家。晚上,没什么规律性。"陆承伟又问:"见没见过史天雄?"老二道:"这一星期,他去过一次,在金家呆了一个小时二十分。"陆承伟道:"说说你的想法。"老二说:"西平已进入雨季,车祸最干净。七点十分左右,她骑车穿过白果街。白果街中间,有几个大垃圾桶,可以在那里做。"陆承伟问:"不伤人命,有把握吗?"老二说道:"这个……没有太大的把握……"陆承伟大声说:"撞伤她就可以了。剩下的你想办法。采取行动时,告诉我,我要去看看。"齐怀仲听到这里,擦擦额头上的冷汗,出去了。

第三天晚上,下雨了。齐怀仲一夜没敢合眼。天快亮了,雨还没有停。陆承伟穿得整整齐齐下了楼。齐怀仲跟着出去,抢在陆承伟前面,坐到司机的位置上。

陆承伟道:"你下来,我自己开。"齐怀仲道:"下雨了,你雨天很少开车,我送你过去吧。"

陆承伟上了车,"你知道我要去哪里?"齐怀仲把车倒出车库,"可能是宴园小区。那边的路我熟。"陆承伟冷笑道:"你挺能干嘛。这件事你不要插手,明白吗?"

齐怀仲把车开上大街,说道:"你不习惯早起,肯定有点困,我给你讲个故事吧。西平解放前夕,一个资本家跟着国民党的要员去了台湾。他有个参加了地下党的小儿子留了下来。后来,小儿子结了婚,生了一个女儿……"陆承伟粗暴地打断道:"不要再说了!"

齐怀仲把车开到金月兰住的四号楼附近停下,掏出手帕擦擦额头上的冷汗,劝说道:"承伟,我知道劝不住你,可我还是要说。商场如战场,这些年我们经历了很多风风雨雨,和很多明的暗的对手较量过,我为你感到骄傲和自豪的,是你从未伤及一个无辜。我跟随你,把你的事业当成我生命中最重要的部分,不仅是报答你的救命之恩,更是折服于你嫉恶如仇、有德报德、有怨报怨的人品。承伟,金月兰是无辜的!如果你今天做了这件事……"陆承伟侧过脸看着齐怀仲,冷冷地说道:"做了这件事,我是不是就该下地狱了?你是不是还准备大义灭亲?"这时,天已大亮,锥子雨淅淅沥沥下着。金月兰和金晶晶出了门洞。金月兰认真、仔细地帮金晶晶穿好雨披,母女俩走向自行车棚。

陆承伟的手机响了,他听了片刻,说道:"我看见了,我就在附近,不要挂,告诉老二,听我的。我说过,不要人命,不要人命!她们母女俩分手后,你告诉老二……"

金月兰和金晶晶推着自行车从车棚出来了。

齐怀仲脸上露出了视死如归的神情,含着眼泪看着陆承伟,一字一顿地说:"承伟,你不要逼我,不要逼我!毁了一个顾双凤,已经够了!我不能容忍你再毁一个母亲、一个女英雄。双凤怀过乔本的孩子,这件事我就不该纵容你……承伟,你以为你这么下去,离地狱还远吗?你不要逼我离开你!不要!你让他们停下来!停下来!"

陆承伟慢慢举起手机,"告诉老二,放她过去。对!行动取消了……她是无辜的,放她过去……"把手机朝后排座上一扔,双手搓着脸道:"你说得对,金月兰是个女英雄,是个值得尊敬的人……史天雄抛弃了我的亲姐姐,让我这么多心血付之东流……我一直把他当成我的亲哥哥,我没办法对他做什么……你刚才说什么?双凤怀过乔本的孩子?"

齐怀仲用手擦擦满脸的汗水，"我和丹尼陪她去做的手术。我以为她成了明星，又有丹尼的爱情，会把过去的事情都忘了……她认为自己该下地狱，不配接受丹尼纯洁的爱情了。承伟，这件事已经无法弥补了。你是一个负有重要使命的人，不要再为历史留下遗憾了。你有思想、有眼光、有雄厚的经济基础、有绝好的历史机遇，你应该能做出一番青史留名的大事业！"

陆承伟仰在座椅上，闭着眼睛，伤感地说："你不要安慰我了。我实在没有用。'既生瑜，何生亮'？有史天雄在舞台上，我永远只能演配角。"齐怀仲道："我不知道你是怎么想的。你撞伤了金月兰，梅小姐还会离开天雄吗？你的目的，不就是想和梅红雨一起穿着结婚礼服进教堂吗？"陆承伟苦笑道："没有这种可能了……不瞒你说，这些日子我经常感到绝望。产生这个念头，是有点破罐子破摔了。我在想，如果金月兰残废了，看你史天雄会怎么办！这种想法确实有点可笑。算了吧，我认输了。"

齐怀仲道："这不符合你的性格。承伟，反败为胜的机会也有，你也有这种实力，为什么不能正面和天雄较量较量呢？"陆承伟睁开眼睛道："说说看。"

齐怀仲道："目前，我还只有一些零星的想法，说出来供你参考吧。这几个月，我都在研究'都得利'的经营模式。两三年后，这也是我们一个投资方向。'都得利'现在有一个致命的弱点。它在作出全市最低价的承诺时，又作了包赔差价的承诺。如果同一天，顾客在另外商场买到的商品价格比'都得利'的低，'都得利'可以在退货的同时，补给顾客这一部分差价。这一条帮助'都得利'在西平建立了最低价的信誉。同时，它也成了'都得利'的死穴。如果竞争对手事先知道'都得利'的销售计划和价格方案，就能对'都得利'发动致命的一击。"陆承伟直起身子，"说下去，说下去。"齐怀仲道："'都得利'成立技术部，肯定是想在管理上上个台阶。梅姑娘恰好又是技术部的经理,这就有文章可做了。你想想,如果兰平章从梅红雨之手得到'都得利'这些核心机密后,会做什么事?当然,这需要一个关键性的人物。我想到了一个候选人。这个人叫刁明生。他是金月兰的前夫。前些年,他和一个叫白菊花的同居。去年,白菊花因卷进一个贩毒案,被判了刑。这个刁明生去年靠给一些小公司做假账为生。因做假账被拘留后,就以踩老年三轮车为生了。我还了解到,这辆三轮车,是金月兰的女儿,当然也是刁明生的女儿给他买的。这个世界上最恨史天雄的,恐怕就是这个刁明生了。如果他能够进入'都得利',或许我们就能造出一个计划了。当然,我这些想法,多少有点异想天开。"

陆承伟脸上露出了笑容,"幻想是人类进步的种子。你了解到的信息,不少嘛!"齐怀仲笑道:"我只是做了参谋或者师爷的本职工作。"

金晶晶用牙签数数烟灰缸里的烟头,自言自语道:"这个史天雄还挺能克制的,只抽了三支。"金月兰端着空脸盆从阳台上走进来,"晶晶,你在干什么?"金晶晶笑道:"没干什么。我在研究史天雄一天到底要抽多少支香烟。一夜抽三支烟,还是可以承受的。"

金月兰愣愣地看着女儿,突然红着脸骂道:"你这个死丫头,胡说什么!昨晚八点半,他就走了。以后,你不要再管我的闲事!"金晶晶感到意外,"八点半就走了?那,那你们到底谈没谈过结婚的事?"金月兰皱皱眉头,叹一声道:"你管这么多事干什么!摊子越铺越大,正经事还忙不过来呢。前几天,练法轮功的人去广场静坐,有我们两个职工,天雄把这事看得很严重,他昨天来是商量这件事。"

金晶晶对"法轮功"不感兴趣,说道:"这怎么不是正经事?这事牵扯我的切身利益,我必须发表意见。妈,我看你是犯了和李尔王同样的错误,放权放得太早太干净了。搞得不好,李尔王的悲剧就要重演了。妈,你们这次招聘中层管理人员,是不是有人搞了暗箱操作?"金月兰吃惊地看着女儿,"你,你听谁说的?你怎么会知道这件事?"金晶晶道:"如今是信息时代、网络社会,什么事能保密呀!担心你鸡飞蛋打的老姐们儿告诉我的。我还听说梅红雨放弃了每个月几千元的高工资去的'都得利'。我还听说,那个追求梅红雨的大款跟史天雄吵了一架,连茶杯都摔了。我还听说,梅红雨的男朋友嫖娼被抓了,她还挺高兴的。妈,这些事难道正常吗?"

这一问就问到金月兰的痛处了。这些事情确实不很正常,耐人寻味。梅红雨做出这么大的牺牲,屈就"都得利",到底图的什么?风度翩翩、一表人才的陆承伟,大名频频见于报端,又是捐款给家乡修路,又是资助贫困大学生完成学业,他追求梅红雨,怎么就是十恶不赦的罪行呢?他经常玩始乱之终弃之的把戏?他的前女朋友顾双凤如今不是炙手可热的当红女影星了吗?梅红雨失去了一个嫖娼的男朋友固然不可惜,可是她将来总要嫁人吧?将来她要嫁给谁呢?金月兰无法消除这些疑问。她无奈地对女儿笑笑,说道:"好好学习吧,明年你要能考上清华北大,妈就很知足了。别的事情,都不能强求。'都得利'能发展到今天,妈很满意。至于谁来当这个董事长,妈很少考虑。只要公司将来发展了,我愿意当一个一般的股东。"

金晶晶带着一肚子心事,去了学校。

这一天,平平常常紧紧张张的学习生活过去了。骑车回家的路上,金晶晶心里想的只是如何设法让母亲高兴起来。她根本没有想到她会变成一个正在实施的阴谋的一部分。一场苦肉计的好戏,正在前面等着她走近。

底层生活的艰辛,早已超过刁明生的承受能力。风吹雨淋的蹬老年三轮的日子,他已经过够了。他希望生活再一次发生革命性的转变,把他从眼前这片泥沼中提升出来。三天前,他在郊县一个豪华的夜总会里,接受了陆承伟的建议,开始了人生新的一轮赌博。最终能不能和金月兰复婚,他没有任何把握。他看中的是陆承伟一个月给他的两千元活动经费。每月有这两千元收入,他就用不着再起早贪黑,在最底层黑暗的生活泥沼中挣扎了。

为了对得起已经领到的两千元,为了让第二个第三个两千元源源不断装进自己的口袋,刁明生十分认真、十分投入地扮演着分配给他的角色。

金晶晶和一个女同学拐进这条小巷时,戴着墨镜的老二下了老年车,拎着密码箱就走。刁明生喊道:"先生,你还没给钱呢!"老二扭头说:"要钱?你打听打听我是谁?坐你的车是给你面子。这次算你学雷锋了。"这种情形刁明生经常遇到,很自然地入了戏,紧跑几步,伸手抓住老二的密码箱,"坐车给钱,天经地义。先生,我挣个小钱不容易。"

金晶晶下了车,站下了。女同学也下了车,小声道:"晶晶,你可别管闲事。这种事多得很,走吧。"金晶晶不说话,瞪大眼睛看着刁明生和戴墨镜的大汉。

老二发出一阵骇人的冷笑,"你他妈的放手!"刁明生也大声说:"你以为我怕你呀?坐车不给钱,你还想打人?"老二一个勾拳把刁明生打个趔趄,又用密码箱朝刁明生的背上一砸,"他妈的,给你脸你不要脸!"刁明生挣扎着爬起来,大叫着:"我跟你拼了!"一头朝老二撞去。老二被撞得后退几步,放下密码箱,抓住刁明生,先甩几个耳光,一记重拳把刁明生打翻在地,跟上去踢一脚,抖抖笔挺的西服,拎着密码箱扬长而去。刁明生嚎叫着:"杀人了!杀人了!"

金晶晶冲动地喊一声:"爸爸——"推着车子冲上来,"那个流氓,你给我站住。"说着就要骑车去追老二。刁明生爬两步,抓住金晶晶的自行车,"晶晶!别——这种人,咱惹不起——"金晶晶扔掉自行车,流着眼泪扶着刁明生,"爸,你站起来,站起来,看看要不要紧。"刁明生用手揩揩嘴角和鼻子上的血,心里骂道:"狗日的,真打呀!"晃一下,没站起来,坐在地上龇牙咧嘴说:"不要紧……常有的事,你走吧,别管我。"女同学很难为情地笑笑,"大叔,你……我们陪你到医院看看吧。没想到你是晶晶的爸。"刁明生摇着头,一脸羞愧地说:"晶晶,我丢你的人了……这位同学,这件事你知道就行了。晶晶,以后,以后我不在你们学校附近拉活了。对不起,晶晶。"金晶晶擦擦眼泪,把口袋里几十块零用钱都掏出来,"你拿去找个诊所看看吧。真不该给你买这辆老年车。"刁明生把手在衣服上蹭蹭,从内衣口袋里掏出一条丝织围巾说:"钱我不要。我身上还有几块钱。记得八年前,你问我要钱买红纱巾,爸没给你买,"把丝巾朝金晶晶手里一塞,推起老年车,"现在红纱巾买不到了,我给你买了条白丝巾。"说着一瘸一拐走了。按齐怀仲的计划,他还要赶到李姐家里,让这个曾替他还过赌债的好心的大姐看看他如今过着多么悲惨的生活。

　　金晶晶和女同学看着刁明生出了小巷。女同学啧啧嘴,感叹道:"你妈的心肠可真硬!你妈开着那么大一个公司,怎么能让你爸蹬老年车呢!你也是的,不管咋说,他也是你的亲爸。你看他瘦得……"金晶晶没说话,噙着眼泪,骑上车走了。

　　回到家里,金晶晶越想越伤心,索性痛痛快快哭了一场,也没煮饭,也没准备菜,躺在床上睁着眼睛数天花板上的黑点点。晚上七点钟,金月兰拖着疲惫的身子回到家,一看家里冰锅冷灶,女儿又没在学习,生气地说:"不复习功课,也不帮助做点家务,存心把我累死呀!起来,起来,舀点米把饭煮上。"金晶晶躺在床上没有反应。金月兰把菜择好洗好,进了晶晶的房间,"我的大小姐,是不是让我把饭端来喂你呀?你……你?你好像哭过。考试没考好?班干部落选了?"金晶晶下了床,叹口气说道:"我们的心肠是不是太硬了一点?一个人犯了罪,惩罚也该有个限度吧?杀人偿命,没把人杀死,也就不能枪毙他。冷冰冰的法律,也还有个度。我们的心肠是有点硬。"

金月兰听得稀里糊涂,伸手摸摸女儿的额头,"你今天是怎么了?"金晶晶说:"我没病。我在想,刁明生就是犯了十恶不赦的大罪,他还是我爸。我和他这种血缘关系,没法改变。我看见他挨打,会感到心口疼,会流泪。他也是四十多的中年人了,不能靠蹬老年三轮维持生活了。妈,他过去是对不起这个家,特别是对不起你……妈,'都得利'公司帮助了那么多人……你看能不能……"

金月兰把脸拉长了,"晶晶,你是不是想让他到'都得利'上班?告诉你,我不同意。我把他这个人看到骨头缝里去了。你偷偷拿了我几百块钱,给他买小三轮,我没有说你什么。可是他做了什么?赌钱!谁知道他还干了些什么?你还小,你不知道有些男人是多么可怕!"金晶晶不甘心,说道:"'都得利'有很多个岗位,你让他当个一般职员就行。"

金月兰痛苦地闭了一下眼睛,"晶晶,我太了解他了。我宁愿每个月给他几百块钱维持生活。晶晶,我不想再毁了现在的生活。"

金晶晶也不敢再说了。

母女俩别别扭扭吃了一顿饭,刚放下饭碗,李姐来了,说刁明生叫人打得鼻青脸肿,看了叫人可怜,也提出让刁明生到"都得利"上班的事。金月兰耐着性子说道:"公司正在搞软件建设,现在的职工,不能适应的,恐怕也得下岗。刁明生好吃懒做,吃喝嫖赌的毛病,哪一个都不缺,这种人到公司能干什么?"李姐说:"月兰,明生早知道错了,晚上在我家痛哭流涕的,是真后悔了。浪子回头金难换。又不是他提出的,我主动让他来公司干,他贵贱不肯,他说怕丢你们的人。以前他可不是这样,进步了。你说,史董事长管了女房东母女俩的事,名声多好?不管咋说,明生是晶晶的爸,咱们现在能吃香喝辣了,不管他的死活,说出去,多不好听?"

金月兰冷冷地说:"在这件事上,我不怕落个坏名声。"

李姐讨了个没趣,起身告辞了。金晶晶跟到楼下说:"李阿姨,你说这事该怎么办?"李姐倚老卖老道:"你妈这个人我了解,豆腐心。她不是董事长,这件事你妈也不好做主。明天,我去找史天雄说说。小女房东落了难,他都肯开后门,看看他怎么处理。好歹,我也是'都得利'的元老,姓史的总该给我个面子吧。"

第二天晚上,李姐去了明光村小区,开门见山说了刁明生的事。杨世光感到这事棘手,先唱了黑脸,"李姐,让刁明生来公司,恐怕不合适。当年,他把什么事都做绝了。金总现在还没成家,你说,他来了不是多事吗?"李姐笑了起来,"你是怕他对月兰不死心,对不对?昨天他挨了窝心拳,今天还咯血呢。如今,只是给他找个饭碗端端。混到这种地步,和月兰早是地下天上了,到了咱们公司,他还敢东想西想?董事长,你是个热肠子,梅姑娘受了委屈,你一提拔,她就当了经理了。这刁明生过错再大,可他总是晶晶的爸嘛。"

这一军,将得史天雄作了难。李姐来找他,分明已在金月兰那里碰了钉子。一口回绝吧,李姐已经张嘴了。想了一会儿,史天雄问:"这个刁明生有什么特长吗?"李姐说:"这个明生,绝对是个聪明人,左右两只手都能打算盘珠子,年轻时在厂里也算个人物。要不,当年我也不会把他介绍给月兰。后来他是看花了眼,滑到邪路上了。蹬了小一年三轮车,他早知道个世态冷暖了。你大人大量,要是连刁明生这种身份的人也能容得下,心胸只怕比宰相还能宽四指。"杨世光又接道:"李姐,刁明生的身份实在太特殊了。这件事你肯定找过金总了。如果金总反对,你说天雄能表态吗?"李姐沉着脸说:"月兰的心思如今都在董事长身上。再说,这件事我怎么会找月兰呢?董事长,算我求你了,行不行?"

杨世光害怕史天雄让步,马上说:"李姐,你看能不能想点别的办法?譬如,我和史总在别的地方给他找个风吹不着雨淋不着的工作……"李姐黑着脸打断道:"你们不就是担心明生惹事吗?我当着你们俩的面立个军令状。刁明生要是出了什么问题,我李佩芝负责。"

史天雄只好说:"李姐,你先回去。这件事确实有点难办。我跟月兰商量商量,再作决定。"

李姐带着一肚子不高兴,走了。

史天雄呆站了好一会儿,自言自语说:"这真是件头疼的事。"杨世光叹口气道:"知道厉害了吧?把球踢给金月兰恐怕也不是个办法。引进梅红雨,还是有些后遗症啊。"史天雄马上给金月兰打了个电话。金月兰的回答耐人寻味:你是董事长,大事小事你都有最后决定权。这件事变得越来越复杂了。

李姐回到家里,刁明生还坐在堂屋等消息。李姐当巡警的大儿子张东林一看李姐的脸色,说道:"你这个老将出马,也没起作用?"李姐的犟脾气上来了,"就是犯了杀人大罪,不过是一命抵一命。总该给人留条活路吧?明生,这件事大姐替你做主了。你再歇一天,让这张脸再消消肿,中看一点。后天早上七点,你在我们总店门口等我,我给你安排工作。"刁明生忙说道:"大姐,这合适吗?你们公司是姓史的当家……"李姐嘿嘿嘿地笑了几声,"我也是公司的股东。当年没有我帮月兰拿主意,哪有今天的'都得利'!我倒要看看这新当家的能把我怎么样。请示也请示过了,汇报也汇报过了,你又不是什么阶级敌人,这个主,我做定了。你先从装卸工干起吧。下点气力,干个样子给他们看看。他们要是硬不给你调整工作,看看大家背后捣谁的脊梁骨。"

第三天清晨,史天雄在总店门口,看到了正在和几个棒小伙子一起卸货的刁明生。李姐看见史天雄来了,把刁明生喊住说:"明生,这就是我们史董事长,心肠跟菩萨一样好呢。"

见史天雄在店门口打量刁明生,就说:"董事长,这就是晶晶的爸。这两天搬运上人手不够,我就喊他来了。"

史天雄知道不表现一些菩萨心肠不行了,想了想,说道:"刁先生也是四十几岁的人了,这种活,你干不了。"李姐一听这话,马上收了笑脸说:"他也只有干这活的命。"史天雄也不计较,问道:"刁先生,听李姐说,你的财会能力还不错,是不是啊?"刁明生答道:"这方面我不生。这几年白菊花的账都是我做的……"史天雄又问:"电脑学过没有?"刁明生答道:"前两年,她买了一台玩游戏,打字什么的,不是太熟练,也能打……"史天雄道:"请你过来一下。"

刁明生和李姐跟着史天雄往里面走。走到已改成计算机房的大办公室门口,史天雄喊道:"梅经理来了没有?"

"来了。"梅红雨应声走出来,笑道:"早来了,这两天做梦都在干活。"史天雄指着刁明生道:"这位刁先生是晶晶的爸,懂财会,会电脑,让他到你们技术部上班。具体负责什么工作,由你定。哦,晶晶就是金总的女儿。"梅红雨探究似的看了史天雄一眼,把手伸出来说:"刁先生,我代表技术部全体员工欢迎你。"刁明生把右手在左腋下擦擦,碰了一下梅红雨修长的手指,谦恭地说:"请你多多关照。"史天雄看看刁明生苦心挑选的破旧衣服,吩咐道:"梅经理,去给刁先生领套衣服。刁先生,失陪了。"

史天雄和梅红雨一走,李姐噘着嘴自责道:"哎,把人家的好心看窄了。明生啊,董事长真待你不薄,你可要珍惜这个机会呀!"刁明生一看事情办得这么顺利,对李姐感激不尽,点头哈腰道:"大姐,你就是我的再生父母。我要不在这里干出个人样,我,我,我不得好死。"李姐笑骂道:"大清早的赌咒发誓,多不吉利。只要你能走上正道，大姐就算没白操心了。大姐也不指望你报答，这就算上一辈子欠你的吧。明生，这里可不是以前咱们的厂子，偷懒耍奸的，只会自毁前程。店里哪个部门，都是一个萝卜一个坑。这技术部的一般人，就相当于咱们厂里的干部，一个月能拿八九百，外面多少人想进还进不来呢。这梅小姐是董事长的红人，平日里你听她的吆喝就是了。你在这里等着，我去忙我那一摊子事了。"刁明生自然又表了一番决心。

李姐走了几步，像是记起了要紧事，折回来，扯住刁明生的胳膊低声说："有件事要给你交代一下。这月兰的心如今在董事长身上，你娃也别眼馋。人的命，天注定，该是谁的，就是谁的。你的心气高，我知道，可这一时只能说一时的话，想了过头事，做了过头事，要栽跟头的，你娃要吸取教训。这店里女的多，舒气的老姑娘、小寡妇也有，等你在这里立住步，大姐帮你挑一个。"

刁明生擦擦满头的冷汗，心里慌乱起来。那个陆老板，让我想法进"都得利"，究竟想干什么？这个史天雄，能是那么好对付的？和月兰复婚？有这种可能吗？不管将来发生什么事，只能闭着眼睛朝前走了。

不一时，梅红雨把制服领来了。刁明生把天蓝制服换上，竟把一屋三四个姑娘都笑倒了，捂肚子的捂肚子，擦眼泪的擦眼泪。梅红雨只看见刁明生个子不低，却忘了他的瘦弱，领的是一套加大加肥的，穿在刁明生身上，活像马戏团的魔术师，一身的滑稽相。刁明生久没眼福看见姑娘们千姿百态的美，心里高兴，在房里做了几个模特的动作，笑问道："是不是很难看呀！"梅红雨敛气抿嘴止住笑，伸手朝门外一指，"好看，很好看。你不信？售货亭柱子上有镜子，你去看看好看不好看。"

刁明生走出机房，迎面撞上了匆匆低头走路的金月兰。金月兰惊愕得像是走夜路遇上鬼，口吃地问："你，你怎么会在这儿？"刁明生堆出一脸谦卑的笑,说道:"我,我刚来上班……"金月兰板着脸问:"你到机房重地干什么?"

梅红雨走出来接道:"总经理,是这样,董事长安排刁先生到技术部上班了。"金月兰一听是史天雄的决定,不便发作,停顿了一会儿,说道:"刁明生,你要记住,'都得利'只是为你提供了一个风刮不着、雨淋不着的工作。"刁明生点着头,脱口说道:"月兰,我知道。"

这一声"月兰"喊出了金月兰满脸恼羞、满脸愤怒,她冷冷地盯着刁明生看了很久,申斥道:"月兰是你叫的吗?你不配!刁明生,我今天先把丑话说了。我是看晶晶、李姐、史董事长的面子,才同意你来'都得利'的。"刁明生耷拉着眼皮,紧接一句:"这也是你对我的关怀。月兰,我真的想重新做人……"

"刁明生!"金月兰高声打断道,"你再喊我一声月兰,你马上滚出去。我已经说过,你不配。我是总经理,你是技术部的职员,见面了,你要喊我的职务!"刁明生垂手立着,昂着头大声回答:"是,金总经理!"金月兰下意识地摇摇头,在刁明生面前来回踱步,又用冷冰冰的目光把刁明生罩住,缓慢地说:"刁明生,我太了解你了。你要的不只是一份工作。你是'都得利'的特殊员工,必须给你制定几条特殊的纪律。你听好了。第一,不准到我家去。我不限制你见晶晶,但她明年要考大学,你还是不要影响她。第二,不准到处宣传我们以前的关系。那一页早翻过去了。第三,不准到总公司办公区。答应了,你留下。你要是觉得不自由,请走人。"刁明生忙说:"别说三条,三十条我也答应。你就看我的行动吧。"

金月兰眯着眼睛,厌恶地瞟瞟刁明生,"我希望你这些年已经学会了守信用。"转过身对梅红雨说:"梅经理,刚才我说的话你也听见了,你要好好监督他。不管他违反了哪一条,可以马上请他走人。"说罢,朝楼梯口走去。

梅红雨对刁明生的到来,产生一种难以言说的兴奋。这个决定又是史天雄做出的,太耐人寻味了。梅红雨把呆若木鸡的刁明生拉进机房,又给他倒一杯茶,说道:"刁先生,喝杯水,压压惊。你是晶晶的爸爸,晶晶的妈妈又是'都得利'的创始人。你放心,我们肯定不会为难你的。"

金月兰进了自己的办公室,把门锁上,坐在椅子上呆呆地看着天花板。原来,你做出了这样一个决定!你把刁明生放在眼皮底下,究竟是什么意思?为什么安排到梅红雨的技术部?金月兰的心情坏到了极点,她悲哀地认为,自己在史天雄身上倾注的心血,都付之东流了。史天雄把她的前夫放到技术部这么重要的部门,用意难道不明白吗?想着想着,两颗泪珠儿沿着她苍白的脸颊滚落下去了。

岁月无敌,岁月无敌呀!

# 第二十二章

刁明生顺利地进入了"都得利",而且就在梅红雨身边工作,这在陆承伟眼里,就成了这个多雨的春天里,极少能让他开心的事件之一了。到底能不能用这个刁明生做出一杯让史天雄难以下咽的苦酒,眼下还无法讨论,但这样一个出人意料的开端,总能引发出无限的美好联想。至少,从此以后,梅红雨在"都得利"的生活,在陆承伟这里,不再会是一团迷雾了。陆承伟决定在菜根香酒楼宴请一次刁明生。

菜肴是丰盛的,白酒上的五粮液。这种规格的宴请,开始的时候让刁明生心里七上八下。他以为陆承伟接下来会向他下达堵枪眼或者是炸碉堡的命令了,相当紧张。谁知陆承伟只对梅红雨的日常工作感兴趣,这让刁明生感到意外。陆承伟问刁明生对和金月兰复婚有没有新的计划,刁明生实话实说道:"我没敢做这个梦。月兰很恨我。"陆承伟给刁明生夹了只大虾,鼓励着:"别着急。好女怕磨,只要工夫下到家了,你的目的一定能达到。刁先生,你的工作累不累?"刁明生忙说:"不累不累。我现在在学习电脑,原来懂的财会技术,都用不上了。梅经理和那几个姑娘,这些日子可累坏了。下一步,各分店都要实行电脑管理,要建立一个网络。梅经理她们正在忙着做一个软件管理系统。几个女孩子每天都在往电脑里敲什么合同啦,销售计划啦,商品价格啦。梅经理说,等把这个系统做成了,技术部的工作就轻松了。"齐怀仲眼睛刺地一亮,"刁先生,这项工作,什么时候能完成?"刁明生摇摇头,"不清楚。

可能还需要一个多月吧。"

陆承伟说："刁先生,安心在梅经理手下工作吧。我们对你前一段表现十分满意。听说你的住房条件不好,我们给你租了一套两室一厅的小房子。上次,我就向你保证过,绝对不会让你做违法的事。不过,我还想重申一点,我们之间的合作,只限于我们三个人知道。刁先生是个明白人,剩下的,我就不用多说了。"刁明生忙点着头道："我懂,我懂。你们待我恩重如山,我一定尽力报答你们。"

齐怀仲把一把钥匙、一个牛皮纸信封、一个汉显传呼机放到刁明生面前,"房子在玉林小区圆通巷五号院五幢五单元十号。不要在公司里张扬这件事。这一千块钱,算是上次演苦肉计给你的慰问金。听说你在你女儿面前演得很投入,吃了一点苦。这个呼机你随身带着,有事我们会呼你。你在'都得利'要好好挣点表现,争取能成为梅经理最信得过的人。一两个月内,不会有特别重要的事要你干。若叫你出来,也就像今天一样,吃吃饭、喝喝茶,聊聊天。"刁明生把钱和东西都小心收起来,说了一番肉麻的奉承话,赔着笑脸问道："齐先生,这呼机是哪个台?号码是多少?"

陆承伟站起来走出雅间,边走边说："我们知道就可以了。"刁明生吓得浑身一颤,再不敢多嘴了。

庄稼刚刚种上,暂时还算风调雨顺,可以对秋后的好收成抱有一些期待了。也仅仅是期待而已。如果遇上去年大洪水那样的天灾人祸,长势再好的庄稼,也有可能颗粒无收。在以后很长一段时间,陆承伟都没想起过这个刁明生,对齐怀仲构想的信息战既没投入太多的精力,又似乎缺少一些热情。和天宇方面的秘密谈判,正在如火如荼的热恋阶段,而沪、深股市依旧不温不火,需要陆承伟操心的事情实在太多了。一个多亿的投资还没有一分钱的回报,陆承伟确实没有更多的精力琢磨如何对付史天雄。

金月兰进入了一个情绪的低潮期。高中生金晶晶看着母亲一日日消瘦,每晚上吃安定,心里很不是滋味儿。几次主动提出请史天雄来家里吃饭,金月兰都没表现出热情,金晶晶知道事情有点严重了。她知道父亲到"都得利"上班会有副作用,可万万没想到副作用会有这么大。想来想去,她找到了梅红雨这个罪魁祸首。她决定采取一些行动,帮助帮助可怜无助的母亲。一个周五的傍晚,金晶晶把梅红雨约到了和"都得利"总店只有一街之隔的老树咖啡屋。

梅红雨走进老树咖啡屋,四下张望起来。咖啡屋里没有她靠想象勾画出的干练能干的小女老板。金晶晶端着咖啡杯,看了梅红雨一会儿,喊道:"梅经理,梅小姐,请到这边坐。"梅红雨没想到心目中的金女士会是一个稚气未脱的女中学生,走到金晶晶对面坐下,迟疑地说:"你就是西平宏达软件公司的金小姐?"金晶晶得意地笑着,"那是我未来的身份。我不能不赞美你一句:你真漂亮。小姐,再来一杯咖啡。我喜欢喝原汁原味的苦咖啡。梅小姐,你呢?"梅红雨仔细打量着金晶晶,"我喜欢喝加糖的。你让我想起了一个人……"金晶晶道:"人说缺什么想吃什么,我吃苦太少,所以才喜欢喝苦咖啡。你的观察力不错。我很像你们'都得利'的创始人,从前的董事长、现在的副董事长兼总经理金月兰。她的相貌基因对我影响比较大,性格方面,她对我影响不大。比如,我将来要是创办一个IT公司,一个我喜欢的白马王子千里迢迢来帮我做,他永远只能做我的助手。她有点理想主义,有点爱情至上。在现在这个社会里,这种东西已经很脆弱了。你说呢,梅经理?"梅红雨已经感觉到了金晶晶的不友好,朝咖啡杯里放了两块方糖,用镀铬的小勺轻轻搅着,说道:"你叫金晶晶。我听说过你。口才挺好,肯定是个学生干部。你冒充软件公司的职员约我出来,肯定有特别的目的吧。我耽误不起时间。我还得回去给我妈做饭。我不会喝苦咖啡,已经证明我们的生活基础很不一样。"金晶晶孩子气地说:"我不会耽误你很多时间。我约你出来,有两个目的:一是想和你交个朋友,一是想向你请教几个问题,几个关于人生和爱情方面的问题。"梅红雨忍不住笑了起来,"挺严肃的。我能不能高攀上你这个朋友,还要看缘分了。"话一出口,突然觉得犯不着和一个女高中生较真斗气,缓和了语气道:"请教言重了。我很愿意和你平等地讨论一些问题。"

金晶晶说道:"先从提问开始吧。以德报德和以怨报德,你会选择哪一种方式?"

梅红雨正视着金晶晶,"当然是以德报德,甚至是以德报怨。"

金晶晶道:"你怎么不喝咖啡呢?现在,时兴的是吃人家的嘴不软。今天我请客。你的话说得很漂亮。'都得利'公司,毕竟在你危难的时候,向你伸出过援助之手。你这种回答,让人感到欣慰。如果你能熟悉'都得利'的历史就太好了。"

梅红雨失去了耐心,也失去了平常心,"听你的口气,怎么有一点法官的味道?"

金晶晶问道:"你对史天雄和金月兰的交往史了解吗?"

梅红雨冷冷地说:"我对别人的隐私统统不感兴趣。"

金晶晶再问:"你和你前任男朋友分手后,你本来可以选择另一份高薪的工作。可是,你选择了'都得利'。我想问问你……"

梅红雨愤怒地打断道:"这是我的私事!你无权知道。"

金晶晶似笑非笑,"你别生气嘛。在人们的印象里,你梅红雨做事一贯光明磊落,喜欢较真。看来人都有两面性,心里都有不可告人的肮脏东西。想当元帅夫人,必须在元帅还是士兵时爱上他。这样的元帅夫人,让人钦佩。如果靠巧取豪夺,如果依靠漂亮的脸蛋使什么美人计,即便最终也能当上元帅夫人,只能让人瞧不起。我还想给你几句忠告。你要还想在'都得利'发展,一定要牢记你和史天雄只能保持上下级关系。如果你想嫁给他,最好辞职另谋高就,这样就比较公平了。"

梅红雨气得满脸绯红,站起来道:"金晶晶,你没有资格对我说这种话。'都得利'要是你们金家的私人作坊,你请我我也不会来。史天雄是个未婚男人,爱上他,法律都管不着,你管得着吗?谢谢你给我提了这个醒,从今天起,我知道我可以光明正大爱史天雄了。"说罢,愤然离开了老树咖啡屋。出了门,又折了回来,对金晶晶耳语道:"晶晶妹妹,让你妈把我开除了吧。"留下一串笑,闪了出去。

金晶晶六神无主地坐了一会儿,骂道:"他妈的,脸皮真厚!……这可怎么办呢?"她有点害怕了。

这次会面,彻底击碎了梅红雨对金月兰的钦佩之情和感激之情。这种心态的变化,让她在处理和史天雄的关系时,增加了三分目的性两分主动性和三分理直气壮。从这一天起,梅红雨真正把史天雄当成一个可以托付终身的男人来看待了。史天雄在她心目中父亲和兄长的形象,渐渐淡化了,慢慢朝背景处隐去。

史天雄、梅红雨和金月兰之间的关系,随着梅红雨的心态变化,悄然变得微妙起来。

开始的半个月,史天雄根本没有意识到什么。无非是梅红雨到他办公室的次数多了,逗留的时间长了。有时候,梅红雨上楼,跟他转述一些刁明生谈到的过去的生活,他也饶有兴趣地听了。有些,他也觉得挺有趣,忍不住的时候,就让笑声飘出了房间。初夏时,美国的导弹,把中国驻南联盟大使馆给炸烂了。做了多年强国梦的中国人都愤怒了。最敏感、最无所畏惧的大学生率先行动起来,到美国驻中国的大使馆、领事馆门前表达了这种愤怒。西平的年轻人干脆想办法把美国驻西平总领事馆的国旗点着了,用的是节日放的烟火。政府十年来,第一次批准了社会各界举行大规模的游行示威活动。"打倒美帝国主义"、"血债血还"的口号,在中国的各大城市响了几天。结果呢,美国政府连一声道歉都没表示。北大的学生又提出了新口号:中国不能软,中国不能乱,中国不能变。不到一周时间,社会生活又重归正常。梅兰积极地参加了游行,呼口号把嗓子都喊哑了。没把美帝国主义打倒,她自己先倒在病床上了。史天雄跑了几趟医院,又在梅兰出院后,去牌坊巷探视了几次,吃了几顿便饭。

史天雄意识到这么下去可能会有问题。一天他去牌坊巷帮助梅红雨修好漏水的水管后,说道:"红雨,以后这些活儿,我不能帮你干了。另外,技术部的事,我也不好直接管。"梅红雨听得很不高兴。

杨世光一看这么下去,恐怕要影响到"都得利"的未来,及时地提醒道:"天雄,我不敢相信,你辞官来西平办'都得利',只是为了摆脱陆家,寻找自由幸福的个人生活。破例让梅红雨来'都得利',我就告诫过你,这么做会有后遗症。这几个月你都做了些什么?滥用董事长的权力,把金月兰的前夫安排到技术部这种要害部门。做了这件事还不够,又心甘情愿当了梅家的……当然,你现在是单身贵族,选择一个十八岁的女中学生做未婚妻,法律也管不着你。你没发现,开董事会的时候,金月兰不当哑巴,就是变成了应声虫。难道你真的希望金月兰和那个刁明生破镜重圆?"

史天雄道:"我对月兰的感情,一点都没有变。我跟梅红雨……这,这怎么可能呢!我,我可以做她的父亲。我知道我该怎么做。"

过了几天,史天雄请金月兰看了一场电影。电影是斯皮尔伯格新拍的《拯救大兵瑞恩》,春节期间,这部大片在西平上演时,正是销售旺季,两个人都没时间看。看完电影,把金月兰送到宴园小区,史天雄把用彩纸包好的礼品盒递给金月兰道:"软件管理系统已经搞成了,这标志着'都得利'进入了一个平稳发展的阶段。这件礼物早该送给你了……也不知道你喜不喜欢。你回去后再打开……你要同意接受,明天上班,请你把它戴上。这件礼物很重要。"

金月兰上楼后,小心打开礼品盒,一枚精致的镶宝石白金戒指呈现在她的眼前。她拿起戒指对着灯光看看,泪水模糊了她的双眼……

第二天,金月兰戴着这枚戒指上班了。

七月里,"法轮功"被政府定性为邪教组织。梅兰看见电视里播放的那些触目惊心的镜头,忙不迭地把买来几天还没来得及看的几本"法轮功"的教材,扔到院子里烧了。过了两天,街道办事处来人催缴这些书,梅兰拿不出来,只好说自己没买过这种书。街道干部显然不信这种解释,做了必要的说服工作后,走了,经这一惊一吓,梅兰又病倒了。

生活的重压,加上史天雄有意疏远,十来天的工夫,往日里光芒四射的梅红雨,竟变得灰头土脸了。这一日早晨,梅红雨又是带着一脸愁容进了技术部的机房兼办公室。刁明生和张小琳都关切地问候起来。小琳说:"梅姐,想开点,阿姨的病会好起来的。"刁明生敲打着键盘,说道:"面包会有的。多笑笑好。你这几天不笑,这屋子都像是老了十来岁。"梅红雨挤出一个苦笑,说道:"我妈这病,是富贵病。不住院,我的工资加上她每月挣的三百元,刚好能维持。她这种神经元病,只要一住院,没有两三千块钱不行。你们说,我笑得出来吗?"

两个人只好改口安慰梅红雨。刁明生正在讲自己这两年吃的那些苦,腰间的传呼机突然间震动起来,惊得他从椅子上跳了起来。梅红雨关切地问:"你怎么了?是不是病了?你看,脸都白了。"刁明生捂着肚子哎哟一声,"不好意思,恐怕是冷饮杯吃坏了肚子。"说着,出了机房。

刁明生躲到售货厅一个僻静处,取了传呼机一看,液晶显示窗出现一行字:我在你们门外停车场,速来一见。他装好传呼机,绕过几个货架,冲出了店门。

齐怀仲先交给刁明生一个信封,"这个月的工资,请你收好。"刁明生道:"梅经理的妈又病了,最近这十来天,她过得很不顺心……"齐怀仲摆摆手,"刁先生,养兵千日,用兵一时。这几个月,公司在你身上花了一万多了。陆总想看看你们刚做好的那个东西,就是装你们管理系统的磁盘。"刁明生没想到只让他办这么简单一件事,怔怔地看着齐怀仲,没有说话。齐怀仲忙问:"是不是有难度?"刁明生笑了,"我以为是什么难事呢!你等等,我去让梅经理再复制一张……"齐怀仲如释重负地出口长气,"刁先生,你是个聪明人,别犯糊涂。我们只是想悄悄看看这个磁盘。你想个办法,我们只用看一两个小时就行了。记着,你从梅红雨手里拿这个磁盘,还这个磁盘,最好能有个第三者在场。这样做对你有好处。"

刁明生心里嘀咕着,又回到总店。

走进机房,刁明生接着刚才留下的话茬说:"看来小便宜是不能沾呀。梅经理,刚才我碰见一个二分店的人,说他们的程序又出了毛病,他们王经理说再把磁盘拿给他们用用。我正好需要买点黄连素,顺便给他们送过去。"

梅红雨想都没想,起身打开保险柜,取出磁盘,交给刁明生,"肯定是操作员不太熟悉,慢慢就好了。你告诉王小丽王经理,实在不行,让他们店派个人来学两天。八个分店的微机系统都联网了,别让他们拖了后腿。"刁明生擦擦头上的冷汗,答应着出去了。梅红雨关切地叮嘱道:"老刁,下午你还是去医院看看。"

十分钟后,齐怀仲拿着磁盘进了皇冠大酒店顶楼的办公室,对两个戴着深度近视镜的男青年说:"赵博士、王博士,两个小时,我只能给你们两个小时。"赵博士笑道："齐副总,中国的商用程序,一般只在读盘程序里加密。两个小时,我们至少能把它复制出来。你十万火急把我们从北京召过来,我们不会让你失望的。"齐怀仲擦擦头上的汗水,说道："这里面的东西,对咱们的承伟实业,关系重大。要不,我也不敢惊动你们两大软件高手。"

矮胖的王博士熟练地敲打着键盘,屏幕上很快出现了"都得利商业零售公司"一行大字,接着,屏幕上又出了一行"价格管理系统"的字样。王博士道："齐副总,这是一座不设防的城市。"齐怀仲简直不相信自己的眼睛,"你看看详细内容,这怎么可能呢?"

"都得利"与全国各厂家签订的合同,"都得利"出售商品三种不同的价格方案,"都得利"当年的销售方案,一屏一屏,清晰地呈现出来了。赵博士道："全是核心机密。中国绝大多数公司,这方面的保密意识太差了。齐副总,'都得利'这种民营公司,怎么会舍得花钱,编一套加密程序呢? 社会主义初级阶段,到处都是不设防的城市。加入 WTO 之后,不知道会交多少学费。"王博士道："西平也没有超一流的软件高手。他们就是编了加密程序,又能如何? 齐副总,复制几盘?"齐怀仲说："先复制个五六盘。"心里道："天雄啊天雄,这也是天意。这笔学费,你恐怕不交不行了。日后你可别骂我。承伟要是得不到梅红雨,不知道还会闹出多少事!"

半个小时后,齐怀仲带着复制好的六张磁盘上了奔驰车。刁明生问："这么快就看完了?"齐怀仲拿出原磁盘递给刁明生,忽然又想起了什么,掏出手帕把磁盘仔细擦了一遍,用手帕衬着交给刁明生,"看过了。都是些表格和数据,看得头都大了。你快点把它还给梅红雨,这里面的东西,意思不大。"刁明生一看齐怀仲连指纹都没留,心里有些慌乱起来,额头上又渗出一层汗珠,嗫嚅道："齐,齐先生,我,我今后该怎么办?"齐怀仲拍拍刁明生的肩膀,安慰道："老弟,别怕。最近一段,你照常上班,该干什么你就干什么。你帮助了我们,我们不会亏待你的。即便将来出了什么问题,你也不用怕。你什么都不知道,磁盘又是梅红雨保管的。"车拐向大街,齐怀仲踩了刹车,"我要去一趟高尔夫球场,不能送你了。有事我会呼你的。"

刁明生看着奔驰远去了,举起磁盘看,看着看着,目光里有了恐惧,像是看见手里握了一颗冒烟的手雷,喃喃道:"奶奶的,这生意烫手。得去二分店走一趟,万一以后这磁盘真出了什么事,也好找个证人。"扬手拦了一辆出租车,用发颤的声音说:"去'都得利'二分店!要快!"

这个时候,陆承伟和王传志已经打完了一局,各自找着球杆,走过第十八洞的博岭,在一棵垂柳下的两个白色沙滩椅上坐下了。

陆承伟用大毛巾擦擦汗,抬眼看看西站地区一年难得一见的如洗的天空,"我八十八杆,你九十二杆,都退步了,完全像个新手。中国有很多重要决策,都产生在旅游胜地、休闲场所。庐山、北戴河,如今都成了历史转折处醒目的纪念碑了。在这个球场上,每年谈成的交易,恐怕有几十亿之巨。很高兴我们能在这样一个好天气,这样一个好地方,谈成这件事。四块二一股,我没漫天要价,你没就地还钱,刚刚好。"王传志叹道:"老弟真的很善于发现和总结呀。"陆承伟道:"属于你的一千二百万,你是要现金、国内存折?还是香港存折?瑞士银行安全可靠,只是用起来太不方便了。你看,周五签字怎么样?"

王传志略略迟疑了一会儿,说道:"周五签是不是急了一点?在国内生活,能用多少钱?放到瑞士,这点钱生的利息还不够机票钱。我们家没人认识洋文。还是存在香港渣打银行吧。"陆承伟从口袋里掏出一张存折,笑道:"可以说英雄所见略同,也可以说我做了一次你肚子里的蛔虫。渣打银行,一千二百万港元,密码是阁下农历出生的年月日,里面字条上的电话号码,可以二十四小时查询你的存款。电话拨通后,拨打账号,再拨打密码即可。晚上你可以试一试。你也别问我为什么会提前支付这笔佣金,这是我这十多年来做事的规矩。我只有一个要求,周五正式签约,并向新闻界公布这个消息。"

陆承伟此举,大大出乎王传志的意料。什么后顾之忧都帮你解除了。商定的一千二百万人民币,变成了一千二百万港币,等于增加了近八十万元人民币!王传志接过存折装好,说道:"我也是个爽快人。周五举行正式的签字仪式。签字后一周内,付给你们百分之六十,余下百分之四十,半个月内保证到你的账上。"

两个人伸出右手,紧紧地握在一起了。

不一会儿,齐怀仲和江小四前后脚到了高尔夫球场。

江小四埋怨道:"陆总,陆大哥,你真不够意思。嫌我是个累赘呀,还是嫌我的技术太臭?叫都不叫一声。"陆承伟正愁没法脱身,忙说:"你来得正是时候。你再陪王总玩两局。传志兄,失陪了,我回去处理一件急事。小四的技术怎么样,切磋切磋你就知道了。"

这么轻而易举就拿到了"都得利"的核心商业机密,陆承伟实在太高兴了。他必须好好利用利用这张磁盘。经过一下午周密细致的思考,陆承伟决定马上向史天雄发起进攻。

傍晚的时候,雪银大厦的总裁兰平章,进了陆承伟的客厅。兰平章还没坐下,就问:"老弟,你能支持我们西平国营大商场发起自卫反击战争,真是太好了。我们研究了几个月'都得利',都认为它已经坐大了,又没有明显的弱点,无法下手了。这一年多,他们已经用最低价和良好的服务,把牌子竖起来了。你说你找到了'都得利'的弱点,快说说。"齐怀仲道:"弱点是他们的一个承诺。顾客当天如果买'都得利'的商品不是全市最低价,可以凭别的商场同类商品的发票,到'都得利'领取差价赔偿。"

兰平章叹息一声摇摇头,"最让我们头疼的,就是这一条。一个金点子成就一番商界霸业的故事,屡见不鲜。麦当劳不就是靠现做现卖,做成了世界饮食巨无霸?做好十分钟没卖掉就扔掉,这个承诺太厉害了。'都得利'这一招也厉害。一个家庭,一天可以买两块香皂,五听饮料,七种点心。哪一家会一天买三台电视机,六台冰箱,八台空调机?这是一个聪明绝顶的点子。这一年多,没有一个顾客去问他们要过差价赔偿。他们成本低,机制灵活,最近又搞了联网电脑管理,已经治不住他们了。"

陆承伟说道:"据我所知,燕平凉代表的官方,已经对'都得利'很头疼了。这时候你们发动对'都得利'的战争,用不着担心挨燕平凉的板子。只要让他们最低价的信誉扫地,银行还敢给他们追加贷款吗?没有流动资金和银行贷款做后盾,'都得利'只能收缩战线。特长即特短。只要能组织起足够的力量,集中打击他们这个特长,你就胜券在握了。以你在西平国营商界的号召力,组织一支能战斗的队伍,只是举手之劳。"兰平章仍在摇头,"除非我能知道'都得利'的全部销售计划和价格方案。这是不可能的。"

陆承伟把一张磁盘放在兰平章面前,"奉我爸我妈的指示,我可以采取任何非暴力手段逼史天雄回到我们家。这是我用高价从'都得利'买来的东西,你拿回去看看,看看它有多大的价值。我已经请北京的软件专家,给这个东西解了密。这半年多,兰兄帮我的陆川实业销售了价值数千万的产品。这张磁盘,就算我表达的一点谢意吧。至于怎么发动战争,你是行家。我只是希望你在对'都得利'宣战前,告诉我一声。这场战争最不能缺的一个观察家,是我姐。她一直想寻找一个公子落难小姐搭救的机会,演一出破镜重圆的戏。"

兰平章拿着磁盘匆匆走了。深夜,他给陆承伟打来了电话,只说了一句,"再过十天,请你姐移驾西平吧。"

陆承伟自然希望这次打击"都得利",自己最后能成为最大的赢家。第二天,陆承伟又在牌坊巷梅家走了一步棋。

这天下午,梅兰在院子里收晾晒衣服的时候,看见一个穿着"都得利"天蓝色制服、长相狐媚的高挑姑娘,踩着模特们走的一字步,灿烂地笑着向她走来。任何人看见这样的笑脸,都不会联想到阴谋、危险这些狰狞的词汇。因为并不认识,梅兰也只好用笑容迎接客人。姑娘甜甜的声音响了:"梅阿姨,你身体不好,我帮你收吧。"手脚麻利地把衣服收了,朝堂屋里走。梅兰捶着腰跟了进去,说道:"谢谢你了,姑娘。"看见姑娘又坐在沙发上叠衣服,过意不去地说:"姑娘,你快放下,让我叠吧。"拉住姑娘的胳膊,不让姑娘再动。姑娘笑着顺势站起来,把梅兰扶到藤椅上坐下,说道:"我和红雨是好朋友,替她干点活也是应该的。"说着又弯腰叠起来。

梅兰一看客人这么随便,知道姑娘和女儿的关系肯定不错,也不再阻拦,问道:"姑娘你叫什么名字?也在'都得利'坐办公室搞电脑?"姑娘说:"她们都叫我甜甜。我没读什么书,搞不来电脑,坐不来办公室,在大厅站柜台。"梅兰捶着肩膀说:"这年头,有工作干,有工资领,就算不错了。还要注意身体。这年头,千万不能得病。"

姑娘叠好衣服,掏出个信封交给梅兰,说道:"梅阿姨,我是来给你送钱的。"梅兰把钱抽出来一看,惊问道:"什么钱?这么多。"姑娘道:"光靠那么点死工资,哪儿行!是这样,红雨和我们几个小姐们儿,做了一点别的生意。这是该分给红雨的一份。三千块,你数一下。"梅兰一时还反应不过来,说道:"数啥数,我还信不过你?"甜甜很随意地把梅红雨的衣服挑出来,往梅红雨的房间里走。梅兰赶忙喊道:"甜甜,甜甜,你放下,让我来。"

甜甜在里屋说道:"你走路不方便,一点点事,我顺手就做了。红雨是个孝女,我妈常夸奖她,还要我向她学习呢。"说着话,把两个信封放在衣柜的底部和梳妆台镜子的后面,"我在家好吃懒做,吃不得苦。阿姨,这大小衣服是不是都放到衣柜里?"梅兰道:"大衣服放在衣柜里,小衣服什么的,放在她床上。你也别夸她,她也很任性。"

甜甜放好衣服走出来,看见门内地上有一点纸屑,又拿了扫把扫了,说道:"梅阿姨,给你钱的事,你暂时可别对红雨说。她的心大,想把这些钱当成本钱多挣点,当然,我们也分了一点。你说了,她可要埋怨的。"听了这个解释,梅兰释然了,把钱装好,说道:"不说,不说,你们都是好闺女。我这个病秧子,可把红雨拖累个不轻。这无商不奸,你们做生意,不能太善,要多长几个心眼。"

甜甜又说了几句闲话,起身告辞,又是踩着一字步出了院子。梅兰望着甜甜左右摆幅很大的浑圆的屁股,心里道:"心眼还不错,走路太张扬了点,招蜂,怕都是从电视上学的。小雨可没这些坏毛病。"

甜甜走到巷口,上了早停在那里的橘红夏利车,脱着"都得利"的制服说:"衣服太瘦了,快把老娘憋死了。"老二取下墨镜,侧身看看甜甜,伸出手指朝甜甜丰美的乳部一点:"将就吧。事儿办妥了?"甜甜打了老二一巴掌,做出一副娇羞模样,嗲嗲地说:"讨厌!这么点小事,能难得住本姑娘?一看就是穷惯的人,看见钱眼里直放光。我骗她说这是和梅红雨合伙做生意挣的钱,偷偷拿来孝敬她,让她瞒着梅红雨,她还教我做生意要奸诈点。我还用她教吗?"老二把车发动起来,又把墨镜戴上,问道:"五千块都给她了?"甜甜大声说:"可不是都给她了。二哥,你这么问是什么意思?"老二抬手拍拍方向盘道:"要是哪一天陆总知道了这五千块钱的事,你怎么办?五千块是经我手交给你的呀。"甜甜忙拽住老二的右臂飞着媚眼说:"二哥,我看上一套化妆品,正好一千块……给她四千给她五千,有什么区别?别说陆总不可能知道,就是知道了,他还会在乎这千把块?"老二看也不看甜甜,声音变冷了说:"我不喜欢对我撒谎的人!"甜甜赶忙双手勾住老二的脖子,亲亲老二的脖子说:"我给了她三千。二哥,二哥,你别生气,晚上我去陪陪你。"老二慢慢扭过脸,把嚼了很久的口香糖粘在甜甜的额头上,说道:"不让你拿这两千,你就不陪我了?"甜甜面露惧色,也不敢取粘在额头上的口香糖,默默从衣服里掏出一叠钱,怯生生地说:"两千块在这儿,二哥,二哥,以后我不敢了。"老二伸出手,取下那团白腻弹出车窗,伸手夺过钱,抬起手,用钱拂拂甜甜的鼻子嘴,把钱沿着甜甜的领口塞到乳沟处,咧开嘴笑了,"你个小浪货,还是空军呀。活儿,你干得不错。走,咱们去买化妆品,然后去你那儿乐一乐。"说着,一踩油门,夏利蹿向滨江路。甜甜躲过一劫,伸着手把钱掏出来,撅着嘴道:"都怪你,早上喊得急。你不是不知道,我喜欢光着睡。上头是空军,下边也是空军。不信你摸摸。"老二淫邪地瞥了甜甜一眼,"穿没穿小裤衩,一会儿就知道了。"甜甜伸出手摸老二黑硬的胡茬,说道:"等会儿我给你买个剃须刀,给你刮刮脸,要不你又会扎得我浑身上边下边都起红点点。"

做完了准备工作,陆承伟给陆小艺打了电话,让陆小艺提前把家里的事安排一下,下周来西平看史天雄演出走麦城的戏。

周四上午,陆承业得到了天宇集团收购陆川实业的确切消息。他一刻都不敢耽误,马上去"都得利"见了史天雄。史天雄一听,惊得张着嘴,半天没说一句话。陆承业痛心疾首地骂道:"承伟这个混蛋,这回要捅大娄子了。王传志真是疯了,天宇买陆川这些小企业干什么?红太阳盲目铺摊子的教训,难道还不够沉痛?必须阻止这件事。"史天雄马上意识到这次收购可能存在黑幕交易,说:"这件事很不正常。我们去找承伟。他的胆子也太大了。"

两个人赶到锦绣中华园,陆承伟正在看电视。房门开着,两个人径直闯了进去。

陆承伟怔了怔,说道:"两位兄长面带怒容,是来兴师问罪的吧？直觉告诉我，你们选错了对象，走错了门。"

陆承业一看陆承伟用这副嘴脸对待他们，怒气冲冲地说："承伟，你要不悬崖勒马，你会变成千古罪人！"

陆承伟挠挠头，笑道："这么严重的罪行啊？我一定要洗耳恭听。请坐，请坐。据我粗浅的认识，谁想遗臭万年，都不容易。老齐，两位兄长要动家法，我不便离开，你上楼把今年新采的碧螺春拿来，好好润润他们的喉咙。"

史天雄开始发问了："把陆川实业卖给天宇，你赚了几个亿？真是佩服你的胆量和胃口，什么都敢吃呀！"陆承伟轻松地说道："应该换一个字，是胆识，不是胆量。用句孔乙己的口头禅，多乎哉，不多也，除去所有成本，顶多给我剩下一个亿，还是人民币。"陆承业气得脸色铁青，"听听，听听，听听你这口气！就要把一个亿国有资产装进自己口袋里了，还是这么一副嘴脸，真难以想象，这是陆震天的儿子做出来的事！"陆承伟也有八分严肃了，瞪着眼说道："二哥，你这话是什么意思？你是不是觉得我已经做了叛徒了？"

史天雄紧接道："你以为你这种行为，离叛徒还远吗？"陆承业道："惟一补救的办法，就是停止这次交易。你要真为故乡好，自己用劳动而不是用投机，把这些企业搞起来。"

齐怀仲给两位客人沏着茶，笑着解释说："陆川实业是个业绩不错的上市公司。净资产不低，负债率不高。同时，它也算 S 省一家小规模的明星企业。日本的三友集团也在和它谈合作的事。天宇是国有大型企业，由它来收购……"陆承业粗暴地打断道："你是什么人？有你什么事？股市做壳的把戏，能骗谁？骗骗无知的股民还差不多。"齐怀仲只好上楼去了。

陆承伟笑了，"停止这种交易？这是走私呀还是贩毒？你们知不知道，是天宇先找的我！二哥，你既然提到了劳动创造财富的命题，我就得提供点本人的学习心得。《资本论》，我认认真真读过三遍。老人家要是活到今天,恐怕早就出几版修订本了。马克思政治经济学的精华,正在于它有一个充满着革命和自我革命的不凡气度。我不想和你们争论。既然你们站在卫道士的立场上指责我已经滑到叛徒的阵营,我只好说一句,我对这个政权的爱,可能比你们更加深沉。"陆承业道:"你先别标榜自己是个爱国者。事实是:你玩了一个金融戏法,一个亿国有资产从此成了你的私有财产了。"陆承伟也不客气了,"二哥,记得你还是全国十大企业家吧?这笔账你怎么都算不清?天宇集团控股陆川实业后,陆川可以得到一个多亿的流动资金。职工股上市后,又有一个亿的资金流入陆川。区区一个陆川县,有这两个多亿资金流入,能引发多少良性变化?天宇集团拥有陆川实业后,等于又多了一个新的经济增长点,进军世界五百强的步伐也会加快。如果股市只能产生泡沫,中国干吗还要办两个证券交易所?我不知你们二位对现代金融运作所知多少。有一点你们总该明白,闭关自守的中国和改革开放的中国是有本质区别的。我在陆川搞的你们所说的戏法,它的功效就是把封闭的陆川,变成了开放的陆川。你们不算这笔账,就想当然地做出了是非判断,跑来兴师问罪,实在太没道理了。我所做的一切,都在国家现行政策、法规允许的范围内。你们凭什么宣布我这是非法交易?二哥,天雄,别动不动就提什么国有资产。你们都没资格谈论,更没有资格教训我。天宇集团是国家超大型企业,是利税大户,有先进的完备的制度,有董事会,有监事会,他们都不是白痴。要是白痴,天宇也发展不起来。中国现在已经有五千万股民,难道他们在你们眼里都是投机客,都应该吊死?看问题还是全面一些好。我提醒你们注意:陆川实业是个合法的上市公司,本人是这个公司合法的法人。做这个项目,我是赚了一些钱。这些钱是我的劳动所得。陆川为什么聘我做名誉县长?因为我对陆川做出了杰出的贡献。"

陆承业指着陆承伟的鼻子骂道："你这是沽名钓誉！你赚的一个亿是什么？是国有资产！国有资产每天流失一个多亿，你也搞这种落井下石！你这么做，哪一点像个革命家的后代？"

陆承伟彻底愤怒了，喝了几口茶水，冷笑道："准备把我的族籍开除了？天宇进行大扩张，是得到主管部门批准的。你们能阻止这件事？未必能行。理不辩不明，那就多费点口舌吧。二哥，国有资产每天从你们红太阳消失多少你算过吗？红太阳早就资不抵债了，硬撑着不宣布破产，产品卖不出去，工资靠银行贷款，早就是储户在拿钱来养活你们了。一旦储户取钱，国家又拿不出来，你们不是要陷国家于不义吗？前一段，你们搞的全员销售，让多少国有资产流失了，你算过没有？还有你，史老板，你的'都得利'靠什么支撑着？也是储户的钱。没有银行给你们一笔又一笔贷款，你能由官员变成大老板？'都得利'靠什么发展起来的？纳税人的钱！一旦'都得利'破了产，你做董事长的逃走了、被抓了、跳楼了，银行怎么办？不是也只能拿国有资产填你们造成的窟窿？五十步笑百步。不要以为别人都在反党反社会主义，不要以为别人都在挖国家的墙脚，更不要以为只有你们这种人才是社会的脊梁才是嫡亲的儿子才是正宗才配演主角。中国已经发生了深刻的变化，已经进入一个多元的时代。我，这个你们眼睛里的异端危险分子，到目前为止，至少搞活了一个县的经济，为社会的稳定和发展做出了贡献。你们呢？一个人领导的有两万职工的大企业，如今全靠国家贷款苟延残喘；一个人主持的私营商业零售公司正在危及众多国营大商场的生存。史老板，你为什么不评判一下这个事实？你在西平每开一家分店，接受五十个下岗人员，同时又导致八十到一百个国营商场的员工下岗或隐性失业。你们这些行径，离叛徒很远吗？可能比我还近些吧。你们是忧国忧民的栋梁材，我是政权的掘墓人？这么评价我、评价你们合适吗？国家、政权、人民、家族，这些神圣的词汇,我一想起来,心里涌起的也是肃然起敬呀。我从未敢亵渎这些圣洁的词。也许你们能在二十四小时内阻止天宇收购陆川实业。可是,你们能阻止中国的环宇、地宇集团收购它吗?这种正常的资产重组,所有法律都开着绿灯,为什么你们看就变成了一宗肮脏的非法交易呢?共产党取得政权的目的是什么?难道不是为了发展生产力?难道不是为了顺应民心?空喊一些口号,没有用。你们还是先把自己碗里的稀饭吹凉了再说吧。我用不着你们来拯救。"

听完这一番驳诘,两个资深的共产党人,竟哑口无言了。陆承伟确实已经变成一只翅膀坚挺的大鸟了。尽管他长得有些另类,飞翔的姿势有些怪异,发出的声音有些难听,但你必须承认他是一只大鸟。是的,在目前的情况下,一个上市公司还是不愁嫁的皇家女。陆承伟能把陆川县的小企业,变成一位不愁嫁的皇家女,已经充分证明了他的眼光和胆量,甚至还有不能小觑的才华。这样一只鸟不是外星的飞禽,不是来自西方的入侵者,而是中国本土鸟类的一个变种。这就是这次兴师问罪,给史天雄和陆承业留下的深刻印象。他们除了感到震撼,还意识到了肩上更加沉重的责任。

第二天,签字仪式如期进行。S省和西平的媒体对这次资产重组反应热烈。江丰年副省长拨冗出席这个签字仪式,一般人都能从中嗅到官方嘉许的意味。毕竟,这次收购增加了天宇这条大船的吨位。大船的吨位超过一定的界限,不就变成航空母舰了吗?

面对媒体的叫好声,史天雄感到迷惑了。

国营大商场对"都得利"的反击作战,在西平市政府门前打响了第一枪。

燕平凉市长中断市长办公会,走出市政府大院,六大商场近千名穿着制服的职工,已经在府前大街的人行道上静坐多时了。围观的人群已经把这条六车道的大街堵塞了一半。先到达现场的市政府王家勤副秘书长一看燕平凉和田明照出来了,忙擦着汗,迎了过去。

田明照黑着脸问道:"都是哪几个单位的?通知他们单位领导没有?来这儿静坐是什么目的?"王家勤道:"这是雪银大厦和其他五个商场的职工代表。已经让他们的领导火速赶来了。这次静坐,组织挺严密。你们看,坐得成列成行的。这些都是即将下岗的职工,抗议市政府这两年对'都得利'零售公司的扶持。"燕平凉皱着眉头看看大门两侧静坐的职工,说道:"尽快平息事态。通知商业局赵文东局长,让他也来一趟。"

正说着,兰平章的声音响了:"雪银的兄弟们,姐妹们。你们怎么又跑来给政府添乱了?市政府连'都得利'都支持,还能不支持我们这些国营商场?动不动就跑到政府门口静坐,像什么话?你们肯定是轻信了传言,才做了这种糊涂事。今天这件事,由我兰平章承担责任。我从一数到十,谁还不离开这个地方,一切后果由自己负责。一、二、三、四、五……"穿着枣红制服的雪银职工开始四下散去。另外几个商场的老总都开始喊话了。不到五分钟,静坐的近千名职工,散得干干净净。

兰平章和几个商场的老总跑到燕平凉和田明照面前。兰平章诚恳地说:"两位市长,又给你们添乱了。"燕平凉冷冷地睃睃兰平章,"双簧演得不错嘛。兰平章啊兰平章,你,还有你们几个,都是惟恐天下不乱呀!"兰平章委屈地说:"市长,这顶帽子可太大了。'都得利'又搞换季让利活动,我们不反击,只有等死。别的商场是什么情况,我不知道。我们昨晚刚研究裁人方案,今天就……"燕平凉道:"你们这叫什么反击?遇到困难,只会给政府施加压力,真是有能耐呀!谁不想干了,现在就可以提出来。"用冷峻的眼锋扫扫几个人,"既然还想干,就得把责任先负起来。再发生类似的事情,就不是辞职了。'都得利'一个让利活动,就把你们逼成这种样子?"

兰平章大着胆子说道:"市长,让我们背着大包袱和'都得利'这种私营公司赛跑,不公平。我们要像'都得利'一样经营,必须再裁员三分之一。这样,西平将增加两万下岗职工。这条路显然走不通。我们要按市场游戏规则解决,见点血,你们又要出面干预,生怕'都得利'这个宝贝夭折了。两位市长,我们真的很为难呀。"

田明照副市长说话了,"'都得利'不是市政府的自留地。它能不能在激烈的市场竞争中生存,完全依靠它自己。如果没这能力立足,市场会把它淘汰的。市场经济,不竞争怎么能行?既然有竞争,流点血也是正常的。政府掌握的只是宏观调控权力。按什么样的游戏规则进行竞争,由你们自己选择。政府在政治上需要稳定,在经济上需要高效率。不抓老鼠的猫,只能下岗。"

兰平章道:"只要给我们这个政策,我们怎么会怕'都得利'。请两位市长放心,我们和'都得利'之间的事,以后就按行规处理了。"

"可也不能乱来!"燕平凉说,"不能伤了西平商业的元气。王副秘书长,你让史天雄马上来一趟。我实在不想再看你们搞血淋淋的降价大战。"

兰平章和几位老总一起走了。

半个小时后,史天雄赶到了燕平凉的办公室。这时,他已经知道了刚刚发生的静坐示威事件,心里对这种做法充满着鄙视。

燕平凉看看史天雄,"你们挺能耐的。你说我是裁判,上午,又有人指责我吹了黑哨,把屁股坐到你们'都得利'的板凳上了。你们要继续搞让利销售,可能要挑起一场战争。你们能不能让一步?"

史天雄说:"如果战争不可避免,也只能让它发生。如果你坐在我们的板凳上,有利于西平商业的发展,应该继续坐下去。在所有市场经济体制完善的国家,商业零售都是私营。中国的商业零售,国营所占的市场份额,正逐年萎缩。你为什么不愿意继续支持完全符合中国现有国情的'都得利'呢?是不是刚才的静坐示威,影响了你的准确的判断力?"

燕平凉严肃地说:"从你这番谈话中,我已经很难嗅到共产党人的气息了,感到的只是经济名词的冰冷。"

史天雄昂着头说:"共产党人,也必须尊重经济规律。在这方面,我们的教训远远多于经验。最近,陆承伟着着实实给我上了一课。他借助股市和我们的一些倾斜性政策,轻轻松松赚了一个亿,竟然能够引来上上下下的一致叫好声。陆川的民众把他当成救世主来看,还给了他一个名誉县长的头衔。媒体也把这件事的意义拔高了又拔高。陆川县的秦县长甚至这样说:陆承伟用一人之力,让陆川至少前进了二十年。如果这是个事实,一个严重的问题就跳出来了:陆川难道不是共产党治理了五十年的一个县?这五十年,共产党在陆川都干了些什么?事实不完全是这样。要不,陆川县的十几任县委书记都该撞墙了。我最近一直在思考一个问题:共产党的本质特征和本质内涵到底是什么?共产党在取得执政地位后,它的责任是什么?这是一个重大的理论问题。燕市长,你说,这个理论问题是不是很重要?现在,我更加坚信我去年的选择是正确的。中国的社会正在朝市场经济转型,把共产党的本质特征、本质内涵和它作为执政党的责任,与现代企业制度进行融合,最终形成的市场经济才能叫做社会主义市场经济。这样形成的商业文明,才与西方的商业文明产生区别。'都得利'正在朝着这个方面健康地发展着。"

燕平凉道:"也许你是对的。你的思考有高度、有深度,你的实践也有紧迫性、前瞻性。我自信还能理解你谈的这些问题。你思考的这些理论问题,一两年之内,中央会出台全新的论述。我并没有说我从此不再坐你'都得利'的板凳了,变成你的旗帜鲜明的反对者。我只是提醒你注意你们生存的环境,放慢一些速度。你想过没有,照你们现在的发展速度,两年内,西平的国营商业会彻底失去它的主导地位,将有几万人下岗、失业。"

史天雄说:"千万不能低估人民的创造力、适应能力和承受能力。省长、市长不是幼儿园的阿姨。中国人的大多数人,并不想永远呆在幼儿园这个童话世界里,等待阿姨发糖果、点心。他们都有戴硕士帽、博士帽的梦想。离开幼儿园,他们可能会在短时间内出现孤独、迷茫和恐惧这样的状态,但是,不离开幼儿园,他们怎么能长大成人?"

燕平凉看看时间,站起来道:"十一点,我还要会见德国客人,谈话只能暂停了。你们现在走的这条路,肯定不会一帆风顺。到目前为止,你们还没有经历太多太大的风浪。我只想问你一句:船长,你真的都准备好了吗?"

史天雄自信地答道:"都准备好了。我真的希望,希望暴风雨来得更猛烈一些。多受些磨炼,有利于我们成长。"

燕平凉笑道:"实践是检验真理的惟一标准。我希望你们能成为一只具备环球全天候飞行能力的海燕。会不会出现这个结果,我拭目以待。"

# 第二十三章

六大商场向"都得利"发起的全面反击战,以有组织的抢购形式爆发了。雪银、人民商场、百货大楼等六大商场为打赢第一战役,筹集了八千万现金,发给了四千位在岗和下岗职工。他们的任务是每人拿两万元现金,去"都得利"公司的一个总店和九个分店,买回商品,索要发票,再到这六个商场,购买同样数量的同类商品,也开上发票。每个参与行动的职工,只要做到这一点,便可领到一百元补贴。他们被告知,最好能动员家里其他成员去"都得利"买这些商品。

这四千人被分成四个梯队,准备在四天内,买走"都得利"公司八千万元的商品。计划进行到第二天,西平竟出现了十来年未曾遇到的抢购风潮。到第三天晚上,"都得利"的十个店和六个大商场,柜台上和库房的货基本上都被买空了。抢购风开始向各种商店蔓延起来。

"都得利"公司连夜召开董事会,研究这次突如其来的抢购风。西平的电视媒体开始热烈关注这一重大事件了。这次董事会对形势作出了错误的估计。虽然他们都认为这次抢购事出有因,但得出的结论是:大商场又要准备跟他们打价格战了。史天雄作出决定:连夜调集商品,准备用第二套价格对大商场进行还击。会后,董事们到一家酒店吃了一顿夜宵,大家都很高兴。三天内,销售出近七千万元商品,简直可以称得上是一个奇迹。江榕已经把毛利估算出来了,三天能赚近六百万!这真是一个值得骄傲的成绩。

六大商场同类产品价格平均比"都得利"低百分之八这个重要的细节,被忽略掉了。这三天,大家都是赢家,不存在争客源的问题,价格谁高谁低又有什么关系?

一觉醒来,"都得利"上上下下的人都笑不出来了。一大早,十个商店门口,都排起了长龙似的退货队伍。

史天雄和金月兰一看事态严重,马上召集各分店经理和各部门经理到总店会议室商量对策。

等待退货的人,有许多是六大商场的职工家属。六大商场同时挂出了同一内容的巨幅标语:向"都得利"学习,以全市最低价回报全市人民。前来退货的人,手里都拿着六大商场同类产品的发票,购买时间都在同一天。这次抢购肯定是六大商场策划、组织的,这一点已经用不着讨论了。

退货,大家都没有异议。对于按不按承诺退货后再补给顾客差价,经理们争论起来。主张补差价的人,认为事关公司信誉,马虎不得,该出血时必须出。反对者也振振有词,认为一天买两台电视、两台冰箱、两台空调的人,已经不是顾客,而是打劫的强盗,退货已经够便宜他们了,再补给他们差价,没有道理。

金月兰听到这里,喊道:"大家静一静!梅经理,如果把这些差价全部补了,我们要损失多少钱?"梅红雨打开自己的文件夹,说道:"这三天,我们的销售额是六千八百七十三万七千四百八十六元。据抽样统计,这三天,六大商场的商品价格,平均比我们低百分之七点八。如果在两边都买了商品的总额达到全部销售额的百分之五十,我们将损失二百六十万。如果……"会议室顿时炸了锅。梅红雨提高声音道:"我话还没有说完。电器,大件家电,大商场的价格比我们平均低百分之五点四。还按百分之五十计算,我们将损失两百万。最坏的结果,我们将损失四百万元。"

会场突然间安静下来了,大家都把目光投向一直低着头抽烟的董事长史天雄。他清楚地意识到,这是"都得利"遇到的最严峻的关头,决战的时刻已经来临了。这个时候,指挥官的决定会对战局产生决定性的影响。

史天雄清清嗓子,站了起来,"大家是不是被四百万这个巨大的数字吓坏了?战局确实于我们不利,这一点我们必须清醒地意识到。狭路相逢,勇者胜。六大商场这一个攻击波确实十分猛烈,也确实攻击到了我们的要害。大家想一想,'都得利'为什么会在这么短的时间里,发展壮大到让这些大商场要把它置之死地而后快的程度?靠两点,一是我们的服务,一是我们信守了天天最低价的承诺。他们处心积虑要毁掉的,正是我们天天最低价的信誉。我先讲一件真事。九六年春天,我在日本横滨一家面馆吃面。突然邻桌的一个老头大吵大闹起来。饭馆老板出来了,又是鞠躬又是赔笑。可是,老头还是不依不饶。不一会儿,一个绅士派头十足的中年人来了,一见老头扑通就跪下了。又过了一会儿,我看见老头拿了一套很精致的餐具走了。我问翻译,这个中年人和老头是什么关系,老头为什么发这么大火。翻译说,这个中年人,是饭馆所在集团公司的董事局主席,老头发脾气,只是因为给他端来的面碗碗沿上,有一个很小的豁口,老头硬说是饭馆歧视他。离开横滨前,我又去吃了一回面,没想到那老头也在吃面,他吃完后,女招待又送给他一只漂亮的新碗,饭馆每次都要送给他一只新碗,要送够一百只。这件事情,对我震动很大。百年老店和知名品牌,都是怎么做出来的?它们共同的一条经验就是:顾客永远是正确的。"

史天雄停顿了一会儿,用坚定的目光和与会的每一个人都对视片刻,继续说道:"我相信我们的对手已经把西平所有的媒体都请来了。如果我们退缩了,后果不用我描画,你们都能想象出来。西平的根据地都稳不住,我们什么时候能走出盆地?梅经理刚才算的账,理论上是对的。我认为,这三天来'都得利'购物的顾客,受人指使的,不会超过百分之五十。也就是说,我们不折不扣兑现我们的承诺,顶多损失两百万元。如果把这两百万当成广告投入来看,大家心里的感受肯定就不同了。今年,我们在西平地区的广告预算是两百八十万,目前已经用了一百六十万。你们想想,我们用剩下的一百二十万元,能不能让西平的所有媒体都关注我们'都得利'如何保卫天天全市最低价的信誉?做不到。何况,传媒以这种方式宣传,与单纯的广告宣传,效果不能同日而语。我的意见是拿出两百万,迎接对手的挑战。除去下半年不用再投入的一百二十万广告费,这么做的风险只剩下八十万了。用八十万买这块天天全市最低价的信誉金牌,我认为是值得的。你们有不同意见,可以提出来讨论。"

大家议了一会儿,都变成了史天雄的支持者。会议做出决定,停业三天,每天二十四小时办理退货补款手续;周五,"都得利"重新开门,用新的价格回击六大商场的疯狂进攻;对这个事件的评论、解释权,归董事长史天雄和总经理金月兰,其他任何人不能单独接受媒体的采访。

西平的大小媒体,果真都被这场闻所未闻的商战吸引住了,都派了精兵强将,赶到"都得利"总店和各分店,进行现场采访。整箱整箱的百元现钞被押款车运到"都得利"的各个店。

陆承伟和齐怀仲接到陆小艺,没回锦绣中华园,直接到了"都得利"总店门外。陆小艺隔着玻璃,看看等待退货的长队和维持秩序的警察,说道:"挺壮观的。史天雄气魄蛮大,野心也不小,几百万的注都敢下了。我看'都得利'最终未必是输家。"齐怀仲接道:"小艺,还是你了解天雄。我们正在研究和天雄的'都得利'合作的可行性。说不定承伟有一天会成为'都得利'的最大股东。'都得利'这步棋,很大气,肯定是赢家。但下星期他们恐怕就撑不下去了。"陆小艺扭头看着陆承伟,"你既然想插手'都得利',为什么还要这么做?"

陆承伟想了一会儿说道:"不伤了它的元气,史天雄肯跟我合作吗?他一直认为我挣的钱不干净。姐,如果真有这一天,我就让你来做'都得利'的董事长。"陆小艺笑了,"你别拿我开心了。我看,你们这种整法,未必能让他回头。别异想天开了。能把你追的那个姑娘抢回来,就算大胜。"陆承伟道:"资本唱主角的时代,什么事情都可能发生。老齐,你去那个小卖部,买两包方便面。"

齐怀仲的思路又跟不上了,"方便面?你买方便面干什么?"陆承伟道:"你去买吧,我想帮帮天雄。他不是想做广告吗?我想替他当一回吹鼓手。"齐怀仲满腹狐疑下了车。

这时,一个妇女去退电饭锅,梅丰忙拿话筒走了过去问道:"大姐,这只电饭锅补你多少差价?"中年妇女答道:"六元。"梅丰又问:"你家里不需要吗?"中年妇女答道:"需要,我用在雪银买的那只。我……不拍行吗?我是听人说能赚几个……其实,'都得利'的东西已经够便宜了。"梅丰道:"我们不拍了。你是坐公共汽车来的吗?"中年妇女答道:"是的。转两次车。"梅丰不解地说:"为了六元钱,来回转四次车,花去四元,值吗?"中年妇女脸上像是抹了一层酱,轻轻地说:"是十二元,雪银比'都得利'要少六元……我,我有月票……下岗了,没事做,用半天节约了十二元,也值了。"说罢,低着头匆匆地走了。

陆承伟拿着两包统一牌方便面走到队伍最前面,跟一个准备退冰箱的老头说:"大爷,我有点急事要飞北京,想求你帮个忙,让我夹个塞儿,把这两包方便面退了。"话一出口,立即引来无数道好奇的、探究的目光。梅丰和王摄像条件反射地做好了拍摄准备。老头笑道:"好说,好说,让你误了飞机,损失的可不是几毛钱了。"

梅丰忙把定向话筒伸向陆承伟,王摄像也把镜头对准了他。另外两个电视台的记者一看来了新闻,都跑过来。围住了陆承伟。

陆承伟把方便面放到桌上,很绅士派头地耸耸肩,说道:"小姐,这方便面确实是前天在你们这里买的,一共买了五包,吃了三包还剩这两包,我看雪银那边的方便面一包比你们的便宜一毛钱,我想把它退了。很抱歉,两边的购物凭证我都没有。可是,我确实又想退。你看,能不能帮帮忙?"圆脸小姐嘻嘻笑道:"先生,你为赚两毛钱,大老远跑过来,值吗?"陆承伟严肃地说:"这可不是两毛钱的问题。每个人都离不开商业服务。我此前买日用品,爱到你们'都得利'。为什么呢?我认为你们是有信誉的商家。"闻讯跑出来的总店女经理上午刚刚听过史天雄的故事,怕营业员说错了话,忙迎过来道:"先生,我是总店的经理,我相信你这方便面是从我们店买的。小于,还不快给先生办手续。"瓜子儿脸姑娘从抽屉里拿出三张一元纸币和两个一角钢镚儿,放在陆承伟手里,说道:"方便面一袋一块五,两袋一共三元,差价一袋一角,一共两角,请点清。下一个。"

陆承伟脸上露出了满意的笑容,拿起一个钢镚儿眯着眼对着太阳看看,自言自语道:"这两角钱无价呀!"梅丰不失时机说道:"先生,你能不能回答我几个问题?"

这时,梅红雨端着两个茶杯走出店门。陆承伟一转身,两个人的目光相遇了。陆承伟暗自惊喜:真是天意,正好让她看着我和天雄的兄弟情分有多深。微笑着朝梅红雨点头致意,对着梅丰递过来的话筒说:"我很愿意回答。"

梅丰问道:"先生,你肯定不缺这两角钱。请问,你做这件事目的是什么?"

陆承伟道:"现在,中国没有几个人缺这两毛钱。我当然也不缺。我年轻的时候,在美国呆了几年。这十多年,因为业务需要,也常去欧洲、日本、美国。这些发达的国家和地区,消费者的利益是整个商业的中心。在这些地方生活,有一种很强烈的主人感。

我不想说谎,在国内,我很少获得购物时的愉快感、满足感和主人感。'都得利'能退掉我的两袋方便面,并按承诺补了这两毛钱,这让我感到很满足。为了能在中国体验到这种全面的满足感,花点时间和精力是值得的。我为中国出现了'都得利'这样的商业零售公司,感到高兴。这种公司在中国尚不多见,每个中国的消费者都应该珍惜它。"

梅丰又问:"先生,价格、信誉和服务,你认为哪一个更重要?你对西平发生的这场商战怎么看?"

陆承伟道:"这三者都很重要。世界上最著名的商业零售公司,如比利时的狮王,德国的阿尔迪,美国的沃尔玛,都是以这三点为基础发展起来的。如果你硬要问我哪一个更重要,我个人的看法是信誉第一。小学毕业的人都会清楚,'都得利'这次要付出一笔钱了。但我认为这笔钱花得值得。对于这场价格大战,我不好评价。中国正处在建立规范的市场经济阶段,优胜劣汰的竞争会非常激烈,以降价的方式保卫自己所占的市场份额,是很有效的竞争方式。我看这属于正常的商业行为。我希望'都得利'能顺利地渡过这个难关,走向新的辉煌。"说罢,伸手捂住摄像机的镜头,笑着走向梅红雨道:"梅姑娘,梅经理。我刚刚知道这件事,很想为你们做点什么。想来想去,也就想出了这个馊点子。可能起不了什么大作用,只能算是在道义上尽了点心。"

梅红雨很感激地看着陆承伟,递过去一杯茶道:"陆先生,请喝口茶。很感谢你的支持。你这可不是个馊主意。我们忍痛赔了两百万,目的就是要保住信誉。两毛钱也补,很有说服力。"陆承伟有些激动,吞了一口茶,呛得咳嗽起来。齐怀仲跟着敲边鼓道:"陆总上午刚从深圳飞回来,一听说梅小姐遇上了困难,把午觉都牺牲了……"陆承伟打断道:"这也是我应该做的。梅经理的董事长,是我的亲兄弟,从前还是我的姐夫,梅经理的金总是西平最著名的善人,梅经理又是个大孝女,他们遇到了困难,我只能两肋插刀,除此我别无选择。"转身对梅丰道:"梅小姐主持的节目,我基本上每期必看。我看呢,《今晚十分》的节目质量,已经可以和中央台的《焦点访谈》相提并论了。朱总理要是看了你主持的节目,来西平视察,肯定也会去你们的直播室。能在梅小姐主持的节目中出镜,是本人的荣幸。"这种好听话,谁听了都不会给人一张冷脸,梅丰笑着自谦道:"陆先生过誉了。"

陆承伟决定见好就收,看看表道:"梅经理,请你向史董事长、金总经理,转达我道义上的支持。如果他们有用得着我的地方,我一定会招之即来倾力相助。商战和抗洪很相似,只要你们发扬伟大的抗洪精神,坚持坚持再坚持,最后的胜利,肯定属于你们。"

齐怀仲上了车,忍不住夸奖道:"太精彩了,一石数鸟哇。小艺,你错过了一场好戏。"陆小艺道:"这是'都得利'的地方。我踩上去,算什么?那个小姑娘确实像袁慧。史天雄真是魅力不减当年啊。"陆承伟没说话。齐怀仲把车开出停车场,拐向大街。

梅丰看见奔驰车走远了,自言自语说:"这就是那个陆承伟?挺好的一个人嘛。老陆和史天雄似乎对他有成见。其实,哪个男人没有毛病。看得出来,他对你还是有情,这情还不浅。红雨,有些事情不能强求,只能随缘了。前几天我见金月兰,看见她戴了一枚白金戒指。"梅红雨把目光收回来,说道:"小姨,这杯茶他已经喝过了,我去给你泡杯新的。"说着,进了店门。

梅红雨端着茶杯往里走,不知不觉中,发现自己已经在二楼办公区的走廊里,听见史天雄的办公室里有金月兰的声音,不由自主地走了进去。史天雄一看梅红雨端着茶杯,严肃地说道:"这种时候,你还有心端着茶杯闲逛呀。"梅红雨怔了一下,说道:"我也不敢在这种时候批评董事长官僚。我小姨和王摄像来了,要做节目。刚才陆承伟也来了,退了两包统一牌方便面,得了两毛钱的补偿,还接受了我小姨的采访……"金月兰忍不住问道:"亿万富翁,来退两包方便面？是什么意思？"史天雄接道:"能有什么意思,看笑话呗！"梅红雨笑道:"董事长这么说,真是委屈了陆承伟。他刚才可没少为我们说好话。两毛钱,我们都退,电视节目播出后,恐怕不会有什么恶果吧。他是放下手中的工作,专程来为我们捧场的。他说他很看中和董事长几十年的兄弟情分。"瞥一眼金月兰右手中指上的戒指,又说道,"他还说,虽然董事长做了对不起他姐的事情,始乱之终弃之,但他无法恨这个史天雄。他让我向你们转达他道义上的支持。"

史天雄有点尴尬,下意识地搓着手。金月兰道:"是我们小心眼了,你应该招呼我们一声,我们也好当面谢谢他。"见气氛沉闷,又开玩笑道:"亿万富翁来给我们捧场,除了看天雄的面子,恐怕更多的还是看了你的面子。陆承伟对你……"梅红雨紧接一句,"可以说是一片痴情。如果不是董事长从中阻拦,我现在恐怕已经是他的新娘了。原以为董事长能给我介绍个更好的……开玩笑,开玩笑,董事长。你们忙,我去招呼客人了。"

金月兰和史天雄看看梅红雨的背影,对视一下,继续讨论下一步的对策。

夜深了,六大商场的六大老总都坐在雪银大厦兰平章的办公室里,闷着头抽烟,一言不发。兰平章焦急地在房内踱来踱去。其他五个老总都在翻看厚厚的一叠商品价格表,都神色凝重,面呈难色。

兰平章急了,走到自己老板桌后面的高靠背椅上坐下来,说道:"你们该有个态度了！今天是周三,"抬头看看墙上的电子挂钟,"不是周三,已经是周四了。明天,'都得利'就要重新开业了。如果我们不拿出点痛打落水狗的精神,再打它几闷棍,我们等于帮他们做了一次广告。老少兄弟们,'都得利'成气候之前,我们是打过内战,可是,现在是外敌入侵,我们必须团结起来,一致对外。王总,你是老前辈,你先表个态。这一年多,你们人民商场被'都得利'害得最苦。"

王总以手当梳,理理搭到沟壑纵横的额头上的一绺花白头发,把价格表在手里拍打拍打,为难地说:"平章老弟,再过八个月,我就到站了。一个快要下课的人,经不起大折腾。"翻几页价格表,"你定这个价位,多数都低于进价了,这种清仓跳楼的生猛战法,还不把我这把老骨头给抖散架了?这两天,我们受的指责已经不少了。说句老实话,我没有你那种必胜的把握,不敢弄险。"

西平仓储的小朱伸手扶扶眼镜架,"兰总,这几年,都是你吆喝什么,我喊什么、卖什么。按这个价位,一天下来,要净赔二三十万,我感到有点吃不消。我刚被扶正,不能像你一样一言九鼎啊!"

另外三个老总都表示按这个价位行动,有困难。

兰平章从笔筒里抽出一支铅笔,说道:"这就是我们其中的一个商场。"用力一折,铅笔断掉了,"要是我们团结起来呢?"又从笔筒里拿出四五根铅笔,双手使劲折着,"要不,怎么说团结就是力量呢?'都得利'敢拿出两百多万,保卫自己天天最低价的信誉,可见它的野心有多大。我把丑话说在前头,这一次我们要伤不了'都得利'的筋骨,三至五年内,它会把我们一个个干掉。"说着,把铅笔一根根折断,扔到老板桌上,"这次,用不着动用资金,用不着组织人员,西平想发这种意外之财的人,多的是。这么好的形势,要是不能充分利用,过后是要后悔的。用一些非常手段,对付都得利这样的私营股份制零售公司,难道还用怕掌握我们命运的人打我们屁股吗?没这事儿。十五大给私营经济一个名分,已经够意思了。《宪法》又没有写上所有的私人财产神圣不可侵犯嘛。现在是鼓励发展各种经济,又没说不要公有制这个主体了。刚刚由外室变成小老婆,就上头上脸争宠撒娇,想当正宫娘娘,这不是反了吗?你们放心,我是牵头的,出了问题由我兜着。田副市长不是说政府不怕血腥吗?大敌当前,退缩,保不住头上的顶子,也不可能落得个善终。你们的包袱,都不比我的雪银轻。你们目前的效益,也都没有我们雪银好。奇怪的是,我忧患得每天吃四片安眠药,喊狼来了把嗓子都喊哑了,你们却认为这狼只是披着狼皮的羊,不吃人。你们要是都不愿干,雪银也犯不着去跟'都得利'单打独斗。咱们就一起等死吧。我相信我的雪银肯定最后被吃掉。我就等着一个一个给你们送终了。我说同志哥,这决不是危言耸听。维持现状,'都得利'会逼得我们利润直线下降,陷入绝境,主管部门会以为我们都是窝囊废,让我们下课。如果我们硬要和'都得利'正面较量,我们这几家,都必须再裁员百分之五十。再裁这么多人,他们心里不平,到市委市政府、省委省政府门前一坐,我们又要下课了。因为我们没管好自己的人,给社会稳定带来了隐患,没有绷起政治这根弦。现在,稳定就是最大的政治。眼下只有一条路:踩住'都得利',熬到中国加入WTO。"

兰平章这番话一出口,几个人脸上都挂上了悚惶的神情。这些,确实是他们面临的严峻的现实。平日里他们也会偶尔想想某一个方面的危机,也会在梦里被一种可怕的景象惊醒。这一回,看见兰平章用妙嘴画出这张全景生存图,还是感到了震撼。

小朱说:"兰总,经你这么一说,我更明白了。咱们关住门说话,也不怕丢丑。赔钱跟'都得利'干一仗,也不是不可以。反正赔了钱又不用我们自己掏腰包。我有两个疑问,想请你解释解释。第一呢,我不知道你这次搞的这个表,依据是什么?'都得利'这回顶多用成本价跟我们相持,我们没必要用低于进价的方式做这件事。第二,金月兰当然是个过了气的明星,不用考虑她身后的背景,这个史天雄就不一样了。听说他和陆震天的女儿离婚后,在陆家并没有失宠。这要是把他惹恼了,他去江丰年或者燕平凉那里告我们一状,我们恐怕还得挨板子。我不大明白你这一次因为什么理由,对'都得利'下这种辣手?"

王总附和道:"问得好。"

兰平章大笑起来,笑得前仰后合,伸出指头点点小朱道:"你这个小朱啊,成精了,成精了。不过,还欠一点老练。兰平章敢做的事,你娃应该无条件跟上。我离下课还有五六年时间,不把敌情摸清,我敢押这一注吗?既然你们都想看看底牌,那就让你们看看吧。丑话说在前头,这件事谁的嘴里缺把门的,说了出去,后果只能自负。算了,这个有大背景的人物,我还是不说为好。告诉你们吧,陆家早就想逼史天雄离开西平,继续做他们的女婿了。我们把'都得利'搞得越惨,陆家的人越高兴。一个有背景的人,前些日子搞到了'都得利'的一张磁盘。这张盘里存了'都得利'所有的核心机密。这份表,我是参照'都得利'应急最低价格方案造出来的。"说着,又从保险柜里取出两份材料交给王总和小朱。"你们看看'都得利'和厂家签的这些合同。二十种主要商品,'都得利'的进价,平均比我们雪银的低百分之一点八。天宇牌电器,平均低百分之三点一。我感到既震惊又佩服。我震惊佩服'都得利'的公关能力和业务员的廉洁程度。同时,我也震惊佩服我们那些业务员吃回扣的段位之高。有这百分之一点八,再加上'都得利'的经营成本比我们低的百分之二点六,就是百分之四点四!你们说,这价格战,我们怎么跟'都得利'打?不把'都得利'在西平已经建立起来的天天最低价信誉毁了,我们是不是只有等死了?"

其他五个老总一看这叠合同,迅速达成一致意见:参与对"都得利"实施第二轮打击。小朱激动地说:"奶奶的,这些厂家不一视同仁。如果他们不对我们让利,我们应该罢卖这些产品。当然,我们也该好好查查我们进货这个环节到底存在多大的问题。"

子夜两点多，五位老总离开兰平章的办公室，分头准备去了。

周五上午八点，"都得利"总店和各分店恢复营业了。购大件家电的顾客不少，但比起前几天的抢购，显得理智了很多。史天雄和金月兰驱车看了四家分店，感到一切正常。六大商场此时还没有开门，门口依然挂着"停业盘点"的小牌子。回到总店办公室，史天雄感到难关已经渡过，带着刚刚打赢了胜仗的指挥官的喜悦，对金月兰说："他们这种做法，结果只能是两败俱伤。我们虽然损失了一百八十多万，但达到了目的。他们上次的价位，已经远远低于成本了，那三天，他们等于白白扔了二三十万吧。"金月兰没这么乐观，担忧道："我还是很担心，总店和分店顾客太多，他们好像在期待着什么。这些大商场如果真的不怕赔钱呢？……我有一个不太好的感觉，这一回，他们会不惜一切逼我们改变全市最低价的经营方针。"史天雄不以为然地摆摆手，"可能性不大。他们的价位，已经没有任何下调的空间了。我们今天实行的价位，已经低于他们进价的百分之一。他们再用这种方式，那就等于拿国家的钱搞赌博，主管部门能不管吗？低于出厂价销售商品，必然会引起厂家不满。除非他们已经准备破产了。"

上午十点半，情况骤然发生了变化。更加疯狂的抢购在"都得利"的九个分店同时发生了。十分钟后，史天雄和金月兰得到消息：十点二十分，六大商场同时开门了，主要商品价格，都比"都得利"的低，大件家电商品，有的型号低于厂价的百分之六到八，对外称这是一次让利销售活动。天雄一拳砸在办公桌上，桌上的玻璃裂出十几条不规则的条纹，破碎了，接着，几条像蚯蚓一样的东西，开始沿着那些裂缝慢慢蠕动起来。金月兰默默地回到自己办公室，找了一瓶紫药水过来，拿起史天雄紧紧握着的拳头，开始涂抹。走廊里混乱起来，电话机铃声，大声说话声，纷沓的脚步声，响成一团。

金月兰给史天雄倒一杯水,说道:"你冷静一点!我们把对手想得太善良了。"史天雄激动地骂道:"他们这是犯罪!怎么能这样干呢?国家的财产怎么能交给这些败类管理?太可怕了?真是没救了!靠这种卑鄙的、自杀性的手段,即使把'都得利'打垮了,他们就赢了?!……"金月兰打断道:"现在不是说这些的时候,再有两个小时,店里的东西都叫抢购光了!现在关门,也许能减少一些损失。"

史天雄瞪着眼睛看着天花板,喃喃道:"没用了。值钱的东西早被抢购空了。现在关门,副作用太大。通知各分店,不要到仓库提货。咬咬牙,把今天撑过去。"

金月兰拿起电话,吩咐属下通知各分店坚守岗位,按正常情况营业,不要再去仓库提货。放下电话,她坐下来,悲叹一声,"真是你死我活呀。店里的存货,能卖近两千万元。起码又得拿出两百万补差价。天雄,看来这个承诺留有漏洞,必须放弃,只有坚守全市最低价这一条也可以了。要不然,他们可以经常用这种方法对付我们。恐怕以后就用不着他们组织了,会有很多人把这当成一种谋生手段。这些人真是太恶毒了。"

到此为止,两个人都没意识到"都得利"的内部已经出了问题。分析来分析去,他们都认为这只是六大商场抓住了"都得利"的一个小漏洞发起的攻击。

十一点钟,江榕满头大汗,一脸慌张,拿着一张纸条跑进来,口吃地说:"董事,董事长,金,金总,出,出大事了……有人送来这张纸条,说我们内部出了叛徒,我们的核心机密可能被出卖了。"

金月兰拿着纸条,读出了声:"令人尊敬的史天雄阁下:这种堂·吉诃德与风车作战的游戏,真的很有意思吗?看着盲从而贪小便宜的群众哄抢你们的商品,真让我心痛!硬撑这种面子,已经毫无意义了!如果我没猜错的话,你们'都得利'肯定出了叛徒,你们的敌人肯定掌握了你们全部的作战计划。也许,这是中国进入真正的市场经济社会必须要付出的代价。可是,这个代价由你这个聪明人来支付,多少有点滑稽。我为你的迟钝感到遗憾。赶快停下来扎扎你后院破碎了的篱笆墙吧。一个爱你的老朋友。"史天雄拿过纸条,"这种说话方式好熟悉……这字却很陌生……小江,你从哪里得到的这个东西?"

江榕说道:"买东西的人太多,秩序有点混乱。刚才我在总店门外维持秩序,一个捡破烂的流浪儿,把这个条子给了我。我在读条子,流浪儿跑掉了。"

几个人正在议论这件事,杨世光敲门拎着一个皮箱进来了。三个人都感到意外,愣愣地看着一脸怒气的杨世光。杨世光也不说话,把箱子打开,拿出一叠合同书朝办公桌上一甩,"这是武汉六家厂商昨天下午退给我们的合同。他们不再跟我们'都得利'合作了。我们跟他们签订的这些合同,主要内容,这里的大商场可能都知道了。我们苦心经营的供货网络破坏掉了。人民商场和西平仓储,质问这几家厂商厚此薄彼,要调查他们的进货渠道中的回扣问题。你们怎么都不说话?这是天大的事!比损失一两百万重要得多!"

史天雄和金月兰像个木偶一样瘫坐在椅子上。电话铃一声接一声地响着,响了六七声后,史天雄拿起听筒,懒洋洋地说:"我是史天雄。噢,王总你好。没什么,会过去的,谢谢你的关心。"听着听着,他的脸色更加凝重了,最后,把电话砸了。金月兰问:"又出什么事了?"史天雄沉重地说:"他说他作为天宇的董事长,没有权力给每个销售商最优惠价待遇,在一个城市,必须把一碗水端平。以后,我们销售天宇电器,无法再享受这种优惠了。看来,确实有人把我们的核心机密交给了这些大商场。怪不得他们这样胸有成竹。这是谁干的?会不会是我们的管理软件系统出了问题?"

"肯定是!"杨世光叫道,"这么多合同,靠脑子可记不下来。天雄,赶快报案吧。问题肯定出在技术部。"

技术部只有四个人,梅红雨、张小琳、王腊梅和刁明生。存有核心机密的磁盘,平时由梅红雨保管。这时候,史天雄和金月兰才想起来刁明生已经超假三天了。上星期四,刁明生说他住在清江乡下的舅舅病重,他要去探望,请了五天假。前天,梅红雨已经报告过刁明生超假的事。金月兰肯定地说:"肯定是刁明生干的!"

史天雄说:"接触过磁盘的人,都有嫌疑。我们不能随便怀疑人。泄密的事,暂时不要对外说。报案,需要证据。我们丢失的是信息……这件事我有责任。当时梅经理问过做不做加密处理,我没有给明确答复……案先不要报。我们先找几部家用摄像机,去把六大商场的商品价牌都录下来,作为报案的依据。"

傍晚,录像的几路人马都回来了。史天雄、金月兰、杨世光在一间房里,对照"都得利"的价格表看了大半夜,没发现六大商场有一种比"都得利"价格高的商品,这足以证明六大商场统一调价时,参照了"都得利"的价格。

第二天凌晨,史天雄和杨世光带着自己搜集的证据,到西平市东城区公安分局报了案。

七点钟,梅红雨提前到了总店。昨天各分店的销售情况没有汇总,她怕今天史天雄又要这些数据,准备在上班前,把各大类商品的销售情况都统计出来。穿过空空荡荡的售货大厅,梅红雨看见李姐和两个售货员正拿着封条封技术部办公室兼机房的门,不解地问:"李阿姨,你们为什么要封这个门?"

李姐用手把封条粘牢了,用犀利的眼锋,上下扫扫梅红雨,冷笑道:"梅经理,你还不知道?有的人穷疯了,把咱们'都得利'的什么秘密偷出去卖给了大商场。封了门,好让公安局来查。"梅红雨感觉到了李姐眼神里的怀疑甚至是敌意,冲动地朝门口走几步,

"封我们的门,是谁做出的决定?是董事长吗?"

李姐眯着眼睛笑笑,"这是个大案子,让公司一家伙赔了几百万。这人的心可真够狠的!门是金总让封的,这'都得利'是她一把屎一把尿拉扯大的,出了这么大的案子,她连封个门的权力都没有吗?再说,也只有这房子里那个什么盘,才能卖个好价钱,才能卖个神不知、鬼不觉。董事长去了公安局。只要没做亏心事,鬼来敲门心不惊。"梅红雨气得含着眼泪说:"你是不是怀疑我?你们为什么只封我们的门?"

史天雄和杨世光进来了。梅红雨激动地说:"公司丢了机密,为什么只封我们的门?我是贼吗?"说着梅红雨把双手举起来,"你们是不是还要搜我的身?"李姐像个门神一样,站在大办公室门外,阴阳怪气说:"梅经理,封了门,保护了现场,也好把你们技术部的人洗个清白嘛。"梅红雨流着眼泪说:"董事长,我还有没有行动自由?是不是还要派人去抄我的家呀?"史天雄火了,大声呵斥道:"梅经理!你冷静一点行不行!凡是接触过公司机密的人,都有嫌疑!也包括我史天雄!你不要这么敏感!所有的人,都必须接受公安人员的调查!"说罢,怒气冲冲上了楼梯。

梅红雨擦擦眼泪,盯着门上的封条发起呆来。

接连一周的商战,已经牵动了西平的方方面面,公安局已经从中感受到了不安定的因素。一听这场商战里又出了一起涉及金额上亿元、直接经济损失三百多万的商业机密被盗案,东城区公安分局不敢怠慢,马上向市局作了汇报。市局白立明局长一看事关重大,此案已经涉及到了许多敏感的问题,忙向市委、市政府作了汇报。燕平凉市长和市政法委书记在电话里作了相同的指示:这是一起危及我国市场经济健康发展的重大恶性案件,同时,又是西平第一起利用高科技手段盗窃买卖商业机密的新型案件,必须尽快组织人员侦破此案。

上午九点半,市公安局成立专案组,局长白立明亲任组长。专案组共有十二名成员,分成两个小组,在西平的破案专家都主动要求进这个专案组。第一小组由刑警大队副大队长焦民生任小组长,负责六大商场方面的侦破工作。第二小组由市局技术科科长乔宏祥任小组长,负责"都得利"方面的侦破工作。

十点钟,乔宏祥带领二级警督王平生、二级女警督吴青莲、三级警督孙国庆、三级女警督邱英和一级女警员曹王芝,来到"都得利"总店。

乔宏祥在西平刑警界可算是顶尖的破案高手。两年前,轰动一时的女出租汽车司机连续被杀案,就是乔宏祥率领这个小组侦破的。四个月内,三个女出租车司机先后被强奸杀害。因凶手作案手段狡猾,作案现场没留下任何痕迹,加上凶手的目的只是强奸杀人,案子也就没法按一般劫车案的侦破思路侦破了。据说,乔宏祥曾在挂满三个遇害女司机照片的房间里,不吃不喝不睡觉,才看出三个女司机都留的披肩发是刺激凶手强奸杀人的直接原因。为铲除这个变态杀人狂,公安局四个女警员自费买了披肩假发,报名参加乔宏祥的专案组。最后,这个杀人狂在和吴青莲搏斗时,被及时赶来的乔宏祥和王平生生擒。

白立明局长派出这么多精兵强将,可见他对这个案件的重视程度。

下午四点钟,调查取证工作结束了。专案组成员和"都得利"的三巨头进了会议室分析案情。

一切都是全新的。面对这个商业机密被盗案,乔宏祥有一种无从下口的感觉。他叹了一口长气后说道:"从现在已经掌握的情况看,你们的核心商业机密泄露,属于内贼所为。嫌疑人比较容易确定,是否能突破,现在还难说。梅红雨、刁明生、张小琳和技术部的所有成员,都有作案的嫌疑。当然,你们三位也有作案嫌疑……"金月兰急了,"我们三位?你开玩笑。我想了想,觉得刁明生的嫌疑最大。"乔宏祥笑道:"金总,我不是开玩笑。这个案子,有作案时间的人太多了。拷出一个新盘,只需要五分钟时间。所以,从作案时间上突破此案的可能性几乎等于零。"

男警督王平生接道:"从作案动机上分析,刁明生也不是第一嫌疑人。当然,如果他没去清江他舅家,他很可能就是罪犯。据梅红雨和张小琳证实,刁明生只接触一次软盘。那一次,他说二分店的微机系统出了故障,把软盘带出过总店。我已经查过,那天二分店的微机没有坏。这是刁明生作案的最有力的证据,因为他说了谎。但是,当时他确实去了二分店。那天上午十点,梅红雨参加了你们一次碰头会,她去开会前,刁明生已经把软盘还给了她。那天刁明生闹肚子,上班后还出去方便了一回。那么,刁明生带软盘出总店,应该在八点半以后。这近一个半小时,刁明生还去了一趟药店买了黄连素。剩下的时间,刚好够他坐公共汽车或骑自行车在你们总店和二分店之间打一个来回。当然。他要是有心作案,会坐出租的。但他恐怕还不清楚这个软盘可以卖钱。当然,我又说当然了,他的合伙人可能是个专家。总之,虽不能排除刁明生作案的可能,但可能性不大。技术部其他人员,都没有把软盘带出过机房,当然,这不包括梅红雨。"杨世光道:"说来说去,只剩下梅红雨一个嫌疑人了?不可能是她吧?我们'都得利'有恩于她,她绝对不是那种恩将仇报的人。"

吴青莲笑了几声,说道:"又不是给学生写操行评语,也不是给梅红雨写组织鉴定。前年枪毙的那个杀人狂,在单位表现良好,上大学是高材生,工作后是先进,他一连奸杀三个女司机,为的只是一个留披肩发的女司机因为他乘车钱不够,讽刺了他几句。梅红雨来'都得利'后,真的就万事如意了?她来'都得利'之前,和男朋友分了手,这件事会对她的心态产生什么影响?工作当中,你们就没有错怪过她？日资企业无端炒了她的鱿鱼，几十家单位把她拒之门外，她的内心真的会因为到了你们'都得利'而整天阳光灿烂吗？恩将恩报，恩将仇报，谈的是道德问题，当然道德问题也可以诱发犯罪。梅红雨作案条件、作案时间比谁的都优越，关键是她还有作案动机。因为她特别需要钱。据张小琳反映，刁明生闹肚子那一天，梅红雨抱怨过一千多块钱工资根本不够花，说她母亲一个月的药钱就需要七八百。这些天，她有很多反常的表现。她在你们焦头烂额的时候，端着茶杯到处转悠，她对你们封门的举动反应强烈。另外……"

史天雄终于忍不住了，打断道："我现在说话可能不太礼貌，可我真的想说两句。我先表明，我并不是想为梅红雨洗刷什么，因为如果大商场得到的软盘不是偷来的，梅红雨就有过失犯罪的嫌疑。我只是觉得这个案子从这边突破恐怕要走弯路。我们报案时，所提供的证据，已经充分证明，六大商场得到了我们所有的商业机密。这个案子的第一被告或叫第一嫌疑人，应该是这六家大商场。传讯一下大商场的主要负责人，案子也就水落石出了。"

乔宏祥点支烟，笑道："史董事长，我可以给你透露点本不该说的情况。三点钟，我问了第一小组的进展情况，那边没有任何突破。他们还准备在适当的机会联名告你们诬告了他们。复杂呀。你们的机密磁盘没有加密，即便你们在管理程序中加了世界最高级别的密码，人家把它破译后，也不会留下什么证据等我们去找。我们把六大商场的所有电脑都封了，可惜没有查到里面存有你们的机密。刚才说了，复制一张软盘，五分钟足够了，把电脑内存全部清洗干净，十分钟怕也足够了。取证困难，是侦破高科技犯罪案的难点。今天晚上，我们会从你们的软盘上取指纹。如果磁盘上出现陌生人的指纹，我们才可以传唤梅红雨和刁明生。我们已经派人去清江找刁明生了。这个案子，只能从你们这边突破。

否则……"

杨世光急了,"听你的意思,这个案没法破了?"

吴青莲接道:"突破口还在这个梅红雨身上。刚才,我的话还没有说完。我现在正在读心理学研究生,现学现卖再分析一下梅红雨的作案动机。我在调查时了解到,梅红雨在进入你们'都得利'之前,她的男朋友因嫖娼被公安机关处罚过,可她来'都得利'以后,情绪很好,不像一个在感情上受了重大挫折的人。据说,有一个亿万富翁在追求她,她去那家公司工作,收入应该是在'都得利'收入的数倍,可她还是选择了你们'都得利'。她情绪变坏,是最近一个月才发生的事……有人反映,自从金总经理戴上了订婚戒指,梅红雨就变得跟霜打了一样……"史天雄冲动地说:"你这种推理,有点异想天开!"吴青莲笑道:"史董事长,我可不认为这叫异想天开。不止一个人肯定地说,梅红雨是为了你才肯来'都得利'屈就的。我想问金总一个问题,你戴的这枚漂亮的订婚戒指,是不是史董事长一个月前送给你的?当然,你可以不回答。"

金月兰红着脸,迟疑了一会儿,说道:"是的。"

吴青莲道:"一个失恋的姑娘,会做出什么样的事,不好以常人思维推断。因为失恋自杀、他杀的案件,这两年我自己就处理了五起,主人公都是女性。我感到她的情绪很不正常。乔科长,我认为有必要对梅红雨进行监视了。"

"都得利"的三巨头,你看看我,我看看你,都不敢再发表意见了。

乔宏祥说:"有道理。你安排吧。三位领导,我们谈的这些,不要扩散,免得造成被动。"

六点钟,专案组宣布接受调查的"都得利"职员可以离开了。二十几个男女,如遇大赦一般,作鸟兽散了。

梅红雨已经感到笼罩在头顶的那种无边无际的恐惧,逃命一样逃到了大街上。走了一段,她给梅丰打了一个传呼,留了一条短语:天塌了,速到我家。红雨。

梅丰一接到这条莫名其妙的留言,赶忙打的去牌坊巷。

梅红雨刚一进门,梅丰就惊问:"出什么事了?"梅红雨说:"出大事了。我们公司的核心机密六大商场全知道。磁盘是由我一人保管的,公安局已经怀疑上我了。"梅兰喊道:"天爷,这可怎么办?"梅丰问:"会不会是别人干的?"梅红雨颓唐地瘫坐在沙发上,"很有可能是刁明生,也就是金月兰的前夫。我把软盘交给过他。公司直接损失两百多万。公司怀疑有人把这个软盘卖给了大商场。"

梅兰慌慌张张回到自己的房间,拿出一个牛皮信封道:"小雨,你说,你到底做没做过对不起公司的事?"梅红雨斩钉截铁道:"没有,绝对没有!"梅兰抖着手把钱从信封里抽出来,"前些天来了一个叫甜甜的姑娘,大眼睛、高鼻梁,走路爱扭屁股,她送来这些钱,说你们在合伙做生意。"梅红雨大惊失色,站起来看着梅兰手里的钱,结巴着说:"甜,甜甜,什,什么甜甜?我不认识甜甜,哪,哪儿来的甜甜?做什么生意?这到底是怎么回事?妈,你怎么敢收这种不明不白的钱!"泪水夺眶而出。梅兰懊悔道:"她说你们几个小姐妹一起做生意,背着你分点钱,不让我对你说。这个甜甜可不像个坏人,帮我收衣服,叠衣服,扫地。"

梅丰扶梅红雨坐下,说道:"别哭,哭没有用。看来,是有人存心陷害你。你想一想,你得罪过什么人。"梅红雨一把抓过钱,说道:"我也不知道得罪过谁。我明天把这钱交给专案组。他们爱怎么想就怎么想吧。坐牢、杀头,由它去吧。"梅丰又把钱夺过去,"你这是什么态度!你没做这事,怕什么。你拿这些钱过去,能解释清吗?明天我去你们公司,把钱给专案组,就说你妈交给我的,与你没有关系。"梅兰已经哭成一个泪人儿,"天杀的呀,你们怎么这么毒呀——苦命的小雨呀……"

# 第二十四章

梅丰把三千块钱交给专案组,本想证明这是有人在陷害梅红雨,没想到反倒为专案组刚刚发现的对梅红雨不利的线索,提供了一份物证。雪银大厦的总裁兰平章向专案组提供了一个呼机号,称他在二十多天前,曾接到一个男人打的匿名电话,说呼这个号码可以得到一举击败"都得利"的绝密情报,他认为这是有人想借机敲诈雪银大厦,没有理睬,只是顺手把这个号码写到台历上了。专案组已经查出呼机的机主是梅红雨。

梅丰惊得脸色惨白,看着那个熟悉的号码说:"陷害!陷害!绝对是陷害!红雨四处找工作那段时间,给很多单位留下了自己的呼机号码。再说,我们智商再低,要是作了这个案子,也不会交来这三千块。这不是引火烧身吗?"吴青莲冷笑道:"梅记者,我们经常遇到疑犯弄巧成拙的事情。昨天晚上,你在牌坊巷呆了三小时四十分,当时你们为什么没到局里交三千块钱?可能还没想到吧?"

梅丰愣怔了一会儿,"听你的意思,好像在怀疑我是梅红雨的同谋?你们正在制造一起冤案!"乔宏祥说:"梅丰小姐,不要感情用事。是不是有人在陷害梅红雨,现在还不能断言。法律只看证据。刁明生早就离开清江了,我们正在找他。目前,我们只能对梅红雨采取进一步行动。现在,我们不但要限制梅红雨的行动自由,而且还要对梅红雨家进行搜查。请你不要把问题搞复杂了,这对谁都没好处。如果梅红雨是清白无辜的,法律会证明她的清白无辜。"史天雄也劝道："梅丰,你要相信法律……"梅丰冷冷地打断道："我知道法律很多的时候是公正的,可是,我也见过很多冤假错案。"说罢,走出"都得利"会议室。

下午三点,专案组从梅红雨家搜出了五张磁盘,梅红雨离公安局的大门越来越近了。二级警督王平生拿着搜来的磁盘先进了技术部的办公室。乔宏祥和其他专案组成员也跟进来了。接着,史天雄、金月兰、杨世光和梅丰也进来了。众人都把目光集中在梅红雨身上。

王平生把一张磁盘插入微机,伸手熟练地敲敲键盘,显示屏上出现了"都得利"机密资料的菜单。王平生问："梅红雨,知道这是什么吗？我想你肯定很熟悉。"梅红雨长长的睫毛木然地眨了几下,只剩下点残红的双唇轻轻一动,吐出两个清晰的字："知道。"乔宏祥科长轻叹一声,把手中的四张软盘举到梅红雨眼前道："这五张软盘,三张放在你的大立柜的最底层,两张放在你的梳妆台的镜子背后。这里有几个保险柜,软盘放在这里不是更安全吗？如果是为了防止母盘丢失,如果是怕保险柜不安全,在家里留一张盘足够了。你怎么解释呢？"梅红雨目光游弋,轻轻摇着头道："我什么都不知道,我什么都不知道……"乔宏祥从腋下文件夹里取出一张纸道："这是给你的传唤通知。请你跟我们走一趟吧。"吴青莲从口袋里掏出亮铮铮的手铐,没等大家看清动作,手铐已经套在梅红雨的手腕上了,专业之熟练,简直匪夷所思。

梅丰激动地大叫着："不可能！不可能！这是陷害！这是陷害！"乔宏祥平静地说："梅丰同志,请你冷静一点。我们都要正视现实。梅红雨,走吧。"梅红雨慢慢地转过身,看见金月兰,眼睛里猛然有了亮光,几丝怨毒的笑在嘴角灿烂地绽开了,"金总经理,你说,谁在陷害我？"金月兰惊愕地朝后退了一小步,口吃地说："我,我不知道。"梅红雨幽怨的目光把史天雄捉住了,仔仔细细地射在史天雄的瞳孔里,一个绝望的声音带着点点希冀的音符奏响了:"史天雄,坐牢也没什么。我只想听你说一句:我是清白的。你说呀!你说呀——"史天雄下意识地把目光躲闪开了,心里道:"我知道你肯定是清白的。可是你让我现在怎么说?为着'都得利'的未来,你让我怎么办?你应该坚强一些。"看见梅红雨眼睛里的光亮渐渐暗了,下意识地闭了一下眼睛,咬着牙说:"你要相信公安机关……"梅红雨叹了一口气,说了一句别人都听不懂的话:"你只是一座假山。"迈步朝外走去,眼泪无声地流了出来。梅丰噙着泪叫一声:"小雨——千万别放弃!法律给不了你清白,天理人心会给你的。"

梅红雨蓦然回头,含泪凄然一笑,"小姨,'都得利'损失了几百万,我不下地狱谁下地狱?我把我妈托给你了。"

总店门外,已有上百人驻足围观,两辆警车的顶灯无声地闪着红光。梅红雨像女英雄上刑场一样,高昂着倔强的头,慢慢走向警车,太阳的强光刺得她的眼睛一眨一眨的,眨出一道道彩虹一样的光芒。

史天雄从人群里看见了陆承伟那张燃烧了一样的脸。每次见到袁慧,少年陆承伟的脸上,就会出现这样的神情,它热烈、痴迷、执着,微微带着一点羞涩和一些贪婪与自私。史天雄心里一沉,难道真是他干的?

陆承伟猛地冲出人群,冲到警车前,伸出手大喊一声:"慢!"几个警察朝陆承伟扑过去。陆承伟厉声叫道:"人民警察同志,千万别动粗。你们刚才搜查民宅,差一点吓死一个无辜的贫民。"梅红雨急忙问:"我妈她……"陆承伟道:"你妈被这些可爱的人民警察折腾得够呛,老毛病犯了。我已经派人把她送到医院了。警察同志们,你们应该感到庆幸。中国的行政诉讼法已经出台了,执行公务吓死一个老百姓,恐怕也要负法律责任吧?红雨,我相信你是清白的。你先跟他们去吧。"低头看看梅红雨手腕上锃亮的铐子,"我记得一般性传唤,是不能动用手铐的。这笔账咱们也先把它记下来,以后慢慢跟他们算。记着,一定要保持沉默。别怕他们搞屈打成招。谁动你一指头,谁搞了变相刑罚,谁搞了诱供,你都要仔仔细细记下来。我现在还没法救你。他们会以妨碍公务的罪名逮捕我。"说罢,闪在一旁。

梅红雨充满感激地看看陆承伟,两串眼泪从那双忧郁而美丽的大眼里流了出来。她猛地回过头,看看"都得利"的领导和职员,泪眼盯着史天雄,"你们记住:枪毙了我,我也是清白的!"毅然上了警车。

警车响着警笛开走了。

陆承伟取出一根德国雪茄,点上,慢慢走到史天雄面前,说道:"这么好的天气,应该演一出喜庆的戏才好。你们'都得利'应该早点聘我做个顾问。这种事,十多年前,美国的商场经常发生。舍得花钱给未婚妻买白金钻戒,却想不到为公司核心机密设防,真够浪漫的……"史天雄愤怒地打断道:"陆承伟,我又小瞧你了!你已经变成一只伤人的东北虎了。我现在才想明白,这出戏的导演是谁。我真的错看了你。你的报复心,让人感到可怕。"

陆承伟耸耸肩笑道:"你这话,我不大懂。证据呢?你找不到。因为你的对手是六大国营商场。我听说他们已经起草了一个东西,准备递到法院去,因为你们诬告了这些国营商场。正义和良知,可能都睡着了吧?公安局可能只能把梅红雨当个替罪羊杀了,弥补弥补你们几百万直接损失和难以计算的间接损失。这件事我不能答应。我必须不惜一切代价把梅红雨救下来。"

史天雄气得浑身发抖,伸手指着陆承伟道:"你不要得意得太早了!天网恢恢,疏而不漏。是的,正义和良知现在遭人暗算了。不过,我请你记住:它们不会昏睡百年!"一扭头,朝总店大门走去。

金月兰和杨世光也跟了过去。

陆承伟看看史天雄的背影,对站在一旁的梅丰说:"正式认识一下吧。陆承伟,商人。你先去陪陪梅兰,估计她已经回家了。我在北京请的律师快到了。你们在家里等着我们。"

梅丰说了几句感谢的话,匆匆走了。

一切都进展顺利,陆承伟的心情好极了。他想开车到郊外,找个没人的地方,好好享受享受这成功的喜悦。刚刚走到奔驰车旁,他听到了一串让人熟悉的笑声,抬头一看,一袭黑衣的顾双凤像幽灵一样飘到他面前,叼着香烟,倚在奔驰车上,把一幅美轮美奂的香车美女图勾画了出来。

陆承伟吃惊地看着顾双凤,迟疑地说:"双凤,是你?"

顾双凤的变化确实很大,人瘦了很多,眼眶深下去了,眼神变得深邃而犀利,皮肤白得有些透明,细细的血管像一群群蓝精灵一样,在她的细长的脖子上隐隐跳动着,整个人呈现出一种激动人心的病态美。她吐出一口烟,格格格地笑了一阵,说道:"难为你还能认识我。终于看到你在史天雄面前扬眉吐气一回,就像看到铁树开了花,真替你感到高兴啊!"

看到顾双凤变成这个样子,陆承伟陷入了深深的自责。他爱怜地看看顾双凤,说道:"后来,我才知道你受了什么样的罪……我欠你的,这辈子没法还了……欠你的两百万,你什么时候需要,只用打个电话……现在,你是不是跟丹尼一起生活?听老齐说,丹尼是个很有责任感的男人……又很爱你。我相信你们会幸福的。你们结婚的时候,我一定要再送一份厚礼……"顾双凤放肆地大笑几声,"幸福?结婚?是的,丹尼很爱我,只要我愿意,明天我就是他的合法妻子。他虽没有你这么富有,可也有足够的钱养家糊口了。可是,你已经把我变成魔鬼了。你说,魔鬼怎么能和丹尼这种天使一般的大男孩结婚呢?钱?哦,我现在差不多又是一贫如洗了,花销……比从前又多了许多。告诉你吧，我在你这里卖的两百万，全部被我的亲人们算计走了……包括我亲弟弟。可见这世上的恶人，不只你陆承伟一个呀。那两百万，算是我还你的……毕竟，我还需要保留点尊严……我不想把跟你生活的那些年看得暗无天日。我要了那两百万，就承认那些年我做了妓女……现在，我还算一个有点名气的女演员吧……不管别人怎么看，我总得美化美化我那段悲惨的历史吧？你别笑话我还有这么一点自尊心和虚荣心。"顾双凤眉头一皱，两眼直视陆承伟，"不！账不能这样算！我知道我帮助你赚了多少钱。纯利润是一亿两千万！你用两千万，买了一个县穷人的心，变成了一个大善人。你还想用两百万买我的宽恕吗？我不能让你得逞！我不能做你的帮凶，把你洗得像初生婴儿一样纯洁！你不配！你是一个十足的恶魔、混蛋！比我还要脏许多。我们都该下地狱，不过，你应该下到第十八层。对不起。我不该这么恶狠狠地咒你。我毕竟爱过你呀，我怎么能咒你呢？我该死！……这一段，我的脑子好像出了问题，精力不集中，思维混乱……我忍不住想见你，是想向你表示祝贺……你的英雄救美人的戏，演得太精彩了。这个梅红雨，真的很像你初恋的女孩，美丽、单纯，长着天使一样的眼睛。我相信你为了她，什么恶事都能做出来。你在她身上下的本钱可真不小。你干吗这样看着我？"

陆承伟的好心情烟消云散了，对顾双凤的愧疚，也随这些烟云飘逝了。他冷冷地说："顾双凤，你还了解多少？你究竟想干什么？"顾双凤又嘻嘻笑了起来，"齐叔去机场接王亮大律师，碰上我了。他只说让王亮这次来帮助救一个姑娘，剩下的，都是我分析的。你不要怪罪齐叔。我还能不了解你吗？你这个大情种对付女人的手段，我自信还是了解一些的。让人感动，让人恐惧，让人无处可逃。我想干什么？我又能干什么？我就是想干什么，我敢干吗？记得钱林这个王八蛋说过,你在政治上,属于太子党,国家机器都是为你们这种人服务的;你在经济上,属于吃人不吐骨头的新型资本家……红道、黄道、白道、黑道,道道都有你的人,不是保护伞、代言人,就是走狗、打手。我一个弱女子,敢生坏你好事的歹心吗？我不想活了吗？尽管我常常觉得生不如死,可我还是想活下去,哪怕像狗、像虫子一样活下去！我在学校跳过芭蕾舞《白毛女》,记得这样几句喜儿的唱词:要想逼死我,瞎了你眼窝,我是舀不尽的水,我是扑不灭的火！我还要活着看很多风景呢！我还等着看很多结果呢！你呢,就要回到美得不能再美、纯得不能再纯的初恋时代了。我希望你能够成功。真的。像你这种人都能心想事成,得到天使一样的姑娘。我呢肯定也有希望进入天堂,因为你比我更坏、更恶。祝你顺利,给我树立一个好榜样。"说着,丢下一串银铃一样的笑,像团乌云一样飘走了。

　　陆承伟上了车,坐在那里,感到脑子里一片空白。不知过了多久,他突然看见史天雄又出来了。史天雄开着那辆枣红色桑塔纳走了。陆承伟心里问:"他想干什么？"

　　史天雄已经认定这件事是陆承伟勾结国营大商场做出来的。他要把自己的判断和分析,告诉燕平凉,把这个事情搞个水落石出。

　　燕平凉听完他的分析,并没有丝毫的激愤,仿佛他早已料到了一样平静地说:"面包就这么大,孩子又多,抢着吃,肯定会打得头破血流。我已经劝过你几次,不要走得太快了,做事不能超越历史阶段,不能冒进,你根本没有听进去嘛。你们包赔差价的承诺,本身也有问题。你们的管理,也还存在严重的漏洞。代价对你们来讲,是大了一些,……多想想怎么样把坏事变成好事吧。"

　　史天雄激动地说:"市长,这不是竞争,这是抢劫！我们直接损失三百多万,苦心经营的供货网络已经被毁了！这……市长,手心手背都是肉,一碗水你要端平啊!你用这种态度对待'都得利'这样的私营企业,是典型的叶公好龙!他们组织这么大规模的行动,只要认真查处,真相很快就能大白于天下。我们只求一点公正!"

燕平凉神色凝重起来,语气变得严肃起来,"怎么查?你教教我?专案组也派了,该做的都做了。用人不疑,疑人不用。六大商场的领导,都以党性担保,他们从来没有见过你们的什么秘密。把他们都抓起来,你说行吗?你们丢失的是信息!这信息丢失,连个蛛丝马迹都留不下。六大商场已经要告你们诬陷了!上万国营企业的员工,都认为他们进行的是自卫反击作战。你说这是陆承伟干的,你有证据吗?法律只认证据。你说陆承伟陷害梅红雨,证据呢?你要是能拿出确凿的证据,政府和法律当然会给你公平。什么叫优胜劣不汰?你知道吗?你知道。专案组再在六大商场住下去,来政府门前静坐的人,会有多少?我要是你,就去公安局,把案子撤了,把战线收缩收缩,和这些大商场和平共处几年。"

史天雄听得直摇头,"请问,这是燕平凉的建议,还是燕平凉市长的建议?"

燕平凉道:"阁下现在坐在西平市市长的办公室里。西平市市长必须为全市的大局负责。这起有信息间谍案性质的案件,案值确实不小,对朝气蓬勃的'都得利'的打击,相当沉重。但它在西平市市长眼里,还是个局部问题。市长深知让这件事不了了之,对'都得利'是不公平的,但市长对此爱莫能助。燕平凉也有话对你说。把这次付出的代价,当成必须要交的学费看吧。'都得利'能让国营大商场以这种方式对付它,证明它已经具备了自己的生存土壤。经历这次磨难后,我相信它会长得更加茁壮。当然,它必然会进入一个低潮期。我听你说过,你曾把弃官到西平办'都得利',比喻成建立农村根据地。这个比喻有道理。我个人期待着你的根据地能熬过最困难的时期,再创辉煌。"

史天雄站了起来,"这是典型的精神胜利法。政府的偏心和溺爱,救不了兰平章他们。我为我的燕平凉朋友感到悲哀,我很难想象,他竟像个维持会会长了。"

燕平凉怔了一下,笑道:"如果有命运一说的话,维持会会长也许就是我的命运吧。你在西平的试验,基本上已经取得了成功。尽管陆老很支持你走这一步,也没阻拦你和他女儿分开,但我知道,他内心里很不愿意永远失去你这个女婿。小艺在西平,她让我帮她物色一个对象,条件很特别,一米八以上,离异或者是丧偶的厅局级干部,人品好的正处级,也可以考虑。我向她推荐了史天雄,她也没有反对。我认为……"

史天雄冲动地打断道:"市长大人,我不希望你干预我的私生活。我不会离开西平的。再说,我已经和金月兰订婚了。最后,我想对你说:我能理解你对'都得利'的冷酷无情。再见。"说罢,径直出了办公室。

燕平凉坐在那里出了一会儿神,叹口气,拿出一份文件阅读起来。

王亮律师不愧是在京城混过的大律师,一开口就抓住案子的要害了,"这个案子根本不能成立。如果说梅小姐偷了软盘,那不是天大的笑话?这个软盘本来就是她组织人做出来的,又由她专人保管,她就是把软盘放在家里,只要没被别人偷走,偷窃根本没法成立。即使是这个刁明生把软盘拿出去卖了钱,梅小姐也没有直接责任。因为梅小姐把软盘交给刁明生,是正常的工作行为。'都得利'又没有使用这张软盘的特殊规定。西平的公安机关怎么能传唤梅小姐呢?如果说梅小姐出卖了软盘里的商业机密,她卖给谁了呢?如今是六大商场都不承认见过'都得利'的商业机密,而'都得利'的损失又是六大商场造成的,而不是别的什么商场造成的,这件事还是和梅小姐没有关系。出卖商业机密,必须具备买方、卖方和契约三个条件才能成立,三个缺一不可。不能说梅小姐掌握着这些机密,大商场又需要这些机密,就等于梅小姐把商业机密出卖给了大商场。西平的公安机关,怎么能这样办案呢?不通,不通。所以,你们都不要替梅小姐担心,明天下午四点钟以前,公安局还得乖乖地把梅小姐送回来。要是超过了时间,咱们就把公安局告了。"

本来,梅兰悬着的心已经踏实了,一听说要告公安局,梅兰叫了起来:"可不敢告,可不敢告。公安局就是枪杆子,告枪杆子会有什么好果子吃?只要这一天一夜,没有把红雨打得缺胳膊少腿,打成个聋子、瞎子、傻子,我就该给公安局磕头烧香了。"陆承伟笑道:"大姐,咱不告就是了。王亮,经你这么一说,公安局今天传唤梅红雨就成了非法传唤了?"

王亮道:"也不能这么说。公安局传唤的依据是那个传呼号码和三千块钱。因为这三千块钱,又使搜出的五张软盘也成了传唤的理由。要把梅小姐洗个干干净净,必须把这三千块钱搞个清清白白。既然已经断定是有人陷害梅小姐,这个人肯定不会跑到公安局说这钱是他送来的。这三千块钱要是没交给公安人员,就没这事了。"梅丰马上自责道:"都怪我,急着为红雨洗刷,想都没想就把钱交了。想了也没用,我哪里会知道这些法律程序。"梅兰忙道:"这怎么能怪你呢?下午我一看见带大盖帽的来抄家,吓得瘫在椅子上起不来。唉,这都是红雨的命啊。我给红雨算过命,老和尚说她今年有大难,可是有贵人相助。这不,又应验了。"齐怀仲笑道:"大妹子,想不到你还有点迷信。"梅丰也道:"就她这种身体,一年还去庙里烧几回香呢!四十多岁,竟然信老和尚的胡说八道!"梅兰认了真,说道:"如今不信神,你叫我信谁?年轻时,我信毛主席,结果呢,听他老人家的话,到云南插了八年队,落下一身毛病。

返城了,我信政府、信大企业的铁饭碗,想了多少办法才去了红太阳,可一到那里,红太阳就一路往下垮,结果呢,是下岗,是看不起病。你们说,我不信命我信什么?"梅丰嗔怪道:"兰姐,谈正经事,你说这些干什么!陆先生下这么大功夫救红雨,老和尚算出来了没有?"梅兰笑道:"有你们这些贵人主事,我也操不上心了。你们说,你们说。"

陆承伟道:"我倒是很理解大姐这种想法。说正题吧。王亮,你说用什么办法把这三千块洗清楚?"王亮道:"有人站出来承认这三千块是他派人送的,就行了。"陆承伟马上道:"这样吧。我去公安局作证,就说这三千块是我派人送来的。我也有送钱的动机。我一直挺喜欢、挺欣赏红雨。史天雄说我不怀好意,恐怕在外面也没少臭我。我不在乎。喜欢就是喜欢。我又没结婚,就是拼命追求红雨,也正常得很。为什么不明送呢?上一次我资助大姐一万元,红雨还说过退给我,明着送不行了。我又想送点钱表达我的感情,因此就想到这个办法。大律师,你觉得这个办法能行吗?"王亮想了一下,说道:"可行。你要写个证言给我。这个事还牵扯一个送钱的姑娘,还需要她的一份证言。"陆承伟说:"这好办,我的公司里,有几个女职员,我在西平也认识不少……反正人能找到。"梅兰插了一句:"陆先生,我见过那个甜甜呀,这弄个假的,行吗?"齐怀仲说道:"大妹子,这个甜甜就你一个人见过。我们找个姑娘,你一口咬定是甜甜,她就是甜甜了。为了能救红雨,当妈的说句谎,神仙也不会怪罪的。"梅兰感动道:"你们能这样做,我这当妈的怎么不能?你们说什么,我就听什么。"梅丰见陆承伟对梅红雨这样痴情,大为感动,说道:"红雨能得到陆先生这份呵护,真值得她骄傲。只是太委屈陆先生了。"陆承伟道:"能为红雨做点事,那是我的光荣。"

王亮道:"时间紧,咱们得抓紧点。梅兰大姐,我需要你的一份委托书。有这个委托我代理红雨小姐所有法律纠纷的凭证,明天早上,我就可以带着陆总和那个甜甜的证言,到公安局要人了。"

当下,便起草了一个委托书。又议了一些细节问题,商定明天一大早把假甜甜带来让梅兰看一眼,然后和梅丰一起去公安局接梅红雨回家。

栽赃梅红雨,确实有点画蛇添足。梅红雨作为"都得利"技术部经理,存有公司核心机密的磁盘的保管者,不管她有意无意,机密泄露了,几乎给公司造成毁灭性打击,她肯定不能在"都得利"呆下去了。听王亮这一分析,陆承伟心里才踏实一些。想想这次突发奇想的栽赃,最后能导致英雄救美人的结局,他彻底释然了。吃了晚饭,陆承伟决定陪陆小艺去探望江副省长。

陆小艺深知史天雄的性格,知道在这种情况下,无法再做破镜重圆的梦了。陆小艺很为自己、也为史天雄感到遗憾。不管在中国还是在西方,一个独身主义者或者一个离过婚的男人,都很难跻身社会管理宝塔的顶部。只要没遇上改朝换代,一个和妻子离异的男人,他的政治前途顶多可以延伸到内阁副部长的位置上。陆小艺在这个领域,已经称得上学贯中西的专家了。她认为,即使史天雄将来会返回主流社会,在政治上上升的空间,也不会太大了。可是,她清醒地意识到,陆家的未来,需要这么一个在政治上能够出将入相的男人。她决定用自己的第二次婚姻,为陆家保留这样一种未来。江丰年听完陆小艺的请求,沉默了好一会儿,说道:"人无远虑必有近忧,小艺这步棋看得很远啊。我们家老大老二,资质有限,能到厅局级,已经难为他们了。小三聪明是聪明,可惜没有走上正路,变成一个玩家了。小四呢,好像从来都没有考虑到这个家的未来。小艺,谢谢你对我的信任。这件事我一定帮你做好。没结婚的处级干部,也很少见了,加上这几年干部年轻化的力度加大了,就是合适的,年龄也比你小多了,做了,恐怕会遭人讥诮。我看还是把重点放在丧偶的副厅级方面,年龄也差距不大,面也宽一些,可以做到优中选优。清官难断家务事,因为妻子出问题离异的人,我看就别考虑了。丈夫已经到了厅局级,如果在家时没做伤害妻子的事,哪个妻子会主动放弃这个婚姻?品质问题,也许比能力问题更重要。我让组织部门也把这方面的关。"

陆小艺见江丰年考虑这么周全,忙说了很多感激的话。江丰年摆摆手道:"都是一家人,说什么感谢话?说了就生分了。我很希望你多帮助帮助小四。漂漂亮亮、聪聪明明的一个女儿,能学着为家里人操点心就好了。"

陆小艺的这个决定,又一次让陆承伟感到了震撼。回锦绣中华园的路上,陆承伟充满敬意地说:"姐,我再一次为你不是男人感到遗憾。我会不遗余力帮助你完成这项工程。你要找S省的一米七八的厅局级官员,恐怕有点难。S省的男人矮小,全国闻名,把重点放在北京,不好吗?"陆小艺长吁一口气道:"身高超过一米七的人,不难找吧?从北京找,他能感激你吗?只有那些在穷乡僻壤,苦苦奋斗多年的优秀人物,才知道珍惜,才会记你的情,将来才会报答你。至于能不能如愿,那就看运气和缘分了。"

正说着,江小三打来电话说,白立明局长正在召集专案组开会,详细情况还没了解到。陆承伟又忧虑起来。

两边的进展情况,都说得差不多了。白立明局长还没有发言。

一组组长焦民生又补充道:"压力很大呀。上个月,因为市政府支持了'都得利',他们组织过一次静坐示威。再查几天,这案子肯定能突破。可是,会不会惹出乱子,就难说了。下岗职工怨气很大,他们的生活确实相当困难。今天,我还听那个兰平章说了两首民谣。一个说:下岗兄弟别发愁,提把钢刀站桥头,大钱小钱一扫光,该出手时就出手。一个说:下岗妹子不流泪,昂首走进夜总会,五十块钱任你摸,一百块钱陪你睡。兰平章说,我们抓这个案子,亲者痛,仇者快。这个人,胆子挺大。下一步怎么查,还请局长明示。"

白立明说话了,"这两天,大家都很辛苦,情况也基本摸清了。请来的这个小姑娘,肯定是被人陷害的。磁盘上没她的指纹。这是栽赃一方留下的一个大破绽。这个小姑娘留五张软盘准备卖给谁呀?再一点,如果那五张软盘是梅红雨藏的,案发后她不知道把它们销毁吗?销毁这种证据,一点痕迹都不会留下,只要把软盘朝电脑里一放,敲几下键盘,再说不出口的难言之隐,也都能一洗了之。三千块钱,他们不交出来,谁会知道?所以,今天早上我就知道梅红雨是冤枉的。我为什么还同意搜查梅红雨的家,同意传唤她呢?不得已呀。事先,我也没想到这个案子会涉及到这么多深层的问题,一看是个新型犯罪,涉及金额又比较大,手也痒了,想把它一举破获,这才赶忙立案,插三根鸡毛往上面报。你们很想破这个案,愿望是好的,积极性也都很高,这都是对的。小焦说得很对,大商场没拿到绝密情报,也不可能连赢三仗。老乔也说得很对,刁明生是个关键人物。我看他也是个关键人物。'都得利'的软盘不可能自己飞到大商场。可是,抓了刁明生就能把这个案子破了吗?破不了。'都得利'提供的那些证据。也不能算作大商场手里有'都得利'商业机密的铁证。当然,调整几万种商品价格,一两个人也做不了。我们可以在大商场采取走群众路线的办法,寻找突破口。可这个办法行得通吗?先不说这样做会不会把几千国营商场的职工逼上街静坐游行,职工们就是知道内情,会如实说吗?商战,特别是'都得利'和大商场的商战,是一场生存权的争夺战呀!'都得利'是解决了不少下岗职工的再就业问题,可这些职工是从哪里下的岗?纯专业来说,这是两种经营模式之争。往深处看呢?恐怕是公有、私有在较劲儿呀。大商场做得这么巧妙,也是心血呀。你们刚才说的两段民谣,我也听到过。如果我们一定要把这个案子查个水落石出，大商场会受多大的损失？再有大批职工下岗，会有多少人照民谣的法子活命？何况这个案子说不能成立还真不能成立。可是，'都得利'确实吃了大亏，又报了案，不查一查，也说不过去吧？那就得搜一搜梅红雨的家，就得传她来问问情况。这个姑娘我在电视上看见过，浪漫抒情得不得了。不知哪个王八羔子把她当替罪羊往咱们这里赶，可真够黑的。转型期，社会越来越复杂了。这个案子给我们提了一个醒儿，不能孤立地看这种案子。我们的职责是维护社会的稳定。必要的时候，也得学学郑板桥，朝'难得糊涂'亲近亲近。我这番话自然不宜公开发表了。'都得利'告六大国营商场非法窃取他们商业机密一案，立案的依据，尚不充分。明早，你们都撤了吧。明天上班后，把这个梅红雨放了。千万别忘了这件事。小心这个小朝天椒把我们给告了。也给'都得利'回个话，就说这案子只能等抓到另一个嫌疑人刁明生后，才能继续查下去。以上不仅仅是我个人的意见。先把这个案子挂起来吧。小吴，你再去劝梅红雨吃点东西，别让她饿坏了。这孩子恐怕又要失业了。可惜，真可惜。"

第二天一大早，齐怀仲开着奔驰600，拉着陆承伟、王亮和梅丰，去了西平市公安局。一见陆承伟和梅红雨的代理律师王亮提供的几份证言，吴青莲决定提前把梅红雨放了。

梅丰刚把梅红雨扶上车，史天雄、金月兰、杨世光和江榕，从桑塔纳上下来了。陆承伟当然不会放过这个绝佳的机会，大声说道："史董事长，金总，真不好意思，我们已经证明你们这只替罪羊是清白的。你们想让公安机关再把她抓起来，必须搜集新的证据。"

"都得利"开了大半夜董事会，决定撤销对六大商场的指控。他们没想到会在这里碰上梅红雨和陆承伟。一听陆承伟说了这种话，史天雄冲动地说："陆承伟，你不要高兴得太早了！你早晚会受到惩罚的！"

陆承伟看见梅丰把后排车门猛地关上了,笑道:"干吗生这么大的气?难道非要杀个替罪羊才解气吗?你们出了这么大的事,我怎么能高兴得起来!消消气,疗疗伤,准备东山再起吧。"说着,人已上了车。

金月兰埋怨道:"我让你们昨晚来,你们偏不来……这下好了,梅红雨肯定恨死我们了。"

开除梅红雨,金月兰没有异议。史天雄提出辞去董事长的职务,改任总经理助理,金月兰劝阻无效,也只好同意了。然而,当史天雄和杨世光提出处分李姐时,金月兰贵贱不同意了。她激动地说:"又要撤掉她的行政职务,又要让她离开董事会,太过分了!这么做,我们跟资本家还有什么两样?她就是为刁明生立过军令状吗?你不把他安排到技术部,我要是狠狠心,早点把他撵走,会出这么大事吗?怎么能怪罪她呢!这样做,太没人情味了。当年,如果不是她和几个老姐们儿关心、爱护、鼓励,我能撑过来吗?我能办起来这个'都得利'吗?我不能背这个恶名!我不同意!要撤,就把我撤了吧。"

杨世光变着法子劝解道:"那水泊梁山能成气候,最后有力量和朝廷讨价还价,不火并王伦行吗?我这个比方可能不太恰当。金总,'都得利'的明天,需要大批优秀的青年才俊。只有这些青年才俊成长起来了,才能长出'都得利'的五虎上将、一百单八将。且不说李姐在刁明生这件事上该负多大的责任。你说,以她的能力,担任货物部经理还合适吗?年轻人如今都在看这件事呢!如果我们还让李姐坐在中层的交椅上,能干的年轻人心就凉了。李姐她们几个元老级的人物,在公司都有一定的股份,她们除了每月的工资,年终还可以分到可观的红利。少操点心,她们还能长寿。"

史天雄忧心忡忡道:"月兰,'都得利'不是个家庭作坊,也不是个家族公司。这次打击,已经伤到它的元气了。到年底,有八千万贷款需要偿还,供货的网络短时期也无法修复……除了压缩规模,我们别无选择。压缩规模,必然要调整大量中层领导。稍有不慎,我们所有的努力,所有倾注的心血,都有可能付之东流。如果我们太看重感情,违背创建现代企业的规律,结果可能更糟。正因为李姐是'都得利'的元老,又对你有恩,我才提出这样一个处理意见。现在是'都得利'最困难、最关键的时期,这个时期可能会相当漫长,我们必须让全体员工,感觉到我们走出困境、再创辉煌的信心和决心。挥泪斩马谡的戏,我们必须唱。"

金月兰冷静下来后,作出了一点让步,同意先解除李姐货物部经理职务,暂时保留李姐董事职务,同时,由她先去做李姐的工作,然后再宣布处分决定。她认为她对这件事也负有责任,要辞去总经理职务,否则没法说服李姐。史天雄和杨世光只好同意了。

第二天下午下班时,金月兰陪李姐回家,路过菜市场买菜,她终于说到正题了:"李姐,刁明生来公司,闹出了这么大的事,你我可都有责任呀。"李姐把活鱼用一只塑料袋套上,自责地说:"可不是嘛。这些天我整天骂自己活了几十几了,是个睁眼瞎。我还当着董事长的面,拍着胸脯子替他担保过,自然有很大责任了。我真是对不起公司呀。当初我要是听你的就没这事了。世上的事,也不全是善有善报呀。"金月兰一听李姐是这种态度,心里松了一口气,说道:"公司越做越大了,纪律不严不行。为这件事,你、我还有董事长,都得承担责任。要不然,没法向一千多员工交代呀。我们商量了处理方案,想征求征求你的意见……"李姐看看表,急忙说:"你看,光顾着说话了。东林的女朋友小蓉晚上要来,她最喜欢我做的酸菜鱼,酸菜还没有买呢。没有规矩,不成方圆。我又说过刁明生出了事找我的话。怎么处罚我,我都没有意见。你也别征求我的意见了,我还信不过你吗?东林和小蓉,正在关键阶段。我去买酸菜了。"说着,调转自行车,进了菜市场深处。

金月兰没想到事情办得这么顺利,如释重负地舒出一口气,选了一些菜,回去给女儿做饭。这二十多天,她都没有心情认认真真做一顿饭了。

梅红雨知道"都得利"公司周五上午要公布开除她的决定,特地在这天上午去了"都得利"。她走进会议室,低着头把"都得利"的制服放在金月兰面前,又把钥匙和胸佩工作证放在天蓝色的工作服上,然后抬起头说:"我保管的东西,公安局已经查封过了。我想听听对我的处理结果,行吗?"

金月兰喊道:"红雨,你何必……"

梅红雨紧接道:"史董事长,你宣读吧,我能承受得住。也许有一天……你念吧,我想听。"

史天雄打开文件夹,说道:"下面,宣布董事会的几项处分决定。第一项:公司技术部经理梅红雨在任期间,没能保管好公司核心机密文件,致使公司机密泄露,给公司造成重大经济损失,董事会决定,对梅红雨做除名处理;第二项:公司董事长史天雄,因为招聘梅红雨、刁明生两人,对公司所遭受的重大损失负有不可推卸的责任,提出辞去董事长职务……"

梅红雨含着眼泪打断道:"我还想说几句,感谢公司对我的宽大处理,感谢你们开恩,没把我送上法庭……我很想赔偿你们的损失……可惜,把我的骨头旋成扣子卖,把我的肉做成人肉串卖,也卖不出几百万……"朝众人鞠了一躬,转身跑出会议室。

金月兰喊了一声:"红雨——"起身追了出去。

史天雄继续念道:"董事会已接受他的辞呈,并任命史天雄为总经理助理;第三项:技术部职员刁明生,对公司核心机密泄露负有重大责任,且有出卖公司机密嫌疑,董事会决定对刁明生做除名处理;第四项:公司董事、货物部经理李佩芝,对招聘刁明生负有直接责任,董事会决定免除其货物部经理职务……"

李姐猛地站了起来,"你说什么?我没听清楚,这是哪家董事会的决定?我这个董事怎么不知道?"杨世光严肃地说道:"公司出了这么大的事,每个责任人都该负自己应该负的责任。事先,金总也找你谈过……李姐,你的所有待遇,都没有改变。要以公司大局为重……"李姐冷笑起来,"你个杨副总经理,如今成了代理总经理,升了,说话自然是横说竖说都有理。我只让刁明生来当搬运工,一个搬运工,能见那什么机密吗?现在,他出事了,板子要打到我身上,合适不合适?如今,'都得利'是你们当家,你们今天下来了,明天又上去了,谁管得了你们?"

史天雄耐着性子说:"李佩芝同志,有意见会后再提。你是老同志了,应该知道什么大什么小。"李姐干脆把椅子挪开,朝史天雄走两步,冷笑道:"我当然知道董事长大,总经理小,经理大,职员小,班组长大,营业员小。你辞了董事长,怎么不提拔一个?留着这个位置做什么?过个十天半月,你不是又坐上去了?"史天雄急了,一拍桌子道:"你这是无理取闹!"金月兰刚好走进来,惊得愣住了。

李姐笑道:"我是不是无理取闹,大家可以凭良心评说评说。我们这些老家伙扶持月兰开'都得利'的时候,你们当司长的当司长,当团长的当团长,前呼后拥,吃香喝辣。官当腻了,这才来了'都得利'。龙生龙,凤生凤,你们天生就是当领导的命啊!你们一来,又是当官。当就当呗,这么急着卸磨杀驴,我就想不通了。人说这当官的心都黑,以前咱没见识过,如今……"金月兰忍无可忍,呵斥道:"李姐!你怎么能这样!这么大一个公司,没点规矩能行吗?'都得利'不是小卖铺。免你的职务,事先我征求过你的意见,你怎么能这样!"李姐愣怔了好一会儿,突然间笑了起来,"好哇,月兰,你是征求过我的意见,我没啥说的了,认你这一壶。我知道我老了。牛老了就该送到屠宰场了。我确实对你金月兰也没啥用了。水往低处流，鸟往高枝飞。兔子早死了，要我这个老狗确实也没啥用了。刁明生是谁？是我的儿呀是我的孙？他冻死街头，人们会指断我的脊梁骨？我是总想着一日夫妻百日恩那句话，看见的只是你和他做了十年夫妻。我老眼昏花，没看出来你是早把'都得利'当了嫁妆啊。我活该！"说着扇了自己一个耳光。金月兰气得浑身直打颤，吼道："李姐，你疯了！"李姐怪怪地笑着，把工作证取下来朝桌子上一放，开始动手脱制服，继续说着："月兰呀，你我总算姐妹一场。老姐是个笨人，可总算比你多吃几年咸盐，有句话还想给你说说。你呀，还是多长个心眼吧。你爷也是经商的，临死才把权和钱拿出来分了。你把董事长送了人，落了什么好？如今不是连总经理也当不成了？"说着开始脱裤子。有人听了这疯话，看着这怪动作，撑不住，笑出了声。李姐把裤子也朝桌上一摔，讥讽道："你们笑什么笑！别当这是什么铁饭碗，砸不扁，摔不烂。我李佩芝的今天，也就是你们的明天，早晚你们会哭都哭不出眼泪。月兰，把我当年兑的几千块钱还给我吧。利不利红不红的，想给几个就给几个。你要是连这点主也做不了，给个干本我也收下。要是有人存心把这本钱也黑了，咱平头百姓，也只能认。"只穿着毛衣毛裤往门外走。

金月兰流着眼泪喊一声："李姐——你要干什么？"李姐回过头，凄然一笑，说道："好端端的'都得利'，已经不姓金了。金枝玉叶人家都敢休，别说你了。哭吧哭吧，以后有你哭的。惹不起，咱躲。老娘不侍候了。"说着，拉开门扬长而去。

史天雄铁青着脸又坐了一会儿，无力地吐出两个字："散会。"

紧接着，后遗症一个接一个出现了。先是两家银行的信贷员来公司催还贷款。接着，市工商银行支行提出修订原来两家签订的合作合同。"都得利"的董事会不得不考虑收缩战线这个方案。

初步商定:中止与清江地区两个县建立果品和蔬菜基地的谈判;撤销便民服务公司;第四季度视情况关掉二至四个分店。

这个方案刚一公布,就在"都得利"内部引起了震动。收缩战线,必然要导致"都得利"大量人员失业。因为"都得利"的职员,绝大多数都属于下岗再就业人员,顿时,"都得利"再次成为西平传媒注目的焦点。史天雄和金月兰深知这次裁员事关重大,又考虑到李姐愤然退出"都得利"的教训,决定把公司面临的困难和将要出现的种种危机公布出来,又提出减少工资百分之二十共渡难关的方案,希望有一部分职工能够主动离开"都得利",以减少将来大裁员时的压力。

他们原以为减少百分之二十的工资,会让不少人主动提出离开"都得利",没想到方案公布了两天,只有两个女售货员主动提出离开。这两个女职员,一个的丈夫在部队当了副营长,她可以随军了,另一个的婆婆买体育彩票中了三百万元的特等奖。绝大多数职员,都愿意继续留在"都得利"。这到底是团队精神的体现,还是对第二次失业的恐惧,似乎很难分辨。结果却是给"都得利"的收缩战线增加了难度。毕竟,"都得利"曾经是西平再就业方面的一面旗帜,它在西平百姓眼里是个只做过雪里送炭善事的公司。是保信誉还是保效益,史天雄和金月兰感到左右为难。

毛小妹在这个节骨眼上,又一次做出了惊人之举。她不但提出离开"都得利",而且决定放弃自己在"都得利"便民公司所持的股份。金月兰执意要把毛小妹的股份折合成钱,还给毛小妹,毛小妹说:"那我就不走了。服务公司要关门,我离开'都得利',是想让你们少操点心。我知道,银行对我们'都得利'不太信任了。公司要想挺过去,需要很多钱。你们要再说什么股份,我只好要求到店里当售货员了。再说,我回去开我的一元店,还可以赚钱。这个主意又是史总出的,这个账怎么算?也算史总一股吗?我在'都得利'学到很多知识，又入了党，我不该报答吗？日后等公司好起来了，我还想回来跟你们干。"

毛小妹离开那天，"都得利"专门为她开了欢送会。开完会，金月兰执意要把毛小妹送到家里。毛小妹来"都得利"一年多了，还不知道她家住在哪里，金月兰感到很过意不去，就想借这最后一次机会，补补这一课。

金月兰、江榕和毛小妹，在大杂院前下了车。看见蚂蚁搬家公司的小卡车也停在院门口，江榕问道："谁家要搬家了？"毛小妹道："这些天我早出晚归的……可能是我给你说过的小全吧。"江榕惊叫一声："是他？就是那个……"看见一个满脸油光、正在打手机的男人走出来，把后半句话咽了下去。

周小全把手机装起来，热情地招呼道："小妹姐，桑塔纳都坐上了，真不错。这位是金总吧？赶得早不如赶得巧。本人乔迁新居，今晚在银杏酒楼订了两桌，宴请老邻居。请金总和这位小姐也赏个光吧。"

金月兰和江榕连忙推辞，跟着毛小妹进了院子。

小琴把儿子拉过去交给小保姆，过来对周小全耳语着："你瞎显摆个屁！'都得利'关了好几个分公司，小妹姐已经提出辞职，准备回来继续开店了。"周小全埋怨道："这么大的事，你怎么不早说？"小琴道："昨晚我跟你说过，你喝得二麻二麻的，忘了。"

周小全在院子里站了一会儿，走到毛小妹家门口，喊道："小妹姐，你出来一下，我有话对你说。"又转过身喊道："李叔，李婶，你们也过来一下。"

红云和牛宝也从自家屋里出来了。

周小全指着自己的两间房道："我买了三室一厅的房子，这两间房用不着了。你们一家用一间，也免得把它放坏了。李叔可以用一间当仓库，那一间就给小军当卧室兼书房。别的都指望不住，还是指望儿子吧。"

李炳忙说:"不行不行。你把它租出去,一个月还能换几个钱。"毛小妹担心道:"小全,你发达了,我们都替你高兴。你挣个钱也不容易,这房子你还是留给……"

周小全笑道:"你是怕我出事吧?不会的,我只是送给你们用,所有权还是我的。一旦我有个什么闪失,我儿子还要指望它东山再起呢。这件事就这么定了吧。"

牛宝把红云拉回屋里,问道:"红云,你说句实话,咱们家现在有多少存款?"红云瞪着眼挑着眉说:"你想干什么?"牛宝掏出一根烟点上,"下彩棋,什么时候才能离开这个鬼地方!小全这条路,才是正道。我也想赌一把……"

# 第二十五章

听到李姐病倒的消息,金月兰感到心如刀绞。李姐又托人带了话,要金月兰看在以前的情分上,把她当年兑的八千块钱还了,她等着用这笔钱买药治病。金月兰一听,顿时泪如雨下。哭过了,金月兰提出给李姐送去十万元,算付了李姐的八千元本金和五年应得红利,多支出的部分,从金月兰的股份中扣除。

史天雄很理解金月兰此时的心情,说道:"没有李姐,或许就没有今天的'都得利'。如今,她负气离开了'都得利',也只能用这种方式给她点补偿了。多给的六万元,你我均摊吧。这件事,是我没处理好。"

第二天一大早,两个人用密码箱装了十万元现金,开车去李姐家。拐进巷口,史天雄停下了,说道:"还是你一个人去吧。她对我意见很大,又在病中,脾气又直,见了我恐怕又要生气……我在这里等你吧。"金月兰见史天雄如此心细,好生感动,一个人拎着小箱子去了。

进了小四合院,金月兰就闻到了一股浓浓的中药味。李姐的大儿子张东林站在堂屋门口,不客气地说:"我妈病了,谁也不见。"金月兰讪讪地笑道:"金阿姨再有不是,也不能不让我进屋吧?"张东林退到屋内,像个卫士一样立在右面屋子的门口。张东林的女朋友小蓉端着中药进了里屋。金月兰冲动地喊道:"李姐,你听我说两句好不好……"里面没有动静。张东林道:"你已经把钱拿来了,还说这些干什么。那一页已经翻过去了。我妈已经说了,那八千块钱就算存了银行,五年定期,你给一万五吧。金阿姨,就算两清了。小蓉,你把妈写的收条拿出来。金阿姨,把密码箱打开吧。"话说到这一步,再说别的话也没意思了。金月兰大声道:"李姐,月兰是个什么人,日后你会明白的。这十万块钱是你的本钱加红利。你要是还能下床,请出来点一下吧。"说着,把密码箱打开了。李姐在里面说道:"我这一辈子,也没占过别人的便宜。东林,把咱们该拿的一万五拿出来,送你金阿姨回去。从今天起,我和'都得利'再没任何关系了。你当娘娘我捡破烂,也就这样了。姐妹一场,我最后送你一句话吧:钱不是个好东西,想发大财的男人都靠不住。"说话间,张东林已从密码箱里取出了一万五千块钱,把收条放了进去,看金月兰眼泪汪汪地站着,说道:"金阿姨,啥也别说了,想让我妈多活两天,你就快点走吧。"

金月兰拎着密码箱,晃晃悠悠出了巷子,像是遭人打劫了一样。

史天雄忙迎了上去,"怎么了?她……"金月兰拉开车门,把密码箱朝里一扔,禁不住泪如雨下,呜咽道:"挣,挣这些钱有什么意思!什么美好的东西,都叫它生生毁掉了,毁掉了……没意思,真的没意思……"激动得用手拍打着车顶。史天雄干咽着,下意识地用手拍着金月兰的后背,没有说话。

这时候,四个十来岁的小男孩背着书包,从巷子深处走出来,用稚嫩悠扬的童声一齐吟唱着:"一年级的小偷,二年级的贼,三年级的美女没人追,四年级的色狼一大堆,五年级的情书满天飞,六年级的鸳鸯成双对。现在上学真呀真没味,捧着课本打呀打瞌睡,等呀等到放学铃声响,卡通游戏才对我的味。"

史天雄用惊愕的目光看着小男孩。金月兰转过身,也用泪眼打量着这些满脸稚气的小男孩。小男孩们受到关注,又放声唱了一首改了词的儿歌:"太阳当头照,骷髅对我笑。死人说,早早早,你为什么背着炸药包。我去炸学校,老师不知道。一拉弦,我就跑,轰隆一声学校没有了。"儿歌刚一唱完,一个小男孩扯着脖子又唱起了改了词的流行歌曲:"我早已为你埋下,九百九十九颗地雷,当你从这里走过,就会被炸得全身粉碎,就会被炸得全身粉碎——你在阴间整天受苦受罪,我在阳间享受荣华富贵……"小男孩们哄笑着,渐行渐远了。

望着孩子们的背影,史天雄的眼睛里露出了难言的苦涩。他摇摇头,叹道:"这些孩子,都学了些什么乌七八糟的东西! 又到了该喊救救孩子的时候了。"猛然间看见金月兰面色如纸,像一摊泥一样贴着车体向下溜,忙弯腰把金月兰托住,喊叫道:"你怎么了,月兰?你怎么了?"金月兰无力地睁睁眼睛,慢慢摇摇头,断断续续说:"老……老毛病,一伤心……就犯低血糖……送我回去……"

史天雄忙把金月兰抱上车,到附近买了一听可口可乐、一包白糖,开车直奔宴园小区。

金月兰躺在床上,又喝了一大碗白糖水,才慢慢缓过劲来,脸上渐渐有了血色。看见史天雄又端来半脸盆温水,金月兰挣扎着要自己起来洗手洗脸。史天雄扶住金月兰的双肩,轻轻让金月兰躺平了,深情地看着金月兰说道:"让我来吧。"说着,从水里捞出毛巾,拧了拧,展开,仔细地在金月兰脸上擦拭起来。金月兰被一种突如其来的感觉击中了。软绵绵地、静静地躺着,目光直直地盯着屋顶的灯。史天雄仔细地擦了金月兰的脸,仔细地擦了金月兰的手,也有些激动起来。

二十年了,他们终于等来了这第一次亲密接触。这次亲密接触来得太迟了,来得太不是时候了。开始的时候,两个人像同在一个战壕里的战友一样,在激烈战斗的间隙里,相互帮助着包扎伤口,相互交流着战斗经验,目的似乎只有一个:为了更多地消灭敌人。史天雄一边擦拭着,一边轻轻地说:"太危险了。你什么时候落下了这个毛病？这种关键时期,你可不要病倒啊！这就像打仗打成了胶着状,谁能够顶住,谁就是胜利者。困难当然还会有很多,只要我和你没有倒下,'都得利'一定会有美好的未来。你听听那些孩子们唱的什么歌？我觉得我走这一步,还是走迟了。好在,我还是走了出来。现在做,还来得及。我越来越坚信我们现在做的一切,对于中国未来,是有价值的。"这种自言自语,虽然是在激励自己,可也需要得到倾听者的反馈。又独语了一会儿,史天雄发现了异常。金月兰的两手热烫,双颊绯红,呼吸也有些急促,晶莹的泪珠儿,像清泉一样,从两只眼睛里汩汩流出。史天雄把金月兰的绵软无力的手紧紧抓住,愣愣地看着这个像进入了迷幻或醉酒状态的热烫热烫的女人,不知所措地问:"月,月兰,你,你又怎么了？"

金月兰的思绪早就滑向自然而纯粹的女人的思维模式里。她不再是一个身披戎装的女战士、女英雄了。她仅仅是一个女人,是一个需要爱、需要爱护、甚至需要征服的女人。一个英英武武的男人,在她病弱的时候,这样仔细地擦洗她的脸、她的手,这还是第一次。这个男人,又是一个什么样的男人呀！是她在少女时代就愿以身心相许的男人！这种如梦似幻的情景,难道真是现实吗？如果它真的是现实,那么,前二十年所经历的苦难和眼前遇到的艰难,一种早已中断了的、在最近一两年努力寻找却还没有完全找到的感觉和记忆,慢慢有了温度,渐渐变得清晰起来。因为冬季过于漫长,因为倒春寒的频繁光临,这种苏醒的过程,也变得绵长起来。听着史天雄的喁喁诉说,她又觉得这种两个人的世界不大真实。其实,她那完全苏醒了的成熟女人的身体,已经先她的理智,控制住了她。这种渴望男人全面进入的念头,早像一个电闪,把她着着实实地击中了。听到史天雄关切的问询,金月兰突然来了力量,挣脱了史天雄的手,又把史天雄的双手死死地抓住,紧紧压在起伏的胸前,喃喃地问一句:"天雄,你爱我吗?"

史天雄不假思索地点点头。

金月兰用毛巾擦擦眼泪,急急地追问一句:"你真的爱我吗?"

这确实已经不是个问题了。这个问题,史天雄已经成功地解决了。袁慧、陆小艺,都没有真正赢得他作为男人的全部情感。梅红雨呢?她只是史天雄生命中一片独特的风景。他对梅红雨的感情,是因为陆承伟的存在,才朦朦胧胧、若隐若现地出现过。如果没有陆承伟对梅红雨近乎疯狂的追逐,梅红雨只不过是长得像他少年时喜欢过的那个女孩。经过这次变故,他已经完完全全认识到了这一点。他已经为自己潜意识里把梅红雨当成一个女人来看,羞愧难当过。眼前这个女人,才是他生命的另外一半啊。他曾经对这个女人隐瞒过自己已婚男人的身份;他曾经在长达三个月的巡回报告途中,在十几次春梦里和这个女人一起出现在无数个稀奇古怪的场景里;更重要的是,他和这个女人有着几乎可以重叠的精神世界。

史天雄抽出自己的双手,捧住金月兰滚烫的脸,用宣誓一样的口吻说:"月兰,我是真心爱你的。"

金月兰猛地坐了起来,伸手抓住史天雄的手腕,幽幽地说:"二十年了……我终于等到了……我……我想用我的整个生命,感受到这种爱……现在就要……"

史天雄听到这声召唤,再也抑制不住自己了。他感到压抑多年的另一个自己突然间苏醒了。十年了,他第一次感到来自于生命源头的强烈冲动。自从陆小艺对到部队探亲不再热衷之后,史天雄渐渐地也把做爱当成了一种丈夫必须担负的责任和义务。长时间受着理智的支配,这种能力不可遏制地在蜕化着,最后干脆进入了冬眠期。这种状况,让史天雄感到悲哀。在很多个夜晚里,他曾经期待过让人激动的梦境,结果,青年时期经常经历的梦中时光,从来都没有重现过。有的时候,他也对这种过早出现的苍老征兆感到恐惧。毕竟,他还不到五十岁! 现在,他清晰地感觉到了另一个自己醒了过来。我还没有真正老朽! 这个发现让他激动起来。他像是一个突然被冲锋号惊醒的战士,无所畏惧地冲杀起来。

城池不但没有设防,而且用二十年的时间准备了这次入城的狂欢仪式。当他们共同在辉煌的华彩乐章的伴奏下,从高潮归于平静后,他们首先表达了对生命的无限感慨。金月兰流着幸福的泪水说:"这到底是怎么回事? 我从来没有像今天这样过,像个荡妇。我以为我已经做不了这种事情了。我以为我早已变成一眼枯井了。我以为今生今世我也弄不懂性高潮这个词的含义了。天雄,谢谢你,你让我知道了什么才算个真正的女人。"史天雄抽着烟,说道:"难以置信,难以置信! 月兰,在此之前,我以为我们会失败。很长一段时间,我都认为我的身体已经老朽了。我甚至想过,在我们结婚的时候,恐怕需要买点伟哥,以备万一。我是不是还没有老哇?"金月兰把头枕在史天雄的胸膛上,呢喃道:"你的身体棒极了! 现在,我什么都不怕了! 有了你,我还怕什么? 我什么都不怕了。"

"都得利"的危机,并没有因为史天雄和金月兰灵与肉的结合得到缓解。工商银行已经明确表示:中止和"都得利"特殊形式的合作。史天雄和金月兰试图说服对方,结果却是徒劳的。银行的最终答复是:如果你们年底能够如期还清以前的贷款,才能证明你们真正渡过了危机。

从银行回"都得利"的路上,他们在东方红影剧院门口停下了。这座灰头土脸、呆头呆脑的影剧院,早已辉煌不再了。据悉这座影剧院也即将被拆除。

两个人并肩站在那里,抬起头,久久地看着这座记录着他们一段共同历史的灰色建筑。

金月兰问:"你记不记得我们在这里做过几场报告?"

史天雄长吁一口气,"记得。在这里做了三场报告。第一场是给工人们做的,第二场的听众是学生,第三场的听众是这个区的各界群众代表。感觉像是昨天的事一样。"

金月兰道:"第三场,第二十八场,第三十一场,都是在这里。场场爆满,过道和窗台上都挤满了人。现在,这里可真冷清。"

这时,一个满头白发的老者,拿着一个扫把,从影剧院里走出来,转身拿起大锁要锁门。金月兰冲动地朝前走两步,喊道:"孙大爷,你还在这里上班呀?"孙大爷仔细看看金月兰和史天雄,老眼里放出了亮光,"是金姑娘和史连长吧?是你们俩,肯定是你们俩。真难为你们还能记得我。我在报纸和电视上都看见过你们,都成大老板了。不错,真不错呀。"史天雄道:"大爷,你的记性可真好。你今年怕有七十了吧?该回家享享福了。"孙大爷好不容易遇到了两个熟人,话匣子打开了,"七十四了,过了一道鬼门关了。享福?享什么福?儿子儿媳都下岗了,小孙子还指望我挣这点钱交学费呢!如今,这穷人连大学都读不起了。五八年,这剧院落成,我就在这儿看门,四十年没动窝了。剧团散了架,电影又没人看,没了人气,房子坏得快。歌星搞演唱会,嫌它小,在里面演电影,又嫌它大。报告团现在也少了。有时候,一个月两个月,这门都不用开。两百块钱的工资,都嫌少,我就没走。一说要拆掉它,很多人都在打它的主意,窗玻璃也有人偷。如今这风气,真没法说。当年,动不动就是两千人来这里听报告,从来没发生破坏公物的事。"金月兰说道:"大爷,我们想进去看看,可以吗?"孙大爷忙说:"可以,可以。"

史天雄和金月兰走进空空荡荡的剧场,登上舞台。看着眼前这破败而熟悉的场景,两个人都有点百感交集。回忆起当时自己在这舞台上度过的难忘时光,两个人都有了回到从前的错觉。突然,金月兰模仿女大学生的口气问道:"史连长,你带领侦察连决定留在一号高地阻击敌人时,你害怕过吗?在战斗最激烈的时候,你想没想到过保尔那句关于生命的名言?"史天雄仿佛真的回到了遥远的过去,认真答道:"没有害怕,真的没有害怕。我们心里想的只是胜利。战斗最激烈的时候,我想的也只有胜利。"

金月兰马上换了个口气问:"史先生,如果'都得利'过不了眼前这一关,只能一步步后退,甚至最后破了产,你会不会后悔当初选择了'都得利'?"史天雄答道:"不!我绝不会后悔!"金月兰动情地说:"谢谢。"

史天雄咳了两声,问道:"金月兰同志,你捐的不是二十元,不是两百元,而是二十万元呀!你作出这个决定,犹豫过吗?"金月兰想想说:"实话告诉你,没有。我认为,我的一切,包括生命,都属于这个国家。国家给我提供工作的机会,国家每个月给我发工资。这笔遗产,对我没有意义。"史天雄拍了几下巴掌,又问道:"金总,如果'都得利'真的破产了,你会不会后悔接受了我,放纵了我,并和我一起建立了这个理想王国?"金月兰答道:"不!拥有了你,也就拥有了整个世界。"

这种相互激励的作用,是存在的,但也是微乎其微的。

第二天下午,金月兰接到了李姐的一个电话。李姐的儿子张东林执勤时,把刁明生抓住了。李姐不愿意再踏进'都得利'的大门,要把刁明生送到宴园小区,当面鼓对面锣说说清楚。

史天雄和金月兰刚进屋,李姐和张东林就把刁明生带到了,李姐冷冷地说:"他是不是当了什么间谍,卖了你们的东西,你们问他吧。我也想听个音儿。东林抓住他时,他还在蹬小三轮,不像是发了横财。明生,你到'都得利'后,做了什么恶事、坏事,一五一十讲讲吧,要说实话,免得皮肉受苦。"

刁明生已经领教过陆承伟的厉害,哪里敢说出真相?再说,人家还磁盘时,连指纹都擦掉了,说出真相又有什么用?说了,没有任何好处。什么坦白从宽、抗拒从严,那是吓唬胆小鬼的!刁明生一路上已想明白了利害,叹口气说道:"我对不起你们,真的对不起你们。我刁明生摊上这种命运,没什么好说的,只有认了。我呢,心比天高,命比纸薄,一步走错,百步都错,也怪不得谁。"伸手想挠痒痒,因戴着手铐,双手都举起来挠脖子,样子有点滑稽。

李姐板着脸道:"东林,把他那个镯子取了。你别东扯葫芦西抓瓢,捞稠的说吧。我还得挣钱养家糊口,没有闲工夫听你忆苦思甜。说吧。"刁明生摇摇头道:"重新做人可真难呢!我没有珍惜你们给我的机会,辜负了你们的一片好心……不明不白跟白菊花过这几年,好的自然没学来,好吃懒做的恶习倒是学会了不少……赌钱是我最坏的毛病……晶晶和李姐,都替我还过赌债……我对你们说我不赌了,也真的想戒……可我已经有了赌瘾,想戒谈何容易。第一回领工资,手又痒了,还想赌大一点……一下子,一下子就输了三千多……你们是全市的样板公司,又明令禁赌,那边又催着还赌债……我,我不想丢你们的人,就,就扯个谎躲了起来……我真的没脸见你们呀!"李姐说道:"你就没做别的亏心事?你没有把人家'都得利'的什么硬盘、软盘偷了拿出去卖钱还赌债?这件事你也要说清楚。"刁明生苦笑一下道:"李姐,你这么说也太抬举我了。我要是知道那什么盘能卖钱,能混到这步田地吗?出卖机密的事,我是看了报纸才知道的。到公安局,也是这话。"

李姐长吁了一口气,脸上露出淡淡的笑容,说道:"月兰,我这耳朵有点背,已经听清楚了,不知你听清楚了没有?刁明生是躲赌债去了,没有碰什么机密,不知我理解得对不对。月兰,你说呢?"金月兰含着眼泪说:"我听见了。李姐,你坐下来喝口茶吧。李姐,我错怪了你,你就不能原谅我吗?"眼泪无声地滚落下来。李姐把目光移到刁明生身上,说道:"这怎么能算错怪我了呢?你快别这么说。我给样板'都得利'招引进来一个赌棍,又在大董事长面前替赌棍打过包票,出了这事,也不屈我。本来呢,我也没想来见你们,再见面也没啥意思了。可我一辈子做事都清清白白,这一回也不能糊里糊涂。既然老天开眼,让刁明生撞到东林手里,不带他来说个小葱拌豆腐,也不合我的脾性。这个刁明生,屁眼里能长出舌头,能说会道,这番话是真是假我就不知道了。他当着你们的面,说他只是赌了钱,我就满意了。十二亿人八亿赌,还有两亿在跳舞,剩下两亿二百五。八亿人都在赌,可见不是个十恶不赦的大罪。怎么处置他,是你们的事了。让他用命抵你们赔的钱,也与我无关了。东林,咱们走。"张东林拉开房门先走了出去。

金月兰看李姐也要出门,动情地喊一声:"李姐,月兰千错万错,你真的不肯喝我一口水?"李姐身子僵了一下,丢下一句:"以后再说吧,你如今干着大事,别耽误了。"快步走下楼梯。金月兰扶着防盗门,泪眼婆娑地望了一会儿,猛地一转身,哭骂道:"刁明生,你的心真黑呀!我怎么会遇上你这种人!那软盘,肯定是你拿去卖钱还债了。你不给我们说,咱们到公安局说去。"刁明生哭丧着脸说道:"到联合国,我也只能这么说……"说到这里,还真的流了眼泪,伸手扯扯领口说:"我说的可都是真心话!我,我真想把心挖出来给你看看。我真的是后悔死了。我已经对不起你一回了,怎么会再做出对不起你的事?我是真心想弥补呀!我就是当牛做马,也补不完欠你们娘儿俩的债呀。晶晶把我当个父亲看,希望我能改过自新,我能不知道个好?我给她买过头巾,买过衣服……"金月兰已经毫无反击的能力,瘫坐在椅子上,张着嘴浑身发抖。

"够了!"一直在旁边观察刁明生的史天雄突然吼了一声,冷笑着看着刁明生道:"不简单,不简单。刁先生果真是个人物。城府又深,又知道见什么人说什么话,需要眼泪的时候,还能挤出眼泪,快成精了。可是,你也别把我们当傻子了。你的合作者好像并不善呀！你立了这么大的功,怎么还让你蹬老年车呢!"刁明生没想到史天雄会突然发难,而且一出手就点到穴位上,不禁有点紧张,发虚地瞥了瞥史天雄,强作镇静地说道:"董事长,我不懂你在说什么。"

史天雄盯着刁明生看着,"刁先生,你看着我。你刚才说的话,漏洞百出！你在'都得利'只领了两个月工资,不到一千六百元,你怎么会输两三千元？'都得利'出事后,你躲在外地,你从哪里看的报纸？我是什么人？月兰和晶晶是什么人？李姐是什么人？你的合作者又是什么人？你这么聪明的人难道看不出来？刁先生,你才四十多岁,只要走对了路,还怕没有东山再起的一天？你以为把你当枪使的人能笑到最后？众叛亲离的滋味,真的很好受？中山狼的名声真的很光彩？连亲生女儿都骗,你还配称作男人吗？你不配！你把'都得利'整这么惨,对你有什么好处？你……"

金月兰发作起来,指着刁明生的鼻子骂道:"算我们都瞎了眼！你滚吧！滚！"

刁明生没有走,眼泪又流了出来,猛地把头抬起来,"你们骂得好！你们以为我怕死呀？问题是,我想站出来帮你们,我也帮不了哇！要是我手里捏着他们的把柄,他们会让我回到西平？我说我把磁盘交给姓齐的看了半小时,后来就出了这么多事,谁信？我说陆震天的儿子请我吃过海鲜,每月付给我两千元,给我钱让我到外地散心,有人信吗？我是什么人？人家是什么人？等我回到西平,一切都变回原来的样子了,跟做梦一样。我不是没想过帮你们挽回点损失。我想来想去,我做不到。"说着,从口袋里掏出呼机:"这是他们给我配的联系工具,到现在,我连个号码都不知道呀。我要是有一个证据,我早就来找你们了。姓陆的只是说他们家希望史先生能回北京跟他姐复婚,还说帮我……我对不起你们呀。我刁明生再恶,总不会坑自己的亲生女儿吧。'都得利'要真是破产了,晶晶指望什么读大学？现在说这些都晚了……"说着,扑通一声跪在地上,朝着史天雄和金月兰磕了三个响头,"你们送我去公安局吧。只要能帮助你们,我什么都肯做……"

史天雄感到震惊,他没想到陆承伟会这么处心积虑地对付他。确实,刁明生去公安局投了案,也于事无补了。这么做,惟一的好处,是能让梅红雨对陆承伟产生怀疑。还有这个必要吗？这么做,或许会引起陆承伟更加疯狂的报复,史天雄艰难地说："刁先生,你起来吧。"

刁明生站了起来,"史先生,你们要小心。我已经是这样了,无所谓了,你们……"

史天雄道："谢谢你让我们知道了真相。你走吧。"

刁明生迟疑了一会儿,走了。

金月兰焦急地问："真的就没办法了？"

史天雄顺手拿起刚买的一张《西平商报》,一眼就看到了承伟实业出资两百万元设立基金,资助贫困大学生读书的消息。梅红雨作为承伟实业的总裁助理,接受了记者的采访。

史天雄把报纸揉成一团,咬着牙说："陆承伟这个疯子！陆承伟这个疯子！"

梅红雨到承伟实业上任后,梅兰才算彻底松了一口气。可是,没过几天,她就发现女儿的脾气也变大了。从邻居那里得知,每天接送女儿的黑色轿车叫什么卡迪拉克,值一百多万,梅兰有点担心起来。一天下午,梅红雨下班后,要去一家超市买卫生巾,也用手机打电话叫车来接她,梅兰看不过了,提醒道："红雨,从家里到互惠超市,只有几步路,你骑车子去买,不行吗？车来车往,花的不都是钱？走到今天,不容易,凡事要小心。"梅红雨冷笑道："他说这辆车是我的专车,又不是我要的,怕什么。如今,他让我干什么,我就干什么,他还有什么不满意的?下一步,我就是他的未婚妻了,骑自行车满大街乱窜,亿万富翁的面子往哪里放?陆承伟说了,这辆车你也可以随便用。我看,你用钱的观念,也该改一改了。"

见女儿说得理直气壮,梅兰也无话可说了。可又分明觉得这不像自己女儿做的事、说的话,心里的忧虑无形中又增加了几分。

过了两天,家里又安上了电话。梅兰越想越觉得不放心,就把女儿的变化打电话告诉了梅丰。梅丰听了,也觉得这么做有些不妥,马上专程过来劝梅红雨。梅红雨还是没听进去,说道:"关系该怎么处,让我自己拿主意吧。命就是这个命,怎么躲也躲不过。山不转水转,水不转路转,路不转人转。可我转来转去,还是转不出他的手掌心。现在,他是对我很好,可你们谁能保证他会一辈子对我好?我就是嫁给了他,能跟他过几年,说得清楚吗?我现在不好好享受享受,将来等他甩了我,后悔就来不及了。"梅丰摇着头说:"我知道你还有点不甘心,对陆承伟也没什么感情。可这感情不都是慢慢建立、培养起来的?这个陆承伟,对你是好。人是感情动物,讲究以心换心。他给你配豪华专车,那是他的心。再有钱的人,也不愿意养个花钱篓子,衣裳架子。并不是所有的有钱人,都是花花公子。和妻子白头偕老的亿万富翁,世上多的是。你这种不合作的心态,很不好。"

梅红雨固执地说:"我想好了,我不能一下子都把感情投入进去。我还要看看,看一步,说一步,走一步。他在美国呆那么多年,说不定结婚前会搞个婚前公证。要是那样的话,我不就成他家摆的高级花瓶了吗?我又不是个傻子,他要真心待我好,我能看出来。"梅丰仍不放弃,说道:"他对你够真心了。这一个多星期,他搭台让你演了多少次主角?他要是把你当花瓶看,能想到这些吗?"梅红雨听烦了,说:"所以,我才说愿意做他的未婚妻。这件事我心里有数。以后我注意就是了。"

陆承伟知道梅红雨是一匹性子刚烈的小母马,不容易驯服。梅红雨突然间对他言听计从,是很反常的。他知道要征服梅红雨的心,还需要走一段漫长而曲折的路。第一阶段要做的事,就是多让梅红雨看看他孔雀开屏时正面的形象。出资建立资助贫困大学生基金,只是他准备的系列孔雀开屏式亮相的第一种造型,接下来,他还要让梅红雨去陆川走一趟,送去修路所需的第三个五百万,春节前,他还准备给西平一万个特困职工家庭,每家送两百元过节费,此事他也准备让梅红雨具体负责。

这一系列计划,目的当然不是赢得梅红雨的芳心。通过对中国未来十年总体走势的分析,陆承伟已经决定改变自己的投资方向,从金融和证券领域逐步撤退,淡化自己金融投资家的形象,开始步入实业界。进入实业界,树立良好的公众形象,是必须的,策划这一系列善举,就是为了给自己未来的形象,打上一层惹人注目的底色。他的下一个投资方向,就是目前正被融资不利所困的"都得利"。

拿到公司智囊团做出的控股"都得利"的可行性报告,陆承伟激动得彻夜未眠。"都得利"商业零售公司已经具备的经营模式,和它展示出来的可持续发展性,已经向陆承伟描绘出了它将成长成中国的沃尔玛、阿尔迪、狮王的美好前景。和史天雄合作,控股史天雄惨淡经营的公司,可以说是陆承伟孩提时代就有的一个梦想。一想起能成为史天雄实实在在的上司,陆承伟还能睡得着觉吗?

关于"都得利"的所有坏消息,到了陆承伟的耳朵里,都变得像福音韶乐一样悦耳了。"都得利"要想如期还上银行的贷款,必须在年底再关掉两个分店。"都得利"要想保持在西平市场上的影响力,又必须拥有八个以上的分店。国有的银行家们,没有谁敢无视国营大商场的存在,仅从经营考虑问题,继续扶持"都得利"。陆承伟入主"都得利"的可能性,便出现在这里。

陆承伟躲在家里和齐怀仲畅想入主"都得利"后该怎么把"都得利"做大的时候,王传志遇到了前所未有的麻烦。收购陆川实业前,王传志和他的四大金刚也想到了陆川实业的经营可能会存在问题,然而他们都没想到陆川实业的产品根本没有市场。营销陆川实业产品的公司,在天宇集团收购陆川的第二个月,就宣布破产了。到了这个时候,王传志才意识到陆川实业上市前后的业绩也是陆承伟苦心包装出来的。生米已经做成熟饭,王传志只好打碎了牙齿往肚里咽了。咬牙朝陆川实业注入了四千万资金,可它生产的产品还是打不开销路。年终在即,怎么公布陆川实业的年报,成了王传志的一块心病。没等王传志和他的助手想出办法,陆川实业的股价,由于庄家们都成功撤出,三周十五个交易日,竟然狂跌百分之四十七,已经快跌到垃圾股的队伍里去了。祸不单行,由于天宇集团和陆川实业之间的母子关系,自上一周开始,天宇股份也开始阴跌起来。每天跌幅虽都不大,累计下来,七个交易日也跌了百分之十五。王传志忙召开董事会,公布了两个有利的好消息,还是没能止住这种习惯性流产式阴跌。收购陆川实业用的近四个亿,已经从当年利润中扣除,天宇股份每股年收益低于去年,也是不能回避的一个事实。天宇股份的股价要是这样阴跌下去,明年发行配股,售价又必须降低。这种连锁反应,让王传志忧心忡忡,却又毫无办法。

一晚,王传志在江小四那里,实在憋不住,就把这些担心说了,最后感叹说:"我从陆承伟手里买了这颗烫手的土豆,真不知道该怎么办?"江小四道:"俗话说,解铃还需系铃人。陆承伟是金融杀手,你让他帮你想个办法,再把陆川实业炒起来,把这颗烫手的土豆卖给别人,不就行了?想买壳的公司多得很,看你愁的。"

陆承伟没想到王传志会想出这样一个主意,一时有些犹豫不决,只是答应找几个大庄家商量商量。他原以为王传志得了一千二百万港币,会考虑激流勇退,没想到王传志会吃了熊掌还想鱼翅。收购陆川实业,虽不能列入主流传媒眼里的样板工程,可也有不错的口碑。这只股票两年后烂掉了,也与他陆承伟无关了。王传志此时见好就收,退到天宇二线,将来即便有人提出收购陆川实业是王传志下的臭棋,也无损他天宇之父、家电大王的美誉。陆承伟既然决定改变投资方向,就必须爱惜自己的羽毛了。他这么回答,表明他已不愿意再和这笔历史旧账发生任何关系了。然而,这个回答又不是决绝的。金融家的本能,让他一眼就从王传志的建议里看出了商机。

第二天,江小四来了,问陆承伟为什么不赚这笔钱。陆承伟又完全露出了金融家的本性,"王总的意思,只是想让我找几个朋友暗中帮帮他的忙。小四,你知道,搞证券投机,风险极大,如今股民又成熟了许多,想圈他们的钱也不容易,白帮忙的事,恐怕没人干。"江小四急了,"亲爱的陆总,你还是不了解王传志。他对乌纱帽和名声,看得比什么都重。我知道你肯定有办法,你只用画个圈,剩下的,我给你跑。我和他周旋这么久,好不容易才发现了这个机会,就算你帮帮我吧。"

陆承伟心里道:这年头,狠角可真是遍地都是呀。又一想:江小四傍上王传志,不就是想挣点钱吗?如果她真有能力影响王传志的决策……陆承伟笑道:"同性相斥,我当然看不透王传志了。办法也不是没有,陆川实业只有四千万流通股,现在每股只有十二元,动用两三个亿资金,就能把它热炒起来。我不知道你现在对王传志的影响力到底有多大?"江小四说道:"到底是陆承伟,这话问得有水平。我一个无业小寡妇,说话、做事,能对天宇集团的老总有多大影响力?可是,这个老总是个男人,是个在壮年时代只顾打江山,没顾上浏览杰出女人风景、现在才想起来补课的男人。情况可能就不同了。王传志不止一次对我说：活到五十，才知道女人跟女人不一样，真是白活了。"陆承伟拍着巴掌道："这才是红颜杀手本色！坐庄炒股票，在中国是可以做而不能说的那一类事情。我，还有几个朋友，愿意暗中助传志兄一臂之力，每人投入三五千万，能够凑一个多亿。剩下一个多亿的缺口，怎么补，就看你的各种功夫到底怎么样了。如果你能让天宇集团另划出一笔资金，和我们共进退，这件事差不多就可以做成了。两股力量，轮换接盘，三五个回合，陆川实业就能冲到三十。那时候，天宇卖了陆川实业，恐怕还能赚一笔。你能让王传志拿出一亿五千万，并且能直接参加进来，当然是以我的亲信的身份，参与天宇这笔资金的操作，等我们功成身退后，我可以付给你一百万人民币的报酬。至于王传志以什么形式给你回报，我就不便过问了。也许，他只用帮你干一些重体力活，他的红粉知己就会心满意足了。"江小四打了陆承伟一巴掌，娇嗔道："臭嘴！我试试吧。"

这一试，果然灵验。经过几轮秘密磋商，这个计划已经可以执行了。王传志指定周瑞发全权负责这笔资金的使用。因为江才媛江小四是 S 省主管金融副省长的女儿，公司暗中坐庄炒股又属违规行为，王传志提出聘江小四作为周瑞发的助手，协调各方面的关系，处理疑难问题，就顺理成章了。

陆川实业以涨停收盘的第二天，史天雄接到了陆承伟的一个电话。陆承伟说他对"都得利"目前的处境了如指掌，最近又常常回想起童、少年时代和史天雄一起度过的美好时光，想找史天雄谈谈，给"都得利"走出低谷贡献一点建设性的意见。这个电话引得金月兰和杨世光惊慌万分，不知该不该阻拦史天雄去赴这个约会。陆承伟的疯狂，陆承伟的大阴谋家嘴脸，陆承伟给"都得利"带来的灾难，他们都见识过了。提点建设性的意见？这不是黄鼠狼给鸡拜年吗？可是，不去赴这个约，会不会引起陆承伟新一轮更加疯狂的报复呢？史天雄最后下了这个决心,"我去会会这个疯子,看他到底想干什么!"

赴约的路上,史天雄默默地告诫自己:你必须把他当成一个强大的对手来看待。你在明处,他在暗处,你不能随便伤害他的自尊心,这方面的教训已经够沉痛了。你不能想当然猜他手里到底握着什么牌,一定要耐心等待,等他把牌摊出来后,再决定是进攻还是防守。今晚,你一定要少说多听。你必须承认,他在很多方面,已经超过了你。

在陆承伟的精心安排下,这次会面,始终笼罩着浓烈的怀旧意味。地点是西平市郊一条背街上的一家破旧的小酒馆。四张小饭桌,肥胖的中年老板娘,稀少的食客,高度二锅头白酒。这些面熟的场景和人物,很容易就让史天雄回想起少年时代,他和陆承伟第一次学喝白酒的往事。

陆承伟谈了很多很多,不但对几十年前两个人共同经历过的事情记得很清楚,而且能够复述出事件中许许多多细节。这种记忆力,让史天雄深感纳罕,他矜持地、警惕地回应着陆承伟的叙述。分喝一斤二锅头后,陆承伟谈到了对史天雄的嫉妒。他说:"我承认,我一直都嫉妒你。我能不嫉妒你吗?你的生活确实太顺了。在家里,你是我们三个人的核心。在学校,你又是学生领袖。我去云南插队了,你当了兵。弹片把你的腿划破了,你就成了战斗英雄,人民的功臣。团长当腻了,你马上摇身一变,就成了处长、副司长。副司长不想做了,西平马上出现个'都得利'。对于女人,你从来就用不着追求……你确实顺得让人嫉妒。嫉妒,用好了它是个好东西。长跑比赛,可以说明这一点。你一直在我前面领跑,因为我有嫉妒心,所以才能紧紧地跟着你。跟着你的目的,当然是想战胜你。我不隐瞒我这种真实的心理。"

史天雄冲动地想说:取胜应该依靠实力,不应该把阴谋诡计当兴奋剂服用。他忍了忍,没把这话说出,自饮一杯,说道:"我不认为我们是在同场竞技。譬如,我们虽然都在经商,可我们俩的金钱观却大相径庭。你是老摩根金钱万能论的追随者,我对此一直有保留。但是,我现在不得不承认,你在美国建立的金钱观,曾经给你很大的帮助。目前,至少目前,它帮助你达到了很多很多目的。"

说到金钱,陆承伟的眼睛放出了奇异的光芒。他呷口茶水,说道:"比留美时期早得多,我已经对金钱有了深刻的认识。老摩根只能算我的一个学长,是莎士比亚,帮我认识了金钱。我的老师是伟大的莎士比亚。"史天雄感到意外,盯着陆承伟看,没有说话。

"《雅典的泰门》在莎翁的剧作中,不太著名,可这出戏对我的影响实在太大了。"陆承伟的眼神突然变得阴郁起来,"四大悲剧的男主角,除了麦克白,你都比我表现得好。按理说,我演罗米欧可能比你强,可我还是竞争不过你。于是,我就翻朱生豪译的《莎士比亚全集》,希望能找一个你演不好的男主角。麦克白,我也不大喜欢,总觉得他身上有一种过于邪恶的东西。我就找到了这个泰门。所以,我说你对我非常重要。泰门在第四幕第三场那段独白,我能把它背下来,"他突然换成朗诵的速度,拿起姿势说,"神圣的化育万物的太阳啊!把地上的瘴雾吸起,让天空中弥漫着毒气吧!同生同长、同居同宿的孪生兄弟,也让他们各人去接受不同的命运,让那贫贱的人被富贵的人所轻蔑吧。重视伦常天性的人,必须遍受各种颠沛困苦的凌虐;灭伦悖义的人,才会安享荣华。让乞儿跃登高位,大臣退居贱职吧;元老必须世世代代受人蔑视,乞儿必须享受世袭的荣耀。有了丰美的牧草,牛儿自然肥美,缺了饲料喂养,它只能瘦骨嶙峋。谁敢秉着光明磊落的胸襟挺身而起,说这人是一个谄媚之徒?要是有一个人是谄媚之徒,那么所有的人都是谄媚之徒;因为每一个按财产多寡区分的阶级,都要被次一阶级所奉承;博学的才人必须向多金的愚夫鞠躬致敬。在我们万恶的天性之中,一切都是歪曲偏斜的,一切都是奸邪淫恶。所以,让我永远厌弃人类的社会吧!泰门憎恨形状像人一样的东西,他也憎恨他自己,愿毁灭吞噬整个人类!"他的两只手伸向空中,僵了一会儿,突然间跑过去握住饭馆门后的扫把,吓得老板娘朝柜台后面躲,他弯下腰深情地喊:"泥土,给我一些树根充饥吧!"挥舞扫把做掘地的姿势,嘴里说着,"谁要是希望你给他一些更好的东西,你就用最猛烈的毒物满足他的食欲吧。"突然间僵住了身子,探身朝地板上仔细辨认,惊得一跳,"咦,这是什么?金子!黄黄的、发光的、宝贵的金子!"丢下扫把,仰着脸,把双手拼命伸向房顶,老板娘神往地把目光看向他的指尖,他大声说:"不,天神们啊,我不是一个游手好闲的信徒;我只要你们给我一些树根!这东西,只这一点点儿,就可以使黑的变成白的,丑的变成美的,错的变成对的,卑贱变成尊贵,老翁变成少年,懦夫变成勇士。嘿!你们这些天神们啊,为什么要给我这东西呢?嘿,这东西会把你们的祭司和仆人从你们的身边拉走,把壮士头颅底下的枕垫抽去。这黄色的奴隶可以使异教联盟,同宗分裂;它可以使受诅咒的人得福,使一个秃头癞子为众人所敬爱;它可以使窃贼得到高爵显位,和元老们分庭抗礼,它可以使鸡皮黄脸的寡妇重做白脸后生的新娘,即使她的尊容会使身染恶疮的人见了呕吐,有了这东西也会恢复三春的娇艳。①"表演到这里,他停了下来。史天雄用震惊的目光呆呆地看着陆承伟,面部表情饱含困惑和痛惜。

　　陆承伟坐下来,擦擦脸上的汗,"怎么样?比老摩根的语录丰富得多吧?你好像没听进去。想想这出戏写于一六〇〇年前后,你能不由衷地赞叹一声:莎士比亚是一个多么伟大的预言家呀!近四百年的人类史,不是都在印证莎翁这些精妙的台词吗?钱,金钱可以使黑变白,丑变美,错变对,卑贱变尊贵,老翁变少年,懦夫

---

① 引自《雅典的泰门》,朱生豪译。

变勇士。真是一针见血呀！……"

"够了！"史天雄再也听不下去了，愤怒地吼一声，"你约我来这里，目的就是发表金钱万能的演讲？陆承伟，你还有什么话，尽快说吧。我没时间听你做这种演讲。"

陆承伟怔了怔，反问道："阁下和阁下领导的'都得利'，眼下不正是被金钱这个鬼东西折腾得鸡飞狗跳，折磨得死去活来？听听先哲们对金钱的精辟论述，你没有觉得受益匪浅？冷战结束后，美国独步世界，连我们的大使馆都敢炸，难道不是因为他们是世界上最富的国家？中国放弃一切纷争，忍气吞声，高举发展才是硬道理的大旗，一切都围绕经济建设为中心，目的难道不是在最短的时间里积累尽可能多的金钱？如果'都得利'马上得到大笔的贷款，你这个船长还用得着这样焦头烂额？我今天约你，是真心诚意想帮助你。我知道你对金钱的认识没有到位，这才让你温习一下大师们对金钱的论述……"

史天雄强压着怒火说："我不想跟你争论。把你的底牌亮出来吧。你是不是真心帮我，我自己可以判断出来。快点说吧。"

"这个态度还差不多。"陆承伟脸上露出孩子气的笑容，"能够和你合作干一件惊天动地、甚至是流芳百世的大事，一直是我的一个梦想。现在，这个机会终于来了。最近一两个月，我组织了一个各方精英组成的班子，全方位研究了你的'都得利'。结论是：'都得利'完全可以成长成具有中国特色的沃尔玛、阿尔迪……"史天雄像是被什么东西击中了，瞪着眼，张着嘴，看着陆承伟两片动来动去的嘴唇，直感到浑身的血都在朝脑袋里涌。陆承伟继续说着："……具体的办法是：我的承伟实业，承担'都得利'将近一个亿的债务，同时马上向'都得利'注入一个亿流动资金，保证'都得利'在西平具备能与国营大商场抗衡的规模；这近两个亿的投资，折合成'都得利'百分之五十一的股份。据我组织的专家估算，'都得利'遭到重创后,品牌价值约有一个亿。一个亿占百分之四十九,和我的近两个亿占百分之五十一,不太对等。不过,我认为专家们低估了你为'都得利'确立的经营理念潜在的价值。'都得利'的品牌,应该值一亿三千万到一亿五千万。承伟实业对'都得利'控股后,就再也不用担心资金短缺这个问题了。以承伟实业的实力在银行那边的信誉,一年贷三到五个亿,应该没什么问题。这样,明年'都得利'就可以走出 S 省,在北京、上海、广州这些中心城市开店了。据我估计,中国加入 WTO,应该在二〇〇三到二〇〇五年之间,加入 WTO 后,对商业零售行业,还有三年左右的保护期。有这七八年时间,'都得利'肯定已经变成一艘航空母舰了。沃尔玛从一个小店,发展到进入世界五百强前十位,用了不到四十年时间。我对'都得利'的未来,充满信心。我早就说过,我和你若能联手,天下无敌。把'都得利'现在的品牌价值,高估三五千万左右,目的是让这个合作尽快实现。按照这种计算方法,你和金月兰在'都得利'拥有的股份,价值肯定超过了一个亿,你的追随者或者叫同志,也会有几十个人成为百万富翁。作为董事长,我只负责融资,只参与发展战略的决策,经营由你全权负责,这也算是取长补短吧。天雄,你认为这个方案怎么样?请相信我的判断:这是一个珠联璧合的天才构想!"

"你做梦!"史天雄铁青着脸,一拳擂在桌子上,筷子、酒瓶、茶杯丁当落了一地,"你这是做梦!"

陆承伟不解地看着史天雄,"你应该具备这种判断力。不是任何一个有钱人,都能在这个时候产生这种天才的构想。中国的经济形势,近两年不可能有飞跃性变化,复苏过程至少还需要三年。今年,GDP 能增长百分之七,就不错了。明年顶多能达到百分之八。因为基数变大,每年以两位数增长的神话,肯定不会续写了。这些问题,我做过研究,想多说几句。以中国现在的发展速度和人口自然增长率,想让多数人感到生活水平每年都在提高,GDP 增长率必须维持在百分之七以上。因为新增人口要抵消一部分,通货膨胀也要抵消一部分。人口净增一个百分点,要抵消四个百分点。我们目前的人口增长率刚好是百分之一,通货膨胀率这几年都维持在百分之二左右。因此,GDP 增长百分之六,是中国经济实际增长或是衰退的分界线。从九七年到现在,消费水平是呈下降趋势,商业不景气可个人存款余额每年净增一万个亿人民币。这说明 GDP 只要保持百分之七以上的净增长率,中国就处在稳定发展阶段。我在众人都不看好商业的时候,决定控股'都得利',可不是心血来潮。你怎么说我是在做梦!"

史天雄闭着眼睛,做着深呼吸,努力使自己平静下来。然而他实在做不到。他慢慢抬起手,指着陆承伟的鼻子说:"你想控股'都得利',这是在做梦!'都得利'目前再困难,也不会用你利用政策的空子巧取豪夺抢来的国有资产。陆承伟,你真让我长了见识!世上真有吃人不吐骨头的人!'都得利'落到今天的地步,不正是拜你所赐吗?你还好意思说我们的品牌价值原先值多少,遭到重创后又值多少!你利用刁明生,逼我们开除梅红雨,把'都得利'搞到这种程度,你还不满足?你还想当'都得利'的董事长?你真敢想啊!你应该庆幸我们,包括刁明生,都不是像你一样自私自利的阴谋家,否则,你现在应该住在监狱里面了。你怎么不说话了?我冤枉你吗?"

陆承伟没想到史天雄已经知道了事情真相,也不承认,也不否认,耸耸肩,转移个话题说:"天雄,你可真不像个商人!商场,没有永远的朋友,也没有永远的敌人,只有永恒的利益。昨天的敌人,可能就是今天最好的合作伙伴。水至清则无鱼,人至察则无徒。我希望你能好好考虑考虑我的建议。有的商机是一次性的。等傻瓜搞商业零售都能赚钱的时候,再作这种合作,已经来不及了。"

史天雄一字一顿地说:"我现在就可以告诉你:'都得利'可以和任何人合作,可以宣布破产,但绝对不会接受你陆承伟的帮助!"说着,拎上外套,怒气冲冲出了小酒馆。

金月兰和杨世光在明光村等史天雄,小杨光已经早睡下了。史天雄回来把陆承伟的计划一说,三个人都认为陆承伟是痴心妄想。在这种心态下,他们根本没有心思去想陆承伟这个计划是否可行。

陆承伟垂头丧气回到家,也对齐怀仲谈了会面的情况,感叹道:"他和我确实不是一路人。经商,哪能这样意气用事?"齐怀仲劝道:"你别泄气。天雄是个有大局观的人,'都得利'寄托着他的理想。他现在对找资金还没有绝望,再说,他又知道了刁明生的事,感情上肯定有点……西平,能看到'都得利'未来的人,不会太多。承伟,有句话,不知该不该说。红雨性格刚烈,我看还是早点把婚订了,免得节外生枝,夜长梦多。"陆承伟感觉到这事有点难办。难道真应了那句话,人算不如天算?

第二天早上,梅红雨打来电话说,她妈突然病重了。这可是个千载难逢的机会!陆承伟不假思索,把全部精力都投入到给梅兰治病这件事情上。

# 第二十六章

梅兰这一次病得不轻,在西平医科大学附属医院高干病房住了十几天,病情才得到控制。梅兰这次住院,除了每天去探视一次,梅红雨就无事可做了。住省部级干部专用病房,二十四小时享受特护待遇,北京、上海、广州的资深专家十二人先后来西平会诊,足以表明陆承伟对梅红雨的珍视了。没有陆承伟的身份和坚实的经济基础,梅兰这次和死神会面,肯定就有去无回了。这一点,梅红雨、梅丰十分清楚,梅兰自己更是心知肚明。陆承伟事先已经声明,这次的医疗费用,先由他垫付,然后由梅红雨炒股获得的利润偿还。梅兰住院第二天,陆承伟就借给梅红雨五十几万元,买了四万股陆川实业的股票,让梅红雨通过实际操作,加深一下对金融证券业的认识。陆承伟说这笔借款需要梅红雨连本带息偿还,希望借此机会能增强梅红雨的冒险精神。经这么一解释,馈赠和救济的意味就几乎完全丧失了。这让梅红雨、梅兰,甚至梅丰的自尊心都得到了极大的满足,因为梅红雨毕竟承担了还本还息的压力。半个月过去,陆川实业的股价已经由十一元八,上升到了十八元六,压力已经变成幸福的成就感了。能够考虑到弱者自尊的有钱人,在中国毕竟不多。

这一日,梅兰看梅丰也在,就对梅红雨语重心长道:"红雨,你要记着,妈这条命,是人家陆总帮助捡回来的。人心都是肉长的。我看,这个陆承伟是个靠得住的男人。人心换人心,你可千万别再使小性子了。人家那么忙,这些天,天天扑在我这病上,为的是什么?为的是你也能掏给人家一颗心。我看,你也该给人家一个态度了。你当他的什么助理,也快两月了,从来没有听你说过你对他在西平的房子有兴趣。为什么不能提出来去看看房子呢?病在我身上,是轻是重,我自己知道。我病这么久,知道钱再多,也不能给我买个长命百岁了。妈受了一辈子苦,托你这个闺女的福,能在这种房间里养病治病,知足了。红雨,妈给你说句实话,明天能看见你和陆先生结婚,后天让我死,我都心甘情愿啊。"这番话说得过于沉重,有点像是临终遗言。梅红雨道:"刚刚好一点,说这些不吉利的话干什么!"梅兰苦笑着摇摇头,"我的病,我知道。我是怕我熬不到那一天了。"

梅丰笑道:"娘儿俩一对犟牛!兰姐说的也有道理。人说婚姻是贴身小棉袄,合不合适,只有自己知道。这陆承伟对别人怎么样,只有一点参考价值。红雨,这一年多,陆承伟对你,可真是没得挑了。我也以为,你该表示一点主动。是的,这一年多发生的事情,确实太多,有些事也确实留了很多疑点。退一万步说,即使这一切,都是陆承伟在背后操纵的,也不妨碍他能做你的好丈夫。现在,能这样爱一个女人的成功男人,不多了。"

其实,梅红雨早就对陆承伟有一些好感了。被一个男人,被一个成熟的、英俊的、成功的男人这样爱着,世上有哪一个女人会无动于衷?危难之时见真情,看到陆承伟这些日子的杰出表现,梅红雨的心里,也开始萌生爱意了。是该以适当的方式,回应一下陆承伟的持久的热情了。

第二天上午,梅红雨去了办公室,打开保密柜,拿出厚厚一叠信,开始一封封地阅读起来。这叠信,都是去年和今年,受资助的贫困大学生,写给承伟实业和陆承伟本人的,汇报他们的学习、生活情况。当年读大学的时候,梅红雨也属于贫困生,每月花费两百元的苦日子,让她记忆犹新。但她还是无法想象每月靠一百二十元,是怎么生活的。一个来自大巴山区的女大学生,在信中详细写了她每月是如何使用承伟实业资助的一百二十块钱的。除了这笔赞助,这位女生再没有别的收入了。这个女生每月用十元钱购买牙膏、肥皂、洗衣粉和必备的卫生纸,剩下的一百一十元,每天平均开支三块三毛钱用于正常的伙食费,剩下的十元,分成四份,在每个星期一中午,打半份有肉的菜,改善生活。梅红雨看得鼻尖发酸,把这封信单独拣了出来。在这些充满感激的文字里,她看到了另一个陆承伟。一个月一百二十元,实在太少了!既然要资助,应该让男生们每周能吃二次肉菜,应该让女生们每学期能添置一件价格低廉的新衣服、两套能换洗的内衣内裤,每个月能用中档的卫生巾。达到这种生活水平,每人每月至少需要一百八十元。否则,这一百二十元或许只能给这些受资助者带来尴尬和痛苦,把读大学变成了啃鸡肋。

梅红雨看了十几封信后,写下了第一条建议。既然在做善事,救人最好能救到底。

这时候,不速之客顾双凤进来了。重新走进皇冠大酒店,顾双凤下了很大决心。她不知道见到梅红雨后,应该说些什么。她只是抑制不住见见梅红雨的冲动,就来了。丹尼又一次跟她讨论结婚的事,她在内心里又一次拒绝了。已经染上的毒瘾,让顾双凤感到自己的罪孽更加深重了,更觉得自己配不上丹尼。这当然是她清醒时、正常时的想法。进入秋天,她常常在毒资不足的时候,陷入一种极度的恐慌状态里。有几次,她控制不住自己,已经开始心安理得地花丹尼的钱了。这个变化,让丹尼看到了希望。顾双凤害怕自己越陷越深,最后连累了丹尼,就想到了被她撕掉的支票。一天四百多元的毒品消费,已经让顾双凤感到了沉重的压力。她曾经尝试过靠意志力戒毒,几次都没有成功。半个月前,她飞到青岛,准备用水果刀毁了钱林那张脸,让钱林付出代价。正是这个魔鬼,用几支特制的香烟,把她推下了深渊。谁知见到钱林后,刚好毒瘾发作,水果刀只划破了钱林的手臂。回到西平后,顾双凤又一次想起了那一百万,给齐怀仲打了电话。听到齐怀仲的声音,她又改变了主意,说她现在跟丹尼生活在一起,过得相当幸福美满。齐怀仲听了很高兴,就说:"看到你和承伟各有归宿,我就放心了。如果你和丹尼在西平结婚,我当你们的证婚人,承伟和梅姑娘做你们的伴郎和伴娘。丹尼说你现在很瘦,是不是有什么病?"

顾双凤又把陆承伟恨得咬牙切齿了。

梅红雨盯着顾双凤看了一会儿,终于认出她了,高兴地笑着说:"你是演白雪的顾双凤。我和我妈都喜欢看你演的白雪。坐,请坐。我给你泡茶。你演得真好。"说着话,麻利地用一次性纸杯泡好茶,"看你的戏,我妈哭了几次。你坐,请坐。真没想到会在这里见到你。"

顾双凤坐下来,点一支紫罗兰香烟,"梅小姐,你真年轻啊!你让我想起了十年前的我。你只是通过电视才知道我这个人的?"看见梅红雨一脸迷茫,自嘲地一笑,"当然,你不可能从那,那一个渠道知道我。我的那一页,早已属于历史了。梅小姐,红雨小妹妹,你感到幸福吗?"停顿了一会儿,"也许我不该这么问你。你现在过着很多漂亮女孩子都梦寐以求的生活。你应该是幸福的。你缺钱……主要是不缺疯、疯狂的……爱情……"

梅红雨迟迟疑疑地说:"顾小姐,你喝茶。你,你找我好像有什么事?你说的话,我不大懂……"顾双凤笑道:"这样最好,糊涂一点,日子好打发。我太清醒了,太清醒了,就太痛苦了。我没什么别的事,我听说你就要和陆承伟订婚了……陆承伟,他,他也算是我,我旧时候的一个朋友,他,他以前……以前帮助过我……这么说吧,没有陆承伟就没有顾双凤的今天……他终于要订婚了,怎么样,我也应该向你们表示祝贺。……你爱他吗?他爱你吗?你看,我是一个多么傻的人,不相爱怎么能订婚呢?你要是不了解他,不了解他的过去,怎么会爱上他呢?我真傻。"

梅红雨该想到的,都已经想到了。这个病恹恹痛苦的女人,肯定和陆承伟的关系非同一般!陆承伟这种男人的身边,怎么会少得了女人呢?她是来表示祝贺的吗?肯定不是!肯定是陆承伟把她甩了,她想用这种方式报复报复陆承伟!我才不上你的当呢!这时候,梅红雨的心理发生了奇怪的变化,很想把陆承伟好好美化美化。梅红雨笑了起来,说道:"顾小姐,你一点也不傻。我呢,也不是个弱智的傻女人。是的,我已经决定嫁给陆承伟了。谢谢你的祝福。他是一个很有成就的男人,这一两年又一直在追求我,我实在无法拒绝他了。当然,他作为一个成功的男人,肯定经历了很多事,肯定跟许多个女人发生过恋情。也许他也伤害过不少女人……这些,毕竟都是他的历史。不管我怎么想,这些历史都已经存在了。他从来没有结过婚,他要娶我为妻,我确实感到挺幸运的。可以感觉得到,你曾经跟他很熟悉。也许,你还知道这一两年发生在我身上的故事,哪些与他有关。譬如我的前男朋友认识陆承伟后,变得面目全非了;譬如,我突然失去了工作;譬如我突然间成了出卖'都得利'公司商业机密的嫌疑人,还被公安机关抓走过……这些事或许都是陆承伟干的。即使真的是他干的,对我也没造成任何伤害。总之,我对他的历史不感兴趣。能嫁给一个爱自己、珍惜自己的男人,已经足够了。至于未来是什么样子,我没考虑太多。大不了,结了婚,就跟他离婚。我做过他的合法妻子,法律是要保护这种关系的。如果他不提出来做婚前财产公证,我也不会提醒他。这样即便将来他跟我离了婚,我可以依法得到他一半的财产。做了财产公证,也不要紧,只要这婚姻能够维持一年,我这一辈子就不用为钱这个东西发愁了。老齐告诉我,陆承伟现在每年可以挣到一个亿。五千万,对我这样一个贫民窟长大的孩子来说,已经是个天文数字了。这是我跟他结婚后,最坏的一种结局了。如果在这一年里,我能够给他生个孩子,就更不用怕了。老齐说,陆承伟现在很想过正常的家庭生活了。我的命运突然好得要让很多人嫉妒了,连我都觉得不可思议。谁都抗不过命。顾小姐,再次谢谢你对我对陆承伟的祝福。我一定会把你美好的祝福,转达给陆承伟,请你一百个放心。"梅红雨这样结束了长篇大论,表情里充满着诧异。她没有想到自己会说出这样一番话,被自己的有些想法惊吓住了。

顾双凤呆呆地坐了一会儿,突然间神经质地笑起来,"梅小姐到底年轻,新潮,想得开,和你相比,我都快成出土文物了。真是一代人一个活法呀。很好,很好……你跟陆承伟实在太般配了。那就祝梅小姐心想事成吧。"她确实没想到梅红雨是这么清醒的一个人,知道不管给梅红雨再说什么,都没有意义了。穿过这条熟悉的走廊,顾双凤感到心中空空荡荡的。

梅红雨再也没有心情读那些信了。呆坐到中午,到街上胡乱吃些东西,去医院陪梅兰说话去了。

晚上见了陆承伟,梅红雨平静地转达了顾双凤对她和陆承伟的祝福,没有添加任何评论,也没有表现出任何方面的好奇心。陆承伟沉默了半天,问道:"她专门去见你,只是表示她的祝福?"梅红雨淡淡笑道:"她想说的话,我都替她说了。我说我就要成为你的妻子了,她——一个你的婚前好友,还能说什么?不过,我还是从她那双会说话的眼睛里,从她病弱的身体里,读到了很多东西。譬如沧桑,譬如无奈,譬如仇恨,当然,我也读到了爱情。"

陆承伟想了很久,说道:"红雨,我对你,什么都不想隐瞒。找机会,我会把一切都告诉你。包括我的历史,所有的历史,还有我为了得到你……"梅红雨及时地打断道:"我不想听。我对你的历史,特别是你的感情史,没有任何兴趣。不管你为了得到我,曾经做过什么,我都不想知道。我只用知道你是爱我的,这就够了。像你这样一个功成名就的男人,哪方面的历史写出来,都会有砖头那么厚,太难读了。"

陆承伟听得目瞪口呆,心里不免有些落寞。

这个多雨多雾的深秋,"都得利"可以说是百事不顺。杨世光的妻子小娟换了两次血,身体状况比健康时差了很多,但生活还能自理,也能干点家务活。小娟知道西平还有个江榕,这个江榕,拿出五万元个人积蓄为她治病,还帮助杨世光带他们的儿子。她写信给杨世光,要求离婚,并在信中写道:"如果没儿子,我早自杀了。我给你带来过那么多的屈辱,现在还在拖累你,活着真的没有意思了。要是因为我这个早该死的人,耽误了你和江榕姑娘的好姻缘,我就是死了,也得不到安宁。半个月内要是没见到你,你和小杨光就准备给我办后事吧。"

杨世光拿到特快专递,不知道该怎么办。最后,史天雄想了个办法,让杨世光用娶妻养妻的办法解决矛盾。金月兰说:"这个办法好,既没有抛弃小娟,又没有耽误小江。干脆把小娟接过来,让她帮助带小杨光。江榕的工作,由我来做。"一商量,小娟和江榕都没意见。史天雄觉得这两个来月"都得利"太倒霉,又提出马上把小娟接过来,把离婚结婚当成一件喜事办了,借此改改"都得利"的霉运。

一则娶妻养妻的佳话,让"都得利"人兴奋了几天。

做了新郎的杨世光搬走了。早晨,史天雄要早起二十分钟,开车去接杨世光和江榕一起上班。"都得利"正在困难时期,新郎新娘都把婚假牺牲掉了。

这天早晨,杨世光和江榕一上车,杨世光就翻开当天的《西平商报》,指着一条消息说:"天雄,有件事可能要被你不幸言中了。"

不知是什么原因,天宇集团在市场依旧疲软的情况下,提高了六个主要型号产品的价格,又改变了结算方式,山东、江苏已有四家商场让天宇牌电器撤柜了。"史天雄一听,马上把报纸拿过去,仔细读起来。

原来,天宇转卖陆川实业的事进展不顺利。股价被炒到二十八元时,仍没有下家接手。陆承伟认为这个价位已经太高,劝王传志不要硬撑,应该悄悄撤出来,以后再找机会。王传志在前几轮接力炒作中,已经尝到了甜头,没有听陆承伟的建议,反而孤注一掷,又暗中挪用一亿三千万资金,把陆川实业又拉两个涨停,同时又公布了天宇集团的利好消息。陆承伟和几个参与炒作的庄家一商量,用五个交易日,成功地撤出了陆川实业。王传志一看拥有陆川实业股票的投资者在抛售股票,这才慌了。再去求陆承伟救火,陆承伟说:"已经晚了,股市就是这样。"万般无奈,王传志又走出一步险棋:再投一点五亿,暗中托市。他希望这时能出现奇迹,依靠陆川实业的良好表现,促成几个犹豫不决的买家,能尽快下定决心。这就造成了四个多亿的大窟窿。年终结算在即,王传志希望通过对经销商施压的方法,早点回收货款,补补这个大窟窿,帮助天宇渡过这一关。他没想到商场会以这种激烈的方式回敬他。

史天雄把报纸交给杨世光,说道:"这可是个大事。走,我们去给王传志提个醒儿。"杨世光道:"咱们自家碗里的稀饭,还烫得没法喝呢。人家天宇家大业大,江山固若金汤……弄不好,热脸会亲凉屁股。"史天雄开着车说:"邻居家着火了,也得放下饭碗去救。天宇是国家的天宇,就是它没擦屁股,该亲还得亲。"

史天雄赶到王传志的办公室,李国奇、马林和张中保三位副总,正在和王传志讨论这一严重事件。李国奇把几张传真放到王传志面前,担忧地说:"这是第八、第九家。事情已经很严重了。"马林附和道:"不及时采取措施,可能会出现多米诺骨牌效应。"王传志沉着脸说:"慌张什么？北京、上海、广州,不是平安无事吗？这几年厂家打价格战,把这些商场惯得不像样了。五年前,三个月一结账,他们跑得飞快,现在半年一结账,他们还要拖欠一两个月。只要消费者认天宇这块牌子,十家二十家商场不卖我们的东西,伤不到我们的筋骨。朝令夕改,才是大忌。只要过了眼下这个坎儿,我们怕什么？看看再说。"

史天雄忍不住了,说道:"王总,这件事可大意不得。"

王传志抬起头,看看史天雄,"是天雄老弟呀。中国真是没办法,见风就是雨,好事不出门,坏事传千里。一种正常的商业举措,小报一炒,跟塌了天一样。老弟,你说这些现象正常吗？"史天雄道:"创一个品牌不容易,毁一个品牌有时只在一念之差。王总,不能掉以轻心呀！"

王传志笑笑道:"老弟身在江湖,心系庙堂,真让我们这些人佩服。天宇是我们这些人一把屎、一把尿,辛辛苦苦拉扯大的,我们是爱它的。老弟为保'都得利'的信誉,忍痛实赔几百万,那也是大气魄。'都得利'目前的七个店,只要还卖天宇牌产品,还按原价格结算。我们正在开会研究这件事。因事关天宇很多机密……老弟,你看……"

史天雄尴尬地笑笑,退了出去。

上了桑塔纳,史天雄马上用手机给陆承志打了电话,说了在天宇见到的情况,最后言辞激烈地说:"这件事你们要是不管不问,就是渎职,就是犯罪。国家的一个大型企业、主干企业,已经变成王传志的私人作坊了。"陆承志在那边说:"十分钟后,党组要召开紧急会议。天宇的党组书记项明远正在给陈部长作专题汇报。天宇的问题,比你掌握的情况要复杂得多,严重得多。他们为了卖出咱们小弟卖给他们的陆川实业,违规拿出几个亿,暗中坐庄炒这只股票！你还没忘记自己是个党员,这让我欣慰。要开会了。改天再打吧。"

史天雄呆呆地坐着,自言自语说:"原来这件事的源头在陆承伟身上。太可怕了。"

此时,陆承伟正躺在床上和陆小艺通话。陆小艺在那边说:"天宇就要下课的项明远,来北京告王传志的状,把你卖陆川实业的事也牵扯上了,大哥昨晚给爸说了。你要做好准备,准备挨爸爸的训。前一段,陆川实业天天飘红,恐怕又是你干的事吧?"陆承伟道:"这要怪王传志太贪,太自信。这正应了那句话:自作孽,不可活。扯上我,也没什么关系。炒陆川实业,我又赚了点钱。"陆小艺问道:"那个蔡爱国来北京参加团中央的会,到家里来了,妈对他的印象还不错。小弟,你说说你的意见。"

陆承伟披着衣服坐起来,"四十出点头,能从底层混到团省委副书记的位置上,是一把向上爬的好手。他已经来拜访过我这个未来的小舅子了。在官场上混,他是比天雄成熟、圆滑很多。我听说,他家的客厅最显眼处,摆的是他出车祸妻子的遗像,中午,他让上六年级的女儿在学校门口吃盒饭,没请保姆,也没请钟点工,既会做秀,又很会爱惜自己的羽毛。能想到保姆和钟点工也可能被政敌搞成绯闻的主角,可见不是个凡物。个子也不低,但没有天雄的英武和霸气。这种人,顶多能给你一点敬爱,成大气候之后,恐怕会露出中山狼的本性了。"陆小艺在那边叹道:"将就吧。在官场想做大,没点中山狼的狠劲,还不行。知道远避女色,比天雄强。等他坐上比部长还高的位置,他爱怎么折腾就怎么折腾吧。那就圈住他吧。想想办法,明年让他升一格进京。我正在网上看《西平商报》,报上还没有提到你。到底是个小省会,没政治、没经济、基本上也算没文化。朱镕基出访,搞成一句话新闻,一场破甲A足球赛,照片竟上头版了。小家子气。"

陆承伟把《西平商报》朝地板上一扔,"我也在看。爸要骂我,就让他骂吧。这张报纸,是为小市民们办的,五六年没发一篇社论性文章,没立场,没观点,剩下的只是媚俗。前些日子,马蜂咬了小男孩的小鸡鸡,影楼经理强奸拍写真照片少妇疑案,女患者告男医生顺手牵羊摸她私处,都上过这张报纸的头版,没什么稀奇的。西平嘛,自古就是一个没落但还没有腐朽的城市,提得起来的,只有吃和美女,吃还有点特色,美女嘛,都是些容易上当受骗的小家碧玉,粗看可以,不能细品,不能把玩。翻翻这个城市的历史,改朝换代这里都没发生过血战,敌军还远在北面秦岭脚下,这边就开始商量投降书该怎么写了。"陆小艺笑了起来,"你这张嘴呀,可真损。你追了两年的梅红雨,难道不是个西平美女?妈叫我了,不说了。"

陆承伟放下听筒,出了一会儿神。他不明白自己为什么突然间会用这些语言描绘这座城市。一般都只说爱屋及乌,是不是也可以说厌乌及屋呢?他搞不清楚。

陆承志代表部党组飞到西平过问天宇事件时,全国已有八个城市十九家商场,向天宇发了最后通牒。王传志得知陆承志要来,决定对商场作出让步,然后住进了医院。

天宇集团对于罢买事件已经采取了断然措施,核心人物王传志又因过度劳累住了院,陆承志也不好在这件事上过多指责天宇。毕竟政企已经分开,作为政府主管部门的官员,不便对企业经营指手画脚了。可是,对于天宇违规坐庄炒自己的股票,陆承志不能不说。王传志知道谁也不敢把这样一件事公布于众,实话实说道:"收购陆川实业,做得有点急,考虑不够周到。发现这个问题后,又急于把它转让出去,就做了这件事。事先,我也征求过承伟等专家们的意见,他们都认为可以做。谁知道坐庄炒股风险太大了,结果是越陷越深。说句不该说的话,以前没有涉足这个领域,经验欠缺,很多上市公司在这方面,比我们做得好。我也知道这么做违反政策。天宇股份上市五年,我们一直做得中规中矩。这一次也是病急乱投医,主要责任应该由我来负。陆部长,别人反映说炒股套了天宇四五亿资金,不够准确。承伟帮我们做的那段时间,我们至少赚了八千万。按昨天的市值,我们被套住四亿两千万,实际上只有不到三亿四千万。当然,这个数字也够大了。如果部里要求我们马上撤出来,最终可能要净损失两个亿。我们商量的意见是:按兵不动,等待大牛市出现。所幸今年天宇的形势还不错,二十亿纯利润的目标,基本上可以达到。这三亿多,不会对天宇带来灾难性影响。这笔学费交得太多,教训是沉痛的。我愿意接受组织的任何处分。"

话说到这一步,陆承志也不好发作了。因为牵扯资金量太大,陆承志不便表达个人意见,只对王传志说,让他们等候部党组的处理意见。

到红太阳集团看看,陆承志心里更加沉重。当天晚上,西平出现了难得一见的大月亮,陆承志给史天雄打了电话,约史天雄到锦江公园见面。

两人穿过银杏林,倚着防护栏,看着沿江的都市夜景,久久没有说话。陆承志简单说了天宇的事情,长叹一声,沉痛地说:"天雄,这笔账只能记到陆家头上。承伟要把陆家送上历史的审判台了。你怎么看这个问题?"史天雄道:"大哥,你这么说也太夸大承伟的作用了。我认为,是承伟的介入,导致了天宇集团深层矛盾的暴露。承伟做这件事,目前来看不违法违纪。从前没有出现陆承伟,红太阳不是也从辉煌走入困境吗?分配问题日益尖锐,经济大跃进思维阴魂不散,这才是最深层的原因。这些问题不解决,其他办法都治不了本。"陆承志不再纠缠这个问题,伸手朝亮如银河的锦江一指道:"你知道改造西平的锦江河防花了多少钱吗?"史天雄道:"听燕市长说,花了一百一十个亿,以后准备再投入几十个亿。"陆承志又道:"像去年那种降雨量,百年不遇,不提前修这个工程,你说可能造成多大损失？"史天雄道："难以估量。"陆承志再问："私营业主，即便是富到我们那个好弟弟陆承伟的程度，有能力修建这么大一个工程吗？"史天雄怔怔地看看陆承志，说道："大哥，有什么话，请直说吧。"

陆承志沉默了一会儿，说道："爸爸，我，还有部党组的主要成员，一直挺关心你这个下岗干部。你在成为大资本家的道路上，虽然暂时遇到一些困难，但这些困难已经无法阻挡你成为一个富人了。可喜可贺呀。"史天雄说道："大哥，你不是在讽刺我吧？"陆承志冷笑道："我怎么敢讽刺你？十年后，你史天雄就是风光无限的私营商业巨子了，我现在不巴结，怎么能行？十年前，我还是司长的时候，我的同父异母的弟弟求我办一件小事，我没帮他办，这十年，他连我家的门都没登过。这教训多沉痛！听承业说，最近他又一次请你去红太阳，当红太阳的船长，他当你的大副，你又一次严辞拒绝了。这也可以理解。我一个正部级副部长，年薪不足四万人民币，红太阳的船长，不过是正司局级，薪水能有几何？当然入不了未来商业巨头的眼了。WTO还没加入，你的'都得利'已经把国营商场逼到拼刺刀的地步，入关后他们怎么活？有时候，我在想，你那个共产党，不知道还是不是我们这个共产党。"

谈话严肃起来，可以说火药味十足了。

史天雄道："大哥，但愿这不是你给我下的盖棺之论。我这次拒绝二哥，与利益无关，与个人的荣辱沉浮也无关。我自信我今天仍然是一个货真价实的布尔什维克。我现在做的事，与共产党的终极理想，并没有背道而驰。水浅的时候，可以摸着石头过河。水深了呢？一要学会游泳，二要学会造船。如果我们'都得利'站在对立面还能为民族的伟大复兴事业做贡献，立场恐怕并不重要了。旗帜的颜色问题，并不取决于国有资产是不是大而全，而在于公有经济在国民经济的主干领域里是否有发言权。更重要的一点，要看绝大多数人民心中还有没有这面旗帜。大哥,你想象一下,一个城市有二十家商店,每天早上举行升国旗仪式,发展新党员的时候高唱《国际歌》,用现代企业管理方法进行管理,这个城市的商业会呈现出一种什么样的风景?难道非要再分出公有私营不可吗?如果每个行业的每个小单元都能自觉地这么做了,我们的旗帜的颜色,永远也不会改变了。如果你听了我这种解释,仍要把我看成一个叛徒,我也只能让时间来证明我的清白了。"

陆承志叹道:"如果我真的认为你是叛徒,就不会在这样一个月夜,用我这么宝贵的时间,陪你在这样一个美丽的大工程旁散步了。红太阳搞了全员推销,元气大伤。承业想让你过去,也是没办法的办法了。你在'都得利'做的试验,基本上是成功的。它目前遇到的困难,也是暂时的。你这时候离开'都得利',对它的未来影响不大。承业是个非常自信的人,做你的副手的话他都说了,这话的分量有多重,你应该清楚。我觉得这个方案是可行的。"

史天雄苦笑道:"大哥,你和二哥都高看了我。'都得利'要是过不了这一关,我这两年的努力,就前功尽弃了。在这个时候,我怎么能离开'都得利'呢?再说,我去了红太阳,又能拿出什么高招?最近,我就是被钱搞得焦头烂额。红太阳缺少的,也是资金。我现在连一个亿的贷款都找不到,红太阳现在需要几个亿……我,只有抢银行了。红太阳的病,暂时已经无药可医了。大哥,部党组应该把主要精力用在天宇身上了!要不然,两三年后,它就是第二个红太阳!"

陆承志无言以对。

第二天,陆承业带了一份破产方案,去银河宾馆见陆承志,他准备用这种方式,保护红太阳的国有资产了。

陆承志仔细看看破产方案,皱着眉头说:"不到万不得已,不能走这条路。还是想想别的办法吧。再想想,再想想,红太阳集团不是一般的企业,曾经是十年行业标兵,在国内外都有影响,你本人又是十大杰出企业家。搞破产方案,应该把政治账也算进去。"陆承业激动地说:"辉煌只是它的历史,如今它只是亏损大户。我个人的荣辱沉浮,无足轻重。现在破产,固定资产尚能还清债务,迟了,后果不堪设想。"陆承志道:"如果是你们党委的意见,你可以带回去向党组汇报。如果是你的个人意见,你还是按程序办吧,多征求征求方方面面的意见。牵扯到两万多个家庭,六七万人生计,一定要慎重!再慎重!"

陆承业只好把方案又带走了。

陆震天听了陆承志的汇报,勃然大怒,神经质地拍打着轮椅的扶手,喊道:"小艺,给承伟打电话,马上给他打,让他马上滚回来。你快打,你给他说,我就要死了,让他回来奔丧。"陆小艺顺从地拿起电话,拨着号码说:"爸,你别生气,我让他尽快赶回来就是了。我是谁?我是你姐!你到底做了什么事?快把爸气死了。明天早上,你要赶最早一个航班回来。回来迟了,谁也帮不了你。现在,我们掌握的证据,都对你不利。你好好想想吧。爸现在正在火头上,不想听你任何辩解。你快回来吧。"

陆承伟早有准备,放下电话,又给田青廉打一个,说道:"田书记,先祝贺你即将升任清江地委副书记。你们不是早想见见我爸吗?他最近身体还不错,也想见见你们。明天我先走一步,在北京家里恭候你们。"

第二天中午,陆承伟回到北京家里。一进客厅,看见陆小艺正给父亲捏背,走到陆震天面前,耸耸肩笑道:"爸爸,我坐的是最早一班飞机……"陆震天瞪着火苗的眼睛直灼陆承伟,"你是中国人,耸那个肩干什么?你他娘的可真是胆大包天!"陆承伟无奈地摇摇头,"爸,你肯定是听了小人谗言。我一直是规规矩矩做人,堂堂正正做事,没有招谁惹谁呀?看样子你要唱《辕门斩子》……"陆震天大叫一声打断道："闭嘴！你还觉得屈的慌！天宇集团出这件事，不是你这混账一手造成的？演小角色你觉得不过瘾，这一回，演的是千古罪人！可恶的是，你做这事，竟把老子和那么多官员都当了你的棋子儿！真想不到老子一世英名，竟然会毁在你这个不肖子手里！"

陆承伟搬个凳子坐在陆震天面前，一脸诚恳地望着老人说："爸，你言重了。天宇是棵大树，你儿子还没那个力量撼动它，更别说动摇它的根本了。秋天来了，我感觉到树叶要落了，只是提前准备了扫把和箩筐，站在树下面等待。江山代有才人出……我说错了。你老人家对国家民族的贡献，什么力量也无法把它磨灭。即便有血统论这一说，也只讲老子英雄儿好汉，虎父无犬子。将来修第二十六史，你的列传不会因为我受到丝毫影响。我一直为有你这样一位父亲感到骄傲和自豪，并一直想做出一些骄人的成绩，配得上这高贵的血统。从长远来看，我并没有为这个家庭抹黑。是的，在准备陆川实业上市的过程中，我是借助了爸爸你的潜在影响力，可这没有……"陆震天骂道："放屁！你还很有理？对不对？你在利用政策上的……真不该送你去美国学什么金融！学一身手段，竟向国有大企业下手了。玩一次戏法，赚了一个亿，你还不满足，又在股市上向天宇下黑手，让它又套住了几个亿！没想到我陆震天竟生出了一个金融杀手！"陆承伟平静地说："爸，你千万别为这事生气了。天宇为什么要控股陆川实业？为什么又暗中斥巨资托市？这些事我能操纵吗？它不买我的，肯定会买别人的。天宇不买陆川实业，总会有别的人买。中国的经济转轨还没有完成，股票上市，还有浓重的计划经济痕迹，政府对上市公司多有偏爱，至今没有建立退出机制。这种人为制造出的等级，用专业眼光看，就是商机。机构炒作，只要遵守规矩，它对证券市场的发展，利大于弊。问题是我们的股票市场，目前还没有系统的规矩。王传志愿意拿出天宇的钱炒陆川实业,想投机赚钱,我作为一个职业投资者,没有不跟进的理由。爸爸,责任到底在谁身上,你比我清楚。王传志胆子这么大,是因为他知道体制肯定会保护他这种冒险。"陆震天无法否认这些事实,叹口气道:"你还挺有理!讲起来一套一套的。我真是低估了你。你对中国的现实研究得很深入。可是,你并没有想办法弥补体制等方面存在的缺陷,而是在利用这些缺陷。可恨!他娘的真可恨!真不像共产党人的后代。"

苏园一看陆震天气消了些,忙闪过来笑道:"要是知道他今天惹你生这么大的气,不如生下来就把他掐死了。这些年出现的亿万富翁,成百上千的,乌鳖杂鱼,什么人没有?坑蒙拐骗、沽名钓誉的多了。承伟没违法没乱纪,好事、善事也做了几火车了,别光对他一个吹胡子瞪眼睛。"陆小艺不失时机地接道:"爸,经济我不懂,可我觉得承伟没多大错。什么事都是一个巴掌拍不响。上面和国人,都想看中国经济上的航母编队,天宇顺应潮流,搞了扩张,相中了陆川实业。谁都没错。你给小弟安个金融杀手的罪名,可是中国要不搞证券交易,他手里就是拿了削铁如泥的宝刀,他能杀了谁?承业二哥没做什么违规的事吧?怎么样?红太阳早资不抵债了。"

陆承伟道:"妈,姐,你们别替我辩护。爸生我的气,骂我,那是重视我,是为我好。他要是隔两三月这么敲打我一回,我的进步更快。爸,你对我有什么要求,下达一道死命令,我肯定立马冲上去。"陆震天道:"好吧,把你赚来的钱,先填了天宇造的大窟窿。"

陆承伟惊讶地看着父亲,旋即笑起来,"爸,你这个主意,可不像一个老经济学家出的。我就是把钱送给天宇,也不一定能救了它。无论站在什么立场上,你都不该生我的气。我是你陆震天的儿子,对现政权的态度,自然是十分热爱、衷心拥护。我用钱不是也用得挺好吗?中国现在有多少千万富翁、亿万富翁,恐怕很难统计出来。他们信仰什么,有什么政治主张,已经很重要了。不管你承认不承认,这样一个阶层已经存在了。你作为一个经济学家,一个革命家、政治家,肯定不会忽视金钱的力量。中国正处在一个伟大的历史转型时期,出现了很多暴富的机会。这些机会,我不抓住,总有人能抓住。我把这些钱挣了,总比一些不相干的人挣了的好。先不说大的了,说说咱们家吧。假设一下,如果我们也出现了前苏联和东欧那种巨变,没有强大的经济实力做后盾,咱们家的子子孙孙还怎么生存?每天煮点主义,能充饥吗?如果每个共产党人的家庭中,都有我这么一个人,这江山肯定固若金汤了。这也算是未雨绸缪吧。咱们原先的邻居袁家,很懂这其中的奥妙。武昌起义时,他们打政治牌,革命一成功,他们家就出了个国民党的元老。新中国要成立了,他们又打出了经济牌,在新政权下又安安稳稳过了几十年,不是发生了文化大革命,他们现在依然会红得发紫。当然,从人格道德上看,这种做法是有缺陷的,但它对付世态炎凉,也算一味补药吧?"

苏园有感而发道:"就是就是。这几十年,我们看了多少家花开花谢?不说别的,就是再来一次文化大革命……"

"妈——"陆承伟打断道,"你让我把话说完。这是我九十年代初的想法。现在我考虑得更多。思考得多了,疑问也就多了。我也想借这个机会向爸爸你请教请教。资本原始积累阶段,充满阴谋和血腥,这是不是个规律?天雄最近遭国营商场打压,日子也不好过。他缺钱,我准备跟他合作,谁知他想都没想就回绝了。爸,实话说,不谦虚地说,我这两年,总体表现并不比天雄差。这个国家,也就相当于咱们家。陆承伟和史天雄缺一不可。我和他应该携手合作。我对中国这五十来年的历史和现实,有个形象的认识,说出来请爸爸批评。我要用一些比喻,这些比喻可能是很蹩脚的。共产党兴起前的中国,国人营养不良,维生素严重缺乏。共产党人的理想,就好比是想让贫弱的中国人能吃上吃好含有多种维生素的苹果。经过二十八年艰苦卓绝的奋斗,经过无数人的流血牺牲,建立了新中国。这就好比给中国人栽了一棵苹果树。第一代领导人,很想让这棵苹果树果实累累,很想让每个中国人都能吃上营养丰富、味道极好的苹果。可惜,这树长了二十七八年,也结苹果,可这苹果产量低,不够吃,口感也不好。第一代领导人带着无尽的遗憾,相继谢世了。管理培养苹果树的任务,转移到了第二代领导人手里。改革开放,实际上像是对苹果树进行一次嫁接,目的是想让这棵树结出够中国人吃又能让绝大多数人喜欢吃的苹果梨。十八年过去了,这树长大了许多,产量也高了,大家都很高兴。可是,邓伯伯谢世前,国人发现这树长得有点怪,竟长了两个树冠,结两种果子,一种是苹果,一种是梨。一棵树长两个树冠,肯定长不大,要是任由两个树冠疯长,最终可能就把这棵树劈开了。第二代领导人,没来得及解决这个问题,去世的去世,退下来的退下来,也留下了遗憾。管理这棵树的责任,就落到第三代领导人肩上了。这副担子不轻啊!再用个蹩脚的比喻,我和天雄就好比这两个树冠,都是从你这个主干上长出来的。怎么管理这棵树,是决策层的事。感觉上,只能做这两个树冠合二为一的工作……"

苏园听不下去了,说道:"什么乱七八糟的。中午吃什么,你们爷儿俩说句话,我好安排。"

陆震天认认真真看看陆承伟,"看来,你还真是思考了一些问题。这个比喻确实蹩脚,但还是把你的认识,形象地表达出来了。这个问题,以后我们再探讨。先说说天宇的问题。西部经济本来底子就薄,培育出一个天宇,不容易呀!中国这么大,西部不发展起来,中华民族的伟大复兴根本谈不上。你既然两次把手伸向它都达到了目的,肯定对它不陌生。你说说,天宇的最大弱点是什么?"

陆承伟感到意外,既有点忐忑不安,又有点跃跃欲试,很想在这个问题上,谈出一些能让老父亲再次点头称是的见地。他想了想美国的发展史,再想想欧洲大陆的近代发展史,正准备拉开架子长谈,援军到了。

田青廉和秦思民来了,专程代表陆川县八十几万百姓向陆震天表示感谢。两年过去,因为陆震天,陆川县才真正迈入了一个新的时代。感激的话说完后,田青廉把一个檀木箱子打开了,指着里面摆放的精致瓷瓶,说道:"陆老,这是全县人民为表达对你的敬意,给你制作的小礼物。"陆震天拿起一只小瓷瓶问:"这里面装的什么东西?"

田青廉道:"这里面分别装有不同的历史时期沐浴过你的恩泽的地方的泥土。第一瓶,取自你当年办的陆家川小学。最后一瓶,取自十个陆川企业的厂区。瓶子上都贴有说明文字。这也算是你在七十多年里刮走的陆川的地皮吧。陆川的百姓说,有的官贪财,有的官贪色,陆震天贪陆川的五色土。"陆震天高兴得大笑起来。

陆承伟一看田青廉文章做得这么漂亮,心里挺高兴。这一关总算过去了。

红太阳集团党委常委们正式研究破产方案的上午,工会主席陆明领着几百个工人拥到了厂部大楼门前。工人们站成扇形,分四五层把门口围住后,陆明小声说:"可以开始了。"一个青年女工举起右手喊:"不要破产,要吃饭!"几百个工人跟着一起喊:"不要破产,要吃饭!"女工又举手喊道:"工人阶级是领导阶级!工人阶级不等于零!"工人们跟着高喊:"工人阶级是领导阶级!工人阶级不等于零!"……

工人们又喊了一阵口号,看见陆承业和公司主要领导从楼里拥了出来。陆承业朝人群扫了个扇形,一眼把陆明捉住了,狠狠地看了儿子一眼,"你想干什么?无组织,无纪律!像什么话?"陆明底气十足地说:"我们没想干什么。我们听说今天要研究破产方案,想让你们听听工人们的心声。"陆承业朝中央站站,正对着人群道:"四十五年了,红太阳还没出现过工人集体到厂部请愿示威的事。党员同志请举手。"人群里举起了十几只手。陆承业道:"请你们走到前排来。"党员们都走到前排了。陆承业威严地道:"党员同志留下,其他同志请回去吧。你们的心声我们都听到了。有意见,可以按组织程序提,用这种方式,太过分了。"

没有一个工人离开。陆承业真的动了气,板着脸道:"我再说一遍:党员同志留下,其他同志请回去吧。"人群里出现了嘈杂的回答声:"我们不回去。""大不了把我们处理下岗。""谁砸我们的饭碗,谁下台!""我们拥护陆主席。""别再吓唬我们了,我们就要一无所有了,我们什么也不怕了!"双方僵持住了。

陆承业再也控制不住了,朝儿子走了两步,目光如炬,盯着陆明看看,"噢!这是有组织有计划的行动啊。那好,陆主席,请问你们的目的是什么。"陆明梗着脖子道:"决不能搞破产方案。红太阳要发扬抗洪精神,万众一心,众志成城……"陆承业甩手就是一个耳光,把陆明打了一个趔趄,怒骂道:"成事不足,败事有余。你这个工会主席,不要再干了。"恨铁不成钢地盯了儿子一眼,"好端端的工人,都让你带坏了。三十几岁了,干了一件事,搞个全员推销,把好端端的风气搞得一团糟。"

一时间,人群静极了。陆明站稳了,伸手擦擦嘴角的血,狂傲地盯了父亲一眼,说道:"我这个工会主席,是工人们选举的。只有职工代表大会才有权力罢免我。"陆承业大怒,吼道:"反了你了!你看我能不能撤了你。"冲过去又要打。几个公司领导冲过来把陆承业抱住了。

陆承业大声说:"破产,并不等于砸大家的饭碗。何况,现在只是在研究方案。"陆明说:"红太阳的前途,应该由全体员工决定,他们才是主人。既然厂党委给我们这样一个答复,再求他们也没有用了。走,咱们走。"工人们呼呼啦啦都跟着陆明走了。

陆承业和陆明之间的父子关系,掩盖了这一事件的严重性。从表面上看,陆明带着工人们离去,是调皮捣蛋的儿子挨了严父一耳光后迫不得已的一种选择。红太阳集团的几位领导上楼继续研究破产方案时,大都觉得工人们被陆明挑逗起来的不满情绪随着铁腕人物甩出的那个清脆见血的耳光,基本上算是烟消云散了。又因为陆承业入主红太阳几十年建立的牢不可破的权威受到了来自他儿子的挑战,陆承业的这些战友们下意识地想帮他们的主帅找回点面子。眼下,帮他找回面子的最佳途径,就是在支持陆承业所提破产方案的前提下,如何动用自己的智慧和经验,使这个方案更加完善。又因为破产所涉及的问题实在太多,会议便开成了一个马拉松,晚饭,几个人在会议室草草吞下工作人员送来的快餐,接着又把会议续上了。红太阳集团的核心人物走出厂部大楼,头顶月明星稀的夜空各自回家的时候,没有一个人想到,一觉醒来,他们将面临一个不可收拾的混乱局面。

陆明当众挨了耳光,又受了父亲的一番羞辱,回到工会办公室,提出一个极其危险的方案:组织职工,上街游行,让破产方案流产,保住大家的饭碗。

因事关两万多个家庭的生存,又有工会牵头组织,几乎没有职工反对这么做。会哭的孩子有奶吃,大家已经摸清这一个规律了。

第二天清晨,陆明领着打横幅的第一方阵一千多人走上西平市东大街,游行队伍的尾部还没有走出红太阳生活区的大门。参加游行的人数已经超过了一万人。

陆承业和红太阳集团的领导一看事态已难以控制,赶忙打电话给西平市政府值班室,报告了这一严重事件。

# 第二十七章

　　燕平凉给市公安局白局长打了电话,严令全市所有公安干警全部出勤,维持秩序,防止事态扩大,然后,他又让秘书通知在家市委常委到市政府会议室召开紧急会议。给在北京开会的市委书记钱江涛打完电话后,他掏出手帕,擦擦额头上的冷汗。
　　过了一会儿,燕平凉又拨通了陆震天家的电话,"是小艺吗?我是燕平凉。红太阳集团出了大乱子,有一万多职工上街了。红太阳是部属企业……噢,陈部长和陆副部长来处理这件事了?我最担心出现连锁反应。西平市,下岗人员有三十五万多人。什么?陆老也要来?你劝劝他,最好别让他来。你请陆老放心,我已经做了安排,只要能把红太阳的人员控制住,不会出现大的动荡。"
　　刚刚放下电话,另一个电话又响了,惊得燕平凉下意识地打个寒噤,振铃振了三次,他才拿起听筒。蒲东林在那边发火了,"燕平凉你是怎么搞的?反应怎么这么迟钝?应急措施你准备了多少?队伍走到哪里了?无缝钢管厂、西平锅炉厂……这些大企业有没有异常情况?"燕平凉道:"蒲书记,该做的,都做了。他们刚刚上了东大街,田明照同志已经代表市政府去做劝阻工作了。各大企业暂时没有异常情况。"蒲东林道:"很好。我和王省长正在北京机场高速路上。你记着,一定要阻止他们进入市中心。通知各媒体,不要派人瞎采访,不准报道。通知武警总队,让他们做好应付突发事件的准备。告诉田明照,一定要和风细雨,不能让矛盾激化了。这个陆承业,搞的什么名堂!让各主管部门的正副职,都下到企业去……回去再说吧。"

燕平凉主持完简短的常委会,也到现场去了。

史天雄赶到东大街的时候,事态已得到控制,游行的队伍已经越来越短,只剩下三四千人了。他坐了一辆小三轮,进了红太阳集团的厂区。

办公楼里没几个人,集团领导只剩下陆承业一个人在值班。史天雄刚进门,梅丰也跟了进来。两个人都吃惊地看着陆承业。几天没见,陆承业的头发已经完全花白了。两个人一替一句问了起来,自然没几句安慰的话。

陆承业的眼神游弋不定,手指神经质地敲打着桌面,表情变化丰富而迅疾,十分沉痛地说:"大祸已经酿成,后悔有什么用呢?我养了一个好儿子呀!我的一个耳光,打出了一个天大的事。安定,谁不希望真的安定?藏着、掖着、压着、哄着的安定,能叫安定吗?我不后悔,反正这包脓该挤,早挤早安生。天雄,你不愿意来红太阳,二哥不怪你。我只是后悔前年不该阻拦你。不对,我不后悔阻拦你,你是人你不是神。你办'都得利'如鱼得水,来红太阳恐怕也会变成干鱼干了。你史天雄的'都得利'要走到这一步,你恐怕只能跳楼了。不破产,两万多人每年不能向国家上缴一分钱,还要白白吃掉国家一个亿。我不后悔,我不后悔,我后悔什么呢?后悔是没有用的。真的,后悔是没有用的。现在是该考虑承担责任的时候了。我绝对不会推卸我自己的责任。这责任太重大、太重大了,比泰山还要重啊。我会负责的,出这么大的事,我不负责谁负责?"说着说着变得语无伦次起来。

史天雄和梅丰都感到陆承业已经乱了方寸,一想到出了这么大的事,乱了方寸也很正常,也就没想陆承业的心底深层会涌动一种什么样的风暴。他们都意识到了这个事件是陆承业的一大败笔,但都没想这一大败笔对于陆承业意味着什么。

下午，工人们被劝阻回去了，城市恢复了平静。晚上，燕平凉在市政府主持召开了各方主要人员参加的联席会。陈东阳在会上严厉地批评了陆承业，代表部党组对陆明和职工代表说："红太阳是部属大型企业，部里也没权让它破产。这个事件，性质恶劣，影响很坏，教训非常沉痛，需要好好总结。"陆承志对陆承业和陆明都作了严厉的批评，最后说道："这确实是个影响极坏的事件。同时，我们还要看到这个事件中的积极因素。红太阳的职工，主人翁意识还是很强嘛。去年的大洪水，是坏事，可上上下下处理得当，现在看，它又变成好事了。它增强了民族的凝聚力，为我们积累了抗洪精神这样一笔巨大的精神财富。改革已经到了攻坚阶段，改革已经到了一个新的时期。一切局部利益，都要服从全局利益。红太阳要下大气力，来一次全面整顿。"

　　陆承业一直木然地坐着，最后表态说："明天上午，先召开全体职工大会，我先做个检讨。请各位领导放心，请职工代表放心，我会用行动负起我应该负起的责任。"

　　没有人从他这个表态中听出弦外之音。

　　回到红太阳集团，陆承业把第二天的职工大会作了安排，一个人走进偌大的厂区。厂区漆黑一片，所有的车间都锁着大门，安静得像一副副巨大的棺材。走在坟墓一样的厂区，强烈的失败感彻底把陆承业挤碎了。四十多年了，在他的领导下，红太阳从大山里一个三线厂的车间，变成了西平市这个沉睡着的巨大厂区，走完了从小到大，又从盛到衰的一个轮回。四十几年，国家投到红太阳的钱，比红太阳累计上交的利税，还要多出一亿三千万！这个一亿三千万，让陆承业感到了一种挥之不去的荒谬。两万多人，已经不能为国家创造一分钱财富，听说要搞破产方案，理直气壮地打着要吃饭、要生存之类的标语，上街走一圈，惊动了那么多的官员，官员们马上表示绝对不能让这两万多人饿着，真是天下奇闻！天亮之后，他还必须向工人们检讨不该生出砸他们手里的饭碗这个想法！陆承业实在开不了口。四十几年，他由一个风华正茂的英俊少年，变成一个满头华发的小老头，付出的心血，不能说不多。结果呢？他成了一个已经欠了国家一亿三千万的企业法人！为了不让这笔债越欠越多，想出一个破产方案，最后却变成了一个破坏安定团结政治局面的罪魁祸首！左右两侧厂房里的生产线，正在岁月的流逝中逐渐变成一堆堆废铁！

陆承业走到围墙边上的一个车间大门前，抖着手摸着门上已经锈蚀的大锁，兀自感到一阵心酸，两行老泪滚了出来。他握住大锁，朝铁门上撞去。伴着当当当的沉闷撞击声，陆承业发出一声受伤老狼一般的惨叫。在这一瞬间，陆承业决定以非常的形式，提醒红太阳的全体员工：不能再靠国家养活了。

第二天上午，梅丰放心不下，怕陆承业脾气不好，再生出什么事端，拉上史天雄又去了红太阳集团。两人走进礼堂，这个主会场已经座无虚席了。梅丰朝主席台望去，没看见陆承业，焦急地说道："这个老陆，这个时候还不来，会激化矛盾的。"主持人敲敲话筒说："请安静！请安静！陆总因为身体原因，不能到会……"会场顿时炸了锅。梅丰急得团团转，"真不知道轻重。这么重大的事，爬也要爬到会场来……"

主持人扬扬手中的磁带，大声说："安静！请安静！昨天夜里，陆总交给我这盘磁带。他说，他想给大家说的话，事先已经录好了。他希望大家认真听听。"

会场终于安静下来了。

陆承业很苍凉的声音响了："红太阳集团公司的全体员工们：受责任和义务的驱使，我想借这个机会给你们讲几句心里话。这种讲话的机会，对我可能是绝无仅有了。我是烈士的儿子，一个有四十年党龄的老党员，一个有四十三年工龄的老红太阳人。这三种身份，使我一句大话、套话也不能对你们讲了。红太阳已经山穷水尽，这是我们每一个人都必须正视的现实。它的辉煌历史，今天我一句也不想讲了。成也陆承业，败也陆承业。我为什么要搞个破产方案呢？红太阳已经连续亏损四年了，已经资不抵债了，银行不再给它一分钱贷款，全员推销也彻底失败了，被人兼并的路也走不通。作为它的法人代表、党委书记，我搞这个方案的惟一目的，只是想保护红太阳现在的国有资产不再从我们手里流失、消失。因为我考虑不周，处理问题简单粗暴，引出了这个在全国都造成恶劣影响的重大政治事件。我上愧对党的期望，下愧对你们的信任。已经有很久了，我常在想这个问题：资本家资不抵债后，可以拿命抵上，身为共产党人的企业家，因为自己决策的失误把企业搞垮了，拿什么抵上？红太阳发生亏损后，我发过誓：生为红太阳的人，死为红太阳的鬼，无论出现什么情况，绝不异地做官。现在，到了该实现这个誓言的时候了……"

梅丰用手捂住嘴，疯也似的跑了出去。史天雄也跟着跑了出去。厂区路边的高音喇叭下，驻足倾听的人们在议论着。"陆总这话是什么意思？""越听越不对呀！""好像是临终遗言。""有点像。""不可能。反正亏了赚了都是国家的，他没有到别的地方做官，已经够可以了。""陆总性情刚烈，恐怕真的要……"

梅丰打开陆承业的房门，史天雄冲进几个房间，没看见身体不适的陆承业。茶几上放着一张纸，纸上放着一条贝壳项链。史天雄拿起纸一看，说道："梅小姐，是给你的……"梅丰抖着手接过来看一眼，眼泪流了出来。这是陆承业留给梅丰的一封短信：

亲爱的小丰：

这是我第一次，也是最后一次这么称呼你。我们认识四年三个月零四天了。我早就从内心里接受了你对我的感情。可是，巨大的年龄差距和失败者的身份迫使我不敢面对你对我的爱。原谅我的懦弱吧。我想等把红太阳扭亏为盈后,再和你走到一起。可惜我没能做到,彻底辜负了你。这条贝壳项链是我三年前到青岛时,亲手为你做的。那年我五十六岁,你三十四岁。我想,如果我在三个早上能拣到九十个这么小这么漂亮的白贝壳,我就能在三年内把红太阳带出低谷,然后就能把这条项链送给你,向你求婚了。我当时确实拣到了九十个。可是,我刚才数数,怎么只有八十九个。差这么一点点,这就是命运吧。小丰,这条贝壳项链留给你做个纪念吧。选择这样的方式,我考虑了很久。我并没想过以我的死,可以从根本上改变什么现实。我只想表明我还不缺乏为国有资产负责任的勇气。一个失败者在他的工作岗位上走了。我希望你多保重,希望你幸福。

承业绝笔

梅丰喊道:"他在办公室——刚才……"猛地捂住自己的嘴,流着泪道:"……他听到我们敲门……快,快——"

来不及了。这时,陆承业已经把所有办公用品整理好了。他把一串钥匙掏出来放在桌上,拿起桌上的小国旗和小党旗,深情地看一眼。然后,他掏出钢笔,拿出信笺写道:"我没有带领红太阳人守好这块阵地,愧对党、愧对人民。存折上的一万一千元,是我的全部积蓄。这点钱,不作为遗产留给陆明,不作党费上缴。用它还一些红太阳欠银行的贷款吧。"闭着眼睛想了片刻,他从容地从口袋里掏出一只小瓶子,打开瓶盖,把半瓶红色的液体喝了下去。突然,他又拿起笔在纸上继续写道:"请把我的骨灰撒在红太阳的厂区……"写到这里,他伏在办公桌上,再也不动了。

史天雄踢开反锁的房门,看见陆承业,眼泪无声地滚落下来。他扑过去,懊悔地哭喊一声:"二哥,我不该拒绝你呀。是我把你逼死了——"梅丰抱着陆承业的头,抖着手,抚摸着,哭喊道:"老陆,老陆,你真傻……"突然惊叫起来:"医生,医生,还是热的,快救救他,快救他——"穿白大褂的男医生冲进人群,翻翻陆承业的眼皮,拿起空玻璃瓶对着窗户看看,摇摇头吐出三个字:"氰化钾!"陆明挤进来,跪在地上,抱住陆承业的双腿哭喊道:"爸爸——爸爸,是我把你逼死了,是我把你逼死了……"

苏园不想在锦江饭店总统套房里听陆震天和陈东阳、陆承志谈政治、谈经济,抽空去皇冠大酒店看梅红雨。看到梅红雨又年轻又漂亮,苏园很高兴,马上建议梅红雨和陆承伟明年五一结婚。梅红雨说婚事都听陆承伟的,什么时候结婚她都没有意见。陆小艺去和蔡爱国见面了,苏园怕陆承志照顾不了陆震天,把一套白金首饰送给梅红雨,急匆匆回到锦江饭店。

陆震天坐在轮椅上,还在讲着:"……纵观中外历史,掘墓人都是自己培养的。我们必须重视这些问题。老百姓还有普遍的依赖思想。这种现状必须改变。政府不可能把什么都包下来。我们必须承认,百姓对政权的信任度,已经降低了很多。三年自然灾害时期,生活比现在要困难得多,中央决定减少三千万城市人口,一声令下,近千万个家庭都从城市迁到农村。一个破产方案,引出这么大个事件,值得我们深思。对政权的信任程度降低,还有很多很多证据。城乡储蓄超过六万亿,银行几次降息,储蓄反倒增加了。这说明咱中国的老百姓会过日子?我看未必。从牙缝里挤钱往银行里存,是不是也有预防万一的想法?报纸上嘲笑美国人敢花十年二十年以后的钱,也太浅薄了。敢花十年以后的钱,说明政府、银行和民众之间相互信任,都知道对方十年后是个什么样子。这种信任的基础,一是制度支撑,一是经济支撑。我们的国有大企业,这二十年进步很大,可惜稳定性太差了。红太阳的辉煌,似乎还是昨天的事,现在竟成这个样子了。天宇呢?如今也是危机四伏了。这些骨干企业,都不能给人带来安全感,政府和民众间的信任,从何谈起?承业和王传志,都是在一个企业一窝就是几十年,不出问题才怪呢!承业必须退下来,那个王传志,也必须退下来。每个人的精力和才华都是有限的。我们党内,年轻的优秀人才很多。一个人在这么重要的岗位上,一干十几年,一干几十年,这个国家还有什么希望?你们也该下决心了!"说到这里,才停了下来。

苏园及时把茶杯递过去,"歇歇吧,歇歇吧。你还说人家呢,你都退了十几年了,不是还在发挥余热?说点家务事吧。我刚才去见了承伟的女朋友,噢,是未婚妻……"陆震天呷口茶水,哼一声,"他终于要结婚了!"苏园喜形于色道:"明年五一,让他们结,小艺找的小蔡也不错。这个梅小姐,长得像咱家隔壁的袁慧,很漂亮,气质和风度都不错,不像是贫寒家庭的姑娘。"

正说着,陆承伟阴着脸进来说:"承业二哥自杀了。"

四个人都瞪大眼睛看着陆承伟。

陆承伟说:"是真的。他喝了氰化钾。留了遗书,留了遗言……他说他上愧对党,下愧对职工……"

苏园马上哭成个泪人儿,喃喃道:"傻子,真是个傻子呀!成千上万的企业都在亏损……你真傻呀。你为什么要走这条路?承伟,他在哪儿?你带我去看看他。我要去看看他……你这个傻子呀……"陆震天沉痛地拍拍轮椅扶手,"承业是条汉子,是条汉子……"自己也泣不成声了。

当天下午,陆承业为国有企业资不抵债自杀的消息,成了西平市的头条新闻。成千上万的西平市民,自发地朝红太阳拥去。公共汽车爆满,鲜花被抢购一空……

燕平凉得到公安机关的报告后,马上去了锦江饭店。他希望西平市政府能介入陆承业的丧事。陈东阳和陆承志不想惊动地方政府,都不同意。

燕平凉急了,说道:"红太阳集团,也是我们西平的大型企业。

承业同志是我们西平的大功臣。他作为正厅级干部、全国十大企业家,两年半没领过工资,以这种方式负起了自己的责任……他是我们西平一千万人民的骄傲……"陆震天打断道:"他不过是尽了自己的责任,用不着大张旗鼓做什么文章。虽然不能说败军之将不可言勇,但他没有把红太阳带出险境,于党的事业,他还是有愧的!自杀,是一种弱者的表现。他尽了责任,也逃避了责任。如果我们没有足够的韧性,担负起历史赋予我们每个人的全部责任,我们就无法为历史留下一个真正的英雄辈出的辉煌时代。没有这样一个时代,中华民族的伟大复兴事业也就半途而废了。不宜对承业这种做法评价过高。作为他的三叔,我当然希望他能享尽哀荣。但是,我还是个党员,我还要考虑我们整体的事业。"燕平凉争辩道:"我很佩服首长高屋建瓴的分析。这种敢于负责的精神,在现阶段是多么宝贵呀。承业的这种精神,已经把西平的市民感动了。今天下午,市区各界自发去红太阳吊唁的人络绎不绝。如果我们每个部门的负责人,都具备了这种敢于押上身家性命的负责精神,我们还怕什么?承业走这一步,肯定是想唤起大家对国家、民族命运的责任感。我作为西平市市长,当然希望全市人民都去看看这样一条汉子。我想把承业请到市中区殡仪馆,满足群众瞻仰他们心目中英雄的要求。希望我这个想法能得到老首长的支持。"

陆震天默思良久,抬头问道:"真有很多人吊唁?"

燕平凉噙着眼泪,动情地说:"是的。路过红太阳的六路公共汽车,每一趟都严重超员,西平鲜花店里的鲜花已经被市民抢购光了,打车到红太阳,出租司机不收钱,公安局已派了两个中队前去维持秩序。他们为什么要去看承业?因为他们以前只听说资本家破产后会自杀……把承业请到市中区殡仪馆,并不是宣传他,并不是肯定他的这种做法,只是让西平人民有机会看一看他……"

陆震天慢慢说道:"也好。毕竟,走这一步需要勇气。东阳,承志,就按小燕说的办吧。"

当天晚上,市中区殡仪馆布置了庄重肃穆的灵堂,把陆承业的遗体接了过去。西平市各大媒体,在燕平凉的授意下,都登了讣告。

以后两天,先后有十几万市民前去殡仪馆吊唁。一鲜花店店主趁机提高鲜花价格,愤怒的路人砸了这家花店。苏园和梅丰都守了两夜灵,这让梅丰感到意外,也有些感动。火化那天,西平市民有十几万人夹道送灵车去火葬场。这种哀荣,为西平几十年所仅见。陆震天见此情景,评价道:"死得其所。"

遵照陆承业的遗愿,陆明和梅丰把他的骨灰撒在红太阳的厂区。

当天晚上,梅丰戴着陆承业亲手制作的贝壳项链,穿着一身黑衣,走上《今晚十分》的直播台。她沉默了十几秒钟,用低缓而深沉的声音说:"一个平凡而伟大的人,三天前自己结束了自己的生命。心理学家认为,自杀一般是年轻人的浪漫专利。三天前自杀的陆承业同志,让我们用久违了的同志一词称呼他吧,马上就到花甲之年了,他的自杀,当然不是希求生命的一个浪漫终结。一个人的死,能够成为一个城市各阶层的人,特别是善良的底层人注目的焦点,已经说明一些问题了。陆承业是受责任和义务的驱使,勇敢地选择自杀的。大家都知道,曾经风光一时的红太阳电子集团公司,近几年步入了连年亏损的困境之中。确切地说,红太阳已经资不抵债了。作为这样一种企业的负责人,应该怎样承担自己的责任和义务呢?陆承业同志作出了自己极富个性的回答。尽管这个回答过于尖锐,不宜效仿,但他还是以他石破天惊的个性魅力,把多数西平人震撼了,感动了。国家财产,公有财产,这些神圣的词汇,近些年来变得遥远了、陌生了,面对它们,我们很少感受到庄严,而是有点麻木不仁了。今天的孩子们,还有几个能理解几十年前,为了保护集体的几个辣椒而献出自己年轻生命的刘文学呢？今天的我们，似乎早已对穷庙富方丈，搞垮一个单位尔后异地做官的现状，多了一种弱者无可奈何的认同感。这确实是一种让人提不起精神的现实。陆承业的死，引起的巨大反响，确实又让我们感到了一种更为普遍、更为牢固、更为强大的力量的存在。这是一种可以引导我们走向希望和胜利的力量。为了让大家记住这个平凡而伟大的人，我们为大家剪辑了一段录像。在这段录像里，大家可以看到一个烈士遗孤、一个党员、一个真正的人近二十年经历的所有光荣与悲哀……"

观看这期节目的几个人，反应各不相同。

梅红雨坐在王摄像身后，看得听得热泪直流，又不敢哭出声，低着头直咬衣服领子。陆承伟站在梅红雨身边，神情肃穆，看不出他在想什么。

史天雄坐在金月兰家的客厅里，忍不住哭出声来。金月兰去卫生间拿了毛巾，默默地递给史天雄，自己的眼眶也湿润了。史天雄痛苦地摇摇头，"在我青年时代，二哥对我的影响最大……我，我却在他最需要我的时候……我实在太自私了。二哥太骄傲，太刚烈，太认真了……"

郭淑英看到西平的老百姓夹道送灵车的镜头，一扭头，发现身边的王传志不在了，起身走到书房门口，看见王传志正在灯下写着什么，走进去，神神秘秘地说："老王，开始塑造陆承业这种典型了。真想不到。"王传志没抬头，一边写一边说："这叫踩到点子上了，一死遮千丑。人呀，要么求个做得最好，就是杀猪，也要杀到屠宰一条街的状元；要么求个做得最早，最早染上艾滋病，也是这一行的鼻祖。陆承业要算是个狠角，敢把半瓶氰化钾喝下去，喝下去，他也就站住了。"淑英探头看了一会儿，吃惊地说："你要辞职？你才五十一岁！正当年呀！"

王传志拿起刚写好的辞职申请,伸手打个响榧子,自得地说:"我能从北京胡同里的孩子混到今天,靠的就是敏锐的感觉。凡事不能贪多求全。当年,我要再当三个月红卫兵司令,必然会深深卷入武斗,'文革'结束就成了三种人。一年前,我放弃了仕途上的努力,走了收购陆川实业这步棋……"淑英接道:"这步棋不是走坏了吗?"王传志站起来。亲昵地拍拍妻子的脸,"走坏了是对别人而言的。大洪水后,开始提倡抗洪精神。抗洪精神是什么?牺牲与奉献。陆承业自杀,响动这么大,就是这个行为体现了堤毁人亡的抗洪精神。人心有多深?不能量啊!天宇风平浪静,是靠利益维持。红太阳的工人上街,是因为陆承业要砸他们的饭碗。天宇已经到达顶峰,该走下坡路了。再撑下去,最终能落个什么下场,难以预料。还是早做打算吧。"淑英疑惑地看看王传志,"你不是说三五年不会出问题吗?你现在还不到五十二岁……这是以退为进?"

　　王传志叹口气道:"三个多亿,套在股市上,不表明点态度怎么能行?为这件事把我免了也不冤枉我。以辞职的方式退下来,基本上还算是功成身退。天宇壮大了,后人也不敢轻视我这个开国皇帝。天宇不行了,也不是我王传志败的家。陆承业要是识时务,早退三年,也不会落到今天这么个下场。一个十多年的正厅级干部,又搞了一辈子实业,存款只有一万多块,还是人民币,真让人寒心。他这种身后名,不要也罢。要是上面不同意我辞,这步棋也算是以退为进吧。明天,你帮我收拾一下,到西平医大住院去。看上一段,过了春节,把这个东西交上去。"

　　齐怀仲去给史天雄和金月兰送请柬的路上,在雪银大厦门口,看见了穿着貂皮大衣的顾双凤。齐怀仲把车停到顾双凤身边,隔着窗玻璃看了好一会儿,才下了车,迟迟疑疑看着眼窝深陷、一副病态、样子变得有点像黄白混血儿的顾双凤,小声说道:"双凤,是你……你变得……我都快认不出来了……你……"

顾双凤面朝阳光,灿烂地笑着,"变得更漂亮了,变得风情万种了,对不对?"齐怀仲嗫嚅道:"是,是的,你,你确实很迷人……你的身体……"顾双凤神经质地笑道:"你是不是想问我是不是有病?你是不是怀疑我沾上了毒品?告诉你,我很健康,我过得很幸福。我只是想起你那个混蛋主子,才会有病,才会心里疼,才会咬牙切齿,才会有犯罪的冲动,陆承伟要是从世界上消失了,我就真正成了世界上最幸福的女人了。齐叔,我穿这件衣服漂亮吗?真的漂亮吗?"齐怀仲由衷地赞叹道:"典雅而高贵,还有点异国情调,把你画下来,肯定比俄罗斯那幅《无名女郎》更有韵味。你身体没问题我就放心了。"顾双凤在齐怀仲面前走了几个舞步,高兴地说:"丹尼也这么说。他认为我穿上这件貂皮大衣,比欧洲女人更欧洲女人。丰乳肥臀,眼睛里盛满俄罗斯的忧郁,比黛安娜还要黛安娜。他硬要把我朝欧洲女人打扮,我有什么办法?这衣服嘛,等我穷困潦倒的时候,还可以当几文钱充饥。"

齐怀仲四下看看,问道:"丹尼呢?"顾双凤耸耸肩,"在里面买单,我嫌里面空气不好,先穿了这件大衣出来了。他还要送给我一大堆首饰。"抬起手让齐怀仲看看右手中指上的白金钻戒,"八点八克拉,不算小气吧?看来他在瑞士还真算个有钱人。除了这枚戒指,别的都只算送给我的生日礼物。我真有点动心,想嫁给他了。嫁到一个几百年都没发生过战争的国家,感觉肯定不错。不过,我还是有点犹豫。"

"傻姑娘!你还犹豫什么呢?"齐怀仲连忙说,"丹尼追求你这么久,你应该知道他是什么人了。承伟元旦节就要和梅小姐订婚了。承伟要在锦江饭店举行豪华的订婚仪式。双凤,冤家宜解不宜结。你和丹尼要是能和他们俩一起订婚,我不知道会有多高兴。"丹尼拎着大包小包走过来,笑着接道:"太好了,太好了。齐先生,告诉你,上帝保佑,我的努力终于有了结果了。我要好好谢谢你对我的鼓励和帮助。你们中国的商场,效率太低了,差一点让我没能见上你。齐先生,中午我请你吃西餐。"

"元旦节?"顾双凤嘿嘿嘿地冷笑起来,"这顿饭先存着。那个又年轻又老练的梅红雨就要和他订婚了!这真是一个好消息。真他妈的好哇!陆承伟真厉害,他要得到的东西,谁也无法阻拦他。你这个小老头真是既天真,又可爱。谢谢你出的好主意。和陆承伟一起订婚,真的是个不错的主意,可惜我不想沾他的光。齐叔,中午一起吃顿饭,我想听听他为他的豪华的订婚仪式都准备了哪些精彩的节目。我真想好好去给他捧捧场,演几个拿手的节目给他们的准婚礼助助兴。"齐怀仲听得心惊肉跳,讪讪地笑着说:"双凤,丹尼,谢谢你们的好意,今天中午我没时间。我要去给史天雄送请柬……双凤,改天我找个时间跟你谈谈。双凤,嫁到瑞士去吧……"顾双凤变了脸,冷冷地说:"我的事情用不着你操心了。谈什么?没什么好谈的。咱们走。"

齐怀仲看着顾双凤和丹尼走远,长叹一声,开车去"都得利"总店。

史天雄拿着大红请柬,在办公室里来回踱着步。金月兰走了进来,问道:"陆承伟的副老总来做什么?他是不是还想控股我们'都得利'?"史天雄坐了下来,把请柬在桌子上拍打着,"不是的。他接连碰了三次钉子,梦也该醒了。不知道他给老爷子灌了什么迷魂汤,老爷子离开西平前,还问我为什么不愿意跟陆承伟合作。我没法跟他解释。我要把真相说出来,还不把老爷子气死了。这个姓齐的来,是给你我送请柬。元旦节上午,陆承伟和梅红雨在锦江饭店举行订婚仪式,邀请你我去参加。"把请柬扔在桌子上。

金月兰走过去,把请柬拿起来看看,"你答应了?"

史天雄道:"没有。我不想见他。想起他做的那些事,我就……他这是在挑衅,是在示威!说什么选择新千年第一天订婚,表明他要开始新生活。江山易改,本性难移。他可以逃避很多惩罚,可我不愿意捧他的臭脚!"金月兰坐下来,想了一会儿说道:"天雄,我理解你的心情。他在你这里碰了几次壁,这件事,你就给他一个面子吧。他这个人的报复心……你也说过,陆承伟现在是一只凶猛的食肉动物了。我们现在,正在寻找新的合作伙伴,万一把他惹恼了,他又在暗地里使坏,我们怎么办?银行只宽限三个月,明年春节一过,又是销售淡季……多一事,不如少一事。再说,你们毕竟兄弟一场,这又是他的大喜事……"

史天雄沉默着,没有表态。

傍晚,史天雄开着车回到明光村小区,梅红雨已经在楼下等他了。梅红雨一见面,就把请柬递过去,说道:"看来,我的选择是正确的。我应该在明光小区,而不是在宴园小区等待史天雄。我就要订婚了,我希望能在订婚仪式上,接受你和金总的祝福。尽管我是'都得利'的……我还是梦想着能得到你们,特别是你的祝福。"

史天雄道:"上午,承伟已派人给我们送了请柬。我现在就愿意送给你一个祝福。小梅,你知道,你可能还不知道……我和承伟……"梅红雨紧接道:"我知道你就是知道了真相,也不会对我说的。你不用说了,我都猜得到。你不再叫我红雨了……这样最好……本来就应该这样。我知道你们都恨陆承伟……所以,我要再送一份请柬。我妈的身体糟透了。她希望生前能看到我有一个好的归宿……当然,我也愿意和陆承伟走向婚姻……不管怎么说,我感到他是爱我的……这一点很重要。前一段,我妈住院,花了近十万块钱,没有陆承伟,我妈活不到今天。即便你们认为我是卖身救母,我身上不是还有个孝字可取吗?……我知道,你们也恨我,恨我,我也无话可说。随便吧,你们也可以不去。你们有拒绝的权利……"说着,突然间掩着面,哭着跑走了。

史天雄扬扬手，张张嘴，终于没喊出来。

梅红雨身心疲惫回到牌坊巷的家时，两个在松山株式会社工作的好朋友婷婷和王菁，已经在家里等她多时了。梅兰见梅红雨回来了，才说自己有点累，想躺一会儿，扶着墙要往里屋挪。梅红雨忙把母亲扶到里屋躺下。

原来，这两个好朋友是来求梅红雨办事的。婷婷不小心，又怀孕了，又不肯流产，被松山除了名。王菁替婷婷说话，顶撞了松山，也被开除了。梅红雨埋怨道："明知道有这几条规矩，为什么不小心一点？"婷婷流着泪道："小心得不能再小心了，一个月只敢做两三回。国庆节放了五天假，我和大庆到云南玩，……还是在保险期，怎么就怀上了。这四年多，流产都流了五次，医生说，这次不能再流了，再流，有可能导致习惯性流产，以后想要孩子，就怀不上了。买房子的钱，还差四万多……"王菁生气地说："还是你们不小心！满大街都是药店，你们都没看见？我还以为你们是避孕失败了呢！早知道……"婷婷又呜咽起来，"我不能吃药，一吃避孕药，喝凉水都长肉，又都长在不该长的地方。大庆又不愿意用套子……"王菁又道："这种坏毛病不是你惯的吗？吃你的，喝你的，用你的，你还惯他。不就是长得帅吗？"婷婷道："不惯他行吗？我这脸，我这身材，怎么能跟你们比？大庆要是甩了我，我只能找五六十岁的老头了……"

听两位朋友吵累了，梅红雨说："你们找我，我能有什么办法？松山一点都不怕报纸、电视。这些日本人，又不收礼……你们真是的……"

婷婷小心说道："你让陆总帮我们说说情。陆总跟松山先生很熟悉……"王菁说："红雨，我们姐妹一场，你就帮帮我们吧。你千万别推辞，只有你能救我们了。公司那块地，是陆总帮松山搞到的，少花了两三百万。我听说……现在这件事可以给你说了……

听说那块地与你离开公司还有关系……陆总真爱你,我们都很羡慕……"

梅兰在里屋说道:"红雨,你给承伟说说。小日本也吃五谷杂粮,也是妈生爹养。你让承伟去找找这个小日本。"

梅红雨心里疙疙瘩瘩,拿出手机,给陆承伟打了电话,把婷婷和王菁的事说了。陆承伟一听梅红雨有事求他,非常高兴,未及深思熟虑,就把这件事揽了下来。

第二天晚上,婷婷和王菁就带着礼物来答谢了。两人都回去上班了,婷婷也能做母亲了。松山株式会社为此还修改一条规矩,把中方雇员五年不准生小孩的规定,缩短到了三年。梅红雨见陆承伟对松山真有这么大的影响力,心里像倒了五味坛子,辨不出是什么滋味。辗转反侧想了一夜,第二天早上,梅红雨给陆承伟打电话说,她在时装杂志上,看中了一套巴黎最新款式的晚礼服,希望能穿上这套衣服做准新娘。

陆承伟犹豫片刻,答应了梅红雨的要求。齐怀仲接受更换礼服的任务后,实在忍不住,牢骚道:"只有一个星期了,真让人作难。梅小姐对从香港订做的四套礼服,也没说不满意嘛。这……"陆承伟叹息一声,说道:"想想办法吧。她提出任何要求,我只能答应她。在这件事上,我付出的心血太多了。我需要看到一个结果。她就是一块鹅卵石,我也要让它孵出小鸡来。你去见她,把杂志拿到,问她要什么样的颜色。"

十二月三十一号上午,齐怀仲把礼服送到牌坊巷。他把一张巴黎时装店的购物票交到梅红雨手里,说道:"梅小姐,时间太仓促,也不知道这个尺寸合不合身。在巴黎这家时装店订做礼服,至少需要提前二十天时间。明天上午九点,我准时来接你们。"说罢,径直出了院子。

梅丰拿着购物票看看,吃惊地看着梅红雨,"这是你让他们买的?你让他们在巴黎买的?"梅兰咳嗽着,探头看看购物票那串刺目的阿拉伯数字,惊叫起来,"八位数?天爷,这是什么衣服,值这么多钱?"梅丰说:"后面两位相当于咱们发票上的角和分。这件衣服值四十二万八千法郎。红雨,你是怎么了?啊?疯了?"

"我没疯。"梅红雨眼睛直勾勾地看着茶几上精致的礼品盒子,冷笑一声,"真是什么都难不住陆承伟呀!我的小姐妹,叫日本人炒了鱿鱼,他说一句话,日本人连实行了多年的制度都改了。我在一本时装杂志上看到这件衣服,我只对他说希望能穿上这件衣服订婚。六天时间,他只用六天时间,就从巴黎把衣服买回来了。我不嫁给他,我嫁给谁呢?你们觉得过分吗?一点都不过分!这一辈子,我能结几次婚?以后,我成了陆承伟的妻子,除了花钱自由,你们说我还会有什么自由?"说着说着,眼眶湿润了。

梅丰和梅兰相互看着,都没再说什么。

锦江饭店三楼大厅,被布置得金碧辉煌。上午九点半钟,陆承伟身穿白色皮尔·卡丹西服,梅红雨穿着刚从巴黎买回来的白礼服,挽着陆承伟的胳膊,步入大厅。八位身着燕尾服的小提琴手,站在大厅门内,奏响了贝多芬的《G大调小步舞曲》。梅丰扶着梅兰进来了。江小四马上把他们引导到贵宾席就坐。

江小三迎上来道:"准嫂子,大哥,趁客人们还没有来,你们看看,哪些地方还有疏漏?"陆承伟含情脉脉地看着梅红雨,"你看呢?"梅红雨淡淡笑道:"我很满意很满意。"陆承伟问道:"小三,你爸出发了没有?"江小三道:"可能快到了。他很高兴能当你们订婚仪式的主持人。"

陆承伟四处看看,说道:"不要分贵宾和嘉宾了,今天来的客人,都是贵客。也不要分男方客人和女方客人,所有客人都是我和红雨的共同客人。老齐,把浦书记、王省长、燕市长写的贺信交给司仪,等会儿宣读一下。小三,过一会儿,你和老齐到签到处,迎迎田副市长、省委于副秘书长他们。梅丰和我姐,要代表双方家长发言。老齐,你给我姐交代一声,发言要打个腹稿。"说罢,回头看看小提琴手,"去问问他们,看他们会不会演奏《泰坦尼克号》的主题音乐。大船上的那些小提琴手忠于职守,挺让人尊敬的。"江小三道:"都是西平有点名头的小提琴演奏家,都能独奏《梁山伯与祝英台》,演奏《泰坦尼克号》这种流行音乐,小菜一碟。我去给他们说。"

齐怀仲走出大厅,背后已经响起《泰坦尼克号》主题曲的旋律。他心里格登一下,想道:泰坦尼克豪华是够豪华了,最后却沉没了,男女主人公一个死了一个活着。《梁山伯与祝英台》好听是好听,男女主人公最终化了蝶才能比翼双飞。怎么都选中了这些曲子!齐怀仲感到莫名其妙的不安越来越浓。猛然间想起那天顾双凤的样子,他惊出一头冷汗,忙不迭地下楼,跑到饭店门外,四下张望了一会儿。江丰年、田明照等政府官员朝大门走来。齐怀仲忙又上到三楼,看看一切正常,这才放下心来,在签到处随时准备处理突发事件。

史天雄开着桑塔纳进了停车场。一辆六缸奥迪紧跟着也进了停车场。

史天雄和金月兰下了车,看见开奥迪车的中年男人下了车,绕过车头,去开另一边的车门。金月兰笑着看史天雄一眼,小声说:"你看人家,多绅士!"史天雄给金月兰耳语道:"你的意见我虚心接受。以后我也会绅士起来。"

陆小艺正下车,一侧身,刚好看见这一幕。金月兰窘得满脸通红。史天雄也没想到会在这里遇到陆小艺,又让陆小艺看到他和金月兰这样亲昵,讪讪地搓着手。陆小艺没有迟疑,挽着高高大大的英俊男人走了过来,笑着问:"天雄哥,金总,什么时候能吃你们的喜糖啊?"史天雄有点慌乱,僵硬地笑笑说:"你,你什么时候过来的……"陆小艺依然笑若春风,"昨天。代表你的养父养母出席我亲弟弟的订婚仪式。正式给你们介绍一下吧。蔡爱国,S省团省委第一副书记,我的未婚夫。这位是我的前任丈夫,我爸我妈的养子史天雄。这位女士就是大名鼎鼎的金月兰。"

两个男人,一个说幸会幸会,一个说久仰久仰。寒暄着走到饭店门口,陆小艺和蔡爱国遇到了熟人,先进了饭店。史天雄站在门外,掏了一支烟,点上了。金月兰看看表,说道:"时间不早了。"史天雄道:"开始了更好,签个到就可以走了。"

正说着,史天雄看见顾双凤从一辆出租车上下来了。顾双凤扶着大门外的柱子站着,看着酒店门外的告示牌,嘴角上浮出了怪异的冷笑。这时,丹尼从另一辆出租车上跳下来,冲上去,紧紧抓住顾双凤,央求道:"双凤,回去吧。你不能永远生活在历史的阴影里。"顾双凤挣脱着喊:"走开!你不要管我!"丹尼仍不放手,"你完全可以幸福地生活,为什么要选择痛苦?!我们没有收到邀请……"顾双凤歇斯底里地喊道:"滚开——"

金月兰终于认出了顾双凤,惊讶地说:"这就是……她怎么变成这个样子了?"史天雄把半截烟扔进垃圾箱里,"这是陆承伟的杰作!"金月兰摇摇头,"电视上,她真是光彩照人……"

顾双凤突然间倒了下去,眼泪、口水直流。丹尼看见顾双凤的样子,惊得大叫起来,"你,你怎么了?你,你怎么了?"顾双凤坐在地上,神经质地掏着衣服口袋,没有找到随身带的海洛因,挣扎着爬起来往外跑,脚下一滑,一头撞在大理石柱子上,昏了过去。

金月兰忙跑过去,把顾双凤扶起来,喊道:"天雄,你快来——"丹尼在旁边一声一声喊着。

史天雄仔细看看顾双凤,突然间抓住丹尼的衣领问:"喊什么喊?她是不是在吸毒?"丹尼茫然地看着史天雄,嗫嚅道:"我,我不知道……"史天雄放开丹尼,蹲下去,脱掉顾双凤的外套,伸手掐住顾双凤的人中穴,"快,看看她的手臂!"金月兰用力向上捋开顾双凤的衣袖,一大片青青紫紫的针眼,呈现在他们面前。史天雄猛地把顾双凤抱起来,跑向停车场,边跑边喊,"快打120,问问附近哪家医院能治毒瘾发作的病人……要快——"

金月兰和丹尼慌慌张张跟着跑过去……

齐怀仲看主要客人都到了,终于松了一口气。他走到电梯出口处,下意识地看看五个电梯上面的指示灯,心里道:"这件事总算平安过去了。该来的,只差个史天雄。不该来的,一个都没有来。"

大厅里,传来了《婚礼进行曲》的旋律。订婚仪式按时开始了。

# 第二十八章

亲眼看见女儿和陆承伟订了婚,订婚仪式连省委书记、省长都惊动了,梅兰彻底放心了。晚上,梅兰不顾梅丰和梅红雨的劝阻,喝了半杯红葡萄酒。夜里,西伯利亚的寒流漫过高高的秦岭,偷袭了西平市。梅兰的生命,终于走到了尽头。第二天早上,梅红雨做好早饭去喊她,才发现她早就昏迷了。两天后,梅兰安详地在西平医科大学附属医院的高干病房里,告别了这个世界。

办完梅兰的丧事,陆承伟把全部精力,都投入到控股"都得利"的事情上。一切都在陆承伟的预料之中,"都得利"在西平没有寻找到合作伙伴。有实力的私营企业,并不看好"都得利"的发展前景,实力不济的私营企业,又没有能力解决"都得利"的问题。过了春节,如果"都得利"找不到资金,只能选择缩小规模这条路。

焦点问题,自然在控股权上。和"都得利"接触过的六家企业,都希望控股"都得利"百分之六十以上的股份。因为都是私营企业,都知道赚钱的艰辛,都饱受过仰人鼻息的种种痛苦,都知道一言九鼎的重要性,都不同程度地认为"都得利"提出的出让百分之五十一的控股权是个陷阱。如果只拥有"都得利"百分之五十一的股份,一旦自己的阵营里有一两个人倒向"都得利",后果就不堪设想。这六家私营企业,有四家是家族企业,有两家是同仁企业,都是股份制企业,有这种担心,也很正常。

经过这么多次的谈判,受过这么多次挫折,史天雄已经在心里承认,他对资本这个东西的认识,太理想化、太肤浅了一些。在中国,出了钱就能求到单纯利润回报的时代还没有来临。这也许就是陆承伟们自我感觉良好的原因。

因为对"都得利"的现状了如指掌,陆承伟迈进史天雄的办公室的时候,怀着必胜的信心,口气自然而然地带了一些布施者的味道。

"你肯定想不到我还会登你这个门吧。"陆承伟这样开始了他的劝说,"我是一个职业投资者,我只考虑商机和它可能带来的利润。虽然你拒绝出席我的订婚仪式,做得有些绝情,但我还是愿意来跟你谈一谈。"说着,从口袋里掏出一只黑纱,"顺便告诉你一声,红雨她妈刚刚去世了。这几天,我都戴着孝。怕你误会,上楼前我把它取了。你,你怎么能无动于衷?起码,你做过她几个月的房客……"

史天雄脑海里浮现出顾双凤毒瘾发作的惨状,大声说道:"闭上你的嘴!你是不是还想告诉我,梅兰能活到两千年,是你用金钱创造的奇迹?我没出席你的订婚仪式是有原因的……"陆承伟扑哧笑了起来,"我知道是有原因的。我姐看见你在公共场合亲吻你的红颜知己,她也没说什么。你看到她又找了一个还不错的男人,就……作为男人,我理解你当时的心理。男人嘛,看见被自己休掉的妻子,过得越来越好,心里不会太好受。我理解,真的理解……"

史天雄愤怒地拍一下桌子,"你理解个屁!你知道你已经把顾双凤变成什么样子了吗?你真是一个冷血的杀手!我不想做你的帮凶。我去给你捧场,等于赞同梅红雨走顾双凤同样的路。可惜,可惜我没能阻止这件事。陆承伟,你走吧,我真的不想见到你……你走吧……"

陆承伟显然误解了史天雄这番话,笑笑说道:"你现在还翻这些历史旧账做什么?据我所知,双凤就要远嫁瑞士了。丹尼这个人不错。梅红雨嫁给我,有什么不好?我又没有逼她。当然,我承认,我做这件事,有些意气用事。我和梅红雨毕竟生活在两个时代。不,这么表述不准确。梅红雨毕竟不是袁慧,她甚至对我的历史一点都不感兴趣。如果我说,认识梅红雨之后,我没碰过任何女人,你肯定以为我在说谎。事实确实如此。我也知道,她现在也可能一辈子都爱不上我。不过,我愿意娶她为妻。至少,娶了她,我会获得一些奇特的成就感。我承认,我一直都很嫉妒你。从某种角度看,是你促使我下定了非娶梅红雨不可的决心。我只想证明一下,我和你史天雄至少同样重要。我并不像你想象的那么糟。"

他随便端起史天雄面前的茶杯,喝了一口,"我知道,你可能了解到了很多所谓的真相。多数都是情势所逼,非如此不可。我愿意向你一个人道歉。在北京,我跟爸爸谈过想和你合作的事,他不认为这是个很糟糕的方案。你的融资工作,一直都不顺利。我还知道,到目前为止,你们一再退让,那个你们理想中的合作伙伴,一直没有出现。胃口最小的一家,也要占'都得利'百分之六十的股份。市场经济,大家都要变成食肉动物了。还是那句话,资本就是资本。天雄,时间不等人。距上次在小酒馆谈合作的事,已经有两个月了。我并不想借你们又遇到的困难占你们什么便宜。我对'都得利'的未来,依然充满信心。我对与你的合作,依然充满着憧憬。说妻子如衣服,值得商榷,但说兄弟如手足,就是真理了。我的条件没有变,只想当'都得利'的挂名董事长。天雄,我们谈的是合作,是生意!"

史天雄冲动地站了起来,"我再一次负责地告诉你:想当'都得利'的董事长,下一辈子再说吧。别的事,我阻止不了你,这件事,我不会让你得逞的。陆承伟,我还想告诉你,你想用什么办法对付'都得利'都行,我等着你,我还想告诉你,你必须受到惩罚!如果你没受到惩罚,我们之间再没有什么话可说了!请吧?"

陆承伟慢慢站了起来,吃力地说:"别把话说得这么绝情。不就是让你们损失了三百万吗？在我提出的方案里,已经考虑到了这个因素。剩下的,完全属于我的私生活。我恳请你再考虑考虑。我没有一点恶意。'都得利'发展到现在的规模,不容易。它寄托着你的理想……"

"够了!"史天雄愤怒地打断道,"够了! 这不是你应该考虑的问题。'都得利'是我们的'都得利'。我们关了它,与你没有任何关系。世界上只剩下你一个有钱人,我们也不会找你的。你也回去想一想,我们为什么拒绝跟你合作。"

陆承伟气得脸色铁青,抓起帽子,冲了出去。

金月兰、杨世光和江榕马上跑到史天雄的办公室。杨世光伸出拇指道："天雄,有你的。中国人自古不吃嗟来之食。大仇未报,怎么能让他来当我们的董事长？"金月兰接道："你怎么没给他说顾双凤吸毒的事？"江榕冷笑道："金总,你以为这种人还有忏悔之心？说不定顾双凤的毒瘾,就是他设法给染上的。然后把顾双凤也当成一笔资本。这种人,眼睛里看到的只有钱。幕后操纵,把我们整到这种地步,最终目的,就是摘'都得利'这颗大桃子。梅红雨以后会是什么结局？难以想象。"

几个人七嘴八舌,好好把陆承伟声讨了一番,最后不得不面对现实。史天雄说："让陆承伟见鬼去吧。世光、小江,你们上午去旺家集团,谈得怎么样？"杨世光摇摇头道："李长柱根本没露面,只派了个副总和我们谈了半个小时,最后,把我们的方案留下了。"江榕说："留下也是白留下。我听说李长柱现在谱大着呢! 一个副总,口气都大得吓人。我听说,这个李长柱属于牟其中那类人,敢吹……"金月兰接道："小江,不要听信小道消息。开市人大会,我见过几次李长柱,印象还不错。今年,他已经进省人大了。产值可以吹,利税就不好吹了。旺家集团,今年光地税就上缴了近三千万。他们的实力还是有的。"

西平市上规模的民营企业,只剩下旺家集团没接触了,大家都不愿意过多朝坏处想,适可而止地结束了这个话题。正处在元旦到春节这个销售旺季,各分店的人气都很旺,或许等过了年,银行又会恢复对"都得利"的信心。做出成绩是第一要事,大家又分头忙碌起来。

　　陆承伟回到锦绣中华园家里,心里灰到了极点。打开门,对着墙上自己和梅红雨在订婚仪式上的合影,呆站了好一会儿。订婚第二天,陆承伟就让齐怀仲用这张照片把袁慧的照片换了。已经走到订婚这一步,再挂袁慧的照片已经失去意义了。本来,他一直期望着梅红雨能在这里看见袁慧的照片,并生出好奇心,这样,他就可以把自己的历史原原本本告诉梅红雨。谁知梅红雨在几个月里,一次也没来过这里,又明确表示对他所有的历史都没有翻阅的兴趣,这让陆承伟感到很失落。有几次,他都想请梅兰、梅丰来这里看看,一想这么做有那么一点露财露富的暴发户气,也就没提了。梅兰已经病故半个月了,已经是他未婚妻的梅红雨,仍是没有来过。陆承伟的心情,就不是光一个失落可以形容了。

　　这时,他才发现照片上的梅红雨,目光游弋,表情忧郁,似乎并不是真高兴。回想起史天雄说的那些话,陆承伟第一次发出了这样一个疑问:付出这么大的代价,真的很值吗?别说根本没有找回初恋时的感觉,即便真的和袁慧本人订了婚,真的就找到幸福了吗?四十几万法郎的礼服,并不合身,她为什么非要穿这件衣服不可呢?

　　陆承伟点燃一支雪茄,坐在沙发上,努力想回答脑子里层出不穷的问号,然而他找不到满意的答案。听到外面有汽车发动机的声音,陆承伟下意识地又把黑纱戴到自己的左臂上。他在公墓曾说他要为梅兰戴一百天孝。这时候,他才意识到兑现这个承诺,很不容易。他扭头看看黑纱,无奈地苦笑了。

梅红雨跟着齐怀仲进了客厅。陆承伟条件反射地站了起来。齐怀仲笑道:"红雨,这房子怎么样?做你们的新房还不错吧?"梅红雨红着脸笑笑,看着墙上的照片,又瞥一眼陆承伟臂上的黑纱,眼睛里泛出感动的光亮,"这房子比我想象的还要好。你,你今天戴着黑纱去见史天雄了?伯父和阿姨年龄都不小了,你以后不要再戴了。"齐怀仲道:"不是伯父和阿姨,是爸爸和妈妈。以后可要改口。"

陆承伟又进入状态了,"我爸我妈命都硬得很。我说要戴一百天,肯定要戴满一百天。我见了史天雄,也说了你妈病故的事。他们……你妈总算当过他们'都得利'几个月编外职工。怪不得人说,秦桧还干过三件好事,关公也做过一件坏事……不说了。史天雄还是嫌我的钱脏。他们第一恨我,第二恨你。他们不愿意接受我们的帮助。"梅红雨坐下来叹口气道:"他们也该恨我。特别是金总。要是能给我一个弥补过失的机会该有多好。我特别特别希望能够得到他们的原谅。"摇摇头,"看来,他们是不会原谅我了。"

齐怀仲不甘心地问:"一点松动都没有?"

陆承伟道:"把我骂个狗血淋头。史天雄说,他宁可把'都得利'关了,也不会跟我合作。今天我才知道,他们一直认为我是为了得到你,才和大商场联合,对他们'都得利'下了毒手。你不信?他们真是这样想的。即使这事真是我做的,我向'都得利'投一两个亿,足以弥补我的过失了。可惜他们连个机会都不给呀。原来我想得很好,可没想到史天雄会这么绝情。本来,我想这件事做成了,我做个名义上的董事长,只管融资,派你去做'都得利'的财务总监,经营方面,完全由天雄和金月兰他们负责……可惜,这么好的计划没法实施。"梅红雨笑了笑,解劝道:"或许是机缘还没到吧,你也别再责怪自己了。陆川的秦书记派人送来这份计划书,他们想在那条路的终点处立个碑,还要搞一个盛大的竣工典礼。碑文他们已写好了,送来让你审阅。"

陆承伟接过计划书和碑文翻看一会儿,说道:"秦思民当了书记,肯定想露露脸。一条路竣工了,搞这么铺张,就过分了。老爷子说得好,修十条路,该速朽还要速朽。立碑的事,就免了吧。庆祝活动,我们去参加。告诉他们,不要请太多的官员去剪彩。"

到此为止,没有任何迹象表明史天雄和"都得利"的未来,还会和陆承伟发生什么密切的关系。

春节将至,陆承伟决定带梅红雨到海南过年。梅红雨丧母未久,换个环境,也免得年节下触景生情,过于悲伤。梅丰也失去了陆承业,在西平过节,孤苦伶仃的,也有些可怜,陆承伟请梅红雨约上她一起去。梅丰答应了。陆承伟一想,三个人一起去海南,梅丰还是孤单,又约了江小三和江小四,又让齐怀仲把老伴也从北京叫过来。队伍滚雪球一样壮大起来。

旺家集团的老总李长柱得知陆承伟这个度假计划,打来电话埋怨陆承伟不够朋友,也要参加。电话里,李长柱说起了"都得利"找他们合作的事。陆承伟大喜过望,当天晚上就去见了李长柱,一个新的计划在他脑海里形成了。

腊月二十七上午,齐怀仲从旅行社取回机票,突然接到丹尼的电话,丹尼说他就要回国了,想见齐怀仲一面。

走进西平大学留学生公寓的大门,齐怀仲心里还在想:但愿他们今天不会离开西平,双凤远嫁瑞士,再见一面就难了。

丹尼像个刚刚从野外旅行回来的探险家,穿着脏兮兮的衣服,留着杂乱无章的长胡子,坐在四五个行李箱中间发呆。没看见顾双凤,齐怀仲的心跳加速了,看着丹尼,抖着声音问道:"双凤呢?"

丹尼痛苦地把头埋在膝间,久久没有抬起。

齐怀仲忙蹲下来,摇摇丹尼,"双凤呢?到底出了什么事?你快说呀!"

丹尼抬起头,又搓了一会儿脸说:"魔鬼完完全全控制了她。她把灵魂交给了邪恶的靡菲斯特。天使也没有能力拯救她了,因为她拒绝一切善良的力量援助。我不知道怎样才能描绘出我的绝望……齐先生,我已经决定终止我在中国的学习……什么时候我才能像正常人一样生活,只有上帝知道。"又把头低下去,不说了。

齐怀仲等待一会儿,坐在一只行李箱上,拉住丹尼的手。央求道:"丹尼,到底出了什么事?双凤现在在哪里?你好好说说,好好说……"

丹尼无奈地把手一摊,苦笑着说:"我不知道。我只知道她现在肯定还和魔鬼在一起。她并不爱我……可恶的海洛因已经让她踏上了毁灭之路。我已经绝望了……"齐怀仲大惊失色,叫道:"你说什么?你说双凤吸毒了?"

丹尼愤怒地挣脱了齐怀仲,站起来,激动地挥舞着手说:"她欺骗了我!她把我送给她的礼物,全部换成了海洛因!戒指、项链、貂皮大衣……都不在了……我,还有那天救她的史先生,都劝她去戒毒,她答应了。可是她骗了我们,从医院逃跑了。我……我找到她,她……她说她根本不爱我。就这样,她像个幽灵一样,彻底失踪了。"

齐怀仲为了多知道一些顾双凤的情况,亲自把丹尼送到飞机场。丹尼最后告诉他说:"万一你能见到顾小姐,请你告诉她,我没办法不爱她。上帝会饶恕她的。"

齐怀仲回到锦绣中华园,把这些都告诉了陆承伟。

陆承伟沉默了很久,自言自语道:"上次在'都得利'的停车场见到她,就觉得她的脸色不对……吸毒吸一年,也吸不了两百万呀!她用不着变卖衣服和首饰……"齐怀仲含着眼泪道:"她的两百万,都被她的亲人们,用不同方式瓜分了。她在金华买的房子,她弟弟也把它出租了。双凤会办这种傻事……承伟,得想办法找到她。必须找到她,必须让她把毒瘾戒了……"

陆承伟的眼里也闪动着泪花,喃喃道:"我记得她说过这事,以为她在说气话。她的那些亲戚看上去都不错……怎么会是这样?怎么会是这样?找……茫茫人海,往哪里找她?要找……必须把她找到……怎么找?她会在哪里?"

刚进龙年,"都得利"就出现了苦尽甘来的好兆头。前两个月的营业额,高达八千万。这个业绩证明"都得利"这个品牌在西平市确实已经站住了。

接着,又从旺家集团传来了好消息:旺家集团愿意在"都得利"提出的方案的基础上,讨论控股"都得利"的问题。旺家集团提出的方案,基础是双赢,真正把"都得利"当成了平等的合作伙伴。旺家集团准备以一亿六千万的资金换取"都得利"公司百分之五十一的股份,同时只要董事长和财务总监两个职位。这让"都得利"喜出望外。经过四轮务实而细致的谈判,顺利地签订了合作协议。签订协议当天,旺家集团已把六千万元打到"都得利"的账上。这次民营股份制企业间的资产重组,又一次成了西平传媒关注的焦点。燕平凉从《西平商报》看到旺家集团控股"都得利"的消息,专门给史天雄打了电话表示祝贺。史天雄开玩笑道:"你如果还想坐'都得利'这条板凳,我们仍然欢迎。不过,这一回,我们要酌情收你一点座位费了。要不然,再有个风吹草动,大市长拍拍屁股一走,我们的座位资源就浪费了。"燕平凉笑了起来,"我这个西平市市长,两袖清风,交不起座位费。没人请我看球,我就在家看现场直播吧。让暴风雨来得更猛些吧,这可是你说过的话呀!你忘了?好在,你们已经渡过难关了。不过,你们前边的路,也不会一帆风顺。我希望你们能通过激烈的市场竞争,一天比一天壮大。"史天雄道:"我们很愿意为市长留个专座,来不来坐,就看你忙不忙得过来了。谢谢你的鼓励。我们已经做好准备了。"

为了对旺家集团表示尊重,史天雄决定更换会议室的桌椅。椭圆型会议桌由合成板变成了实木,杂木靠背椅也换成了真皮软椅。新任董事长上任那天,金月兰又让人去鲜花店买了几束鲜花,代替了原先摆放的塑料花。人逢喜事精神爽,上午八点半,史天雄、金月兰、杨世光、江榕和"都得利"其他董事都早早地到了会议室,等候新董事长的到来。金月兰看见史天雄和杨世光都在抽烟,过去把窗户打开,说道:"你们今天上午是不是克服一下?新董事长要是不抽烟……"杨世光先把自己的烟灭了,说道:"有道理。别因为抽烟,让董事长给炒了鱿鱼。"江榕干脆把几个烟灰缸都收了起来,笑道:"省得你们看见了嘴馋。对你们这几杆烟枪,我和金总早就忍无可忍了。"史天雄这才把烟也掐了,说道:"从今天起,这个会议室开始禁烟。"金月兰开玩笑道:"某位同志说话应该注意自己的身份。董事长已经换人了。"大家都笑了起来。杨世光忽然间叫起来,"不好。我们应该派人到店门口迎迎董事长。我去吧。旺家集团的领导,我熟悉。"说着,就往外走。江榕道:"想出去过烟瘾,说得真好听。"杨世光在门口回一句:"算公私兼顾吧。以后,你还是回到家再修理我吧。"江榕要去追打杨世光,已经追不上了。

大半年都没有这样开心了。大家又说笑起来。

陆承伟抽着雪茄走进会议室,梅红雨和齐怀仲也跟了进来。一屋人都愣住了,呆呆地看着他们。

陆承伟看看房间的陈设,说道:"作为一个商业零售公司,会议室的设施有些奢侈了。坐得太舒服,容易说废话,会议都开成马拉松了。沃尔玛的总部,比这里简陋。你们办公室的硬凳子挺好。这鲜花摆在这里有点多余。没贴禁烟标志,又不放烟灰缸,会让客人无所适从……"

陆承伟走到中间的位置上坐下来,"请哪位帮忙找个烟灰缸。

各位都请坐吧。作为'都得利'的董事长,对公司会议室的设施发表点意见,没有越权吧?"

一屋"都得利"的人,都像雕像一样,僵出同样的表情盯着陆承伟。齐怀仲找到一个烟灰缸,放在陆承伟面前。

陆承伟用目光和每个人都对视片刻,笑道:"请你们放心,我完全遵照法律,得到了'都得利'百分之五十一的股份。"说着,把文件夹打开,"这是旺家集团转让'都得利'百分之五十一股份的全部文件。谁有疑问,可以阅读。"

史天雄把文件夹拿了过去。

杨世光跑了进来,"没见到人呀。我刚打了电话,他们说,新董事长……"

陆承伟道:"杨副总经理,请坐。谢谢你在门口迎接我们。"杨世光看看陆承伟,像个木偶一样,挪过去坐下了。

史天雄又把文件夹推到金月兰面前。

陆承伟把半截雪茄扔到烟灰缸里,喝口茶水,"我下边要说的话,属于'都得利'公司的绝对机密,任何人不得擅自向媒体披露。这次合作能有这么一个结果,正应了好事多磨这句话。几个月前,我就向前任董事长史天雄先生提出过承伟实业控股'都得利'的方案。那时,我准备用一亿八千万,换取'都得利'商业零售公司百分之五十一的股权。因为种种原因,我们没法谈下去。现在,可以说了。旺家集团和你们谈判的方案,本来就是承伟实业为控股'都得利'精心准备的方案。请你们不要指责旺家公司。我请他们代替承伟实业同你们谈判,先后付给他们一百万的佣金。传媒可以说我和旺家集团玩了一次偷梁换柱的游戏,或者是演了一出狸猫换太子的大戏。随他们说去吧。反正,结果是承伟实业和'都得利'双赢。当然,因为观念改变的艰难,'都得利'在这次合作中,损失了不小的利益。你们作为'都得利'的老股东,应该能算出来,百分之五十一的股份,卖一亿八千万和卖一亿六千万的差别。你们每个人都损失了不少利益。通过这个事件,你们也可以认清什么才是市场经济了。中国人,一般都相信外来的和尚会念经,家花没有野花香。因为我和史先生的特殊关系,你们可能对我的资产的纯洁性,有这样那样的疑问。我能理解。我可以负责地告诉大家,我投入'都得利'的一亿六千万,每一个铜子儿,都能经得起中国的法官用放大镜,甚至是显微镜查验。对现行法律来讲,它们都是干净的。至于能不能经得起良心的拷问,恕我保持沉默了。这个问题,不该由经商的人来问。它是哲学家、社会学家、文学家、神学家们考虑的问题,最后,由历史学家根据这些家们的研究成果,作出定论。顺便告诉你们一点旺家集团的资本积累史。因为我相信你们是一群有社会责任的人,我才想给你们说这些。十二年前,旺家集团,还是一个做猪饲料的小厂,规模很小。不到一年的时间,它在S省就有点名气了。它能在这么短的时间里,上几个台阶,并不是它抓住了什么绝佳的商机。就在这一年,旺家集团所在地,出现了一起案值超过千万的诈骗贷款案。其中的细节,我不大清楚。我只想告诉你们,当年被判死缓的银行官员,如今是旺家集团的特殊股东。这位先生,整整坐了十年大牢。现在,他正在用大把大把的钱,享受着生活,正因为我知道你们大多数人对我有成见,我才说了这件事。至少由承伟实业控股'都得利',不会让'都得利'蒙受帮什么罪犯洗钱的恶名吧?"

陆承伟又点了一支雪茄,继续说道:"以下的话,可以公开发表。我非常看好'都得利'的经营模式和发展前景。它凝聚着金总和史总为代表的'都得利'人太多太多的智慧和心血。我也非常重视'都得利'独树一帜的社会担承。有很多个早晨,我都到'都得利'的分店,看你们举行简单而庄严的升国旗仪式,每次都看得热血沸腾。我是一个称得上革命家的共产党人的儿子,我的血管里也流淌着共产党人的血。我父亲自去年开始,对我在政治上也提出了要求。因此,做'都得利'的董事长,对我极具挑战性。我希望能在一两年内,靠我自己杰出的表现,能加入中国共产党。当然,我投资'都得利',最终目的还是赚钱,赚钱也没什么不好。物质财富的丰富,毕竟是社会进步的最主要的标志。再过二十年,'都得利'做成了中国的沃尔玛,在座的都成了亿万富翁,有什么不好?我想,两三年之内,'都得利'应该能成为上市公司。那时候,你们就知道你们身为'都得利'的股东,有什么样的身价了。深圳的华威公司一上市,几百个百万富翁和千万富翁都浮出了水面。在发展战略上,在具体的经营上,我这个董事长准备当甩手掌柜。

"对于领导班子的配备,由史天雄副董事长和金月兰副董事长全权负责。我提议由他们两个人担任'都得利'的副董事长。惟一的变化,是'都得利'从此多了一位财务总监。这个职务,由我的未婚妻梅红雨担任。在我和她结婚之前,她拥有'都得利'百分之十的股份,我拥有百分之四十一。结婚后,按法律规定,我和她共同拥有这百分之五十一的股份。我的施政演说,到此为止。"

没有掌声,没有笑脸,有的只是沉默。梅红雨万万没有想到会遇到这种尴尬的场面,刚开口说了几句客气话,突然变得语无伦次起来。齐怀仲一看形势不对,忙说道:"陆总,十点半还要见日本客人,你看……"

陆承伟知道该见好就收,站起来笑道:"我可是把心都掏出来给你们看了。突然间控股公司换了人,感情上是难以接受。我能理解。按照市场经济的游戏规则,你们至少应该鼓掌表示一下欢迎之意。你们没表示,我也不怪你们。谁让我们还处在社会主义的初级阶段呢?现在,'都得利'的前程,一马平川,我希望大家能团结一心,创造'都得利'新的辉煌。作为董事长,我的愿望是一个都不能少。这个愿望能不能实现,就看诸位肯不肯捧场了。"看见一屋人仍在闷坐着,忍不住有些动气了,忍了又忍,又说道:"当然,我也没忘记中国还有一句古话:道不同,不相与谋。如果哪位股东,经过深思熟虑,想退出'都得利',我也不会阻拦。"

陆承伟、梅红雨和齐怀仲走了。

金月兰慢慢地恢复了思维,眼睛里盛满了泪光。这个戏剧性的变化,把她的心真的击碎了。阴谋诡计、尔虞我诈、巧取豪夺、大鱼吃小鱼,这些描绘资本家之间相互倾轧的词汇,一股脑儿地涌了出来。她猛地站了起来,大声说道:"你们都听见了没有?他,他已经以'都得利'的主人自居了!这到底是怎么回事?你们是怎么跟李长柱谈的?为什么是陆承伟?你们怎么不说话?"杨世光无奈地双手一摊,摇摇头,"谈判都很正常。这个结果,我们谁也没有想到。李长柱这个王八蛋,把我们卖了。是啊,为什么会是陆承伟?为什么不会是陆承伟?我们需要钱,陆承伟有钱,就这么简单……"

金月兰愤怒地盯了杨世光一眼,"你这是什么态度!这能是一个简单的事?我们不能像羔羊一样,沉默着任人宰割。我们不能接受这个结果……"杨世光紧接道:"不接受这个结果,我们又能怎么样?陆承伟现在是'都得利'的董事长!他现在已经成了'都得利'的法人。他完全依照法律,达到了自己的目的。我说的都是事实!"金月兰用力拍了一下桌子,"胡说!我们才是'都得利'的主人!"杨世光又接道:"金总,除非我们再次拥有控股权。'都得利'的当家人,已经是陆承伟了。这是我们必须……"江榕也恼了,大声申斥道:"你吵什么吵!你让金总把话说完行不行?"

金月兰再也忍不住,流下两行热泪,痛心疾首地说:"我爷爷是个资本家,我父亲是个革命者,我……我真的不想再当资本家!这太痛苦了!我更不愿意当一个陆承伟这种吃人都不吐骨头的大资本家阵营里的小吸血鬼!这完全违背了我当初办'都得利'的初衷。陆承伟是个什么人,你们不清楚吗?把'都得利'逼上绝路的,不正是他吗?这是不能容忍的!你们怎么不说话?你们到底是什么态度?"三个"都得利"的元老表态了:无条件支持金月兰。金月兰说:"好!世光、江榕,还有你们,到底是什么态度?你们……"

"月兰!"史天雄吼了一声,"你冷静点行不行!我们都站在你一边,你又能做什么?"金月兰一甩头发,"我决不和陆承伟这样的人合作!决不!"史天雄大声说:"这不是合作不合作的问题!现在,陆承伟已经合法地拥有了'都得利'百分之五十一的股份!我们无法撵走陆承伟。不跟他合作,我们只有离开'都得利'。这样做,我们这几年辛辛苦苦创下的品牌,就彻底归陆承伟所有了。再说,你我要退出'都得利',我们又能带走什么?我们什么都带不走。"金月兰没想到史天雄会说出这样的话,眼泪一股股地流着,喃喃道:"史天雄,想不到你也投降了。你们怎么能这样!一点是非观念都没有!陆承伟的钱是怎么赚的,你最清楚!你怎么能和这种人合作?惹不起他,我还躲不起吗?撵不走他,我走!"

史天雄把茶杯用力一顿,"月兰!不能感情用事!我也没有想到陆承伟最终又达到了目的。看到他来当'都得利'的董事长,我也接受不了。他给'都得利'带来这么多的灾难,至今他连句道歉的话都没有说过!太过分了。不管陆承伟是以什么方式积累的资本,至少,他挣的钱,都来自合法渠道。我们必须承认,他是一个成功的商人,也可以说是个成功的资本家。我们也必须承认,他控股'都得利',是有长期合作愿望的。单就合作论合作,我们并没有吃亏。他是一个资本家,投资是要求回报的……"金月兰大笑起来,"够了!你是不是想说,'都得利'的经营模式,能让陆承伟这样的投资天才看上,是我们的荣幸?你是不是想说,不管陆承伟的人品怎么样,我们都必须接受他这个董事长?"

史天雄点点头,艰难地说:"是这样!"

金月兰擦擦眼泪,冷笑道:"我今天才算长了见识。好吧,你们跟着陆承伟干吧。请你转告你的董事长,就说金月兰不侍候了。"说着,昂着头出了会议室。

三个"都得利"的元老,骂骂咧咧地跟了出去。

这个结果,更让史天雄料之不及。"都得利"的事业,必须继续下去!他把跑到门外的江榕和杨世光喊进来,说道:"我们不能自己乱了阵脚!'都得利'是我们用心血和汗水,精心打造出来的,我们不能放弃。资金问题已经解决了,'都得利'已经度过了最艰难的时期,这就是胜利。暂时由我代理总经理。你们每个人,都要坚守岗位。"

安排完公司的工作,史天雄去找金月兰谈了一次。金月兰还是无法接受这个事实,说道:"我也有我的做人的最基本的原则。这个基本原则,不能改变。你不要再劝我了,我永远也无法和陆承伟这样的人合作。他怎么能不受到惩罚呢?为了维护这个原则,我可以抛却一切,甚至包括我的生命。"

史天雄意识到不能再劝了。并充分理解和尊重金月兰的选择。再说,陆承伟到底是不是真心投资"都得利",还需要看一看才能判断。

陆承伟没有想到染上毒瘾的顾双凤会成为自己解不开的一个心病。控股"都得利"后,齐怀仲就把全部精力用在寻找顾双凤上了。找了近一个月,还是没有顾双凤的音讯。这让陆承伟感到意外。和梅红雨一起去陆川参加复兴路竣工典礼,陆承伟大醉一场,恰好又遇上倒春寒,回到西平,他就病倒了。住了几天医院,陆承伟回到锦绣中华园家里静养。看到病中的陆承伟也是那样孤独无助,梅红雨心里生出了前所未有的怜惜之情。

这天下午,梅红雨给梅丰打了电话,说有要紧事找梅丰商量。

梅丰赶到牌坊巷,看到梅红雨正坐在堂屋门口,望着灰蒙蒙的天发呆,笑问道:"怎么了?还有什么不满意的?"梅红雨淡淡一笑,说道:"小姨,你说,我是不是变得有点冷酷无情了?"梅丰道:"这么说,需要证据。"梅红雨道:"其实,他是一个很靠得住的男人。这倒不是因为他是一个成功的男人。他对我,简直是无可挑剔了。我对他呢?一个这么强大的男人,得病的时候,也挺可怜的。老齐出差去了,晚上的时候,我感到他特别的孤独。每天晚上,都是他劝我早点回来,可是,一旦我离开的时候,我就从他的眼睛里看到了他的无望和孤独。看得出来,他希望我能够多陪陪他……其实,他的病一点也不严重,可我感到他害怕第二天早上就醒不过来了。我明明知道这些,每次我都是毅然决然地走了。我的心肠确实变硬了。"梅丰笑了起来,"红雨,你已经爱上他了。只是你还不大相信。承伟对你真够不错了。你是应该对他好一点,再好一点。"

梅红雨沉默一会儿,说道:"小姨,我想搬过去,照顾他几天,你觉得这样合适吗?他会不会觉得我有点贱呢?"梅丰道:"你这个傻瓜!你已经是他的未婚妻了。照顾他也是你分内的事。你还这样不冷不热,才不正常呢!你是想让他先提出来。我倒认为,他不提出来让你去照顾他,才更显得他是一个可以托付终身的好男人。红雨,不要再犹豫了。我的教训还不够惨痛吗?我要是再主动一点,什么都不顾忌,老陆也不会走这一步。性爱,在两性关系中,确实非常重要。以前,我对这一点,认识不足。如果我和老陆有了那层关系,他也许就……"说着说着,眼眶湿润了。

梅红雨下了决心。当天晚上,她带了几件换洗衣服,去了锦绣中华园。

陆承伟看到梅红雨拎着旅行箱来了,吃了一惊,嗫嚅道:"你,你这是要……"梅红雨把旅行箱往沙发上一放,红着脸说道:"你,你的病时好时坏……我有点放心不下……老齐不在,万一……我想我还是住过来……"陆承伟没想到梅红雨会做出这种决定,有点不知所措,两只眼睛看着梅红雨,迷迷蒙蒙,泪光点点,整个人有点沉醉痴迷,木木呆呆,茫然不知所以了。梅红雨大窘,吞吞吐吐说:"我,我可以住在楼下……你,你,一旦,一旦你晚上……"陆承伟清醒过来了,忙对梅红雨鞠个躬,"谢谢你!怎么能让你住楼下呢?楼上的三个卧室,都带卫生间,你随便挑。这几个晚上,我是噩梦不断,不是被人追杀,就是杀了别人,确实挺恐怖的。再说,你住在牌坊巷,虽说给你找了做伴的,我还是不大放心……"说着,拎着旅行箱朝楼上走,"你选房间吧。"梅红雨跟了上去。

鬼使神差,陆承伟先把顾双凤住过的房间打开了。梅红雨看看墙上挂着的陆承伟的大照片,说道:"我就住这一间吧。这一间有阳台,我喜欢有阳台的房间。"陆承伟呆呆地看着房间的摆设,没有说话。梅红雨选了这间房,让他感到不祥。

夜里,齐怀仲打来电话,说他现在在金华,没有打听到顾双凤的下落。陆承伟感到心里又灰了一层,心理压力又加重了。

躺到床上,陆承伟努力想着这两年取得的成就,想借此淡忘掉顾双凤。能够成功地当了史天雄的董事长,付出一些代价,值了。

第三天,陆承伟开着车,带梅红雨去龙泉山看了一天桃花。晚上回到锦绣中华园,两个人的兴致都不错。冲完热水澡,陆承伟穿着睡衣走出自己的卧室。看见梅红雨的房门虚掩着,他下意识地把房门轻轻推开了。梅红雨正穿着白睡衣,坐在梳妆台前,梳着自己黑瀑布一样的披肩长发。陆承伟站在门口看了一会儿,忍不住走了进去。梅红雨已经从镜子里看见了陆承伟,略作停顿,继续梳着头发。陆承伟的眼前开始出现幻觉,袁慧荡秋千、换练功服、弹钢琴的场景重现了。他激动地朝前面走几步,颤抖着手指,抓住几缕梅红雨的长发,颤着声音道:"我终于可以摸到你了,终于可以摸到你了……你不知道,你不知道我,我等了有多久……太久了,等了有几十年了……"

梅红雨的身子抖了一下,两只手垂了下去。过了好一会儿,她说:"几十年,你真会夸张。"猛地扭过头,"你真的想了几十年了?"陆承伟愣了一下,炮烙一般缩回了手。明明知道眼前这个活生生的女人和自己的初恋姑娘毫无关系,可总是不由自主把她们朝一个人想象。他尴尬地摇摇头,讪讪地搓着手笑笑,"这不是夸张。红雨,你不知道你在我心目中的位置是多么重要哇!我可不可以吻吻你的嘴唇?"说着,也不等梅红雨同意,俯下身子,带着圣徒的神情,轻轻地吻了一下梅红雨翕动的嘴唇。这时候,他的脑海里又浮现出少年时代寻找不到答案的纠缠不清的很多问题。少女脸上的茸毛,为什么会发出五颜六色的光亮?少女们如玉般洁白滑润的脖颈里面,那些若隐若现的青蓝色的影子,到底是脉管呀还是无数个跳得让人心痒痒的蓝色小精灵?少女胸前那在衣衫下随着身体颤动不已的小弧顶房屋内,住的究竟是一对温顺可人的小白兔呀还是一双调皮捣蛋的兔八哥?还有,少女那在阵风吹起的裙摆深处,那像小狐狸精一样能让人气短脸热、浑身燥干的谜团,到底披着什么颜色的外衣?……这些当年曾让他夜不能寐的问题,已经再也引不起陆承伟的兴趣了。他怪怪地笑了笑,伸手颤抖着,怯怯地摸了梅红雨的脸蛋,说道:"红雨,我……"

梅红雨站了起来,平静地说:"我知道你想什么。我早不是小姑娘了。请你等一等,我去把头发吹干,要不,在床上会把头发弄得很乱。"说着,闪过去进了卫生间。

陆承伟感到注意力开始分散了,仿佛周身的血一下子冷了十度。为了重建一个少年乌托邦,牺牲这么多东西,到底值不值?这个纠缠陆承伟多日的问题,又跳了出来。"都得利"资产重组的戏剧性变化,传媒炒了几天,已经没有兴趣了。史天雄向传媒宣布金月兰暂时休病假后,再无关于"都得利"的消息。这些日子,"都得利"没有一个人向他这个董事长汇报过任何事。这些现象都不正常。如果史天雄和金月兰都退出了"都得利",控股"都得利"能算是一场胜利吗?难道把梅红雨变成自己的未婚妻,能算一项巨大成就?如果它是一项成就,现在离她的肉体近在咫尺,为什么自己激动不起来?难道和这样一个女人厮守一生,真的就很幸福吗?这个问题把他吓了一跳。在这种时候,还能想到保持发型,又能说明什么呢?恐怕只能说明这个女人做这一切都不心甘情愿。那么,为走到这一步,所做出的所有努力,究竟还有什么意义?陆承伟开始感到了事情的荒谬。

梅红雨进来了,没有认真看陆承伟,而是走到床边站下了,背对着陆承伟,把睡衣脱了。然后,她站了几秒钟,开始伸手解胸罩的挂钩。不知为了什么,她背着手试了两次,都没有解开挂钩。陆承伟努力把注意力集中在梅红雨身上,像是在做一件完全程式化的事情,走过去,轻轻把挂钩解开了。梅红雨下意识地把两臂夹在一起,停了几秒钟,然后双臂朝前一伸,胸罩顺着低垂的双臂滑落在地毯上。陆承伟看着梅红雨赤裸裸的后背,纷乱的思绪开始变得有条理了。眼前出现的只是一个平平常常女人的肉体。他清醒地意识到了这一点。期待的感受并没有出现。受惯性的左右,他把手搭在梅红雨的肩头,轻轻一扳。梅红雨转过身,睒了陆承伟一眼,把头勾了下来。陆承伟看着梅红雨坚挺的双乳,散乱的目光终于集中起来了。他意识到了这一晚的使命,开始了荒废已久的功课。此时,他脑子里只剩一个念头:完成这次做爱的全过程。

接下来,是两个人身体无声的接触。开始的几分钟,陆承伟像个指挥官,下达各式命令,梅红雨像个忠实的而没创造力和主动性的士兵,默默地做着准备工作。终于,梅红雨的眼睛里开始有了幽蓝的暗光,喉咙里开始发出了含混不清的断断续续的呢喃。又不知过了多久,陆承伟猛然间发现自己的主力部队仿佛没有收到作战命令，仍在睡梦中没能醒来，急得出了一身冷汗。越着急越出差错，越想集中精力越集中不起来，冷汗变成虚汗了。陆承伟害怕起来。这种情况还从来没有出现过。难道……这么一想，身体更是无能为力了。梅红雨伸手看看上面的汗水，惊慌地坐起来，关切地问道："你，你是怎么了？"

陆承伟扯过枕巾，擦擦脸上的汗水，挤出一个笑，嗫嚅着，"我，我也不知道是怎么回事……可能，可能是太紧张了吧……我，我还从来没出现过这种情况……"梅红雨安慰道："可能是你病刚好，身体虚弱吧。你躺下休息一下。我去给你倒杯水。"说着，跳下床出去了。

陆承伟瞪着眼睛盯着天花板，悲哀地想：难道这就是结局？太可怕了！必须把这件事做成！他这么要求自己。

接连三个晚上，陆承伟想尽一切办法，都没能唤醒另一个自己。这个时候，他感到了恐惧，来不及思想，也不会思想，就确信自己已经生了病，而且病得不轻。梅红雨一看陆承伟这样，以为他的病还没好，忙劝他去医院做全面检查，自己去书店买了一本《药膳大全》，照着方子给陆承伟做吃的。

又过了两天，陆承伟去西平医科大学附属医院，做了一次全面检查。他必须弄清到底哪里出了问题！

林教授仔细看看一厚叠检查报告，取下老花镜，用十分肯定的语气说："你的身体，一点毛病都没有，丝毫没有衰老的症状，还像个三十来岁的棒小伙子。"陆承伟不解地问："那为什么会出现这种情况？"林教授道："问题出在心理上。现在的中年男人，生活压力太大，脑子里想的问题太多，容易形成心理障碍。中国男人，性功能衰竭，往往都是从心理开始的。"陆承伟道："我没有感到生活有多大的压力。"林教授道："也许是你不爱这个姑娘。知识层次越高的男性，出现心理性阳痿的可能性越大。"陆承伟道："我爱这个姑娘。林教授,不瞒你说,我曾有过不少性伙伴,从来没有出现过这种问题。在这方面,我也没有什么特殊的嗜好,很正常。为了这个姑娘,我有一年多,没有过过这种生活了。"

林教授又把老花镜戴上,认认真真看看陆承伟,"我相信你说的是实话。也许正是因为你太重视这个姑娘了,才会出现这种情况。你面对这个姑娘的时候,你在心理上肯定有难以逾越的障碍。至于这种障碍是如何形成的,原因就复杂了。也许你做过对不起她的事情,又无法得到她的谅解;也许你认为她太纯洁了,你和她在一起,会产生一种挥之不去的犯罪感。总之,原因很多。你的身体状况确实很好,能正常晨勃,偶尔还有梦遗,问题肯定不在生理功能障碍上。"陆承伟问道:"你认为伟哥能不能解决这个问题?"林教授笑道:"伟哥这种药,治标不治本,我劝你还是不试为好。如果你能成功地克服这种心理障碍,你的性能力至少能保持到七十岁。到现在为止,我还没有为一个五十岁以下的男性病人,开过伟哥这种药。"

陆承伟将信将疑地说:"林教授,真的是心理原因?"

林教授道:"基本上可以肯定。而且可能只是面对这个姑娘时,才会出现这种情况。"

# 第二十九章

春节过后,沪深股市出现慢牛特征。受大盘影响,陆川实业的股价,跌到十一元后,也开始反弹了。如果按每股十五元,卖出陆川实业的流通股,天宇集团顶多损失一亿八千万。王传志派人把辞职报告送到部里后,又把这次辞职,当成以退为进的谋略来看了。天宇已经向国家上缴了上百亿的利税,国家应该允许它出现一些小小的闪失。住在西平医科大学附属医院的高干病房里,王传志每日里看着《官经》、《反经》、《正经》、《厚黑学》、《菜根谭》这些近几年在官场十分流行的闲书,接待着前来探视他的天宇的干部和职工,等待着部党组的裁决。

半个月过去了,部党组对他的辞职报告仍没有任何态度。前来探视的人,开始变少了,李国奇和张中保这两个亲信也不来汇报工作了。王传志心里开始打鼓:莫非这次真的会弄巧成拙?

这一日,周瑞发又按时来到病房。王传志这回问得非常仔细。得知李国奇出外巡视六家分公司的消息后,王传志叹道:"国奇的翅膀真的硬了,可以独当一面了。很好。"周瑞发狠巴巴地说:"前两天,他在董事会上,已经公开指责收购陆川实业这件事了。这个时候,他出去,目的只有一个,到北京跑官,取你而代之。几年前,我就说过,李国奇胸中有野心,脑后有反骨,你偏不信。"郭淑英马上提供一个证据,"往年春节,初一一大早,国奇和小丽就带着小孩来家拜年了。今年,到了初三,才想起来打个电话。"

王传志申斥道:"老娘儿们,插什么嘴!眼里只有这些鸡毛蒜皮的小事！国奇真有想法，也很正常。我并不后悔重用了他。他这么着急，我倒是没想到。三两年内，他就是坐上我这个位置，恐怕也坐不稳。不是我过于自负，你们几个人，都坐不了这个位置。国奇恐怕也是瞎忙乎，白白替别人做嫁衣裳。陆承业死后，他的位置一直空着。人大会开了，这些事情才能水落石出。从你提供的这些情况来看，上面恐怕要把天宇和红太阳合起来了，我恐怕也该下课了。这时候下来，也算是落个善终吧。"周瑞发道："上面没动静，说不定在考虑让你挑更重的担子呢。这次人大会，要正式提出西部大开发的战略。放眼整个西部，没人有能力、有资格取代你。"王传志大笑起来，"人贵有自知之明。我这一页，已经要翻过去了。你回去再造个计划，我想最后行使一下总裁的特权，大面积奖励一次天宇的功臣们。另外，你帮我搞两套书，我想借这个机会研究研究。一套是毛主席评点二十四史，想法搞套影印本。毛是草书第一大家，看他的字，能长气。另外，在我看来，老人家又是千古治人第一大家，看他评点历史事件，能长见识。以史为镜，可知兴替。这话是真理。另外，再帮我搞一套二月河的清帝系列小说，报上登消息说这套书已经出齐了。这套书在高层影响很大。前几年，我也粗粗翻过。最让我感兴趣的，还不是它里面阐述的帝王术，而是它成功地描绘了百年辉煌的历史和这历史的巨大阴影。这些，对于认清中国现实，是有帮助的。"

听说王传志要研读这两套书，周瑞发就知道王传志把这次住院和写辞呈，又当做一次韬光养晦的修行了，心里暗暗佩服。

周瑞发一走，王传志的眉头又皱起来了。郭淑英深知王传志的语言表达习惯，看见王传志心情还没转晴，有些奇怪，问道："你还有什么不放心？上面要想拿掉你，早下红头文件了。"王传志叹道："这次不一样。红太阳再差，陆承业的位置，毕竟是正司局级。这个位置空这么久，说明上面真有建造西部超级家电航母的意思。

我是反对合并的,位置很不利。另外,收购陆川实业,斥巨资炒股,上面也不会让它不了了之。说不定这回真要栽个大跟头了。"沉默了好一会儿,强笑一下,"三分人事七分天,由它去吧。你出去买个本子。谁再来医院看我,你把他们的名字都记下来。这时候来看我,才是看我这个人呢!"

过了一周,影印本《毛泽东评点二十四史》刚刚拿到手,二月河的帝王系列小说刚刚看了半部《康熙大帝》,王传志在病房里得到了消息:部党组已经接受了他的辞呈,将派陆承志副部长来西平宣布这个决定。王传志三天抽了六盒烟,对这件事没发表任何意见。

陆承志带着天宇集团的主要领导走进病房,看见王传志两鬓变得花白,一脸病容,先问候了寒暖长短。王传志索性躺在病床上,等待早已知道的裁决。陆承志改用公事公办的口吻说:"传志同志,部党组经过慎重考虑,决定同意你辞去在天宇集团的所有职务。从今天开始,天宇集团的日常工作,暂由李国奇同志和张中保同志共同负责。组织上对你在天宇几十年的工作,是肯定的。请你不要背什么思想包袱。如果有必要,你可以转院到北京三〇一医院继续治疗。"

这个决定,和王传志期望的还是有重要区别。他在辞职报告上只写了辞去天宇集团董事长兼总经理的行政职务和天宇集团党委副书记的党内职务。组织上让他辞去在天宇集团的一切职务,连他以董事的身份参加董事会的资格也给剥夺了。退出董事会后,属于自己的股票,是不是可以上市交易呢?王传志很想问问。但他没有问。市值一百四十万的股票,将来会不会变成废纸,对他来说已经不重要了。他暗自庆幸能够及时遇上了陆承伟,能够在大权在握时,只犯了两次错误。作为天宇集团的创始人,王传志知道应该表个态。他清清嗓子,说道:"感谢组织上对我的关怀。一个人的能力确实有限。这两年,因为能力问题,导致决策上出现了不少失误,主要责任,应该由我来负。国奇和中保,都很有能力,我早就想退下来让他们接班了。我很遗憾,没能亲自把天宇带进世界五百强。我为党工作了三十年,总体来说,我问心无愧。这十多年,天宇已经累计向国家上缴了一百三十多个亿。马上去见马克思,我也没太多的愧疚了。回想起来,这些年,我做了两件错事。一是反对天宇兼并红太阳。这件事表明我的大局观还不够好。一是违反金融政策,斥资炒陆川实业。这件事表明我的政策观念还不够强。好在部里已经做出决定,要把天宇和红太阳合并起来了。好在股市已经开始复苏。这两个错误,还有得到纠正的机会。我希望天宇能在新一届班子的领导下,再创新的辉煌,早日进入五百强。"

这番话说得不亢不卑,掷地有声。

公事已了,陆承志和天宇集团的领导走了。

王传志下了床,拉开床头柜,拿出香烟点上,坐在沙发上猛抽几口,自言自语道:"画上句号了,就这么画上句号了。"苦笑一下,摇摇头,"真是不甘心呢!"郭淑英哼了一声,"后悔了吧?辞职报告是你自己写的,怪谁?你才五十出头,以后怎么办?"王传志伤感地说:"照理说,能全身而退,已经很不错了。以后怎么办?身体好一点,可以搞第二次创业。身体不好呢?在家等着抱孙子。这种土壤,长不出大企业家。飞鸟尽,良弓藏,狡兔死,走狗烹。这种命运,逃不脱。这么多年,没被冷枪暗箭搞死,已经算我命大了。好在,我还早下了几步棋,后半辈子还算有个着落……可是,对我的评价也太吝啬了。连个董事的职务也没保留哇。"郭淑英劝道:"退就退了吧。想开点。钱挣多少才算够?"王传志笑了起来,"你这话真说到点子上了。组织上考虑得很周全,很周全。嘿嘿,想不到我会以这种方式告别历史舞台。我真的不甘心呢。嘿嘿嘿嘿……"笑着笑着,两颗眼泪滚了出来。

郭淑英到卫生间拿了毛巾，递给王传志，也算了起来，"三十年河东，三十年河西。邓小平三落三起，七十多岁开始当改革开放的总设计师。你才五十多岁，身体又没啥大毛病，怕啥？你不是说国奇和中保都坐不稳你这个位置吗？没准，过个一年半载，又有人抬八抬大轿来请你出山收拾残局了。身体是本钱，咱们还是安心治病吧。"

这回，王传志真的笑了起来，说道："想不到你还真有点想法。好，咱们就等那个八抬大轿吧。只要上边真的提拔李国奇，或许真的会有这一天。有的人，长到八十，也只能当个大副。天宇这艘船，已经很难开了。如今又让它拖着红太阳这艘破船，我看他们怎么开这条船。"

谁知刚过两天，王传志听到一个消息：部党组已经决定对天宇收购陆川实业、天宇斥资炒股事件进行调查。他想起存在香港的一千二百万，在医院呆不下去了，当晚就去见了陆承伟。

陆承伟道："那笔中介费，天知地知，你知我知，你不说，我不说，谁能把你怎么样？"王传志心里还是不踏实，开始吃安眠药了。难道还会有更惨的结局？他拿不准了。

省委书记蒲东林离职休养后，王长江省长升任省委书记。呼声很高的燕平凉没有直接升任省长，而是当了市委书记，也成了省委常委。

西平的就业形势，依然十分严峻。任命还没有宣布，燕平凉已经自觉地站在市委书记的角度考虑问题了。他猛然回想起史天雄给他讲过的毛小妹。在他的记忆里，还残留着关于毛小妹的一些信息：孤儿、纺织女工、下岗一元面，还有"都得利"分公司的经理。燕平凉马上给史天雄挂了电话，问毛小妹的情况。史天雄不知燕平凉的用意，回答说："毛小妹在前一段大裁员时，已经离开了'都得利'……"燕平凉吃惊道:"她又下岗了？你这个资本家也太没有人情味了。你毕竟吃过她做的下岗小面。这件事恐怕不能推到陆承伟的头上吧？她现在的生活有困难吗？"史天雄笑了起来,"你太官僚了。毛小妹是主动离开'都得利'的。前几天,我去请她回来,她不愿意回来了。她的小妹一元店扩张了,生意做得很红火。"燕平凉没再说什么,请史天雄陪他去吃一碗毛小妹做的小面。

第二天清晨,史天雄坐上燕平凉的奥迪车,去吃毛小妹做的小面。上了车,史天雄才知道即将升任西平市委书记的燕平凉,准备宣传几个再就业的典型,当即称赞这是一个好主意。

新装修的小妹一元店面积扩大了一倍,两间门面的额头上横着百米开外就能看见的大招牌。一大早,顾客已经很多,四个穿着制服的女工在不停地忙碌着。

燕平凉坐在车上,在马路对面观察了一会儿,说道:"规模不小嘛,养个家足够了。雇了四个工人,应该算个小业主了。你说得对,中国确实需要阿信。这个毛小妹不简单,两次下岗,两次都站了起来。"史天雄道:"市长大人,如果你的市民,都具备毛小妹身上的这种精神和顽强的生存能力……"燕平凉紧接道:"那我这个市长,当起来就轻松多了。二战后,日、德作为战败国能够迅速崛起,就是因为他们的民众都具备了这种精神和能力。天雄,你说什么人才叫英雄？像你一样,为国参战立了大功,才叫英雄吗？"史天雄道:"时代不同,英雄的含义也不相同。我不同意有人说现在是个没有英雄的时代。毛小妹难道不是个英雄吗？她确实是个英雄。如果所有的中国人,都能像毛小妹一样面对生活,这个时代也就可以称作英雄时代了。"

正说着,小军拿着报纸喊叫着从远处走来,"卖报,卖报——晚报、都市报——,卖报卖报——晚报、都市报——"

燕平凉有些激动了,手搭凉篷看着小军,"这个小不点儿,嗓子可真亮啊！穷人的孩子早当家。我们的独生子女,并没有全部变成小皇帝嘛。我们的毛小妹还是太少了,我们的这种小家伙还是太少了。走,吃小面去。"

毛小妹和张为民看到燕平凉突然间出现在自己面前,激动得说不出话来。

回去的路上,史天雄知道了王传志辞职的事情,多少感到有些意外。燕平凉问道:"你好像无动于衷啊！我的大老板,西部大开发就要拉开帷幕了。西平又是西部的一个中心城市。红太阳这个大企业,在苦熬着,天宇这个超大企业,也出了问题……对这些情况,你怎么连一点好奇心都没有了?"史天雄道:"不在其位,不谋其政。我一个下岗两年的人,对这些情况,已经没有发言权了。你可能还不知道,'都得利'现在还是危机四伏呀。陆承伟倒是很讲信誉,控股'都得利'的资金,已经全部到位了,也确实没有过问'都得利'的经营。可是,'都得利'的创始人不愿意和陆承伟合作,执意要退出'都得利'。我在'都得利'的事业,很可能会夭折掉。这些日子,我已经开始靠安眠药维持必须的睡眠了。我这个肉体凡胎的人,哪还有心去扫别人家的门前雪!"燕平凉问道:"金月兰不是在家病休吗?"史天雄道:"那是对外的一种说法。我无力说服金月兰接受陆承伟入主'都得利'这个事实。我必须把'都得利'的事业继续下去。经过这么多的风风雨雨,我越来越觉得'都得利'做大非常重要。你想想看,要是西平的私营企业家,只剩下陆承伟和李长柱这样的人,你这个市长能睡得着吗?"燕平凉沉默良久,说道:"形势确实不容乐观。"

下午,陆承志又把史天雄约到锦江边上,第一个问题也是问史天雄对王传志辞职这件事的看法。史天雄沉默着,没有回答。陆承志伸手指指锦江说:"如果不修这个工程,遇上九八年的大洪水,西平的损失难以估量。这样一个耗资近百亿的综合工程,一个两个资本家能把它修成吗？不可能。承伟做了你的老板,你的感觉怎么样？"史天雄依旧沉默着。陆承志冷笑起来,"当然,你会对他感激涕零。是他,让你能继续做亿万富翁、商业巨子的美梦了。你的前途,我也能看得见。十年内,'都得利'在全国五十个城市开两百家分店,完全可以做到。沃尔玛公司,用四十年时间,开了四千多家分店,进了世界五百强前十。我知道这不是天方夜谭。那时候,史天雄的名字肯定能上美国的什么富豪排行榜了。我不知道你想没想过,那时候你的'都得利'的货架上中国制造的商品还有多少？像史天雄这样的优秀人物,都去做大富豪的美梦了,国有骨干企业恐怕也就走到末路上了。当然,这已经不关史天雄们什么事了。他可以像陆承伟一样,手持几个国家的绿卡,怀揣几个国家银行的信用卡,周游世界。中国就是改朝换代了,与他又有什么关系呢？你说是不是？"

史天雄有些生气,说道:"大哥,用不着拐弯抹角讽刺挖苦我。我是个什么人,我自己知道。我正在学会和陆承伟们处好关系。把陆承伟们当成敌人来看,同样危险。我早就提醒你们要注意天宇的问题,你们这些决策者,谁听进去了？我早建议让天宇兼并红太阳,又有谁重视了？现在,王传志撂了挑子,你们才知道问题严重了。我充其量只是你旗下的一个下岗干部,没有义务,也没有资格考虑天宇和红太阳的事。"

"说得好！"陆承志换了一种口吻说,"你还记得你是部里的下岗干部,这就更好了。我代表组织,再给你描画另一条路。部里已经决定把天宇和红太阳合并起来。再不做这件事,真的就迟了。无论从哪个方面考虑,西部大开发也好,加入世贸组织也好,捍卫国有经济的主导地位也好,西平必须有一艘航空母舰级的经济实体。这艘大船能不能做环球航行,能不能和任何大船抗衡,甚至作战,关系重大。很多人都想做这艘船的船长。爸爸向我们推荐了一位船长,部党组也认为他是目前最合适的人选。这个人年富力强,对我们的事业忠心耿耿,有思想、有眼光、有在政府机关工作的经验,又有在市场经济第一线的丰富的实践经验,堪称德才兼备。天雄,直说了吧,我这次是代表部党组,来征求你的意见的。"

史天雄万万没有想到陆承志会说出这样的话,一时间语塞了,呆呆地看着缓缓东去的江水。

陆承志说道:"我希望你能慎重考虑这件事。红太阳的情况就不说了,天宇也遇到了很大的困难。这个船长很不好当;用坐在火山口上来形容,一点也不为过。下一步,还要调查天宇收购陆川实业的问题。这次收购有很多疑点,不能用决策失误遮掩过去。必须把事情查清楚。这个时候到天宇和红太阳任职,是受命于危难之中,前途未卜。不管成功与失败,你都要牺牲很多很多。给你半个月时间,你好好考虑考虑吧。今天,你不要给我任何答复。"说罢,自己先走了。

史天雄的脑子乱成了一团。在江边呆站一会儿,他驱车去了市政府。他希望能在和高层次朋友的对话中,把纷乱的思绪,整理清爽一些。

燕平凉听完史天雄有些语无伦次的讲述,说道:"谢谢你对我的信任。我听出来了,你很犹豫。这确实是难以兼顾的难题。你继续留在'都得利'也好,你去天宇——红太阳救火也好,都是一个共产党人的正确选择。以我的体会,这时候,性格恐怕要起主导作用了。有时候,性格真的就是命运。佛家有舍身喂虎的勇者,基督教有我不下地狱谁下地狱的承担者。翻翻世界史,到处可见舍身赴祭坛的无畏者。陆老举荐你,我是投了赞成票的。可是,上午听你说了'都得利'目前的情况,我又有些犹豫了。金月兰思想上还没转过弯儿,你要一走,'都得利'的前途实在堪忧。可是,两全其美的事,自古难全。调动你的所有智慧,说服金月兰回到'都得利'

吧。至于你的责任,你必须勇敢地承担起来。《辛白林》那句著名的台词是怎么说的?"史天雄接道:"我们命该遇到这样的时代。"燕平凉道:"对,就是这一句。你去劝劝你的未婚妻吧。"

吃完晚饭,史天雄开车去锦绣中华园。不管最后做出哪种选择,他都必须得到陆承伟的支持。至于天宇收购陆川实业时有没有暗箱操作,有没有腐败伴随,他还无法考虑。陆承伟现在还是"都得利"的董事长。

陆承伟正在度过人生的非常时期,胡子没刮,人也瘦了,眼神空洞,一脸倦容,整个人仿佛变成了颓废和绝望的活标本了。他的奇怪的病情丝毫也没有得到缓解,心理障碍好像又加高加厚了许多。这种现实让他感到特别的黑暗。吃过晚饭,江小三又来叫他出去找个娱乐场所散散心。陆承伟拿起遥控板,打开电视和影碟机,痛苦地说道:"西平有这种绝色佳人吗?这是美国《阁楼》杂志二十五年来精选出的宠儿写真集。当年在美国,第一次看到这种片子,躁动得出去喝了一夜酒,甚至连强奸女人的冲动都产生过。现在呢?看三五碟,一点感觉都没有。你可以说这些片子太暴露,没神秘感,没有情节的推动,情绪的渲染,我同意这种说法。可是我看凯丝蒂爱伦主演的《艾曼妞》,照样无动于衷。凯丝蒂爱伦是九十年代美国最性感的三级片艳星,《艾曼妞》又堪称艳遇故事大全,好莱坞煽情片的要素,应有尽有。林教授说得对,问题出在心理上。真不该听了你的馊主意,跑到那些场合去治病。越看得多,问题越严重。这些天,我竟觉得自己的身体太脏。这太可怕了。"江小三笑了起来,"还真是放下屠刀,立地成佛了。我肯定能想法子把你这个怪病治好。这些美国尤物,还挺对我的口味,借给我拿回去研究研究。"陆承伟道:"全部送给你吧。我看见这些东西,心里就烦。或许我下半辈子该出家当和尚了。"

"别说泄气话。"江小三走过去换了一碟,"我才不相信这心理障碍无法逾越。说句不该说的话,我这个没过门的嫂子,漂亮是够漂亮了,可惜是个冷美人。夜总会,酒吧,这些场合太公开了,让你去那里,只会增大你的心理压力。你现在也算是一方诸侯,西平认识你的人不算少。我已经帮你侦察出一个地方……"陆承伟笑骂道:"就你的烂点子多。我已经准备带上红雨到欧洲转转了。换个环境,或许就好了。"江小三道:"我这个计划又不妨碍你这个计划。这个神秘的女人,算个票友,不以干这一行为生,兴之所至,偶尔出出台。听说她是个全才,唱歌跳舞,水平都很专业。就是身世有点惨,大学毕业后,叫人包养了十来年,没落个结果,反而染上了毒瘾。出台费多少,她好像并不在乎。只要能给她带点海洛因或者冰毒,她……人我也没见,不好对你做虚假广告,不说了。我已托人搞到二两多白粉,又在医院弄出来几盒杜冷丁。不管能不能治好你的心病,都该试一试吧?治好了病,你带着嫂子去欧洲,我就放心了。"

陆承伟听得挺感动,啧啧嘴,没说什么。

史天雄进了客厅,看见电视上不堪入目的画面,眉头先皱了起来。看看陆承伟的样子,大吃一惊,把冲出喉咙的话,又咽了回去。江小三把一堆碟子都收起来,说道:"买了点盗版碟,顺路来看看效果。你们聊,我走了。"

陆承伟招呼道:"请坐吧。最好现在不要对我说公司的事,我没有这个心情。我倒是很想和你叙叙旧。"史天雄道:"你是董事长,怎么能对公司的事不管不问呢?你不怕我们让你血本无归?"陆承伟笑道:"我不怕。和你史天雄合作,我怕什么?'都得利'是你的第二生命,我操那么多心干什么?"史天雄叹口气道:"没见过你这种人!你不听,我还是要说。经过我们反复论证,决定提前实施走出去的战略。在西平的实践已经证明,'都得利'要想在一个城市取得商业零售业的主导地位,是不现实的。可以操作的方案是,用三到五年时间,在全国四个直辖市和绝大多数省会城市开两到四个分店,逐渐形成规模。在一个省会城市开两到三家分店,可以避免和国营商场的正面冲突。等分店总数达到八十至一百个之后,我们就有实力避免大的风险了。现在,北京、上海、广州这些中心城市,沃尔玛等大的跨国公司已经开了不少分店了。我们的第一个目标,就是在这几个中心城市建立滩头阵地,正面和这些大跨国公司竞争。一旦它们在这些中心城市形成经营规模,我们再想进去,就难了。你,你到底听了没听?"

陆承伟道:"我真的不想听,可我还是听进去了。勾画远景目标,你的能力比我强得多。对你这种战略部署,我提不出什么建设性的意见。我说不干预你,说话当然算话了。三两年内,我真的用不着过问'都得利'的事情。每年年终,我只用看一看你给我带来了多少利润就够了。控股'都得利',是我走出的最妙的一步棋。天雄,最近我遇到了一场严重的精神危机,我很想……"史天雄生气了,"你想得倒美!我就要离开'都得利'了,让你的一亿六千万见鬼去吧!"

陆承伟懒洋洋地说:"你不用吓唬我。我清楚,你们对我这个董事长,是口不服,心也不服。这场精神危机,搞得我十分痛苦。我知道,在你们眼里,我是一个每根汗毛上都沾满血腥的大罪人。你们感到痛苦的是,我这个罪大恶极的人,连一点认罪的表示都没有,而且还堂堂正正做了你们董事长。这种感受,中国人早就刻骨铭心了。搞了南京大屠杀的日本人,现在硬说这件事是中国人虚构的。日本到现在都没有因侵华战争正式向中国人道歉,如今又成了中国的最大债权国。'都得利'的创始人金月兰,恐怕就是因为这个,下决心要离开'都得利'了。这时候,你恐怕下不了这个决心。再说呢,你们离开了'都得利',大桃子不是要归我一个人了?你们……"

史天雄骂道:"想不到你这么无赖!"陆承伟笑了起来,"这才是你的本色,骂得好。你们应该有耐心。我没有小日本那么可恶。适当的时候,我会公开向你们道歉的。是的,一切都是我做的。为了一个虚幻的梦,为了证明我并不比你差,我都做了些什么呀!我不但是个无赖,还是一个混蛋!如果不是老齐及时阻拦,我可能已经成为杀人犯了。你一定要听我说下去。是的,刁明生、兰平章,都被我当做反击你的利器了。梅红雨家的磁盘,也是我派人放的。捧古狼这个未入流诗人的臭脚,尊称他几个月先生,目的也是想把他变成一个我需要的人。不过,他去嫖妓,并不是我设的圈套,我只是请公安局的朋友抓了他们。那时候,古狼想做江丰年的驸马爷。他看到小四和王传志在一起,悲痛欲绝,才做了这件傻事。我相信他是第一次找妓女。我看过那个小姐的口供,脱了衣服的古狼,紧张得只会出虚汗了。现在,我知道这个小姐说的是实话了。你别用这种小刀子一样的目光来割我。你没看我正在学习忏悔吗?记得我们讨论过钱的功能,未能达成共识。我们也讨论过罪与罚的问题,同样没能达成共识。钱可以打败所有的对手,但无法使所有的对手屈服。这是我对金钱的最新认识。你说凡是有罪,都必然会受到惩罚。也许你是对的。如果惩罚不仅仅是由法律来完成的话,你就全对了。躲避法律的惩罚,要容易得多。因为不管是大陆法系影响下的法律,还是英美法系影响下的法律,永远都存在漏洞。这样,有的罪行就可以逃避法律的惩罚了。谢谢你还有心听我说下去。我最近确实遇到了严重的精神危机……是的,严重的精神危机……你都看到了,你看这胡子,你看看这脸上新添的皱褶……惩罚确实无处不在。其实,我很想告诉你,我遇到了一种什么样的危机。有些风景只能远远地看,靠得太近了,也就寡淡无味了。譬如初恋。初恋……算了,我还是保留一点小小的隐私吧。因为你眼睛里没有神甫的宽恕和恬静。你是一个职业的革命者,骨子里是这样。职业革命者,身上最不缺乏的,是痛打落水狗的精神,爱憎分明,对同志像春天般的温暖,对待敌人像严冬一样冷酷无情。千言万语,汇成一句话,我失败了,败得很惨。"说着,用神经质的目光看着史天雄,又问道:"天雄,你能原谅我吗?"

史天雄看着陆承伟语无伦次、痛苦不堪的样子,十分着急,站起来说道:"知道学习忏悔,说明你还有救。我对你的精神危机,没有兴趣。我只是希望你能负起董事长的责任。告诉你吧,王传志提出辞职,部里已经……"

陆承伟冷静下来了,冷冷地打断道:"王传志对我来说,已经是过去时了,能在这个时候提出辞职,说明他还真是个人物,有点自知之明。他不辞职,离监狱就越来越近了。听说上面要调查天宇收购陆川实业的事。我得考虑如何防范别人的陷害。你对我的精神危机不感兴趣,暂时咱们就无话可说了。亏得没有对你和盘托出。'都得利'的事,就按你们的计划办吧。我还没有吃晚饭呢。"

话不投机,史天雄只好告辞了。

陆承伟呆坐一会儿,泡了一碗康师傅方便面充饥。正无盐无味地吃着,齐怀仲和梅红雨从西平大学回来了。他们去参加和贫困大学生的见面会。两个人看见陆承伟又吃方便面,责怪了一番,一起去厨房给陆承伟做饭去了。

史天雄开车赶到宴园小区,刚好看见李姐和两个"得都利"的元老走进门洞,叹了一口气,开车回去了。

三位老姐,又来开导金月兰了。

得知金月兰还没有采取进一步的行动,三个人你看看我,我看看你,都愣住了。李姐说:"月兰,那姓史的,哦,这史先生说没说什么时候办婚事?"金月兰实话实说道:"这段时间,只通了几次电话,谈的都是公司的事,劝我不要冲动。这种时候,哪有心情谈婚事,他没有,我也没有。"李姐急忙问:"你的态度呢?"金月兰道:"你们放心,我肯定不会和陆承伟合作的。"

李姐哀叹道:"你的命可真苦。我的肚里藏不住话,该说什么,决不藏着掖着。你不合作,他合作,最后不还是你合作?这个陆承伟这么狠,姓史的为什么还愿意当他的副董事长和总经理?邻居们都说,这演的是双簧戏。东林说,这是陆家抢了'都得利'这个盆子,洗钱哩。洗钱是什么意思,我不懂。陆家的势力有多大,我还是知道一点。去年陆震天衣锦还乡,走到哪儿,都是三步一岗,五步一哨。说要到哪个厂看看,早两天就通知到了,大会小会开个不停,把平日的刺儿头,能关的就关,能哄的就哄,都控制起来了。头一天,东林他们还要去现场看看,看看有没有人安炸弹。厨子做饭,还有人在厨房盯着,怕投毒。你想想,下台十年了,还这么威风,这姓史的能割舍得下?月兰,还是早点把你的股份变成钱吧。这样才踏实。"

金晶晶笑着从里屋走了出来,"李阿姨,你说得可真够吓人的。经你一说,我们家这两年好像一直生活在阴谋里,不至于吧?陆震天又不是国家元首,不可能享受这种待遇。你讲的恐怕是马路社消息。电视、报纸,天天讲要建设法治国家,我不相信史天雄和陆承伟敢把我妈的股份给黑了去。"

李姐道:"晶晶啊,你还年轻,哪里知道人心的凶险?防人之心不可无呀!"

经过三个中间人传话,最后一个中间人收了一千元中介费,才在一张小纸片上写了一个地址,交给江小三。

看见中间人要下车,江小三一把拉住了她,"小姐,陪我们走一趟吧。这个小双姑娘要是不在……"中间人生气地说:"你是什么意思?我收了你的钱,小双姑娘肯定在。再说,我也不认识她。你们要是信不过我,我打个电话,取消这次活动就是了。我带你们去,就坏了规矩,以后还怎么做生意?"

陆承伟让这个女人走了,感叹道:"真是道高一尺,魔高一丈。搞得跟地下党接头一样。不就是跳个脱衣舞吗?"把三朵马蹄莲放到鼻尖嗅嗅,"连接头方式都程式化了。"

车开进滨江花园别墅区,江小三乐了,"这个小双肯定是个留守女人,耐不住寂寞,找点刺激。悲惨身世,肯定是编出来的。要毒品,恐怕是搞批发的吧。这件事越来越有点味道了。这一片房子,住的都是留守女人。"

说话间,小纸片上写的地方已经到了。两个人下了车,带着钱、海洛因、杜冷丁和马蹄莲,朝一座白色小楼走过去。按响门铃后,一个女人的声音响了:"你们找谁?"江小三答道:"给小双姑娘送花。"女人问:"什么花?"江小三答道:"马蹄莲。"女人又问:"几朵?"江小三道:"三朵。"大门咣当一声,自动打开了。两个人走了进去,门又自动锁上了。

大客厅的四角点了四根红蜡烛,楼梯旁的钢琴上,也点了一根红蜡烛,火苗的蹿跳,搅得客厅的空气骚动而神秘。一个穿着黑衣的女人坐在黑影里。江小三说道:"小双姑娘,能不能把灯打开。我们看不见你。"女人哧哧笑着,"灯下看美人儿,说的不是电灯,而是这种烛光。过一会儿,你们就知道这烛光的妙处了。小双姑娘还在路上,请两位先生稍候。"江小三道:"千呼万唤不出来呀!小姐,你是做什么的?"女人又笑了起来,"等会儿,小双给你们跳艳舞,总该有人伴奏吧。两位先生能不能告诉我,你们给小双带了什么礼物?告诉我,我好安排节目。"江小三把盒子朝茶几上一放,说道:"一百二十克吸的。要是节目真好,再送三盒应急的杜冷丁。你让小双快一点来吧。"

女人扭着腰走过去,打开盒子,熟练地用小刀割开塑料袋,伸出指头蘸一下,用舌尖一舔,惊喜道:"纯度很高嘛!好久没用过这上等货了。两位先生路子挺野的。你们从哪里弄到这种……"江小三不耐烦了,呵斥道:"你啰嗦什么!从缉毒大队弄来的,你信吗?你快跟小双联系,让她快一点。"女人嘻嘻笑着,把海洛因小心收起来,拿起一根蜡烛,走上楼梯,弯腰点了一路摆放好的蜡烛,大客厅一下子亮了许多,也暖了许多。女人走到钢琴前坐下,说道:"两位先生,先听一首贝多芬的《月光》吧。"说着,轻轻地弹奏起来。

陆承伟一听,就知道这个女人受过长时间正规训练。想到这个女人目前的身份,不免替她惋惜起来。正听着如梦如幻的音乐出神,突然感到地毯上似有影子在游动,一抬头,看见一个穿着白色纱衣的女人,沿着弧形楼梯,像个幽灵一样飘落下来。这种出其不意的效果,把江小三彻底震住了。纱衣里面,只有窄小的内裤和小巧的胸罩,整个身体实际上已经原形毕露了。陆承伟只感到周身的血都朝脑袋上射去,腾地站了起来,冲动地喊了一声:"小凤——"

女人僵在那里,隔着白纱看看陆承伟,格格格地笑了起来,直笑得浑身发颤,浪声浪语地学说一声:"小凤——先生,你认错人了。我叫小双,不叫小凤。请坐下吧。你出手很阔绰,别这么猴急。阿翠,这位先生小这小那的妹太多了,你快弹呀。"陆承伟向前跑两步,紧紧抓住女人的胳膊,动情地说:"小凤,我和老齐找你找得好苦哇。这些日子,我几乎天天梦见你……我陆承伟对不起你……"

顾双凤没想到会以这种方式和陆承伟见面,又羞又愧,又恼又恨,本能地想把真相遮掩过去,猛地一推陆承伟,又觉得不对,又把陆承伟拉住了,歇斯底里地笑着,"阿翠你听听,感人不感人!找我找得好苦,已经够让人感动了,还几乎天天梦到我,足以让我晕过去了。"又拉住江小三说:"你是水先生吧?你这位于大哥今天的情绪不对,小心闹出人命了。你赶快把东西带上送他回去吧。"江小三也认识顾双凤,尴尬得手足无措,无地自容。顾双凤吼道:"阿翠,你快把东西还给他!他们都有病!你没看见?好,你们不走,我走。"

陆承伟已经泪流满面,扑通跪在地上,紧紧抱住顾双凤的腿,仰着脸哀求着:"小凤,你别走,你别离开我……"

顾双凤嘿嘿嘿地冷笑道:"于先生,你起来吧。这里只有看客和嫖客于先生与舞女和妓女小双。哪里有什么小凤和陆承伟!你别犯糊涂。于先生出手很大方,一百二十克海洛因,按法律够杀两次半头了。于先生花这么大的代价,手里又拿着小双离不了的救命丹,小双没有理由不接待。你起来吧。你想怎么玩,就怎么玩吧。水先生,你也来吧,玩二龙戏凤更刺激。"陆承伟喊道:"小凤,你别说了,你别说了——"

江小三已经清醒过来了,走过去对阿翠耳语道:"你跟我出去一下。"阿翠顺从地跟着江小三出去了。江小三严厉地警告道:"阿翠,今天的事,你什么都不知道,你从来都不知道有个小双。过了今晚,这个小双就不存在了。在这件事上多嘴,对你没什么好处!把毒瘾戒了,等你那个所谓的丈夫来看你时,给他生个儿子吧。再吸下去,后果你肯定知道。你们是怎么认识的?"阿翠害怕地看看江小三,嗫嚅道:"不是我把她染上的。他一年只过来两回,四五年了,又没怀上孩子,一个人过,太苦闷了,就,就想尝尝,一尝,就……去年冬天,买货时碰上她,能谈得来,就成了好朋友。过了春节,她没钱了,就……先生,不信你去问问她,看我说的是不是实话。"江小三拉住阿翠坐到宝马车的后排上,"你不要怕,我相信你。要条子有条子,要盘子有盘子,琴也弹得不错。把毒瘾戒了,路还宽得很。"阿翠听得热泪直流,"我想戒呀!可是,他,他天天晚上要从台湾打电话过来,我没法到戒毒所,戒不掉哇!"江小三道:"我可以帮助你。"

陆承伟一直跪在地上不肯起来,一声一声喊着"小凤"。

顾双凤终于流出了眼泪,取掉头饰,弯下腰突然抽了陆承伟一个耳光,骂道:"你他妈的真不是个东西!你把梅红雨也骗了。毁了我一个还不算完,你到底还要毁掉多少个呀?你这个魔鬼!魔鬼——"说着,两只手左右开弓,一下一下抽打着陆承伟的脸,哭诉着:"是你毁了我,是你毁了我……你看看我现在过的什么日子!你这个王八蛋!我真想杀了你,杀了你!为什么我没有勇气杀了你!这是为什么……为什么……"

陆承伟突然感觉到了前所未有的轻松。顾双凤的每一次抽打,仿佛都能带走一些心理上堆积如山的重负。疼痛带来的一波一波的快感,让他禁不住颤栗起来。从鼻孔、嘴角流出的鲜血,随着顾双凤的手掌,很快把他染成一个血人。他一直仰头跪着,嘴里不停地呢喃着,"小凤,小凤,给我一个机会吧……小凤,小凤,给我一个机会吧……请,请你相信我,相信我……小凤,小凤,你救救我吧,现在只有你能救我……"

顾双凤突然间停了下来,看着跪在面前的血人,泪眼中突然间溢出了慈爱的光亮,双手捧着陆承伟的血脑袋,慢慢跪了下来。她笑着,开始用手,用纱衣轻轻揩拭陆承伟脸上的血污。突然间,她又神经质地笑了起来,"陆承伟,陆承伟,不,于先生,你是于先生,你是嫖客于先生。小凤早死了,我是妓女小双。我们谁也不比谁干净……这样真好,这样真好,我们终于又平起平坐了……"她冲动地用舌头舔了一下陆承伟鼻尖上的血污,"你的血也是腥咸的。它是毒药吗?是的,它是毁了我一生的毒汁。那,那就让我再死一次吧。"一下一下,舔着陆承伟脸上的血污。"味道真好,真好。机会?你要我给你什么机会?玩一个小孩子娶媳妇的游戏?这下好了,我终于又能看清这张脸了。这张脸还是这么英俊,还能让我迷醉。你好像胖了很多?噢,你看我的记性该有多差,这是我打耳光打出的虚假繁荣。自从染上该死的毒瘾,我的记性一天不如一天。"爱怜地在陆承伟肿起来的腮帮上亲一口,"真让人心疼……毕竟,你是我爱过的惟一的男人……香格里拉总统套房的地毯,比这里的柔软……那是多么美好的开始呀!因为有爱,第一天我就知道了性高潮是什么东西。"又亲了亲陆承伟的嘴唇,央求一样地说:"承伟,承伟,我的爱人,让我们忘掉眼前这一切吧……想着我只有十九岁,只有十九岁……你要要我吧,要要我吧……什么美好的东西都毁了,连同那种在爱情树上开出的性高潮之花……都毁掉了……你为什么不吻我?是不是嫌我肮脏?你他妈的比我还要脏!我说过,我要让你痛悔一生!你吻我呀!你不就是来嫖我的吗?怎么啦?是谁把你阉割了?吻我!你这个混蛋——"抱住陆承伟撕咬起来。

陆承伟感到一直在坠落着的生命,突然间不再下沉了。他清醒地意识到,自己的后半生,只有和眼前这个在苦难中煎熬、挣扎太久的女人紧紧地相偎在一起,才有可能远离地狱的狰狞,走过地狱的漫漫长旅,触摸到来自天堂的圣洁的光芒。这是他眼前所能看到的,惟一的再生之路。他把顾双凤紧紧地抱在怀里,嘴里发出含混不清的言语。泪水再次模糊了他的视线,另一个昏睡不醒的陆承伟苏醒了……

…………

第二天上午十点多,陆承伟带着满脸和浑身的伤痕,走进了自己的家。

齐怀仲、梅红雨和刚从电视台赶过来的梅丰,看见陆承伟的白西服上沾满血污,满脸红肿,都惊得瞠目结舌,半天说不出话来。过了很久,梅丰问道:"承伟,你昨晚到哪里去了?出了什么事?你快说说。"

陆承伟长叹一声,有些兴奋和庆幸地说:"她还活着,小凤还活着。"顿了好一会儿,充满愧疚地看着梅红雨,艰难地说道:"红雨,真对不起,是我破坏了你的正常生活。我知道,你不爱我,我也配不上你……我想和你谈谈,单独谈谈,我会把什么都告诉你,现在谈,对,必须马上谈,请你不要拒绝我……"

梅红雨无声地走过去,拉住陆承伟上楼去了。

梅丰和齐怀仲面面相觑,相互看看,坐了下来。接着,陆承伟的哭声破门而出了。

中午十二点,梅红雨擦着眼泪下了楼。

梅丰急忙迎上去问道:"红雨,出什么事了?"

梅红雨瞥一眼窗外的阳光,带着如释重负的口气说:"没什么,都过去了。我和承伟解除了婚约……他,他要娶顾双凤……顾小姐每天要吸八百到一千块的毒品……太不幸了。也许承伟说得对,他和我认识是个错误……是错误就需要纠正。确实,我们无法在一起生活。解除婚约,是个正确的决定……"眼泪又流了下来,"承伟希望我做他的妹妹,我还没有答应他,我需要考虑考虑……是的,我需要考虑考虑……"拉开门,自言自语着走了出去。

"红雨,"梅丰喊道,"你要干什么?"

齐怀仲长吁了一口气,"你别追她,让她一个人呆一会儿吧。事情来得太突然了。"

…………

史天雄的犹豫不决,惹得陆震天大为光火。他要亲自和史天雄谈一谈。

史天雄刚进客厅,苏园就笑着把他迎住了,开口就劝道:"天雄啊,你犯什么牛脾气?天宇和红太阳合并后,级别是副部级,你还犹豫什么?你爸举贤不避亲,这还是头一回呀。"陆小艺也凑过来说:"天雄,承伟已经控股你们'都得利'了。你再呆在那里,就是严重的资源浪费。总裁兼党委书记,一肩挑,你还有什么不满意的?"

"天雄!你到书房来。"陆震天在书房门口喊着,"好端端的一件事,怎么叫你们一说,就全变味儿了!这些大事,以后你们少发表意见。"

陆小艺背朝陆震天,朝苏园摆摆手,把史天雄推了过去。

陆震天厉声说道:"部党组的意见,你就把它当成耳旁风呀?"史天雄坐下来说:"泱泱大国,人才济济,能挑这副担子的人很多。再说,我毕竟是你的养子……"陆震天粗暴地打断道:"这都是托辞!你做的那个'都得利',是很重要。可是,你要知道,中华民族的伟大复兴,是一场全面的、持久的、立体的大战役。既然是大战役,就会有不同的战场,不同的战场间,就有个轻重缓急的区别。想把战役打胜,就必须把能打硬仗、打恶仗的兵力,摆放在最关键的战场上。你不是也打过仗吗?怎么会把打仗的最根本的原则忘个一干二净呢?亿万富翁的美梦弄花了你的眼?西平的温柔之乡,已经磨光了你的战斗意志?你不要忘了,你首先是个党员。党的利益,全局利益,需要你做出牺牲时,你必须选择牺牲。你没有讨价还价的任何理由,除非你宣布退出这个党。"

史天雄激动起来,"爸爸,你也太霸道了!我……"陆震天根本不听史天雄辩解,继续说:"我叫你回来,不是征求你的意见,而是向你下达命令!这点你要搞清楚。你不是很佩服朱总理跳万丈深渊、滚地雷阵的豪气吗?纸上谈兵,叶公好龙,都要不得。红太阳集团已经要崩溃了,天宇集团群龙无首,正在走下坡路,整个西南地区两家国有支柱企业,危机四伏。你完全可以把领受这个任务当成黄继光堵枪眼,董存瑞炸碉堡。走出这一步,你是要冒一些身败名裂的危险。但是,你必须接受这个任务。现在,你可以给我一个回答了。"

史天雄道:"爸爸,谢谢你和组织上对我的信任。我愿意挑这副担子。和国家的前途与命运相比,个人的荣辱沉浮算得了什么?我……"陆震天笑着打断道:"有这个态度,足够了。"转身从床上拿起装有毛泽东手书信封的木盒,"我把这件宝贝,当成礼物送给你了。我希望你能像当年我们在华北反扫荡一样,在西平坚持下来,为将来的彻底胜利,贡献你的全部力量。你马上去部里,表明自己的态度。"顿了一下,又说道:"和承伟的合作,要慎重。他挣的钱是否合法,他和天宇的交易是不是有见不得人的东西,需要认真查一查。如果有犯罪情节,他必须付出代价。腐败的问题相当严重。江西的胡长清就要接受审判了。成克杰的问题,也要移交司法机关了。我真的不希望由于承伟的原因,王传志又变成了一个褚时健。你的任务,确实非常艰巨。"

史天雄接过盒子,转身出了房间。

在飞回西平的飞机上,史天雄还没有找到说服金月兰回到"都得利"的理由。

当天晚上,陆承伟突然出现在他面前。没等史天雄把这几天发生的事说出来,陆承伟拿出控股"都得利"的所有文件,递给史天雄,"这个合同不再存在了。我姐把一切都告诉我了。我愿意接受任何形式的调查。我不知道该不该向你表示祝贺。但是,我想向你表达我对你的敬佩之情。我承认,在这样一个时代,你还是主角。我承认,我需要学习的东西还有很多。请你转告我未来的嫂子金月兰,我不会撤出投进'都得利'的资金。在你们完全谅解我之前,你们就把这笔资金当成一笔无息贷款吧。这也许是弥补我给'都得利'造成的损失的无奈的选择吧。如果在某一天,你们这些高尚的人,真的从心里原谅了我,我挣的钱的合法性得到了确认,就把这笔钱当成我的股份吧。你放心,这笔钱与天宇收购陆川实业无关。你们放心用吧。"

史天雄感到太意外了,喊一声:"承伟,这……"陆承伟紧接道:

"不要问我发生了什么事。我什么都不想说。祝你一路走好。再见。"走到门口,又转过身子道:"我还想告诉你一件事,我和梅红雨的婚约已经解除了。对我来说,她只是一片圣洁美丽的风景,我没有权利,也没有能力把她当做我的私有财产。能够远远地注视她,已经是我的福气了。她和袁慧,只能是你我永远的风景。认识到这一点,付出的代价太大了。好在,还不算太迟。你放心,我一定会担起该我负的责任。"

史天雄望着空门,任凭怎么想,也想不出陆承伟这一段经历了什么事情。

当天晚上,史天雄和金月兰又一次来到灯火阑珊的锦江岸边。回顾两年多共同经历过的历史,两个人都是感慨良多。

金月兰紧紧依偎在史天雄的胸前,叹道:"这一段,遭遇了太多的想不到。真该好好谢谢陆承伟。好在,你的新事业还在西平,否则,我真担心挑不动'都得利'这副担子了。你放心去吧,有你这个老船长帮助掌舵,'都得利'这条船偏离不了航向。"史天雄道:"也正是因为有了你,我才能义无反顾地走下去。我们命该遇到这样的时代。勇敢地向前走吧,我们别无选择。"

过了十天,史天雄要回北京部里报到,金月兰和杨世光要去北京选址开分店,三人买了同一个航班。前一天,部里的调查组进驻天宇集团,开始调查天宇收购陆川实业这一事件。

刚刚换好登机牌,来送行的江榕看见陆承伟和顾双凤一起走向国际航班入口,叫了一声:"你们看,陆承伟又换女朋友了。"史天雄看见是顾双凤,有些惊讶,说道:"他和梅红雨已经解除婚约了。这是他原来的女朋友。"金月兰担心道:"不知道她现在还吸不吸毒,挺不幸的。"杨世光道:"那,那梅红雨怎么办?"

齐怀仲在附近都听到了,走过来说道:"梅姑娘已经到西平大学补习英语了,考完托福,她要去美国了。双凤还在吸毒。承伟带她去日本戒毒,日本的戒毒水平最高。前天,他们已经登记结婚了。真没想到会有这么好的结局。"

确实,大家都没想到。

三个人到了候机室,还在议论这件事。突然,杨世光指着航班动态显示屏说道:"你们看,到东京的航班马上就要起飞了。"史天雄盯着显示屏看看,眼睛里顿时有了牵挂的光亮。他站起来,小跑到如洗一般透亮的玻璃墙前,朝着远处的跑道张望着。他感到一股暖暖的东西,从心脏的地方迅速向全身弥漫着。他知道,这种东西就是亲兄弟间的牵挂。金月兰也跑过来了。杨世光也跑过来了。三个人同时朝远处还在跑道上滑行的飞机,慢慢挥起了手。银白的波音747客机,在宽阔跑道的中央,像只大雁一样抬起了头,快速飞向蔚蓝的晴空里,朝霞在机身上折射出无数道光芒,四下溅开了。史天雄想起进驻天宇的调查组,心里道:但愿这次收购没有伴随违法的交易。飞机越飞越高,越来越小,在蓝天里消失了。

    1998年4月—1999年4月一稿于四川成都、
    河南镇平
    2000年8月—2001年2月重写于四川成都